Protagonisten:

Karlmann "Charly" Renn, Geschäftsführer bei Sievceking & Jessen
Heike Renn, geb. Köster, seine Frau, Ärztin
Luisa Renn, Tochter * 1995
Maximilian Renn, Sohn * 1998
Karl Renn, Rentner, Vater Charlies
Bettina Renn, Hausfrau, Mutter Charlies
Erika Kampf, geb. Renn, Charlies Schwester
Michael Kampf, Geschäftsmann, Erikas Mann
Marie, Clara, Bettina, ihre Töchter
Franz Renn, Jurist, Bruder Karl Renns
Yvonne Renn, Stiefmutter von Karl & Franz Renn † 1995
Rainer, Yvonnes Sohn, Stiefbruder von Karl & Franz Renn
Henriette von Bismarck, Frau von Franz Renn
Christine Kellinghusen, gesch. Renn, Exfrau Charlies
Joachim Köster, Polizeikommissar, Vater Heikes
Gerda Köster, MTA, Mutter Heikes
Rüdiger und Ernst Köster, Brüder Heikes

Arbeit:
John Jessen, Altgesellschafter S & J
Sven-Erik Jessen, Gesellschafter S & J
Bendix Müllendorpf, Schlöser
Eckstein, Höhnel - Mitarbeiter
Petra Wedekind, Psychologin

Umfeld:
Dr. Kai Giese, Freund Charlies
Susanne Giese, Frau Kais
Iduna Edschmid, geb. Krosigk, geach. Rothjen, Freundin Charlies
Dr. Volker Edschmid, ihr 2. Mann
Jobst Rothjen, ihr 1. Mann
Merit, Ecki, Thomas, Schulfreunde Charlies
Prof. Senftenberg,

Michael Kleeberg
Vaterjahre

Michael Kleeberg

VATERJAHRE
Roman

Deutsche Verlags-Anstalt

Meinem Vater

Der Pelide sprach mit Recht:
Leben wie der ärmste Knecht
In der Oberwelt ist besser,
Als am stygischen Gewässer
Schattenführer sein, ein Heros,
Den besungen selbst Homeros.
HEINRICH HEINE

Well, you know, I was a human being before I
  became a businessman.
GEORGE SOROS

Ich rede zu dir nach Jahren des Schweigens,
Mein Sohn. Es gibt kein Verona.
Ich habe den Ziegelstaub in den Fingern zerrieben.
Das ist's, was bleibt
Von der großen Liebe zu unseren Heimatstädten.

Welcher Kern des Lebens
Des Apfels, den das Flammenmesser durchschnitt,
  wird dann überdauern?

Mein Sohn, glaube mir, keiner.
Nichts, nur die Mühe des männlichen Alters,
Die Schicksalsfurche auf seiner Hand.
Nur die Mühe,
Sonst nichts.
CZESŁAW MIŁOSZ

Kapitel 1

PRIVATLEBEN

Scheiße, wo hast du all die Schönheit hergenommen, du Lutsch-
bonbon – du Liebesapfel! Lichterlohe Lulu! – Lukullische Louie
im Fuchs- und Luchspelz! – Du gurrende, turtelnde Blue-Note –
du süßeste Sure meines Qur'ans – du lütte Huri, schlummernd
auf meinem Lustlager als Soulfood im Elysium, du – du – …

Hilflos zuckend schlägt das Zungenblatt gegen Zähne und
Zahndamm: Charly Renn fehlen die Worte.

Leihen wir ihm also, während er verzweifelt, von wegen
hier: ›Herz voll, Mund über!‹, dumm und stumm das Wunder
bewundert, die Seelenruhestörerin, die da schläft, wo sie nicht
liegen sollte – in seinem Ehebett –, die befreite und bewegliche
Zunge, die dem wehrloswortlos Liebenden gerade abgeht, denn
nichts ist so wichtig, wie einen Ausdruck für seine Eindrücke
zu finden, will man nicht unter Überdruck explodieren. So viel
wissen wir als der voraus- und zurückblickende Janus dieser
Geschichte, ihr dialektisches Doppelgesicht.

Der Honigfluss ihres Haars, den der perlmuttschimmernde
Ammonit ihrer Ohrmuschel teilt; o diese harmonische Helix,
diese marzipanmürbe Sichel, diese zungenspitzengroße Fossa
triangularis! Oder das Samtkissen ihres Lobulus, so einzigartig
und unverwechselbar wie ihr Fingerabdruck.

Um sie ist alle Welt zu kurz gekommen!

Kaum dass du es wagst, dich zu setzen zwischen den sanft
geschwungenen Kopf- und Fußteilen aus weißem Schleiflack,
die das Kleinod einfassen wie ein Schmuckkästchen aus Ala-

baster. Nur die Hälfte des schlafenden Gesichts ist dem Anblick preisgegeben, ein Ohr, ein geschlossenes Lid, eine Augenbraue sowie Nase und Lippen. Ihr Atem, unhörbar wie der einer Katze, strömt durch das zarte Ventil der Nüstern, die sich millimeterweise blähen und verengen im Unterwasserrhythmus einer Koralle oder Seeanemone.

Lautlos gleiten Wolken über den Spiegel des Einbauschranks und das schwarze Aquarium des B&O-Bildschirms. Aus der offenstehenden Badezimmertür schwebt der südseeische Duft eines Duschgels.

Weil sie das Leben hat, muss alles sterben. Du (in einer Weile), die beiden Thujen, die schon braun sind und die man von hier oben im letzten Tageslicht durch die Fenster, die die Giebelform nachzeichnen, am Jägerzaun sehen kann, der den kleinen, gepflegten, den weiblich grünen Daumen verratenden Garten hin zu Frau Gebhardt begrenzt, die seit zwei Wochen im künstlichen Koma liegt, weshalb ihr Mann auch den Rasen nicht gemäht hat.

Weil sie die Kraft hat, ist die Welt kein Hort. Und genau deshalb wirst du dich jetzt als alter (42) Inkubus an sie schmiegen und Liebe gegen Jugend tauschen. Weil sie die Jugend hat, wird alles alt. Doch gegen Schönheit und Jugend hilft nur – ebenso wie gegen unbestreitbare Überlegenheit, das hast du gelernt – die weiße Fahne der Liebe. Sie weht nun über deinem Dach. Nebenan in Hübners Vorgarten stattdessen die rot-weiß-blaue von Schleswig-Holstein. 45-Grad-Satteldächer und rote Backsteinverklinkerungen. Das ist Bauvorschrift. Ansonsten konnten die Doppelhaushälften frei gestaltet werden hier am Eilberg.

Das mattschwarze Gehäuse des Weckers auf dem Nachttisch absorbiert einen letzten Lichtstrahl des Spätsommerabends. Die abgestreifte Nomos-Glashütte daneben, mit der du dich vor zwei Jahren zum Vierzigsten beschenkt hast, schimmert metallisch wie deine Seele, der du dich einen Moment lang entledigt hättest, um ihr mahnendes Ticken nicht zu spüren.

Weil sie vollkommen ist, ist die Welt ein Scherben.

Der Mohn des Schlafs auf dem Lid, diesem Schmetterling, der sich auf ihrem Auge niederlässt und, die Flügel breitend, die Welt ausblendet mit seiner feinst geschuppten und geäderten Traumhaut. Eine einzige Träne, perfekt geformte Perle, wie aus Silikon, ist im Bogen der Wimper hängen geblieben, eine kleine Trophäe, aufgespießt auf der Lanze des Schlafs und im Zeugenstand festgehalten.

Weil sie der Himmel ist, gibt's keinen dort. Ja, nickt Charly, ich bin zweiundvierzig Jahre alt, und sie ist die einzige Religion, die ich habe, die einzige Ideologie, an die ich glaube.

Er horcht. Unten im Haus rumort es. Kann er es wagen? Er legt die Hand auf den Haaransatz an der Schläfe, seine Lippen berühren den blonden Wangenflaum, aber nicht die Haut. Nicht schwerer lasten auf ihr als eine Schneeflocke, das ist die Kunst. Sie seufzt im Schlaf. Wohlig? Wer das wüsste.

Das alte Leid der Liebenden: Nicht unter die Haut der Geliebten gelangen zu können (nur zwischen ihre Schleimhäute), nicht mit ihren Gehirnströmen, Synapsenschaltungen, mit ihren Erinnerungen und Gefühlen vernetzt zu sein, sie nicht von innen nach außen liebkosen zu können, sie nicht in sich zu haben als unverlierbaren Schatz (so wie man früher Götter essen konnte oder wie in der angeblich mystischen Verschmelzung der Seelen und Kräfte zwischen Mörder und Opfer beim Stierkampf).

Will er die Augen offen lassen, um jedes Detail ihres Gesichts mit ihnen zu inhalieren wie einen Duft, so als stehe ein Abschied bevor, er habe nur noch diesen einen Blick frei und die Seele verlange nach dem Brandzeichen unvergänglicher Bilder? Oder soll er sie schließen und die Medulla oblongata via Trigeminus direkt mit den Empfindungen der Lippen beglücken?

Was ist intensiver? Was währt länger?

Er öffnet den Krawattenknoten und wirft die Seidenkrawatte über das Bett auf eine Stuhllehne, bereit, die Schlafende mit all seinen Tentakeln zu umfangen wie die träumende Perlentaucherin, in achtarmiger Sehnsucht sich mit den Saugnäpfen seiner Sterblichkeit an sie zu heften, da wird die Tür aufgerissen, und Charly schreckt aus seinem Liebestraum hoch.

Liegt sie doch wieder hier? Und du dabei! Bist du so lieb, Charly, und trägst Luisa hinüber in ihr Bett?

Die simultane Trias aus Missbilligung, Nachsicht und Pragmatismus ist, sofern nicht Heikes norddeutsche Trikolore, die aller Mütterlichkeit, die zuzeiten mit beiläufiger Selbstverständlichkeit von den Kindern auf den Ehemann übergreift, der dieses Gefühl, von einer höheren Instanz an seine lässlichen Sünden und Schwächen gemahnt und zugleich durch einen familiären Aufsichtsrat von ihnen entlastet zu werden, durchaus genießt.

Eine Ahnung von dieser manchmal schnippischen, manchmal warmherzigen Souveränität, dieser sachlichen Kompetenz und unerschütterlichen Gewissheit musst du schon damals im Zimmer des Krankenhauses gehabt haben, als du ihr zum ersten Mal gegenüberstandest und, obwohl nun weiß Gott mit den Herzrhythmusstörungen des Alten genug anderes in deinem Kopf vorging, dir gesagt hast, während ihr euch unterhieltet – oder die Vision hattest: Das ist die Mutter meiner Kinder.

Du hast gar nicht aufgeblickt, als sie in der Tür stand, aber da sie die Treppe lautlos heraufgekommen ist, muss sie Laufschuhe und Socken unten im Windfang ausgezogen haben, aber noch immer die schwarze Stretchhose und das Tanktop tragen. Einmal pro Tag läuft sie, wenn morgens keine Zeit ist, dann abends, mit pendelndem, dunklem Pferdeschwanz und Kopfhörer über den Ohren – und einmal die Woche fährt sie ins Frauengym nach Ahrensburg.

Charly bewundert die heroische Disziplin, mit der Heike nach zwei Geburten wie alle diese fast Vierzigjährigen ihres Kreises die Figur ihrer Mädchenjahre, ihrer Studienzeit bewahrt in einem täglichen, wortlos geführten, unkommentierten Kampf gegen die Zeit, der sie so anrührend wie begehrenswert macht. Mütter, Herrinnen des Überblicks, kompetente Managerinnen der Familie, noch immer oder wieder Berufstätige, Akademikerinnen, gelassene und souverän fordernde und gebende Erotikerinnen – so erscheinen sie uns, so wollen wir sie, ihrer eigenen Inszenierung glaubend, wahrnehmen, wenn sie in ihren Vans oder schwarzen Kombis mit getönten Scheiben vorfahren, in Jeans und Chucks, die erste Generation von Frauen, die auf zwanzig Schritt wie die Schwestern ihrer halbwüchsigen Töchter aussehen und, stehst du dann vor ihnen, sie verblassen lassen werden mit ihrer dringlicheren Präsenz. Nutzend ihre Zeit und eingedenk ihrer Endlichkeit, wie es irgendwo heißt.

Was ruft sie jetzt auf halbem Weg die Treppe hinunter? Dass du Luisa, wenn sie beim Transport in ihr eigenes Bett aufwacht, vorlesen sollst. Und bevor du dich noch lautlos von ihr zu lösen vermagst, öffnet sich zuerst ein glasiges Kaninchenauge des Kindes, noch stehst du nicht, da öffnet sich das zweite, und bevor du an der Tür bist, platzt die Seifenblasenvagheit des Blicks, er fokussiert sich, und schon spricht sie: Papa, bleib da! Und du sitzt in der Falle.

Die Liebe deines Lebens, und ist sie wach, ist sie dir lästig. Das schönste je erblickte Gesicht, und doch ist seine Kontemplation nicht abendfüllend.

Was willst du nur lieber? Was ist dir nur wichtiger?

Lieber willst du jetzt das schlafende Gesicht küssen und zufrieden abhaken und dich mit einem Glas Wein vor den Fernseher setzen und entspannen, das heißt den Fluss kappen, der ständig alles mit allem verbindet, das sicher in der Ablage des Lebens verstaute Geschehene mit dem unbekannten Bevorstehenden, und der verhindert, dass der Augenblick je schön werden könnte, indem er verweilt. Nimm dir ein Beispiel an deinem kleinen Bruder. Der schläft. Der lässt uns wenigstens abends in Ruhe. Nichts mehr hören von dem Hund und von Leben und Tod und nicht mehr sich einlassen müssen auf ein Gespräch.

Aber warum? Weil Liebe und Interesse nicht miteinander verbunden sind, denn die Liebe steckt ausschließlich im Liebenden und nährt sich, im Gegensatz zum Interesse, nicht in erster Linie vom Austausch mit dem Geliebten. Deshalb ist es auch kein Widerspruch, dass Charly Renn zugleich denken kann, er würde, um ihr Leben zu retten, ohne zu zögern das seine für diese Sechsjährige opfern, und es als eine Plage, eine Zumutung empfinden, ihr jetzt eine weitere (halbe) Stunde ebendieses Lebens zu widmen.

Sein ausweichender Blick gleitet über ihren Körper. Der Blick der Liebe ist immer auch ein ängstlich prüfender Blick. Natürlich liebt ein Vater seine Tochter, würde sie auch als bärtiges Monstrum oder als geistig behindertes Wesen irgendwie lieben – heißt es nicht, dass in Familien, die ein mongoloides Kind neben anderen haben, dieses das am innigsten geliebte sei? Doch dieser Vater hier zweifelt daran, dass Anmut und Verstand die Liebe nicht stärker befeuern sollten als Hässlichkeit und Dummheit. Und so gingen schon seine frühen Gedanken, bald nach dem ersten erschrocken-bezauberten Blick, mit dem er die Finger und Zehen des noch an der Nabelschnur hängenden schleimig-roten Aliens nachzählte und das Gesicht auf Normalität hin prüfte, bang der Frage nach, ob die genetische Ausstattung seiner Tochter seinen Ansprüchen genügte, und wenn nicht, woran und an wem es liegen konnte.

Etwas, worüber Charly sich nicht zu sprechen traut, nicht einmal und schon gar nicht mit Heike, weil er weiß, auf welch schlüpfriges Terrain er sich damit begibt, woran er aber im Grunde seiner Seele fest glaubt, das ist, dass sich ›Rasse‹ – nicht im Sinne der Nazis, sondern so wie man von einem Pferd oder einem alten Jaguar oder einem Ferrari im Gegensatz zu einem Opel oder Nissan sagt, sie haben Rasse – sichtbar an der Oberfläche des menschlichen Körpers abzeichnet und dass bestimmte ästhetische Schwachpunkte, niedrige Stirn, kleine Champignon-Ohren, klobige Fesseln, fliehendes Kinn oder hässlich geformte Nägel, eindeutige Hinweise darauf sind, dass mit dem entsprechenden Menschen auch sonst nicht viel los sein kann und er nicht reüssieren wird im Leben. Und mit dem danach suchenden Blick musterte er seit ihrer Geburt immer wieder in unregelmäßigen Abständen selbstvergessen seine Tochter – und schämt sich, wenn er sich dabei ertappt, doppelt: weil der Blick, aus dem er plötzlich aufwacht, lieblos ist, ein Blick kalten, besorgten Interesses, und weil ihm bewusst ist, dass die Kriterien, die er anlegt, um den Körper seines Kindes zu beurteilen, dieselben sind, die er sein ganzes Erwachsenenleben lang gegenüber Frauen angelegt hat, um zu entscheiden, ob sie ihn sexuell interessieren und erregen oder nicht.

Er forscht unter dem Kindchenschema nach der Regelmäßigkeit der sich entwickelnden Gesichtszüge: Verspricht das Näschen charaktervoll zu werden oder droht es rudimentär zu bleiben? Ist der Lippenschwung ausgeprägt? Sind die Brauen schön geformt und sitzen sie als die beiden Drahtzieher des Gesichtstheaters im richtigen geometrischen Verhältnis zu den Marionetten (Augen, Mund und Nase) unter ihnen und dem Rahmen der Bühne (den die Ohren bilden)? Sind die Wimpern lang und gebogen? Hat sie – Gott behüte – gar Schlupflider wie Meret? Deutet die Bildung des Unterkiefers (von vorne, im Dreiviertelporträt, im Profil) auf Durchsetzungsfähigkeit oder Mitläufertum? Ist das Haar voll und kräftig, duftig und leuchtend und womöglich naturgewellt? Ist die Zeichnung der Ohren, des einzigen Merkmals, das sich von Anfang an nicht mehr verändert, rein, wie von Matisse mit einem einzigen schwungvollen Strich auf den Skizzenblock der Evolution geworfen, oder sind sie verwachsen, knorpelig, knollenartig, verhunzt, irgendwie zurückgeblieben und voller Ecken, Wülste und überflüssiger Hautlappen? Ist die Körperhaltung königlich oder bäuerlich, wächst da eine Herrin heran oder eine Knechtsseele? Wie sieht der Nabel aus? Wie ein Kelch oder wie eine Geschwulst? Was wird aus diesen Beinen werden? Zwängt sie mit siebzehn einen fetten Arsch in zu enge Jeans, quillt Orangenhaut aus den Shorts und schaben schlaffe, kalbfleischige Schenkel beim Gehen aneinander? Verjüngt sich die Wade zur Fessel hin, die ganz schmal sein muss, um dann in einen Fuß überzugehen, der gewölbt ist wie eine römische Brücke? Und die Finger, hören sie irgendwann auf zu wachsen, bleiben kurz und dick und dienen nur zum Kartoffelschälen, oder werden sie schlank, sehnig, erotisch und beweglich wie die Hände von Musikerinnen oder Hände, die –?

Und würdest du sie wirklich weniger lieben, hielte sie deinen Ansprüchen nicht stand? Also enttäuscht wäre ich schon. Würdest du sie dafür verantwortlich machen, würdest du ihr die Schwächen ihrer äußeren Erscheinung vorwerfen wie einen Tort, den sie dir bewusst angetan hätte? Irgendwie schon. Hilft ja nichts, es zu leugnen.

Denn eigentlich ist ja alles gut bis perfekt und sie verspricht eine Schönheit zu werden mit diesen Augen und Grübchen und dem Talent zum Fratzenschneiden, das nur bei schönen Frauen erotisch ist. Bloß ein paar Details sind es, die dir das unangenehme Gefühl einimpfen, hier habe die Vermischung der

Gene versagt, hier habe es irgendwo sozusagen nicht mehr ganz gereicht, sei die genetische Ejakulation nicht mächtig genug gewesen, bis nach ganz unten und außen, bis in die letzten Kapillaren der Extremitäten zu schießen.

Ihre Fingernägel sind breiter als lang. Das ist ganz hässlich und ein schlechtes Zeichen. Außerdem kaut sie sie ab. Es gibt nichts Widerwärtigeres als eine Frau mit abgekauten Nägeln, deren Daumen mit der Zeit zu Klauen verkrüppeln. Und hol's der Teufel, aus so jemandem wird auch nichts! Und ihre Füße. Sie hat Plattfüße und knubblige Zehen, man sieht den Unterschied zu den anderen Mädchen mit ihren dünnen Fohlenfesseln und Tänzerinnenfüßen jetzt schon, wenn sie im Sommer barfuß im Garten spielen. Da liegt der ganze Unterschied zwischen denen, die später die glücklichen, begehrten sein werden, und denen, die dumm in der Ecke stehen und von niemandem geliebt werden. Vollblutpferde und Ackergäule. Warum musste es ausgerechnet dafür nicht reichen? Nirgendwo sonst zeigt sich die natürliche Rasse so wie an Händen und Füßen! Und Charly hat nicht solche Hände und Füße! Selbst Heike nicht, nicht in dem Maße. Wo kommt es dann bitte her?

Versucht er sich zusammenzureißen und diese von ihm selbst nur unter Vorbehalt ernst genommenen Gedanken zu verscheuchen, hört er erneut die Frage: Was willst du? Eine Tochter, auf die du scharf bist, wenn sie sechzehn ist? Oder vierzehn oder dreizehn? Eine Tochter als Wichsvorlage? Du wirst es sowieso nicht dürfen. Gewiss, antwortet er sich dann, aber auf einer theoretischen Ebene ist es schade, denn wer sonst sollte das Recht dazu haben?

Ähnliche Sorgen um die genetische Ausstattung oder die Schönheit von Max macht er sich nicht. Der kann karottenrote Haare und abstehende Ohren und Sommersprossen haben, das würde Charly nicht stören. Auch wie die Nägel wachsen oder ob er Anzeichen von Debilität zeigt, ist Charly gleichgültig. Max ist ein Junge. Ein dreijähriger Junge. Charly liebt ihn, natürlich, aber es steckt zu viel von ihm selbst in dem Knaben, als dass nicht ein Schatten von Peinlichkeit auf die Zuneigung fiele. Wo er bei seiner Tochter den Eindruck hat, gewisse Einzelheiten seiner Gesichtsbildung wären wie Gaben an sie übergegangen, von dem Bildhauer ihrer Züge als Inspiration benutzt und kreativ in Lösungen umgesetzt worden, die, ohne die eigene Handschrift zu verleugnen, bestimmte Bögen, bestimmte Volumina erhielten und übertrugen, oder von dem Komponisten ihres Gesichts als von der Grundtonart ausgehende und mit harmonischen Veränderungen spielende Variationen in Musik gesetzt worden, da kann er bei Max, der im Übrigen kein karottenrotes Haar hat, sondern flaumig dunkelblondes, und auch keine abstehenden Ohren, nur eine Art von Karikatur seiner selbst erkennen. Manches fehlt, manches erscheint wie eine schwache Kopie, Fremdes entstellt das Spiegelbild, und Charly kann nicht anders, als beim Anblick des Knaben sich selbst als das Original zu setzen, von dem die Abweichungen nicht etwas Eigenes ergeben, sondern einen merkwürdig verfälschten Klon. Es ist, als habe der Bildhauer hier die bereits in den feuchten Lehm vorgeprägten Züge mutwillig umkneten wollen, um auf der Basis von etwas Fertigem etwas Eigenes zu formen, aber diese Absicht auf halbem Wege aufgegeben, sodass sein Sohn Charly zuweilen aus gewissen Perspektiven und einschließlich mancher Gesten und Kopfbewegungen erscheint wie eine gnomenhafte, spöttische Nachbildung seiner selbst, in anderen aber vollkommen fremd auf ihn wirkt, so als habe er überhaupt nichts mit ihm zu tun.

Er kann den Kleinen nicht mit derselben blind verliebten, bezauberten Innigkeit umarmen und küssen wie seine Tochter. Dafür spielt er mit ihm Fußball im Garten und hat ihm im Mai zu seinem Geburtstag, als Bayern die Champions League gewann, ein Lizarazu-Trikot gekauft. Seitdem protestiert er, wenn man ihn ruft, er heiße nicht Max, sondern ›Bischente‹. Die einzige Angst, die er hat, was seinen Sohn betrifft, ist die, er könne ein Mitläufer, ein Mäuschen und ein Dulder werden und unfähig, sich mit dem Mundwerk Respekt, Freunde, Bewunderer zu verschaffen oder verprellte Spielkameraden wieder auf seine Seite zu quatschen.

Man muss alle Kinder gleich lieb haben, aber man tut es nicht. Vielleicht liegt es daran, dass es Charly als ein größeres Wunder erscheint, ein weibliches Wesen gezeugt zu haben, als seien dazu ganz andere Fähigkeiten vonnöten als bei der Selbstreproduktion in einem weiteren Y-Chromosom. Von Anfang an hat er seine Tochter angesehen wie ein besonders feines Uhrwerk, dessen Mechanik zu bewundern und zu hüten (aber nicht zu betatschen) der Uhrmacher ihn auserkoren hätte, wogegen ein Junge so primitiv, schmuddelig, geheimnislos und verlässlich ist wie ein Mopedmotor. (Hoffentlich, denn was wäre schlimmer als ein komplizierter, komplexbeladener Junge. Lieber einen anständigen Flegel, der die offenen Türen des Lebens einrennt.) Charly sieht es mit Genugtuung, dass der kleine Max seine große Schwester abgöttisch liebt und bewundert (noch) und für ein höheres Wesen hält, und beobachtet fasziniert, wie das Mädchen die Macht, die es über ihn hat, ab und zu so mutwillig wie perfide ausübt, indem es den Bruder ignoriert, zu Tränen treibt, um ihn dann zärtlich trösten zu können wie eine Puppe oder ein Stofftier. Verliebt sieht er, mit welch beiläufig-herrischen Gesten Luisa ihn auf Botendienste schickt, die er, ganz treuer Paladin, beflissen erledigt, und hütet sich, nicht ohne verborgenen Stolz, darüber nachzusinnen, von wem sie solche Attitüden geerbt oder abgeschaut hat.

Der Abstand zwischen den beiden ist größer als der zwischen ihm und Erika, aber manche Situationen, die er beobachtet,

versetzen Charly schlagartig in eine hell ausgeleuchtete Asservatenkammer der Erinnerung, von deren Existenz im Spukhaus des
Gedächtnisses er gar nichts ahnte: Als er vor vielleicht einem Jahr
auf der verkehrsberuhigten Straße Luisas Versuchen mit dem
Fahrrad zusah, hinter der Max auf seinem Dreirad eifrig herstrampelte, lobte er sie verliebt, nur um dann aus den Augenwinkeln zu sehen, wie die Hautwülste unter den Brauen des Jungen
dicker wurden, sich in ihrer Mitte eine senkrechte Kummerfalte
auftat, und noch bevor der Kleine in Tränen ausbrechen konnte
(was er schließlich nicht tat), sog etwas an diesem Anblick Charly
in den Körper dieses Zweijährigen hinein, und er befand sich auf
der schmalen Erinnerungsstraße, die in Friedrichshafen auf das
Mietshaus zuführte, in dem sie lebten. Er sah, wie der Ford seines
Vaters, der offenbar länger weg gewesen war, hupend an ihnen
vorüberfuhr, wie er vor dem Haus parkte, wie ihr Vater ausstieg
und wie Erika mit ihrem Roller über die Schlaglöcher flog, als
Erste bei ihm war und wie er sie hochhob und schwenkte und
wieder absetzte und dann, schon auf dem Weg ins Haus, ihm,
der jetzt auch angekommen war und außer Atem seinen Roller
auf die nicht asphaltierte Straße fallen ließ, zuwinkte und wie
ihm, als sein Vater sich nach dem Winken abwandte, plötzlich
klar wurde (und die Gänsehaut jener Erkenntnis stellt wieder,
fünfunddreißig Jahre später, die Härchen auf seinem Arm auf):
›Der große Mann hat mich nicht so lieb.‹ Es war eine Erkenntnis,
seither tausendmal vergessen, wieder erinnert, wieder vergessen,
aber eingeprägt wie mit dem Brenneisen.

In seinen Armen, der Kopf mit dem dunkelblonden Haar,
dessen geschwungene Strähnen ihr so wirkungsvoll über die
Augen hängen, als hätte ein Hairstylist aus Hollywood die
Aufgabe gehabt, eine schlafzerzauste Garbo in Szene zu setzen
(und es ist der Schwung des Haars über die Stirn, der, seiner
Zeit und dem Kindergesicht weit voraus, eine Ahnung davon

vermittelt, wie verführerisch sie als Halbwüchsige aussehen wird), in schwindelerregendem, unerschütterlichem Vertrauen an seine Schulter geschmiegt (dies wird das Schwerste sein – das schwinden zu sehen), stellt sie auf dem Weg über den gefliesten Flur hinüber zum anderen Giebel, dem vorderen des Hauses, der die beiden Kinderzimmer beherbergt, denn auch sofort und punktgenau dieselbe Frage wie vor dem ersten Einschlafen:

Papa, muss Bella wirklich sterben?

Egal was er darauf antworten wird, die nächste wird lauten: Papa, was ist Sterben? Und so weiter. Es ist nicht so, dass er sich fortsehnt, weil einem Erwachsenen die Konversation mit einem Kind auf die Dauer durch ihre Eintönigkeit und Primitivität langweilen würde und er ›wichtigere Dinge‹ zu bedenken hat, sondern ganz im Gegenteil: weil es die wohltätigen und schonenden Abbreviaturen und Ellipsen nicht beherrscht, mit denen wir im Allgemeinen Gespräche in einem psychisch erträglichen Rahmen halten. Mit einem Kind zu reden ist wie mit einem Heiligen oder Schwachsinnigen zu konversieren. Es geht immer ums Ganze, und es geht immer nur um ja ja und nein nein, und was darüber ist, das ist von Übel.

Papa, muss Bella wirklich sterben?, fragt sie in seinen Armen, bevor er sie in ihr Bett legt und sie zudeckt. Sie greift vorsorglich nach seinem Handgelenk.

Ich fürchte, ja.

Aber doch nicht jetzt. Irgendwann, wenn sie ganz alt ist.

Du, sie ist sehr krank. Und da ist das Leben irgendwann nicht mehr schön.

Papa, was ist eigentlich Sterben?

Weißt du, wenn man alt ist –

Aber Bella ist doch gar nicht alt, erst sechs, wie ich –

Oder wenn man krank ist, dann kommt irgendwann der Moment, wo man stirbt.

Aber man kann doch nicht einfach so sterben, nur weil man krank ist. Ich bin doch auch manchmal krank. Kann ich da auch einfach so sterben?

Charly zieht die Brauen zusammen vor lauter Konzentration darauf, welche beruhigenden Lügen er ihr erzählen soll. Ihr müder, aber sich zum Wachsein, zum Verstehen zwingender Blick zehrt an ihm. Er kann ihr nicht sagen, was die einzige Wahrheit ist, die er kennt: Das Leben ist eine elende und ungerechte Schweinerei, und es kann jeden erwischen, zu jedem Zeitpunkt und nie wenn man es erwartet, und Sinn macht es nie. Und er kann ihr auch nicht sagen: Du hast Grund, Angst zu haben. Ich habe sie auch.

Wenn er auf die Frage antworten sollte: Was hat sich unumkehrbar verändert seit den Geburten, seit der ersten Geburt, dann wäre die Antwort: Angst ist in dein Leben getreten.

Eine gänzlich andere Angst als alle Ängste, berechtigt oder ungerechtfertigt, begründet oder hypochondrisch, die alle ihn selbst, sein Leben, seinen Körper, seine Gegenwart und Zukunft betreffen. Und es ist verrückterweise eine Angst, die aus der Schönheit kommt, aus dem Glück, als entfalte sich vor deinen Augen eine Rosenblüte, aus deren Herz sich plötzlich ein widerlicher Wurm erhebt, der alles von innen her auffrisst und die rosige Seide der Blätter im Nu in schwarzen Kot verwandelt. Es ist eine Angst, die sich nicht aus dem Beängstigenden speist, nicht aus Zeitungsmeldungen und Bildern von Mord, Tod, Katastrophen und Krieg – nicht in erster Linie. Sie keimt im Gegenteil aus den Kristallen der Perfektion. Es ist, als wäre durch die Geburt der Kinder ein schützender Schleier von deinen Augen genommen, sodass du die permanente Bedrohtheit des Lebens jetzt ständig sehen musst.

Es kann der Anblick Luisas auf der Schaukel sein, wie sie mit wehendem Haar der Nachmittagssonne entgegenfliegt, das

Licht- und Schattengeflocke auf der hellen Haut ihres Gesichts, ihre Arme, ihre kleinen Hände, die die Nylonschnüre umklammern – also der Anblick vollkommenen Lebensglücks –, und vor dieses Bild schieben sich plötzlich andere wie Wolken vor die Sonne und lassen allen Glanz verblassen. Da du sie sofort bekämpfst und wegzuschieben versuchst, diese Schlaglichter von Schmerz, Leid und Tod, zugefügt von Autos, von Männern, vom Irrsinn der Welt, bleiben es Schemen. Doch klärt sich dein Blick dann wieder auf den gegenwärtigen Moment, hat das Glück einen schwarzen Rahmen bekommen, ohne den du es fast nie mehr haben kannst.

Aber es braucht den Anblick von Luisa und Max überhaupt nicht: Alles, was schön ist und anrührend und sterblich, verweist auf die Sterblichkeit seiner Kinder. Der Blick eines Tiers, die warmen Augen seines Hundes etwa, mit Feuchtigkeit und braunen, den schwarzen Kern umwabernden Pigmenten gefüllte Beeren, aus denen er, den Kopf im Nacken, arglos und konzentriert zu dir aufblickt. Oder die heftig flügelschlagende Meise in der Hecke, ein gelbschwarzes panisches Geflatter, die versucht, die Elster von ihrem Nest fernzuhalten. Oder der erste frische Trieb, der lindgrün, dünn, nackt und kühn aus dem verholzten, im letzten Herbst gestutzten Zweig des Kirschlorbeers emporwächst und seine samtigen Blätter entrollt. Der leuchtende Stäubchendunst der Pollen in der von den Baumkronen gefilterten Mittagssonne oben auf dem Eilberg. Ein grüner Pukiroller, der an einem von Grünspan bedeckten Jägerzaun lehnt wie ein wartendes Taxi.

Vielleicht ist es gar keine Angst. Vielleicht beginnt einfach, wenn man Kinder hat, die Vergänglichkeit sichtbar zu werden, und der feine Sand des Lebens rieselt aus der Schale deiner Hände, die doch fest verschränkt sind und hermetisch geschlossen scheinen.

Aber wenn es das Bewusstsein der Vergänglichkeit ist, dann nicht das der eigenen. Die Angst vor dem eigenen Tod, selbst dem ›vor der Zeit‹, der eintritt, bevor man erreicht und erlebt hat, was man erreichen und erleben wollte, ist geringer geworden, seit die Nachfolge geregelt scheint. Kaum zu glauben, aber es ist ein versöhnlicher Gedanke geworden, dir eine Welt ohne dich vorzustellen, solange es nur eine Welt mit deinen Kindern ist. Auch ist es nicht die Sterblichkeit der Kinder an sich, die dir Angst macht. Solange sie dich nur überleben. Danach ist es gewissermaßen ihr Problem. Was natürlich doch nur bedeutet, dass du Angst vor dem grauenerregenden schwarzen Loch hast, in das DU fielest wie hinab in die Hölle, stieße ihnen etwas zu.

Charly erinnert sich noch gut an das Drama um die entführte und ermordete Tochter eines NDR-Jazzredakteurs und an dessen ungeheuerliche Geste: dem gefassten Mörder zu verzeihen. Das hast du nie vergessen. So viele Berichte in der Zeitung über entführte und vergewaltigte und ermordete oder sonstwie gestorbene Kinder, aber dann dieser eine Fall von Verzeihen.

Nicht nur ist Charly das vollkommen unverständlich, es reicht im Gegenteil schon ein harmloses Bild wie das des verlassenen Rollers am Gartenzaun, um ein Splattermovie vor deinem inneren Auge in Szene zu setzen über einen Monte-Christo-Rachefeldzug, an dessen Ende der wimmernde Mörder deiner Kinder schon halb verstümmelt in seinem Blut vor dir kniet, bestürzt auf seine abgehackten Gliedmaßen starrt, seine hervorquellenden bläulich-rosigen Gedärme in den Leib zurückzustopfen sucht und dich um den Gnadenschuss bittet, aber du siehst genüsslich und verzweifelt zu, wie er langsam verblutet, seine Schmerzen können dir nie genügen, also trittst du nochmal und nochmal auf ihn ein, trittst gegen seinen Körper, trittst gegen seinen Schädel und weißt doch: Es hilft alles nichts, es bringt sie dir nicht zurück, und schwer atmend und wütend auf dich selbst kommst du wieder zu dir, zwingst dich angeekelt aus deiner Fantasie, einen schlechten Geschmack im Mund, kopfschüttelnd, sentimental, läufst zu den Kindern, überschüttest sie mit Zärtlichkeiten, kaufst ihnen Geschenke, als würdest du in ihrer Schuld stehen und hättest sie ungerecht behandelt und mit deinen Visionen geschändet.

Um genau so viel bist du angreifbarer geworden, wie du deine Oberfläche durch die Kinder vergrößert und erweitert hast. Und war es ihm früher möglich, sich als ungebundener Partisan unbemerkt durch die Stellungen des Schicksals zu schleichen, kommt es ihm nun so vor, als müsse er einen ganzen familiären Planwagentreck unbewaffnet durchs feindliche Indianerland des Lebens führen, Klapperschlangenbiss und Grizzlyangriffsrisiko noch nicht einmal miteingerechnet.

Vielleicht ist also genaugenommen die Sorge in sein Leben getreten. Und zwar nicht nur in Form des grauen Weibs, das sich durchs Schlüsselloch ins Haus schleicht, sondern als eine das ganze Leben, die ganze Existenz umfassende Aufgabe.

Nein, du kannst nicht einfach so sterben, keine Angst, versucht er sie zu beruhigen. Du nicht. Und Bella, wenn sie stirbt, dann heißt das, sie schläft ein. Wenn man stirbt, schläft man ein und wacht in einer anderen Welt wieder auf.

Im Himmel?

Ja, im Himmel.

Beim lieben Gott?

Genau, beim lieben Gott.

Kommen auch Hunde in den Himmel?

Jeder, der sehr geliebt wird, kommt in den Himmel. Bella natürlich auch.

Aber wenn du sagst, man schläft ein, dann muss man ja auch wieder aufwachen.

Ja, aber nicht hier. Hier auf der Erde ist man dann tot. Aufwachen tut man anderswo.

Aber wenn ich einschlafe, kann es dann sein, dass ich im Himmel wieder aufwache? Ich bin ja auch sechs.

Nein, du nicht.

Aber warum ich nicht, wenn Bella so einschläft?

Weil du weder alt noch krank bist.

Und du, Papa? Du bist doch schon alt. Ich will nicht, dass du stirbst.

Nein, ich auch nicht. Ich bin noch nicht so alt für einen Menschen, und krank bin ich auch nicht.

Er sieht seine Tochter nachdenklich an. Natürlich will sie nicht, dass er stirbt, und sie weiß auch nicht, was Sterben ist. Aber etwas in ihr sagt ihr, dass er der Nächste ist, dass es irgendwie natürlich wäre, wenn er vor ihr, lange vor ihr stirbt. Es ist ein Instinkt weit unterhalb einer Ahnung, vielleicht eine Manifestation des eigenen Lebenswillens, und etwas in ihm, das er sich nicht recht erklären kann, ist froh darüber, ist stolz darauf.

Der Prozess unserer sukzessiven Ablösung von der Erde, der mit dem Tag einsetzt, an dem uns ein Kind geboren wird, und der meist unbewusst abläuft, uns aber, werden wir irgendwann darauf aufmerksam, zu Protest und Gegenwehr veranlasst, die im Extremfall bis zum Konkurrieren mit den eigenen Kindern, zu Neid und Hass auf sie führen kann, zeigt sich am deutlichsten daran, wie uns unsere Erinnerungen langsam durchsichtiger und vager werden und abhandenkommen zugunsten von Erinnerungen an unsere Kinder, in denen wir nur mehr am Rande stehen als Zeugen und Zuschauer. Es ist, als wirke das vampirische Leben der Kinder seit ihrer Geburt auf unser Leben wie die Viren, die Blutkörperchen zerstören: Es zersetzt die Erinnerung, und vielen kommt es irgendwann so vor, als habe unser Leben, das ja immer nur in Erinnerungen bewahrt wird und von ihnen seinen Sinn erfährt, genau zu der Zeit aufgehört, als wir Vater oder Mutter wurden, denn nichts davon findet sich seit dieser Zeit in unserem Gedächtnis wieder.

Vielleicht ist das ein Trick der Evolution, gegen den das kapitalistische System, das davon lebt, dass wir uns für wichtig halten, versucht, den Zeitpunkt, da wir von Erinnerungsproduzenten zu Verwaltern fremder Erinnerungen werden, so weit wie möglich, am besten lebenslang hinauszuzögern.

Aber es ist wahr, dass dein Leben seit dem Frühjahr 1995 keine individuellen Erinnerungen mehr schafft. Es ist vollgestopft mit Gegenwart, die nach Gebrauch entweicht wie Rauch aus einem Dampfschiff. Die Arbeit hinterlässt keine Erinnerungen, ebenso wenig die Abende mit Freunden (so unterhaltsam sie sind), ebenso wenig die Golfurlaube mit Kai (dito), ebenso wenig die Radtouren (trotz der Landschaft). Alles das füllt die Tage aus vom Morgen bis zum Abend, aber dann ist es fort und vergangen.

Die letzte Erinnerung, die nur dir gehört, ist die an die Motorradtour über die Alpen im Sommer '94. Schon auf den Bildern vom Einzug in das Haus trägst du die Lütte auf dem Arm, und du erinnerst dich, wie du die Kettlerschaukel einbetoniert hast, damals noch mit Körbchen und Kindersicherung, du erinnerst dich daran, wie Luisa in Argentario nach vier abgebrochenen Versuchen und schon halb weinerlich unter den Anfeuerungsrufen eines Dutzends italienischer Stenze, die vor Ambre Solaire glänzten und Goldkettchen oder welche mit Raubtierzähnen oder anderen Penisvarianten um den Hals trugen, sich schließlich überwand und mit einem Froschhüpfer vom Felsen hinab in das türkisklare Wasser sprang, und an ihr Strahlen beim Auftauchen und daran, wie friedvoll es war, unter der Palme auf der Hotelterrasse neben ihr zu liegen und Siesta zu halten, während Heike Max im Buggy durch den Schatten fuhr und stillte. Du erinnerst dich, als wär es gestern passiert, an das entsetzliche Knirschen und den markerschütternden Schrei, der in ein Dauerheulen überging, das dich völlig lähmte, als Lulu, auf dem Gepäckträger sitzend, während du nur einmal hin- und herfuhrst in der verkehrsberuhigten Straße, das Bein in die Speichen bekam, wie du das Rad gestoppt, dich umgeblickt, etwas Weißes gesehen hast und dachtest: Der Knochen! Der Knochen liegt frei! Und dich dann hinsetzen musstest, weil der Kreislauf kippte, und nach Heike brülltest, die den Gartenschlauch fallen ließ, die Gartenschuhe im Rennen von sich warf, sich hinkniete, den Knöchel aus den Speichen befreite (was du gesehen hattest, war nur die blutleere aufgescheuerte Haut, bevor die Blutung einsetzte, nicht der Knochen), und an die rasende, unter Apnoe (so kam es dir vor) absolvierte Fahrt in die Notaufnahme des Krankenhauses, und ihre Tränen und ihr Gejammer und ihre Schmerzen, als sie beim Röntgen das Bein drehen musste, und wie nett die Ärztin mit ihr war und ihr sogar etwas schenkte, und an die ungeheure Erleichterung darüber, dass der Knöchel nur verstaucht war, nicht gebrochen, und wie ihre Angst und ihr Schmerz dann auf der Rückfahrt in einen Veteranenstolz übergingen, und wie sie den anderen Kindern den Verband zeigte und sagte, sie wolle später auch Röntgenärztin werden, und wie sie sich in den Tagen und Wochen danach die Episode mit genüsslichem Grauen wieder und wieder erzählen ließ, als müsse sie sie hören, um glauben zu können, dass sie ihr selbst passiert war.

Schrecksekunden mit den Kindern, Reisen mit den Kindern, die Augen der Kinder unter dem Weihnachtsbaum, so leuchtend wie die Christbaumkugeln im Licht der Wachskerzen, die Hand des kleinen Bruders in der Hand der großen Schwester, Erinnerungen an Harmonie und Unschuld, und vielleicht ist es auch einfach so, dass diese Erinnerungen schöner sind, reiner als die eigenen, ein ganz durchsichtiges, mundgeblasenes Glas ohne Einschlüsse, Blasen und blinde Flecke.

Es gibt Erinnerungsbilder, scharf wie Fotos, obwohl es selbst produzierte Kombinationen aus mehreren Erinnerungen verschiedener Zeiten sind, die sich im Laufe der Zeit als Synthesen bestimmter Entwicklungen übereinandergelegt und zusammengeschoben haben. So zum Beispiel der Gedächtnis-Schnappschuss des absoluten Glücks auf Luisas Gesicht aus der Zeit, als sie vielleicht ein halbes Jahr alt war. Jener Gesichtsausdruck erschien nur momentweise, aber jedes Mal, wenn er ihm geschenkt wurde, überlief ihn angesichts ihrer Wonne eine Gänsehaut. Und in der Erinnerung an ihre frühen Tage ist genau dieser Anblick da: Sie schließt die Augen, grinst mondgesichtig, mit aufgeblasenen Backen und leicht schäumendem Mündchen, als produziere sie vor lauter Freude ihren eigenen Champagner: »Bfff!«

Selbst in den intensivsten Erinnerungen bist du nur noch ein Beobachter, kein Akteur mehr. Im Moment der Geburt, während der Presswehen, standest du hinter Heikes Kopf und sahst aus dieser Perspektive Chefarzt und Oberarzt, wie sie, links und rechts postiert, ziemlich roh auf den geschwollenen Bauch drückten, wirklich so, als solle eine riesige Wurst aus ihrer zu engen Pelle gequetscht werden, sahst die Hebamme, deren Hände zwischen Heikes Beinen verschwanden und zogen, als sei sie ein Tierarzt, der einer Kuh das Kälbchen aus dem Bauch holt. Und dann, in einem Schwall gelblich-brauner Flüssigkeit, rutschte es plötzlich ans Licht wie ein aus dem Netz geschütteter Fisch an Deck, fing, auf dem Bauch liegend, sofort zu schreien an, der Chefarzt saugte mit einem Röhrchen Flüssigkeit ab, Luisa wurde abgewischt und der Mutter angelegt. Durch die Verformung im Geburtskanal hatte sie einen King-Kong-Kopf und die dunkelrote Farbe eines gehäuteten Kaninchens, die der Chefarzt beim Diktat als »rosig« und »perfekt«

bezeichnete. Heike war plötzlich überall im Gesicht, an den Schultern und auf der Brust sommersprossig vor Anstrengung und glitt binnen Sekunden von der Tortur in die Seligkeit, als sie Luisa auf sich spürte – an all das erinnerst du dich. Aber völlig weggelöscht ist, dass der Chefarzt dich dann nach vorn gerufen, dir irgendein Utensil in die Hand gedrückt haben muss, mit dem du die Nabelschnur durchtrennt hast. Das ist ja nun mehr als Symbolik, das muss ja auch spürbar gewesen sein und sichtbar, der einzig aktive Moment, den du in diesen langen Stunden hattest – aber nichts, vollkommener Blackout.

Doch auch seitdem er (genau wie Heike) sich wieder verstärkt um ein eigenes Leben bemüht und sie wieder viele Dinge ohne die Kinder tun und erleben, bleiben die Erinnerungen daran fahl und sind nur die anämischen, degenerierten Kinder ihrer Vorfahren aus der Zeit, als er noch der Mittelpunkt seiner Existenz war.

Aber es ist ja nicht sicher, dass sie stirbt, setzt das Kind neu an.

Doch, Luischen, ich fürchte, es ist sicher, dass sie sterben muss.

Aber warum?

Weil die Krankheit, die sie hat, sie nicht leben lässt. Weißt du, sie hat Schmerzen. Wenn sie fiept, dann heißt das, es tut ihr weh. Und das wollen wir doch nicht, dass unsere Bella Schmerzen hat?

Nein!

Und deshalb lassen wir sie morgen Abend, wenn sie dann immer noch Schmerzen hat, von Dr. Bielefeldt einschläfern.

Was heißt das?

Er gibt ihr eine Spritze, und dann schläft sie ganz ruhig ein. Aber vorher verabschieden wir uns von ihr. Und dann nehmen wir sie in den Arm, damit sie weiß, dass wir bei ihr sind.

Aber eine Spritze tut doch weh!

Nein, die tut ihr nicht weh. Das verspreche ich dir.

Aber vielleicht ist sie ja morgen wieder gesund.

Vielleicht. Aber ich glaube es nicht.

Und wenn ich für sie bete?

Das wird nichts schaden. Aber ich glaube nicht, dass es sie davor bewahren wird zu sterben.

Aber das ist doch ungerecht!

Ja.

Und wer macht das, dass sie sterben muss? Der liebe Gott?

Charly sagt nichts.

Dann ist das ein Scheißgott, kein lieber Gott!, bricht es aus ihr heraus.

Luisa, Scheiße sagt man nicht. Außerdem kannst du nicht zum lieben Gott beten und dann solche Sachen über ihn sagen.

Noch keine Woche geht Luisa jetzt zur Schule, ist sie, wie sie stolz sagt, ›ein Schulkind‹ (ihre große Schultüte wird in der Erinnerung überblendet von deiner, die so viel riesiger gewesen zu sein schien und so viel schöner mit ihrem blau-silbern leuchtenden Stanniolüberzug und den Glitzerbildchen darauf, wogegen die Kinder heute bereits am ersten Schultag Reklame laufen), und schon hat die makellose Unschuldshaut, die sie bis zu diesem Tag umhüllte und sie die ersten sechseinhalb Jahre ihres Lebens im Paradies gehalten hat, erste hässliche Risse und Schmisse bekommen. Die Keime von Vulgarität und Gemeinheit dringen ebenso ein wie Hass, Neid, Ungerechtigkeit, Kampf – du ahnst es noch nicht, Kind, aber dein erster Schultag war *the first day of the rest of your life.*

Das Göttliche, das Ehrfurchtgebietende, das Anbetungswürdige, die Unversehrtheit der Seele – von nun an wird das alles jeden Tag weniger werden, und irgendwann bist du ein Mensch, und wie fremd und ernüchtert und sehnsuchtskrank werden wir einander dann aus zunehmender Distanz anblicken.

Am zweiten Tag brachte sie das Wort ›Scheiße‹ nach Hause. Das hat sie nicht aus der Schule, sagte Heike, das hat sie von dir.

Ich will aber trotzdem nicht, dass Bella stirbt!, sagt Luisa heftig, wie um den Kraftausdruck durch die Vehemenz ihres Willens zu rechtfertigen.

Sie beginnt zu weinen. Er weiß nicht, was er sagen soll. Er nimmt sie in den Arm. Er findet, er bräuchte selber Trost. Ein wenig spendet ihm ihre warme Lebendigkeit.

Müssen wir alle sterben? Sie hat sich wieder losgemacht. Das Thema ist zu ernst.

Irgendwann einmal, wenn wir alt und lebenssatt sind. Aber du erst in hundert Jahren.

Und was ist das für eine Krankheit, die Bella hat?

Die heißt Krebs.

Ist das ansteckend?

Nein, ist es nicht.

Und wenn doch? Dann kriegen wir sie auch.

Nein, da musst du keine Angst haben. Krankheiten übertragen sich nicht vom Tier auf den Menschen, und es ist sowieso keine ansteckende Krankheit.

Und wenn ich Bella streichele?

Nein, im Gegenteil. Mit jeder Zärtlichkeit tust du ihr was Gutes. Sie weiß ja nicht, was sie hat, die Ärmste.

Weiß Bella, dass sie vielleicht sterben muss?

Nein. Sie spürt nur, dass es ihr schlecht geht. Tiere sind, wenn sie sterben müssen, immer ganz gottergeben. Sie legen sich irgendwo hin oder verstecken sich und warten, dass es vorübergeht.

Weil sie nicht wissen, dass sie sterben.

Ja, vielleicht.

Aber warum müssen wir es denn wissen?

Weil wir Menschen sind, mein Herz. Wir können mehr fühlen als ein Tier, aber dafür müssen wir auch mehr wissen.

Luisa runzelt die Stirn. Das ist schwer zu verstehen für sie.

Charly wünscht sich Heike an seine Seite. Am liebsten würde er nach ihr rufen. Was mache ich hier? Philosophischen Stuss reden! »Weil wir Menschen sind, mein Herz.« So 'n Scheißdreck! Was soll sie denn damit anfangen? Heike würde sie nur in den Arm zu nehmen brauchen, und sie schliefe auf der Stelle ein. Das sind seine schönsten Momente: zusehen, wie natürlich Heike mit den Kindern umgeht. Und dabeisitzen.

Es ist überhaupt kein Gleichnis oder sowas, sondern pure Realität: Bei der Geburt und davor und danach ist jeder Mann, mag er auch mit Brief und Siegel der Erzeuger sein, ein Joseph und steht mit großen Augen zwischen Ochs und Esel. Charly weiß nicht mehr, wann ihm diese Erkenntnis gekommen war, irgendwann in der Rückschau oder zu Weihnachten, jedenfalls nicht im Kreißsaal.

Heike war eine vorbildliche Schwangere. Sie arbeitete bis in den achten Monat, hatte keine Migräne, musste sich nicht übergeben und war noch erstaunlich lange bereit, mit ihm zu schlafen. Oxytocine und Vernunft ließen sie nach der ersten Ultraschalluntersuchung von einer Stunde auf die andere das Rauchen einstellen. Nie mehr fing sie wieder damit an. Trauerte dem auch nicht nach. Sie war nicht mehr alleine ab diesem Moment, und Charly, der sich so monogam, so bereit zu gemeinsamer Brutpflege fühlte wie eine Meise, ein Schwan, ein Fuchs oder eine Präriewühlmaus, musste feststellen, dass er trotz aller Unterstützung seiner Hormonrezeptoren vor allem seinen guten Willen brauchte, wogegen seine Frau sukzessive und ganz ohne Mystik eine andere wurde und einen anderen Bund eingegangen war.

Als er sie, das seit Tagen bereitstehende Köfferchen in der Hand, ins Krankenhaus brachte und sie beide noch scherzend und mit einem Gefühl wie Lampenfieber sich die kommenden Stunden ausmalten, nicht ahnend, dass es zwanzig werden würden, da hätte ihm seine Josephsrolle schon deutlich werden können, die eines Helfers und Gut-Zureders und mehr oder minder hilflos bei den Atemübungen Assistierenden. Denn alles das, was danach folgte, das völlig Neue, ganz und gar Fremde und Beängstigende – die Atemstöße und die zunehmenden Schmerzen, zunächst erträglich, dann plötzlich so unerwartet peinvoll, dass die nächste Wehe mit Furcht erwartet wurde, dann wie ein langsames Eintauchen in eine Flucht immer engerer, luft- und lebenabschnürender konzentrischer Kreise oder Eisenbänder und die Erwartung, vom jeweils nächsten zermalmt zu werden, und das atemlose Erstaunen, noch einen Ring weiter und tiefer gekommen zu sein, und die Sicherheit, den nächsten nicht mehr zu ertragen, ihr Stöhnen, dann ihr ausatmender Schrei, dann die sich lösenden Tränen, das Pressen bis zur Verformung ihres Kopfes, ihres Halses, ihrer Schultern, und schließlich, jenseits des Endes aller Kräfte und erst nachdem die herbeigerufene Hebamme den Chefarzt unsanft zur Seite gedrückt, um mit ihren Händen den rot geäderten riesigen Bauch zu kneten wie ein Bildhauer den Ton, bis sie das Kind darin mit dem Kopf voraus in den Geburtskanal bugsiert hatte, das letzte nervenzerreißende Crescendo von Schmerzen und Wehen und Schreien (als er nicht mehr daran glaubte, nur noch seine Frau gerettet haben wollte), und so plötzlich wie zuvor die Entwicklung endlos gewesen war, die fischartig flutschende Erlösung in Blut und Gewebe –, alles das gehörte nur ihr, Leid und Erlösung ausschließlich ihr (und ein wenig der Hebamme).

Was Joseph tun konnte, wozu er nötig war, das war die Bereitschaft zu sozialer Monogamie. Er wurde gebraucht (wenn

auch nicht um den Preis des Lebens) von dem Doppelwesen, das
da geboren war, er stand ihm am nächsten und weinte, als die
Hebamme das Neugeborene auf Heikes schweißnassen Bauch
legte. Er wagte nur, ihre nasse Stirn zu küssen, Ehrfurcht, Scheu,
Ekel, Vorsicht ließen gar nichts anderes zu. Das, wie sollte man
es nennen, das selig-müde, Fältchen und Krähenfüße spinnende
Lächeln, das weniger eine Aktivität ihrer Gesichtsmuskeln zu
sein schien als vielmehr etwas von außen über sie gebreitetes
oder aufgeprägtes, dieses Lächeln war etwas ganz Neues und
Niegesehenes, und keine Verschmelzung, kein Orgasmus hatte
je etwas Ähnliches hervorrufen können.

Maler der Spätgotik und der Renaissance haben es in ihren
Mutter-und-Kind-Gemälden dargestellt, dieses Lächeln: Es
zeigt sich weniger am Bogen der geschlossenen Lippen – die
nur ganz leise angerührt scheinen, so wie ein zarter Windhauch
ein Blatt am Baum nicht flattern, sondern nur beben lässt – als
an den Augen. Die Lider sind noch schwer, als erholten sie sich
langsam von einer Last, die lange auf ihnen gelegen hat, und
der Blick, der, ganz exklusiv und alles andere ausschließend
und ausblendend, das Kind erfasst, nicht so sehr ansieht als
vielmehr birgt, der Blick, in dem sich Staunen, Bangigkeit und
zärtliche Zuneigung die Waage halten, scheint über die fest-
gehaltene Sekunde hinaus in eine Art von Ewigkeit zu gehen,
in ein Vergangenheit und Zukunft umfassendes Präsens, und ist
daher Freude so gut wie Trauer, die beide in dieser Dimension
ununterscheidbar werden.

Es liegt aber noch etwas anderes in den Gesten der Mutter
(wie in ihren Blicken, die immer auf das Kind gerichtet sind,
das seinerseits diesen Blick nur selten erwidert), etwas Ausgren-
zendes, eine Art exklusiver Besitzanspruch; nicht nur bergen
die Arme der Mutter den Säugling, sie verbergen ihn auch vor
dem Vater.

In irgendeinem Museum hat Charly einmal ein Gemälde gesehen, etwas Italienisches aus dem fünfzehnten Jahrhundert, eine Szene auf der Flucht nach Ägypten, Mutter und Kind auf dem Esel, Joseph daneben. Der Esel hat den Kopf gesenkt und macht sich ans Grasen, die Gruppe will rasten. Joseph steht vom Betrachter aus gesehen rechts von ihm, den Kopf gesenkt, die Gerte schlaff in der Hand, offenkundig erschöpft und müde. Marias Beine hängen an der rechten Flanke des Tiers hinab, sie ist im Begriff abzusteigen, hat das Jesuskind dafür mit beiden Händen umfasst und hält es ein wenig von sich ab. Ihr Kopf aber ist zu ihrem Mann gewendet, sie mustert ihn vor dem Absteigen kurz über die linke Schulter. Ja, sie mustert ihn, es ist kein abschätziger Blick, aber ein flüchtig einschätzender, ein Blick des Nutzdenkens: Kann er noch? Ist er uns noch eine Hilfe? Kann er noch etwas für uns tun? Haben wir ihn überbeansprucht, überschätzt? Macht er schlapp und lässt uns im Stich?

Damals bei der Geburt wurde Charly Zeuge einer Verwandlung – die kein großes Aufhebens von sich machte, das war nicht Heikes Stil, aber eine Verwandlung war es. Ein verwandelter Blick, verwandelte Gesten (ihre Armhaltung, die Neigung ihres Kopfes und der veränderte Lichteinfall darauf, wenn sie das Baby an ihrer Brust barg und es resolut »andockte«, wie die Hebamme das nannte, damit es zu saugen begann), aber er, der Mann, Karlmann, der heilige Joseph, er hatte sich nicht verwandelt, ihm war nichts verkündigt worden. Er war der Hüter des Paares, das nicht über Oxytocin-Rezeptoren, sondern durch eine Nabelschnur aus Fleisch und Blut miteinander verbunden gewesen war, und wenn er in den Tagen nach der Geburt (die von Max ging viel schneller und unkomplizierter) die innige, wie aus einem einzigen Stück Olivenholz geschnitzte Umarmung von Mutter und Säugling betrachtete, erfüllte ihn der Gedanke, Joseph und dafür verantwortlich zu sein, die kostbare Fracht nach Ägypten und wieder zurück zu geleiten, den Esel am Strick hinter sich herzuziehen, Wegelagerer mit dem Stock zu vertreiben und für Essen und Unterkunft zu sorgen, mit einem Behagen, das er nie zuvor verspürt hatte, weil ihm nie zuvor aufgegangen war, wie reizvoll es sein kann, im Film des eigenen Lebens eine Nebenrolle zu spielen.

Luisa versucht es noch einmal anders.

Und wie ist es im Himmel?

Das wissen nur die, die dort sind. Und die können es uns nicht sagen.

Meinst du, dass man alle seine Freunde wiedertrifft im Himmel?

Ich kann es dir nicht versprechen, aber ich glaube, im Himmel passiert all das, was du dir am allermeisten wünschst.

Kriegt man dann da auch sein Lieblingsessen?

Was würdest du dir denn wünschen?

Fischstäbchen mit Pommes und Ketchup!

Ich bin sicher, es gibt himmlische Fischstäbchen.

Sie denkt nach. Dann schüttelt sie den Kopf.

Nein, das geht nicht, Papa.

Warum nicht?

Weil die Fische, die sterben, im Himmel ja auch wieder aufwachen. Dann können sie doch nicht nochmal zu Fischstäbchen gemacht werden.

Ja, wahrscheinlich hast du da recht. Wahrscheinlich gibt es dort auch ganz andere Sachen zu essen.

Papa, meinst du, dass Bella merkt, dass sie nicht mehr so gut riecht?

Ja, das glaube ich bestimmt.

Woher kommt das?

Das ist die Krankheit. Aber genau kann ich es dir nicht sagen.

Aber du hast dich nicht bei ihr angesteckt?

Nein, ganz sicher nicht. (Vor allem nicht an einem am Anus durchbrechenden Tumor!)

Ich will nicht, dass sie stirbt!

Ich weiß, aber vielleicht können wir ja –

Ich will keinen anderen Hund, ich will meine Bella!

Ich wollte doch gar nichts sagen von einem anderen Hund...

Aber genau das hat er natürlich gewollt. Der Hund, der (noch bevor es eine Bella gab) zu dem kostbaren Bild dazugehört, das nur als ein vollständiges Charlys Glück verbürgt. Du weißt es noch und siehst es vor dir, während du das weinende Kind an deine Brust drückst:

Als Heike aus der Tür des Sprechzimmers ihrer Frauenärztin trat und Charly die aufgeschlagene *Geo* in den Schoß legte und sie ansah und binnen einer Sekunde an allem – der Körperhaltung, den Augen mit den Lachfältchen, dem zu einem kaum sichtbaren Lächeln an den Winkeln hochgezogenen Mund – das Wunder ablas, da war das erste Bild, das sich vor ihm aufbaute, dreidimensional und in leuchtenden Farben, noch bevor er stand und sie in die Arme nahm, das einer Kindheit, die sich diametral von seiner eigenen unterschied, so wie er sie weniger bewusst erinnerte denn vielmehr als Gefühl in sich spürte.

Und das war bei Lichte betrachtet so merkwürdig wie unlogisch.

Und dennoch war es etwas, das in ihrer Lebensplanung nie zur Diskussion stand. Es war das Bild einer Kindheit mit einem schwanzwedelnden Golden Retriever in einem grünen Garten mit einem Einfamilienhaus wie aus der Margarinereklame, das Bild einer vollkommen idyllischen Kindheit an einem einzigen Ort, ohne Umzüge, ohne Einsamkeit, ohne Entwurzelung, ohne Ängste und Verluste und den Zwang, sich immer wieder neu durchzusetzen, ohne Sehnsucht und Neid und Schmerz.

Eine Kindheit, die ein genaues Gegenteil deiner eigenen sein muss.

Eine Kindheit also ohne jenen ersten, unerwarteten Abschied aus Friedrichshafen, mit dem alles begann. Aus Friedrichshafen mit seinen drei Kirchtürmen – oder besser vier, denn die Schlosskirche besitzt deren zwei. Zwei perfekte, symmetrische, barocke Zwiebeltürme, er sah sie aus dem Grün herausragen bei jedem Spaziergang die Uferpromenade entlang. Die Schlosskirche hatte etwas von einer Adelsherrin, einer Stiftsdame, alterslos, von ebenmäßigen Zügen und ruhiger Würde, die zurückgezogen vom Trubel der Stadt in ihrem Park lebte, über dessen Mauern sie herübersah, die Distanz genießend, die ihre Majestät gebot und die ihr gewährt wurde. Als Kind hat er die Kirche neben Erika, zwischen den Eltern ein einziges Mal betreten, zur Weihnachtsandacht in einer eisigen Winternacht. Sie war kalt, kerzenleuchtend und von karger Heiligkeit. Die Nikolauskirche im Innenstadtbogen mit ihrem Stufengiebel dagegen liebte er, wie man eine rosige und vergnügte dicke Marktfrau liebt, die einem mitten im Winter heiße, gezuckerte Backäpfel schenkt. Dem Kindern vertrautesten Heiligen gewidmet, strahlte sie Güte und Herzenswärme aus, sie erinnerte ihn an die Kirchen auf den Adventskalendern, und vielleicht bildete er sich tatsächlich ein, man könne in der Vorweihnachtszeit ihre Portale, Türchen, Fenster und Luken aufklappen und bekäme flötende Engel, Lichterkränze, eine Eule im Dachstuhl und eine im Heiligenschein des Kindes schimmernde Krippe mit Ochs und Esel zu sehen. Dagegen erfüllten ihn Bangigkeit, Angst vor dem Tod und seinem düsteren Engel und eine gewisse Abscheu angesichts der Canisius-Kirche zwischen den Bahngleisen und dem Maybachwerk ganz in der Nähe des alten Schulhauses, in das er jeden Morgen eintrat. Mit ihren schwärzlich-ochsenblutroten Backsteinmauern, die in seiner Erinnerung viel rußi-

ger und düsterer sind, als sie heute auf Fotos wirken, ließ sie
ihn an ein Fabrikgebäude denken, einen Verschiebebahnhof,
irgendein lärmendes, stampfendes Mahlwerk der Seelen, in dem
kein lieber Gott wohnen konnte, eher sein rußiger, schwarzer
Widerpart, der in seinen Albträumen eine so beherrschende
Rolle spielte. Dennoch war auch die St.Petrus Canisius-Kirche vollwertiger Teil dieser Trias, des Dreiecks der Kirchtürme,
deren Silhouetten für ihn so etwas darstellten wie christliche
Eschen Yggdrasil, die Säulen, auf denen das Himmelsgewölbe
sicher ruhte mit seinen wer weiß wie vielen Sternlein, seinen
Schutzengeln und den verstorbenen Großvätern, die wohlwol-
lend herabsahen.

Und dann zogen sie fort aus dieser Stadt, in der er Jürgen
Rieger, der die ganze Klasse terrorisierte und es auch bei ihm
versuchte, auf dem Nachhauseweg in den Entwässerungsgra-
ben geboxt hatte, wodurch das Leben plötzlich freie Bahn in
alle Zukunft versprach. Fort aus der Stadt, deren Seegeruch er,
wenn er möchte, in seine Nase zaubern kann, den brackigen
und würzigen Geruch an der Treppe hinab zum Wasser auf dem
Weg zum Hafenbahnhof und dort den metallischen Geruch
der Waage in der großen Halle, auf deren silbriges, profiliertes,
leicht schwankendes Fußblech er stieg, und er erinnert sich an
das Gefühl des kleinen, pastellfarbenen (grün oder rosa oder
beige, immer wechselnd), rechteckigen Wiegekärtchens in seiner Hand, das aus dickem, hartem, unverbiegbarem Karton
bestand und mit einem Klingeln in die von so vielen Händen
glattpolierte Mulde auf Höhe seines Halses fiel und auf dem in
Schreibmaschinentype sein Gewicht gedruckt war: 17,2 Kilo.

Eine Kindheit also ohne das albtraumhafte Erwachen in
einen Dachauer Novemberschultag mit Dauerregen, wenn ihr
die Räder aus dem Fahrradkeller hochtrug um 7 Uhr in der
Dunkelheit und dann im grünen Cape über den Hof und auf

die Straße und mit zusammengebissenen (nassen) Zähnen die
fünf Kilometer bis zur Schule, die nassen, zusammengekniffe-
nen Augen auf das Katzenauge am Hinterrad Erikas geheftet,
und die Nässe und der feuchte, muffige Geruch der Pullover
(die genau dann getrocknet waren, wenn ihr wieder raus in
den Regen musstet), und der Lehrer, Herr Hornbichl, redete in
seinem breiten, so unsäglich fremden Dialekt, und was für ein
Kampf, täglich geführt, Woche um Woche, Monat um Monat,
anerkannt zu werden dort, respektiert zu werden, nicht mehr
schikaniert zu werden als der ewige »Neue«.

Erst als er sein Talent auf dem Fußballplatz entdeckte und
Rechtsaußen in der Knaben-B-Mannschaft des TSV 1865 wurde
und auf der rechten Außenbahn, den Ball am Fuß, allem entfloh
in die Freiheit eines halbhoch fast von der Eckfahne auf den
Elfer hingezirkelten Passes, den Ecki einmal volley verwandelte,
begannen sie ihn, den Zugereisten, zu akzeptieren, und Eckis
Augen leuchteten, wenn er auf den Hof herunterkam, und kaum
war es so weit, zogen sie wieder fort.

Eine Kindheit also ohne das Skalpell des Geldes, das schnei-
dend leise die Kinder in ›wir‹ und ›sie‹ trennte mit unsichtbarer,
aber präziser Schärfe und alles Minderwertige auslöste wie den
Knochen vom Fleisch. Plötzlich war der Fußballverein zu weit
entfernt von der Siedlung mit den Einfamilienhäusern, und die
Eltern fürchteten um unsere Glieder und Sehnen angesichts der
Metzgerburschen und Hauptschüler (und Jugos) dort, und ›wir‹
gingen ohnehin alle in den Tennisclub von Hemmingen-Wes-
terfeld. Auch die Eltern (um Bekannte zu finden). Und diesmal
waren es nicht seine sportlichen Talente, sondern das sich in
Rhetorik findende Ego, das ihm Respekt und den Klassenspre-
cherposten eintrug. Am altehrwürdigen KWR begegnete er auch
zum ersten Male Adligen (auf Augenhöhe, versteht sich), und
die Eva-Marias und Ursulas in ihren rosa Kaschmirtwinsets

waren gern gesehene Gäste, wenn sie zum gemeinsamen Üben
für Klassenarbeiten ins Haus kamen. (Und das erotische Kli-
ckern des Perlenarmbands am Handgelenk einer dieser Ursulas,
wenn es beim Vokabel-Aufschreiben die Tischplatte berührte.
Sounds like money. So viel Englisch konnte er.) Kaum war es zu
einer lieben Nachmittagsgewohnheit geworden, sich ›unterm
Schwanz‹ zu treffen, da zogen wir ›zurück‹ nach Hamburg.

Eine Kindheit also ohne den Schock, die unglaubliche Ungerechtigkeit, mitten in den Pubertätslieben und -freundschaften
wieder aus der neuentdeckten und angeeigneten Heimatstadt
herausgerissen zu werden (die letzten Nachmittage, an denen
unkontrollierte Tränen der Verzweiflung, Hoffnungslosigkeit
und Wut ins Kopfkissen flossen), nur wegen der Jobcapricen
des Alten, der sich einen Dreck um seine Kinder scherte (»wir
haben immer darauf geachtet, dass ihr an die besten Schulen
kommt«), und Tage darauf der zweite Schock: die Erkenntnis,
die wie Kohlensäure durch die Blutbahn prickelte, in eine Weltstadt geraten zu sein, gemessen an der Hamburg zu piefigster
Provinz verzwergte, dein Hamburg.

Natürlich war es die Fremde, aber auch die Überwältigung,
Tag für Alltag in dieser Fremde zu leben, nicht nur auf Besuch
dort zu sein. Unvergessen, nie zu vergessen der Tunnelblick in
irgendeine unzerstörte Straßenschlucht, in das gewaltige, sum-
mende, brummende, nach Metall und Abfall und überhitztem
Trafo duftende Zeitkontinuum einer europäischen Metropole
mit Backsteinfassaden und regenglänzenden grünen Kupfer-
dächern und polierten goldenen Kronen und schmiedeeisern
umzäunten Brunnen. Wie jede in Jahrhunderten gewachsene
Weltstadt war Amsterdam von einer souveränen Selbstgenüg-
samkeit, von pulsierender Gelassenheit.

Von der großen, möblierten Wohnung im Nieuw Zuid nahe
der Beethovenstraat aus wurden die konzentrischen Kreise der

Stadt, ihre Jahresringe, zu Fuß, mit dem Rad, mit der Strippenkaart in der Tram erkundet. Kalte, neblige Januarmorgen in den Cafés des Pijp, sonnige Oktobernachmittage auf den Wiesen im Vondelpark und die Stunde nach der Schule, wenn die Clique, anstatt nach Hause zu fahren, sich auf der Terrasse des *American* am Leidseplein traf und man sich für den Abend im *The Movies* im Jordaan verabredete.

Hier kamen sie beide den Eltern abhanden, es hätte gar nicht die bedrückte, verlogene Stimmung zu Hause gebraucht, die sich ab und zu in nervösen Ausbrüchen entlud. Das bürgerliche Trauerspiel der scheiternden Ehe (die dann doch hielt, dank des Herzanfalls und der Rückkehr) war verstaubtes neunzehntes Jahrhundert verglichen mit den grenzenlosen Verheißungen, die sich ihnen boten, die Amsterdam der jugendlichen Seele öffnete, als klappten die Wände unserer Wohnung plötzlich auf wie die Seiten eines Pappkartons und offenbarten die sonnenbeschienene, dunstglasige Weite einer ganz unbekannten zusätzlichen Dimension. In die man nur hineinzuwandern brauchte. Sie hieß Jugend, Freiheit, hieß ›Mein Leben‹.

Natürlich bewahrte Amsterdam auch deswegen einen besonderen Zauber, weil sie die Stadt nur oberflächlich kennenlernten und sich für den niederländischen Teil an ihr, Geschichte, Politik, Gesellschaft, überhaupt nicht interessierten. Die Clique aus der deutschen Schule, die sich auf dem Leidseplein traf, nicht nur bekam sie keinen Kontakt zu den Einheimischen (die allerdings auch nicht sonderlich interessiert waren und ihr Land zu schützen versuchten, indem sie Sprache als Zitadelle benutzten und jedem Ausländer, vor allem den Deutschen, in dessen Sprache antworteten, auch wenn sie sie schlechter beherrschten als dieser die ihre), sie wollte auch gar keinen, lernte Niederländisch nur oberflächlich und genoss die exterritoriale Illusion, das Gefühl von ›Internationalität‹.

Und während Charly mit seinen Freunden, Söhnen und Töchtern deutscher Diplomaten, Auslandskorrespondenten und Geschäftsführer niederländischer Firmenfilialen, die Stadt durchstreifte, rauchte, küsste, tanzte, diskutierte, sich ver- und entliebte, alles samt Schulpensum in nie gekannter Leichtigkeit, da verlor er seine Schwester, die bislang immer, trotz des Altersunterschieds, wie ein Zwilling zu ihm gehört hatte.

Er bekam zunächst gar nicht mit, dass Erika begann, ihre eigenen Wege zu gehen. Sie wurde in diesem Amsterdamer Jahr noch viel mehr als er zu einer Erwachsenen, die in immer längeren Abwesenheiten – dabei all ihre Pflichten in der Schule und zu Hause perfekt erfüllend – ihre Autonomie gewann und fortan nie mehr als Tochter, nur noch auf Augenhöhe, mit Respekt und einer gewissen ehrfürchtig-erstaunten Distanz behandelt wurde.

Mag sein, dass es die plötzliche Fremdheit Erikas war, die Charly in Amsterdam eine weitere, entscheidende Entdeckung machen ließ. Sie war so faszinierend wie beängstigend, und seine Seele reagierte darauf, wie die Haut reagiert, wenn man plötzlich von einem warmen, sonnenbeschienenen Ort an einen schattigen, kühlen tritt: mit einem Frösteln, das übergeht in ein bewusstes Empfinden der Grenze zwischen Ich und Nicht-Ich. Es war die Entdeckung der Einsamkeit, und zwar nicht einfach des Alleinseins, denn er konnte sie durchaus empfinden, wenn er mitten unter Menschen war. Es brauchte dazu nur die fremde, alte Stadt mit ihren Straßenfluchten und Fassaden, die so viel Rätselhaftes bargen, die Allgegenwart der fremden Sprache und all die umherhetzenden Passanten mit ihren unbekannten Leben und verborgenen Zielen. Dann überkam ihn manchmal ein Gefühl von der eigenen Absurdität, als eine Art Vorahnung dessen, was einmal die Essenz des Erwachsenenlebens sein musste. Das Gefühl nicht etwa eines unüberbrückbaren

Abstands zu den anderen, sondern von deren Abwesenheit. Der Blick in die fremde Straßenschlucht, die das Leben ist und die du alleine wirst durchwandern müssen.

Es war nicht so, dass Charly in diesem Moment Angst bekam, die Empfindung von Kälte löste eher einen gewissen Stolz aus, denn es war ihm klar, dass diese Erkaltung etwas mit dem Übergang aus der Kindheit in das autonome Leben zu tun hatte, dass sie der Preis war, den noch jeder hat bezahlen müssen.

Der Abschied von Amsterdam nach einem Jahr war schwermütig, aber nicht eigentlich traurig oder bitter. Alle seine Freunde wussten, dass auch sie hier nur eine begrenzte Zeit lang leben würden. Es war mehr wie die Rückkehr von einer Grand tour, jener großen Bildungsreise im achtzehnten oder neunzehnten Jahrhundert, die einen von den Schlacken der Provinzialität befreit und zu einem souveränen Menschen gemacht hat.

Und Souveränität war es denn bei der Rückkehr nach Hamburg auch, die Charly jetzt umgab, die er ausstrahlte in den Augen der Daheimgebliebenen, die ihn zurückempfingen wie den verlorenen Sohn. Eine Aura, aus der sich dann ganz selbstverständlich solche Dinge ergaben, wie dass er Schulsprecher wurde oder man ihn dazu bestimmte, die Abiturrede zu halten. Wer auch sonst?, hätte Karlmann Renn damals gefragt.

Was er seinem ungeborenen ersten Kind in jenem Moment bei der Frauenärztin also wünschte, war eine Kindheit ohne all die Prüfungen und Erlebnisse, ohne alle die Mühen und Abenteuer, die ihn zu dem gemacht hatten, was er war.

War denn also, fragte er sich seither oft, die emotionale Bilanz seines Lebens von Unglück bestimmt? Hatte er das Leben, das er gelebt hatte, die Persönlichkeit, zu der er geworden war, denn nur durch negative Erfahrungen erkauft? Keineswegs! Nicht nur ist Charly mit sich im Reinen und hat zurückblickend den Eindruck, eine reiche Kindheit und Jugend gehabt zu haben, er ist sich auch vollauf bewusst, was er den Ortswechseln, dem Zwang, immer wieder neu zu beginnen und sich zu adaptieren und durchzusetzen, der fürsorglichen Rücksichtslosigkeit der Eltern, der Einsamkeit und Wurzellosigkeit schuldet und zu verdanken hat. Er wäre ohne all das nicht da, wo er ist, er hätte den Überblick nicht, nicht die Antriebskraft noch die Hartnäckigkeit oder das Selbstvertrauen. Er wäre nicht Karlmann Charly Renn, der trotz allem glückliche oder wenigstens zufriedene Mann, der es geschafft hat.

Und doch und doch. Alles anders zu machen für die schon geliebten, noch ungeborenen Kinder, ihnen eine bergende Tradition, feste Wurzeln, einen sicheren Kokon zu schenken, das stand nie infrage. Daher sofort nach der Bestätigung der Schwangerschaft die Suche nach einem Grundstück und der Hausbau und der in Eisen gegossene Beschluss: Von hier bewegen wir uns, solange die Kinder im Hause sind, nicht mehr weg.

Und dann, gleich nach Lulus Geburt, hatte er in Ahrensburg den bestellten Retrieverwelpen abgeholt, und Bella wuchs mit ihr auf (allerdings schneller).

Ich will keinen anderen Hund, sagt Luisa, die sich wieder beruhigt und auf ihr Kopfkissen gelegt hat, entschlossen und stur. Ich will meine Bella immer behalten. Immer, immer.

Das wirst du auch, sagt Charly. Denn wenn sie tatsächlich stirbt, dann begraben wir sie bei uns im Garten.

Dann können wir sie jeden Tag besuchen, sagt Luisa. Dann bleibt sie immer bei uns. Und wenn ich ihr was erzähle, dann kann sie es hören im Himmel.

Ganz genau, sagt Charly, erleichtert darüber, dass diese Aussicht seiner Tochter ein wenig inneren Frieden zu verschaffen scheint.

Und im Anblick dieser sich glättenden Stirn und der ruhiger werdenden Atmung des Kindes weiß er plötzlich auch wieder

ganz genau, warum sie hierhergekommen sind und warum
sie immer hierbleiben werden: Damit wir die Unseren nicht
irgendwo verscharren müssen und danach weiterziehen, sondern damit wir beieinanderbleiben können. Damit sich in dieser Welt, in der sich alles dauernd ändert, nichts mehr ändern
muss.

Um eine Heimat zu schaffen. Um eine Heimat zu haben.

Und als du das Wort ›Heimat‹ denkst und dabei zugleich
das Stück Rasen unter der japanischen Kirsche im Winkel des
Gartens siehst, das du morgen Abend aufgraben wirst, in das
du ein tiefes Loch graben wirst, wo hinein du den schweren,
kalten, starren Leib Bellas legen wirst, da bist du plötzlich
wieder in Hegheim (›Heechheim‹ oder ›Heeschheim‹ ausgesprochen damals) und in den Frühlingstagen deiner Kindheit
von den ersten Krokussen auf winterblassen Wiesen bis zur
Kirschenzeit mit den plötzlich als schwarzes Feuerwerk aus
einer Baumkrone flatternden Starentrauben.

Denn nach Hegheim seid ihr immer zu Ostern gefahren.
Manchmal auch übers Pfingstwochenende zur Kerb, nie aber
im Herbst, nie im Winter, sodass die Ankunft dort jedes Mal
wie der Anbruch eines neuen Jahres war und das Kind, das du
warst, dieses neue Jahr mit einer Fahrt »zurück« begrüßte, denn
nach Hegheim zu fahren war immer eine Reise zurück in die
Vergangenheit, in die Kinderheimat deiner Mutter.

Hegheim begann mit dem Friedhof. Nicht, dass er das
Dorf beherrscht, in seinem Zentrum bei der Kirche gelegen
hätte. Nein, er war nichts als eine schlichte, abfallende Wiese
hinter einem Mäuerchen, einem knarzenden Törchen, markiert von drei hohen Alleebäumen direkt am Ortseingang.
Wer rasch vorüberfuhr, dem fiel der Friedhof nicht auf. Aber
für euch fing Hegheim immer mit dem Friedhof an. Hier lagen
eure Toten.

Oft seid ihr auch während eures Aufenthalts mit der ganzen Familie von Tante Ilses Haus durchs Dorf hinauf zum Friedhof gepilgert, doch jedes Mal wenn ihr, von Nidderburg kommend, alleine hier eintraft, war der Friedhof das erste Ziel. Das heißt, Ziel war das Grab deines Großvaters, des Vaters deiner Mutter, mit dem polierten schwarzen Stein, dem Namen und den Lebensdaten. Dabei lag der, alles andere als ein Hegheimer und Dorfmensch, nur hier, weil der Ort die Heimat seiner Witwe war, für die nach einem Leben in Großstädten die Rückkehr nach Hegheim, das sie als junges Mädchen verlassen hatte, um etwas Besseres zu finden als den Tod der Langeweile, ein fragwürdiges Glück gewesen sein muss.

Von der eigentlichen Hegheimer Familie, dem Bäckergeschlecht Luzius, lagen hier zu Anfang nur die Großeltern deiner Mutter, der Bäckermeister selbst und seine Frau, beide kurz nach dem Krieg verstorben. 1970 dann begann mit dem unerwarteten Tod von Ilses Mann Karl Krämer der Reigen, eins nach dem anderen des knappen Dutzends starb im Jahresrhythmus, Alfred, Fritzi, Wilhelm, Heini, deine Großmutter, Jean, Otto, Robert. Ganz zuletzt, lange nach allen anderen, weit über achtzigjährig, starb Ilse, die Erstgeborene, die mit dem Jahrhundert Geborene, die Seele Hegheims.

Aber bei Ilses Tod gab es die alten Gräber aus den Fünfziger- und Sechzigerjahren schon nicht mehr. Hurra, die Toten reiten schnell, ihre Reste wurden nach zwölf, nach fünfzehn oder zwanzig Jahren ausgebaggert, tiefergelegt, ihre Grabsteine verschwanden, und mit ihnen verschwand das Hegheim deiner Kindheit.

Heute führt in hundert Metern Entfernung, dort wo früher bis zum Horizont nur Wiesen und weitere Wiesen, Felder, Obstbäume und Haine im Dunst und Sonnenglast ruhten, die Autobahn auf einem Damm vorüber, der Hegheim von seiner Umwelt abschneidet, und mit der Ruhe der Toten, der euren wie der fremden, die sich seither über sie gelegt haben, ist es ein für alle Mal vorüber.

Obwohl die Hegheimer Familie sich um die Gräber kümmerte, war Mama nie zufrieden. Sie fand immer etwas auszusetzen am Zustand von ihres Vaters Grab oder an der Auswahl des Blumen- oder Pflanzenschmucks, zupfte hier und da etwas zurecht und drapierte die frischen Blumen. Ihre Gesten aber hatten etwas Fremdelndes, sie wirkten, als arrangiere sie eine Geschenkverpackung.

Dann habt ihr immer gebetet, schweigend, ein jeder für sich. Deine Gedanken schweiften. Später, als der Friedhof sich mit den Euren füllte, bekam jeder seinen kurzen Anstandsbesuch und diese paar Schweigesekunden, aber still gebetet wurde doch nur für die eigenen Eltern oder Großeltern. Denkst du zurück, scheint dir, du hast diesen Friedhof nie als einen religiösen, einen kirchlichen Ort wahrgenommen. Er war der private Totengarten eurer Familie, auch das stumme Beten war Privatsache, keiner erfuhr je, was und zu wem und worüber der andere da gesprochen haben mochte. Vielleicht lag es daran, dass der Friedhof weit fort war von der Kirche, die sich irgendwo im Dorf hinter einer Häuserzeile verbarg, jenseits deiner Kinderwege. Du erinnerst dich nicht, sie je betreten zu haben. Du hast in Hegheim auch nie einen Pfarrer erblickt. Ihr seid dort ebenso wenig in den Gottesdienst gegangen wie zu Hause, aber auch keiner aus der dortigen Familie nahm während eurer Besuche an einem teil, und dabei hätte sich an Ostern oder Pfingsten die beste Gelegenheit dazu geboten. Und bei den Trauerfeiern und Begräbnissen, die bald in Jahresfrist aufeinander folgen sollten, warst du nie zugegen. Irgendwo hast du einmal gelesen, man müsse furchtbar Schweres durchleben, um die Heimat wirklich zu besitzen, die man jetzt nur unter den Füßen hat. Vielleicht hat man dir Hegheim zu leicht gemacht, indem aus Verwandten, bei denen du Osternester abholen gingst, von einem Jahr zum nächsten Gräber wurden. Du zähltest immer nur, einmal im Jahr, die neu hinzugekommenen Steine.

Alle Luziusse, die sich im Laufe der fünfzehn Jahre in den schnurgeraden Reihen des Friedhofs versammelten, in denen du von einem Kind zu einem Erwachsenen wurdest und aus Friedrichshafen, aus Dachau, Hannover oder Hamburg angereist bist, wohnten in der frühen Zeit noch an der schnurgeraden, lastzugdurchdonnerten, schmalen Hauptstraße, bis auf Onkel Wilhelm, der Einzige, der das Handwerk seines Vaters weitergeführt hatte und eine Bäckerei und Konditorei in Hanau besaß, die sein Sohn, an einer Mehlstauballergie leidend, nach dem Tod seines Vaters verkaufte.

Es gab drei Epizentren in Hegheim. Am Ortseingang den Friedhof, am anderen Ende hinter dem Bach, der auf Hegheimerisch »die Bach« hieß, die Äppelwoi-Wirtschaft von Karl Stroh und dazwischen das Haus, in dem Tante Ilse mit ihrer Familie wohnte. Sie war das geheime Gravitationszentrum des Orts, die lokale Norne, bei der die Schicksalsfäden der Nachbarn, Brüder und Schwestern zusammenliefen. Als sie und der Friedhof schließlich zusammenwuchsen, endete eure Hegheimer Zeit, denn der sprudelnde Brunnen der Gegenwart war versiegt, du bist seither nie wieder dorthin gereist.

Nur wenige Wochen alt, war deine Mutter von ihren in Hamburg arbeitenden Eltern im Seitenwagen des Motorrads eines Freundes nach Hegheim gebracht worden, wo sich die ältere Schwester ihrer Mutter, Ilse, die schon ihre eigenen jüngeren Geschwister mit großgezogen hatte, um sie kümmern sollte. Seine ersten Lebensjahre bis zur Einschulung und dann noch den größten Teil des Krieges (dann aber mit seiner Mutter) lebte das Mädchen in Hegheim bei seiner Tante Ilse. Dies war die Heimat deiner Mutter, du hast, solange du zurückdenken kannst, in unzähligen Geschichten und Variationen von dieser Hegheimer Kindheit erzählt bekommen.

Die Besuche bei ihrer Mutter waren Anstands-, die bei Ilse Liebesbesuche. Saß sie in ihrer Küche, war deine Mutter so entspannt, wie sie nur sein konnte, und dennoch hast du immer den Verdacht gehegt, sie traure im Kreise von Ilses Familie heimlich den ganz frühen, nebelhaften Erinnerungen nach, in denen sie Ilses Kind gewesen war. Den paradiesischen Jahren, bevor ihre Pflegemutter, erstaunlich spät, nämlich mit Mitte dreißig und nur unter dem Druck der Schwangerschaft, ihren langjährigen Freund Karl zu heiraten einwilligte, um Horst, ihr einziges Kind, in geordneten Verhältnissen zur Welt zu bringen.

Horst war für deine Mutter der kleine Bruder, aber mit seiner Frau Agnes, einer spröden Rotblonden aus Nidderburg, wurde sie nie richtig warm, vielleicht auch, weil die sehr bodenständige Agnes leicht spöttisch oder misstrauisch auf die ganze herausgeputzte Verwandtschaft aus der Stadt blickte, die nicht zur Gänze verhehlen konnte oder wollte, dass sie es im Leben zu etwas mehr gebracht hatte, und den Besuch – nicht gerade bei den »armen Verwandten«, aber bei »den Verwandten vom Land« – immer auch als eine Art Reise in die Archaik ansah.

Zumindest für dich traf das zu. In Neubausiedlungen mit Einbauküchen und modernstem sanitärem Standard lebend, von Flachdächern und Beton umgeben, an Wohnungen gewöhnt, deren archimedischer Punkt der Fernseher im Wohnzimmer war, waren dir die Schmeißfliegen, die in der Hegheimer Küche rund um den Resopaltisch summten und, bevor sie in den herabbaumelnden Klebestreifen verendeten, alle Misthaufen der Nachbarschaft und danach dein Marmeladenbrot erkundet hatten, höchst suspekt. Sie beeinträchtigten das von dir erwartete Wohlgefühl erheblich. Auch dass »die Stubb« im Hochparterre, wo der Fernseher stand, sich nur für besondere Gelegenheiten wie den Sonntagnachmittagskaffee öffnete und dazu ihr Kohleofen angeheizt wurde, war dir fremd. Du hast dich gefürchtet, wenn du in den dunklen, feuchten Keller geschickt wurdest mit seinem Boden aus gestampfter Erde, wo es nach Kohlen, keimenden Kartoffeln und gärenden Äpfeln roch, und mit der Kohlenschaufel in den Haufen stechen musstest, der im Lichtschimmer vom oberen Treppenabsatz manchmal matt erglänzte. Vor allem aber hast du dich geekelt und gefürchtet vor dem Plumpsklo in der dunkelbraun gebeizten Scheune im Hof, zu dem ein kleines Türchen im großen Scheunentor führte. Es gab kein Licht, und wenn du in die Dunkelheit und den Kloakengestank und den Geruch nach Karbolineum eingetaucht bist, hast du den Atem angehalten, und alle Härchen sträubten sich. Es gab keine Klobrille, keine Spülung, nur dieses schwarze, stinkende Loch. Nichts wollten deine Hände hier berühren, der Gedanke, dich hier niederzusetzen, ließ dich erstarren. Wenn du nur pinkeln musstest, liefst du unter einem Vorwand nach draußen, aber wenn es sich nicht mehr umgehen ließ, bist du starr hinaus auf den Hof gestakst, in der ständigen Furcht, ein falscher Schritt, eine falsche Bewegung in der Düsternis ließe dich in einen Orkus jahrhundertealter Exkremente stürzen, aus dem kein Entkommen mehr sein würde.

Lieber warst du in jenen ersten Jahren in der Zweizimmerwohnung im Dachgeschoss eines kleinen Mietshauses draußen in der Neubausiedlung, in der deine Großmutter lebte.

Oh, wie präsent dir diese kleine Wohnung noch ist und deine Großmutter in ihr! Wie sie mit den von der Arthritis so elegant wie schmerzhaft gekreuzten Beinen (die allerdings zum Gehen kaum mehr taugten) dastand, auf ihren schwarzen Stock gestützt, und, den Kopf bei jedem Zug in den Nacken werfend und die Wangen höhlend wie Marlene Dietrich, ihre Ernst 23 rauchte, nonchalant und unberührt von der Tatsache, dass ihr Mann, dein Opa, vom Rauchen gestorben war. Hatte sie nicht sogar eine Zigarettenspitze?

Du erinnerst dich dieser kleinen Wohnung als eines farbenreichen Horts dekorativer Dinge ohne besonderen Nutzen, etwas, das es bei euch zu Hause nicht gab. Es lag ein Anhauch von ferner Welt, von Orient über diesen Zimmern, von Beutegut aus einem langen Leben. Da gab es »das Schässlong« mit dem grüngemusterten Bezug im Schlafzimmer, zu kurz, um darauf zu schlafen, auch zum Sitzen wegen einer fehlenden Lehne ungeeignet, pure Form ohne praktischen Wert aus einer fremden Zeit und Kultur. Darüber hing ein königlicher Wandbehang aus gelbem Brokat und altrosa Samt und Seide, mit Troddeln, die du, schließt du die Augen, noch immer in deinen träumerischen Kinderfingern spürst. Da stand glänzend in den schrägen Strahlen der Abendsonne der große und schwere grüne Skarabäus mit den geheimnisvollen Hieroglyphen auf der Unterseite, und fast ebenso geheimnisvoll war auf der Fensterbank im Wohnzimmer eine grüne Plastikschildkröte, die bei jedem Lufthauch sinnig Kopf und Schwanz bewegte. Manchmal hast du sie wie ein Orakel befragt, und der Kopf neigte sich bestätigend auf und ab oder schüttelte sich unheilvoll und träge.

Hatte die Dekoration der Wohnung etwas Exotisches, so waren die modernen Geräte eine Brücke in deine eigene Welt. Die Markennamen der Fernseher faszinierten dich wie Automarken, du erinnerst dich an Schaub-Lorenz und Loewe-Opta, aber der deiner Oma war ein Nordmende, er stand natürlich im Wohnzimmer, wogegen das Radio in der Küche aufgebaut war, ein massiver, polierter Holzkasten mit hinter einer Art Häkeldeckchen verborgenem Lautsprecher und einem Einsatz, aus dem katzengrün das magische Auge leuchtete, das seine Lider öffnete, seine Iris funkeln ließ und seine Pupille weitete, wenn der Sender perfekt empfangen wurde. Links und rechts saßen zwei leise knarzende Drehräder für Senderwahl und Lautstärke, und du erinnerst dich an deine geheime Lust, sie in die falsche Richtung zunächst gegen einen leichten Widerstand und dann ins Leere zu drehen. Daneben lagen die würfelförmigen, schwer zu drückenden elfenbeinfarbenen Bakelitknöpfe für lange, mittlere, kurze und ultrakurze Welle und darüber eine dunkle Glasscheibe, auf der in diagonalen Reihen die fantastischen Namen all der Sender geschrieben waren, zu denen man mittels des Apparates reisen konnte: Beromünster, Luxemburg, Hilversum, RIAS.

Du erinnerst dich an den wie ein Schraubstock auf die Tischkante montierten Fleischwolf aus schwarzfleckigem Eisen und an die Kaffeemühle, deren Schiebeverschluss du oben öffnetest, um die Bohnen zwischen die Gewindeschaufeln fallen zu lassen, und die du, war sie voll, nicht zu drehen vermochtest, sodass deine Oma sie zwischen die Knie klemmte und mit brachialer Gewalt in ruckartigen Viertelumdrehungen, bei denen es krachte und splitterte, als würden Knochen gemahlen, in einen für dich bedienbaren Zustand brachte. Dann wurdest du für die schwere Arbeit belohnt, wenn du die kleine Schublade des Holzkästchens aufzogst und der tiefbraune, feine, duftende Sand vor dir lag.

Du erinnerst dich an die gemeinsamen Frühstücke in dieser Wohnung, nicht mehr in Einzelheiten, auch nicht an eure Gespräche, so wie du die Stimme deiner Großmutter überhaupt nicht mehr hören kannst, es sind stumme Bilder, aber diese Frühstücke ohne deine Eltern (und manchmal ohne Erika) haben deine Vorstellung geprägt, was ein »archetypisches Frühstück« zu sein hat. Die Brötchen, die unten an der Haustür in einer Papiertüte hingen und die du heraufholtest, und vor allem die Eier. Alle vier, fünf Jahre passiert es dir heute, ein gekochtes Frühstücksei zu essen, das so schmeckt wie die Eier damals in der Küche deiner Großmutter. Ihr ganz eigentümlicher, ganz intensiver, nussig überreifer Geschmack, unverkennbar unter Tausenden und Abertausenden normaler Eier, versetzt dich dreißig Jahre zurück und lässt die Wohnung und ihre Gerüche vor dir auferstehen. Es macht nachdenklich, sich zu vergegenwärtigen, wie sehr alles, was damals Zufall und Alltag war, sich in unserem Unbewussten als Maß und Norm festgesetzt hat. Auch diese innerliche Starre ist Heimat, sie bleibt ein Leben lang in unseren Genen und macht es uns leicht, vertraut und fremd zu unterscheiden, nicht immer zu unserem Besten.

Du siehst deine Oma Strümpfe stopfen mit dem gelben Stopfei oder Kreuzworträtsel lösen, während du in der *Bunten* einen Autotest liest, der mit »Die großen Drei« überschrieben ist und vom Mercedes 600, dem Opel Diplomat und dem BMW 3200 CS Coupé von Bertone handelt. Du siehst sie später, als sie schon wunderlich war, sich vor dem Beginn der Tagesschau für Karl-Heinz Köpcke schön machen, sie legte ein wenig Rouge auf, zog sich die Lippen nach, und jedes Mal wenn er – für sie, wie deine Oma glaubte – von seinem Zettel aufblickte, schäkerte sie kokett mit ihm.

Zum Kaffee wurdet ihr dann von deinem Vater – die Hegheimer besaßen kein Auto – abgeholt und hinunter ins Dorf gefahren. Die letzten Meter zu ihrer Schwester legte deine Großmutter, die zu diesem Anlass die Schürze gegen einen eleganten witwenschwarzen Twinset getauscht hatte, würdig-mühselig zurück, mit einem Arm bei deinem Vater eingehängt, das hintere Bein vorwärtssetzend, das darüber gekreuzte vordere nachziehend und den schwarzen Krückstock mit der Gumminoppe am unteren Ende zuerst tastend, dann fest auf dem Kopfsteinpflaster aufsetzend.

Das Haus von Tante Ilse – oder besser gesagt das Haus, in dem die Familie lebte, denn es war nur gemietet – stand an der Ecke der Hauptstraße, der Nidderburger Straße, und des kleinen, Zindel genannten, nur auf einer Seite bebauten, auf der anderen von Gemüsegärten gesäumten Sträßchens, das zur Schule und dem Bürgerhaus lief und weiter draußen den Blick auf die Feuchtwiesen und den Enzheimer Kopf freigab. Es stand quer zur Hauptstraße und hatte einen kleinen Hof zu ihr und zur Zindel hinaus, vielleicht acht auf zehn Meter groß. Im Winkel der Straßenabzweigung stand die Waschküche als ein eigenes kleines Häuschen, ein Reich exklusiv für Frauen, dampfig, intensiv nach Bleiche und Kernseife duftend, darin die roten, wie verbrüht wirkenden kräftigen Arme von Agnes im Zuber. Ihr Kinder huschtet hinein, euch die Hände zu waschen, und wieder hinaus. In den Kindertagen deiner Mutter war die Weißwäsche noch in »der Bach« gewaschen und zum Trocknen auf die Wiesen gelegt worden, in Sichtweite des nach Fröschen suchenden, gravitätisch umherstolzierenden Storchenpaars, dessen Nest auf einem Turm, den man vom Hof aus sehen konnte, fast so etwas wie das Wahrzeichen des Dorfes bildete. Einer der ersten Sätze, die ihr bei eurer Ankunft hörtet, war denn auch stets die erleichtert ausgerufene Mitteilung »De Stosch is da!« Das hieß so viel wie: Gott sei Dank, alles ist beim Alten. Als dann einige Jahre nach der Flurbereinigung, die die Frösche vertrieb, eines Tages auch das Storchenpaar nicht wiederkehrte, schien das den Hegheimern ein Menetekel, ein unheilvolles Zeichen. »De Stosch kommt net mehr dies Jahr.«

Das Haupteingangstörchen lag zur Nidderburger Straße hinaus an der Kante des Hauses, aber es gab jenseits der Waschküche neben der Scheune noch ein zweites hinaus auf die Zindel, genutzt hauptsächlich von euch Kindern. Das Haus war ein alter, windschiefer, zweigeschossiger Fachwerkbau mit einem

Sockel aus dunklem Stein, aber wie die meisten der ehemals schönen Hegheimer Fachwerkhäuser entstellt von Schindeln oder Eternitplatten, die im Zuge der Modernisierung über das Fachwerk gezogen worden waren, das darunter jetzt tun konnte, wozu es zweihundert Jahre lang keinen Anlass gehabt hatte, nämlich vor sich hin zu modern. Das Fenster der Stubb ging zur Hauptstraße hinaus, alle anderen auf den Hof. Die rückwärtige Längsseite des Hauses und die obere Querseite lehnten direkt an den Nachbarhäusern, oder die Durchgänge zwischen den alten Mauern waren so eng, dass nicht einmal ihr Kinder, dass nur die Ratten sich hindurchzwängen konnten.

Hattet ihr das Auto in der Zindel geparkt und das Hoftor schlug hinter euch zu, erschien Ilses altes Gesicht im Strahlenkranz seiner Gütefältchen, lachend von einem Ohr zum anderen im aufklappenden Küchenfenster, und mit hoher, sich überschlagender Stimme rief, krähte, fistelte sie, als solle das ganze Dorf es hören, aber eigentlich an die im Haus gewandt, die nicht so schnell reagierten wie sie: »Aisch hurrns doch noch gesaacht! Gleisch müssese komme!«

Eine abgetretene, in Jahrhunderten rund geschabte und glatt wie Speckstein polierte Granitstufe, und ihr standet im Haus vor der extrem engen und gewundenen Treppe hinauf ins Obergeschoss zu den Schlafräumen. Links davon führten sieben knarzende Stufen hinauf zur Stubb, geradeaus hinter der Treppe lag hinter gelbem Riffelglas eine Kammer, an deren Nutzung du dich nicht mehr erinnerst. War es ein Badezimmer? Aber gab es dort auch nur ein Waschbecken? Rechts, wieder eine Stufe hinauf, lag Ilses Reich, die Küche, wo sie über Kohleofen und Gasherd herrschte, den Resopal-Esstisch mit dem abwaschbaren Wachstuch, die Bank dahinter, die aufklappbar war und auch als Spielzeugtruhe diente, und das Fenster, aus dem sie euch eben noch begrüßt hatte. Euer Eintritt gab ihr

Zeit, sich vom Fenster abzustoßen und sich mitten im Raum aufzustellen, euch zu umarmen, denn Ilse litt an der gleichen Beinverkrümmung wie ihre Schwester. Bei ihr war sie noch weiter fortgeschritten und noch schmerzhafter, aber sie machte nichts davon her, jedenfalls nie vor euch. Ihre Enkel spotteten manchmal heimlich und mit all der unduldsamen Grausamkeit von Kindern über ihr Gejammer. In ihrer Küche bewegte sie sich rasch und sicher, indem sie sich mit einer Hand oder, um schneller vorwärtszukommen, mit beiden Händen abstützte wie ein Turner auf dem Barren und sich vorwärtsschwang.

Tante Ilse, für deine Mutter einfach Ilse, für alle anderen die Oma, erschien dir als das Inbild einer sehr alten Frau (obwohl sie in deinen frühesten Erinnerungen erst fünfundsechzig Jahre zählte). Sie trug eine dunkelblaue Kittelschürze und schwarze Wollstrümpfe. Weißes Haar stand über ihrer hohen, gewölbten Luziusstirn nach allen Richtungen ab, aber ihre kleinen Luziusäuglein blitzten und leuchteten wie nahe Sterne, die dem nächtlichen Wanderer Geborgenheit, Hoffnung und Trost spenden.

Es war das Oster- oder das Pfingstwochenende, und während du dich wieder eingewöhnen musstest, spürtest du, dass deine Mutter mit dem Eintritt in Ilses Küche nach Hause gekommen war und wie sich die Anspannung deines Vaters im Kreise von Männern wie Karl und Horst legte, wie er die Krawatte lockerte und sich behaglich zurücklehnte.

Ilse konnte nicht in die Welt hinaus, auf merkwürdigen Wegen drängte die Welt zu ihr. Die Türglocke ging den ganzen Tag, eilige Besucher blieben auf dem Hof und steckten den Kopf zum Küchenfenster herein, um sich mit ihr auszutauschen. Sie war eine kluge Frau, zu der die Klugheit auf anderen Wegen als über die Bildung gekommen war. Sie war nie weiter gereist als bis kurz hinter Frankfurt, nach und schon während ihrer rudimentären Schulzeit wurde sie, die älteste Schwester, gebraucht, um die Geschwister großzuziehen, um zu helfen, wo immer in der Bäckerei und im Haushalt etwas zu helfen war. Sie hatte ihr ganzes Leben über beständig gearbeitet und immer nur das versehen, was man niedere Dienste nennt. Der spät akzeptierte Ehemann zog nach vier Jahren Ehe in den Krieg und kehrte fünfzehn Jahre später aus den sibirischen Bergwerken als Invalide zurück. Lungentuberkulose. Sie haben einen Lungenflügel stillgelegt, hatte man dir zugeflüstert, und es klang für dich, als sei ein Engel geschient worden und könne nicht mehr fliegen.

Wenn du es damals auch nicht bewusst verstanden haben kannst, so hast du doch gespürt, und sei es nur am Gemütswandel, den deine Eltern in ihrer Gegenwart vollzogen, dass es eine Alternative gab zur Ungeduld, zur Unrast, zum ewigen Ungenügen am Status quo, der euch alle antrieb, dich ebenso wie Erika und deine Eltern, aber auch so viele andere entwurzelte, aufstrebende Familien in dieser Aufbruchsgesellschaft der Sechzigerjahre.

Jenes Hegheim gibt es nicht mehr, ihr habt also recht behalten, aber Ilses Gesicht ist in deiner Erinnerung zu einer blochschen Spur geworden – hin zu einer Utopie, die noch keiner geschaut hat.

Je nach Wochentag und Tageszeit gab es zunächst Kaffee und Kuchen oder das Mittagessen in der Stubb. Als letztes Echo jener großen Kuchenbleche, die das ganze Dorf vor dem Krieg zum Ofen des Bäckermeisters Luzius getragen hatte, servierte Ilse einen Streuselkuchen, manchmal nur den simplen Hefeboden mit Butterstreuseln darauf, manchmal mit Äpfeln belegt.

Ihr Kinder stürztet den ganzen Tag über hinaus, bracht wieder herein und wurdet mit einem Butterbrot gestärkt, auf das Ilses selbstgemachter Brombeergelee geschmiert wurde – jetzt entsinnst du dich auch wieder, dass in der Kammer mit der gelben Riffelglasscheibe Hunderte von Einweckgläsern standen, denn manchmal wurdest du dort hineingeschickt, um ein neues Glas Gelee zu holen. Umsummt von den Schmeißfliegen, die ihr mit der freien Hand verscheuchtet, hocktet ihr auf der Kante der Eckbank, verschlangt die Brote und versuchtet in einem Gleichgewichtsspiel verzweifelt, den Gelee oben zu halten, der perfiderweise an allen Seiten zugleich herunterzulaufen versuchte, was ihm früher oder später immer gelang, einen schwer zu entfernenden Fleck auf deinen Sonntagskleidern hinterlassend.

Diese ländliche Gesellschaft der Sechziger- und frühen Siebzigerjahre unterschied sich in vielem kaum von muslimischen heutzutage. Außer zu den Mahlzeiten waren Frauen und Männer nicht zusammen. Nach dem Kaffee blieben die Frauen in Ilses Küche, und dein Vater wurde von Horst und Karl in die Kneipe oder auf einen Spaziergang mitgenommen. Der Eile der Männer, hinauszukommen und unter sich zu sein, entsprach die Erleichterung der Frauen, sie loszuwerden. Es scheint dir, niemand fühlte sich durch diese Regel missbraucht oder verstoßen, und sie hatte auch nichts mit mangelnder Zuneigung oder Respekt zu tun. Ilse und Karl waren auch noch im Alter ein inniges Paar, die Zuneigung zwischen Agnes und Horst war rauer und weniger sichtbar, aber sie waren einander sicher. Nur dein Vater musste erst einen leichten inneren Widerstand überwinden, bevor er mitging. Er bat deine Mutter pro forma um Erlaubnis, aber das war reine Konvention.

So wie dich die trauten Frühstücke mit deiner Oma geprägt haben, wurdest du auch im Hinblick darauf, was Familie war und wie sie funktionierte, im Hegheimer Haus, in dieser archetypischen Familie, von der dort praktizierten natürlichen Geschlechtertrennung geprägt – auf eine Weise, die dich später zum Umlernen gezwungen hat. Männer bemühen sich um Frauen, bis sie eine haben, dann überlassen sie den weiblichen

Teil der Schöpfung wieder sich selbst und bleiben untereinander, um in die mythische Welt männlicher Wichtigkeit einzutauchen oder, wie du es heute formulieren würdest, um sich vor jeder Verantwortung zu drücken.

Das Ziel jener Flucht, an dem Frauen zwar nicht verboten, aber verpönt waren und wohin Karl und sein Sohn deinen Vater schleppten, hieß »Emils Willem«. Du hast nie ganz verstanden, warum die Äppelwoiwirtschaft von Karl Stroh, dem Metzger, hinter »der Bach« so genannt wurde. Es hatte, so viel erklärte deine Mutter dir, mit der lokalen Angewohnheit zu tun, die Männer durch den Zusatz ihres Vatersnamens zu unterscheiden.

Du könntest sie malen, jene erste Kneipe, die du in deinem Leben betreten durftest, aber so wie man einen Traum malt am nächsten Morgen, mit all der Unsicherheit über die erinnerten Farben und all der Ungenauigkeit in den Details, die der träumende Blick im Unscharfen belässt und die das Gedächtnis nicht mehr sieht. Es war ein kleiner Schankraum, vielleicht nicht größer als zwanzig Quadratmeter, und es standen drei, maximal vier Tische darin. Es muss zwei Fenster gegeben haben, durch die man aber nicht hinausblicken konnte, also vermutlich aus geschliffenem Glas, und es hat eine Tür nach hinten gegeben, durch die der Wirt hereinkam, die vollen Äppelwoigläser in beiden Händen.

Die Wände sind in deiner Erinnerung tiefbraun, wie gebeizt, wie geräuchert, und der kleine Raum war auch immer vom dicken Qualm der Stumpen und filterlosen Zigaretten erfüllt. Am genauesten siehst du noch die zwei ausgestopften Hechtköpfe vor dir, die an zwei Wänden über Eck hingen, mit beängstigend aufgerissenen Rachen voller nadelspitzer Zähne. Diese Fische hast du unzählige Male betrachtet, angestaunt, sie dir lebendig im Wasser vorzustellen versucht, du studiertest ihre Physiognomie im Profil, den dir mal grimmig, mal verzweifelt, mal verschlagen, mal trostlos erscheinenden Gesichtsausdruck, und manchmal gerietest du ins Träumen, und die Fratzen der Hechte wandelten sich zu menschlichen Gesichtern, die dort oben an die Wand genagelt waren, den Mund im Zorn oder im Todeskampf aufgerissen.

Der alte, kahlköpfige Karl Stroh trug ein Handtuch überm Arm, mit dem er über den Tisch wischte, wenn er die erste Lage brachte, und einen Bleistift in der Brusttasche, mit dem er Striche auf die Bierdeckel setzte. Du weißt nicht mehr, was es für Tische waren, an denen die Männer saßen und manchmal auch ihr, wenn ihr von den Frauen geschickt wurdet, sie abzuholen – »sie loszueisen«, nannten sie das. Aber du erinnerst dich an die vor Feuchtigkeit mürbe gewordene Konsistenz der Bierdeckel, von denen man mühelos Eckchen abpulen und sie zu kleinen Kügelchen und Flöckchen reiben konnte. Der Apfelwein war Karl Strohs eigener, er fabrizierte ihn in der Kelter im Schuppen hinter der Kneipe und der Metzgerei mit dem Streuobst seiner Wiesen, die sich rückwärtig an den Hof anschlossen. Es war ein köstlicher, reiner Apfelwein, dein Vater schwor, nie in seinem Leben einen besseren getrunken zu haben.

Wenn ihr Kinder dann mit am Tisch saßt und einen Gespritzten trankt, wart ihr stolz. Du erinnerst dich noch an das hohe Vorgefühl, irgendwann auch in den Kreis dieser wichtigen Männer aufgenommen zu werden, die alle beim Trinken und Räsonieren so viel erfüllter von ihrer Bedeutung wirkten als die Frauen beim Arbeiten.

Onkel Karl, Ilses sechs Jahre jüngeren Ehemann, mochtest du sehr, obwohl seine Erscheinung dir manchmal ein wenig unheimlich war. Das muss daran gelegen haben, dass in vielen Märchen oder anderen Geschichten, die du liebtest, weil sie so gruselig waren, vom Teufel als dem »Grünen« oder jedenfalls als einer Erscheinung in Jägertracht die Rede war, und Karl war immer in Grün gekleidet.

Er hatte eine große, fleischige Nase mit riesigen, mandelförmigen, stark behaarten Löchern, durch die man, so wirkte es, wäre man nur nahe genug herangekommen, bis hinauf in sein Gehirn hätte blicken können, riesige abstehende Ohren, die zu beiden Seiten fast über seine Scheitelhöhe hinausragten, und seine dünnen Haarfäden waren mit Pomade quer über den Schädel geklebt. Der Nacken lag frei, da die Haare dort mit dem Messer sehr weit oben ausrasiert waren, und hatte tief eingekerbte Querfalten, ausdrucksvoller als Stirnfalten. Sein Sohn glich ihm wie ein jüngerer Bruder mit einer rosigeren, weniger gegerbten Haut und volleren Haaren (die er – eine Geste, die auch aus der Welt verschwunden scheint – vor dem Ausgehen mit abwechselnden Bewegungen beider Hände, in der rechten den mit fünf Tropfen Brillantine befeuchteten Kamm, nach hinten strich).

Karl roch intensiv und angenehm nach Tabak und Alkohol. Du hieltest ihn anfangs für einen Jäger oder Forstgehilfen oder Angler in seiner grünen Joppe und seiner grünen Schirmmütze, die er fast nie ablegte. Als du später Fotos der Marschsäulen geschlagener und gefangener Wehrmachtssoldaten sahst, stelltest du fest, dass sie alle genau die gleiche Schirmmütze trugen wie Karl. Du weißt nicht, ob er und die vielen anderen Männer, die man noch in den Sechzigerjahren vor allem auf dem Land mit ihnen sah, diese Mützen aus ihrer Wehrmachtszeit behalten hatten oder ob sie nach dem Krieg auch für den Zivilgebrauch hergestellt wurden.

Im Allgemeinen verließ Karl morgens das Haus und kehrte abends zurück. Es war dir ein reines Mysterium, was er tat, wohin er ging, wo er seine Zeit verbrachte, wovon er lebte. Es wurde auch nicht darüber geredet. Es war wohl so, dass er keine feste Beschäftigung hatte. Aufgrund seiner Invalidität infolge der Lungentuberkulose hatten ihm die Ärzte zu viel Bewegung an der frischen Luft geraten, und womöglich half er tatsächlich im Jagd- oder Forstwesen mit. Du weißt es nicht, und es gefällt dir, ihm sein Geheimnis zu lassen. Deine Mutter allerdings, die ihn auch liebte, ließ durchblicken, Karl habe sich schon als junger Mann vor dem Krieg nicht um Arbeit gerissen.

Er war das, was man sich in deiner Kindheit unter einem Großvater vorstellte: ein wenig unnahbar, ganz autonom, keineswegs immer für seine Enkel da, aber wenn, dann als Quell von Geschichten, als sicherer Schutz, als Bastler, Holzschnitzer, Tierkundler. Das einzige Mal in deinem Leben, dass du, bibbernd vor Kälte und hellwach vor Konzentration, im Morgengrauen auf einem Hochstand saßest und durch einen schweren, metallisch riechenden Feldstecher Hirsche beobachtetest, war mit Onkel Karl an deiner Seite. Mit euch Kindern ging er am Ostersonntagmorgen auf den Hanseberg oder »Hansebäsch«, einen baumbestandenen Hügel am Ortsausgang, um Ostereier zu suchen.

So vieles, das nie gefragt, nie thematisiert, nie erzählt wurde, und jetzt ist es zu spät. Menschen und Dinge geraten in den Fokus des Kindes und verschwinden wieder daraus, für das Kind sind sie, was sie in seiner Gegenwart sind und nichts anderes. Kinder haben die Gabe und die Beschränkung, Fakten hinzunehmen, ohne nach Zusammenhängen zu fragen.

Karl verschwand in die Natur, Horst und die anderen Männer morgens mit dem Schienenbus zur Arbeit in die »Bauer'sche Gießerei« nach Frankfurt, auch ein Name, den du hinnahmst, ohne dir unter ihm oder der Arbeit einer Gießerei irgendetwas vorstellen zu können. Aber Karl, dieser Jäger und Angler und Hallodri mit dem einen Lungenflügel, hatte in den fünfzehn Jahren seiner Abwesenheit mehrere Tausend Briefe an seine Ilse geschrieben, viele auf sibirischer Birkenrinde, glühende, poetische Liebesbriefe wohl zum Teil, deine Mutter hat einige gesehen. Ilse, dies eine Mal vielleicht doch hadernd mit Gott und dem Schicksal, hat sie nach seinem zu frühen Tod allesamt verbrannt.

Ihr Kinder wurdet nach dem Essen hinausgeschickt zum Spielen, aber man musste euch nicht schicken. Ganz Hegheim, das heißt natürlich nur die Wege, die bekannte Kinderwege waren, nichts rechts, nichts links davon, ganz Hegheim stand euch offen. Eure Mutter, die sich sonst sehr sorgte, kümmerte sich hier überhaupt nicht um euch, als müsse der Hort ihrer Kindheit auch euch ganz automatisch behüten. Gewiss wohnte an jeder Ecke Verwandtschaft, aber zumindest die enge, schlecht zu übersehende Hauptstraße, durch die die Autos rasten und die Lastwagen donnerten und die keine Bürgersteige hatte, von Ampeln und Zebrastreifen ganz zu schweigen, war eine ernste Gefahrenquelle. Doch darum sorgte sich niemand.

Zu Ostern führten die ersten Wege euch, die moosgepolsterten Körbchen in der Hand, zu den Onkeln Luzius, wo euch überall »ein Osterhas« erwartete, der Sammelbegriff für die verschiedenen Gaben, meist ein oder zwei bemalte Hühnereier, kleine bunte Zuckereier und – Zeichen herausragender Großzügigkeit – ein großer Schokoladenhase.

Alfreds auf eine missglückte Ohrenoperation in seiner Jugend zurückzuführender, zu einer Grimasse erstarrter, schiefer Mund machte dir immer etwas Angst. Dann aber, wenn er das gute Ohr zu euch Kindern hinabneigte, um etwas zu verstehen, tat er dir leid. Seiner Frau Gretel, der rundlichen Dorfschwester und Hebamme in hellblauer, uniformartiger Arbeitskleidung mit einer weißen Schürze, deren Träger über dem Rücken gekreuzt waren, und einem Häubchen mit rotem Kreuz, das sie über dem Dutt trug, begegnetet ihr ständig irgendwo im Ort. Sie eilte von einem Termin zum nächsten, winkte euch hastig zu, rief euch auch einmal zur Ordnung, und manchmal, wenn sie in der kleinen Schwesternstation verschnaufte, winkte sie euch herein und suchte zwischen Tropfen und Verbänden nach ein paar Bonbons.

Von Onkel Otto, dem ältesten Bruder, der mit zunehmendem Alter seinen Schwestern immer ähnlicher sah – und den du als den freundlichsten und liebevollsten der Onkel in Erinnerung hast –, erzählte deine Mutter dir lange nach seinem Tod, er sei früh in die SS eingetreten, aber nur, weil er die schicke, schneidige Uniform so geliebt habe, er sei ein viel zu weicher Mensch gewesen, um tun zu können, was die SS gemeinhin tat.

Kam Onkel Wilhelm, der Bäcker und Konditor, der auch in *der Partei* gewesen war, über Ostern aus Hanau herüber, stand euch allen ein langer Spaziergang unter der Führung Karls bevor, denn Wilhelm, der Jäger, Schäferhund- und Dackelnarr, besaß eine Jagdhütte oben auf dem Enzheimer Kopf. Du mochtest Wilhelm sehr, hast dich aber zu Tode gefürchtet vor seinen Hunden. Vor dem riesigen scharfen Schäferhund ohnehin, der allerdings parierte, aber fast noch mehr vor den heimtückischen Dackeln, vor deren Schnappen nach Händen und Fingern Wilhelm die Kaffeegäste auch ausdrücklich warnte.

Oft habt ihr an der Brücke gespielt, wo auf der gegenüberliegenden Straßenseite eine weite Leerfläche war, für deine Mutter ein beständiger Quell der Trauer und Empörung. Dort hatte das große Luziushaus gestanden, bis in den Fünfzigerjahren eine unselige Behördenentscheidung für einen reibungslosen Verkehrsfluss Brücke und Straße verbreiterte. In diese verbreiterte Straße hätte das imposante Fachwerkhaus, das du nur von einer Federzeichnung kennst, die heute noch im Esszimmer deiner Eltern hängt, einen halben Meter hineingeragt: Es musste weg. In den Achtzigern dann hatte die Verkehrspolitik umgedacht, und es wurde eine Umgehungsstraße gebaut.

Neben dem freien Platz der ehemaligen Bäckerei führte ein Treppchen zur Bach hinab, einige Meter weiter staute das Wasser sich am Wehr. Dort baden zu gehen war euch verboten, aber Rita schlug vor, unter der Brücke hindurchzuwaten und euch vom Gedonner der LKWs über euren Köpfen erschrecken zu lassen. Saubere, gefliese, gechlorte, bläulich schimmernde Frei- und Hallenbäder gewohnt, warst du nicht begeistert von der Idee, in die bräunliche Brühe zu steigen, die gleiche, in der deine Mutter und Horst in den Kriegsjahren mit Booten gekreuzt waren, die sie aus aufgeschnittenen Benzinfässern gebaut hatten.

Oder ihr seid durch die Zindel oder das Querschlag genannte Gässchen gestromert, habt euch durch die Lücken zwischen den krummen alten Häusern gezwängt, wandertet manchmal bis zur Siedlung und zu deiner Großmutter, um dann den Bahndamm entlang zurück bis zum Bahnhof zu gehen und von da die Hauptstraße hinunter nach Hause. Dort befand sich auf halber Höhe »der Voss«, der örtliche Lebensmittel- und Kramladen, aus dem ihr euch, hattet ihr ein wenig Geld in der Tasche, Süßigkeiten holtet oder wohin ihr manchmal von Agnes oder Ilse geschickt wurdet, um bei Herrn Voss, der den Bleistift für die Additionen überm Ohr trug, Büchsenmilch oder Waschpulver einzuholen, was immer beim letzten Mal vergessen worden war.

Die Beschaffenheit und Raumaufteilung dieser Geschäfte lebt nur fort in den Kinderkaufläden, wie auch Luisa und Max einen haben, auch die eigentümlichen Düfte ihres Sortiments sind aus der Welt verschwunden. Die sich erinnernde Nase bräuchte die Hilfe der Erwachsenen von damals, um zu rekonstruieren, aus welchen Kaffees und Kakaos, Gewürzen und Trockenfrüchten, Wasch- und Bleichmitteln, Pulvern und Kernseifen, Dauerwurstsorten und Lakritzstangen sie sich zusammengesetzt haben.

Direkt neben dem Kaufladen gab es eine Ausbuchtung der Straße, die »Platz« zu nennen etwas mutig war. Das war die »alte Burg« oder »Alldebursch«, ein gepflastertes Karree, in dessen Mitte eine Lastwagenwaage stand, für das Auge nichts anderes als eine große, in einen Metallrahmen gefasste Bretterfläche zu ebener Erde.

Die alte Burg war der Ort, an dem jedes Jahr zu Pfingsten die Kerb stattfand, die Kirmes, der Jahrmarkt. Ein doppelstöckiges Kinderkarussell, eine Schießbude, eine Losbude, ein Stand mit Naschwerk, in guten Jahren ein Kettenkarussell, das war alles, was dort Platz fand. Es genügte euch.

Was ist faszinierender für ein Kind, als alleine wie Buridans Esel auf einem Rummelplatz zu stehen, wo man schon vom begierigen Hin- und Herschauen auf all die blinkenden, duftenden, lärmenden Attraktionen müde Augen bekommt und einen Kopf, in dem es sich dreht, als sei man beschwipst? Was ist für die Sieben-, Acht-, Neunjährigen faszinierender gewesen als noch eine und immer noch eine Fahrt im Kreise hoch zu Ross oder in einem Feuerwehrauto oder Hubschrauber oder Bus? Und was lässt sich der Sehnsucht vergleichen, die man ein paar Jahre später, als die Kerb auf einer großen Wiese vor dem Dorf stattfand, wo auch das Bierzelt Platz hatte, vor dem Schild am Autoscooter empfand: »Junger Mann zum Mitreisen gesucht«? Und wenn man sie dann betrachtete, die ungeheuer lässigen, ein wenig schmuddeligen, sehnigen Halbwüchsigen, die sich mit Fred-Astaire-hafter Grazie auf die fahrenden Gondeln schwangen, abkassierten und absprangen, wenn man sah, wie sie stierkämpfermäßig ihre Pirouetten drehten zwischen den »Boxautos«, wie ihr das nanntet, und dann in den Pausen, die Zigarette im Mundwinkel, auf dem Holzpodest ihres Fahrgeschäfts gegen einen Pfosten gelehnt dastanden und die Dorfmädchen anzwinkerten, da kam eine Sehnsucht auf, auch fortzukommen in die weite Welt, und zugleich die behagliche Gewissheit, dass dies ein Leben war, das man nie würde führen müssen.

Aber Hegheim war nie nur ein Ort reiner Gegenwart für dich. »Und irgendwann waren die Juden weg.« Sagte man dir eigentlich »waren weg« oder »kamen weg«? Sonst jedenfalls kein Wort. Dann gingen die Männer fort. Manchmal kamen sie auf Urlaub, die Hände voller wertvoller Geschenke, sofern sie in Frankreich stationiert waren. Auf den Bauernhöfen arbeiteten französische Kriegsgefangene. Dann donnerte es ausdauernd. Bomben auf Hanau. Vor Weihnachten der blutrote Abendhimmel, das brennende Frankfurt. Tieffliegerangriffe auf dem Schulhof. Und irgendwann die rasselnden Ketten der amerikanischen Panzer, die, von Nidderburg kommend, durchs Dorf rollten, dass die Häuser bebten, vorüber an weißen Fahnen, die aus allen Fenstern hingen. Das war der Krieg gewesen.

Das gegenwärtige Hegheim konnte tun, was es wollte, nie würde es den Vergleich mit jenen mythischen Zeiten bestehen, von denen du erzählt bekamst. Deine Mutter hat dem tatsächlichen, dem lebendigen Hegheim nie eine Chance gegeben. Das Hegheim, das du kanntest, war nur noch die scheinlebendige, die im Grunde tote Ruine ihres, des eigentlichen Hegheims. Jeder Besuch bestätigte das und vergrößerte doch zugleich ihre nostalgischen Gefühle. Das Haus, in dem Ilse mit ihrer Familie lebte, war nicht das richtige. Das gab es nicht mehr. Es gab die Frösche und die Störche nicht mehr, in der Bach zu schwimmen war ekelhaft geworden, das authentische Hegheim war versunken, so wie – und das hätte sie eigentlich sagen müssen – ihre Jugend versunken war, wie unser aller Jugend versinkt.

Dies also war Heimat. Allerdings, wie du damals zwar nicht verstandest, aber wohl spürtest, eine zwiespältige Heimat. Für die Cousins, für ihre Eltern eine Selbstverständlichkeit bar jeder

69

Faszinationskraft, für deine Mutter aber, wie sie dir mit jeder Geste, jeder Erzählung zu verstehen gab, ein verlorener Ort.

Für dich, das Kind, das immer Gast blieb, fremdelnder Gast, konnte Hegheim damals also nie Heimat werden. Es hätte dich in die Schizophrenie gezwungen, deine Geborgenheit auf Totzeit zu bauen, als wollte ein Vogel sein Nest in Totholz bauen.

Immerhin war Hegheim der nächste Ausblick auf das Mysterium Heimat, der dir gegeben war. Aber während deine Mutter bei jedem Besuch sozusagen an den Wassern der Bach saß und weinte, bliebst du der Junge aus der Stadt (aus wechselnden Städten), der ein-, zweimal im Jahr hierherkam, aufs Land, in eine Vergangenheit, die als Gegenwart nur ein schwacher Abglanz dessen war, was im Herzen deiner Mutter lebte.

Und deshalb lebt ihr jetzt hier. Aber wo ist hier? Es ist nicht Heeschheim und nicht Hamburg, auch nicht Hannover noch Amsterdam, noch Dachau oder Friedrichshafen. Was ist es für ein Ort, diese Heimat? Riecht sie anders, sieht sie anders aus? Klingt sie anders?

Genau, das ist es. Sie klingt anders.

Horcht nur!

Aus urtümlicher, tiefer Waldesstille heraus hebt es an, bricht sich Bahn über das den bevorstehenden Tag präludierende Gezwitscher der frühen Vögel in Hecken und Bäumen hinweg, überrollt es kettenklirrend, pumpernd, donnernd, röhrend, und Schlag sieben beginnt die Offensive mit dem Fauchen der Schweißbrenner, die bei Martina und Rolf Mertens gegenüber die neue Dachpappe auf dem Flachdach fixieren, und dem raubtierhaft bösartigen Kreischen der mit einem brutalen Riss am Zündkabel angeworfenen Kettensäge, die bei Olwens die beiden Birken fällen soll.

Um 7.30 Uhr startet an der linken Flanke, die von den Mehrfamilienhäusern an der Ecke Ahornweg gebildet wird, die

Attacke des Hausmeisters, dem seine Ohrenschützer den ratlosen Gesichtsausdruck eines Tauben verleihen und der seinen unmenschlich heulenden Laubsauger in akkuraten Bahnen in die Schlacht am Straßenrand führt, die ganze Nachbarschaft in einen gellenden Höllenkorridor verwandelnd. Zugleich springt, zunächst asthmatisch röchelnd, dann in metallischem Rasseln der Ventile und einem Aufrollen der sechs erwachenden Zylinder, der X5 von Stefanie (Hausnummer 8a) an, in den hinauf und hinein sie Josua und Viktoria klettern lässt, um sie die 500 Meter zum Kindergarten zu fahren.

Hat die Motorsäge auf dem Olwen'schen Grundstück, zwischendurch immer wieder ausgestellt und dann wieder angeworfen mit einem Lärm wie übereinander herfallende Straßenköter, böse und aggressiv keifend, gegen Mittag ihre Arbeit getan, folgt ansatzlos das Kompressorgetöse des Häckslers und zugleich das brutale Malmen und Krachen der Stubbenfräse, deren Einsatz zwar keine verbrannte, aber eine vollkommen geglättete Erdoberfläche hinterlässt, die der alte Olwen zufrieden begutachtet.

Von der Hauptstraße ist das splitternde Stampfen eines Presslufthammers, der die Kruste des Gehwegs sprengt und dabei immer näher rückt, bis in die Knochen zu spüren. In einem der Nachbarsgärten beginnt es zu hämmern, Stahl auf Stahl, täng, täng, täng, und eine Schlagbohrmaschine sirrt hysterisch und fräst dann mit knirschender Insistenz in irgendeine Betonwand, als wär's dein eigener Zahnschmelz. Die Leerstellen dieses Stakkatos füllen sich mit dem sandstrahlenden Brausen eines Hochdruckreinigers, den Harry Gebhardt wie einen Flammenwerfer auf die grünspan- und moosbewachsenen Waschbetonplatten seiner Einfahrt richtet. Keine Gefangenen!

Ist es Samstag, zieht Punkt 8.30 Uhr die Kavallerie der Motorrasenmäher in die Schlacht, dröhnend wie eine ganze

Klasse Gymnasiasten auf ihren Mopeds. Ihr Lärmpegel wird dann aber überrollt von der Gegenmaßnahme auf der anderen Front, denn kurze Zeit später rückt der Hausmeister der Niveasiedlung (die so heißt, weil sie in den Siebzigern von Beiersdorf für seine Mitarbeiter erbaut wurde) mit seinem Gartentraktor an, dessen bellende Zweitakt-Fanfare seine siegreiche Spur der Vernichtung begleitet. Die Nachbarn kontern mit der Artillerie ihrer losgrutzelnden, jaulenden Kantenschneider, aber das sind Rückzugsgefechte. Ist es Winter, beginnt die morgendliche Lärm-Kanonade mit dem Brüllen der Schneefräse, das das zarte Gespinst der gefrorenen Stille zerreißt.

Das Getöse dieser Männerspielzeuge, das ohrenbetäubende Kreischen all der Geräte, die die Industrie den Hausbesitzern, all den Anwälten und Ärzten und Managern und Maklern, die nicht mehr jagen und töten und vernichten können und wollen, zur Sublimation ersonnen hat und damit wenigstens die Stille vergewaltigt werde, all dieser Kärchers und Stihls und Flexe, die bis zum Signal zur Attacke in ihren Geräteschuppen an den Häuserflanken ruhen und nach geschlagener Schlacht wieder in ihnen verschwinden – was bedeutet es? Was signalisiert es? Was teilt es uns mit?

Ja, wenn es tondert und tronkt, knirrt und schiepst, wenn es kröllt und brohrt, särrend und pfuirrend schraddert und peitzt, und wenn dann Stille einkehrt wie es sie in der Stadt nie geben kann, wenn der lautlose Rauch aus Dutzenden Holzkohlegrills über der Walstatt aufsteigt und es zischt, wenn die Schweinenacken mit Bier abgelöscht werden, und wenn die niederrheinischen Verwandten von Olwens bis ein Uhr nachts schwadronieren, als müssten sie ein Duisburger Stahlwerk übertönen, und die Gattinnen einander kreischend zuprösterchen, »weißte, die kam da getz und sagte, hömma, wat soll ich da denn sagen? ...«, und wenn dann tiefe, himmlische Ruhe fällt und die weißen

Nebel wunderbar aufsteigen und nur noch das reine C einer Gartenkröte am Rande eines Zierteichs und der Schrei eines Käuzchens liebliche Klangringe bilden, als sei ein weißer Kiesel auf den Wasserspiegel der Ruhe getropft – dann, ja dann haben wir den Sound of Suburbia erlebt, den Klang, der von den neubürgerlichen Ringwällen des jüngsten Subatlantikums erschallt, die die Stadt Hamburg umgeben.

Hier haben Charly und Heike im Herbst '94 mithilfe der 100 000 Mark Erbvorauszahlung seines Vaters eines der zwölf Grundstücke (zwischen 280 und 520 Quadratmeter Größe) erworben, die durch die Parzellierung des alten John'schen Villengrundstücks zwischen der Straße Am Eilberg und dem verkehrsberuhigten Ahornweg erschlossen wurden und mit Doppelhäusern bebaut werden sollten.

Beimoorsee war eine logische Wahl. Endhaltestelle der U-Bahn, also mit direkter Verbindung nach Hamburg im Zwanzig-Minuten-Takt, nahe bei Ahrensburg mit allen Einkaufsmöglichkeiten, eine Achttausend-Seelen-Gemeinde mit Kindergarten, Grundschule und Gymnasium. An der Lübecker Autobahn, über die man in einer Dreiviertelstunde in Timmendorfer Strand ist und in Gegenrichtung (außer zur Rushhour) in zwanzig Minuten am Horner Kreisel, der Golfplatz. Zwar gehört der Ort nicht mehr zum Stadtgebiet, sondern liegt in Schleswig-Holstein, aber es sind keine sechs Kilometer Luftlinie zu Charlys altem grünem Hamburger Jugendviertel, man fährt hinter dem Ahrensburger Schloss über Ammersbek und Hoisbüttel, dann ist man gleich da. Und daher schweben hier auch überall Erinnerungen, denn der Beimoorsee, von dem das Dorf den Namen hat (oder umgekehrt), war ihr Badesee, und in den Sommermonaten hatte sich die Clique fast jeden Nachmittag dort getroffen, an einer seichten Uferstelle unter Weiden (Ines' rasierte Scham, die alle Blicke magisch auf sich zog, und ihre vom Modderboden schwarzen Fußsohlen), und zuvor beim Rewe im Ort Bier und Wein gekauft oder sich abends auf dem Rückweg im dortigen Schollenkrug versammelt und weitergeredet. Außerdem wohnen jetzt viele alte Bekannte und Freunde hier, Kai hat seine Villa am Döpener Pfad, und hinter dem Golfclub liegt das Gestüt oder wie man es nennen soll, das Erika und Kumpf bewohnen. Golfen mit Kai ist also ebenso problemlos möglich, wie sich mit Kumpf und den anderen aus der Fahrradgruppe zum Training zu verabreden und ein sonntägliches 80-Kilometer-Dreieck über Ratzeburg und Mölln durch die Stormarn'sche Schweiz und entlang der lauenburgischen Seenplatte zu fahren, vor allem, wenn sie sich für die Cyclassics fitmachen müssen oder gar für so etwas wie die Reise letzten Sommer zum großen Amateuranstieg nach Alpe d'Huez.

Ja, erstaunlich viele von damals leben wieder hier, bis auf Ines mit ihrem zweiten Leben in Potsdam. Und wenn Heike irgendwann wieder in ihren Beruf einsteigen will, bietet sich die große Lungenklinik in Beimoorsee an, rein theoretisch wäre auch eine eigene internistische Praxis vorstellbar, bestimmt keine schlechte Option angesichts des riesigen Luxusaltenheims Rosenanger am anderen Ende des Eilbergs, da müsste sich Kohle ohne Ende machen lassen.

Nein, Beimoorsee war genau die richtige Entscheidung in diesem Jahr, als es am Ende der Horrorzeit eine Zäsur zu setzen galt, in jeglichem Sinne. Als Charly von der Motorradtour zurückkam, wusste er, dass er mit dem Job bei Otto Beverungen abgeschlossen hatte. Die Therapie war beendet, Heike war schwanger, da kauften sie das Grundstück, im März '95 kam Luisa zur Welt, im Juni zogen sie ein und er begann als Geschäftsführer bei Sieveking & Jessen. Binnen eines Jahres war das Leben vom Kopf auf die Füße gestellt und konsolidiert. Und dafür steht das Haus (das halbe) Am Eilberg Nr. 7 in Beimoorsee. Es ist die Adresse eines Menschen, der angekommen ist.

Noch einmal zwingt Luisa ihre Augen auf und sagt leicht lallend vor Müdigkeit:

Ich glaube nicht, dass sie stirbt.

Er sagt nichts.

Papa, mach, dass sie nicht stirbt.

Das kann ich nicht, mein Schatz.

Sie sieht ihn an.

Aber was genau ist denn Sterben?

Er sagt nichts.

Papa, sag's mir jetzt! Tut es weh?

Ich weiß es nicht, aber ich stelle mir vor, es ist so ähnlich wie auf der Rutsche am Millstätter See, weißt du noch? Die geschlossene?

Sie nickt misstrauisch.

Du rutschst und rutschst immer schneller hinab und siehst und hörst nichts mehr. Oben hast du Angst loszulassen, und dann kommst du unten mit einem großen Platsch ins Licht raus.

Aber einmal hab' ich mir den Arm aufgeschürft. Das hat wehgetan.

Es war ja auch nur ein Bild.

Ich glaube nicht, dass Sterben so ist.

Charly sehnt sich ins Wohnzimmer. Das kleine Wesen ist schmerzhaft wach und hoch konzentriert, zwischen Angst und Trauer und Wissenwollen. Hinausgeschossen in die Umlaufbahn der Erkenntnis, aber noch nicht in der Lage einzusehen, dass wir dort immer nur Kreise ziehen und nicht zum Kern gelangen. Sie denkt und fühlt, aber bei ihr ist das noch nichts voneinander Getrenntes, das Problem im Gespräch mit dem Erwachsenen liegt für diesen darin, dass sie, gerät sie an ein unüberwindliches Hindernis, einfach wieder von vorn beginnt, in der kindlichen Hoffnung, beim zweiten oder dritten Anlauf kämen die befriedigenden Antworten, die beim ersten ausgeblieben sind, und das wird sie so oft wiederholen, bis der Schlaf sie erlöst.

Ihm aber, der weiß, dass keine neue Runde sie einer befreienden Erklärung und einem Wunder näherbringen wird, geht dieses Schicksalskreiseln an die Nieren. Sie weiß noch nicht, was Verdrängung ist und dass die Erwachsenen sich mittels einer Verbindung aus Verdrängung und der Gnade der vergehenden Zeit (die die Wunden nicht heilt, aber außer Sicht geraten lässt) durchs Leben lavieren.

Ihre Augen tasten sein Gesicht nach Antworten ab, nach Hoffnungsschimmern, während die sanfte Macht der Müdigkeit ihr und ihm zu Hilfe kommen will, indem sie die Schmetterlingsflügel der Lider hinabdrückt. Noch wehrt sie sich, kämpft, als könne ihr Wachbleiben und hartnäckiges Nachfragen den Hund am Leben erhalten, am Lebensfaden, den sie hält und den ihre zuklappenden Augen bald kappen werden.

Sie ist rührend und erhebend und eine verdammte Zumutung.

Papa muss jetzt Nachrichten kucken, sagt er im Aufstehen und fühlt sich so elend wie befreit, als sie nicht protestiert. Die nach ihm geworfene Lassoschlinge eines letzten halblauten »Papa!« vermag ihn nicht mehr einzufangen.

Väter, Verräter.

Doch schon während er mit wenig Interesse den Fernsehnachrichten folgt, ein Glas Rotwein neben sich, bereut er die verlorene, die freiwillig preisgegebene Intensität mit seiner Tochter. Derselbe Scharping wie auf dem Titel des *Spiegel*, der auf dem Couchtisch liegt. Anhörung vor dem Verteidigungsausschuss. Ein Selbstmordanschlag in der Türkei. Das Treffen zwischen Peres und Arafat findet nicht statt, zumindest nicht morgen. Verluste für die norwegischen Sozialdemokraten. Während er mit einem Ohr zuhört, blättert er die IAA-Sonderseiten im *Spiegel* durch. Der DAX zeitweise runter auf 4500 und der NEMAX unter 900, die T-Aktie unter dem Ausgabewert, das geht seit August so, das hat er alles schon im Büro auf dem Reuters-Ticker verfolgt, da müssen morgen die Longs in Augenschein genommen werden. Die Autoseiten machen ihn wehmütig. Wie wichtig, wie packend, wie schön war das einmal, neue Modelle zu entdecken, die Karosserien zu vergleichen, die technischen Daten und die Ausstattungen, Radstand, Spurweite, oben oder seitlich liegende Nockenwellen, Kugelumlauflenkung, Mittelarmlehne, Weißwandreifen, Drehzahlmesser ... Und welch unvergessliches Erlebnis war der Besuch auf der IAA 1969 mit Papa. Die Diplomat CD-Studie! Der C 111! Die Hallen. Der Duft der Autos nach Plastik und Leder und Gummi. Plötzlich kommt es ihm so vor, als sei die Intensität, mit der man das Leben erlebt, keine Variable, sondern eine feste Größe. Je enger der Raum, den man überschaut und in dem man existiert, desto höher die Intensität der Wahrnehmung und Begeisterung, je weiter der Raum sich ausdehnt, desto geringer wird die Dichte der Gefühle.

Aber ein Blick auf Bella, die flach ausgestreckt zwischen dir und dem Fernseher auf dem Boden liegt, die Nase flach auf dem Teppich, belehrt dich eines Besseren. Wie still sie ist, wie vollkommen reglos, die Augen fast geschlossen, nur ab und zu, wenn sie blinzelt, glitzert es unter den Wimpern. Ob sie Schmerzen hat? Gewiss. Wie gottergeben sie sie erträgt. Ob sie hofft, dass das alles vorübergeht? Dass du es irgendwie richtest? Morgen bist du tot, meine Liebe, das ist das Einzige, was ich richten kann. Ob sie weiß, ob sie ahnt, dass dieses Leben, ihr Leben sich dem Ende zuneigt? Und dass du ihr Scharfrichter sein wirst? Ob sie Angst hat, zu den Schmerzen dazu? Eigentlich sieht es nicht danach aus. Sie hat Vertrauen, und jenseits davon ist sie fatalistisch. Ja, ich werde dir helfen. Mit einer Todesspritze. Die Nachrichten sind vorbei, er hat es gar nicht bemerkt.

Heike ist oben bei Max, der zurzeit Probleme hat einzuschlafen. Vor Luisa ist er geflüchtet. Muss er auch vor Bella flüchten?

Plötzlich fühlt Charly sich sehr verloren im Dämmerlicht des Wohnzimmers und vor den absurden Bildern, die den stumm gestellten Bildschirm durchzucken. Er blickt auf den Hund wie auf ein Foto des Hundes, das er nach dessen Tod ansieht.

Er nimmt die Gegenwart wahr, als sei sie eine Erinnerung.

Ist er es, der aus der Gegenwart herauskippt, oder hat sie eine Art Semipermeabilität, die ihn nicht mit durchlässt in den nächsten Moment? Vielleicht flüchtet er sich auch aus ihr, weil in der Gegenwart die Menschen und die Tiere, die man liebt, Freude und Schmerz bedeuten, man aber in ihr nicht die Freude genießen und den Schmerz ertragen kann. Das geht nur, wenn beide in einer anderen Zeit liegen als man selbst, in der Vergangenheit oder der Zukunft. Du kannst nicht ins Zentrum des Brennglases blicken. Erträglich in der Gegenwart sind nur die Dinge, und jetzt braucht Charly den Trost der Dinge.

Die Dinge können nicht sterben, sie können nur kaputtgehen. Aber das tun sie nicht, denn es sind besondere Dinge. Dinge, die er sich geleistet hat, gemachte, geschaffene Dinge, in denen Arbeit und Kunstfertigkeit steckt und Liebe zu beidem. Dinge, die teuer sind, dem, der sie hergestellt hat, und daher auch dem, der sie in seinen Besitz übernimmt.

Ob Charly weiß, dass er mit seinem ›Trost der Dinge‹ ganz nah bei der Etymologie des Wortes ist? Es kommt vom indogermanischen Wortstamm ›traus‹, also ›treu‹, und bedeutet ›innere

Festigkeit‹, etwas, das sicher, stark und solide ist, wozu man Vertrauen haben kann und womit man ein Bündnis schließt.

Er denkt an seine Uhr, die er oben hat liegen lassen und jetzt nicht holen kann, wenn er Max nebenan nicht stören will. Aber er weiß, wie sie aussieht, weiß, wie sie sich anfühlt, weiß, welche Freude ihr Kauf bei Onkel Franz am Neuen Wall damals gemacht hat, weiß noch den Tag, als er danach mit ihr auf die zugige Straße hinaustrat, die leichte Fessel um sein Handgelenk, so bindend wie ein Ehering.

Stünde am Himmel sanft leuchtend ein quadratischer Mond, er strahlte denselben extravaganten Trost ab wie Charlys Tetra, und wäre der Mond aus kühlem Edelstahl statt aus totem Gestein, dann könnte man sich in seiner Oblatendünne einen Gott am Werk denken. Am Werk und im Werk. Gott als eine temperaturgebläute Mechanik mit einer Dreiviertelplatine und einer Triovis-Feinregulierung, einer Unruhspirale aus Nivarox, einem Kronrad mit Sonnenschliff und einem Handaufzug mit 43 Stunden Gehdauer.

Charly weiß, dass es Menschen gibt, die angesichts eines Kunstwerks in Ekstase fallen können, aber er trägt seine mondstille technische Ekstase ganz unauffällig am Handgelenk, und in ihrem quadratischen Rahmen mit fünf Ziffern und sechs Strichen hat eine ganze Lebensauffassung Platz, ist seine ganze Existenz geborgen.

Sie ist sein einziger Schmuck, der Schmuck eines Mannes, und wenn jemand so viel Geschmack hat, dass sie ihm auffällt, sagt er beiläufig: »Es ist eine Nomos Glashütte, eine Tetra.« Und wenn nicht, amüsiert er sich gemeinsam mit seiner Uhr verstohlen über den armen Teufel, der eine Quarzuhr für 100 Mark nicht von einem Manufakturprodukt unterscheiden kann.

Das perfekte Quadrat der Tetra ist das stählerne, das edelstählerne Gerüst, das eine verborgene Existenz, das Bauwerk eines Lebens, statisch absichert, das Korsett, das dem Weichtier, das er ebenso ist wie jeder andere, zu jeder Zeit einen aufrechten Gang ermöglicht.

Und sie ist schön. Sie besitzt die Schönheit des Wesentlichen, und der Schönheit ihrer Oberfläche, ihres galvanisierten und weiß versilberten Zifferblatts entspricht die Schönheit, die aus der Komplexität ihres Innenlebens kommt.

Ein Blick auf sie macht Charly glücklich, denn dann erinnert er sich daran, wie er beim Juwelier Renn die Kreditkarte zückte und ohne ein inneres Schaudern den Beleg über 2000 und ein paar Zerquetschte unterschrieb, weil er wusste, er konnte sie sich leisten. Wie Uli Hoeneß sagen würde: Aus der Festgeldkasse.

Das kleine Quadrat im großen, in dem der Sekundenzeiger seine Kreise dreht, birgt die Würde des vertickenden Lebens, und jede der im Quadrat geborgenen Umdrehungen schenkt Charly ein Bild seiner selbst als vitruvianischer Mensch. Karlmann Renn, der dank seiner Nomos Glashütte Tetra wohlgeformte Mensch.

Darauf müsste er an einem anderen Tag einen Schluck von dem 90er Brunello Tenuta Nuova von Casanova di Neri in Montalcino trinken, von dem er eine einzige Kiste besitzt und der nur zu ganz besonderen Anlässen rauskommt, denn wer ist dieses Weins schon würdig? Heute tut es der offene Rosso.

Nicht ohne eine gewisse Selbstzufriedenheit überblickt Charly den Weg vom Kauf des ersten *Parker* zur, wie er findet, echten Kennerschaft auf dem Gebiet toskanischer Rotweine, die er sich in den letzten sechs Jahren erarbeitet hat. Akribisch, mit dem mathematischen Handwerkszeug des Volkswirtes aussondernd, was ihn nicht interessierte, was zu weit entfernt lag, was ihm unsympathisch war (französische Weine im Allgemeinen, wegen des Geweses, das der Alte immer um sie gemacht hat, und weil sie unverschämt überteuert sind und ein

Karlmann Renn sich ungern von einem Ruf übers Ohr hauen lässt), und langsam, vergleichend, probierend, lernend, auch der eigenen Nase, den eigenen Papillen allmählich vertrauend.

Wie heißt es irgendwo so wahr: Der Eros der flüchtigen Begegnung ist ein anderer, kein geringerer, und ebenso ist der Trost eines Weinkellers aus Gewächsen, die man hat entstehen sehen und die man nicht nur mag, sondern auch versteht, kein geringerer als der seines erzgebirgischen Manufaktur-Chronometers. Im Gegenteil: Beide Male kommt die Kräftigung aus demselben Prinzip, nämlich etwas sein Eigen zu nennen, was mit Könnerschaft, Mühe und Handwerk in einem langwierigen, geduldigen Prozess entstanden ist. Die Weine dann zu trinken ist wie ein Jahreszeugnis aus lauter Einsen, nachdem man gebüffelt hat, bis der Kopf raucht.

Schade, dass er es weder mit Heike so richtig zelebrieren kann noch mit Kai, der zuerst nach dem Preis fragt und dann anerkennend nickt, noch mit Kumpf, der einen Wein für 100 Mark immer gleich mit einem für 200 kontert.

Dafür weiß er nicht, was ein Morellino di Scansano ist, wie der aus dem Castello Romitorio auf seinem waldigen Hügel, wohin sie vor zwei Jahren einen Abstecher gemacht haben, um den Wein vom Weinberg Ghiaccio Forte in der Maremma zu kaufen, dessen Sangiovese-Traube mit fünfzehn Prozent Cabernet-Sauvignon vermischt ist.

Ja, ruhig auch mal alleine zu trinken, in den kalten Keller hinunterzugehen, die Aufschriften der Holzkisten zu lesen und sich eine Flasche zu gönnen, ganz alleine dazusitzen, den vagen Blick in den Garten hinausschweifen zu lassen, das Eisch-Glas gegen's Licht zu halten, die granatrote Robe des Brunello zu betrachten, deren Anblick einem das Gefühl gibt, es werde dir ein Seidenkaschmirschal um die Seele gelegt.

Der Trost der Dinge. Was gehört noch dazu?

In jedem Fall die beiden Bewegungsmaschinen. Natürlich das Bike, die R 1100 GS, die dich 1994 über die Alpen und aus dem Tal der Tränen und letztlich auch aus dem ungeliebten Job bei Otto Beverungen getragen hat. Am Ende der Reise war das unbekannte, ungewohnte und respekteinflößende 240-Kilo-Monster mit seinen 78 PS mit dir verwachsen wie bei einem Cyborg, dessen Extremitäten zu effizienten Waffen und hochtechnisierten Antriebselementen mutiert sind. Oder um es in ein organischeres Bild zu bringen: warst du mit ihr verwachsen wie ein Cowboy mit seinem Pferd nach einem 1000-Meilen-Treck durch die Prärie.

Einen Monat lang darfst du mit dem Saisonkennzeichen 4-10 noch raus, sonntagmorgens die Kombi an und den Helm auf und dann eben mal rauf an die Ostsee. Vor drei Jahren bist du mit Erika im Autoreisezug nach Straßburg und von dort aus mit den Maschinen über die Vogesen und den Jura. Erika hatte dafür von ihrem Mann eine F 650 bekommen.

Das Rad dagegen ist etwas völlig anderes. Eine Wissenschaft für sich. Und es hat Spaß gemacht, sich da einzuarbeiten, als Kumpf dich seinerzeit gefragt hat, ob du mitfahren wolltest.

Spezielle Kenntnisse erwerben, ob es nun Wein oder Rennräder betrifft, das ist eine der befriedigendsten Arten, seine Zeit zu verbringen. Was wusstest du denn vom Radsport? Nichts. Nichts von Steifigkeit und Größe des Rahmens (62), nichts von seiner Geometrie und Größenberechnung (Schrittlänge x 0,65). Nichts von Umwerfer, Ritzelpaket, Tretlager, Bremskörper. Nichts von Seitenschwäche. Nichts von Shimano Ultegra und Campagnolo Athena. (Und natürlich wie immer bei Männerthemen ist das Fachsimpeln und Namedropping beim Bier während der Pause integraler Bestandteil der Faszination.) Nichts vom Fahren selbst natürlich. Wie man im Pulk einen belgischen Kreisel fährt, dass dein Vorderrad dabei auf Höhe des Tretlagers deines Vordermanns sein sollte, solche Sachen. Oder wie man's vermeidet, sich einen Wolf zu fahren. Bei ihrer ersten Ausfahrt hatte Kumpf ihm unter dem Gelächter der anderen ein Rindsschnitzel in die Hose geschoben, womit sie sich früher geschützt hatten. Und natürlich wusste er nichts von der ganzen Mythologie rund um die *petite reine*.

Wenn Charly bis vor Kurzem sein Gios (über das Kumpf die Nase rümpfte) oder jetzt sein Pinarello aus dem Keller trägt, dann ist er ein Fachmann, er trägt die Maschine so sicher und selbstverständlich wie Christophorus das Jesuskind. Der Trost des Rades liegt (vom Fahren abgesehen) im Studium, nein besser: in der Lehrzeit, die es verlangt hat, ganz klassisch im Sinn von »Lehrjahre sind keine Herrenjahre«. Es hat Demut erfordert und Schweiß und Sitzbeschwerden verursacht, es hat dir neue Einblicke in das Funktionieren der männlichen Psyche verschafft (wenn Kumpf auf den letzten hundert Metern jedes Anstiegs im Wiegetritt ausschert, um als Erster auf der Kuppe zu sein, oder als der lange Erwin in Südfrankreich im Krankenwagen mit Sauerstoff versorgt werden musste, weil er es nicht über sich gebracht hatte abzusteigen, als es nicht mehr ging), es hat Jahre eines Psychologiestudiums ersetzt und Monate in einem Zenkloster im Himalaya.

Ja, Rad fahren ist das Glück der Demut, und erzwungene, dann erlittene und schließlich triumphal praktizierte Demut ist für einen Menschen wie Charly ein großes Glück (und wem außer dem Rad würde er schon zugestehen, ihn demütig zu machen?).

Warum er den Trost der Dinge sucht und in ihnen finden kann, lässt sich vielleicht erklären, wenn man denkende Menschen unterteilt in diejenigen, die über Erkenntnis nachdenken, und diejenigen, denen an der Beherrschung konkreter Herausforderungen gelegen ist.

Die Ersten nennt man Intellektuelle, für die Zweiten gibt
es keine Bezeichnung, vielleicht weil die Intellektuellen ihnen
keinen Namen zugestehen, dabei ist es noch nicht ausgemacht,
wer die Welt sinnvoller durchdringt – derjenige, der sein Wissen und Wissenkönnen befragt und wie Wittgenstein seinen an
der Existenz eines Baums zweifelnden Kollegen gegen den Vorwurf in Schutz nimmt, er sei verrückt, oder derjenige, der sich
darauf verlässt, sein Rennrad existiere, und sich daranmacht,
dessen Aufbau und Technik zu verstehen und zu beherrschen,
bis es ihm gelingt, ohne abzusteigen den Waseberg hochzu-
kommen.

Es gibt nicht viele Brücken und kaum Verständigung zwischen diesen beiden Gruppen, die sich denn auch, falls doch
einmal zwei ihrer Vertreter aufeinandertreffen, gegenseitig
herzlich verachten. Charly Renn jedenfalls gehört zu denen,
die die Existenz einer Nomos-Uhr, eines Brunello, einer BMW
Enduro oder eines Pinarello-Rennrades hinnehmen und gerade
aus ihrer fragwürdigen Materialität den Halt ziehen, dessen ihr
Leben dringend bedarf.

Am Ende des Abends wirft er vor dem Ausziehen und Zäh-
neputzen wie üblich noch einen Blick in die Kinderzimmer. Im
linken, das im dämmrigen Schein der Bärchenlampe bläulich
schimmert, streicht er Max über die Stirn, und im rechten, in
dessen Dunkelheit nur das Lichtdreieck aus dem Korridor fällt,
als er die Tür öffnet, bewegt er sich leise auf seine Tochter zu
und kniet sich vor ihr Bett. Er haucht einen Kuss auf Luisas Stirn und steht wieder auf. Langsam gewöhnen sich seine
Augen an die Lichtverhältnisse, und er bleibt einen Moment
stehen, um ihr Gesicht anzusehen, über das der Schleier sor-
genfreier, kindlicher Schlafunschuld gebreitet ist.

Dann erschrickt er. Denn er sieht seine Tochter genau so,
wie er unten im Wohnzimmer den Hund gesehen hat (der zum

ersten Mal nicht aufgestanden ist, als er sich zum Abendspaziergang an der Haustür postierte. Er ist liegen geblieben und hat nur kurz die Augen geöffnet und dann wieder geschlossen, als wolle er um Verständnis bitten): als Erinnerungsfoto. Ein Erinnerungsfoto des gegenwärtigen Augenblicks, durch dessen Falltür er nach unten stürzt.

Lulu, denkt er. Ach …

Kapitel 2

ARBEIT

Dienstag, der 14. September 1993 wird Charly im Gedächtnis bleiben solange er lebt als der Tag seiner tiefsten Erniedrigung.

Wenn es denn der 14. war und ein Dienstag.

Ein, zwei Jahre lang wusste er's bis auf die Minute genau, aber irgendwann war er sich des Wochentags nicht mehr sicher, auch nicht der Uhrzeit (vormittags, nachmittags?), und schließlich musste er beim Erinnern das gesamte Jahr rekonstruieren, um zu dem Schluss zu kommen, dass es sich um den September gehandelt hatte und nicht früher und nicht später im Jahr geschehen sein konnte. In welchem? Das dauert dann nicht lange, einmal von Daumen bis Mittelfinger: Kann nur '93 gewesen sein. Logisch, '93.

Nur die Bilder sind noch da, der Film, der auf der langen geraden Rampe beginnt, dort, wo man, vom Veddeler Damm kommend, nicht mehr runterkann, nicht mehr rauskann, nicht mehr wegkann. Dort, auf der endlosen Anfahrt hinauf in die graue Luft, über die Dächer hinweg, auf die beiden schwindelerregenden Masten zu, dort ist es passiert, und noch Jahre später werden die Handflächen feucht und das Magendrücken setzt ein wie auf das Zeichen eines Dirigenten. Phantomschmerzen aus einer Lebensepoche, die doch gründlich herausoperiert, weiträumig weggeschnitten und ausgeschabt ist aus deinem Leben.

Dieser Film kann noch ausgeliehen werden aus der inneren Videothek unvergesslicher Momente, Abteilung Horror- und Splattermovies (nichts für lange, einsame Novemberabende), und dann kommt auch wieder das Gefühl bodenloser Peinlichkeit und Schande hoch, allerdings nicht als Schmerz, nur als Erinnerung an einen Schmerz, also ein Gefühl zweiten oder dritten Grades, über das man scherzen kann (har har!). Das alte Brandmal auf der Seele ist noch da und bleibt, auch wenn das Narbengewebe darüber von Jahr zu Jahr dicker und glatter wird und die Blutung seinerzeit rasch von den Wattesedimenten aus Erklärungsversuchen und Therapiestunden und endlosen Gesprächen gestillt wurde (hässlich gezackte Wundränder in der Erinnerung). Und die Bilder werden grobkörniger und blasser von Jahr zu Jahr, indem der Wüstenwind der Zeit die Leinwand der Erinnerung sandstrahlt.

Es kam ohne Vorbereitung, ohne Warnung aus dem Nichts heraus. Er fuhr nach dem Besuch in einer der Beverungen'schen Filialen aus Neuhof kommend in Richtung Waltershof und wollte von dort auf die Autobahn und durch den Elbtunnel zurück in die Stadt. Er befand sich auf der linken Spur, es war ein wolkiger, windiger Tag, schon auf dem flachen Stück war der Seitenwind zu spüren, der an der Lenkung zerrte.

Normalerweise schlägt dieser Wind, der direkt von der Nordsee kommt, die Elbe herunterweht und eine Art amtlich bestallter Herbstbote ist, dessen Kühle im Vergleich zur Bananenweichheit des Nachsommers wie ein bissfester, säuerlicher Apfel schmeckt, der die rissigen Wolkentürme zu barocken Altären drechselt und den Himmel weit und hoch macht, sodass man immer das Gefühl hat, direkt an der Küste zu leben, normalerweise schlägt einem Hamburger dieser Wind nicht aufs Gemüt, im Gegenteil. Linker Hand die Lagerhäuser und Tanks glänzten wie frisch gekärchert, sobald ein Fächer Sonnenstrahlen den Wolkensaum entzündete und das Licht von taubengrau zu taubenblau wechselte, rechts hinter der Elbe wucherten riesige Krananlagen, vor ihm entrollte sich das graue Band der vierspurigen Straße in die Höhe, um sich an der Horizontlinie in die beiden schlanken, wie zwei gigantische Stimmgabeln im Wind vibrierenden Pylone einzufädeln. Zu denen hinaufzublicken und zu sehen, wie sich in einem kühnen ins Nichts, in die Luft hinausgeworfenen Bogen die Straße oblatendünn vom einen zum andern schwingt, das verursachte immer ein prickelndes leichtes Schwindelgefühl, und man tat gut daran, den Blick rasch wieder auf den Asphalt vor einem zu justieren.

Vielleicht war es, dass er beim Anblick der Pylone, deren trapezförmiger Unterbau im Näherkommen verschluckt, indes der Fächer der Schrägseile dem Auge sichtbar wurde, an eine Äolsharfe denken musste, das Instrument eines Titanen, in das der Wind die Finger krallte, um sie zum klingenden Beben zu bringen, vielleicht war es die links und rechts versinkende Welt, von der abgelöst die Fahrt direkt hinauf in die bewegten Massen des Äthers ging, und das damit einhergehende Gefühl, aller Bodenhaftung bar über eine Rampe direkt hinauf ins Nichts der Luft zu schießen, die keine Balken hat – jedenfalls spürte Charly, während er den linken, hinteren Pylon schrumpfen und schmaler werden und an den rechten vorderen, wachsenden, heranrücken sah, bis sie gemeinsam ein schräges M bildeten, nur eine Sekunde lang, dann wurde der hintere in den vorderen gesogen, schien in ihn hineinzuschmelzen, spürte er, wie seine Hände Schweiß abzusondern begannen und sich in den Plastikschaum des Lenkradkranzes krampften; und obwohl oder vielleicht gerade weil sie sich verkrampften, begannen sie nun auch zu zittern. Das Band der Straße zwischen der mittleren Leitplanke und dem Mäuerchen rechts begann im Wind zu flattern und wurde schmal wie ein Schwebebalken, wie ein Drahtseil im Wind, auf dem er mitsamt dem ihn umgebenden Blechkleid ins Schlingern, ins Taumeln geriet. Abrupt bremste Charly ab, um nicht Hals über Kopf in die Tiefe zu stürzen. Hinter ihm dröhnte es schrill auf, der grelle Blitz einer Lichthupe splitterte durch den Rückspiegel in seine Augen und trübte ihm den Blick. Instinktiv drückte er den Knopf der Warnblinkanlage, so wie der Pilot, wenn nichts mehr geht, den Schleudersitz auslöst, Ströme von Schweiß liefen ihm über die Stirn in die Augen. Er wusste, er würde nicht durch diesen schmalen Spalt zwischen den wankenden Armen des blauen Pylons kommen, wusste, er müsse sterben, sobald er auf dem frei schwebenden Brückenwurf wäre, tief darunter das schwarze Wasser der Elbe, des Köhlbrands. Ihm wurde schwarz vor Augen, er würgte den Motor ab und kam ruckartig zum Stehen.

Obwohl er im Auto saß, in ihm und an ihm festgeschnallt war, spürte er den Abgrund an sich saugen und ziehen, fürchtete, mitsamt dem Gewicht, das an ihm hing, über die Kante in den Abgrund gerissen zu werden, zu fallen, zu versinken …

Was geht einem hypochondrisch veranlagten Menschen wie Charly – oder sollte man sagen: einem hypochondrisch begabten, denn die Hypochondrie ist immer auch eine Stummelform der Kreativität – in so einem Moment durch den Kopf? Es muss etwas Aufblitzendes eher als etwas Reflektiertes gewesen sein von der Art: »Dies ist also die Todesstunde. Und ausgerechnet jetzt, wo es überhaupt nicht passt!«

Der Zugwind der vorbeidonnernden und lichthupenden LKW erschütterte das fragile Gehäus' und drohte ihn von der Brücke zu fegen. Hinter ihm staute sich der Verkehr, er starrte halbblind aufs Armaturenbrett, um nicht die wutverzerrten oder empörten Gesichter der um ihren Verkehrsfluss geprellten Bürger, ihre Stinkefinger und geschüttelten Fäuste sehen zu müssen, wenn sie, blinkend, ausscherend, beschleunigend an ihm vorüberrollten. Er starrte auf seine Hände, seine Unterarme, die zitterten wie die eines Parkinsonkranken. Und noch bevor er sich fragen konnte: Was ist los? Was geschieht mir da? Woher kommt das?, noch bevor ihn der panische Schrecken angesichts eines lebensbedrohlichen Anfalls oder einer göttlichen Strafe oder eines Albtraums im Wachzustand ergreifen konnte, noch bevor ihm sein kindhaftes Ausgeliefertsein an schreckliche Mächte bewusst zu werden vermochte, reagierte der Körper bereits, er spürte es in den Gedärmen rumoren, spürte den Schließmuskel erschlaffen, er kroch über den Kardantunnel auf den Beifahrersitz, öffnete die rechte Tür den Spalt, den sie sich öffnen ließ, dachte, während er, die Hände am Gürtel und am Hosenknopf, sich über die schartige Begrenzungsmauer mehr rollen ließ als sie zu übersteigen (was, die Hose auf Höhe der Kniekehlen, auch gar nicht mehr geglückt wäre): »Ich schaffe es nicht!«

Und er schaffte es tatsächlich nicht ganz, die Hose hinabrutschen zu lassen und in der Hocke, auf die Arme gestützt, hinter dem kniehohen Mäuerchen zu verschwinden, denn schon geschah, wofür selbst der Künstler keine richtig schönen Worte kennt, also übernehmen wir die, die Charly währenddessen als Live-Reporter seines eigenen Lebens stumm mitsprach: »Ich scheiß mir in die Hose.«

Eruptiver Durchfall nennt man das wohl und muss nicht weiter beschrieben werden. Konzentrieren wir uns stattdessen auf das Gefühl in seinen Handflächen, die den armen Körper abstützen mussten und dabei mit angeekelter Intensität den Staub, die Steinsplitterchen und den Gummiabrieb auf dem Asphaltboden spürten. Angesichts all der Erniedrigung und Peinlichkeit kamen ihm die Tränen. Alle Schleusen offen, dachte er, schlimmer geht es nicht, und wenn jetzt einer anhält und mich so sieht, wenn jetzt die Polizei anhält und ich mit der eingeschissenen Unterhose, lieber Gott, lass mich aufwachen, lieber Gott, lass mich sterben.

Eigentlich ist das einzige, das sich wirklich eingenistet und eingekapselt hat und immer wieder und offenbar ganz auf eigene Initiative, nämlich nicht an besonders unangenehme Lebensmomente gekoppelt in Form einer plötzlichen Gänsehaut und einer Verkrampfung des Magens erscheint, dieser Moment des »Lass mich sterben«, dieser Moment der tiefsten Scham. Alles in Charly sträubt sich, die Minuten und die Gefühle und körperlichen Vorgänge drumherum zu evozieren, sodass wir sozusagen über seinen Kopf hinweg und ohne seine Hilfe und sein Zutun diesen Moment rekonstruieren müssen.

Gewiss, er hat darüber geredet, mit Heike, vor allem während der Therapie mit Petra Wedekind und Jahre später scherzend mit ausgewählten Vertrauten, bei denen er die peinlichen Bekenntnisse sicher aufgehoben und wohlverstanden wusste. (Solche Scheußlichkeiten dienen einem klugen und eher dominanten Menschen wie Charly dann gerne zum Niveauausgleich, wenn der eigene Stern unangenehm hell strahlt und durch eine Dosis Selbstironie heruntergedimmt werden muss, um dem schwächer leuchtenden Gegenüber zu seinem Recht zu verhelfen.) »Na, und dann auf halber Höhe der Köhlbrandbrücke erwischt es mich (er klappt illustrierenderweise die Hände mit den gespreizten und zu Krallen gebogenen Fingern vor der Brust nach innen in einer, wie wir damals politisch höchst unkorrekt sagten: spastischen Geste), ich krieg vor lauter Panik die Scheißerei, quetsch mich aus dem Auto, hock mich hinters Mäuerchen, aber da war schon die Hälfte in die Hose gegangen und ich, kannste dir vorstellen: Hallo?! Was ist denn jetzt los??«

Aber wie gesagt: Damals im September '93, da dachte er nicht »Hallo?!«, sondern »Lieber Gott, lass mich sterben!« sowie irgendetwas wortloses, vages, das in die Richtung »Mama, ich will heim« ging in seiner völligen Hilflosigkeit. Nur dass der Gedanke an eine rettende Mama, in deren Schoß er sich jetzt am liebsten verkrochen hätte, sich nicht an seine Mutter wandte, sondern stumm nach Heike schrie. Aber bitte keine voreiligen Schlüsse hieraus ziehen! Karlmann Renn litt in diesem Augenblick an allem Möglichen, das ihm nicht klar war, aber nicht überdurchschnittlich an einem Mutterkomplex.

Zum Beweis, dass jeder freudianische Interpretationsversuch hier fehl am Platz ist, blicken wir eben, ohne dabei Charly aus dem Auge zu verlieren, in eine Entfernung von 1279 Kilometern und betrachten das Ganze von der anderen Seite aus: In jenem September 1993 befand sich Karl Renn mit seiner Frau in ihrem im Vorjahr auf eine, wie Charly das nannte: Schnapsidee hin gekauften Ferienhaus bei Arcachon. In der Theorie hatte das für den Alten geheißen: Direktflug Hamburg–Bordeaux, gesundes Meeresklima, schönes Wetter, St. Emilion-, Graves- und Médocweine und Austern. In der Praxis hieß es: unzuverlässige Handwerker, Schimmel an den Wänden wegen des Meeresklimas sowie Amtsschimmel bei den Behörden, antideutsche Klischees in den Köpfen der Gastwirte und Supermarktkassiererinnen, Illusionen über die Fähigkeit der Autochthonen, sein Schulfranzösisch zu verstehen. An jenem Septembertag jedenfalls saß Bettina Renn, ihre über alles geliebte jüngste Enkelin auf dem Schoß, auf der überdachten Terrasse des Häuschens mit Blick auf den Carport der Nachbarn (»Jetzt weiß ich, was ein Lotissement ist, Karl, besten Dank«), neben sich auf dem Beistelltisch eine Tasse Tee, blickte durch den Perlenvorhang des Landregens und las der kleinen Bettina (sie war nicht nur Großmutter, sondern auch Patin) aus Grimms Märchen vor. Ein paar Jahre später reagierte Charly extrem verbittert darauf, dass seine Mutter all ihren Oma-Enthusiasmus an die drei Töchter seiner Schwester verschwendet hatte und sich schnöde weigerte, für seine Kinder Babysitteraufgaben oder andere Entlastungsdienste zu übernehmen (»Charly, wirklich, ich habe die Energie nicht mehr, tut mir leid«). Aber jetzt war sie mit ihrer Enkelin und ihrem Mann und Charlys Freund Thommy, der zu jener Zeit immer noch in Frankreich lebte und auf der Durchreise gerade zu Besuch war, und der es bestätigen kann, vollauf beschäftigt und verschwendete keinen Gedanken an ihren Sohn. »Charlys Leben ist ja zum Glück auch wieder ins Gleis gekommen. Wir hatten uns schon Sorgen gemacht. Aber Heike – du kennst sie wohl noch gar nicht, wie? Heike ist eine ganz patente Frau.« Das war die einzige Erwähnung Charlys an diesem Tag, und von mütterlicher Intuition, einem Prickeln in der Seele, ja überhaupt von irgendeinem seelischen Band, das in diesem Moment in Schwingungen geraten wäre, kann gar keine Rede sein. Ein paar Tage später traf eine Ansichtskarte mit dem Foto der Wanderdüne von Pyla in Hamburg ein. »Es ist schön hier mit den Mädels. Nur das Wetter könnte besser sein. Wir machen Ausflüge und ärgern uns mit dem Haus herum. Grüße von Papa und von Deiner Mutter.«

Also Fehlanzeige und zurück auf die Köhlbrandbrücke und zu Charlys postuterinem Hilfeschrei.

Es gibt ja das Klischee von den Männern, die die Frauen in Madonnen und Huren unterteilen, anders gesagt, in achtenswerte Unberührbare und verachtenswerte Objekte der Begierde. Richtig daran ist, dass das männliche Bewusstsein, der sensuelle Aufnahmeapparat der Einfachheit halber gerne mit Rastern arbeitet, die in allen Bereichen eine schnellere Grobkategorisierung erlauben, dass es also sozusagen bereits technisiert und nicht mehr im Manufakturbetrieb funktioniert, was bekanntermaßen immer einen Zeitgewinn, aber auch eine kulturelle Verarmung mit sich bringt. Nicht haltbar dagegen ist der Schluss von den Heiligen und den Huren auf die Achtung bzw. Nichtachtung und das Begehren bzw. Nichtbegehren der Männer. Um hier wieder auf Charly zu kommen: In seinem

Falle hatte das Begehren sehr ursächlich etwas mit einer mütterlichen Ausstrahlung zu tun, die Heike offenbar für ihn zu haben schien. Wie hätte er sonst beim ersten Blick auf jenes ›Das ist die Mutter meiner Kinder‹ kommen können? Was aber war oder ist das Mütterliche, das Charly an Heike gesehen oder gehört oder gerochen hat? Es ist die vermeinte, vermutete Fähigkeit der Schutzgewährung, die offenbar auch Sexualpartnerinnen ausstrahlen können. Solange Charly in erster Linie nach Sex gesucht hatte, besaß er kein Organ, um solche mögliche Beschützerkraft an einer Frau aufzuspüren oder sich auch nur dafür zu interessieren. Christine, seine erste Frau, war in dieser Hinsicht völlig geruchsneutral gewesen. Einige Jahre später, als er Heike kennenlernte, hatte sich sein Metabolismus offenbar so weit verändert, dass sein erster Gedanke eben nicht mehr war: ›Dich will ich vögeln‹ – auch wenn das, was er dachte, zugegebenermaßen nichts Gegenteiliges war, sondern eher eine plötzliche, erwachsene Konsequenz aus jenem Erstgelüst.

Was aber mag es sein, das den Mann ein Gutteil seines frühen Begehrens und späteren Vertrauens aus dem Glauben ziehen lässt, in entscheidenden Notfällen und Zwangslagen seine Geliebte (Hure) kurzfristig zu seiner Mama (Madonna) machen zu können? Schlägt die biologische Kuckucksuhr zwölfe und der hervorschnellende Piepmatz rät ihrem Besitzer, nunmehr von den diaphanen, unsteten Blondinen mit den schmalen Hüften und dem prekären Einkommen abzusehen und sich mehr an die Dunkelhaarigen zu halten, die auf festen Schnürschuhen stehend in ihrem Becken und Leben ruhen, die mit den Altstimmen, dem trockenen Humor, dem akademischen Abschluss und dem festen Gehalt?

Also, wo waren wir? Bei »Mama, ich will heim!« Bei dem Gedanken, dass Hilfe nur von Heike kommen könne.

Die erste Bewährungsprobe dieser Beziehung, die Probe aufs Exempel stand bevor in diesem Augenblick, da Charly an Durchfall leidend auf der Köhlbrandbrücke hinter dem Begrenzungsmäuerchen hockte, der Verkehr an ihm vorüberrauschte und er sterben wollte und/oder eine Mama brauchte. Indessen hatte er Glück im Unglück. Nach vielleicht zehn Minuten erhob er sich mit einem schluchzenden Atemzug und lehnte sich, noch immer ein wenig zitternd und fröstelnd, gegen das Auto. Da sah er einen Opel Kombi auf der rechten Spur langsamer werden, die Warnblinkanlage einschalten und hinter seinem Wagen zum Stehen kommen. »Moin. Nich gerade der ideale Ort für ne Panne, nech?« Charly schüttelte den Kopf. »Volvo. Soll doch so zuverlässig sein. Oder is' einfach Benzin alle?« Charly zuckte die Achseln. »Ich hab' 'n Abschleppseil im Laderaum. Soll ich Sie über die Brücke (er sagte ›Brügge‹) schleppen, runter (›runner‹) nach Waltershof?« Charly nickte. Offenbar ein wenig zweifelnd, ob der andere ganz bei Verstand sei, fügte der Mann hinzu: »Sie wissen ja: Schlüssel rumdrehen und in Leerlauf.« »Schon klar«, sagte Charly und setzte hinzu: »Besten Dank.« Hoffentlich sieht er nicht den feuchten Kackfleck auf der Hose, dachte er. Hoffentlich riecht er ihn nicht. Aber es ging ja ein strammer Wind. Der Mann fuhr vor Charlys Volvo, befestigte das Halteseil, wartete geduldig, bis der merkwürdig apathische junge Mann im Auto saß, und schleppte ihn dann, das Seitenfenster geöffnet und mit Handzeichen Bremsmanöver ankündigend über die Brücke.

Jetzt, wo er nur lenken musste und ab und zu das Bremspedal antippen, ging es. Angespannt und mit nassen Handflächen, aber es ging. Charly beobachtete, wie der kleinere, hintere Pylon exakt zwischen den Schenkeln des größeren stand, und dann befand er sich direkt unter den Saiten, auf denen der Wind das Hohnlied seiner Schande zupfte (Vergogna Pizzicato

Blues). Als er jenseits der Brückenkante wieder Land sehen konnte, die riesigen Kräne des Waltershofer Containerterminals, ging es ihm besser und zugleich schlechter, da ihm einfiel, dass er mindestens viermal im Jahr die Beverungen'sche Filiale in Neuhof zu besuchen hatte und von dort auch wieder, wollte er keinen riesigen Umweg in Kauf nehmen, über die Brücke würde fahren müssen, die sich jetzt in der weitgespannten Linkskurve oberhalb von Chinakai und Europakai hinabsenkte.

Wie viel romantische Evokationskraft hatte doch immer in diesen Namen und den ihnen zugeordneten schemenhaften Bildern gelegen, die jetzt durch dieses Erlebnis auf ewig kontaminiert waren! Denn wie der Mythos der Ilias vom Klang der Namen lebt, dem Skäischen Tor, den Quellen des Skamander, dem Berg Ida, so lebt der Mythos Hamburgs, also der seines Hafens, vom Echoraum, den Wörter wie Chinakai und Waltershof und Finkenwerder und der Peutehafen von Veddel eröffnen.

Aber dass er bei der Nennung des Wortes »Waltershof« später nicht mehr den Sonnenuntergang über dem von bunten Jahrmarktslichtern beglitzerten Ölhafen von Finkenwerder vor sich sehen würde, drüben am andern Elbufer jenseits des Strandes von Teufelsbrück und der leise leckenden Wellen auf dem schmalen Sandband, und nicht mehr an die Größe und Weite und Jugendfreiheit seiner Heimatstadt denken würde, sondern an seine vollgeschissene Hose, das war momentan sein geringstes Problem.

Der Mann, der ihn abschleppte, steuerte kenntnisreich auf die Finkenwerder Straße, fuhr unter der Autobahn hindurch und direkt links dahinter auf den großen Autohof. Er parkte, machte sein Seil los, und während Charly sich noch einmal bedankte, deutete er auf das Schild über der Kneipentür. Trucker-Treff. »Da könn' Sie auf den Schreck 'n Pott Kaffee trinken.« Und er nickte sich bei diesen Worten selbst zu. »Danke nochmal«, sagte Charly. »Da nich für!« Und fort war er, der rettende Engel im Opel.

Charly setzte sich mit seiner feuchten Hose auf einen Barhocker, bestellte einen Kaffee und fragte, ob er telefonieren könne. Die Wirtin schob ihm einen altertümlichen Bakelitapparat mit Wählscheibe hin, und er drehte die Ringe der Zahlen von Heikes Stationsnummer im Krankenhaus.

Heike arbeitete noch in derselben Abteilung des Klinikums St. Georg, wo er sie zwei Jahre zuvor kennengelernt hatte: als Assistenzärztin in der Kardiologie an der Barcastraße, der Verlängerung der Langen Reihe. Sie hatte an dem Tag Frühdienst, musste also die Schicht fast rum haben. Zum Glück kannten die Schwestern Charly, er würde nicht lange bitten und betteln müssen, um Heike ans Telefon zu bekommen.

Als er ihr »Ja?« hörte, mit einem so kurzen A, dass er den Luftzug zu spüren glaubte, mit dem sie auf den Ruf »Telefon für Sie, Frau Doktor« von irgendeiner Arbeit herbeigelaufen war, bekam er in all seiner Müdigkeit und dumpfen Verzweiflung Angst. Man kann seit zwei Jahren mit einem Menschen zusammen sein und seit anderthalb Jahren mit ihm zusammenwohnen, ohne sich noch im letzten sicher zu sein. Die Nagelprobe hatte noch nicht stattgefunden. Der entscheidende Moment, in dem etwas definitiv einrastet oder aber sich als nicht zusammenpassend offenbart, stand noch bevor.

Heike, ich sitze hier in Waltershof, begann er und wollte eigentlich drastisch fortfahren: mit eingeschissener Hose, aber das brachte er nicht übers Herz, er erklärte drumherum, und als er sie bat zu kommen, mit dem Taxi, und frische Kleidung für ihn mitzubringen, kamen ihm die Tränen, und er zog den Rotz hoch und räusperte sich mehrmals: ein rechtes Häufchen Elend.

Es war ganz kurz still, dann sagte sie: Oh je, du arme Maus.

Das war erstmal alles. Charly entspannte sich, als liege er bereits sediert in einem Krankenhausbett und alle Verantwortung für sein Leben sei von seinen Schultern genommen.

So, und wo genau ist das? Ich muss erstmal nach Hause radeln. Und dann ein Taxi rufen. Rechne eine Stunde, dann bin ich da.

Sie schien zu lächeln und fügte hinzu: Halt aus.

Dann legte sie auf. Keine überflüssige Frage. Spröde. Warmherzig. Konzise. Die ideale Frau. Eine direkte Folge dieses kurzen Telefonats war denn auch der Heiratsantrag im Dezember und die Hochzeit im darauffolgenden Mai.

Aber jetzt hatte Charly eine Stunde zu warten, bis sie käme. Die wollen wir nutzen für einen kleinen Rückblick, denn in der Gegenwart verpassen wir nicht viel außer diversen Manifestationen von Selbstmitleid, Angst und Panik, gemurmelten Flüchen, Gebeten und Kraftausdrücken.

Er hatte bei seinem Vater im Zimmer gesessen und gerade über Depots geredet, als die Zeit der Visite kam. Der Alte hatte wegen seiner Herzrhythmusstörungen die Sprechstunde des Chefarztes aufgesucht und war, weil sich das bei Privatpatienten lohnt, für einige Tage und einige Untersuchungen – EKG, Echokardiografie, Ergometrie – dabehalten worden. Ihn machte es glücklich, wenn seine Leiden wichtig genommen wurden, Charly erwartete, aus dem Munde eines Arztes bestätigt zu bekommen, dass alles wie üblich nur Hypochondrie und Schau war. Es war dann nicht der Chef, der das Einzelzimmer betrat, sondern eine erstaunlich junge, schlanke, dunkelhaarige Frau. Pferdeschwanz, Hornbrille, lange Finger mit kurzgeschnittenen, unlackierten Nägeln, kein Make-up, der weiße Kittel, die weißen Clogs.

Der Alte belegte sie sofort mit Beschlag, ängstlich, besserwisserisch, von oben herab und beflissen. »Also, junge Frau, hat man Ihnen mein Schicksal in die Hände gelegt. Ich hoffe, Sie wissen das zu schätzen …« Der autoritäre Flirtton eines Sixty-something … Charly lächelte ihr zu, wie um zu sagen: »Lassen Sie sich nicht kirremachen von ihm.« Sie antwortete geduldig, kurz, freundlich, sachlich, unbeeindruckt, und als der Alte dann zum leicht selbstmitleidigen Charmieren überging (»Sie dürfen ruhig ein wenig kräftiger anfassen, das ist angenehm, der alte Kadaver hält es schon noch aus, denken Sie einfach an Gaia und Antäus …«), tauschten sie beide ein kurzes Lächeln, von Charlys Seite die Art von ironischem Lächeln über Bande, das auf Kosten eines Dritten ein geheimes Einverständnis zwischen zwei Personen schafft. Es störte Charly nicht im Geringsten, dass die dritte Person, die sie beide nicht ernstzunehmen schienen, sein Vater war. Die Blicke, die sie ihm durch ihre Hornbrille zuwarf – also komm, ich weiß, was so ein Blick bedeutet, ich bin ja nun auch nicht ganz bescheuert! –, ermutigten ihn, sie hinterher draußen auf dem Korridor anzusprechen. Was heißt »ermutigten«? Es war damals nach dem traumatischen Ende seiner ersten Ehe eine sexuell sehr aktive Phase, und Charly befand sich permanent in einer geschäftsmäßigen sexuellen Gestimmtheit: Fragen kost' nix, wenn's was wird, gut; wenn's nichts wird, auch gut. Sie sprach jedenfalls auf dem Korridor noch kurz über seinen Vater und dessen Vorhofflimmern und die verschriebenen Gerinnungshemmer, und er sagte: Ich würde Sie gern nach der Arbeit auf einen Kaffee einladen, wenn Sie Zeit und Lust haben. Und sie sagte: Gern. Heute Abend? Und als er nickte (schluckend trotz allem), sagte sie: Holen Sie mich doch hier um halb sieben am Ausgang Barcastraße ab. Ich bin aber mit dem Rad da.

Statt eines Kaffees tranken sie eine Karaffe Roséwein, daraufhin gestanden sie einander einen kleinen Hunger und aßen etwas. Danach begleitete Charly Heike, die ihr Rad schob, nach Hause in die nahegelegene Grillparzerstraße Nummer 26, einen schönen Altbau, in dem sie eine Dreizimmerwohnung mietete.

Möchten Sie noch eben mit hinauf?, fragte sie.

Auf einen Absacker?, fragte er lächelnd, aber doch aus dem Konzept gebracht, da sie die Initiative übernahm, womit er die ganze Zeit gezögert hatte.

Ja, antwortete sie und nahm die Brille ab, was ihr, wie er fand, den erotischen Blick der Kurzsichtigen verlieh, ich habe Lust, mit Ihnen zu schlafen.

Einen Augenblick lang – wenn auch nicht so lange, dass er mit einer Antwort gezögert hätte – geriet er in den ein wenig absurden Gefühlszwiespalt, der vielleicht typisch war für Männer seiner Generation und für diese Zeit und sich als innerer Dialog etwa so abspielte: Geil! Aber warte mal, will ich mit einer Frau vögeln, die so mir nichts dir nichts mit mir ins Bett will, obwohl sie mich gar nicht kennt, also nicht um meinetwillen, sondern bloß, weil sie Lust aufs Ficken hat, womöglich baggert sie jeden so an, womöglich hat sie irgendwelche psychischen Probleme? – Aber wie die meisten Männer zog Charly aus diesen Überlegungen natürlich nicht die Konsequenz, das Angebot auszuschlagen oder zu vertagen, und wie ebenfalls den meisten Männern kam ihm der Gedanke an eine gewisse Spiegelbildlichkeit überhaupt nicht, schließlich baute auch er, seit zwei Jahren in verstärktem Maße, seine sexuellen Abenteuer nie auf einer zunächst hergestellten oder herzustellenden Vertrautheit auf. Im Übrigen fand er es elektrisierend, mit einer Frau zu schlafen, mit der er sich siezte.

Aber worin Charly sich täuschte, das war in seinem Glauben, sein ironisches Geplänkel über den Kopf des Alten hinweg sowie sein Charme etc. hätten Heike bewogen, die Kaffee-Einladung zu akzeptieren. Er erfuhr das erst gut ein Vierteljahr später in einem dieser Gespräche unter Paaren, bei denen in halb nostalgischer Verwunderung das ›Wie-haben-wir-eigentlich-zueinandergefunden?‹ zur Sprache kommt. Da sagte Heike, es habe ihr – angesichts all der Beispiele von zynischem Egoismus, die ihr untergekommen waren, seit sie in Hamburg lebte – imponiert, dass sich da ein Sohn um seinen Vater sorgte und ihm beistand und ihn während seiner Arbeitszeit im Krankenhaus besuchte. Das sei ihr sofort sympathisch gewesen und habe ihr sowohl Vertrauen eingeflößt als sie auch neugierig auf ihn gemacht.

Charly, der sich überhaupt nicht um das Wohlergehen seines Vaters sorgte, der an jenem Tag ohnehin frei gehabt und seinen Vater nur wegen einer finanziellen Frage besucht hatte, die sich auf dessen Aktiendepot bezog, hütete sich klug, sie aufzuklären. Da wusste er aber bereits, dass sie selbst eine enge Bindung zu ihrer Familie besaß und dass sie sich anfangs in Hamburg recht allein gefühlt und außer zu Kollegen noch keine Kontakte geknüpft hatte; sie arbeitete ja, als er sie im Krankenzimmer seines Vaters kennenlernte, gerade erst ein halbes Jahr in der Klinik St. Georg.

Die erste Zeit fuhr Charly mehrgleisig, als er dann im Sommer '92 bei ihr einzog (überglücklich, die alte Wohnung, die voller Gespenster steckte, verlassen zu können), hörte er sukzessive auf damit. Nicht in erster Linie aus praktischen Erwägungen, sondern weil die Gefühle, die gewachsen waren und wuchsen, es nicht mehr zuließen – oder besser gesagt: weil die Güterabwägung zwischen erotischen Registereinträgen hier und schlechtem Gewissen da in einer Fortführung seiner rein sexuellen Beziehungen keinen darstellbaren *return on investment* mehr erwarten ließ.

Charly hatte in jenem düsteren Jahr 1990, als seine ganze Existenz an sexueller Selbstbestätigung (und manchmal Selbstbetätigung) zu hängen schien, eine Affäre mit einer Sachbearbeiterin bei Beverungen, die zu beenden auch deswegen einfach war, weil sie sich in der Firma nicht auf Dauer geheimhalten ließ und viel böses Blut machte, was für ihn, der eben erst dort begonnen hatte, nicht vorteilhaft war. Dann war da eine Kneipenbekanntschaft, die genauso wie er selbst über den Sex hinaus keine engere Bindung wünschte, die Vögelei allerdings war ziemlich hemmungslos und schamlos und, wie er meinte, genau das, was er brauchte und wollte. Im Grunde allerdings wusste er die ganze Zeit über recht gut, dass er nach etwas anderem suchte: einer Frau zum Kuscheln und Schmusen, zum gemeinsamen Aufwachen mehr als zum gemeinsamen Einschlafen, einer Vertrauten, der er trauen konnte, in deren Arme er sich fallen lassen konnte, ohne andauernd Leistung abrufen und abliefern zu müssen und sauber, adrett, souverän und einfallsreich zu erscheinen. Es war bei Lichte betrachtet alles eher Selbstbestrafung als Selbstbefreiung, es fehlte ihm nach seiner Scheidung noch ganz jenes Wohlwollen mit sich selbst, ohne das auch kein rechtes Wohlwollen mit anderen möglich ist.

In dieser ganzen Zeit war das, was einer Freundschaft nach seinen Idealvorstellungen am nächsten kam, die wiederaufgenommene, aber aufgrund der räumlichen Entfernung meist eher am Telefon gelebte Beziehung zu Meret, der alten Schulkameradin, die in Pforzheim wohnte und deren Ehemann (Kinder gab es nicht und waren auch nicht geplant) sich als Vertriebsleiter von Bader erfreulich häufig auf Dienstreisen (mit mehreren Übernachtungen) befand.

Seit dem Einzug bei Heike war an regelmäßige Besuche bei Meret nicht mehr zu denken, und hier bestand wirklich ein Interessenkonflikt, den er lösen musste. Was wollte er: kluge Gespräche mit einer alten Freundin, die ihn in- und auswendig kannte (horribile dictu), gepaart mit dem hemmungslosesten und einfallsreichsten Sex, den er je genießen würde, aber bei aller Zuneigung das klare Bewusstsein, dass hier keine Liebe am Werk war, nie gewesen war, nie sein würde – oder die Hoffnung auf ein neues Leben, auf eine Familie? Und auch wenn einzelne Parameter klar zugunsten Merets sprachen, war doch das Gesamtpaket Heike ungleich zukunftsträchtiger. So druckste er bei einem geheim gehaltenen Besuch bei Meret im Januar '93 lange herum, bevor sie ihn erlöste: Charly, du willst mir sagen, dass du verliebt bist und ein neues Leben anfangen willst. Das ist doch wunderbar! Wo ist denn das Problem?

Ich möchte nicht, dass du dir benutzt vorkommst.

So ein Unsinn! Wann hätte ich je etwas getan mit dir, worauf ich nicht selbst Lust gehabt hätte?

Du weißt, wie sehr ich unsere Treffen liebe. Aber ich hab' das Gefühl, ich muss sie mir selbst verbieten, wenn ich das mit Heike auf ehrliche Füße stellen will. Ich meine, wir bleiben natürlich in Kontakt. Aber eben als Freunde ... Nicht so ...

Meret lachte: Herrje, du stehst wirklich da wie ein begossener Pudel. Möchtest du, dass wir uns jetzt die Hände schütteln und einander fest ins blaue Männerauge blicken und Tschüs sagen und viel Glück wünschen, oder möchtest du den Abschied anders feiern? Ein letztes Mal.

An der Tür sagte sie dann: Alles Gute für euch zwei. Und wenn's nichts wird: Meine Adresse hast du ja.

Und als er sie verdutzt anblickte, zwinkerte sie: Kleiner Scherz.

Und so kam es, dass Charly mit Beginn des Jahres 1993 wieder vollkommen monogam lebte. Und zwar eben nicht, weil der Sex mit Heike so viel aufregender gewesen wäre als mit den anderen. Lassen wir mal Meret außen vor. Das lief seit jeher außer Konkurrenz. Mit Gunhild (was für ein Name! Er vermied es immer, ihn zu nennen), der Kneipenbekanntschaft, war es – das einzige Wort, das ihm einfiel, war *dirty* – dirty auf erregende Weise. Dirty war es mit Heike nun überhaupt nicht, wie sollte er das jetzt nennen? Konservativ, nein, nicht langweilig, konservativ in einem gediegenen Sinne, so wie man einen kaputten Meniskus konservativ behandelt, anstatt zu metzgern. Fast sogar ernst, dabei durchaus intensiv. Natürlich zu Anfang, das erste Mal, als er ihr in ihre Wohnung folgte, etwas zögerlich und etwas fremdelnd, sehr vorsichtig, tastend, fragend, höflich gewissermaßen, aber dann eben auch intensiv und vor allem nach dem Höhepunkt ein Gefühl der Behaglichkeit, des Befriedetseins – das war vielleicht das Entscheidende: kein Anzeichen von Unruhe, von ›Was jetzt?‹, von ab nach Hause und zu sich kommen wollen. Stattdessen ein freundschaftliches Interesse an dem völlig fremden Menschen, dessen völlig fremden Körper (was ja im Nachhinein gesehen immer etwas Monströses hat) er soeben liebkost und penetriert und gerochen und geschmeckt hatte, eine ehrliche Freude, ein ehrliches Glücksgefühl angesichts ihrer jetzt spröden und ein wenig mädchenhaften und wie um Erlaubnis fragenden Zärtlichkeit, ihres In-sich-Ruhens, des Grans Beschämung (ihr sich rötendes Gesicht, wenn sie ihn ansah) jetzt, da alles ›gut ausgegangen‹ war, über ihre Forschheit, ihr Drängen, ihre Lust, ihre Intimität mit dem Unbekannten. Kein schlechtes Gewissen, vielmehr eine gutmütig in sich hineinlächelnde Heiterkeit angesichts des Schnippchens, das man sich da selbst geschlagen hatte, ein Gefühl, für das es vielleicht eine gewisse Reife und Erfahrung braucht. Ein müheloser Wiederübergang ins Sprechen, ein ganz leichtes plauderndes Hinausgleiten aus der Reuse der Situation, ohne sich, nach Vergewisserung suchend, in ihr verfangen, in ihr steckenbleiben zu müssen (kein ›Wie war ich?‹, kein ›Wie fandest du's?‹, kein ›Hat es dir gefallen?‹, von noch peinlicheren Nachfragen zu schweigen). Es war mehr wie die Wiederaufnahme eines unterbrochenen Gesprächs, kurz: Keiner der beiden empfand das Bedürfnis, sich zu trennen und das Fichtenholzbett zu verlassen, an das sich zu gewöhnen Charly jetzt Muße hatte. Wie Heike erzählte, war es von ihrem Großvater, einem Tischler, für sie zum fünfzehnten Geburtstag gebaut worden, ebenso wie die anderen Möbel im Schlafzimmer, die Frisierkommode mit dem kippbaren, ovalen Spiegel und der Kleiderschrank. Offenbar war der Großvater ein Liebhaber bayerischer Bauernhaus- oder Skihüttenästhetik gewesen, aber da Heike mit so viel Wärme und Zuneigung von ihm erzählte, beschloss Charly, die Möbel sympathisch zu finden, so wie man ein verwachsenes Kind seiner inneren Werte und seines guten Herzens wegen rührend findet.

Interessant und merkwürdig bleibt, dass Charly vor all diesen angenehmen Momenten, ja bevor er auch nur ein Wort mit Heike gewechselt hatte, nämlich im allerersten Augenblick, in dem er sie zu Gesicht bekam, jene Epiphanie erlebte: Das ist die Mutter meiner Kinder.

War denn Heikes Gesicht in seinen Proportionen besonders durchschnittlich und zugleich östrogengeformt, was, wie die Attraktivitätsforschung herausgefunden hat, den Mann eine ideale Paarungspartnerin erkennen lässt? Dunstete sie den Maiglöckchenduft des Hormons aus, weil gerade ihr Eisprung bevorstand? Lag ihre *waist-to-hip-ratio* bei 0,7? Oder sorgte ganz einfach das Attraktivitätsstereotyp dafür, dass beide beim anderen das Attribut ›gutaussehend‹ mit dem Attribut ›gut‹ (für mich) assoziierten? War Heike 25 und damit auf dem Höhepunkt ihrer Gebärfähigkeit, und Charly 35 und damit auf dem Höhepunkt seiner Jagdkunst? Vielleicht hätten sie zunächst gemeinsam ein paar Höhlenmalereien machen sollen, um das herauszufinden. Festzuhalten bleibt, dass es nicht glatte Haut und hohe Wangenknochen waren, die dem prähistorischen Jägersmann auffielen, sondern dass Körperhaltung, Gestik und

Stimmlage (und soziale Position: Halbgöttin in Weiß!) der Frau Verlässlichkeit ausstrahlten, dass sie einfach zutiefst vernünftig wirkte.

Und Charly hatte in dieser Phase seines Lebens, mehr als je zuvor oder danach, die innere Überzeugung, einen solchen in sich ruhenden, ausgeglichenen Menschen zu brauchen, um das Leben zu meistern, denn das waren in dieser Zeit genau die Qualitäten, die ihm selbst abgingen.

Bei Christine, seiner ersten Frau, hatte er dieses Gefühl nie gehabt. Da war es immer: Wenn ich es nicht richte, dann wird es nie etwas. Dass er dann erfuhr, wie sehr Heike an ihrer Familie hing, bestätigte seine erste Ahnung. Rebellinnen, die nicht mit sich im Reinen sind, mit denen hätte er keine Familie gründen wollen.

Und sie? Was ließ sie diese erste Einladung akzeptieren, abgesehen davon, dass sie einsam war? Bleiben wir spaßeshalber noch ein wenig bei der Evolutionspsychologie und der Attraktivitätsforschung. Testosteronanteil gut (BMI 22,6; 1,88 Meter auf 80 Kilo zu der Zeit, was sich, je fester die Beziehung wurde, desto ungünstiger entwickeln sollte). Sozialprestige: ein Plus (Vater Privatpatient), aber eher Mischgesicht als Machoprototyp. Vor allem aber: der glückliche Irrtum, einen seinen Vater liebenden Sohn in ihm zu sehen (und bis diese Verwechslung sich ihr in allen Details erschlossen hätte, wäre viel Wasser die Elbe hinabgeflossen).

Also vielleicht (in dem desinfizierten Krankenzimmer) nicht nur ein Visitenkartentausch von Androsteronen und Kopulinen, sondern ein beiderseitig erstelltes sozio-ökonomisches Psychogramm. Denn es ging in diesem Jahr '91 jeweils nicht um Triebbefriedigung, sondern die beiden Amalgame aus Hormonsteuerung, freiem Willen, Lernfähigkeit, Erfahrung und Fantasie – sprich Charly und Heike – befanden sich im nüchternen

Zustand der Zukunftsplanung oder vager gesagt: des Voraus-
imaginierens und -tastens, und dabei spielt die Sexualität nicht
die erste Geige, sondern ist bestenfalls ein Begleitinstrument im
Orchester der Lebenspläne, -bilder, -hoffnungen und -wünsche.

Charly stieß sich zwar an der Einrichtung von Heikes Wohnung, bei aller Befremdung aber schätzte er es, dass hier, weit
mehr als in anderen Wohnungen, die er kannte, eine biografi-
sche und bewusste Verbindung zwischen Bewohner und Mobiliar bestand. Verliebt man sich in einen Menschen, verliebt
man sich ja auch immer in die Dinge, die ihm gehören und ihn
umgeben und die auf eine besondere Art und Weise die Essenz
dieses Menschen enthalten und auszudünsten scheinen.

Dieser neue Duft unbekannter Objekte war auch der Grund,
warum Charly froh war, so oft wie möglich und schließlich
ganz aus seiner alten Wohnung verschwinden zu können, in der
überall, in den Wänden, den Möbeln, in den scheinbar durch-
sichtigen Fenstern, ja sogar in der Beschaffenheit des Lichts die
Moleküle, die immateriellen, aber hartnäckigen Spuren eines
Menschen (und damit eines gemeinsamen Lebens) präsent
waren, der körperlich und geistig längst nicht mehr dort lebte.

Wenn die Geschichte eines Liebespaars auf die Haut geschrieben wird, dann die eines Ehepaars in das Holz und den Stein
ihrer gemeinsamen Behausung, und am Übergang vom einen
zum andern Text erkennt man, dass eine Beziehung solide zu
werden beginnt.

In Heikes sehr ordentlicher Wohnung traf das alpenländi-
sche Mobiliar ihres Schlafzimmers auf eine Art Sperrmüllästhe-
tik in den übrigen Räumen, deren erstaunlichste Eigenschaft es
war, dass all die Tische, Stühle, Sessel, Kommoden, Schränke
und Büfetts, die aus zweiter oder dritter Hand zu stammen
schienen und einen Querschnitt durch das letzte halbe Jahrhundert deutschen Möbelhandwerks, wenn auch nicht -stils

boten, aus Massivholz gefertigt waren. Diese abgestoßenen, durchgesessenen Möbel, die das Licht aufsogen und Charly zunächst den Eindruck vermittelten, als hüte Heike bei einem ältlichen Fräulein ein, das unter Migräne leide, vermählten sich auf den zweiten Blick merkwürdig harmonisch mit den schönen, stuckumrandeten weißen Decken und den ebenfalls weißen gedrechselten Holzleisten, die die gelben Tapeten einfassten; und mit dem leisen Ticken einer Wanduhr (keiner Kuckucks-uhr, stammte offenbar nicht aus Großvaters Werkstatt), durch das so etwas wie Dauer in die Zimmer tropfte, weiteten sie sich leise knarrend in die Zeit hinein, eröffneten sie dem Blick eine Tiefendimension, die seine Vorstellung von ihrer Besitze-rin bereicherte und ihr etwas epochengesättigtes verlieh, etwas autonomes und erwachsenes, das sie denn auch völlig unter-schied von all den jungen Mädchen und Frauen, die in hellem Ikea-Mobiliar umhergingen.

Offensichtlich gab Heike für Einrichtungsgegenstände nicht viel Geld aus (und besonders hoch war das Gehalt einer Assis-tenzärztin im Schichtdienst eines städtischen Krankenhauses auch nicht), dafür viel für Reisen und erstaunlicherweise, denn das schien Charly weder zu der aufgeräumten Küche (warum eigentlich nicht?) zu passen, deren Gewürzregal man ansah, dass Heike selbst kochte, noch zu ihrer eher praktischen als modischen Garderobe und schon gar nicht zur Einrichtung: für Schuhe.

Wenn wir sagen, *schien* nicht zu passen, dann, weil es unse-res Wissens keine Statistiken darüber gibt, inwieweit ein weib-licher Schuhtick einhergeht mit anderen psychischen Auffällig-keiten. Auffällig jedenfalls waren die Schuhe in dem dunklen Schuhschrank im Flur, und Charly fragte sich, wann sie diese hochhackigen Pumps und japanischen Bondage-Sandalen und Catwoman-Stiefel (lange noch nicht so viele wie zehn Jahre später) eigentlich trug – eine typisch männliche Frage. Mehr beschäftigte ihn denn auch eine andere, als er neulich ein paar irrsinnig aus ihrem bleistiftdünnen Absatz emporwachsende, kelchförmige, rot besohlte Escarpins (muss man das schon nennen) entdeckte, unter deren Fußwölbung ein D-Zug hätte hindurchfahren können und deren Kauf ihr im Nachhinein entsetzliche Gewissensbisse machte, nämlich wie er sie dazu bringen sollte, einmal an einem Abend für ihn nichts weiter zu tragen als ebendiese Schuhe.

Er haderte lange mit sich, wie das formuliert werden könnte, obwohl »verdammt, wenn sie solche Schuhe kauft, wofür sind die denn schließlich gut?« Aber bis jetzt hatte sich keine Gelegenheit ergeben, vielleicht auch, weil Charly in diesen letzten Monaten schon nicht mehr recht im Lot gewesen war, wie ihm jetzt bewusst wurde, in der Truckerkneipe des Autohofs Waltershof.

Dass wir die Stunde Wartezeit bis zur erhofften Ankunft Heikes mit Erinnerungen aus der Anfangszeit ihres Zusammenlebens überbrückt haben, heißt aber nicht, dass Charly das währenddessen ebenso gehalten oder überhaupt an Vergangenheit oder gar Zukunft gedacht hätte. Das hatte er keineswegs. Er brütete vielmehr stumpf, erschöpft und durstig über der Gegenwart, die ihn in diesem Hafenbecken hatte stranden lassen. Jetzt, wo der Anfall, oder worum auch immer es sich gehandelt hatte, vorüber war, stellte sich die schreckliche Frage, woran er litt: an einer lebensbedrohlichen, in seinem Innern wuchernden Krankheit, die nach und nach vitale Funktionen zerstörte: die Kontrolle über seine Gliedmaßen, sein Augenlicht, also etwas, das in seinem Hirn bereits mehrere Blackouts verursacht hatte? Aber kam so etwas denn aus dem Nichts mit so geballter Zerstörungswut? Oder war es eine psychische Sache? Ein plötzlicher schizophrener Schub oder womöglich das erste

Anzeichen einer syphilitischen Paralyse? Aber konnte man sich vor Jahren mit Syphilis angesteckt haben, ohne irgendetwas davon zu ahnen?

Er starrte auf ein Plakat an der Wand, aber sein vor Angst und Elend wüstenleerer Aufnahmeapparat las die Aufschrift unter dem Sportwagen und neben der karierten Flagge falsch: Porsche Tumor. Porsche Tumor. Nein! Porsche Turbo stand da. Er konnte nicht einmal darüber lächeln. Bitte jetzt nichts anderes als eine Vollnarkose und mich in die Bratröhre eines Tomografen schieben lassen und irgendwann wieder aufwachen und das Urteil ertragen …

Wieder und wieder, ähnlich der manischen Intensität, mit der ein neurotischer Hund sich die Pfote leckt, versuchte er, das Geschehene zu rekonstruieren. Er sah die beiden riesigen Pylone ineinanderschmelzen, sah sich die Rampe hinaufgesogen, und je höher er kam, desto mehr verknoteten sich noch in der Erinnerung die Eingeweide und desto feuchter wurden die Hände. Als würde er sich auf einem Aussichtsturm dem Geländer nähern und plötzlich sei das Geländer fort. Unwillkürlich bewegte sich sein Oberkörper nach vorn, und er krallte die Finger in das Kunstlederpolster des Barhockers, um sich festzuhalten. Niemals mehr würde er über diese Brücke fahren können. Aber warum diese Brücke? Warum diese plötzliche Blockade? Warum muss gerade mir das passieren?

Irgendwann, er war beim zweiten Mineralwasser nach dem Kaffee, sprang die Tür auf, und Heike hielt in der Vorwärtsbewegung inne, als sie ihn entdeckte. Ein erleichtertes Lächeln erschien auf ihrem Gesicht und glättete die Stirn, sie kam stracks auf ihn zu und umarmte ihn, wogegen er sich schwach wehrte, denn ich stinke nach Scheiße, und dein Haar riecht so gut.

Entschuldige, schneller ging es nicht, sagte sie.

Danke, dass du gekommen bist, sagte er. Die Sachen?

Hier in der Tasche. Willst du dich hier drin umziehen? Er nickte.

Zum Glück gab es in dieser Fernfahrerkneipe neben der Toilette einen Duschraum. Nachdem Charly verschwunden war, setzte Heike sich ihrerseits auf einen Barhocker und bestellte Kaffee.

Was uns die Möglichkeit gibt, sie einen Moment lang ohne Charly betrachten zu können, und das heißt sowohl, ohne dass der Schatten seiner Perspektive auf sie fällt, als auch in seiner physischen Abwesenheit. Sie war ungeschminkt und hatte das halblange Haar nachlässig mit einem Gummi zum Pferdeschwanz gebändigt, sie kam ja quasi direkt von der Arbeit (hatte sich zu Hause lediglich andere Schuhe, Turnschuhe, angezogen). Sie war beunruhigt und zugleich entspannt. Das will erklärt sein. Sein Anruf war außergewöhnlich genug gewesen, seine Stimme so tonlos, dass zur Beunruhigung Anlass bestand. Andererseits hatte er selbst angerufen und war offenbar weder verletzt noch akut erkrankt. Ein Blick auf seine Verwirrung, sein verstörtes Aussehen, wirkte aber doch auf die Internistin, die sie war, entspannend. Ein Schulmediziner hat den Reflex, sich zunächst um die Dinge zu sorgen, die seinen Studien- und Kenntnisschwerpunkt betreffen. Der erste Blick hatte genügt, um zu sehen, dass hier eine »Kopfsache« vorlag. Jener Ärztereflex sagte ihr, dass eine Schädelfraktur, Hirnblutungen oder -quetschungen, ein Schädel-Hirn-Trauma oder womöglich ein Tumor Dinge waren, die einen beunruhigen mussten, ein irgendwie geartetes psychologisches Problem jedoch nicht. Nicht im selben Maße, nicht auf so dringliche Art. Heike war weit davon entfernt, seinen Zustand etwa nicht ernstzunehmen, aber als Stationsärztin, die im Schichtdienst arbeitete, war sie zunächst einmal erleichtert. Ihr Charly saß da in einem Stück. Alles Weitere würde sich finden.

Eine Stationsärztin weiß auch, wie sie Patienten zu nehmen hat, wenn sie ihr Zimmer betritt. Sie lernt langsamer oder schneller – bei Heike war es schnell gegangen –, sich selbst aus dem Spiel zu nehmen, sich nicht persönlich gemeint zu fühlen, zwar durchaus als Mensch zu erscheinen, aber nicht als Individuum, sondern als eine Art anonyme Inkarnation humanitärer Hilfe. Auch hatte sie schnell gelernt, die Temperamente der Patienten einzuschätzen und entsprechend darauf zu reagieren (der Lehrgang, den Beverungen Charly im Jahr darauf bezahlte, um ähnliche Fähigkeiten zu lernen, wenn auch zu gänzlich anderen Zwecken, war sündhaft teuer). Und so wusste sie instinktiv, dass ihr Freund in diesem Augenblick nicht betütelt werden wollte, nicht bedauert und bekost (schon gar nicht in dieser Fernfahrerkneipe), aber auch keinesfalls bespöttelt. Was immer ihm fehlte, hatte ihn verstört, und er bedurfte momentan nichts als wortkargen Ernstes, Effizienz und Geduld.

Und auch das beruhigte Heike sehr, so wie den Arzt der offene Abszess beruhigt, wie ihn die Krise zum Handeln zwingt, sodass alle Spekulation hintangestellt werden kann. Und das kam ihrem Charakter entgegen, dem nichts fremder und unangenehmer war und den nichts mehr ermüdete als das Vage, Unausgesprochene, als Kalkül und Verstellung.

Natürlich hatte sie im letzten halben Jahr bemerkt, dass eine Veränderung an ihrem Freund vorgegangen war. Sie hatte sich entschlossen, zu schweigen und zu beobachten. Natürlich war der erste Gedanke gewesen: Er betrügt mich. Er hat eine andere. Er hat schon genug von mir. Heike war ein misstrauischer Mensch, und wie so viele misstrauische Menschen war sie oft vertrauensselig und vor allem eines Vertrauensverhältnisses bedürftig. Mit dem Misstrauen einher ging Unsicherheit – was sie selbst betraf, ihren Wert, ihre Attraktivität; kurzum: Sie war sich ihrer Beziehung zu Charly tiefinnerlich nicht sicher. Sie hatte sofort Vertrauen zu ihm gefasst, aber dass alles wieder enden könne, lag für sie durchaus im Bereich des Möglichen. Sie zu betrügen, zu verlassen war etwas, dessen sie nicht explizit ihn, wohl aber seinesgleichen für fähig hielt. Nicht dass Charly ihr je Anlass für solche Befürchtungen gegeben hätte. Aber zu Anfang sieht man immer erst den Typus und das Umfeld des Partners oder Geliebten, bevor sich mit der Zeit der Kern des Individuums von der Schale zu lösen beginnt. Die erste Ahnung ist dabei nicht unbedingt eine Fehleinschätzung, und es kann sich rächen, später den Typus hinter dem Individuum völlig aus den Augen zu verlieren. Gewisse Schemata und Strukturen sieht der noch nicht durch Liebe und Kenntnis der Einzelheiten weichgespülte und abgestumpfte Blick viel genauer.

Was für ein Typus war Charly gewesen für sie?

In den ersten Augenblicken die Inkarnation des hanseatischen Bürgersohns: zu selbstsicher, zu glatt, zu gewandt, zu arrogant. Mir gehört die Welt. Dem widersprach sogleich das Bild des seinem Vater zu Hilfe geeilten Menschen. Also: Selbstsicher aber human, schnodderig aber verlässlich, arrogant aber humorvoll? Ab dem ersten Abend dann eine erstaunliche und stets überraschende, nicht leicht einzuordnende, daher neugierig machende Kombination aus Härte und Zartheit, Machotum und Einfühlsamkeit, Autonomie und Kompromissbereitschaft, Klugheit und Anfällen von kindischer Unzurechnungsfähigkeit. Jemand, der, was sie von Vater und Brüdern kannte, zunächst wortkarg war in Bezug auf das eigene Innenleben, sich dann aber im Bett als ein kaum glaublich kommunikativer Liebhaber entpuppte, jemand, der mit nahezu schockierend beiläufiger Offenheit von seinen Wünschen sprach und von den ihren hören wollte, von einer spielerischen Zärtlichkeit, wie sie sie noch nie erfahren hatte, aber selbst von großem, offen eingefordertem Zärtlichkeitsbedürfnis. Extrem stimmungsabhängig dabei, sodass je nach der emotionellen Beleuchtung von Offenbarung bis Impotenz alles möglich war. (Und wie gut ist es doch eingerichtet, dass wir nicht wissen – und nicht wissen wollen –, welchen Lektionen und Lehrern und Lehrerinnen wir zu danken haben für die Genüsse, die ihre Schüler uns bescheren!)

Er war jemand, der ohne ein Anzeichen von schlechtem Gewissen oder Komplexen die Grenzen seiner Interessen und Kenntnisse aussprach (mit klassischer Musik, Theater, Tanz, Literatur, Philosophie, Theologie musste man ihm nicht kommen, dafür konnte sie ihn weder interessieren, noch machte es ihm etwas aus, seine Ahnungs- wie seine Lustlosigkeit zu bekennen), aber mit freundlicher Kompromisslosigkeit die für seine Interessen notwendigen Freiräume beanspruchte (Sport, Fernsehen, männliche Freunde). Er war – dieser Eindruck stellte sich schnell ein – ein Mensch, der Sicherheit ausstrahlte und vermittelte, und ein Mensch, mit dem man sich sehen lassen konnte: offen, eloquent, witzig, gutaussehend (wie sie fand), vorurteilsfrei und gesellig. Also eine gute Ergänzung zu ihr und jemand, der sie rasch aus ihrer Hamburger Einsamkeit herausführte.

Als sie die Kneipe auf dem Autohof betreten und einen Blick auf ihn geworfen hatte, ahnte sie, dass sein Zustand, was immer Ursache und Anlass gewesen sein mochte, mit dieser Veränderung im letzten halben Jahr zu tun hatte. Er war schweigsamer geworden, reizbarer, unkonzentrierter, in gewisser Hinsicht liebloser, zugleich anlehnungsbedürftiger und mehr auf ruhige Zärtlichkeit aus, dabei immer halb abwesend wirkend. Er hatte über Ärger bei der Arbeit geklagt, aber das muss ja bei Männern für vieles herhalten. Jetzt aber wusste sie, dass sie sich nicht getäuscht hatte, nicht sie war der Grund für die Veränderungen an ihm, und das erleichterte sie trotz aller Sorge ungemein, ja machte ihr beinahe so etwas wie gute Laune. Es gab ein Problem, aber die Aussicht, es gemeinsam in Angriff zu nehmen und zu lösen, nahm ihm in diesem Moment für Heike all seine Bedrohlichkeit.

Und so stand in diesem entscheidenden Moment, als Charly in frischen Kleidern aus dem Badezimmer der Fernfahrerkneipe trat, ein Lächeln auf Heikes Gesicht, das zwar dem Gefühl entsprang ›Gott sei Dank, ich bin nicht die Ursache‹, von ihm aber als Ausdruck vollkommener Solidarität gedeutet wurde, ein Lächeln, wie es eigentlich nur Mütter für ihre Kinder haben (das sich Männer aber immer von ihren Geliebten erhoffen), und diese Empfindung verlieh nun wiederum Charly die Stärke, nicht in Larmoyanz zu verfallen, wonach ihm eigentlich war. Denn während er sich duschte, war er, seinen Körper einseifend, von solch überwältigendem Mitleid mit dieser Haut, diesen Sehnen und Muskeln, Knochen und Adern darunter ergriffen worden, alles so schön und ihm gehörend und nun von innen her angegriffen und wegfaulend, ihm zum frühen, ungerechten Tode, dass ihm die Tränen kamen und sich mit dem Seifenwasser vermischten. Voller Liebe und Anteilnahme glitten seine Hände über sein Gesicht, seine Schultern, seine Arme und Beine, die er vielleicht nie wieder so lebendig, so wohldurchblutet, so klaglos funktionierend, so straff und rosig und auf jedes Kommando reagierend wie ein Elitesoldat wiedersehen würde. Dennoch hielt er sich kaum auf den Beinen und wäre am liebsten wimmernd zusammengebrochen.

Und dann sah er Heikes allverstehendes Mutterlächeln und fand die Kraft zur Selbstironie (›Die paar Monate, die mir noch bleiben, werde ich nicht das Schauspiel eines Waschlappens abgeben!‹). Die mühselig steif gehaltene Oberlippe wirkte wiederum sehr stark auf Heike, denn die störte es überhaupt nicht, wenn ihr jemand seine Schwäche offenbarte, sie fand es geradezu reizvoll und erotisch, wenn ein eigentlich starker

Mann wie Charly schwach wurde, aber natürlich verlangte und erwartete sie automatisch Würde in der Schwäche.

Man kann einen Schwächling und Verlierer ein ganzes Leben lang lieben, wenn es ein humorvoller und selbstironischer und stoischer Schwächling und Verlierer ist, aber wehe, ein Mann – noch dazu ein Mann, dessen Hauptargument vermeintliche Stärke ist – verliert in schwachen Momenten seine Würde. Das hätte sie ihm langfristig nicht verzeihen können.

Es war beiden nicht klar, dass dies hier der Schlüsselmoment ihrer Beziehung war und dass die beiderseits positive Wahrnehmung das tragfähige Fundament für mehrere Ehejahre bildete. Auf dem Autohof von Waltershof wurde in einem kurzen Austausch von Blicken der Zement dafür gemischt.

Hast du damals oder später wohl Vergleiche angestellt zwischen Christine und Heike, zwischen einer Liebe, die auf nichts als der Hoffnung basiert, die Bilder, welche man sich vom andern macht, in die des eigenen Lebens hineinkopieren zu können, und einer, die aus solchen Ecce-Homo-Momenten entsteht, wie du gerade einen erlebst? Waren die Bilder jener Liebe nicht alle illusorisch, sind sie nicht alle verblasst, und ist dieser Augenblick jetzt, in dem du dich in deinem nackten Elend offenbarst und sie es sieht und mit ausgestreckter Hand reagiert, damit verglichen nicht die Essenz von Wahrheit und Realität? Jedenfalls suggeriert er das mit einer Macht, der man sich nicht entziehen kann. Es scheint ein Schloss zuzuschnappen, Teile greifen ineinander, und müssen sie denn dann nicht in der Absicht geschaffen worden sein, zusammenzukommen, zusammenzugehören?

Für die meisten von uns sind solche Momente überwältigende Mahnungen, und wir können gar nicht anders, als die Konsequenzen aus ihnen zu ziehen, es wäre sonst schlicht eine bodenlose Schäbigkeit und Geringschätzung des Lebens.

Sind sie deshalb auch unvergesslich? Hält das Band, das in solchen Momenten geschmiedet wird, deshalb auch ewig?

Zweifellos wäre das schön, aber das Sein verfügt über genügend Säuren, um auch solch stählerne Bande im Lauf der Zeit zu zersetzen. Die wichtigsten heißen Gewohnheit, Vergessen und Langeweile, zusammen ergeben sie das Königswasser des Lebens. Das Element, aus dem sie sich bilden, ist die Zeit. (Die einzig bekannte Base, die diese Säure neutralisieren kann, ist nach Auskunft von Spezialisten der christliche Glaube!)

Die Gewohnheit, die, wie schon erwähnt, die sehr wirkungsmächtige Illusion ist, dass die Dinge nicht nur so sind, wie sie sind, sondern auch gar nicht anders sein können und dürfen, befördert als Versuch, die Zeit zu strukturieren und in den Griff zu kriegen, das Vergessen. Womöglich würde ein Mensch, der überhaupt keine Gewohnheiten hätte, auch nie etwas vergessen, da ihm jeder Lebensmoment ein Blitzlichtgewitter existenzieller Herausforderungen wäre. Das Vergessen jedoch lässt nicht nur Ereignisse und Gefühle verschwinden, sondern vor allem den Glauben daran, sie könnten je so wichtig gewesen sein, wie die schwindende Erinnerung hartnäckig behauptet. Das Perfide am Vergessen ist also nicht, dass die Erfahrungen sich auflösen, sondern dass man sie nicht mehr ernst nimmt. Und beide, Gewohnheit und Vergessen, erzeugen die Langeweile, die vielleicht stärkste menschliche Triebkraft, der wir alles zu verdanken haben, Erbsünde und Vertreibung aus dem Paradies, Kriege, Erfindungen, Revolutionen, allen Sinn und Unsinn der Existenz. Sie gebiert einen gewaltigen Veränderungsdruck, dem es vollkommen gleichgültig ist, was wird, Hauptsache, es ist anders als der Status quo.

Vier Jahre zuvor noch hätte Charly jeden Betrag gewettet, er werde die Schmerz- und Verlustgefühle, die ihn in jenem Herbst gepeinigt hatten, als seine erste Frau ihn verließ, zwar irgendwann überwunden haben, aber nie vergessen können. Irgendein Phantomschmerz, irgendein Narbenschmerz werde ihn ewig an jenes Scheitern eines großen Lebenstraums erinnern. Und heute? Fragt er sich, wie er jemals so blöd sein konnte, Christine überhaupt zu heiraten. Es ist ein gelöschter Eintrag im Grundbuch des Lebens, bei dessen Lektüre sich nichts rührt. Doch: Die Achseln zucken. Das ist alles.

Und so wie mit diesen Schmerzen verfährt die Zeit mit allem, mit Freuden und allen privaten und kollektiven Erinnerungen. Wie sollte es da anders sein bei tiefen Erkenntnissen und hehren Beschlüssen von der Art »Ich gelobe, nie zu vergessen...« Pustekuchen.

Aber an diesem Punkt sind wir in diesem Fall, Waltershof Herbst '93, natürlich nicht, noch auf hoffentlich unabsehbare Zeit hinaus nicht. Im Gegenteil: Kaum betritt Charly nach der Rückfahrt Heikes Wohnung in der Grillparzerstraße, da denkt er zum ersten Mal: Unsere Wohnung. Sieht sie ganz neu, fühlt sich ganz anders in ihr, empfindet mit einem Mal eine warme Zuneigung zu den Möbeln, den Gerüchen, dem Licht.

Auch gab Heike ihm keine Gelegenheit, seine Würde doch noch zu verlieren, indem er ihr tränenreich und angstblind von seiner unheilbaren Krankheit vorweinte. Sie arrangierte für den folgenden Vormittag einen Termin in St. Georg für einen Rundum-Check-up, bei dem, wie nicht anders zu erwarten, herauskam, dass Charly, abgesehen von minimal erhöhten Blutfettwerten und Blutdruck – alles noch im grünen Bereich – kerngesund war.

Also die Birne, folgerte er forciert locker beim Abendessen und gab Heike damit zu verstehen, dass er trotz der Peinlichkeit bereit war, mit ihr über das Thema zu reden, dankbar auch für die Diskretion, mit der sie vermieden hatte, das Offensichtliche selbst auszusprechen. ›Die Birne‹ heißt einerseits: Jetzt bin ich mittendrin in einem Kontext, über den ich normalerweise Witz reiße (»Kommt ein Irrer zum Arzt...«) und den ich nur aus Hollywood-Komödien kenne. Ich bin aber nicht Woody Allen, der sich zehn Jahre lang auf die Couch eines Seelenklempners legt, um über seine unglückliche Kindheit und seine dominante Mutter und seine Onanieanfälle zu reden. So eine Krankheit ist unter meiner Würde.

Andererseits heißt es: Ich gebe zu, dass ein Problem vorliegt, das mich beunruhigt und ängstigt.

Heike wusste, in welchem Ton Charly wann zu begegnen war. Jetzt sagte sie: Besser als ein Kreuzbandriss. Und als er lachte, fragte sie: Was ist denn nun genau passiert auf der Köhlbrandbrücke?

Charly dachte nach und spürte, dass es die Atmosphäre der Wohnung war, das dunkle Massivholz im Honigglanz des von den chinesischen Lampionschirmen gefilterten Lichts, der Schimmer des Platanenlaubs vor dem Balkon zur Straße hinaus, das noch nicht abgeräumte Teeservice mit bauchiger Tonkanne auf dem Stövchen und der Schale mit Kandis, neben der jetzt die beiden Weingläser standen, dass es also diese Wohnung war, plötzlich zu »unserer Wohnung« geworden, die ihm gestattete, Wahrheiten auszusprechen, die ihn nackt vor Heike stehen ließen.

Eine Niederlage, sagte er und erzählte von der Rampe, von den zusammenschmelzenden Pylonen, von dem Gefühl, das Gleichgewicht zu verlieren und über die Kante in den Abgrund gezogen zu werden, von der panischen Angst und ihren erniedrigenden Folgen. Wie zum Beweis hielt er ihr in einer Abwehrgeste die Handflächen entgegen, die im Abendlicht feucht schimmerten.

Meinst du, wenn wir es morgen noch einmal versuchen, ich meine, wenn ich mitfahre oder wenn ich fahre und du danebensitzt, dass es dann besser ginge?

Charly schüttelte den Kopf. Seine Kehle war so trocken, dass er sich räuspern und einen Schluck trinken musste, bevor er sagte: Nie mehr.

Heike wusste, dass es noch zu früh war, ihre Beobachtungen und Empfindungen aus dem letzten halben Jahr anzubringen. Das durfte nur als Bestätigung einer Aussage Charlys kommen, erst auf Nachfrage, wenn er sie mit einem ›Findest du nicht auch?‹ oder ›Ist dir nichts aufgefallen?‹ dazu einlud. Sie fragte sich, ob es hilfreich wäre, ihn »Hat es etwas mit uns zu tun?« zu fragen, obwohl sie wusste, dass es sich darum nicht handelte. Brauchte es das, um vielleicht auf eine richtige Spur zu kommen? Sie beschloss, den Wein arbeiten zu lassen. Bald darauf sagte er denn auch:

Dabei bin ich vollkommen glücklich mit dir. Woher kommt also die Panikattacke? Ich hatte so etwas noch nie! Ängste, sicher, meinetwegen auch Phobien. Flugangst, solche Sachen. Aber fliegen muss ich ja nicht!

Aber so etwas Ähnliches, sagte Heike. Und als er sie fragend ansah: Hoch hinaus über die Brücke.

Schon wenn du sie nur erwähnst, bekomme ich eine Gänsehaut, antwortete er und sann dann ihren Worten nach: Hoch hinaus. Und das schien ihn in tiefes Nachdenken zu stürzen, denn danach sagte er nichts mehr außer: Natürlich ist bei Beverungen Stress… jeden Tag.

Heike wappnete sich mit ihrer norddeutschen Geduld. Auch ihr Vater hatte das gehabt, und ihre Brüder hatten es noch: dieses Brüten. Geduld. Irgendetwas brüten sie immer aus, und Heike vermochte umso leichter zu warten, als in ihr ein wärmendes Kaminfeuerchen der Zufriedenheit glomm, für das jedes Problem Charlys, jede Angst, jede seiner Niederlagen Scheite waren, die die Flamme der Liebe hochlodern ließen. Denn aus dem Immer-schon-Sieger wurde er in dieser Feuerprobe für sie zu einem ganzen Menschen, der sie anrührte und ergriff.

Unvermittelt lachte er auf und sagte: Weißt du, was ich in Waltershof wollte? Ein Bewerbungsgespräch führen! Aber wenn man nicht über die Brücke kommt, kann man auch keinen neuen Job kriegen!

Und als Heike fragte, seit wann er sich um einen neuen Arbeitsplatz bemühe, sagte er: Seit uns dieser McKinsey-Teamleiter gegenübersaß. Er erinnerte sich an die Monatssitzung, als (oh diese abgefuckte Dramaturgie!) die Tür aufging und dieser Mann hereinbegleitet wurde und gleich mit seiner McKinsey-Autorität zu reden begann. Aber ich bin ja ein Meister der Verdrängung und der Umgehung von Problemen, sagte Charly. Wenn ich nicht in ein Flugzeug steigen will, gibt es noch genügend andere schöne Ziele, die man mit dem Auto, der Bahn oder dem Schiff erreicht. Und wenn es mir nicht möglich ist, die Köhlbrandbrücke zu überqueren, gehe ich eben nicht zu einer Firma, die in Waltershof sitzt.

Und wenn wir nicht mehr so viel Lust haben, Liebe zu machen, dann sehen wir eben ein bisschen mehr fern, sagte sie so leichthin wie möglich und mit einem koketten Lächeln, das jeden Beiklang von Schuldzuweisung, jeden Eindruck von Bitterkeit vertrieb.

Das hast du also bemerkt, sagte Charly tonlos, und ein leiser Schauer rieselte Heike über den Rücken.

Ja, weil ich es vermisse, sagte sie wiederum so beiläufig sie konnte. Aber seine Reaktion kam trotzdem unerwartet. Überwältigt von Mitleid und Zärtlichkeit sah sie, wie Charlys Adamsapfel in wiederholten Schluckbewegungen auf und ab ging, wie das Kinn zu zittern begann, er sich immer wieder die Lippen leckte und die Augenbrauen sich in einem Accent circonflexe zur Mitte hin hochzogen. Dann gab er den Kampf mit Muskeln und Sekreten verloren, und die Tränen liefen ihm aus den Augen. Wütend und erniedrigt, weil er seinen Körper so wenig unter Kontrolle hatte wie sein Leben, schrie er beinahe: Das ist alles nur die Schuld von Kai! Ich hasse ihn! Das verdammte Dreckschwein!

Welcher Kai?, fragte Heike entgeistert. Dein Freund Kai?

Ja! Mein Freund Kai! Das findet alles erst ein Ende, wenn er tot ist! Oder ich! Wenn ich ihn umbringen könnte, ich schwör's dir, dann würde ich's machen. Warum bin ich dem bloß je begegnet? Lieber wäre ich vorher gestorben, lieber wäre ich tot, als das noch länger zu ertragen. Und wenn du willst, dass alles wieder gut wird, dann geh hin und erschieß ihn oder vergifte ihn oder mach ihn irgendwie ungeschehen.

Die sehr disparaten Informationen, die jetzt wie Gesteinsbrocken nach einer Vulkaneruption zwischen ihnen herumlagen (Stress und McKinsey, Köhlbrandbrücke und neuer Job, Kai und mangelnder Sex), mussten in den nächsten Tagen beiseitegeräumt werden, und das war eine so ermüdende Arbeit, dass daneben alles, was sonst noch in der Welt geschah, nebensächlich erschien: dass Steffi Graf am Samstag die US-Open gewonnen hatte, dass sich Rabin und Arafat mit Clinton im Weißen Haus getroffen hatten, das waren Fernsehbilder, die zu anderen Zeiten einen Teil der verfügbaren Emotionen absorbiert hätten, jetzt aber bei Charly nicht nur auf Desinteresse stießen, sondern fast schon verächtliche Empörung auslösten. Denn wenn man so laokoonhaft mit den Schlangen des eigenen Schicksals ringt, empfindet man das Schicksal aller anderen nur als Störung, als lästige, wichtigtuerische Konkurrenz, und je mehr Wichtigkeit es beansprucht, desto mehr als schieren Betrug am Ernst des eigenen Lebens. Jedenfalls kommentierte er: Maues Spiel, ganz mau. Wenn Seles da wäre, hätte das ganze Jahr etwas anders ausgesehen für unsere Steffi. Siegt, nur weil die Beste fehlt, gratuliere, große Leistung! Und das Gipfeltreffen: Ist doch alles nur Show. Clinton klopft sich auf die Schulter, bis der nächste palästinensische Raketenangriff kommt, und die nächste 50:1-Riposte der Israelis. Das geht mir alles so auf den Senkel! Alles verlogene Arschlöcher! Erbärmlich ist das. Außenpolitik. Und wo ist eigentlich der unvermeidliche deutsche Friedensengel, der allen gut zuredet? Wie mich das ankotzt!

Das ging ein paar Tage so, in denen Charly dem Irrtum unterlag, das Faktum ausgesprochen zu haben bedeute auch, es bereits im Griff zu haben, und in denen er zunehmend beleidigt erwartete, dass irgendetwas sich ändere und bessere. Am Ende der Woche fragte Heike: Charly, wollen wir uns helfen lassen? Ich habe das Gefühl, allein schaffen wir das nicht.

Wie helfen lassen?, entgegnete Charly enerviert und als wisse er nicht, wovon sie rede.

Von einem Fachmann helfen lassen.

Meinst du wirklich, ich brauche einen Psychiater?

Sie nahm es professionell: Nein, einen Psychiater nicht, auch keinen Analytiker. Ich gehe mal davon aus, dass das kein Kindheitstrauma ist, keine Psychose oder dergleichen. Aber eine Verhaltenstherapie könnte uns helfen, denke ich.

Charly, der sehr gut wusste, dass er Hilfe brauchte, wehrte sich pro forma, aber nach einem Tag war die Frage nur noch, ob Heike eher nach einem Therapeuten oder einer Therapeutin Ausschau halten sollte.

Das ist nicht bloße Koketterie (dass Charly eine Therapeutin will), denn hat man einmal, und sei es aus schierer Qual und Ausweglosigkeit, den Schritt getan und sich überwunden, hat der Gedanke an so jemanden, der sich einem voll und ganz widmet, der einen ernst und wichtig nimmt (und die »Krankheit« beglaubigt diese Wichtigkeit ja, sodass man sie nicht mehr unter Beweis stellen muss), auch immer etwas Reizvolles. Das Ich steht im Mittelpunkt, alle Scheinwerfer der therapeutischen Intelligenz richten sich darauf, was immer in mir und mit mir los ist, wird Gegenstand methodischer Beschäftigung. Es ist ein klein wenig wie ein Exklusivinterview, eine ganze Interviewserie, eine ganze *Spiegel*-Serie »Die Geheimnisse des Karlmann Renn«, er wird sich entblößen, wird sich äußern müssen einem fremden Gesicht gegenüber, und da ist für Charly nur ein weibliches vorstellbar. Der Gedanke, einem Mann intime Geständnisse zu machen, ist ihm unvorstellbar (»versteh mich, ich käme mir total schwul vor«). Dagegen steht die Erinnerung an so viele offene, intime Gespräche mit Frauen, sei es Ines oder natürlich Meret, und da er noch keine rechte Vorstellung davon hat, was eine Therapiesitzung ist, sieht er automatisch eines dieser gedämpft beleuchteten Zimmer vor sich, in denen er, umgeben von leichten erotischen Interferenzen, so oft halblaute Geständnisse gemacht oder geheime Wünsche geäußert hat.

Es muss eine Frau sein, Heike. Stell dir das mit einem Mann vor: Na?, sagt er. Na, sag ich. Nich' so gut, sagt er. Nee du, sag ich. Scheiße, sagt er. Worauf du einen lassen kannst, sag ich. Na denn Proost, sagen wir beide. Das, Heike, ist ein vertrauliches Gespräch unter Männern.

Heike lachte und umfasste seine Hand fester, während sie um die Außenalster spazierten und den Joggern und Radfahrern auswichen.

Hältst du mich für ein Weichei und einen Schlappschwanz?

Nein, für mich bist du der seelenvolle Macho, der mir eine Putzfrau bezahlen will und das in eine Unverschämtheit kleidet wie »Du sollst blasen, nicht saugen«.

Sorry, aber das habe ich von Loriot geklaut.

Der ist mir nicht wirklich geläufig.

Was, du kennst Loriot nicht? »Es saugt und bläst der Hein-
zelmann, wo Mutti sonst nur saugen kann«?

Heike lachte und hängte sich bei ihm ein.

Ich muss wieder mehr Sport machen, sagte Charly mit einem
besorgten Blick auf das prustend und schnaufend vorüberstampfende zirkusbunte Amateurballett der Gesundheitsbewussten.
Depressiv und fett, das ist definitiv zu viel des Guten.

Im Oktober begann seine Verhaltenstherapie bei Petra
Wedekind, zunächst zweimal fünfzig Minuten in der Woche,
abends um 19 Uhr in der Armgartstraße, wohin er, seinen guten
Vorsätzen folgend, mit dem Rad fuhr. Heike hatte die Diplom-
Psychologin in der Klinik empfohlen bekommen.

Lange wirst du dich erinnern an jenen letzten Tag der Illusionen, Hand in Hand mit Heike an der Alster unter dem gelb
und ocker und rostrot gesprenkelten Laubdach der herbstlichen
Platanen und Kastanien, wie du schwadroniert hast über diese
bevorstehende Therapie und meintest, du würdest dich fühlen
wie vor der Fahrt in die Kaserne, wenn die Grundausbildung
bevorsteht (was du ja seinerzeit dank des guten Familienarztes
glücklich umgangen hast). Oben am Bogen zwischen Uhlen-
horst und Eppendorf bei Bobby Reich habt ihr in der Nachmittagssonne schweigend Blicke geworfen auf die Passanten,
die Familien mit herumtollenden Kleinkindern, die Säuglinge
im Kinderwagen, die drolligen kleinen Hunde und die größeren, die, begierig darauf, etwas zu leisten und zu zeigen, am
Hosenbein ihrer Herrchen hinaufblicken aus ihren feuchten
Augen. Und wie du – nein, es wurde dir nicht sofort bewusst,
so etwas setzt sich erst hinterher in der Erinnerung zu etwas
Logischem zusammen – aber wie du doch vage gespürt hast,
welch neue Erfahrung das war: dieser gemeinsame Blick mit
einer Frau. Ihr habt nämlich nicht einander angeblickt, ihr habt
nicht aufeinander gesehen, sondern einen gemeinschaftlichen

Blick auf etwas anderes, etwas Drittes geworfen (Kinder, Tiere, Bäume, den See), einen Blick, der wie durch eine gemeinsame Sehachse, einen gemeinsamen Sehnerv koordiniert und gelenkt wurde. Und erst während des Höllenabstiegs in den folgenden Monaten wird dir sukzessive bewusst werden, dass dies Liebe ist: der gemeinsame Blick auf ein Drittes.

Der letzte Moment der Illusionen, das war, als du gleich und automatisch und sozusagen von Natur aus angefangen hast, mit Diplom-Psychologin Wedekind zu flirten. Weil sie attraktiv war mit ihren vielleicht vierzig Jahren, eine gepflegte, sportliche Erscheinung mit einem Sattel Sommersprossen auf der Nase und spöttischen Augen. Und weil du immer nur so, *tongue in cheek*, in ironischem Tonfall, flirtenderweise, das Gespräch mit einer fremden Frau hast beginnen können, die dir körperlich nicht völlig widerwärtig war. Hier vielleicht aber noch bewusster als sonst, um dem vermuteten und befürchteten Ungleichgewicht zwischen Patient und Therapeut gleich zu Anfang etwas entgegenzusetzen. Denn der Flirt, das Florett im Geschlechterkampf, dessen Spitze mit der Gumminoppe Verletzungen verhindert, ist ja auch immer eine spielerische Machtprobe: Finte, Ausfallschritt, Parade, Bindung und Stoß, und wenn ich wollte, könnte ich dich den Kopf verlieren lassen.

Von der ersten Sitzung kam Charly auch noch gutgelaunt zurück, die allgemeine Einführung, die Petra Wedekind über das Wesen und die Prinzipien der Verhaltenstherapie gegeben hatte, kam seinen Vorstellungen sehr entgegen. »Im Gegensatz zur Tiefenpsychologie und Psychoanalyse«, hatte sie ihm erklärt, »starten die kognitiven Therapieverfahren nicht in der Vergangenheit, sondern im Hier und Jetzt.« Zwar mochten Einstellungen und Verhaltensmuster durch bestimmte in der Vergangenheit gemachte Erfahrungen entstanden sein, aber in der Therapie gehe es darum herauszufinden, welche konkreten

Ursachen die aktuellen Probleme verursachten, und um die Frage, wie man in Zukunft besser leben könne.

Konkrete Probleme, sagte Charly zu Heike, und das gemeinsame Erarbeiten neuer Lösungswege. Die Therapeutin sei eine Art Coach, zitierte er gleich mehrmals, und dieses Bild aus dem Sport (er hatte ja auch gerade mit Golf begonnen), eine Art *personal trainer*, der hilfreiche Tipps zur Optimierung des Abschlags und des Puttens gibt, das kam seiner Vorstellungswelt entgegen und der Art, in der er seine Probleme sehen und angehen wollte: mechanisch nämlich. Ist der Motor defekt, wird er repariert.

Die kognitive Verhaltenstherapie, hatte Wedekind gesagt, geht davon aus, dass die Art und Weise, wie wir denken, bestimmt, wie wir uns fühlen und verhalten und wie wir körperlich reagieren. Wir beschreiben das mit dem ABC der Gefühle, Herr Renn.

Sagen Sie um Gottes willen Charly zu mir. Meinem Bankberater erlaube ich das nicht. Aber meiner Therapeutin erlaube ich es nicht, mich Herr Renn zu nennen.

A ist die Situation, B ist die Bewertung der Situation und C sind unsere Gefühle, Körperreaktionen und unser Verhalten. Wissen Sie, diesen Zusammenhang zwischen Denken, Fühlen und Verhalten kannten schon die alten Griechen. Bei Epiktet heißt es: ›Es sind nicht die Dinge an sich, die uns beunruhigen, sondern unsere Sicht der Dinge.‹ Und was immer passiert, Charly (Danke, das entspannt mich jetzt. Dann darf ich Sie aber auch Petra nennen, okay?), Einflussmöglichkeiten auf unsere Gefühle haben wir. A, die Situation, können wir meistens nicht beeinflussen. Was wir aber können, wenn wir denk- und lernfähig sind, ist, unsere Bewertung am Punkt B verändern.

(Es juckt uns gewaltig, hier den Erzählfluss zu unterbrechen und ein paar grundlegende Überlegungen darüber anzustellen, was es heißt, zu behaupten oder zu glauben, man könne Punkt A, die Situation, nicht beeinflussen. Aber wir reißen uns zusammen für den Moment. Später vielleicht ja noch …)

Verstehst du, erzählte ein sehr aufgeräumter Charly Heike beim Wein nach der ersten Stunde, sie hat es mir so erklärt (und er breitete die Arme aus und staffelte mit der rechten Hand Abstände), dass jeder von uns auf der Bandbreite seiner Existenz bestimmte Ängste und Hemmungen hat. Aber je nachdem, wie er lebt, bekommt er damit eventuell nie Probleme. Wenn du ein Bauer auf Fehmarn bist und unter Flugangst leidest, dann behindert das dein Leben überhaupt nicht. Das bleibt theoretisch und verlangt nach keiner Behandlung.

Und wenn dein Bauer in der Klassenlotterie plötzlich eine Reise nach Mallorca gewinnt?

Dann hat er ein Problem, gab Charly zu. Aber er kann sich den Gewinn ja auch auszahlen lassen oder das Schiff nehmen.

Einen Kutter am besten. Von Fehmarn aus. Na gute Reise!

Gute Reise – das könnte unser Stichwort sein. Denn nur wenige Sitzungen später begann der mühselige Abstieg in die Spiralen der eigenen Hölle. Wir wollen nicht zählen, lieber Charly, bis zum wievielten Kreis du hinabmusstest in den folgenden Monaten und ob du womöglich in der Vorhölle der Lauen hängen geblieben bist (den zweiten Kreis der Wollüstigen hättest du immerhin verdient). Keine Terzinen, keine Kunst, kein Vergil, und du warst nicht der Beobachter des Elends der anderen, *nel mezzo del cammin* bist du hinab in eine Konfrontation mit deinem Leben, überall hat dich die eigene Fratze angestarrt – und mehr noch: durchschaut. Da war, wie es so schön heißt, keine Stelle, die dich nicht sah. Du musst dein Leben ändern. Wie leicht das gesagt ist.

Aber was heißt das denn, dass dein Leben falsch ist, und welche Konsequenzen ergeben sich aus dieser bitteren Erkenntnis? Wir sind ja keine Monaden, sondern sitzen wie die Spinnen im Zentrum unseres Lebensnetzes, das an mehreren Punkten aufgehängt ist, um uns tragen zu können. Und wie soll man, wenn sich das Leben als Lüge, als Selbstbetrug entpuppt, nicht zu den Aufhängungen starren: den Eltern und der Familie, der eigenen Liebes- und Freundschaftsbiografie, dem Verhältnis zur inneren Wahrheit, zur inneren Treue? Zwar versuchte die Therapie, genau diesem auswabernden, schrecklichen Infragestellen gegenzusteuern, mit Atemtechniken und Gesprächen und den ABC-Analysen, aber es hilft ja nichts, jenseits der Sitzungen ging das Leben und Denken ja leider dennoch weiter.

Die Hölle der Monate um den Jahreswechsel herum bestand darin, dass die zentrale Erkenntnis sich wie eine Laufmasche den billigen Nylonstrumpf deiner Biografie hinabfraß bis hin zur völligen Unbrauchbarkeit dieses gesamten Lebens.

Hätte ein Gott oder Dämon Charly am Jahresende die Möglichkeit gegeben, alles, alle Erinnerungen, alle Menschen, alle Erlebnisse ersatzlos zu streichen, Tabula rasa zu machen und als unbeschriebenes Blatt neu anzufangen und alles, ALLES anders zu machen, er hätte sofort eingeschlagen.

Die Konsequenz solch obsessiver Beschäftigung mit sich selbst ist natürlich die Unfähigkeit, sich für andere und anderes noch irgend interessieren zu können. Es ist viel dran an dem alten Satz, dass nur jemand, der sich selbst liebt, auch andere lieben kann. Umgekehrt gilt es ebenso. Charly verlor jegliche Empathie, Großzügigkeit, Großherzigkeit, jede Anteilnahme an allem, was um ihn herum vorging oder was das kollektive Leben an rituellen Anforderungen stellte. Nicht nur war es ein Jahresende ganz ohne Christbaum und Familienbesuche, er war auch taub für die Versuche seiner Schwester, mit ihm über ihre Ehekrise zu sprechen, über das ewige, peinliche, durch immer kostspieligere Anschaffungen kompensierte Fremdgehen

Kumpfs, über die Streits am Esstisch, bei denen die drei Mädchen den Kopf zwischen die Schultern zogen. Er interessierte sich nicht für seine Nichten. Er bekam kaum etwas mit von der in diesen Monaten stattfindenden Trennung und Scheidung von Ines und Jobst und von Ines' neuer Beziehung und ihrem Umzug nach Berlin. Er besuchte kein einziges Mal seine Mutter, die an Gürtelrose laborierte, die sich mit fast unerträglichen postherpetischen Neuralgieschmerzen über Monate hinzog, welche auf keine Behandlung und kein Virostatikum ansprachen. (Erst im Sommer '94 wurde Bettina Renn durch eine Handauflegerin aus Wentorf geheilt, eine richtige Hexe, die am Waldrand lebte und ihre Dienste per Kleinanzeige angeboten hatte – so weit waren sie schon, auf sowas zu reagieren. Aber nachdem sie einmal das Gesicht von Charlys Mutter mit den Händen berührt hatte, verschwanden die Spuren des Herpes Zoster samt der Schmerzen binnen 24 Stunden.) Auch für Heike war es nicht leicht, Charly in dieser Zeit zu ertragen, (sein apathisches Schweigen, oder wie er abends dahockte, den Kopf auf eine Hand gestützt, manisch auf dem Daumennagel der anderen kauend, oder seine anspringende Aggressivität, seine schneidenden, herablassenden Bemerkungen, als habe er es darauf abgesehen, sie Hass oder Abscheu gegen ihn empfinden zu lassen, oder seine Unfähigkeit, sich über irgendetwas zu freuen, Blumen, ein Essen, einen Film, die Sonne, ihren Körper), aber sie konnte auf etwas hoffen, das er ein paar Jahre später einem Freund gegenüber so formulierte: »Heike hat in mich investiert, als die Aktie auf dem Tiefststand war. Logisch, dass das dann zu einer Dividendenausschüttung führt.«

Aber was war denn nun eigentlich die bittere, die zentrale Erkenntnis? Es war im Grunde weniger ein Erkennen als der Zwang, etwas anzuerkennen, nämlich dass ich nicht der Beste bin.

Wie bitte?

Nochmal zum Mitschreiben: Ich muss mir eingestehen, dass es auf dem Gebiet, das ich am besten beherrsche (dem Inselchen, zu dem der Kindertraum, ALLES zu können, was man nur will, zusammengeschrumpft ist im Laufe eines Lebens, und das daher mit Zähnen und Klauen verteidigt werden muss), auf dem meine ganze Existenz ruht, einen gibt, der alles besser kann. (Das heißt, wahrscheinlich gibt es viele, aber die kenne ich nicht, und also stören sie mich nicht.) Wenn das aber so ist, dann ist meinem Leben jeglicher Sinn, jegliche Berechtigung genommen.

Da steht es also und liest sich banal genug. Charly, das kann nicht dein Ernst sein! Leiden wie ein Hund um eines solchen Allgemeinplatzes willen? Natürlich gibt es immer einen, der besser ist. So ist das Leben.

Erstens: Nein, es gibt durchaus Leute, die keinen vor sich haben, der besser ist als sie. Zweitens: Es darf nicht dein Freund sein.

Noch Jahre später, längst »geheilt«, erinnert sich Charly an das Gefühl, mit dem er das ausgesprochen hat, und an den Eindruck, plötzlich seinen Gleichgewichtssinn verloren zu haben. Der geistige Vestibularapparat, der den Menschen nicht im körperlichen, sondern im seelischen Gleichgewicht hält, war empfindlich gestört. Und noch Jahre danach ist es besser, die Erkenntnisse von damals nicht ganz ernst zu nehmen, sondern sich an sie zu erinnern wie an einen bösen Traum.

Aber der Reihe nach. Zunächst musste Charly das Tableau seines Berufslebens entrollen. Es ist nicht ganz einfach, einer Psychologin zu erklären, was ein kaufmännischer Leiter eines Schiffsmaklers zu tun hat.

Vor allem ist er nicht verantwortlich fürs Geldverdienen! Ich kümmere mich um Finanzierung, Personal, Administration, also solche Sachen wie Autos kaufen und Mietverträge aushandeln. Um die Budgetfestsetzungen. Um die kaufmännische Abwicklung mit den Reedereien.

Ist das eine Arbeit, die Sie erfüllt, Charly?

Es ist eine Arbeit, die ich kann. Obwohl. Machen wir uns nichts vor. Ich habe auch Fehler gemacht am Anfang und Lehrgeld gezahlt. Vor allem psychologisches.

Psychologisch? Da horcht sie auf. Da weiß sie besser Bescheid als er. Und die Wahrung der Kompetenz-Hierarchie ist natürlich wichtig bei so einer Therapie. (Noch fallen Charly solche Kleinigkeiten auf.)

Ja, ich hatte festgestellt, dass wir pro Box (»Was ist eine Box?« »Ein Container.« »Ah!«) Kommunikationskosten von 130 statt von 15 Mark hatten. Wir haben pro Monat einen fünfstelligen Betrag für unbekannte Leitungen bezahlt. Ich habe alle Leitungen identifiziert und alle Telefonate aller Mitarbeiter durchgecheckt und dann alle übriggebliebenen Leitungen gekündigt und totlegen lassen. Zwei Tage später panischer Anruf von Hapag-Lloyd bei der Holding: Sie können nicht mehr mit ihrem Verschiffungsbüro in Bremen sprechen. Wir haben jahrelang alle Telefonrechnungen für ehemalige Partner und Kunden bezahlt, nur weil nach Auftragsende keiner die Leitungen gekündigt hat. Niemandem war es aufgefallen. Es war reine Schlamperei. Jedenfalls wurde ich zur Geschäftsführung zitiert. Eigenmächtiges Handeln, pipapo. Ja, aber mein eigenmächtiges Handeln spart uns hier soundsoviel tausend Mark. Ja, aber trotzdem. Ich habe mir gleich sehr viele Freunde gemacht.

Das heißt?

Das heißt, ich habe relativ schnell unter einem gewissen Druck gearbeitet. Vor allem, nachdem sie meinen Mentor rausgeekelt hatten, den Mann, der mich als seine rechte Hand und potenziellen Nachfolger geholt hatte. Und auch daran war ich unglücklich mitbeteiligt. Der Vorwurf war, er hätte 800 000

Mark falsch verbucht, die zweimal bilanziert worden sind, einmal für die Schifffahrt, einmal für die Holding. Das lag aber daran, dass ich den Betrag mit Beleg für die Schifffahrt abgebucht habe, und dann kam ein Anruf von der Holding, *sie* buchen den. Und das hat unsere Sekretärin nicht weitergegeben. Es war natürlich ein Vorwand, wie immer in solchen Fällen. Sagen die ihm: Sie haben das wissentlich gemacht, um Ihr Ergebnis zu schönen. Wenn das so ist, gehe ich, sagt er und legt die Schlüssel auf den Tisch. Und ich als der junge Mann des Schwarzen Peter, na ja. Jedenfalls war dieser verkappte Rauswurf ohnehin nur das erste Zeichen dafür, dass es rumorte, weil wir mehrere umsatz- und renditeschwache Jahre gehabt hatten. Und das war dann auch der Grund, warum McKinsey ins Haus geholt wurde.

Oh, von McKinsey habe ich viel gehört. Sind die wirklich so, wie man erzählt?

Ein McKinsey-Team kommt entweder, um die Erträge zu verbessern, oder um zu sanieren, wenn kein Geld mehr verdient wird. Fünfzehn von hundert kranken Unternehmen retten sie, der Rest stirbt spätestens bei Überreichung der Rechnung. Wenn ein Chef Ihnen irgendwann sagt: Wir wollen uns neu aufstellen, dann müssen bei Ihnen die Alarmglocken läuten, denn das heißt: Veränderung um der Veränderung willen. Neuer Geschmack, neues Design, neue Briefköpfe und neue Leute. Im festen Glauben aller Unfähigen, dass alles besser ist als der Status quo. Das sind vier sehr freundliche und smarte und durchaus kompetente Herren, die kommen da rein mit ihren nagelneuen Apple Powerbooks, wenn man's nicht erwartet, also bei uns in die Monatssitzung der sechs kaufmännischen Leiter, und der Teamchef stellt sich höflich vor und sagt dann: ›Guten Tag, meine Herren. Sie sind hier zu sechst. Nächstes Jahr sitzen hier noch maximal zwei von Ihnen, das ist mein Ziel.‹

Um eins gehen sie gemeinsam mittagessen und um neun oder zehn, jedenfalls nach der Belegschaft, verlassen sie das Haus und gehen gemeinsam abendessen.

Das hört sich scheußlich an, aber was passiert denn konkret?

Es ist wirklich konkret. Sie sitzen da im Büro der Sachbearbeiterin und haben eine Stoppuhr in der Hand. Machen Sie uns bitte eine Demurrage-Rechnung. (»Was ist Demurrage?« »Heißt auf Deutsch Überliegegeld. Eine Vergütung des Befrachters an den Verfrachter für zu lange Lade- oder Löschzeiten.«) Die ist nach 2 Minuten 58 fertig. Okay, sagt der McKinsey-Mann großzügig, sagen wir drei Minuten. Im Jahr schreibt die Firma 18 000 solcher Rechnungen à drei Minuten, das ist die Arbeit von drei Mitarbeitern. Sie haben aber sechs.

Das heißt, sie fordern, dass drei entlassen werden?

Nein, sie fordern gar nichts. Sie sagen: Wir haben nie gesagt, dass Sie drei entlassen sollen, nur dass Sie drei zu viel haben. Verstehen Sie, Petra, auf dem Papier ist das alles vollkommen richtig. So etwas wie Urlaub, Krankheitstage, Pinkelpausen fällt nicht ins Gewicht, denn, so argumentieren sie, diese Urlaube, Krankheitstage und Pinkelpausen machen die Mitarbeiter der Kunden ja auch, das heißt, da fällt Arbeit gar nicht an. Es gleicht sich also aus und ist alles bereits miteingerechnet. Sehen Sie, in den Konzepten dieser Leute existieren keine Softfacts. Keine Individualität. Wenn Frau X das nicht in drei Minuten schafft, dann ist sie fehl am Platze. Bloß ist Frau X seit fünfzehn Jahren im Haus, sie ist geschieden und alleinerziehend und hat eine Brustkrebs-OP hinter sich. Ja, aber wenn sie es nicht mehr schafft!

Das ist entwürdigend!

Alles, was man Opportunitätskosten nennt, also Nebenkosten, die man aber eigentlich nicht außer Acht lassen kann und darf, wird nicht berücksichtigt.

Und diese Situation macht Sie fertig oder zehrt an Ihnen. Das kann ich nachvollziehen.

Nein, die zehrt nicht an mir. Das ist relativ normaler Arbeitsalltag. Das heißt, angenehm ist es natürlich nicht, wenn man nicht weiß, ob man demnächst wegrationalisiert wird. Aber das würde nicht zu einer solchen Reaktion führen. Höchstens kumuliert. Aber nie alleine.

Die Therapeutin sah Charly verblüfft an.

Nein, das Problem ist der McKinsey-Partner, der uns das Team geschickt hat und mit unserer Geschäftsleitung kommuniziert.

Warum? Hat er es auf Sie abgesehen?

Im Gegenteil. Es handelt sich dabei um meinen besten Freund. Er heißt Kai. Ich hab' ihn im Studium kennengelernt. Ich VWL, er BWL.

Und jetzt will er Sie loswerden?

Im Gegenteil. Jedenfalls glaube ich das nicht. Ich glaube sogar eher, er hält seine schützende Hand über mich.

Entschuldigen Sie, Charly, sagte Frau Wedekind, jetzt haben Sie mich glücklich so weit, dass ich gar nichts mehr verstehe.

Das geht den Frauen immer so mit mir, konterte Charly zwinkernd, aber dann verfiel er in Nachdenken. Wie sollte er Kai beschreiben, wie ihr Verhältnis, seine Entwicklung?

Verstehen Sie etwas von Freundschaft?, fragte er.

Sie nickte. Ich glaube schon.

Und von Männern?

Jetzt lächelte sie.

Und von Freundschaft unter Männern?

Es wird Charly schmerzlich bewusst in diesem Moment, dass er in einem Alter angekommen ist, in dem das Präsens aufgehört hat, die wichtigste Zeitform zu sein. Das Leben, das noch wenige Jahre zuvor hic et nunc war, ist nun ein zäher Kaugummi, dessen eines Ende irgendwo und irgendwann in der

Vergangenheit festgeklebt ist und dessen anderes Ende deine Kiefer immer noch kauen, mag auch aller Geschmack daraus verschwunden sein; dazwischen aber hängen Schlieren und dünne, feuchte, graue Hängebrücken in der Luft – erstaunlich haltbar und stabil, und was immer gerade geschieht, hat eine schleimige Verbindung zurück ins Labyrinth der Vergangenheit an diesem klebrigen Ariadnefaden entlang. Die Hälfte deines Lebens ist Erinnerung, ein alter Kaugummi, der dich rettungslos mit dem längst Abgetanen verklebt. Die Hälfte von mir, denkt Charly, ist mit Totzeit angefüllt, und er sieht diesen Anteil immer größer werden bis zu dem Tag, an dem alles nur mehr Vergangenheit sein wird, dem letzten.

Kai war ein Handballer aus Pinneberg, als sie sich in einem Seminar über »Strategisches Verhalten und Spieltheorie« kennenlernten im Herbst 1980. Er trug ein kurzärmliges weißes Hemd, eine schwarze Strickkrawatte und Jeans und Docksides mit weißen Socken. Er wohnte mit zwei Pinneberger Kumpels, von denen der eine Sport und Biologie auf Lehramt, der andere Jura studierte, in einer ordentlichen und sauberen Dreier-WG in der Bellealliancestraße und ging abends auf ein Bier und eine Partie ins Schachcafé in der Weidenallee, und morgens trank er Milchkaffee. Sein Vater war Fernmeldetechniker, seine Mutter Hausfrau, er hatte zwei jüngere Brüder und drei jüngere Schwestern. Damals wohnten die Geschwister noch alle in einem Reihenhaus am Stadtrand in einer von der Feuersozietät in den frühen Fünfzigerjahren gebauten Siedlung. Die Kinder (so auch Kai) wechselten mit zunehmendem Alter nacheinander aus den Kinderzimmern unterm Dach in den größeren Raum im Souterrain, bevor sie dann auszogen. Charly hat das Haus übrigens nie zu sehen bekommen.

Was macht Sympathie auf den ersten Blick aus? Also, eine Freundschaft unter Männern, versuchte Charly seiner Therapeutin zu erklären, braucht, wenn zwei das Gleiche tun, vor allem ein gewisses Gleichgewicht. Ein Gleichgewicht der Stellung, der Intelligenz, der Möglichkeiten, der Erfolge. Ich kann als Volkswirt problemlos mit einem schlechten Zahnarzt befreundet sein, ich gehe dann einfach nicht zu ihm. Das lässt sich immer erklären. Ich kann auch problemlos mit einem Anwalt befreundet sein, der zehnmal so viel verdient wie ich, obwohl er drei Jahre jünger ist. Verstehen Sie: Er macht etwas anderes, ist anders dort hingekommen, es gibt keine Vergleichsparameter, ergo keinen Grund für Eifersucht und Konkurrenzdenken. Aber wenn jemand das Gleiche tut wie ich, sieht die Sache anders aus. Dann ist die Voraussetzung für Freundschaft die respektvolle Überzeugung, dass der andere sich fachlich und sachlich auf Augenhöhe mit mir befindet. Und diesen Respekt kann ich nicht aufbringen, wenn ich sehe – und ich kann es ja beurteilen –, dass der andere ein Stümper und Blender ist auf seinem und meinem Gebiet. Mehr noch: Es braucht für eine Freundschaft nicht nur ein Gleichgewicht der Begabungen, es braucht auch plus/minus ein Gleichgewicht der Resultate.

Das ist eine Definition von Freundschaft, die ich so noch nie gehört habe, bemerkte Petra Wedekind, und ein ungeduldiger Charly erwiderte schnippisch: Ja, so lernen wir alle was Neues voneinander. Was ihn nicht hinderte, in dieser Therapie, deren dritte Teilnehmerin immer die abendliche Heike war, diese Grundlegung seines Verhältnisses zu Kai zu wiederholen, um zu hören, ob sie ebenso verständnislos darauf reagierte. Es war notwendig, dass er verstanden wurde, sonst kann keiner kapieren, was mit mir los ist.

Ich kannte Kai ja nicht in eurer heroischen Epoche, sagte Heike. Aber ich bin mir nicht sicher, dass du dir mit diesem Gleichgewichts-Ding nicht in die eigene Tasche lügst.

Woraufhin Charly große Augen macht.

Ja, weil ich aus deinen Erzählungen heraus das Gefühl habe, du schätzt ihn so sehr, weil du dich ihm immer um das entscheidende Quäntchen voraus gefühlt hast, das es braucht, um ruhig zu schlafen. Ich weiß nicht: ein wenig smarter, erfolgreicher, genau das, was nötig ist, um so eine Freundschaft richtig zu genießen.

Das kannst du nicht beurteilen, und das stimmt auch nicht, erwiderte Charly mit einer Schärfe, die einem Schuldeingeständnis gleichkam. Jedenfalls schmerzte der Satz genug, um zu wissen, dass der Bohrer die kariöse Stelle getroffen hatte.

Es hätte schon damals die Möglichkeit bestanden zu SEHEN, wenn du das Organ dafür besessen hättest. Drei Dinge hättest du sehen können: seine Hartnäckigkeit, seinen Ernst und seine innere Unabhängigkeit. Alles Eigenschaften, deren sichtbare Konsequenzen jedoch bei Anfangzwanzigern nicht hoch im Kurs stehen. Die Ernte kommt erst später. Noch etwas, das er offenbar besessen hat: die Geduld, zwischen Einsäen und Ernten fünfzehn Jahre warten zu können. Diese Geduld hätte ich nie gehabt, und zwar, weil ich im Grunde nicht an ein Reifen glaube. Ich esse die Früchte lieber grün, aber dafür als erster oder einziger. Wenn sie weg sind, sind sie weg. Wenn ich sie sehe, greife ich zu, ich sage mir nicht, warte ein bisschen, dann schmecken sie erst richtig. Ich denke daran gar nicht. Es fehlt mir jeder perspektivische Blick, mich fünfzehn Jahre in die Zukunft zu projizieren und zu glauben, dass zwischen bestimmten strategischen Handlungen, die ich jetzt vornehme oder unterlasse, und einem Ziel in ferner Zukunft, auf das sie sich richten, irgendein wirklicher kausaler Zusammenhang bestehen könnte.

Kommt das aus seinem Heim? Aus dem kinderreichen Facharbeiterhaushalt mit seiner Bodenständigkeit (oder Bodenbeständigkeit, wie Manni Kaltz gesagt hätte)? Jedenfalls hättest du merken können, dass es etwas über einen Menschen aussagt, wenn er viermal die Woche mit dem Fahrrad 22 Kilometer hin- und zurückfährt zum Handballtraining des HSV, und dass nur ein Kreuzbandriss da womöglich eine Bundesligakarriere verhindert hat. (»Aber sehen Sie: Das hätte mich nicht gestört. Wir hätten uns nie kennengelernt.«) Man hört das so und denkt sich nichts dabei, viermal die Woche 40 Kilometer auf dem Rad, nicht etwa in Papas Auto. Das muss man schon selbst wollen. ›Ein Wahnsinniger‹, dachtest du, als er beiläufig davon erzählte, und dann hast du ihn angesehen und dir gesagt: Nein, da steht nicht drauf geschrieben, der wird berühmt, und hast es wieder vergessen. Oder dass er abends, obwohl er in der Bellealliancestraße wohnte, ins Schachcafé ging statt ins Vienna oder ins Jupp oder an den Pferdemarkt, wohin man *musste* – aber das war's ja: Er musste nicht. Damals dachtest du: Pinneberg eben, ein Freund, gerade weil er da, wo du keine Konkurrenz gebrauchen konntest, nicht mit dir konkurriert hat. Jedenfalls, was ich sagen will, ist: Ich mochte ihn, weil er ehrlich, verlässlich und nicht dumm war, weil man sich mit ihm über Sport unterhalten konnte und weil er einen gewissen trockenen Humor besaß, den Humor derer, die sich zurücklehnen und abwinken und sagen: Mach du mal. Ich war schneller mit dem Mundwerk, besser angezogen, smarter, selbstsicherer, im Grunde überall besser aufgestellt, mit einem Wort: Ich war der Hase und er der Igel, und damals gab es noch keinen Anlass, Wettläufe zu bestreiten, der Igel ließ sich nicht herausfordern, und der Hase durfte sich in der Gewissheit wiegen, ohnehin schon gewonnen zu haben.

Du hättest es endgültig merken können, als er, während du so stolz warst auf dein 5000-Mark-Opel-Geschäftsführergehalt und noch stolzer auf deine blonde Schönheit von Ehefrau, daran ging, eine Doktorarbeit zu schreiben (neben dem Job in der Steuerberatung!), was du für pure Zeitverschwendung hieltest. Es hätte auch etwas klingeln können, als er für ein halbes Jahr an die Uni Aarhus ging (Postgraduiertenstipendium), und danach, als er das Angebot erhielt, sich in München zu habilitieren (da hat auch etwas geklingelt, aber das hast du schnell wieder verdrängt), das er ablehnte (»Was soll ich in München? Das ist Bayern. Ich bin HSVler«). Allerspätestens bei dem Angebot von McKinsey. Aber das war 1991, da hattest du andere Sorgen. Und seien wir ehrlich: Das Bild von Kai stand fest. Es war längst gefirnisst und gerahmt und hing da wie das Bild aller Menschen, die wir kennen. Und dann sind wir jedes Mal völlig verblüfft, dass ihr Leben ebenso wenig statisch ist wie das unsere, dass sie in unserer Abwesenheit (und während wir lediglich auf die Windböen des Lebens reagieren) Entscheidungen fällen, Veränderungen realisieren, dass sie Hoffmann'schen Puppen gleich ein nächtliches Eigenleben haben, während wir glauben, sie schlummern in ihrer Kiste, bis zu dem Moment, da wir sie herausnehmen. Es hat etwas Schockierendes, dass sie, unabhängig von unserer Kontrolle, unserer Beobachtung, unserem Willen eine eigene Existenz führen, und plötzlich sehen wir Resultate, die nichts mehr mit dem gerahmten Bild zu tun haben, das uns jahrelang in Sicherheit gewiegt hat.

Dieser Moment war, was Kai betrifft, erst gekommen, als die McKinsey-Truppe in der Firma auftauchte und davon sprach, an Herrn Dr. Giese berichten zu müssen, und dass Herr Dr. Giese mit dem Vorsitzenden der Geschäftsführung von Beverungen zu Mittag speise und dir plötzlich klar wurde, von welchem Herrn Dr. Giese da die Rede war.

Und mit einem Mal bekam Kais gesamte Existenz, vom Häuschen in Pinneberg über die Radstrecken zum Handballtraining, das Studium, die heimliche Promotion bis hin zu dem längst verschwundenen dämlichen Schnurrbart und den kurzärmligen weißen Hemden seines Anfangs eine tödliche Logik.

Es war das Bild von einem, der sein Leben ernst nimmt, wirklich ernst, und von einem, der erkennen muss, dass er sein Leben lang zu tiefstem Ernst nicht fähig gewesen ist.

Verstehen Sie – oder verstehen Sie's auch nicht: Ich könnte dieses Ungleichgewicht, das da eingetreten ist, besser verkraften, wenn er ein unfähiger Idiot wäre, den unverdientes Glück nach oben gespült hat. Ich könnte ihn verachten, und alles wäre gut. Was mich so fertigmacht, ist ja gerade, dass es verdientes Glück ist, dass er es sich erarbeitet hat, von so langer Hand, dass es mich schaudern lässt, wenn ich mir vorzustellen versuche, was für ein gigantisches, Schrittchen für Schrittchen vorangebrachtes Projekt das gewesen sein muss. Was mich fertigmacht, ist also nicht nur, dass ich seine Überlegenheit anerkennen muss, sondern auch, dass sie nicht vom lieben Gott kommt, sondern dass er fleißiger und hartnäckiger und ein strategischerer Kopf ist als ich und womöglich sogar fachlich einfach mehr Talent besitzt.

Es ist nicht er, der das Problem ist, ICH bin es. ICH habe meine Zeit vertan, während er etwas aus ihr gemacht hat. Das heißt aber, da Zeit nicht aufzuholen und wiederzubekommen ist und Versäumnisse nicht wiedergutzumachen sind, dass mein Leben für'n Arsch ist. Und wenn ich jetzt – im Grunde ohne den tiefinneren Willen, an mir etwas zu ändern, auch ohne den tiefinneren Glauben daran, dass das möglich wäre – versuche, den Abstand zu überbrücken, aus schierer Willenskraft und weil ich finde, ich gehöre vor ihn, dann überhebe ich mich und breche zusammen. So sehe ich das. Es bricht aber nicht nur mein heutiges Ich zusammen, sondern per Dominoeffekt nach hinten eine ganze Lebenskonzeption und Einstellung, ein ganzes gelebtes Leben.

Aber warum kaprizieren Sie sich so auf diesen einen Menschen?, wollte Psychologin Wedekind wissen.

Vielleicht gerade, WEIL er mein Freund ist. Vielleicht gerade, weil er deswegen mein Freund geworden ist, weil ich von ihm nichts befürchtet habe. Jedenfalls ist es wahr: Nur er zählt. Es gibt nur uns beide in meiner Rechnung. Es ist ein Duell, das stellvertretend steht für alle Duelle, alle Vergleiche, alle Einordnungen in dem Koordinatenkreuz, das den Wert deines Lebens bemisst.

Und war das von Anfang an so, dieses Konkurrenzgefühl, diese Fixierung?

Ich glaube nicht... nein, überhaupt nicht. Solange ich ihn unter Pinneberg abgelegt hatte, ohne dass er diese Kategorisierung unterlief, habe ich nichts empfunden, mich für ihn und mit ihm gefreut und mir keine Sorgen gemacht. Ich hatte meine Herkunft und mein Selbstbewusstsein und meine blonde Frau und mein dickes Gehalt und die Freunde und die Geliebten und die gesamte – wie sagt man? Die Benutzeroberfläche. Die Benutzeroberfläche war meins, die hat mir gehört, da habe ich geherrscht.

Aber Ihre Probleme, oder sagen wir mal Ihre suboptimale Situation bei Ihrem Arbeitgeber, das hat doch schon vor McKinsey begonnen?

Gewiss, aber das hat mich nie in einem tieferen Sinne gestört. Das ist halt Leben, Schicksal, das große Würfelspiel. Wenn's gar zu dicke kommt, suchst du dir was anderes. Da bin ich immer seelenruhig gewesen, was meine Chancen und Möglichkeiten betrifft, und bin es jetzt noch. Ich meine: Halten Sie mich nicht für realitätsblind. Ich habe immer die Relativität meiner Position gesehen. Natürlich habe ich wahrgenommen, dass irgendwelche besonders begabten, besonders fleißigen oder einfach glückverwöhnte Menschen oder auch strategisch denkende Opportunisten besser sind als ich, mehr erreichen als ich, klüger, einfallsreicher sind, mehr verdienen, mich von hinten überholen – natürlich ist mir klar, dass ich auf einer schwankenden Brücke von Trägheit, Faulheit, Selbstzufriedenheit und Mühelosigkeit balanciere. Ich weiß auch, dass andere Männer noch viel heißere Frauen ficken. Bloß! Das hat mich nie gestört, das ist das Leben, ich kenne sie nicht, sie mich nicht. Aber nicht der eine da! Nicht er! Das führt mein ganzes Leben ad absurdum.

Aber nochmal, Charly: Warum kaprizieren Sie sich so auf diesen einen Menschen? Was nimmt er Ihnen weg?

Was er mir wegnimmt? Die Atemluft im wahrsten Sinne des Wortes, die Rechtfertigung meiner Existenz. Ich fühle das wirklich, körperlich: Der Mundvoll Luft, den er bekommt, der fehlt mir. Es ist wie mit zwei Walen unter einem Eisloch. Es ist nur Platz für einen. Und es gibt nur dieses eine Loch. Wenn er atmet, ersticke ich. Sein Erfolg ist meine Niederlage. Sein Leben ist mein Sterben. Was er kann, werde ich nie mehr können, will es auch gar nicht können, weil es sinnlos ist, es nach ihm zu können. Was er erreicht, kann und will ich nicht erreichen, weil es nichts ist, es nach ihm zu erreichen. Nichts. Ich kann auch nicht mehr zu McKinsey, verstehen Sie? Selbst wenn die mich nehmen würden, was sie nicht täten, weil mir die Qualifikation fehlt, es ginge nicht mehr, wenn es erst soundsoviele Jahre NACH ihm gelänge.

Aber wollen Sie denn überhaupt zu McKinsey?

Ums Verrecken nicht. Ich halte nichts von denen, ich würde mich in dieser Unternehmenskultur unwohl fühlen. Aber darum geht's nicht. Selbst wenn ich wollte, hätte es jeden Reiz und Sinn verloren. Es war sein Atemzug, es kann also nicht mehr meiner sein. Eine Sackgasse mehr für mich. Jeder Weg, den er beschreitet, wird ein für mich ungangbarer Weg.

Aber wollen Sie überhaupt seine Wege gehen?

Nein! Aber im Licht seines Wegs wird meiner mir in all seiner Mickrigkeit sichtbar. Ich will seinen nicht gehen. Aber so einen Drecksweg wie meinen auch nicht mehr, jetzt, wo er ihn beleuchtet hat. Als wir letztens angefangen haben, Golf zu lernen, hat der Trainer ihn am ersten Tag zwölfmal ›Herr Doktor‹ genannt, wie um mich zu quälen. Ich habe mir, ob Sie's glauben oder nicht, seine Diss besorgt und durchgelesen. Nicht durchgelesen, ich habe sie studiert: »Schwankungen des systematischen Risikos im Capital-Asset-Pricing-Model nach Sharpe und Markowitz«.

Oh Gott.

Ja ja, hören Sie nur, ich kann's noch auswendig: »Der β-Faktor eines individuellen Wertpapiers ist definiert als der Quotient aus der statistischen Kovarianz des betreffenden Wertpapiers zum Marktportfolio M und der Varianz des Marktportfolios.«

Ich verstehe nur Bahnhof.

Es ist brillant, soweit ich durchgestiegen bin. Aber das ist nicht so weit, ich habe in Wirtschaftsmathematik und Statistik immer geschlafen. Er offenbar nicht. Ich habe geheult bei der Lektüre.

Aber was beweist das, außer dass er diese Sachen eben gut versteht?

Es bewies, das war der erste Schreck gewesen, dass dieser ein wenig spießige, ein wenig dröge, vollkommen unauffällige Mensch parallel zu ihm, ungesehen, ungehört, sozusagen heimlich am selben Werkstück arbeitend, besser, genauer, tiefer war, was alles noch nicht weiter schlimm gewesen wäre, hätte nur ich es geahnt oder gewusst, und es wäre niemals herausgekommen. Aber die jähe Erkenntnis: Es kommt alles raus, das war der viel tiefer gehende Schock. Denn das hieß ja auch: So wie du es gemacht hast, deine Art, deine vermeintlich leichthändige Errol-Flynn-Art, das war Geschummel und Spielerei und Hochstapelei. Du hast deine Talente brachliegen lassen oder mit ihnen geaast, du bist des tiefen, des tiefsten Ernstes nicht fähig. Nicht beim Arbeiten, nicht beim Lieben, nicht beim Leben. Und jetzt rächt es sich und ist nie wieder aufzuholen und macht dir nicht nur dein gegenwärtiges Leben zur Hölle, sondern deklariert deine gesamte Existenz als wertlos.

Wenn es doch bloß nie jemand erfahren und laut ausgesprochen hätte!

Was?

Dass er besser ist. Wenn nur ich und vielleicht er es gewusst hätten. Aber jetzt, wo es raus ist ...

Charly erinnerte sich an den Tag, an dem das McKinsey-Team zum dritten Mal den Namen seines Vorgesetzten erwähnte und bei ihm endlich der Groschen fiel. Es war dasselbe Gefühl gewesen wie auf der Brücke, nur dass er sich noch an seinen Schreibtisch hatte setzen können, bevor ihm vor Schreck, Neid und Eifersucht schwarz vor Augen wurde.

Und wenn Sie einfach ein wenig Abstand schaffen würden zu ihm?

Charly lachte bitter auf: Ja, schön wäre es! Aber das kann ich nicht. Das könnte er. Das wäre einfach. Er könnte mich am Wegrand zurücklassen und sich neue Freunde suchen unter denen, auf deren Augenhöhe er jetzt ist. Er kann es immer noch tun. Jeden Tag. Aber gerade deswegen kann nicht ich die Verbindung kappen. Ich nicht. Ich muss da durch. Ich muss das ertragen.

Was ertragen?

Den Schmerz. Das Gefühl, das Herz höre auf zu schlagen, die Farbe weiche aus der Welt, und alles, was du je getan hast und noch tun könntest: reisen, lieben, aufstehen, sehen, vögeln – alles!, verliere jeglichen Wert, jeglichen Sinn. Das Gefühl, nichts sei mehr von Interesse außer ihm und seinem unvermeidlichen, unaufhaltsamen Erfolg. Und die dumpfe Angst, der hämmernde Herzschlag, das würgende Gefühl in der Kehle, jedes Mal wenn du den *Kressreport* aufschlägst oder den Reuters-Ticker anmachst, seinen Namen zu entdecken. Ja, du wartest auf gar nichts anderes mehr, suchst gar nichts anderes mehr auf diesen Seiten. Diese Obsession: alles nachzuarbeiten, nachzuvollziehen, nachzulesen, was ihn betrifft, einschließlich der verschissenen Diss, alles von ihm und seinen Erfolgen zu erfahren (in der hoffnungslosen Hoffnung, eines Tages über eine Niederlage von ihm zu lesen), in Jetztzeit. Diese Obsession, in der er dir wichtiger geworden ist als du es dir selbst bist. Womöglich hat er einen Ruf bekommen, womöglich geht er in den Vorstand eines großen Unternehmens, womöglich hält er einen Vortrag in den USA. Und dein hilfloses Aufbegehren, deine lächerlichen Versuche, ihn durch Hass oder Relativierung abzuschütteln: ein Spießer aus Pinneberg, ohne Schlagfertigkeit, wenig attraktiv. Ist er nicht im Grunde nur ein Opportunist, der sein Fähnlein klug nach dem Winde hängt? Ist er nicht ein erbärmlicher Wurmisierer im Gehäuse der Wirtschaft, der mit der hirnlosen Zielstrebigkeit eines Weichtiers seine Bahn zum Erfolg vorwärtsfrisst, ohne Größe, ohne Eleganz? Vielleicht kriegt er ja Aids oder Krebs und stirbt (und was für eine schöne Trauerrede ich dann halten würde), vielleicht hat er ja mal einen Autounfall und bleibt querschnittsgelähmt (ich würde seinen Rollstuhl schieben und ihm dann am Treppenabsatz einen Tritt geben). Doktor Kai Giese unerwartet verstorben, Schlagzeile im *Kressreport*. Der Tag der Befreiung (und würde Charly sich für klassische Musik interessieren, er summte bei diesem Gedanken die Melodie des Chors aus dem *Fidelio*). Das wäre der Tag der gesprengten Ketten, der Tag der Gnade, bloß kommt er nicht. So einfach ist es nicht. Eher stirbst du an Krebs, weil du ihn ihm an den Hals wünschst. Einer von uns jedenfalls muss verschwinden, denn es ist nur Platz für einen von uns beiden.

Wissen Sie, wie meine Kollegen von der Gestalttherapie das nennen, Charly?, sagte Petra Wedekind am Ende einer solchen Sitzung. Ein Introjekt.

Ein was?

Sie strahlte übers ganze Gesicht. Freut mich, dass ich Ihren Demurrage-Kosten endlich mal was entgegenzusetzen habe. Ein Introjekt nennt die Gestalttherapie eine Maxime, die Sie geschluckt haben, ohne sie je infrage gestellt oder erprobt zu haben. Man unterscheidet Introjekt-Lernen vom Erfahrungslernen durch Trial und Error. Das Introjekt liegt Ihnen so schwer im Magen, weil es da nicht hingehört.

Und was soll das sein, mein Intro-Dingsbums?

Wahrscheinlich, aber das kann hier unser Thema nicht sein, eine familiäre Sache. Irgendein Floh, der Ihnen schon früh ins Ohr gesetzt worden ist und etwas mit Konkurrenz und Wettkampf und Rangfolgen und Verpflichtungen, Selbstverpflichtungen und dergleichen zu tun hat. Aber unter uns, ich rate Ihnen nicht, dem nachzugehen, das kann Jahre dauern.

Und recht hat sie, Frau Diplom-Psychologin Petra Wedekind! Fassen wir deshalb dieses halbe Jahr, anstatt noch weiter in Charlys Seele herumzuprokeln, in ein paar anekdotischen Bildern zusammen und lassen es dabei bewenden:

Zunächst eines aus dem Sport, da wachsen die Metaphern, die Charly am nächsten sind. Sein Freund Thommy, nach wie vor in Frankreich lebend, hatte ihm von der Obsession der französischen Leichtathletikjournalisten erzählt. Die hatten den 100-Meter-Lauf zu einem Zweikampf zwischen Carl Lewis und dem schnellsten Franzosen, Daniel Sangouma, aufgebaut und zugespitzt und von möglicher Wachablösung und einem Kontinentalduell Frankreich–USA fantasiert und dabei vollkommen beiseitegelassen, dass es noch sechs andere Läufer gab. Es fällt der Startschuss, und mit immer hysterischerer, sich überschlagender Stimme eilt der Kommentator, dem nur zehn Sekunden bleiben, den Sportlern hinterher: »Sangouma gut weggekommen, gleiche Höhe wie Lewis, er hält ihn, jetzt müsste er, aber nein, Lewis vorne, Lewis gewinnt, Sangouma geschlagen! Knapp, knapp! Oh, wie knapp!«

Sangouma war Sechster geworden in diesem einsamen Duell zweier einsamer großer Nationen. Mit einem Rückstand von einer halben Sekunde, sprich mit guten fünf Metern Abstand, in denen sich vier andere Läufer tummelten. Will sagen, das für Außenstehende Lächerliche an einer Obsession ist das Gekettetsein an einen einzigen Gegner unter Ausblendung der Welt. Wohlgemerkt ist es immer nur der Unterlegene, der angekettet ist. Lewis wusste niemals etwas von einer Konkurrenz durch Sangouma (»Sangou – what?«). Und, nebenbei gesagt: Sangouma hat eine sehr hübsche Karriere hingelegt (gedopt natürlich, wie alle Sprinter).

Nächstes Bild: Charly kennt die Gestalt Hiobs vermutlich ausschließlich aus dem Wort Hiobsbotschaft, dessen Sinn sich ihm allerdings in dieser Zeit (und in vermindertem Maße seit jener Zeit) erschließt, sobald er den Reuters-Ticker öffnet oder das *Handelsblatt* liest und jedes Mal mit angehaltenem Atem nach Kais Namen durchkämmt, ständig in der Erwartung, von einer neuen Erhöhung des Freundes zu lesen, die eine neue Erniedrigung für ihn bedeutet. (»Brace, brace!«, schreit der Pilot vor dem drohenden Absturz oder der Notlandung, und auch Charly stieß jeden Morgen bei der Lektüre ein lautloses »Brace!« aus und nahm im übertragenen Sinn die schützende Körperhaltung ein, des Schlimmsten gewärtig.) Also Hiob. Gewiss ein wenig hoch gegriffen, aber wie seine Therapeutin richtig feststellte: Es geht weniger um die objektive Situation als um unsere Wahrnehmung von ihr. Und Charly nahm sich ganz gewiss als einen Geschlagenen und schwer Geprüften wahr.

Allerdings, und hier liegt der bittere Unterschied zum biblischen Hiob – als einen Geschlagenen ohne einen, der schlägt. Das ist vielleicht sogar schlimmer, wenn da nichts ist, mit dem man hadern und worauf man zugleich hoffen kann. Der Hiob ohne Gott ist ein Spielball der Zufälle ohne die geringste Hoffnung auf späteren Trost, auf Sinngebung und Wiedereinsetzung in seine Rechte oder – in Charlys Worten – eine wahrhaft arme Sau. Ein Mensch unserer Zeit, der, wenn er erniedrigt wird, von nirgendwoher auf spätere Erhöhung hoffen darf, sondern immer selbst schuld ist.

Das ist ein unerträglicher Gedanke, der jemanden wie Charly zu der Frage bringt, wie und womit sich ein solcher Hiob ohne Transzendenz in Zukunft wappnen kann gegen die nächsten Schläge. Was, so die Denkaufgabe, kann in einer trostlosen Welt als Trost herhalten oder als Betäubungsmittel? Was ist so absorbierend, dass man das andere vergessen kann, wenigstens zeitweise?

Nicht dass das jetzt zu einem permanent reflektierten Lebensthema geworden wäre. Immerhin aber saß die Verstörung tief genug, dass Charly Hiob ab dem Frühjahr '94 bewusster nach einer Art epikureischer Lebensführung strebte – aber nicht streng nach dem Lehrbuch und unter geflissentlicher Nichtbeachtung gewisser eher unliebsamer Aspekte.

Wie aber wurde er seiner Verstörung schließlich wieder Herr?

Nun, natürlich war da zum einen die Therapie, vielleicht sogar mehr ihre Existenz an sich und die dadurch anfallende menschliche Aufmerksamkeit und Anteilnahme mit ihrer Linderungswirkung, sowie die Atemübungen als auch Frau Wedekinds Sieben-Punkte-Memo, das zu Hause im Laufe der Monate zu einem *running gag* wurde. Ganz gewiss war es auch einfach die vergehende Zeit, denn meist lösen wir unsere Probleme ja nicht, sie sind bloß irgendwann keine Probleme mehr.

Wir haben sie schlicht überlebt, indem wir uns an sie gewöhnt haben. Auch Probleme können irgendwann langweilig werden. Anderes schiebt sich in den Fokus, das war in Charlys Fall natürlich die Heirat und Heikes Schwangerschaft, sodann die Veränderungen bei Otto Beverungen.

Im Mai wurde Charly zur Geschäftsführung bestellt, wo auch wieder wie Kardinal Richelieu hinter dem König der McKinsey-Teamleiter mit am Tisch saß.

Herr Renn, eines der Resultate unseres Umstrukturierungsprozesses ist der Entschluss, die Veränderungspotenziale in der Beverungen Holding aus dem Haus heraus entdecken zu lassen. Der Gedanke dabei ist, dass wir unsere gesamte Belegschaft erfolgversprechender mitnehmen können, wenn solche Veränderungsprozesse nicht von außen aufoktroyiert werden.

Charly nickte, sagte aber nichts.

Wir möchten, dass Sie hier im Hause deshalb zeitweise eine andere Position übernehmen und zu unserem Change-Manager werden.

Ich weiß nicht, ob ich alle dafür notwendigen Kompetenzen mitbringe.

Sie haben die Kompetenz, die nötig ist, und Sie kennen die Abläufe und die Strukturen. Was nun die konkreten Kenntnisse betrifft, die Sie für so eine Prozesssteuerung brauchen –

– so gibt es da, fuhr der McKinsey-Mann fort, in Bayern eine hervorragende Ausbildungsstätte, wo Sie in drei Seminaren alles lernen werden.

Vorausgesetzt, Sie sind interessiert.

Natürlich bin ich das, sagte Charly und dachte: Aus der Schusslinie und auf dem Abstellgleis. Denn von einem Change-Manager-Posten führt kein Weg mehr zu einer kaufmännischen Geschäftsführung. Aber momentan ist das sicher das Beste. Und in Bayern gibt es auch keine Köhlbrandbrücke.

Frau Wedekinds sieben Punkte musste er auf ihr dringliches Anraten dennoch täglich memorieren:

Schläft er mit Ihrer Frau?
Sitzt er an Ihrem Frühstückstisch?
Fährt er mit Ihnen in Urlaub?
Hindert er Sie daran, Ihre Freunde zu sehen?
Hindert er Sie daran zu arbeiten?
Hindert er Sie daran, sich weiterzubilden?
Würden Sie, gäbe es ihn nicht, Ihr Leben ändern?

Das klingt nach Max Frisch, sagte Heike, wenn er sich die Fragen laut vorlesen und beantworten musste, natürlich jeweils mit einem Nein. Das ging mehrere Wochen so, bis Heike der absurde Ernst der Beschwörungen auf die Nerven zu fallen begann und sie anfing, sie lächerlich zu machen. Als Charly an einem Samstagmorgen beim Frühstück nicht hörte, was sie sagte, weil er im Wirtschaftsteil der Zeitung nach einer Nachricht über Kai suchte, fragte sie laut:

Schläft er mit Ihrer Frau?
Das musst du besser wissen als ich.
Ich weiß es tatsächlich.
Und?
Er tut es nicht.
Schön zu hören.
Weißt du, Charly, welcher Satz, den deine Therapeutin nicht aufgeschrieben hat, mir die ganze Zeit durch den Kopf geht? Einer von Schiller.

Erwartungsgemäß zog Charly eine Grimasse.

Als er merkte, dass sein Neid auf Goethe ihm das Leben vergällte, schrieb er, warte mal, genau: dass es dem Vortrefflichen gegenüber keine Freiheit gibt als die Liebe.

Wat für'n Ding?

Dass man dem Vortrefflichen nur begegnen kann, indem man es liebt und schätzt und zum Ansporn nimmt, anstatt es zu beneiden, denn das macht es nicht weniger vortrefflich, einen selbst aber ärmer.

Das Vortreffliche fickt mich sowieso schon in den Arsch, sagte Charly.

Aber Arschficken ist keine Liebe.

Das – Blitzerkenntnis, während er irgendeine Belanglosigkeit erwiderte – mag sie also nicht, das brauche ich also gar nicht erst zu versuchen, doch nicht so schlecht, dass es irgendwo noch Meret in der Hinterhand gibt.

Trotz seiner unwilligen Reaktion und diesseits jenes kurzen sexuellen Memos trieb ihn dieser Satz um – ein Bausteinchen am Selbstüberwindungswerk, NICHT mit Kai zu brechen. Ein weiteres war im Herbst die erste Einladung zum gemeinsamen Abendessen mit seiner neuen Freundin. Sie hieß Sanni und war eine Jugendfreundin aus dem Handballverein (dem ersten zu Hause), die er unerwartet wiedergetroffen hatte.

Nach dem Abend nahm Heike Charlys Hand und sagte: Eins muss ich dir gestehen. Wir werden bestimmt gute Freundinnen werden und alles, aber – und wie immer, wenn sie sich genierte, das zu sagen, was ihr auf der Seele lag, verfiel sie in Dialekt – aber sie is so klok as 'n dänsch Pierd, wenn sie scheten hett, so rükt sie 'r an.

Charlys Augen wurden größer, und Heike fügte achselzuckend hinzu: Is ken Pott so schef, findt sick ümmer 'n Stülp to.

Was immer sie erwartet hatte, Charlys Reaktion war anders: Er begann zu kichern, ganz hoch und hysterisch, und setzte sich auf den Bordstein, weil er sich vor Lachen nicht mehr auf den Beinen hielt. Als er wieder zu Atem gekommen war, meinte er nur: Pinneberg! Das ist Pinneberg! Und eine Last schien ihm von den Schultern genommen.

Hatte Kai eigentlich irgendetwas mitbekommen von dieser Last in all den Monaten? Kaum.

Sie sahen einander nicht so oft in diesem halben Jahr, berufsbedingt oder aus anderen Gründen. Die von Charly kennen wir ja, aber auch Kai war in zweierlei Hinsicht absorbiert. Zum einen war es die Anfangszeit seiner Beziehung zu jener Susanne, die sich rasch entwickelte und dann bald auch zur Heirat führte, zum anderen war Kai häufiger in Pinneberg, um sich um seinen Vater zu kümmern, der an Parkinson litt und dem er unbedingt zu einem Privatpatientenstatus verhelfen wollte, um sicher zu sein, dass er die bestmögliche Behandlung bekam. Wenn sie sich trafen, damals oder später, hatten sie andere Themen, Sachthemen; beide gehörten zu der Art Männer, die psychische oder seelische Dinge wenn überhaupt dann nur in Vieraugengesprächen mit Frauen ansprachen, vorzugsweise mit Frauen, mit denen sie bereits geschlafen hatten oder noch schlafen wollten, was in dieser monogamen Lebensphase hieß: Charly öffnete sich Heike und Kai, wenn er sich denn öffnete, seiner Sanni. Miteinander sprachen sie über solche Dinge wie Eisen und Driver, den Sinn und Unsinn von Geländewagen, die Tour de France und die Bundesliga, Michael Schumachers Aufstieg, Aktienspekulationen und ein wenig über Politik bzw. Politikerköpfe.

Interessante Frage in unserem Kontext: Hielt Kai als McKinsey-Partner in dieser Zeit eine schützende Hand über Charly? Die beiden haben (was merkwürdig genug erscheinen mag) nie ein Wort darüber verloren, über den ganzen McKinsey-Einsatz bei Beverungen nicht. Steckte Kai hinter dem Vorschlag, Charly zum Change-Manager zu machen? Wollte er ihn dadurch aus der Schusslinie nehmen? Oder nahm er keinerlei Einfluss auf die Personalentscheidungen bei Otto Beverungen? Möglich ist alles, auch dass Kai nur kurz irgendwann entdeckte (und sich wiedererinnerte), dass Charlys Name auf der Gehaltsliste stand, und es dann wieder vergessen hat.

Es gibt Dinge, da sagt uns ein Instinkt, dass wir sie nicht genau wissen wollen. Man kann manche heiklen Fragen einfach in Latenz halten, bis sie sich irgendwann erledigt haben. Dies alles genau wissen zu wollen, es anzusprechen, hätte womöglich irgendeinen Bann gebrochen, irgendeine Pandorabüchse geöffnet – zumindest Charly sah sich nicht in der Lage, ein solches Risiko einzugehen. Kais Schweigen mochte dies oder das bedeuten, es blieb sich letztlich gleich.

Vielleicht können wir hier doch noch einschieben, was wir die ganze Zeit schon sagen wollten. Es ist diese Aussage Petra Wedekinds bzw. ihrer Therapierichtung, über die so schwer hinwegzukommen ist, dieses ABC und dass man die Situation nicht beeinflussen könne und daher seine Wahrnehmung dieser Situation verändern sollte. Ist das so? Können wir sie tatsächlich nicht beeinflussen? Ist das nicht eine völlig mutlose Einstellung dem Leben und der Welt gegenüber? Ist es nicht pure Kosmetik und Schönfärberei und Feigheit? Stabilisiert und zementiert eine solche Lehre nicht gerade die untragbarsten Verhältnisse? Sollte man nicht im Gegenteil alles daransetzen, eben doch Punkt A, die Situation, zu verändern, um glücklicher leben zu können? Das nennt man wohl die Systemfrage stellen, und entscheidende Veränderungen in unserer Geschichte sind doch genau dann passiert, wenn jemand sich nicht damit zufriedengegeben hat, seine Wahrnehmung der Situation zu verändern, sondern die Situation in die Luft gesprengt hat. Nun, wir sind im Gegensatz zu Frau Wedekind keine Psychologen, aber wir kennen Charly – daher die Frage, ob es nicht besser für ihn gewesen wäre, einmal, einmal in seinem Leben diese Systemfrage zu stellen und bis in ihre bittersten Konsequenzen zu durchdenken, anstatt sich wieder für die unveränderte

Situation gesund und fit therapieren zu lassen. Andererseits: Gut möglich, dass gerade das ihm wirklich gefährlich, lebensgefährlich hätte werden können. Wir werden es nicht erfahren. Und damit: Ende des Einschubs.

Das Sys-Team also, Sitz in Herrsching am Ammersee, ellenlange Referenzen aus den Bereichen Beratung und Weiterbildung, Fahrzeugbau, Finanzdienstleistungen, Gesundheit, Handel, Pharma-Chemie sowie Produktion/Industrie/Maschinenbau etc. pp. Die Ausbildung umfasste drei einwöchige Seminare zu den Themen ›Grundlagen des Prozessmanagements‹ und ›Mediation‹. Eins Ende Mai, zwei im Juni 1994, die Kosten lagen bei 50 000 DM. Beverungen ließ sich die Sache also etwas kosten.

Die Akademie befand sich auf einem großen Grundstück mit Seeblick nahe der Rieder Straße, und zusammen mit Charly nahmen ›die Tania‹ (Dr. Tania Bayerhofer) von der Daimler-Benz Aerospace, ›der Dirk‹ und ›die Magda‹ von Ernst & Young, ›die Susanne‹ von Ruhrgas, ›der Friedel‹ von Mannesmann-Mobilfunk, ›der Georg‹ vom Bayerischen Staatsministerium für Wirtschaft, ›die Johanna‹ von Schering und ›die Priska‹ von Porsche teil, die alle ihr Kärtchen ›Mein Name und wie ich angesprochen werden möchte‹ mit ›Du‹ zeichneten.

Es war eine seltsam befreiende und befreite Zeit, die Charly noch am ehesten an seine Studienfahrt in der Oberstufe erinnerte, eine Mischung aus Theaterworkshop und idealer Universität, eine der raren Gelegenheiten im Leben, bei denen man eine zweite Chance erhält, in einem höheren Stand der Reife und des Bewusstseins noch einmal das tun zu dürfen, was man im eigentlichen Lebenszusammenhang nicht mit Ernst, Kenntnis und Glück zu leisten imstande war – in diesem Falle das Lernen.

Es waren alles Teilnehmer zwischen 30 und 45, auf sehr respektablem beruflichem Niveau angelangt und mit zahlreichen

Kenntnissen und Erfahrungen versehen, die hier beisammen waren, weil ihr Arbeitgeber eine beeindruckende Summe in ihre Weiterbildung investiert und ihnen damit eine gewisse Bringschuld auferlegt hatte. Motiviert zu sein war also niemandes Problem, und was die ersten zwei Wochen, in denen die Techniken der Arbeit mit Gruppen und der Entwürfe von Prozessabläufen gelernt wurden, so herrlich unbeschwert und heiter machte, war vielleicht gerade der Umstand, dass das, was zu beherrschen und zu überwinden hier gelernt wurde, nämlich die menschliche Trägheit, die dem Erreichen von Profiten im Weg steht, in der Villa am Ammersee schlicht nicht vorhanden war. In der Interaktion zwischen humorvollen und zackigen Coaches und bereit- und lernwilligen Führungskräften, in ihren Diskussionen, Rollenspielen, Übungen, Experimenten und Fantasiereisen fehlte genau das, was den Teilnehmern, einmal zurück in ihren Firmen, Ministerien und Unternehmen, die Anwendung ihrer Techniken erschweren würde: Sturheit, Angst, Unwillen, Lustlosigkeit, Demotivation und Schlendrian ihrer Mitarbeiter, Eitelkeit, Intrigen, Egoismen und Unehrlichkeit ihrer Vorgesetzten. Und daher war das Wichtigste, was Charly in Herrsching lernte, die Kunst der Mediation, des Sich-selbst-aus-dem-Spiel-Nehmens.

›Die Tania‹ spielte aus irgendeinem Grund gerne den polternden, aggressiven Vorgesetzten: »Das ist doch totaler Unfug!«, brüllte sie lächelnd. »Ich sehe nicht, was uns das Crosstrading und Drittlandgeschäft bringen soll!«

»Vielen Dank für diesen Beitrag, Frau Dr. Bayerhofer. Was Frau Dr. Bayerhofer, wenn ich kurz zusammenfassen darf, hinterfragt, das ist die Notwendigkeit, im Falle der Kraftwerksverschiffung von Frankreich nach Südafrika die Weiterleitung neutral und ohne Zwischenstopp in Deutschland zu besorgen. Gibt es dazu noch weitere Beiträge, die wir in die Diskussion stellen können?«

»Sehr gut, Charly. Ruhig noch mehr Einsatz der Hände. Tu so, als würdest du ein Paket entgegennehmen und weiterreichen, das nicht für dich bestimmt ist, das du trotzdem mit ausgesuchter Vorsicht behandelst.«

In Charlys Kopf fanden das ›Ich bin gar nicht gemeint‹ und das ›Vielen Dank für den interessanten Einwurf‹ mühelos zusammen mit dem ›Fickt er Ihre Frau? – Nein!‹ aus der Therapie.

Einige Zeit nach diesen Wochen am Ammersee wird Charly eines Abends beim Wein zu Kai sagen: »Hätte ich diese Techniken schon am Ende meiner ersten Ehe beherrscht, wäre mir viel Stress erspart geblieben.«

Aber bevor Charly die Lektionen vom Ammersee als Prozessmanager bei Beverungen in die Tat umzusetzen versucht, steht erst einmal der Jahresurlaub an. Die lang geplante Motorradtour und hinterher die gemeinsame Reise mit Heike nach Italien, über die nichts weiter zu berichten ist, als dass in dieser Zeit höchstwahrscheinlich Luisa gezeugt wurde.

Über die Motorradtour jedoch, die Charlys *annus miserabilis* abschloss, existiert ein schriftliches Zeugnis in Form eines Tagebuchs, dessen Adressat und einziger Leser Charlys Schulfreund Thommy war, der es uns freundlicherweise zur Verfügung gestellt hat.

2.9.94

Mein Lieber,

zwar verstehst du nichts von Fußball und von Frauen und schon gar nichts von Motorrädern, andererseits bist du der einzige Mensch, den ich kenne, der liest und es womöglich auch noch ganz normal findet, ein Tagebuch zugeschickt zu bekommen.

Wie du siehst, ist es das Original, mit dem Füller auf dem guten Beverungen-Briefpapier geschrieben. Eine Kopie gibt es nicht – steht zu viel Kompromittierendes drin. Mach damit, was du willst, außer es an die Bildzeitung zu verkaufen, oder halt es wie die Geheimagenten: Burn after reading.

Vielleicht ist jetzt nach den zehn Tagen Alpen und den vierzehn Toskana ein guter Moment für eine Zwischenbilanz. Die Bilanzsumme sagt: Grund zum Glücklichsein. Auf der Habenseite steht zunächst ein Embryo mit gesunden Herztönen im Bauch einer Frau, die ich in diesem letzten Jahr wirklich lieben gelernt habe. Dann die Aussicht auf ein Haus und überhaupt die Konsolidierung als happy Rama-Familie. Da ist aber auch die wiedergewonnene Fähigkeit, zu lachen und nicht mehr alles so verbissen und in Hierarchien und Konkurrenzen zu sehen, die neuerworbene Fähigkeit, mich rauszuhalten und von mir abzusehen und mich nicht permanent zu überfordern. Da sind Hobbys wie Golf oder Motorradfahren, die ich genüsslich betreibe und nicht zum Vorzeigen brauche, und da ist, last but not least, einer, zu dem ich so viel Vertrauen habe, ihm diese Aufzeichnungen zu schicken.

Auf der anderen Seite die Mittelherkunft (Passiv-Seite für unsere Intellektuellen): eine gescheiterte Ehe, beschissene Jahre im Beruf, ein Zusammenbruch samt Therapie, Auseinandersetzungen mit den Eltern/dem Vater, ein kleiner goldener Löffel im Mund, Niederlagen und verpasste Chancen, finanzielle Sicherheit und der Eindruck, noch genügend Kapital zu haben, damit mich die nächsten negativen Erfahrungen nicht überschulden.

Und kaum bin ich halbwegs in Tritt, muss ich wieder arbeiten. Ein Leben ist definitiv zu wenig.

Je t'embrasse
Charly

Di. 12.7.94

Ja, was eine Therapie so bringt! Ich will alleine in Urlaub, habe ein neues Motorrad, denke mir: Alle fahren in die Alpen, also ich auch.

12.20 Uhr Ölverlust am Motorrad – Herzschmerzen, hin zum Händler, kleine Ursache, schnell behoben, aber die ruhige Vorbereitung ist gestört. Packen. Um 16.30 Uhr alles fertig.

18.30 Uhr Durchfall. Ich weiß warum, suche dennoch nach einem konkreten Grund.

19.40 Uhr Abfahrt zum Bahnhof Altona. »Hallo – wo willst du hin?« Fünfundzwanzig Biker stehen zur Bahnverladung bereit. Der Kontakt ist super, die Nervosität sinkt, die Flasche Cabernet Sauvignon aus Chile tut ein Übriges, und zum ersten Mal kann ich im Zug schlafen. So lala zumindest. Trotzdem kurz vor acht Durchfall auf einem vollgeschissenen Zugklo. Sah hinterher nicht besser aus.

8.03 Uhr Ankunft und Motorradholen. Natürlich blamiere ich mich, indem ich den Vogel so richtig absaufen lasse. Dann aber raus aus München und aufgrund einer plötzlichen Eingebung (vielleicht weil ich in der Schweiz mit Ecki verabredet bin, der hier früher auch gewohnt hat) nach Dachau.

»Was machen Sie da?« »Ich fotografiere dieses Haus.« »Wieso?« »Da habe ich vor fünfundzwanzig Jahren einmal gewohnt, und Sie sind Herr Peter.« »Und Sie?« Dann großes Hallo, sie erinnern sich an unser Geballer gegen die Garagentore. Selbst die Oma, eingefallen und im Rollstuhl, lebt noch. Nur Georg ist tot, als Beifahrer bei einem Autounfall ums Leben gekommen. Der Fahrer und der Typ, der hinten saß, haben's überlebt. Nur er. Mit zweiundzwanzig. Damals hatte er Segelohren, die mithilfe einer OP an den Kopf geklebt wurden. Umsonst, wie man sieht. Abschied.

Starnberg, Seeshaupt, Mittenwald, Seefeld, vorbei am Hotel St. Peter, wo ich einmal zwei wunderschöne Wochen Urlaub mit Christine verbracht habe. Telfs, Ötztal und rauf zum Timmelsjoch – traumhaft! Motorräder überholen mich, aber in meinem Alter will man nichts mehr beweisen. Passhöhe 2509 Meter. Ein Foto mit breiter Brust. Jetzt noch kurz die Abfahrt nach Meran, und mir gehört die Welt. Aber was will mir dieses Schild sagen? ›30 km/h auf 28 Kilometern‹.

Beginnen wir mit dem Tunnel: 555 Meter lang, stockduster, und wer hat die Sonnenbrille auf? Also Füße runter, und siehe da, das Schild ›Vorsicht Glatteis‹ hat seine Berechtigung, und das im Juli! Ich taste mich also mit 5 km/h im ersten Gang durch die Finsternis. Am Ende des Tunnels zwar wieder Licht, dafür ist die Straße etwa so breit wie ein Fahrradweg und hat 10 bis 15 % Gefälle. Starker Gegenverkehr, und am rechten Rand, wo ich fahren muss, erwarten mich ca. 80 Meter freier Fall, und damit man diesen Sturz unverletzt antreten kann, fehlen jegliche Begrenzungsmauern oder Leitplanken.

Es war die blanke Angst, schweißnass am ganzen Körper und nur ein Wunsch: irgendwo in der norddeutschen Tiefebene in einem Auto zu sitzen. So hatte ich mir die Alpen nicht vorgestellt. Das Ganze dauert eine geschlagene Stunde. Ich bin völlig fertig, als ich Meran erreiche. Andere – verrückte – Motorradfahrer überholen mich spielend. Offenbar sehen die nur die Straße und nicht die tödliche Gefahr, wenn man sich auch nur ein bisschen versteuert. So viel zur überwundenen Höhenangst.

Zum Glück halten es die Autofahrer wie ich, aber die fallen auch nicht sofort in die Tiefe, die haben im Zweifelsfall noch drei Räder auf der Straße. Irgendwann habe ich es geschafft, bin aber total leer. Das traumhafte Hotel, wo ich dies aufschreibe, habe ich per Zufall gefunden, der Blick über Meran und auf die Burg sind eine Entschädigung.

Laut Plan folgt morgen das Stilfser Joch, Passhöhe nochmal eben 300 m höher und 48 km bis dorthin. Hoffentlich kneife ich nicht. Ich muss die Sache entspannter angehen, weiß aber nicht wie. Ich habe jetzt schon Angst, aber ich will es mir beweisen. Gleich vor dem Schlafengehen Atemübungen nach Petra Wedekind.

Hoffentlich findet ihr diese Zeilen nicht neben meinem zerschmetterten Körper!

Mi. 13.7.94

Kaum zu glauben, dass ich diesen Pass überlebt habe! Eingeschlafen bin ich ja noch gut, wenn auch mit Angstkloß im Magen. Um 4 Uhr bin ich aufgewacht, habe zwei Tabletten eingeworfen und bis 7 Uhr weitergeschlafen. Danach eine ähnliche Panik wie auf der Brücke: tonnenschwere Unterarme und steife Beine. Das Frühstück nehme ich im Zustand eines Todeskandidaten ein, der weiß, der Gang zum elektrischen Stuhl steht bevor, und der mit dem Leben abgeschlossen und entschieden hat, nichts mehr wahrzunehmen und zu empfinden, bis alles vorüber ist – so oder so.

Als ich um 9.15 Uhr endlich abfuhr, legte sich die Angst ein wenig. Zunächst 50 km bis zum Abzweig ›Stilfser Joch‹. Gleich die Tankstelle angesteuert. So ein Motorrad brennt besser, wenn der Tank voll ist. »Die Strecke ist gut ausgebaut«, versichert die Dame an der Kasse. Hoffentlich verstehen wir darunter das Gleiche.

Offenbar versetzt Gott die Menschen in eine Art innerer Paralyse, damit sie Dinge tun können, vor denen ihnen graut. Zum Beispiel auf 2757 Meter hochfahren. Es herrscht unglaublicher Verkehr, ich bin bei Weitem nicht der einzige Irre. 48 Kehren, fein säuberlich von unten nach oben im Countdown gezählt. Kurz, ich habe es überlebt, und es war auch nicht so schlimm wie am Vortag, aber ich frage mich doch, was mich dazu treibt. Die Abfahrt nach Bormio war eigentlich viel unangenehmer, aber das habe ich kaum wahrgenommen. Irgendwie war ich darüber hinaus. Bormio-Livigno: Zwei Pässe, da lache ich doch. Livigno – St. Moritz: der Berninapass, 2205 Meter hoch. Ich liebe die Schweizer: Überall Leitplanken und darauf gesetzte Geländer. In Italien ist dieser Standard für 2025 vorgesehen.

St. Moritz – Chiavenna: den Malojapass runter. Das Schärfste, was ich bisher gefahren bin. Auf ca. 100 Metern Breite schließt eine Kehre an die nächste an, und so geht es ca. 1000 Höhenmeter hinab. Tief unten sieht man die jeweils nächste Kehre, es gibt keine Geraden, nur Kurven. Die Straße ist doppelspurig, und todesmutig stürze ich mich hinab und habe nicht einmal Angst – der Mensch ist ein komisches (er hat aus Versehen ›kosmisch‹ geschrieben und dann das ›s‹ durchgestrichen) Wesen!

Dann wird es kalt und beginnt zu regnen. Ich schieße einige Fotos ins Tal runter. Folgt ein ca. 500 Meter langer Tunnel und dahinter: 25 Grad, Palmen und Sonnenschein – die Erde hat mich wieder. Noch etwa 50 km bis Chiavenna, locker flockig geht es voran. An einer Ampel geht der Motor aus, merkwürdig, springt aber gleich wieder an.

Lago di Como, nördliches Ufer. Gera Lario. Es ist 17.15 Uhr, und das Albergo Pace bietet ein Zimmer für 40000 Lire inkl. Garage an. Gebongt. Als ich ausgeladen habe und das Kradl in die Garage fahren will – alles tot. Wackelkontakt im Zündschloss. Besser hier als anderswo.

Ich setze mich zum Abendessen auf die Terrasse, rufe Heike an und frage nach dem Bäuchlein. Danach Ecki in Wallenried. Er muss schon Samstag nach Deutschland, seinen Vater beerdigen. Hat aber ab Freitag Urlaub genommen, und wir verabreden uns für morgen Abend. Dann den BMW-Notdienst in München. »Da ist wohl eine Kabelverbindung locker«, ich soll einfach mal dran wackeln, aber vorsichtshalber nach Erba in die Werkstatt fahren, »besser als wenn die Kiste Ihnen in der Kurve ausgeht«.

Die neue Route wird gleich auf der Terrasse erarbeitet. Blick auf den See zur Rechten, Vino bianco, Acqua con gaz und Spinatnudeln vor mir. Herz, was willst du mehr? Der Tag morgen wird lang, über 500 km. Hoffentlich helfen mir die Jungs in Erba schnell, damit ich nicht so viel Zeit verliere. Dann mal eben über den Simplonpass und via Sion und Vevey nach Fribourg.

Bananen. Ich sollte mir Bananen kaufen und keine Zigaretten.

Mo.18.7.94 Bürglen

Dafür dass Wilhelm Tell nie gelebt hat, machen die Schweizer einen echten Reibach mit seinem Andenken. Müssten eigentlich 15 % Kommission an die deutsche Schiller-Gesellschaft abtreten. Mein Gott – ich kann kaum noch schreiben: Unterarme wie Popeye. Sagen wir mal, ich bin pro Tag ca. 6 Stunden Motorrad gefahren, und sollte ich dabei auch nur einmal pro Minute geschaltet haben, bedeutet das, dass ich mit der linken Hand 2160-mal die Kupplung gezogen und mein rechtes Handgelenk mit dem Gasgeben in permanente Verkrampfung versetzt habe.

Also Rückblick auf Donnerstag:

Das Motorrad hat gemuckt, und ich musste nach Erba zu BMW. Die waren großartig, haben aus einer Maschine aus der Ausstellung die Ersatzteile ausgebaut, um meine flottzumachen. Kabelbruch im Zündschloss, damit wäre ich über kurz oder lang liegen geblieben. Ich kann Erba in Richtung Como verlassen. Die Tour soll über Varese gehen, aber nachdem man mich in Como – ein einziges Chaos – fünfmal ins Nirwana geschickt hat, den Schildern ›Varese‹ folgend, und ich eine weitere Stunde verloren habe, beschließe ich laut fluchend, in Richtung Chiasso zu fahren. Die Schweizer schildern einfach besser aus. Über Lugano nach Luino und Locarno, den Lago Maggiore umrunden. Noch liegen 300 km vor mir, der Simplon sowie 200 km Autobahn, als ich um 15 Uhr einen neuen Schock erlebe: Tunnel nach Locarno, 5,5 km lang, brütend heiß, 40–50 Grad und jede Menge LKW-Verkehr. Die Luft zum Schneiden, ich befürchte eine Kohlenmonoxid-Vergiftung. Kurz bevor ich die Nothalte-bucht anlaufe, um im Nottunnel Luft zu holen, springen die Ventilatoren – wieder? – an. Die Luft wird schlagartig besser.

Ich fahre den See bis etwa halbe Höhe hinunter, um durch ein Seitental Domodossola zu erreichen. 30 km, also eine halbe Stunde, schätze ich. Dann noch Simplon – Brig – Sion – Fribourg, um 19 Uhr bin ich bei Ecki.

Das Seitental erweist sich als Schlucht, und um meine Höhenangst zu therapieren, haben die Straßenbauer die Straße nach oben und den Fluss nach unten gelegt – so ca. 400 Meter nach unten. Kalt bis ans Herz fahre ich, es macht mir nicht mehr so viel aus wie am Timmelsjoch. ›Strada demolita‹ – wenn die Itaker das schon schreiben, das kann ja was werden. Und es wird. Die Frage ist immer: Wer ist früher unten, das eben herausgefahrene Teerstück oder ich? Und hast du diesen Teil überwunden, gibt's zur Krönung eine einspurige Hängebrücke mit Holzbalken. Immer nach vorn schauen, nie nach unten! Ich fürchte, das Wasser des Flusses ist zu flach, um nach 250 Metern freiem Fall einen stilvollen Köpper zu erlauben. Aber auch das geht vorbei, und schon erreiche ich Domodossola. Schnitt ca. 30 km/h, und die anderen Biker waren auch nicht schneller. Wer hier keine Angst hat, spinnt!

Folgt der Simplon, es ist bald 18 Uhr. Aber er ist ein Geschenk Schweizer Ingenieurskunst: breit, schnell und ohne Risiken, soweit ich diese noch als solche erkenne. Kaum habe ich mich von der letzten Brücke über den Abgrund erholt, stehe ich auch schon unten im Stau, weil alle aus Richtung Zermatt Vorfahrt haben. Hinter Vevey Hagel – passt irgendwie zu dem Tag. Schlag 21 Uhr winkt Ecki vom Balkon. 12 Stunden Motorrad gefahren, 505 km, ich bin völlig alle. Ecki bekocht mich, und ich falle tot ins Bett.

Wallenried, Fr. 15.7.94
Ich habe Glück: Es regnet, und Ecki hat keine Lust auf die geplante Motorradtour nach Gstaad. Wir gehen einkaufen, und am Nachmittag fahren wir mit seinem Range Rover durch die nähere Umgebung: Murtensee, Lac de Neuchâtel. Eine wunderschöne Gegend.

Ich hatte Ecki seit den Dachauer Jahren nur noch selten gesehen, und auch das letzte Mal ist schon wieder mehr als fünf Jahre her, aber wir mögen uns. Eine Dachauer Kindheit mit Bolzen verbindet, und er ist sehr geradeheraus und ehrlich, das schätze ich an ihm. Leider bin ich extrem schlecht drauf, der gestrige Tag war wohl zu viel für mich. Kreislauf etc. und vor allem keine Bananen. Abends kochen wir fürstlich, ich verderbe mir den Magen und sitze nachts eine Stunde auf dem Scheißhaus.

Wallenried, 16.7.94
Samstagmorgen ist auch Ecki schlecht drauf. Heute Abend muss er fliegen und seinen Vater begraben. Ich bleibe noch bis Montagmorgen in seiner Bude und freue mich ehrlich gesagt darauf, alleine zu sein. Wir erzählen viel und vergammeln den Tag. Ecki macht mir eine Liebeserklärung und fragt, warum wir so lange nichts voneinander gehört haben. Er spricht offen aus, was auch ich fühle. Und da er so ist, wie er ist, fragt er auch gleich, ob es mir peinlich sei, unter Männern über solcherlei Gefühle

zu sprechen. Bingo! Es ist, ist es nicht? Er ist ein Supertyp. Ich frage mich, warum er alle Frauen immer wieder nach Hause schickt. Er sucht ja Liebe. Will aber keine Freiheiten aufgeben. Quadratur des Kreises. Um 16 Uhr schmeiße ich ihn aus der eigenen Wohnung. Er ist völlig nervös, wen wundert's. Plötzlich bin ich allein, und anstatt es zu genießen, bekomme ich Ängste: Was, wenn mich in der fremden Wohnung der erwartete Infarkt trifft? Ist der Dünnschiss womöglich doch auf Salmonellen zurückzuführen? Ich sitze verkrampft im Sessel – ein Nervenbündel –, frag mich nicht warum. Die Glotze läuft permanent, ich finde Pornos, den Rest kannst du dir denken.

Wallenried, 17.7.94
Sonntag, ich bin nach wie vor verkrampft. Will nach Hause, vermisse Heike. Atemübungen. Um 10 Uhr telefoniere ich erstmal ausgiebig mit ihr, kein Wort über meine Gefühle. Danach mit den Eltern. Ich überwinde mich und setze mich aufs Motorrad – ich hasse es!

28 Grad, strahlende Sonne und ich in voller Montur, mir läuft das Wasser runter. Den Lac de Neuchâtel hinunter, Yverdon, Lausanne, Vevey, Montreux. Hier wollte ich hin, wegen Deep Purple – Smoke on the Water.

Es geht mir nicht unbedingt besser. 35 Grad in Montreux, schnell ein paar Fotos und retour Richtung Fribourg. Wieder fünf Stunden Motorradfahren. Es ist ja wie ein Gelübde! Warum tue ich das? Sicher, die Gegend ist herrlich, aber Spaß macht es nicht.

Der Abend vergeht. Ich esse nichts, hoffe, meine Scheißerei damit unter Kontrolle zu kriegen, und es gelingt. Angewidert gehe ich ins Bett. Ich hasse mich, die Tour, das Alleinsein und bemerke, wie abhängig ich von Gesprächen bin, vom Austausch mit Heike, von der Nähe der Freunde, auch und gerade Kais.

Ja selbst ein Streit mit meinem Vater fehlt mir hier. Vielleicht ist mein Unwohlsein schlicht Heimweh. Dann entdecke ich in Eckis Schrankwand einen kleinen Porzellan-Schäferhund und muss fast heulen vor Nostalgie: Die ganze Dachauer Vergangenheit ist plötzlich wieder da. Solche Schäferhunde und andere Porzellansachen standen im Büfett seiner Eltern zu Dutzenden hinter Glas. Sie kamen aus der Dachauer Porzellanmanufaktur Allach, und einmal zeigte mir Ecki im Keller einen Bierkrug von derselben Firma mit SS-Runen. An der Herstellung der Krüge und der Schäferhunde (Hitlers Lieblingstier), die offenbar richtige Renner gewesen waren, hatten damals auch zwangsverpflichtete Häftlinge des KZs mitgearbeitet, wovon natürlich nie die Rede war.

Bürglen, 18.7.94
Ich sitze im Garten meines Hotels nahe dem Tell-Museum und habe gegessen. Die Berge habe ich hinter mir – glaube ich. Als ich heute Morgen in Wallenried auf dem Motorrad saß und meine neue Etappe in Angriff nahm, fühlte ich mich mit einem Mal viel besser. Durch die Fribourger Alpen an den Thuner See, den ich am nördlichen Ufer entlangfuhr, mal oben, mal auf Wasserhöhe. Man gewöhnt sich an alles. Über Meiringen geht es zum Grimselpass – spannend, aber kein Problem. Oben ist es kühl, bestimmt 15 Grad weniger als unten. Vom Grimsel- zum Furkapass, oha, es gibt doch noch Steigerungen. Die Schweizer haben es sich in den Kopf gesetzt, die einspurige Fahrbahn auszubauen. Warum müssen sie heute auf der Bergseite arbeiten? Ich quetsche mich zwischen Baggern und den Granitblöcken, die alle anderthalb Meter die Straße begrenzen, hindurch. Rechts neben mir das Nichts, zumindest 40–50 Meter tief. Aber das langt ja. Hier sollte man Gocart fahren, da sitzt man tiefer. Oben auf 2500 Metern ist es angenehm kühl. Nach

meiner Karte zu urteilen muss die Abfahrt der Hammer sein, und die Wirklichkeit toppt die Karte. 20 km lang Krämpfe in den Händen vom Festklammern. 50 cm Abweichung von der Ideallinie, und deine Probleme sind beendet. Unten großer Biker-Treff. Die Lockeren, die mich praktisch alle überholt haben, kommen mit mir ins Gespräch. Aus Hamburg, soso, und hier die Berge, alle Achtung. Ob ich Angst habe? Ja, sage ich. Fast alle haben Angst, sagt der Schweizer mit der Harley, nur Lölis (Trottel) nicht. Er hat also auch Angst? »Ja, aber ich kenne das halt und kenne die Abfahrten. Aber du, alle Achtung!« Irgendwas habe ich offenbar mein ganzes Leben lang falsch gemacht ...

Und immer wenn man glaubt, man habe es geschafft: denkste. Andermatt bis Altdorf mal wieder eine Schlucht – ich oben, der Fluss unten. Aber kalt bis ins Herz führe ich eine Gruppe von Bikern an, wie sie sich in den Bergen immer zusammenfindet. Bald schließen wir auf eine weitere Gruppe auf, und ich entdecke den Angsthasen darin, den Schweizer auf seiner Harley. Befriedigend ist das schon, da kann man sagen, was man will. Ja, und dann fahre ich zu Tell, finde ein schönes Hotel, und dort erwartet mich eine wunderbare Begegnung: Auf dem Parkplatz hier kam zugleich mit mir eine Ducati an. Sagt dir nichts? Sagt dir Königswelle was? Auch nicht? Ingegnere Fabio? Die Desmodromik?

Also der Typ, ein Deutscher übrigens, mit dem ich dann einen Apero trank, hatte eine Ducati 900 SS in Rot von 1981 oder '82 und mit dem Schauglas über der Königswelle. Ich hab' ihn gefragt, ob er mir das Juwel nochmal anlässt, damit ich sie arbeiten sehen kann, und er hat gegrinst. War wohl nicht das erste Mal, dass einer seine Schöne bewundert hat.

Ja, das hat den Tag gerettet und irgendwie die ganze Tour. Irgendwann schaffe ich mir so ein Motorrad auch nochmal

an, stell's in die Garage, und wenn ich depressiv bin, knie ich
mich davor.

Morgen fahre ich nur um den Vierwaldstättersee, dann –
einen Tag später – über Olten nach Lörrach und am Donners-
tagmorgen sehe ich Heike wieder – endlich.

Mir tut das Steißbein weh! Man ist eben keine dreißig mehr.

Es folgt noch eine Art Bilanz, geschrieben nach der Rückkehr,
aber die können wir uns hier sparen.

Im September nach dem Urlaub begann Charlys Arbeit als
Change- und Prozessmanager. Er organisierte und leitete fünf-
zehn einwöchige Seminare im ganzen Unternehmen, von der
Schifffahrt über die Logistik bis zur Holding.

Im Laufe dieser vier Monate passierten zwei merkwürdige
Dinge: Zum einen erwarb Charly, analytisch erzogen vom Sys-
Team, eine radiologische Kenntnis des Unternehmens, wie sie
vermutlich auch und gerade die Geschäftsführung nicht besaß
(und im Zweifelsfall auch nicht wünschte). Indem er sowohl
im Gemäuer der Arbeitsprozesse als auch in der Pyramide der
Personalorganisation keinen Stein (einschließlich der weichen
Dämmungselemente wie Stimmung und Motivationslage der
Mitarbeiter) auf dem andern ließ und vor allem die manch-
mal unappetitliche Unterseite der Steine inspizierte, lernte er
Unternehmensführung, sah sich aber ironischerweise auf seiner
Position weiter denn je entfernt von allen Aufstiegschancen.
Und da laut seiner Charts die Prozessveränderungen, welche
die Geschäftsleitung durchzusetzen hatte, an ihn, bei dem die
Koordination zusammenlief, berichtet werden mussten, erwarb
er eine höchst zwiespältige Sonderstellung bei Beverungen, die
zuzeiten an die eines McKinsey-Beraters, zuzeiten an die eines
Aufsichtsrats erinnerte, also die von jemandem war, der alles
(besser) weiß, über alles Bescheid weiß und doch letztlich an den

operativen Entscheidungen nicht beteiligt ist. Jedenfalls konnte er spüren und sehen, wie die Ego- und Machterhaltungs- und Verdrängungs- und Wichtigkeitsgeneratoren seiner Vorgesetzten und überhaupt aller, die einen Erbhof verteidigen zu müssen glaubten, wie klein auch immer, ansprangen und summten und wie – vollkommen unabhängig von dem, was Charly konkret beisteuerte, vorschlug oder zur Wahl stellte – ein prinzipieller atavistischer und menschlicher Widerstand gegen ihn wuchs.

Und so hätte er am Ende dieses Jahres den Damen und Herren am Ammersee zwei wichtige Informationen zur Integration in ihre Seminare liefern können: dass nämlich Motivation, Mediation und systemisches Denken immer nur von oben nach unten funktionieren, nie von unten nach oben, und dass der Wille eines Unternehmens, sich neu, anders oder effizienter ›aufzustellen‹, bei aller (erzwungenen) Veränderungsbereitschaft der Mitarbeiter immer effizient konterkariert, neutralisiert und annulliert wird von den menschlichen Eigenschaften (Eitelkeit, Egozentrik, Feigheit, Faulheit, Missgunst und Dünkel) einer mediokren Geschäftsleitung, für die sich alles (bei den andern) ändern muss, damit alles (für sie) so bleibt, wie es ist.

Denn ob es sich um die Analysen handelte, die Charly in den Bereichen Marketing und Kommunikation, systemische Organisationsentwicklung und Informationsmanagement vorstellte, um seine Anmerkungen zum Leitbild und dem Unternehmenskonzept oder um den Aufbau einer zentralen Vertriebssteuerung – die Geschäftsführer änderten und verfälschten die Handlungsanweisungen ganz nach Gusto, Tageslaune und entsprechend ihrer jeweiligen Wagenburg. Der eine verweigerte sich dem Booking Desk für eine zentrale Auftragsannahme (»Das muss dezentral bleiben, sonst profiliert sich eine Kostenstelle auf Kosten der anderen, und wir verlieren den Überblick. Der Rest ist ja okay…«), der zweite durchtrennte den Rückenmarkskanal der von Charly für nötig erachteten kommunikativen Nervenbahn zwischen Mitarbeitern und Management (»Neue Formen der Zusammenarbeit, die Beziehungsebene spielt eine größere Rolle, das ist ja schön und richtig, aber wenn ich jede meiner Entscheidungen kommunizieren muss, komme ich nicht mehr zum Arbeiten. Das ist hier ein Unternehmen, kein Parlament«), und der dritte strich die geplanten Kosten für die Mitarbeiterqualifikation, mit der zentrale Booking-Standards ermöglicht werden sollten (»Es reicht vollkommen, das einen machen zu lassen, der es dann an die anderen weitergibt. Bin ich Krösus hier?«). Der Vorschlag, gleiche EDV-Standards einzuführen, wurde als technische Unmöglichkeit deklariert (»Glauben Sie mir, Herr Renn, ich bin seit 1964 in der elektronischen Datenverarbeitung tätig: Das geht nicht«).

Die Hälfte der Umsetzung und nach Charlys persönlichem Eindruck 100 Prozent seiner viermonatigen Arbeit waren damit kaputtgemacht und die sechsstelligen Kosten von McKinsey und die fünfstelligen seiner Sys-Team-Ausbildung für die Katz, es sei denn, man begreift – was durchaus legitim wäre – das Geldausgeben an sich als ein Therapeutikum, das als hinreichendes Opfer empfunden wird.

Es ist ein wenig so, erklärte Charly es Heike, als begebe sich ein Herzkranker in die Klinik, zahle a conto für den Aufenthalt und die Operation und verlasse dann ungeöffneten Bauchs das Areal in der festen Überzeugung, mit der Begleichung der Rechnung seien seine gesundheitlichen Probleme abgegolten.

Das Ende kam einige Zeit darauf, im Frühjahr, anlässlich der Budgetvorstellung. Charly, mittlerweile wieder ins Glied eines kaufmännischen Leiters gerückt, präsentierte für seinen Bereich eine Null. Das reiche nicht, wurde ihm gesagt. Man brauche, damit die Bank Kredite gebe, eine schwarze Null. Sie ändern einfach die Einnahmezahlen, Herr Renn.

Nicht mit mir. Ich bin juristisch verantwortlich. Ich unterschreibe Ihnen so ein Budget nicht.

Ein Wort gab das andere, und der Geschäftsführer sprach seine Entlassung aus.

Charly, wenn er die Szene später beschrieb, schickte voraus: Zu dem Zeitpunkt hatte ich natürlich schon bei Sieveking & Jessen unterschrieben. Sonst wäre ich nicht so vorlaut gewesen. Aber du kennst mich: Wenn ich eine Alternative haben möchte, habe ich eine.

(Und klang das nicht schon ganz anders als der Charly des Jahrgangs '93? »Wenn ICH eine Alternative« usw.)

Dann händigen Sie mir bis Montag einen Vorschlag zur Abfindung aus, entgegnete er. »Ich habe hier schließlich Ansprüche erworben. Und eines sage ich Ihnen gleich: Ab Mittwoch Freistellung. Ich gehöre nicht zu den Leuten, die hier als Geköpfte noch drei Monate durch die Firma laufen und sich erniedrigen.«

Er erhielt schließlich 45000 Mark Abfindung und begann am 1. Juni 1995 als Geschäftsführer bei Sieveking & Jessen.

Sieveking & Jessen hat seine Räume (seine Kontore, wie Herr Jessen, der Altgesellschafter, das nennt) im Chilehaus, seit es das Chilehaus gibt, vorher saß man an der Trostbrücke, und besitzt das Konto Nr. 0009 bei Berenberg-Gossler (eingerichtet im Jahre des Herrn 1854). Das sagt eigentlich alles über das Haus, was man wissen muss.

Charlys Vater zollte seinen Respekt, indem er, statt einfach anzurufen, einen handgeschriebenen Brief schickte (»der Alte wird wirklich alt, er mutiert langsam zum professionellen Leserbriefschreiber, du musst mal in den entsprechenden Spalten in der *FAZ* suchen«, kommentierte Charly), in dem er, abgesehen von ein paar Spitzen, die er sich nicht verkneifen konnte, seinem Stolz oder seiner Genugtuung Ausdruck verlieh, dass sich »unser Name nun auch in dieser Generation in die Hamburger Stadtgeschichte einschreibt«.

Dein Name war's jedenfalls nicht, was mir diesen Job verschafft hat, spottete Charly Heike gegenüber beim Lesen. Aber mit eisgekühlter und abgehangener Befriedigung stellte er doch fest, dass dieses Schreiben so eine Art verklausulierte Staffelübergabe darstellte.

Ein neuer Job, ein eigenes Haus, eine Heirat, eine gesunde Tochter, es war kein ganz schlechtes Jahr gewesen.

Kapitel 3

UMFELD

Auch die Fontanellen des sozialen Schädels schließen sich irgendwann, doch dauert diese Entwicklung länger als die biologische. Man sollte hier auch nicht von Verknöcherung sprechen, das hört sich negativer und einseitiger an, als der Prozess gesehen werden darf.

Was nun Charly Renn und sein Umfeld betrifft, so begann die Zeit – oder besser: so hat die Zeit begonnen, denn sie dauert noch an – der Kompartimentierung, Temperierung und Pragmatisierung seines Lebens zwar bestimmt schon viel früher, aber sichtbar und bewusst wurden ihm die stattgefundenen Veränderungen erstmals im Februar 1995 auf dem Ohlsdorfer Friedhof. Und das hatte zu tun mit dem Schnee, der das Gelände bedeckte und Charly in Richtung der Kapelle 13 begleitend in sanften Flocken auf die Lebenden und die Toten fiel.

Wie es vorkommt, wenn man auf dem Weg zur Beerdigung eines Familienmitgliedes ist, befand Charly sich in einem sowohl vagen als auch ernst-konzentrierten Bewusstseinszustand, mit anderen Worten: zum Aufnehmen und Nachdenken bereit und gestimmt, aber nichts Konkretes aufnehmend oder denkend. So kam es, dass er den Schnee bemerkte, dieses in Sand verwandelte Wasser, eine ganze weiße Wüste davon, und in leicht melancholischer oder undeutlich nostalgischer Färbung dachte: »Wie weiß ...«

Plötzlich jedoch öffnete die Wolkendecke sich, die Bäume am Ende der Lichtung warfen eine gerade Schattengrenze, die quer über den Weg verlief, und als Charly sie überschritt, stutzte er. Was ihm eben noch als weiß erschienen war, der Schnee im grau gefilterten Licht des bedeckten Himmels (und was ihm noch immer als die reinste Inkarnation von Weiß vorkam, als er zwei Schritte zurücktrat und nur das Karree vor seinen Füßen in Augenschein nahm), das war nun im Vergleich mit dem leuchtenden Weiß der sonnenbeschienenen Fläche keins mehr. Sondern was? Je länger er darauf starrte, desto weniger hätte er vermocht, eine Farbe zu nennen. War dieser Schattenschnee grau oder blau? Taubengrau? Taubenblau? War er nicht gar grünlich? Von dunklen Poren durchsetzt? Wie in dem Moment, wenn man beim Betrachten von Kippbildern keine eindeutige Gestalt mehr erkennen kann oder wenn man gedruckte Wörter zu lange anstarrt oder zu oft hintereinander laut aufsagt, bis die Bedeutung aus den Chiffren gewichen ist, war es jetzt unmöglich, die Farbe des Schnees zu benennen. Denn auch das leuchtende Sonnenweiß, in dem er von Sekunde zu Sekunde mehr glitzernde Späne und Edelsteinmehl funkeln sah, war kein reines Weiß mehr, sondern vielfarbig wie feinst geschroteter Quarz. Man hätte Rat bei der Kunst suchen müssen, bei einem Gemälde wie Monets »Die Elster«, um herauszufinden, aus welchen übereinander-, nebeneinander gesetzten Farbtupfern jener überwältigende Eindruck von »Winterweiß« hervorgerufen war. Völlig absorbiert vom Nachdenken über die Farbe des Schnees und fasziniert davon, wie sehr ihn das Licht auf den Kristallen beschäftigte, schmerzend konzentrierte Augen auf den Boden gerichtet, ging Charly vorwärts, entdeckte dann beim Aufblicken, dass der Schnee alles Horizontale bedeckte und verschwinden ließ und dadurch alles, was vertikal ist, in den Blick brachte, Bäume, Häuser, Türme, in ungekannter Schärfentiefe, als sei man vom Schlag eines Zenmeisters getroffen und sehe plötzlich zum ersten Mal.

Warum aber geht dieses konzentrierte, einsame Blicken Hand in Hand mit einem Gefühl von Verlust? An den Kalligrafien und abstrakten Zeichnungen des Winters vorübergehend, erstaunte Charly sich selbst. Linien, Zonen, Kurven, Schraffuren. Übergänge aus Hell und Dunkel, Licht und Schatten, und der immer wieder auf die Schneedecke gesenkte Blick so begeistert wie der auf einen Wasserspiegel von der scheinbaren Einheit aus Millionen endlos changierender, beständig sich verwandelnder Nuancen. Einige Monate später erlebt Charly ein analoges Phänomen, als er zum ersten Mal in seinem Leben für zwei Tage nach Berlin fährt, um dort den verhüllten Reichstag zu besichtigen: die Bewusstwerdung einer Form, die alltags den Blick nicht festhält, weil man einen Namen für sie hat. Für den riesigen schneeweißen Kubus gab es keinen mehr, darum absorbierte er den Blick und setzte die Flamme an die Zündschnur der Assoziationen. Ähnlich jetzt, während die Kapelle in Sicht kommt: Aus dem Schauen in die verfremdete Landschaft entwickelt sich ein Beisichsein, eine Wanderung durch die Schneekathedrale der eigenen Geschichte.

Erst als er die vor der Kapelle auf dem halbrunden weißen Rasen zwischen den beiden Eichen wartende Menschenansammlung hören konnte, bemerkte er, dass die Dinge bis eben zu ihm gesprochen hatten und jetzt zu sprechen aufhörten, so als würden sie in einer Mischung aus Ergebenheit und Fatalismus eine Hierarchie anerkennen, die ihnen vor langer Zeit nachdrücklich aufgezwungen worden war. Er nahm das mit Selbstverständlichkeit zur Kenntnis, spitzte die Ohren und öffnete die Augen für das, worum es jetzt ging.

Automatisch nickte er dem ersten Paar (zwei Männern in schwarzen Wollmänteln) zu, das ihm ebenfalls zunickte. Die durchweg dunkel gekleideten Menschen standen in einem unregelmäßigen Halbkreis vor dem Eingang der Kapelle, als

gebiete es die Pietät, die Tür weiträumig freizulassen. Von allen
Seiten näherten sich weitere Leute, die je nachdem, wie nah sie
sich dem Anlass fühlten und für wie wichtig sie ihre Anwesenheit dabei hielten, unter den Eichen an den äußeren Rändern
der Menge stehen blieben oder aber bis in die vordersten Reihen vordrangen. Rechts von Charly hatte sich ein Mann zum
Telefonieren unter die Krone einer der Eichen zurückgezogen,
redete dabei aber so laut, während er um den Stamm herum im
Kreis ging, dass Charly kein Wort entging. »Wenn er anfängt,
diese relationship zu screwen, dann häng ich ihn im 14. Stock
ausm Fenster... deshalb bin ich auf der Seite auch sehr entspannt, zumal... Genau! Genauso isses! Definitiv!... Das heißt
auf Deutsch, zu 50 Prozent is das Objekt gestorben... die
saufen wohl ab... das ist Leistungsverweigerung... Es geht
darum, dass wir jemand an Bord kriegen, der die Scheiße
macht... aber wenn das Ding dann nochmal runtergefahren
wird und sie dann nochn Leverage von 65 Prozent haben...
das ist durchaus... definitiv... ja, der ist in mehreren Deals
Co-Investmentpartner von Herbert... Nichtsdestotrotz ist das
Portfolio...«

Dann sah Charly seinen Onkel und dessen neue Frau und
vermochte sich vom Decodieren des Telefongesprächs loszu-
reißen.

Charly schüttelte zuerst ihr die Hand, Henriette von Bismarck (der Name war in ihrem Gewerbe, der Organisation
von Wohltätigkeitsveranstaltungen, Gold wert, und deshalb
hatte sie sich bei der Scheidung von ihrem ersten Mann mit
ihm freundschaftlich darauf geeinigt, ihn behalten zu dürfen,
und ihn dann vor vier Jahren, bei der Heirat mit dem Hamburger Juwelier, verständlicherweise nicht gegen den Namen Renn
eingetauscht. Ihren Mädchennamen kannte niemand, es war
ein bürgerlicher Name und vermutlich nicht beeindruckender

als der ihres jetzigen Gatten. »Die Fürstin Bismarck«, nannte der Alte sie sarkastisch, »ebenso adlig wie das gleichnamige Wasser mineralisch«), die ihm freundlich trauernd zulächelte und dafür kurz ihr Gespräch mit einem Ehepaar unterbrach. Danach reichte er seinem Onkel die Hand und wurde dabei einen Moment lang geblendet von dem aus der Manschette rutschenden Goldarmband seiner Rolex (die er rechts trug und die gut mit dem Schwarz-Weiß von Mantel, Anzug, Krawatte und Hemd harmonierte).

Schön, dass du da bist, Charly. Dein Vater hat sich wohl nicht überwinden können.

Charly zuckte die Achseln. Du kennst ihn doch.

Gewiss, aber er hätte einmal über seinen Schatten springen können.

Einmal Nonkonformist, immer Nonkonformist, was willst du. Zum Schattenspringen ist er zu alt. Im Übrigen hat Mama irgendwelche Wehwehchen. Was keine Entschuldigung sein soll.

Und deine Frau? Wie weit ist sie?

Sie lässt sich entschuldigen. Übermorgen ist offizieller Termin, da dachten wir …

Und habt vollkommen recht, warf Franzens Frau ein. Soll sie sich hier in der Kälte oder in der zugigen Kapelle vielleicht eine Blasenentzündung holen? Außerdem ist so ein Begräbnis kaum ein idealer erster Eindruck für ein Baby.

Na, noch ist es nicht da, warf Franz ein.

Du glaubst doch nicht, dass es nicht dennoch schon etwas mitbekäme vom Ambiente. Und ein ungeborenes Kind gleich auf einen Friedhof mitzuschleppen, finde ich gelinde gesagt makaber. Nein, ernsthaft, sie ist vollauf entschuldigt. Aber du, Karlmann (sie nannte Charly ganz bewusst nie bei seinem eingeführten Rufnamen), du bist doch nachher dabei? Wir haben ein erstklassiges Catering nach Hause bestellt, damit wir alle ein wenig runterkommen. Die Hauptpastorin wird da sein, und ich denke doch, auch der Erste Bürgermeister wird uns die Ehre geben und eine ganze Menge von unseren Freunden.

Das ist lieb, sagte Charly, unwillkürlich ihren Ton und ihre Liebenswürdigkeitsfloskeln übernehmend, aber ich fürchte, ich kann nicht. Ich habe nur den Vormittag freibekommen für das Begräbnis.

Oh wie schade, sagte Henriette, aber so sind sie, die Arbeitgeber.

Und sie warf einen kokett vorwurfsvollen Seitenblick auf ihren Mann, als sei sie dessen Angestellte, habe unter seinem rigiden Regiment zu leiden und solidarisiere sich unter Arbeitnehmern mit Charly. Es war durchsichtig, aber nett gemacht. Charmant. Und vor allem tat sie nicht so, als bedaure sie es ernsthaft.

Charly mochte diese aschblond gefärbte Endvierzigerin mit dem sorgfältig frisierten und am Hinterkopf mit Hornklammern mädchenhaft zusammengesteckten Haar, obgleich oder weil er sie kaum kannte. Aber er bewunderte die unaufdringliche Professionalität ihrer Freundlichkeit, die sich in ihrer Wortwahl und Stimmfärbung zeigte. Zum Beispiel eine ihrer sprachlichen Angewohnheiten: Sie sagte beim Abschied oder am Telefon nicht »Tschü-hüs«, sondern sprach die Floskel lächelnder, zärtlicher, liebevoller aus, »Tschii-his«, und das erinnerte ihn jedes Mal an ein Mädchen aus Schulzeiten, in das er mit sechzehn verliebt gewesen war und das seinen Freundinnen und Freunden, wenn es sich aufs Rad schwang, auch immer so ein (verheißungsvolles?) »Tschii-his« zugeflötet hatte. Er verdankte Henriette also von Zeit zu Zeit diesen warmnostalgischen Erinnerungsflash, und was immer sie sonst tun und denken mochte (sein Vater hatte ihr einmal vorgeworfen, Mäntel aus Kinderhaut zu tragen, weil von ihrem gesammelten Geld für irgendein afrikanisches Hilfsprojekt der größere Teil in den »Verwaltungskosten« hängen geblieben war) – das verschaffte ihr ziemlich unbegrenzten Kredit bei ihm.

Entschuldigt mich eben, bevor die Glocken läuten. So eine Trauerfeier ist ein wahrer Organisationsmarathon, wenn man alles ein bisschen schön und würdig gestalten will.

Sie ging zwei Schritte zu einem älteren Paar, drängte sich, beide unterhakend, in ihre Mitte und zog sie einige Meter mit sich fort.

Alle eingetroffenen Gäste, die unsicher waren, ob es sich bei den übrigen um Familienmitglieder oder sonstige Hinterbliebene handelte, nickten einander ähnlich stumm und mit pietätvollem Blick zu, wie Charly das eben getan hatte.

Sein Onkel blickte erneut auf die Uhr. Die beiden ergänzten sich gut, es war eine Vernunftehe im besten Sinne. Jeder wusste, warum und wozu er den anderen brauchte, oder wie Karl Renn einmal bemerkte (der immerhin an der Hochzeit teilgenommen hatte, wenn auch nicht als Trauzeuge): »Er gibt ihr die finanzielle Sicherheit und den hanseatischen Bürger-Kredit, sie ihm die Klasse, die er nicht hat, und die Beziehungen.« Drei Jahre nach dieser Trauerfeier sollte sich Henriette übrigens noch als äußerst nützlich erweisen, als nämlich »einer von der GAL oder jemand aus diesem Dunstkreis« anlässlich des sechzigsten Jahrestags der Pogrome von '38 irgendeine »alte, längst vergessene« Eigentumsübertragungsgeschichte ausgrub und sie dafür sorgte, dass weder *Bild*-Hamburg noch das *Abendblatt* die Sache publizierten.

Wo ist denn Reiner?, fragte Charly.

Hör mir auf! Eine Katastrophe! Der bringt uns noch die ganze Chose durcheinander. Er ist sediert und sitzt schon drinnen bei der Pastorin. Also alles, was recht ist, natürlich trauert er, wie wir alle schließlich, und bestimmt noch ein wenig mehr, aber das ist doch kein Grund, so ein Schauspiel aufzuführen. Bisschen Dezenz, Herrgott nochmal!

Die Glocken läuteten. Die Dunkelgekleideten strömten an ihnen vorbei in die Kapelle. Mein herzliches Beileid, Herr Renn. Tief empfundenes Beileid. Unser Beileid, Herr Renn. Ehrliches Beileid. Stummes Kopfnicken. Ich kondoliere Ihnen. Und Ihnen. (Das war der alte Professor Senftenberg, sehr alt geworden, am Stock. Der nächste dazu.) Aufrichtiges Beileid. Dann huschte einer an ihnen vorüber und murmelte »Beileid«, und Charly vermutete, dass dies einer der Angestellten des Juweliergeschäftes sein musste, denn sein »Beileid« hörte sich exakt so an wie »Mahlzeit«, was er unter der Woche täglich mit ebenso niedergeschlagenen Augen murmelte, wenn er sich durch die Hintertür aus dem Laden drückte.

Charly folgte seinem Onkel und betrat den dunkelrot geklinkerten Kuppelbau durch die weit geöffneten weißen Türen. Der runde Saal, dessen Betonsäulen an der Decke zu einer Rose zusammenliefen, von deren Mitte ein großer Leuchterkranz herabhing, schimmerte gelblich-rosig im Vormittagslicht, das durch die Glasbausteine an der hinteren Stirnwand gefiltert wurde, deren weiße, zitronen-, lila- und ockerfarbene und rosige Rechtecke und Bögen eine Art archaische Stadt andeuteten, womöglich ein himmlisches Jerusalem in neuer Sachlichkeit.

Die Bänke waren in der vorderen Hälfte des Saals in zwei Viertelkreisen angeordnet, in der Mitte stand der blumenbedeckte und bekränzte Sarg auf einer Lafette, dahinter befand sich die Empore mit Rednerpult und Kreuz, zu deren rechter und linker Seite je drei Buchsbäume in beigen Terrakottatöpfen standen, die der Kapelle etwas von einer Orangerie des Todes verliehen, sodass der massige und verschnörkelte Eichensarg wirkte, als habe man ihn, wie die Bäume, um ihn vor der Kälte zu schützen, für die Wintermonate hier abgestellt. Dazu passten die drei Spaten, die durch die offene Tür im linken Nebenraum, der Kranzablage, zu sehen waren, wo sie an der Wand unter einem Brett mit Garderobenhaken lehnten. Über diesem Nebenraum befand sich die Musikempore, wo jetzt ein Harmonium zu spielen begann, und eine männliche Stimme (durch das geöffnete Fenster, das sich vom Musikraum zum Saal öffnete, konnte man nur ein paar schwarze Hosenbeine sehen) zu singen anhob.

»Jesus, meine Zuversicht und mein Heiland ist im Leben.

Dieses weiß ich; sollt ich nicht darum mich zufriedengeben,

Was die lange Todesnacht mir auch für Gedanken macht?«

Das ist der Kammersänger Kruse, flüsterte Franz, der neben Charly in der ersten Reihe links saß, ein Bekannter von Henriette, der sich bereit erklärt hat... Seine Stimme versiegte, weil ihm klar war, dass er weiter nichts erklären musste, nachdem er »Henriette« gesagt hatte.

Charly hörte dem Tenor zu, und ganz natürlich und sanft wie der Schnee vorhin kam die Trauer, in den Grenzen von Schicklichkeit und Erträglichkeit. Die Transposition seiner Gefühle in Töne hätte keinen Bachchoral, sondern eine Ambient-Musik ergeben, und er opferte ihr willig die Zeit, die sie bescheiden erbat. Dabei wurde er allerdings unterbrochen von seiner Schwester und seinem Schwager, die gebückt, als befänden sie sich in einem Kinosaal und wollten keinen Schatten auf die Leinwand werfen, in die vordere Reihe schlichen und sich tuschelnd, nickend, lächelnd und ausatmend neben ihn auf die Bank fallen ließen.

Kumpf, ausnahmsweise im schwarzen Anzug, flüsterte Charly ins Ohr: Schade, dass sie's nicht mehr miterleben kann. Eine echte Fernsehpastorin gibt ihr das letzte Geleit. Da ist unsere gute Yvonne doch post mortem noch in die Gesellschaft gekommen, in die sie immer hineinwollte.

Dank Henriette von, erwiderte Charly.

Wo ist der Reiner?, wollte seine Schwester wissen.

Das Häufchen Elend da links am Ende der Reihe.

Du liebes bisschen, meinte Kumpf, der lässt es sich aber nahegehen.

Es ist immerhin seine Mutter!

Eben.

Jemand hinter ihnen machte Psst!, und dann begann der Auftritt der blonden Hauptpastorin mit dem kurzen Pferdeschwanz, die trotz Talar und Beffchen aussah, als komme sie direkt vom Reiterhof. Selbst ihr Gang war eher ein Stapfen wie in Gummistiefeln durch schwere Erde, doch wirkte sie nicht wie der Pferdeknecht, sondern wie die Besitzerin eines Gestüts, der es gefällt, ab und zu die Schubkarre mit dem Mist zu bewegen, und die entzückt wäre, wenn ein Besucher sie fragte, wo denn die Chefin zu finden sei.

Innerhalb weniger Jahre war es ihr gelungen, von einer Hamburger Stadtpfarrerin zu einer öffentlichen Person zu werden, über die man eine Meinung hat, und das weit über die Stadtgrenzen hinaus. »Sie nimmt Menschen die Scheu vor der Religion«, hatte in einem der ersten größeren Zeitungsartikel über sie gestanden, und das stimmte, insofern sie alles, was an religiösen Dingen zu achtungsvoller Scheu führen mag, alles, was an Religion unbequem oder lästig sein mochte, in ihrem Denken, ihrer Lebensführung und vor allem ihrem Sprechen aufgelöst hatte wie eine Brausetablette in einem großen Glas Wasser.

Sie hatte sich einer eifrig beredeten Affäre wegen vom Vater ihrer zwei halbwüchsigen Söhne scheiden lassen (das Sorgerecht für diese aber eingeklagt, obwohl oder weil sie zu ihrem viel zitierten Zustand einer »permanenten Überlastung dieser zierlichen Frau« beitrugen), sie lief den Hamburg-Marathon (da hatte Erika, die das ebenfalls auf sich nahm, sie rotzend, fluchend, schweißtriefend und ausspuckend, mit anderen Worten »zutiefst menschlich« erleben können), sie war gegen den Krieg und den Faschismus (den alten und den derzeitigen) und für den Frieden und die Brüderlichkeit und aufseiten der Unterdrückten und der Samariter und Zöllner jeglicher Couleur, kurz, sie hatte eine Meinung zu allem, ohne groß nachdenken oder sich informieren oder abwägen zu müssen, plaudernderweise, denn: Sie glaubte. Das sagte sie sehr oft, und dieses Glaubensselbstzeugnis war sozusagen das süß schmeckende Vitamingetränk, das nach Filterung aller Bitterstoffe von ihrer Theologie geblieben war. Sehr viele Menschen waren der Meinung, dieser Glaube sei das Essenzielle, das Notwendige und das Hinreichende.

Jetzt sang die Pastorin, laut, wenn auch nicht jeden Ton treffend, mit einer etwas aufgerauten Altstimme, aber sie nutzte selbst noch die mangelnde Musikalität, indem sie ihre Singstimme, einem Pfadfinder gleich, der seine Truppen ins Unterholz führt, vor der Trauergemeinde hin und her schwenkte wie eine Fahne – oder besser einen Wimpel –, an dem die Gläubigen (und die Ungläubigen) sich orientieren sollten. Danach würde sie predigen. Dafür war sie berühmt, mit ihren Predigten war sie bekannt geworden, hatte ihr Aufstieg begonnen, den die Hierarchie dann irgendwann, die Medienpräsenz quittierend, beglaubigen musste.

Die Menschen, die sie liebten und bewunderten – vor allem Frauen –, schätzten an ihr besonders ihren »Mut« (oft wiederholtes Attribut in der Presse), das heißt das, was sie für eine Kongruenz zwischen Person und Wort hielten, zwischen dem Leben eines Menschen (so wie es sich für sie darstellte) und seinen Aussagen und Meinungen. Dieser Eindruck von Übereinstimmung rührte nicht zuletzt daher, dass die Pastorin in ihren Predigten so häufig »ich« sagte, »ich glaube«, »ich meine«, »ich wünsche mir«, »ich denke« (dies eher seltener), und dass dieses »Ich« nicht nur Kompetenz und Ehrlichkeit suggerierte, sondern im theologischen Kontext fast schon so etwas wie Stellvertretung.

Böse Zungen behaupteten, die Pastorin suche ein postmodernes Märtyrerschicksal (»Märtyrerin der Medien«), illustrierten diese These dann aber ausgerechnet mit dem Bild der heiligen Agatha, die mit ungerührtem Blick dem Quintianus ihre abgeschnittenen, wie marzipanüberzogenen Brüste (bei Zurbarán) auf dem Silberteller präsentiert, obwohl kein Statthalter, heidnisch oder christlich, ihr je zu nahe getreten war. »Ich würde sie auch nicht von der Bettkante stoßen«, bemerkte Kumpf in diesem Zusammenhang, und bevor man ihn der Geschmacklosigkeit zeiht, muss man bedenken, dass nicht er das Thema der Marzipanbrüste der Pastorin aufgebracht hatte, sondern dass es sozusagen in der Luft lag, auch über Brüste zu sprechen, wenn man von ihr redete.

Ihre Fans, wenn man sie so nennen darf, empfanden diese Stellvertretungsattitüde als Beweis eines authentischen, kämpferischen Charakters und lebten unter dem Eindruck, die Pastorin habe ihre lutherische Freiheit des »Hier stehe ich, ich kann nicht anders« gegen die Strukturen und Hierarchien durchgesetzt, die sie doch eigentlich repräsentieren sollte. Im Umkehrschluss bedeutete das allerdings auch: Je mehr Raum sie einnahm, desto weniger blieb für die Institution, je glaubwürdiger sie wurde, desto unglaubwürdiger wurde die Kirche, der sie diente, je mehr hier ein außergewöhnlicher Mensch in den Fokus rückte, desto mehr verschwand die Theologie, sodass im Moment der individuellen Selbstverwirklichung die Frau Pastorin keine Pastorin mehr war, sondern ein idealtypischer »kritischer« Studiogast fürs Fernsehen.

Das hätte sie, die sich in Interviews als »Seelsorgerin« sah, gar als »Seelenfreundin«, strikt zurückgewiesen, und es ist immer interessant zu verfolgen, wie wir es anstellen, das, was wir tun oder was uns geschieht, als logische Konsequenz aus unserem unveränderlichen Wesen und Charakter zu sehen, anstatt zu erkennen, wie oft wir auf die Konsequenzen dessen, was wir getan haben oder was uns geschehen ist, mit einer Veränderung unseres höchst veränderlichen Charakters reagieren.

Bei jemandem wie der Pastorin mischt sich da in einem Satz die Selbsteinschätzung (der »unveränderliche« Charakter) als Nachdenkliche und Bescheidene mit einer in ganz naiver Selbstverständlichkeit sich bahnbrechenden Eitelkeit. Auf eine Frage, ob ihre Popularität ihr nicht selbst unheimlich sei, erwiderte sie: »Ich kann das schwer erklären (bescheiden, nachdenklich), aber die *Postberge,* die ich in *letzter Zeit* bekommen habe...« Und es sind bestimmt tatsächlich Postberge gewesen...

Charly musste an das denken, was seine Schwester ihm über ihre streng katholische (mit einem Lobbyisten, der »bei Kohl auf dem Schoß sitzt«, verheirateten) Frauenärztin erzählt hatte. Niemand kniete während der Messe so lange wie sie, niemand hielt den Kopf beim Beten so demütig schräg, niemandes Kinder waren so eifrige Ministranten, niemand knüllte solch große Geldscheine in den Klingelbeutel, aber: Sie nahm nur Privatpatienten an. Das eine ist die tief empfundene Frömmigkeit der Privatperson, das andere eine Güterabwägung der Geschäftsfrau. Die Fontanelle hatte sich geschlossen.

Einem ganz ähnlichen Schema folgend, zelebrierte unsere Pastorin lieber eine Trauerfeier mit 150 geladenen Gästen aus der guten Hamburger Gesellschaft, als einer dementen Oma in Steilshoop in ihrer Bude letzten Trost zu spenden, nicht etwa

weil sie sich für eitel hielt, sondern weil es Sünde gewesen
wäre, mit einer Stimme wie der ihren hinterm Berg zu halten,
ihr Licht unter den Scheffel zu stellen. So viele verlangten nach
ihrer Stimme – und mit gutem Recht –, dass sie dorthin gehen
musste, wo möglichst viele diese Stimme hören konnten, und
wenn es dann noch angenehme Menschen waren, war das ein
kleiner Trost für diese an ihrer Bürde schwer tragende Frau,
die ja nicht jedem Ruf nach Steilshoop folgen konnte. Also
folgte sie dem Ruf derer, die müheloser zu ihr durchdrangen
als andere, in diesem Falle dem Henriettes. Derart bildete sich
sukzessive die natürliche Gemeinde dieser Ich-Kirche: Politiker,
Unternehmer (vor allem deren Gattinnen), Journalisten, Hamburger Show- und Kiezgrößen.

Denn auch bei der Pastorin, wurde Charly jetzt klar, hatte
sich wie bei jener Frauenärztin, wie bei allen hier (mit Ausnahme des peinlichen Reiner), wie bei ihm selbst, seit er aus
seinem Schneetraum erwacht war, die Fontanelle geschlossen,
und ihr Handeln und Empfinden hatten sich pragmatisiert, temperiert und kompartimentiert in Teile, die ganz privat, die halb
privat und die öffentlich waren und zwischen denen wasser-
dichte Schotten heruntergelassen wurden, die ein erwachsenes,
funktionierendes, reibungsloses Leben diesseits zerstörerischer
erratischer Ausfälle überhaupt erst möglich machten.

»Sie war eine Sünderin, wie ich, wie wir alle«, sagte die
Pastorin jetzt. »Und sie bedarf der göttlichen Gnade, wie ich,
wie wir alle.« Kurzes Innehalten, in dem sich Charly das zwei-
malige, nicht zwingend notwendige »wie ich« auf der Zunge
zergehen ließ, dann folgte der Nachsatz, ausgesprochen mit all
der Gewissheit, die nur der direkte Draht zu den Entscheidern
in jemandem hervorruft: »Und sie IST ihrer teilhaftig geworden!« (»Wenn *du* es sagst, Schätzchen!«, flüsterte Kumpf. »Hut
ab vor dem Genitiv«, erwiderte Erika.)

Dann fuhr sie fort, und ihre Augen glänzten: »Jesus spricht zu dem, der am Kreuz an ihn glaubt: Wahrlich, ich sage dir, HEUTE wirst du mit mir im Paradies sein. Amen.«

Nun war es nicht so, dass die Pastorin die Verstorbene persönlich gekannt und exakt gewusst hätte, in welchem Maße sie sündig und der Gnade bedürftig gewesen war, aber auch hier kam ihr wieder die Stellvertretungsfiktion zu Hilfe, die sie mittlerweile am Leib trug wie eine zweite Haut: Wenn es für mich Sünderin reicht, mir das Paradies zu garantieren, dann reicht es auch für einen jeden von euch. Das war in etwa die Botschaft, die sie transportierte und die verstanden wurde. Und daher hätte sich wohl auch manch einer lieber von ihr verbal zur letzten Ruhe begleiten lassen als von jemandem, der einen in- und auswendig kannte, aber nicht diese quasi Vergil-hafte Autorität im Führen über die Grenzen des Lebens besaß.

Zwar war Yvonne ihr wohl nur das eine oder andere Mal in der Gesellschaft über den Weg gelaufen, aber für Franz (auch er mit einem kompartimentierten, funktionierenden Hirn) war es klar gewesen, dass nicht irgendwer die Trauerfeier für seine Stiefmutter leiten durfte, und die Pastorin hatte von Henriette, die sie sehr gut kannte, auch nicht überredet zu werden brauchen. (»Du, Gesa, ich hab' eine große Bitte an dich wegen des Trauerfalls in unserer Familie ...« »Du, Henriette, NATÜRLICH mach' ich das. Mein allerherzlichstes Beileid!« Umarmung. Heilsame Tränen. Tschii-his.)

Der Einzige, der sich hinterher in den leise miteinander plaudernden Zirkeln rund um das offene Grab über die Pastorin mokierte, war der greise Professor Senftenberg, der jedem, der es hören oder auch nicht hören wollte (und eigentlich wollte es keiner hören), sagte: Die Theologie dieser Dame erinnert mich an Willy Millowitschs altes Karnevalslied: Wir sind alle kleine Sünderlein! Und er begann es tatsächlich zu singen mit seiner brüchigen Altmännerstimme und fuhr dabei, von einem Bein aufs andere tappend, die Ellbogen aus, als wolle er die Umstehenden zum Schunkeln unterhaken. Zum Glück stand er weit hinten, und der Schnee dämpfte seine Geräusche und was er im Folgenden sagte: Was bleibt denn noch von der Religion, wenn ihre Repräsentanten sich selbst säkularisieren? Wenn sie die Zuckererbsen hienieden predigen? Und an die Politiker appellieren statt an Gott? Die sozialdemokratischen deutschen Christen? Ich bin ein Sünder! Ich habe das Heil nicht, Frau Pastorin! Ich bin ein Sodomit! Hören Sie? Ein Sodomit!

Zum Glück hörte sie es nicht (und wie schade dann auch wieder! Ein des Heils nicht teilhaftiger Sodomit! Er wäre ihrer Allsympathie nicht entgangen. Mikrofone!); sie war nun beim Händeschütteln am Grab (und wie schädlich war die Mischung aus Schneematsch und aufgeworfener Erde für all die schwarzen Budapester und Damenschuhe!) wieder das Inbild der holsteinischen Pferdezüchterin und umfasste die Hände der Kondolierenden mit schraubstockfestem Schutzmantelmadonnengriff. Ihr vom steten Westwind und der nassen Luft ihrer Heimat gesättigter englischer Teerosenteint tat ein Übriges, den Hinterbliebenen zu vermitteln, dass jetzt das LEBEN wieder einsetzte.

Recht bald jedoch stellte sie sich demonstrativ ein wenig abseits, um sich unter vier Augen mit Henriette zu unterhalten, vielleicht auch absichtlich, um Reiner aus dem Weg zu gehen, der wirklich ein erbärmliches Häufchen Elend war. Womöglich ging bei ihr Hand in Hand mit dem Gefühl der Stellvertretung und der Allzuständigkeit auch ein Gefühl der Bürde, die ihr damit aufgeladen war, und so kam es häufig vor, dass sie mit einem inneren Stoßseufzer in der Art von »Ich kann nicht alles« oder »Einmal muss auch gut sein« diese Last abwarf, um für kurze Augenblicke »nur Mensch« zu sein und »nur Privatperson«.

Da sie aber mit solcher Selbstverständlichkeit das Individuelle und das Repräsentative über einen Kamm scherte, geschah es eben auch, dass sie die Bürde abwarf, obwohl momentan eigentlich gar keine Bürde da war, dass sie also mit anderen Worten sich bei jeder Gelegenheit private Auszeiten zugestand und einem jeden, der sie (was freilich nicht vorkam) darauf angesprochen hätte, dass sie gerade ihre amtlichen Pflichten vernachlässigte, mit einem müden, aber brüderlichen (oder besser: schwesterlichen) Lächeln geantwortet haben würde: »Auch mir muss es einmal gestattet sein...« Die Hierarchie, die es ihr in der Tat gestattete, jetzt mit ihrer Freundin Henriette zu plauschen (und leise zu kichern), war sie natürlich selbst.

Was es aber für Konsequenzen zeitigt, wenn sich bei einem Menschen die soziale Fontanelle nicht schließt, wenn die lindernden Effekte der Kompartimentierung nicht greifen, die Charly an diesem Tag deutlich wurden, das zeigte das Verhalten Reiners, des Sohns der Verstorbenen, der die ganze Trauerfeier (mit Betonung auf Feier) zu sprengen drohte.

Das Faszinierende war, dass er sie zu sprengen drohte, weil er der einzige Anwesende war, der – wenn wir einmal nicht vernünftig, sondern menschlich argumentieren wollen – das tat, was der Situation angemessen war und was man von einem Sohn erwarten durfte, dem die Mutter gestorben war: nämlich wirklich trauerte und haderte, und zwar exzessiv und unüberseh- und -hörbar.

In der Kapelle, besprenkelt vom bunten Licht, das durch das Fenstermosaik rieselte wie von der Lightshow in einer Gothic-Diskothek, hatte er auf seinem Stuhl gekauert mit schlaff ausgestreckten Beinen, zusammengesunkenem Oberkörper, in der wie abgestorben auf dem Schoß liegenden Hand ein vor Schweiß und Rotz mürbe gewordenes, zerknülltes

Taschentuch. Immer wieder fuhr er sich damit über die tränenden Augen, die Nase und die Stirn. Dann hatte er einen Schluckauf bekommen, mit dem er die Predigt der Pastorin synkopierte, und nun am offenen Grab blieb er nur aufrecht stehen, weil eine unscheinbare junge Frau, eine Mitarbeiterin der Firma, wie Charly erfuhr, Uhrmacherin oder Goldschmiedin, ihn stützte, während er den Kopf schüttelte und immer wieder leise »Mama« wimmerte.

Offenbar breitete sich wie durch stille Post unter den zum Kondolieren in der Schlange Stehenden die Kunde aus, dass die Berührung seiner schweißnassen, schlaffen Hand eine Zumutung sei, sodass einige, die ihn nicht persönlich kannten und kaum wiedersehen würden, es geflissentlich verabsäumten, zum Handschlag ihre schwarzen Handschuhe auszuziehen.

Wann immer aber Reiner in der Reihe ein bekanntes Gesicht entdeckte, versuchte er es mit weinerlicher Stimme in ein Gespräch zu verwickeln. »Mama wäre Ihnen so dankbar gewesen … Mama hätte sich so gefreut … Sie haben Mama doch erst kürzlich besucht …« Aber auch: »Und was wird jetzt aus mir werden, wo Mama nicht mehr ist …«

Kumpf, stellvertretend für die schweigende Mehrheit wie so oft, sagte mehr als halblaut zu seiner Frau: Nu is langsam mal gut. Wir ham aunoch was anderes vor. Und außerdem geht das Büfett vor die Hunde.

Der greise Professor, immer noch an seinem theologischen Unbehagen mümmelnd, das niemand mit ihm teilen wollte, hatte seine ehemalige Studentin Erika entdeckt, das (für ihn) ewige Fräulein Renn.

Schleiermacher, meine Liebe, überfiel er sie. Es ist der reinste Schleiermacher, was sie predigt, unsere Pastorin: »Wer nicht hie und da mit der lebendigsten Überzeugung fühlt, dass ein göttlicher Geist ihn treibt und dass er aus heiliger Eingebung redet; wer sich nicht wenigstens seiner Gefühle als unmittelbarer Einwirkungen des Universums bewusst ist, der hat keine Religion.« Romantik, pure Romantik!

Na ja, sagte Erika, auf dem falschen Fuß erwischt, aber so isses irgendwie doch auch…

Fräulein Renn, Fräulein Renn! Ein Exerzitium in philosophischem Denken! Sie sind, scheint mir, schon zu lange der Disziplin entwöhnt…

Das können Sie laut sagen, erwiderte Erika schnöde und wandte sich mit einem Kopfnicken ab.

Charly hatte sich nach all dem kondolierenden Händegeschüttel und den angedeuteten Dienern ein wenig abseits gestellt, um eine Zigarette zu rauchen, und blickte durch das Gitterwerk einer nackten, schwarzen Weide auf die dahinterliegende schneebedeckte Wiese, die in der Mittagssonne funkelte. Er versuchte seine Gedanken über Schnee und Nostalgie und über die Seelen-Kompartimentierung zu ordnen. Wie hilfreich die war und wie durchlässig doch auch wieder, denn jetzt kam plötzlich angesichts der bevorstehenden Geburt seines ersten Kindes eine Aufwallung von Sorge, die er nur mühsam bändigen und beschweigen konnte. Ein Mann, den er von irgendwoher kannte, kam ihm zu Hilfe, indem er sich zu ihm gesellte, denn das Rauchen ist eine soziale Tätigkeit, sodass zwei Raucher, selbst wenn sie einander fremd sind, automatisch zueinander gezogen werden und eine Konversation zu beginnen, den Blick auf die eigene oder die Zigarette des Gegenübers gerichtet, ihnen leichtfällt.

Nachdem sie kurz ihre Scherze über die Abhängigkeit von der Droge gemacht, ein paar Worte über die Verstorbene und die Tradition des Juweliers Renn verloren hatten, kamen sie aufs Geschäft im Allgemeinen zu sprechen, und Charly erzählte, weil die Geschichte das Anekdotische und Komische so passend wie beiläufig mit dem Respektheischenden verband, vom Sys-Team am Ammersee und den Schwierigkeiten bei der Umstrukturierung von Beverungen.

Unterdessen hatte sich ein älterer Herr mit vollem weißem Haar, der einen langen schwarzen Kaschmirmantel trug, zu ihnen gesellt und knipste den Kopf einer Havanna ab. Er hatte die blauen Augen und die wettergegerbte Haut eines Seglers. Sein Erscheinen versetzte Charlys Gesprächspartner in eine gewisse Unruhe. Hatte er zuvor konzentriert zugehört, so trat er jetzt von einem Bein aufs andere und warf beschwörende Seitenblicke auf den neu Hinzugekommenen, als fürchte er, dieser könne, nicht genügend in die Runde integriert, gleich wieder davongehen, und als sei es eine Frage auf Leben und Tod, dass dies nicht geschehe.

Charly, der die Situation mit seinen neu erworbenen Sinnen sofort erfasste, beendete seine Ausführungen mit einer lässigen rhetorischen *rebolera*:

Mit einem Wort, eine Firma führen können und sie führen dürfen sind zwei verschiedene Paar Schuhe.

Mit kaum verhohlener Erleichterung ausatmend, wandte sein Rauchgenosse sich dem älteren Herrn zu und begann sofort, sodass die Rauchwolke aus seinem Mund, seiner halben Kopfdrehung folgend, eine träge Kurve beschrieb:

Herr Jessen, darf ich vorstellen, das ist Herr Renn. Herr Renn, das ist John Jessen, der Seniorchef von Sieveking & Jessen.

Während sie einander die Hand schüttelten, sagte der Alte: Aber lassen Sie sich von mir nicht unterbrechen. Das war interessant, was Sie da sagten. Was waren das für Maßnahmen, die Sie da umgesetzt haben?

Der Versuch, eine systemische Analyse gegen die Trägheitsmomente eingefahrener Abläufe durchzusetzen, sagte Charly leichthin.

Bei welcher Firma arbeiten Sie denn, wenn ich fragen darf?

Otto Beverungen.

Der Alte nickte.

Aber Herr Renn sagte gerade, er wolle sich umorientieren, meinte der Dritte, der seine Gesprächsfelle davonschwimmen sah und sich wieder in die Unterhaltung einbringen musste.

Ist das so?, fragte der alte Jessen mit seinem blauen, stechenden Seglerblick.

Nun ja, sagen wir, ich stoße dort gerade ein wenig an die Decke, antwortete Charly ebenso unbestimmt wie selbstsicher.

Sagen Sie: Renn?, forschte Jessen. Sie gehören zur Familie? Und er machte mit dem Kopf eine ruckartige Bewegung hinter sich, wo Franz und die anderen standen.

Ja.

Dann darf ich Ihnen noch einmal mein herzliches Beileid aussprechen. Sie sind der Sohn, darf ich annehmen? Immer ein ernster Moment, wenn wieder eine Generation abtritt. Nun, ich habe keine eigenen Kinder, denen blüht das nicht. Eine wirkliche Größe der hanseatischen Kaufmannstradition. (Und einen Moment lang wusste Charly nicht, redete er über Yvonne oder die Firma; auch den familiären Irrtum riet ihm ein Instinkt nicht zu korrigieren.) Wie lange existiert sie jetzt? (Aha!)

Bald sechzig Jahre, sagte Charly.

Nun, Sieveking & Jessen bringt es auf hundertfünfzig, sagte der Alte mit blitzendem Blauauge.

Eine reife Leistung, beeilte sich der Dritte zu versichern.

Aber auch eine Bürde, erwiderte Jessen. Wir suchen zum Beispiel derzeit einen Geschäftsführer, haben eine Anzeige im *Abendblatt* geschaltet (Stimmt!, dachte Charly, der seit einiger Zeit die Stellenangebote studierte, hab' ich gesehen), aber irgendetwas fehlt immer.

Was denn?, fragte der andere dankenswerterweise, sodass Charly nicht über Gebühr neugierig erscheinen musste.

Letzten Endes der Stallgeruch, das Flair, eine bestimmte Art. Ich weiß nicht, wie ich es ausdrücken soll, aber ich glaube nicht, dass ein noch so kompetenter Diplom-Kaufmann aus, sagen wir, Bayern so ein urhanseatisches Handelshaus richtig verstehen und vertreten kann. Überhaupt keine Landratte. Die Hanse war ein Zusammenschluss von Seefahrern. Verstehen Sie, was ich meine, Herr Renn? Segeln Sie?

Gelegentlich, sagte Charly. Wenn mich jemand auf einen Törn mitnimmt, gebe ich einen ganz passablen Vorschotmann ab (das war pure Fantasie, aber Charly wusste, dass diese Signalwörter die ideale Antwort waren, und wenn Jessen ihn wider Erwarten tatsächlich zum Segeln einladen wollte, blieb genug Zeit, die Grundbegriffe auf der Jacht seines Schwagers zu erlernen).

Der Alte lächelte. Sie sind Diplom-Kaufmann, nehme ich an?

Volkswirt.

Der Volkswirt betrachtet die Wirtschaft aus der Vogelperspektive, der Betriebswirt aus der Froschperspektive, beeilte sich der Dritte im Bunde einzuwerfen und lachte hustend los.

Die Augen des Alten wanderten zu Charly.

Ich kenne einen anderen Schnack, erwiderte der. Der Volkswirt weiß, warum er arbeitslos ist, der Betriebswirt nicht.

Jessen schmunzelte, wogegen der andere erst den Mund spitzte, um ihn je nachdem zu einem Lächeln oder einer skeptischen Grimasse verziehen zu können, was Charly die Gelegenheit gab nachzulegen, diesmal wieder ernst – Standbein, Spielbein.

Aber mir gefällt eine andere Definition besser, die besagt, dass die Volkswirtschaft sich mit der Frage der Knappheit beschäftigt.

Jessen nickte und schob die Unterlippe vor. Sagen Sie, warum kommen Sie die Tage nicht einmal in meinem Kontor vorbei, und wir plaudern ein bisschen?

Und er zog aus der Innentasche seines Jacketts ein goldenes Kästchen, zu flach für ein Zigarettenetui, und entnahm ihm eine Visitenkarte, die er Charly reichte. Der wusste in diesem Augenblick ganz unaufgeregt und entspannt mit vollkommener Gewissheit, dass er den Job hatte. Und so kam es dann ja auch. Zwei halbstündige Gespräche, eins über das Unternehmen, eins über die Konditionen – und Sieveking & Jessen war ein großzügiger Arbeitgeber, schien ihm –, und die Sache war in trockenen Tüchern.

Herr Renn, ich muss los, ich kann leider nicht beim Leichenschmaus dabei sein. Richten Sie Ihrem Herrn Vater und dem Rest der Familie bitte noch einmal meine Grüße aus. Ich komme demnächst mal wieder im Geschäft vorbei, mein Patenkind heiratet. Wissen Sie – und damit wandte er sich an den anderen Mann, um auch ihn noch eines Satzes zu würdigen, auch wenn es dabei nicht um ihn ging –, ich mag das hamburgisch Gediegene an diesem Geschäft. Sowas hat man oder man hat es nicht. Kein Schischi. Guter Stall. Lässt sich nicht verleugnen, sowas. Gediegen.

Und bei dem Wort »gediegen« drückte er erneut Charlys Hand, sodass es sich wie ein zufriedener Kommentar über deren Beschaffenheit anhörte (und von Charly auch so aufgefasst wurde), und tappte durch den Schneematsch davon, der wellenförmige graue Ränder auf seinen handgenähten Schuhen zu hinterlassen begann.

Genügend Stoff zum Nachdenken alles in allem für den Rückweg zum Auto, aber da wurde Charly schon gestört von einem unerwarteten, spät aufgetauchten Trauergast. Es war Jobst, ausgerechnet Jobst, und Charly dachte, als er ihn auf sich

zukommen sah, zwei Dinge zugleich: »Ach je, die treue Seele.«
Und: »Was will der denn jetzt noch hier?«

Er hatte Jobst seit bestimmt zwei Monaten nicht mehr gesehen. Erst jetzt fiel ihm richtig auf, dass Jobst sich seit seiner
Scheidung von Ines verändert hatte, was nicht nur daran lag,
dass er dünner geworden war, wieder rauchte und graue Schläfen bekam. Das war ein anderer Mensch, gewissermaßen seiner
inneren Stützen beraubt. Nicht dass Jobst körperliche Probleme hatte, aber seinem ganzen In-der-Welt-Sein schien dieses
Stahlkorsett entzogen, das Ines gewesen war. Man könnte es
in Kumpf'scher Diktion schlichter ausdrücken: Ines hatte die
Hosen angehabt. Und sie hatte sie bei der Scheidung mitgenommen. Und Jobst tappte nun sozusagen im Hemd durchs Leben.
Eine harte Prüfung für die Freundschaft, die letztlich keiner
seiner Freunde (oder vormaligen Freunde des Paars) bestanden
hatte. Charly auch nicht, und vielleicht trug dieser Anflug von
schlechtem Gewissen zu seinem Unmut bei, den alten Kumpel
jetzt hier zu sehen.

Charly, da bist du ja, sagte er lächelnd, und dann sehr ernst:
Mein herzliches Beileid.

Danke, was zum Teufel suchst du denn hier?

Nun, ich dachte …

Ist ja jetzt nicht so, als wär'n meine Eltern tot. Was hab' ich
denn groß zu schaffen gehabt mit Yvonne? Und vererben tut
sie mir auch nichts.

Aber so ein Trauerfall in der Familie …

Jobst, das ist lieb, dass du gekommen bist, aber ehrlich, das
hätte es nicht gebraucht. Das war hier reine Höflichkeit.

Es geht dir also gut?, fragte Jobst unsinnigerweise und
wurde Charly noch lästiger.

Sicher geht's mir gut, sagte Charly, der mit diesem neuen
kühlen Kontrollorgan, das ihm heute Morgen zugewachsen war,

auch schlagartig begriff, wie der Satz jetzt nicht weitergehen durfte, nämlich mit »Und dir?«.

Denn wozu sollte Jobst mittels einer krummen Assoziationskette Trauer–Familie–Freundschaft auf den Friedhof gekommen sein, wenn nicht um über seine eigene Misere zu sprechen, seine Orientierungslosigkeit, zu der auch die verdächtige Tatsache gehörte, dass er es sich überhaupt leistete, leisten konnte, leisten zu können glaubte, an einem Wochentag während der Arbeitszeit zur Beerdigung eines wildfremden Menschen auf den Ohlsdorfer Friedhof zu gehen. Oder war es ihm schon egal? (»Ich habe die Traueranzeige im *Abendblatt* gesehen. Und da dachte ich…« – die Pünktchen sind bei Jobst ganz direkt zu verstehen. Er sprach in solchen Fällen nicht nur nicht weiter, er hatte auch nicht weiter gedacht. Es konnte also gar nichts mehr kommen.)

Geredet worden war zuvor genug, fand Charly. Es hatte Warnzeichen gegeben, auch Warnschüsse, die waren seinerzeit unter vier, unter acht, unter zwölf und mehr Augen ausgiebigst besprochen worden. Ines hatte Charly in einem Neuaufguss ihrer spätpubertären Kerzenscheinabende voller Seelenergießung in Kenntnis gesetzt und zum Stillschweigen verpflichtet, das er auch eingehalten hatte, denn nach dem alten Komödienprinzip ist nichts reizvoller und unterhaltsamer, als den Unglückswurm auf den Abgrund zuschlendern zu sehen, von dem er nichts, der Zuschauer aber alles weiß.

To make a long story short, hatte Charly einmal zu Heike gesagt, wenn du mich fragst, war Ines bei der Insolvenz innerlich schon weg, sie hat's nie zugegeben, aber ich bin sicher, sie hatte ihre Claims schon anderswo neu abgesteckt, die neue Einstellung Jobsts, das war natürlich ein spürbarer Schritt nach unten in die Bescheidenheit, etwas, das Ines nie gelernt hat, warum auch, und dann hat sie gehandelt. Du, wer will's ihr verübeln letztlich, jeder muss zusehen, wo er bleibt, fügte er als Antwort auf Heikes Stirnrunzeln hinzu. Sie hat nie vorgehabt, einem Versager die Treue zu halten, egal wie lieb, ehrlich, anständig er wäre. Vielleicht wenn Kinder dagewesen wären, frag mich sowieso, warum sie keine hatten, an Ines kann's nicht liegen, die hat genau sechs Monate nach ihrer Neuvermählung geworfen.

Charly! Rede nicht so abfällig!

Jedenfalls wirkte Jobst schon damals (»Ines ist weg. Hat nicht gesagt wohin.« Tränen. Oh und wie gut Charly diese Situation kannte, zu gut, um sie noch einmal miterleben zu wollen, und sei es nur als Zuschauer) wie ein Kurzsichtiger, dem man die Brille weggenommen hat.

Charly musterte ihn, ob schon Zeichen der Vernachlässigung zu erkennen waren, wie sie fast unweigerlich an heterosexuellen Männern auftreten, deren Aussehen und Hygiene von keiner Frau mehr kontrolliert wird. Nein, zum Glück, nur die Kleidung stammte nicht mehr wie früher vom Herrenausstatter Braun, wo sich auch die Renns und Kumpfs einkleideten (Bettina und Erika bei Unger), sondern hatte bestenfalls Kaufhausniveau in Stoff und Schnitt. Charly erinnerte sich, wie empört Jobst davon berichtet hatte, dass sein Anwalt, als noch eine verspätete Forderung von der gegnerischen Partei kam, ihm zur Klage geraten hatte. »Das kostet Sie schlimmstenfalls zwei-, dreitausend, wenn es zu einem Vergleich kommt!, sagt der mir. Der braucht es ja nicht zu zahlen!« Aber für Jobst, der jetzt angestellt war, waren zwei-, dreitausend unvermittelt zu einer Summe geworden, die Angst machte, regelrechte Existenzangst, etwas, worauf ihn niemand vorbereitet hatte.

Charly lächelte ihm zu und empfand mit einem Mal ein heftiges Gefühl. Er brauchte ein, zwei Sekunden, um zu verstehen, dass es Sorge war. Sorge und Mitleid. Plötzlich machte er sich Sorgen darum, wie es mit Jobst weitergehen würde. Es war berechenbar, dass der Weg weiter abwärts führen würde. Mangelnde Intelligenz + mangelnde Fortüne + fehlender Wille + erlittene Schläge + dürftiger Ausbildungsstatus + gesamtgesellschaftliche Entwicklung = sozialer Abstieg. Berechenbar also, aber nicht vorstellbar, denn unser Vorstellungsvermögen reicht immer nur in die Vergangenheit, wo es Erinnerung heißt, und nicht nach vorne. Es gibt keine Erinnerung an die Zukunft, aber nur aus der Vorstellungskraft erwächst der Impuls zum Handeln. Und die Erinnerung sah Jobst, wie er immer gewesen war, und empfand keinen Handlungsbedarf. Umso weniger, als der Abwärtsgleitende, der aus der Disziplin des Alltags rutscht, immer auch zum Störfaktor der geheiligten Routine und somit als lästig empfunden wird (Kai zum Beispiel, der selbst jedes zweite Mal fehlte, allerdings entschuldigt durch seine Arbeit, reagierte sehr scharf und mit scheelem Auge auf das immer häufigere Ausbleiben Jobsts bei den wöchentlichen Skatrunden).

Aber wenn ich ihn jetzt auf seine Lage anspreche, hab' ich ihn an der Backe. Und das wollte er um jeden Preis vermeiden. Er wusste auch: Sag ich jetzt, ich muss gehen, schließt Jobst, der nichts zu tun hat, sich mir unweigerlich an.

Jobst, sagte er, ich muss Tschüs sagen. Ich muss zum Leichenschmaus. Wir hörn.

Na klar doch. Lass dir's nicht zu Herzen gehen.

Was denn? Ach so. Nee, nee, keine Angst. Und denk mal wieder ans Skaten.

Und Jobst trottete davon, zum Glück in die entgegengesetzte Richtung. Charly nahm sich vor, den Freund in der nächsten Zeit nach Hause einzuladen. Aber wie es immer so geht: Erst kommt dies dazwischen, dann das, und was wir mit derart guten Vorsätzen erreichen wollen, nämlich ein Problem ans Ende der Schlange zu stellen, das uns nicht wirklich am Herzen liegt, besorgt dann die Zeit, die in diesen Fällen für uns arbeitet, indem in der verblassenden Erinnerung der gute Vorsatz immer mehr für die ungetane Tat einsteht.

Du kommst nicht mehr mit in den Innocentiapark?, fragte Kumpf in einem konventionellen Ton des Erstaunens und Bedauerns. Brauchst du heute Abend nicht mehr zu kochen, so viel wie die da auftischen werden.

Erika lachte kurz auf angesichts dieses für ihren Mann typischen Satzes, aber es war ein freudloses Lachen, denn wie alle diese typischen, schnöden, zynischen und selbstgefällig egoistischen Kumpfsätze klang er für sie wie eine Kurzformel für ihre ganze Misere oder für das, was sie als ihre Misere empfand. Seinem Schwager zu sagen, dachte sie etwa, es sei erstrebenswert, nicht zu Hause kochen zu müssen, hieß in der Langversion, es sei auch angenehmer, nicht beisammen sein zu müssen, mit seinen Töchtern und ihr ein Gesellschaftsspiel zu spielen, gemeinsam Karotten und Zwiebeln zu schneiden, nach dem Essen gemeinsam im Bett zu liegen und womöglich zärtlich zueinander zu sein. Lieber am Büfett eines Fremden stehen hieß, lieber alleine fort von zu Hause zu sein, lieber von den Frauen der anderen zu kosten als von der eigenen, hieß, auf den eigenen Vorteil aus zu sein, hieß, lieber mit irgendwelchen Schwachköpfen zu schwadronieren, als mit ihr zu sprechen, und Gott weiß, dachte sie, dass das dumme Arschloch was lernen könnte im Gespräch mit mir. So weit war sie, dass sie »das dumme Arschloch« dachte. Aber dann dachte sie: So viel könnte er aber auch nicht mehr lernen, denn ich habe die letzten zehn Jahre nichts aus mir gemacht, nichts mehr dazugelernt, seine Kinder erzogen und ihm ein repräsentatives Haus geführt und bin dabei langsam im Luxus verblödet und zutiefst korrumpiert. Ich will kein Pferd zum Geburtstag, hätte sie Charly am liebsten zugerufen, ich will, dass er es mir mal wieder richtig besorgt. Wem soll ich das denn sagen, wenn nicht meinem Bruder? Ja, ich bin eine bourgeoise Trutsch geworden, das ist ganz allein meine Schuld, niemand hat mich gezwungen, aber ich weiß gar nicht mehr, was das ist: Ficken, und noch weniger, was das wäre: Liebe machen. Hier, Michael, wie lange hast du mich nicht mehr angerührt?

All dies steckte, völlig unbemerkt von Charly, in ihrem kurzen Auflachen. Der spürte lediglich, was er im Geiste *bad vibrations* nannte, und hatte es eilig wegzukommen. Reiner, Jobst und jetzt auch noch seine Schwester… Er küsste ihre Wange und hob die Hand, um sich von seinem Schwager zu verabschieden.

Dasselbe tat gerade auch Henriette, noch immer im Gespräch mit der Pastorin, um Bekannte zu verabschieden. Dabei rief sie dieses »Tschii-his«, das dabei herauskommt, wenn man die hamburgische Grußformel mit einer die weißen Zahnreihen entblößenden Lächelgrimasse ausspricht. Die suggeriert ein herzliches Lächeln mehr, als sie eines ist, und kommt so ansatzlos, als sende ein Chip seine Impulse in die Kiefermuskulatur. Mehr als das Bedauern über den Abschied stellt sie dessen unwiderrufliche Dringlichkeit dar. Reicht einem so eine Hamburger Bürgerin zum Abschied die Hand mit diesem »Tschiihis« (und drückt mit ihr den anderen symbolisch ein wenig von sich), dann heißt das: »Ich muss gehen, ich habe Wichtigeres zu tun«, oder, wenn das leichte Wegdrücken zusammengeht mit der entwundenen Hand: »Du musst jetzt gehen, ich habe Wichtigeres zu tun.«

Das ist regelrecht eingerissen bei einem bestimmten Frauentypus, dachte Charly, auch Erika und Mama benutzen das, zum Glück nicht Heike. Das männliche Pendant war ein Tschüs wie ein Schuss aus der Pumpgun, mit einem so kurzen Umlaut, als bestehe vor lauter Eile nicht mehr die Zeit, den Umlaut in voller

Länge auszusprechen. Und jetzt noch Abschied von Henriette und ihrer Freundin, und als er der gegenüberstand und ihr die Hand reichte, da spürte er in seiner Hand die Pastorinnenhand, die er fest und trocken erwartet hatte, schweißnass und weich und bemerkte zugleich die flatternden Wimpern, und das änderte vieles, dachte er im Davongehen und vor allem später: Wir werden nie erfahren, warum die Hand der Hauptpastorin in diesem Moment so feucht war, aber darauf kommt es auch nicht an. Charlys Eindruck während der Trauerfeier hatte sich aus dem viel gehörten Apriori der eitlen und oberflächlichen Arrivistin gespeist, und was sie gesagt und wie sie es gesagt hatte, hatte dieses Vorurteil verfestigt. Aber die feuchte Hand und die Unsicherheit, die ihre Lider zum Zittern brachte, zeigten in fünfzig Zentimetern Abstand plötzlich ein ganz anderes Bild. Das Bild einer Frau, von der man mit einem Mal glauben konnte, dass ihre souveränen Auftritte sie etwas kosteten, dass da irgendwo ein Bereich der Angst und Scheu war, dass sie diese Zähigkeit, die man ihr nachsagte, womöglich tatsächlich brauchte, dass sie sich die Rolle der Trösterin abtrotzen musste und danach womöglich eine Leere und Schwäche blieben, die in einem Mann wie Charly automatisch einen Beschützerinstinkt und Mitleid hervorriefen, zumindest Sympathie. Und dieser letzte Eindruck, dass er sie sympathisch fand, blieb und ließ im Lauf der Zeit das Bild der oberflächlichen Schwätzerin völlig verblassen, weil die feuchte Hand eines Menschen länger nachwirkt als seine Worte und Gedanken. Und wenn Charly in den nächsten Jahren einmal etwas über sie hörte oder las, so dachte er immer mit Wärme (und einem gewissen merkwürdigen Besitzanspruch) an sie und sagte: »Ich habe sie ja mal kennengelernt. Erstaunlich zart und scheu.« Und noch später gesellte sich ein weiteres Attribut dazu, das vielleicht auch nur eine Übertragung war: »Erstaunlich zart und scheu und *nach-*

denklich.« Dieses ›nachdenklich‹ aus dem Fundus der öffentlichen Berichterstattung war von dem ›zart und scheu‹ magnetisch angezogen worden, gemäß einem physikalischen Gesetz, nach dem wir, um unsere Überzeugung deutlich zu machen, einer positiven Meinung zusätzliche unbewiesene, unerlebte, auch unwahre, aber bestätigende Attribute hinzufügen, ebenso wie wir einer schlechten weitere negative hinzufügen, die wir gar nicht verifizieren können.

So groß war das Charisma dieser Frau.

Dafür dachte er jetzt mit Groll an Kumpf (da der die Hauptquelle der abfälligen Bemerkungen über die Pastorin gewesen war) und an das Auflachen Erikas und an einen Satz, den Kumpf einmal betrunken unter vier Augen gesagt hatte: »Manchmal fühle ich mich deiner Schwester gegenüber wie ein Entwicklungshelfer, der Hilfe zur Selbsthilfe geleistet hat und jetzt eine neue Aufgabe braucht. Aber dem Eingeborenen geht es gar nicht darum, die gelernten Techniken anzuwenden, er will nur immer weiter gemeinsam mit seinem Entwicklungshelfer arbeiten.«

Charly ging auf der schneebedeckten Wiese, in deren weiße (?) Hülle die Sonne jetzt schwarze, grobkörnige Mulden und Löcher brannte wie ein Zahnarztbohrer, der den Schmelz bis hin zum Kariesherd durchquert hat. Schneefäule, dachte er, und das Wort, wenig heiter, wie es klang, gefiel ihm.

Mit dem Wort war auch die nostalgisch-melancholische Stimmung des Hinwegs wieder da, bloß erinnerte er sich mit einem Mal, woher sie ihn angeflogen hatte: Es war die Tristesse der Kinderzeit, wenn irgendwann Anfang Januar mit der weißen Schneedecke auch die ozeanische Zeit der adventlichen und weihnachtlichen Wunderdurchlässigkeit, der Lichtergemütlichkeit, der familiären Stallwärme zerschmolz und fadenscheinig wurde und wegfaulte und die ewige Spirale des neuen Jahrs mit seinen Anforderungen und Bedrohungen und dem schmerzhaften Abschuppen wohltätiger Illusionen einen neuen spürbaren Anstieg nahm hin zu neuem, desillusionierendem, hartem Wissen. Gut konserviert war sie durch die Jahrzehnte geblieben, nur wehmütig getönt, die Erinnerung an die Zeiten wachsduftender Heiligkeit und der Verheißung, in jedem Eiskristall und jedem Stern am kalten, klaren Nachthimmel zu spüren, wie die Poren zwischen den Dimensionen sich öffneten, zwischen dem Profanen und dem Sakralen, dem nur Gemütlichen und dem Ewigen. Wie klein warst du, als es diesen freien Durchgang noch gab, der mit jeder Drehung der Spirale ein wenig enger wurde? Und noch immer kann so ein bisschen in der Sonne glitzernder und schmelzender Schnee einen Spalt zum Hindurch- und Hinabsehen öffnen! Aus dem ein Windhauch der All-Liebe von damals wehen muss, denn du spürst jetzt ein Bedauern darüber, deiner Schwester nicht zugehört zu haben, Jobst weggeschickt zu haben, ja sogar die sture Abwesenheit deiner Eltern am Grab Yvonnes bekümmert dich. Dieser Windhauch hat dich angeweht aus der Vergangenheit, als du dich der Kapelle nähertest, aber dann konntest du mühelos die Fenster schließen und den Luftzug unterbrechen.

Die Fontanelle hat sich geschlossen.

Das Geräusch, mit dem sie das tut, mein lieber Charly, kennst du nicht und hast es nie gehört, aber wir hören es, und zu sagen, es sei ein »sattes Schließen« wie das einer Mercedestür, wäre eine gelinde Untertreibung. Was wir hören, das ist eine metaphysische Erschütterung, da fällt eine Stahltür, eine Safetür ins Schloss, das dröhnt durch die Zeiten und die Welt, wenn dieses Schott sich schließt, wenn die Kammer geschlossen wird, und nichts ist und nichts kann mehr sein wie zuvor. Damals floss das Leben durch die permeable Membran des Ich hindurch von Zauber zu Verheißung, aber auch völlig ausgeliefert, bar jeden Überblicks trieb die Nussschale des Ich auf dem Strom der Tage, der irgendwann stockte, kanalisiert und schiffbar gemacht wurde. Und mit jedem Gran Verständnis, das hinzugewonnen wird, geht ein Schmetterlingsflügel breit Zauberstaub verloren. In den späteren und endgültigen Stadien, in denen du dich längst befindest, sorgt diese Kompartimentierung für ein schonendes und funktionierendes Miteinander der Menschen. Sie lehrt einen gradieren in das, was einen persönlich betrifft, was nur Umfeld ist und was einen gar nichts angeht. Sie befähigt einen umzuschalten (ruckfrei wie ein gutes Automatikgetriebe, das zugleich auch den Emotionsverbrauch senkt) zwischen Betroffenheit, Anteilnahme, Interesse, Desinteresse, Höflichkeit, der Verfolgung eigener Interessen und altruistischen Nischen. Sie hilft einem, Cäsar zu geben, was Cäsars ist, und darüber nicht das eigene Blatt aus den Augen zu verlieren. Sie übt einen im dosierten Einsatz der Emotionen (Warum schluchzen, weil Yvonne tot ist? Warum nicht seiner Trauer angemessenen Ausdruck verleihen und zugleich ein Bewerbungsgespräch führen können?) und schont somit sowohl die Umwelt wie die eigenen Ressourcen. Es ist auch nicht wirklich ratsam, Leute, die damit Schwierigkeiten haben, zu integrieren, sei es in eine Arbeitshierarchie, sei es in einen freiwilligen sozialen Verbund. Jobst hätte eine Karte schreiben können, aber dass er seine Zeit verplempert, um dir zu kondolieren, und nicht bemerkt, dass das aufdringlich ist, zeugt von einem gestörten inneren Koordinatensystem.

Die anderen beherrschen es: die Pastorin in Vollendung, Henriette natürlich, Kumpf, der alte Jessen und du selbst: Nähe, Halbdistanz, Ferne. Warm, lau, kühl. Ein gleitender, samtiger Übergang vom Privaten, Verschwiegenen zum Öffentlichen und Vorzeigbaren. Hast du das nun eigentlich vorhin entschieden, dass du hier auf diese streng kompartimentierte

Weise funktionieren willst, oder ist es dir nur im Kontrast zu deinem Schneetraum erstmals aufgefallen, dass du das längst beherrschst? Wahrscheinlich ist es so, dass solche Entwicklungen lange in uns reifen und erst, wenn sie längst in Fleisch und Blut übergegangen sind, nur aufgrund irgendeines Zufalls plötzlich irgendwann an der Oberfläche der Selbstsichtbarkeit auftauchen. Immerhin, Hut ab! Und mit einem Anflug von Bewunderung für dich selbst konstatierst du denn auch: Ich bin anders als vor fünf, sechs Jahren. So ein Gespräch wie mit Jessen, mit dieser Bewusstheit gleich von Anfang an, dass ich traumsicher in den Hafen steuere und gar nichts falsch machen *kann*, das wäre mir damals nicht gelungen. Und wenn, so flüstert ein kleiner Dämon, der den Rückzug sichert, dann hättest du dich heftiger gefreut und dir jetzt einen hinter die Binde gegossen. Wonach mir in der Tat überhaupt nicht ist, erwiderte der gereifte Charly ihm nachsichtig.

Was alles nicht heißt, dass man keiner Emotion mehr fähig wäre. Man hat sie nur besser unter Kontrolle, kann sie exakter dosieren und zielsicherer fokussieren. Bezeichnenderweise wählte Charly in einer Unterhaltung mit Kai zu dem Thema als Beispiel den Sex: »Ich vermisse die Vögelei mit zwanzig überhaupt nicht. Was für ein Stress! Heute weiß ich, was ich will, kann es artikulieren, kann es einfordern und bin umgekehrt in der Lage herauszuhören, was die Frau will, und ihr genau das zu geben. Der ganze Peinlichkeitskomplex ist weg, und du spürst einfach alles genauer und intensiver, weil du dir nicht ständig Gedanken und Sorgen um dies und das machen musst, solche Sachen wie Liebe und Treue und Hygiene und Kinder und schmutzige Wünsche, alles, was die Sache früher so hilflos und aleatorisch gemacht hat.«

Und doch ist die Frage, wenn wir uns an Charlys Stelle an diese Momente vor der Verknöcherung der sozialen Fontanelle erinnern, ob nicht bei all der Kontrolle und Beherrschung und Fokussierung und dem Zugewinn an sozialer und kommunikativer Kompetenz etwas von der Intensität der Gefühle auf der Strecke bleibt, die heute so viel ökonomischer und effizienter gesteuert werden. Denn: Sind sie wirklich noch so überwältigend, sind es noch solche ozeanischen Erfahrungen des Weggerissenwerdens, des Untergepflügtwerdens durch die gewaltige Woge? Ist es noch ein solch heilig-hilfloses Fortgespültwerden, in dessen Geperl und Geschäum eine größere Macht deine Glieder und deine Seele packt und überwältigt und durchwalkt? Ist es noch dieses bildersprühende Zehren aus Glück und Angst und Erfüllung und Schmerz und Scham und Hoffnung? Ist es noch derselbe sich hingebende, sich wegschenkende Taumel aus »nie mehr in meinem ganzen Leben« und »noch nie, seit ich geboren bin«? Mit anderen Worten: Gibt es einen berechenbaren Zusammenhang in Form einer Kurve umgekehrter Proportionalität zwischen Lebensbewältigung und Gefühlsüberwältigung? Und zweite Frage: Wenn dem so wäre, lohnt es sich, das eine für das andere einzutauschen? Aber, dritte Frage: Hat man die Wahl?

Wobei wir ja nie das eine in Reinkultur haben und das andere gar nicht mehr vorkommt. Vor Kurzem noch, Charly, erinnere dich, warst du in einem Zustand, den du recht wenig beherrscht und über Gebühr intensiv erlebt hast, und musstest dir mit therapeutischen Mitteln aus ihm heraushelfen lassen (weswegen ein bisschen weniger Verächtlichkeit gegenüber Reiner dir wie auch den anderen gut angestanden hätte – allerdings war das Befremdliche an Reiner ja nicht, dass er außer sich war, sondern – nicht wahr? – dass er es einer anderen Person wegen war).

Wie auch immer – ein neuer, fokussierterer, entspannter Charly fand sich eine knappe Woche nach dem Begräbnis morgens vor dem Chilehaus ein – und war so überwältigt, dass er ein paar Minuten stehenblieb und nur schaute. Er war absichtlich von Osten herangekommen, durch die Burchardstraße, um das Gebäude von der unvergleichlichen Bugseite zu erblicken. Aber diesmal erschütterte und beglückte und erhob ihn die Ansicht wie nie zuvor, vielleicht wegen der Aussicht, bald in dem Haus zu arbeiten, aus ihm hinaus- statt zu ihm aufzublicken, zu ihm zu gehören.

Die von den Dransfelds unsterblich gemachte Perspektive, das scharfe, spitzwinklige Dreieck der in den Himmel zielenden Fluchtlinien, die kaum glaubliche Spannung zwischen der nördlichen Flanke mit ihren spitzen Ecken und messerscharfen Kanten und der südlichen mit dem sanften Schwung ihres Bogens, war für das betrachtende Auge das, was der Bali-Impander, jenes sicherheitsnadelförmige Trimmgerät aus den Sechzigern, für den Bizeps gewesen war. Die beiden Seiten wollten auseinander, voneinander fortschnellen, und die Augen mussten sie unter größter Anstrengung zusammenziehen. Diese Anstrengung aber verursachte keine Müdigkeit, sondern schärfte den Blick, durchblutete ihn, machte ihn elastisch und wach und verstärkte das Bewusstsein davon, in der Welt zu sein und ihr standzuhalten.

Dieses steinerne Schiff, dieser backsteinrote Klipper, dieser den Asphalt durchpflügende Eisbrecher des Handelsgeistes, diese gotisch-avantgardistische Nautilus des Kommerzes, diese futuristische Kathedrale der beschleunigten Linien, dieser dürersch-expressionistische Holzschnitt unter dem immensen, wolkengetürmten Hansehorizont, das war Hamburg: seine kühne Gediegenheit, seine solide Freibeuterei, seine honorige Chuzpe, seine himmelstürmende Bodenständigkeit und seine ästhetische Kaufmannsklugheit.

Mein Gott, dachte Charly, während die Details der Handwerkskunst, die Simse, das Maßwerk, die mit Licht und Schatten spielende körnig-glatte, schiefrige, gebackene Oberfläche der seinerzeit bewusst aus zweiter Wahl gebrannten Ziegel, auf ihn einstürmten wie Funkenflug, mein Gott, das hier und dahinter der Freihafen und die Fleete und die Elbe (nein, er dachte: der Strom) und die Schiffe und die Offenheit und der Geist und das Gewimmel und die kühlen Entschlüsse und das Fernweh und die Masten und die Vision, die diesen steinernen Dampfer hier auf Reede gesetzt hat zwischen Sprinkenhof und Meßberg, diese von Energie durchpulste, ständig sich wandelnde Dauer – er dachte noch einiges Konfuse mehr, das alles in allem einer Anbetung des Götzen seiner Stadt nahekam, hier fast kniend vor seinem Standbild, nie so machtvoll ausstrahlend wie jetzt, und er sandte im Geiste ein zugleich stammelndes und selbstbewusstes Dankgebet zum weltläufigen, gewandten, geschliffenen und gepichten Gott Mammon dafür, ein Teil dieses Organismus, dieses lebendigen Nexus sein zu dürfen.

Charly umrundete das Gebäude einmal ganz und durchquerte die durch es hindurchführende Fischertwiete und berauschte seine Augen an dem altbekannten und doch nie wirklich geschauten Bau. Die Anordnung der Klinker mit den versetzten Steinen, den Plastiken und Ornamenten und Lisenen zwischen den Fensterreihen verlieh ihm seine so abwechslungsreiche Struktur, und die Ausschusssteine aus der Inflationszeit, die dem Architekten so gut gefallen hatten, dass er zusätzliche anforderte, bewusst in extremer Glut fehlgebrannt und mit Macken behaftet, schufen die unvergleichliche Textur aus schokoladenbraunen, rostbraunen, violetten, ochsenblutroten, bläulich schimmernden, porigen, sandpapierenen und lasierten Ziegeln, die den hochbordigen, aus Westen in die Stadt gerammten Salpeter-Segler bei jedem Tages- und Abendlicht, bei hamburgisch perlgrauem oder nordseeisch marineblauem Himmel anders schimmern, anders leuchten, anders glänzen ließen, und bei starkem Wind wirkte es aufgrund der Knupperigkeit des Steins, der der Arche ihre Erdenschwere nahm, als wolle, als müsse, als könne sie in jedem Moment Segel setzen und davonrauschen, in einer weiten Kurve über die Dächer des Kontorviertels und der Speicherstadt hinweg, auf den Wogen der Lüfte, Kurs Südwest, am Kap Hoorn vorüber zu einer letzten Salpeterfahrt nach Iquique und Antofagasta.

Es war ein besonderer Moment in zweierlei Hinsicht. Einmal, weil er sein Unterbewusstsein, das ja eines der Hamburger Symbole auf immer verloren hatte (die verfluchte Köhlbrandbrücke), mit einem neuen versorgen konnte, solider, sicherer und schöner, und zum zweiten, wovon noch zu reden sein wird, weil es Charly in einer Zeit, in der aus der ihm zum Überdruss bekannten Stadt aller mythische Glanz verschwunden zu sein schien, mit einer neuen hamburgensischen Ikone beschenkte, vor der seine zukünftige Erinnerung knien, die sie anbeten und durch die er sein Leben beschauen konnte.

Dann stand er vor dem Portal A, Fischertwiete 2, dem Eingang zum Westflügel des Chilehauses. Links und rechts der Tür zwei etwas fette ionische Säulen und darüber ein Wappen. Links so eine Art gekröntes Reh, rechts ein fünfstrahliger Stern, darüber drei Gebilde, die wie Ähren aussahen. Zum Glück blieb in diesem Augenblick ein Pärchen neben ihm stehen, begleitet von einem älteren Mann, der es – und ihn zugleich – aufklärte: das Staatswappen von Chile (natürlich, du Schwachkopf!), hier der Andenhirsch und über dem Stern die Kondorfedern (Ähren, großartig!).

Der kleine Vorraum, den er betrat und der mit seinem angedeuteten gotischen Kreuzrippengewölbe etwas von einem Narthex hatte, trug an der Seitenwand die Erbauertafel. Dahinter öffnete sich die eigentliche Eingangs- und Treppenhalle. Charly hörte sich atmen, und was er wahrnahm, war eine

Regung wie: Dem Glück des Auges folgt das Glück der Berührung, das taktile und auch das olfaktorische Glück. (Zigarrenaroma in Holztäfelungen, chlorhaltiges Putzmittel, der Geruch, wenn man in einem Fährschiff von tief unten hinaufklettert, und, aber das musste eine Nasentäuschung sein: Lebkuchen.) Aber was steckt wirklich hinter dieser Regung?

Es war das Erlebnis des Zeittunnels, das staunend fassungslose Hineingleiten in eine lebendig gebliebene und uns heutzutage in unserer heillosen, erinnerungslosen Modernität exotisch anmutende Vergangenheit, vergleichbar dem Eintritt in eines der ägyptischen Honoratiorengräber in Giseh. Es war das Erlebnis eines Handwerksstolzes, einer Handwerksgediegenheit, einer Liebe zur Qualität, aus der, um es kurz zu machen, ein anderes Menschenbild spricht als aus den standardisierten, technisierten, entfremdeten Bauten der Gegenwart. Vor siebzig Jahren, spürte man also, in einer Zeit der Inflation und Armut und, verglichen mit heute, sozialen Misere, in einer auch schon modernen Krisenzeit, hatten die Gewerke hier fast mit der religiösen Inbrunst von Kathedralenbauern Qualität, Schönheit, Details, Solidität und Dauerhaftigkeit geschaffen; was bedeutet das? Ein anderes Verhältnis zur vergehenden Zeit, aber auch eine andere Zukunftsgläubigkeit und ganz gewiss ein anderes Selbstbild, ein anderes Ethos. Weiß der Himmel, unter welchen Bedingungen wer hier in zwei Jahren dieses Gebäude mauerte und meißelte und tischlerte und zimmerte, weiß der Himmel, unter welchem finanziellen und Renditedruck Architekt und Bauherr standen, aber ein jeder vom Maurerpolier bis zum Bildhauer hat offenbar eine Berufsehre besessen, die heute so nicht mehr existiert. Nicht mehr existieren kann und darf? Standardisierte, billigst vorgefertigte Teile, mechanisierte, stumpfsinnige Arbeit, kein Budgetposten für Geschmack und Stil, der Verfall bereits im Material und in der Arbeitstechnik einkalkuliert und impliziert? Eines ist sicher: keine Identifikation mehr, bei niemandem. Die Klospülung der Effizienz-Moderne, in der das alles verschwunden ist auf Nimmerwiedersehn. Und hier, und das spürte Charly, hier war es alles noch da.

Die Wandverkleidung aus ockerfarbenen Fliesen, jeweils getrennt durch ein doppeltes Sims aus einem naturbelassenen und einem glasierten Stein, auf den Salamander geprägt waren, im Fluchtpunkt die breite, sich zum Halbgeschoss hin verjüngende Treppe, wo der Treppenabsatz einen Halbkreis bildete, einen Erker zum Innenhof hin, und in den Nischen zwischen den Fenstern stand eine aufwendig wie das Chorgestühl einer Kirche getischlerte Reihe von eichenen Sesseln. Auf dem Ende der beiden steinernen Handläufe jedoch, die die Treppe hier unten flankierten, saß je eine Keramikschildkröte – warum? Weil es schön war.

Links und rechts des Eingangs waren auf zwei Tafeln die Namen der ursprünglich ansässigen Firmen und Kontore direkt auf den Putz gemalt, davor standen Aufsteller mit den aktuellen Mietern. Auf der linken Seite bei K–Z las Charly Namen wie »Radikal-soziale Freiheitspartei, 6. St.«, »Reichskraftsprit GmbH V.-A. Hamburg«, »Sloman, Herbert Erben« (der Erbauer) oder »Thüringische Glaswollindustrie«. Dazwischen stand er, der Name der einzigen Firma, die noch immer das Chilehaus bewohnte: »Sieveking & Jessen, Handelshaus«.

Ehrensache, nicht den Aufzug zu nehmen, der bei der Renovierung die Paternoster ersetzt hatte, sondern die Treppe, obwohl er in den sechsten Stock musste.

Oben angekommen, »auf der Brücke«, wie er es empfand, noch einen vor Bewunderung kopfschüttelnden Blick auf die gelbweißen Wandfliesen, die gestromten Simse und die Art-déco-Hängelampen des Korridors werfend, wartete er eine Weile, bis sich seine Atmung normalisiert hatte, bevor er den messingnen

Klingelknopf drückte, der in das Firmenschild eingelassen war.
Sieveking & Jessen GmbH & Co. KG, Kautschukimporteur
seit 1846.

Der Altgesellschafter öffnete ihm persönlich. Der Kapitän
des Klippers auf der Brücke. Die rot gegerbte Seglerhaut. Das
weiße Haar. Fleischige Nase und Ohren. Unbehaarte Hände mit
Alterspigmenten. Weiße Manschetten mit goldenen Manschet-
tenknöpfen. Blauer Blazer. Graue Hose. Hellbraune Budapester.
Rechts von ihm ein achtzig Jahre alter bedruckter Kautschuk-
ballen aus Brasilien. John Jessen.

Willkommen bei Sieveking & Jessen. Das war nicht der
Begrüßungssatz eines Vorstellungsgesprächs, eher die Einladung
zur Mitgliedschaft in einem exklusiven Club. Und Charly hatte
auch keinen Augenblick lang das Gefühl, es gehe um seine
Zukunft. Das sogenannte Geschäftliche flocht sich ganz natürlich ins Sightseeing der Kontorräume und das Geplauder über
die Historie der Firma ein.

Wir haben hier sechzig Mitarbeiter, Herr Renn, nicht alle
auf dieser Etage, zwei Stock tiefer ist unser Prüf- und Ent-
wicklungslabor mit unseren hauseigenen Chemikern und
Chemieingenieuren. Und natürlich drüben im Hafen unser
Lager, kommen Sie, man sieht es von hier. Da, entschuldigen
Sie, Herr Hähnel, dürfen wir mal: Da drüben das ehemalige
Hauptzollamt am Alten Wandrahm, Brooktorkai und Sandtor-
kai sind ja eins dahinter, und jetzt zählen Sie mal von dort zwei
Giebel nach rechts, tja, Hamburger Hafen ist wichtig für ein
Hamburger Handelshaus, obwohl, reines Handelshaus, reine
Vertriebsgesellschaft sind wir ja schon lange nicht mehr, nech.
Hier entlang, bitte. Seit 1974 haben wir dieses Labor für Qua-
litätskontrolle, ich sehe, Sie wundern sich, dass wir hier keinen
Parkett- oder Fliesenboden haben. Aber das ist einer unserer
Kunden, fühlen Sie mal. Ärr, auch nicht mehr der Jüngste, halt-

barer als Linoleum und ebenso natürlich und leicht zu verarbeiten und widerstandsfähig. Naturkautschuk. Hat man uns kostenlos verlegt. Und es passt sehr gut, wenn man sich dran gewöhnt hat, finden Sie nicht auch? Das war jetzt übrigens der Tradingroom. Tja, ich leite die Firma mit meinem Neffen, den werden Sie gleich noch kennenlernen, und was wir suchen, ist ein dritter Geschäftsführer, der verantwortlich zeichnet für den kaufmännischen Bereich. Hier herein, bitte. Ja, bevor ich Ihnen noch ein wenig über das Haus erzähle, genießen wir die Aussicht. Sie als Hamburger werden das zu schätzen wissen, auch wenn Sie's so noch nie gesehen haben. Warten Sie, die Tür geht schwer auf, und passen Sie auf Ihren Kopf auf, offiziell sind die Balkone nicht zum Rausgehen, die Geländer sind zu niedrig, dürfen aber nicht verändert werden. Denkmalschutz. Also die Speicherstadt haben Sie ja schon aus dem Großraumbüro gesehen, aber hier schauen Sie, Katharinenkirche, Spiegel-Haus, da, wenn Sie sich ein bisschen vorbeugen, die Nikolaikirche, und da hinten, da drüben, einmal quer über den ganzen Hafen rüber, heute kann man's sehen bei dem Licht, da, die Pfeiler der Köhlbrandbrücke. (Danke!) So nun wieder rein, setzen Sie sich, warten Sie, ich lass uns was kommen. Frau Ecks-tein, sind Sie wohl so lieb und bringen uns zwei Tassen Tee? Nehmen Sie Milch? Dann bitte nur ein Kännchen Milch für mich. Danke schön. So, noch einen Moment bitte. Ja, hallo, Sven-Erik? Ja, Herr Renn ist jetzt bei mir. Wenn du nachher rüberkommen möchtest? In Ordnung.

Er legte auf, und kaum saß er im Sessel, klopfte es, und auf sein »Herein« betrat eine ältere, schlanke Dame in blauem Hosenanzug und weißem Rollkragenpullover (die Brille am Band auf der Brust) den Raum und trug ein Tablett mit Teekanne auf dem Stövchen, zwei Tassen, Milchkännchen und Zuckerdose zum Tisch.

Fräulein Ecks-tein, bitte die nächsten dreißig Minuten keine Anrufe durchzustellen.

Der Alte seufzte wohlig, während er die Tasse zum Mund führte, und sagte: Und, kommt Ihr Herr Vater über den Verlust hinweg?

Mein Onkel, verbesserte Charly, und das war der einzige Moment, den er als kritisch empfand. Aber der alte Jessen ging umstandslos darüber hinweg, als erinnere er sich seines Fehlschlusses vom Friedhof nicht mehr. Ihr Onkel, verzeihen Sie. Ja, Frau Renn war ja nicht einmal zehn Jahre älter als ich. Da macht man sich schon so seine Gedanken. Die kritischen zehn Jahre zwischen dem fünfundsechzigsten und dem fünfundsiebzigsten.

Charly überlegte, ob er sagen sollte: ›Sie hat ein erfülltes Leben gehabt‹, aber dann fiel ihm ein Satz ein, den er instinktiv für besser hielt: Es war nicht immer ein leichtes Leben.

Das dürfen Sie laut sagen! Wer hier in der Nachkriegszeit ein Geschäft aufgebaut hat, der musste arbeiten, hart arbeiten. Freizeit war ein Fremdwort.

Und bevor das wie eine Drohung klingen konnte, fügte er hinzu: Das hat sich ja heute zum Glück geändert. Ich habe das Geschäft hier anno '58 übernommen, da waren Sie wohl noch gar nicht geboren, wie?

Nur geplant, sagte Charly lächelnd.

In der vierten Generation. Ich musste zwar nicht bei null anfangen wie Ihr Großvater, aber solch ein Erbe zu bewahren in schwieriger Zeit und den Erfordernissen des Tages anzupassen… Mein Vater hat das Geschäft achtunddreißig Jahre lang geleitet und ich nun auch schon – warten Sie: siebenunddreißig Jahre werden es dieses Jahr. Ich selbst bin ja kinderlos, mein Neffe, der Sohn meiner Schwester, ist hier seit fünf Jahren Mitgesellschafter und Geschäftsführer. Heutzutage angesichts der

Termingeschäfte ist Liquidität eines unserer Hauptaugenmerke. Sie haben Ihre Unterlagen ja sicher mit – Charly reichte ihm die Mappe, und der alte Jessen überflog die Papiere so schnell, dass er unmöglich etwas davon lesen konnte. Schön, schön, schön, sehr schön. Dass Sie so ein Haus kaufmännisch führen können, davon gehe ich aus, aber damit ist es nicht getan. Ich sagte Ihnen ja schon, worauf es ankommt, ist ein Sinn dafür, wie ein solch traditionsreiches Haus nach innen und nach außen aufgestellt sein muss, sich präsentieren muss, sich darstellen muss. Wie lange existiert die Goldschmiede Ihrer Familie?

Bald sechzig Jahre, sagte Charly. Noch jung, gemessen an Sieveking & Jessen.

Ja, aber auch sechzig Jahre muss man erstmal durchhalten. Langfristig, denke ich, wird mit dem Posten, den Sie übernehmen sollen, auch eine Beteiligung verbunden sein. Nur damit Sie nicht glauben, wir machen hier eine Personalpolitik, die kein Morgen kennt. (Mit ironischem Schmunzeln sagte Charly Jahre später, wenn er diese Momente anekdotisch nacherzählte: Auf diese Beteiligung warte ich noch heute. Ich habe das Ergebnis dieses Ladens verzwanzigfacht, seit ich dort arbeite, aber glaub mal nicht, dass sich mein Gehalt auch verzwanzigfacht hätte. Die Gesellschafter haben, als ich anfing, 200 000 Mark im Jahr verdient, heute verdienen sie 1,7 Millionen Euro jeder. Die Jessens befinden sich, was die gute Hamburger Gesellschaft angeht, ich meine jetzt die wirklich gute, eigentlich am unteren Rand. Privatvermögen von rund 50 Millionen Euro, aber – ich kenne die Zahlen ja, weil auch deren Portfolios über meinen Tisch laufen – im Jahr spendet der alte Jessen 2000 Euro, für die Seemannsmission. So viel zum Thema Hamburger Pfeffersäcke ...)

Möchten Sie noch einen Tee? Nein? Sehr schön, ich auch nicht. Ja, was haben wir noch zu besprechen? Ab wann können Sie anfangen? 1. Juni, geht das? Jetzt brauchen wir aber noch die Einschätzung meines Neffen, ich hoffe, er kommt gleich. Sagen Sie, welcher Jahrgang war Ihr Großvater? 1898? Und hat wann? 1938 die Goldschmiede gegründet? Ja, gekauft, nicht gegründet. Ja, da liegt eine halbe Generation dazwischen. Mein Vater war Jahrgang 18-86, mein Großonkel Jahrgang 18-50 und mein Urgroßonkel 18-19. Der Sieveking, der das Haus mitbegründet hat, ist dann in der zweiten Generation nach London ausgewandert und hat seine Anteile überschrieben. Ein Sohn des seinerzeitigen Senators und Ersten Bürgermeisters aus der namhaften Familie. Wollen Sie mal sehen, die Ahnengalerie, hier drüben? Ja, darauf bin ich besonders stolz! Er deutete auf einen Rahmen, in dem ein in deutscher Schrift handgeschriebener Text hing, das Original eines Briefs oder Tagebuchs. Das ist ein Ausschnitt aus dem Tagebuch Wichard von Moellendorffs von 1914. Der Name wird Ihnen nichts sagen. Moellendorff hat zusammen mit Rathenau die deutsche Wirtschaft auf den Kriegsbetrieb umgestellt. Eine Meisterleistung, für die Rathenau die meisten ›credits‹ kassiert hat, aber in Wahrheit war Moellendorff der Kopf dahinter. Und über uns hat er sich geärgert, hehehe, hier, sehen Sie, ich lese Ihnen die Notiz vor, 16. August 1914: »Continental beschwert sich über die Preistreiberei von Sieveking & Jessen (Gummi), deren Bestände durch Vermittlung von unleserlich mehrere Tage zurückgehalten wurden…« Na ja, das war mein Großvater, musste trotz aller vaterländischen Begeisterung auch sehen, wo er blieb. Ah, jetzt klopft's, das wird mein Neffe sein.

Momente der Spannung und Anspannung, sobald die Gestalt den Raum betritt, bis zum Aufstehen Charlys, dem Blick in die Augen, dem Händedruck, dem Sich-Setzen. Eine elektrisch geladene Atmosphäre, ein lichtschnelles Einander-Einschätzen und Sich-Messen. Zweieinhalb stumme Sekunden, vollkommen beherrscht, dabei ein ungeheuer komplexer Nexus, den wir mithilfe unserer Kenntnisse vom tierischen und menschlichen Territorialverhalten ein wenig auffasern müssen, um zu verstehen, was da abläuft. Gegenseitiger Blick auf die Größe (in etwa gleich), die Augen (wohin geht der Blick: Unter- oder Überordnung, Herausforderung), die Haare und das Kinn (Sexualpotenz), die Kleidung (Sozialstellung), die Anmutung (kein Gnom, keine Witzfigur, körperliche Gleichrangigkeit), die Ausstrahlung (Anspannung, Auf-der-Hut-Sein, kein Sympathievorschuss). Ergebnis des Mähne- und Gebisszeigens müsste oder könnte die Konfrontation sein.

Der männliche Leitlöwe eines Rudels herrscht im Allgemeinen nur wenige Jahre, bevor er von einem der Junglöwen abgelöst, vertrieben oder getötet wird. Es ist beobachtet worden, dass der neue Rudelführer daher häufig Jungtiere tötet, um die Löwinnen wieder paarungswillig zu machen und eigenen Nachwuchs heranzuziehen, von dem ihm weniger Aggressivität droht. Dieses Verhalten dient nicht dem Überleben der Gattung, sondern dem der eigenen Nachkommenschaft. Übertragen auf Sieveking & Jessen könnte man sagen, dass Sven-Erik die Gefahr spürt, das unter seiner Führung groß gewordene Männchen fremder Abstammung könne ihm früher oder später die Alpharolle streitig machen und fremde Gene ins Rudel bringen, weshalb er es schon zu Anfang zumindest symbolisch kastrieren oder töten muss.

Dem entgegen steht, dass Sieveking & Jessen kein Löwenrudel ist, sondern eine hochzivilisierte humane Struktur. Das Gegenteil des populären Diktums, dass Eigentum Diebstahl sei, ist nämlich wahr: Eigentum als ein Raum in privatem Besitz, der auch als solcher gekennzeichnet wird, ist eine besondere Form von Teilungssystem, die Kämpfe viel eher verhindert, als sie zu provozieren. Der Mensch ist eine kooperative Spezies, aber auch eine kompetitive, und sein Kampf um Dominanz muss auf irgendeine Weise strukturiert werden, will man Chaos vermeiden. Eine solche Struktur ist die Aufstellung territorialer Rechte. Sie beschränkt die Dominanz im Raum. Ich bin auf meinem Territorium dominant und du auf deinem. Mit anderen Worten: Die Dominanz wird so im Raum verteilt, dass wir alle ein wenig davon abbekommen.

Wenn wir das Unternehmen also als das Streifgebiet der beiden bezeichnen, in dem es zu keinen Aggressionen kommen wird, so sind die jeweiligen Kompetenzbereiche die zu verteidigenden Territorien. Charly würde sich, Gesellschafter hin oder her, weigern, ein getürktes Budget durchzuwinken, Protektionismus bei Neueinstellungen zu akzeptieren, eine Einmischung in die Finanzsteuerung hinzunehmen. Jessen würde sofort angreifen, wenn die Symbolbereiche des Führungsprimats von Charly betreten oder okkupiert würden oder wenn er sich in strategische inhaltliche Bereiche einmischte. Jessen hat den Standortvorteil des Chefs, aber er spürt, dass er sich auf sein Chefsein allein nicht wird herausreden können, wo es um Sachkompetenz geht: Die muss er ab nun unter Beweis stellen (was er natürlich ohnehin muss, bloß hat der Gradmesser dafür ein Gesicht bekommen). Wo die Grenzen verlaufen, wo die Territorien überlappen, besteht Konfliktpotenzial: bei den Budgetverhandlungen, bei der Personalpolitik, bei der Außenrepräsentation der Firma.

Zwei Alphatiere belauern einander, kommentiert Charly das am Abend amüsiert vor seiner Frau. Aber ganz so amüsant ist es währenddessen nicht. Obwohl die beiden einander zum ersten Mal begegnen, spüren sie, ohne Beweise dafür zu haben, sofort ein paar Wahrheiten übereinander: Der Gesellschafter ahnt etwas von Charlys Charme, der auf den Alten wirken wird (was sich bewahrheitet), und von seinem Stolz, oder besser gesagt seiner Berufsehre. Charly weiß, dass der jüngere Jessen die weiblichen Angestellten der Firma als sein persönliches Revier betrachtet (auch das bewahrheitet sich). Keine Sympathie, aber Respekt. Sie werden in dieser Firma nebeneinanderstehen wie zwei fremde Männer in einem engen Aufzug: mit zusammengezogenen Lippen und an die Decke starrend, um die körperliche Präsenz des anderen zu verdrängen, die bei allem Bewusstsein, einander zum Besten der Firma zu benötigen, eine Zumutung ist.

Der Altgesellschafter hat das Ganze übrigens zwar stumm, aber hellwach mitverfolgt. Wie ein Wettender mit dem Fernglas auf der Tribüne beim Pferderennen. Ein wenig Reibung, ein wenig innere Konkurrenz, mag er denken, ist ein Tonikum für die Firma. Aber jetzt muss er die Situation auflösen. Das tut er, indem er seinen Neffen als Diplom-Chemiker vorstellt, der für die Qualitätskontrolle und für Ein- und Verkauf zuständig ist. Charlys Rolle wird es sein, ihm sein Handeln zu ermöglichen.

Sven-Erik zieht sich, wie ein Matador, der mit einer *rebolera* den Stier fixiert hat und nun davonschlendert, provozierend mit dem Rücken zum Tier, hinter die Barriere seines Status als Millionär und Inhaber zurück. Charly ist klug genug, nach dieser ersten Florettberührung zwei demonstrative Schritte zurück ins Glied des Bewerbers und Kandidaten zu treten, der er ist.

Sven-Erik, sagt der alte Jessen, möchtest du Herrn Renn einen kurzen technischen Überblick über unsere Geschäfte geben?

Der, in einen dreiteiligen Anzug gekleidet, öffnet den Jackettknopf und setzt sich. Er hat die fettfreie Kinnlinie eines Vierzigjährigen, der Sport treibt. Und das volle, leicht gewellte braune Haar ist im Nacken einen guten Zentimeter zu lang, stellt Charly fest und denkt: Das will seine Geliebte so. (Auch

das, dass er nämlich eine hat, wiewohl verheiratet und zwei-
facher Vater, stellt sich später als wahr heraus.)

Wir importieren Naturkautschuk, peptisierte, vorvernetzte
oder gepropfte Spezialsorten, Naturlatex, eine breite Palette an
Synthesekautschuken, im Verhältnis 40:60 zwischen Natur und
Synthese, sowie Chemikalien, Granulate, Kohlenwasserstoff-
harze. Unser Labor arbeitet kundenspezifische Rezepturen aus.
Kundenorientierung, Kundennutzen ist ein Schlüsselwort bei
uns. Unsere Hauptkunden sind Automobilzulieferer sowie die
Elastomer- und Klebstoffindustrie. Hauptabsatzmarkt Europa.
Logistik ist ein Thema. Wir haben inklusive Hamburg sieben
Lager, um eine Just-in-time-Lieferung zu garantieren. Kongru-
ente Deckungsgeschäfte sagen Ihnen was? (Charly nickt.) Wir
haben den physischen Markt und den Terminmarkt. Entscheidend an Ihrer Tätigkeit ist die Erhaltung bzw. Verbesserung der
Liquiditätssituation…

Habe ich auch schon gesagt, warf der Alte ein. Wir sollten
Herrn Renn dann bald einmal mit in unser Lager nehmen. Sie
müssen das riechen, Herr Renn, wissen Sie, es gibt da die ver-
schiedensten Provenienzen: Vietnam, Elfenbeinküste, Indonesien, Malaysia, wenn ich da vorbeigehe, sehe ich, ach ja, das
kommt da her, das hat man in der Nase. Zum Beispiel der helle
Krepp aus Sri Lanka, das ist mit der edelste und teuerste Kautschuk überhaupt, für den medizinischen Bereich, sehr rein…

Kondome, warf der Neffe ein. Entscheidend ist: Der Handel
mit Naturkautschuk ist ein risikoreiches Geschäft, da die Preise
stark schwanken. Kautschuk wird in Dollar eingekauft – Sie
lächeln?

Ja, weil ich in genau dem Bereich, das heißt Termingeschäfte
mit Währungen, eine ganze Menge Erfahrung habe…

Umso besser. Ja, was wollte ich sagen? Genau, weitere
Schwierigkeit: die Kontrakttreue der Händler, wir müssen

nämlich immer lieferfähig sein, Betriebsunterbrüche, weil wir nicht on-time liefern, wären eine Katastrophe.

So ging es etwa eine halbe Stunde, dann verabschiedete sich zunächst der junge Gesellschafter, und schließlich geleitete der ältere Charly wieder zu der schweren Eingangstür. Und tatsächlich dauerte es dann nur gerade 48 Stunden, bis der Anruf kam und Charlys Einstellung bestätigt wurde.

Als er im Juni sein neues Büro bezog, wich aller Lebensehrgeiz aus Karlmann Renn, ähnlich wie die Energie des Marathonläufers mit einem Schlag zu Ende ist, sobald er das Zielband zerrissen hat. Mit diesem Ehrgeiz verschwand zugleich auch zu großen Teilen alle Anspannung, aller Neid, alle innere Unrast, und ganze zuvor blockierte Terrains seines Inneren wurden frei zugänglich und konnten – so sein erster Eindruck – nutzbar gemacht werden.

Seine neue Existenz in dem traditionsreichen Gebäude bei der traditionsreichen Firma beflügelte seine Fantasie: Meinst du, es hat vor tausend Jahren schon sowas wie Science-Fiction gegeben?, fragte er Heike. Ich stelle mir das nämlich so vor: Ein norddeutscher Kathedralenbaumeister erhält einen Geheimauftrag, das Haus der Zukunft zu zeichnen. Das Haus in achthundert Jahren. Ich bin sicher, er hätte sowas abgeliefert wie das Chilehaus.

Es geschah etwas in ihm, das er selbst nicht recht auf den Punkt bringen konnte, von dem er aber fühlte, dass es ihm entsprach und ihn ansprach. Mit einem Begriff, der in Verbindung mit Karlmann nur auf den ersten Blick verblüffend erscheint, könnte man es »Einordnung« nennen. Einordnung in einen größeren Zusammenhang, was ja bekanntlich gerade für Menschen, die sich für hyperindividualistische Monaden halten, den süßesten Reiz besitzt.

Charly sah plötzlich überall Verlängerungslinien, tatsächliche und ideale, durch Raum und Zeit führend, von ihm ausstrahlend, zu ihm hinführend. Sein von Hamburg ausgehendes, durch Süd- und Norddeutschland und im Ausland mäanderndes Familienleben, das seinen Vater an langer Leine fort von der heimatlichen Stadt und wieder zurückgebracht hatte, mündete nun in diesem urhamburgischen Handelshaus, das wiederum via sein Lager im Hafen mit den exotischsten Enden der Welt verbunden war. Sodass er nun etwas zu tun hatte mit dieser Schifffahrt die Elbe herauf und hinab, mit diesen Stückgutfrachtern und Containertransportern, denen er als Siebzehnjähriger sonntags bei Sonnenaufgang am Strand von Oevelgönne nach dem Fischmarkt im Arm einer Freundin oder eines Freundes sehnsüchtig nachgeblickt hatte. Sodass dieses jugendlich unbestimmte Sehnen in der großen, offenen Hafenstadt kein vager Traum und leerer Wahn geblieben war, sondern etwas sich aufgeklärt hatte, nämlich die Stellung dieses Individuums ihr gegenüber und im Fluss ihrer Zeit zwischen Vergangenheit und Zukunft. Sodass all die Kraftströme, all die früher unentzifferbaren Vektoren, die die Stadt durchpfeilten, plötzlich durch ihn hindurchliefen und lesbar wurden. Er lag nicht mehr wie ein Gerümpel in der Strömung und wurde mal hierhin, mal dahin gewälzt und gerollt, jetzt stand seine Bewegung paradigmatisch für alle anderen:

7.45 Uhr Auffahrt Beimoorsee, die A1 hinab, über das Kreuz Hamburg Ost, über Jenfeld zum Horner Kreisel, Sievekingsallee, Bürgerweide, am Berliner Tor vorüber, Beim Strohhause, Kurt-Schumacher-Allee, auf der Altmannbrücke über die Gleise, links den Klosterwall hinab, die Markthalle passieren, über den Deichtorplatz in die Burchardstraße und 8.30 Uhr dort auf den bewachten Parkplatz für die leitenden Mitarbeiter von S&J.

Sodass Charly über den Anblick der Büroangestellten, der Kräne im Hafen, der Speicherstadt, der Kirchtürme, des Rathauses, der Elbe, die Namen der Stadtteile, die Stimmfärbung und die Kleidung der Menschen, ihren Schnack, über die Assoziationen und Erinnerungen an seine eigene Jugend und Vergangenheit hier sukzessive ein Gefühl für die Zeit bekam, genauer gesagt: für die Geschichtlichkeit der Zeit, ihren unsichtbaren, alles abschleifenden, zerstörenden, neuschaffenden Fluss, und für den zeitumspülten Nachen, der er selbst war in dieser Strömung.

Und so gewann er in seinem sechsunddreißigsten Lebensjahr Reife. So glitt er unmerklich, aber unumkehrbar aus der Jugend ins Erwachsenenalter hinüber, wie das immer der Fall ist, wenn wir uns der Geschichtlichkeit des Ortes wirklich bewusst werden, an dem wir leben.

Das hatte mehrere Konsequenzen. Eine davon, eine vorübergehende, war, dass er unbewusst den englischen Kleidungsstil des Altgesellschafters nachahmte, mit Tweed und Kalbslederschuhen, bis Heike ihm nach vielleicht einem halben Jahr sagte, er sehe zehn Jahre älter aus, als er sei, und solle sich um Gottes willen wieder normal anziehen und nicht wie ein zu junges Mitglied des britischen Oberhauses.

Eine nachhaltigere Folge war, dass sich sein Verhältnis zu Kai entspannte (weil sich sein Verhältnis zu sich selbst entspannte), denn ein Geschäftsführer von Sieveking & Jessen in Hamburg, dagegen war ein McKinsey-Partner ein Hallodri (und finanziell schloss er auch ein gutes Stück auf, wobei das nicht entscheidend war). Da musste Kai schon einen Ruf von der Max-Planck-Gesellschaft bekommen oder Finanzsenator werden, um wieder vorbeizuziehen (was nicht hinderte, dass er ab und zu noch immer ein paar Minuten lang die süße Fantasie durchspielte, der Freund sei überraschend verstorben und habe ihn testamentarisch als Trauerredner bestellt, eine Aufgabe, der er aufs Leutseligste nachkommen würde).

Was sich noch geändert hatte, spürte er an einem warmen Maitag des folgenden Jahres. Es war so ziemlich das erste

Mal, dass die junge Familie vollzählig einen Nachmittag und (frühen) Abend in der Stadt verbringen wollte, was an einem Samstag angesichts der Fahrerei von Beimoorsee eine echte Willensentscheidung voraussetzte. Es sollte ausdrücklich keine Shoppingtour werden, sondern einfach ein Bummel »auf den Spuren meiner Jugend«, wie Charly das nannte, mit anschließendem Abendessen. Deshalb also Eimsbüttel.

Charly hatte auf dem Stadtplan sogar akribisch zwei der mythischen gleichschenkligen Dreiecke der frühen Tage eingekreist, in denen sie sich, den Buggy mit Luisa darin schiebend, bewegen wollten. Ausgangspunkt für beide war die Christuskirche. Zur Wahl standen das Dreieck, das durch Doormannsweg und Altonaer Straße begrenzt wurde und wo Charly durch die Eimsbütteler Straße und -chaussee schlendern wollte, und das Dreieck Osterstraße–Lappenbergsallee–Heußweg mit der biografisch nicht ganz unschuldigen Sillemstraße (der Kinderheimat seiner ersten Frau) als Mittelachse und dem Bahnhof Lutterothstraße als Fluchtpunkt. In Charlys Planung trugen beide Spazierwege weibliche Namen, die er sich natürlich hütete öffentlich zu machen.

Das alles war einmal die gefahren- und wunderreiche, Ängste und Erfüllung bergende und verheißende Ägäis gewesen, auf der die Irrfahrten des jugendlichen Odysseus sich abspielten. Der unvorhersehbare Wille und die Launen freundlich oder feindlich gesinnter Götter und die Winde und Strömungen des Meers hatten ihn hier an unbekannte Gestade geworfen, die er mit dem naiven Tunnelblick des jungen Menschen – nein, nicht erkundet hatte, sondern auf denen er umhergetaumelt war, traumsicher gefangen und geborgen im Mythos der Stadt, die den jungen Helden an ihren Hurenbrüsten nährt, die ihm all die bitteren und süßen Erfahrungen vorgaukelt, die ihm bevorstehen, und er muss sich für nichts entscheiden, er nippt und genießt und verbrennt sich die Finger, zeitweilige Verwandlung in ein Schwein inbegriffen, aber ein Schutz, eine Bestimmung liegt über ihm, er ist aufgespart für eine leuchtende Zukunft. Und im Bernstein der Erinnerung leuchtete alles in sanftestem Honigschimmer, die ruhegelben Heimatlichter in den Fenstern der Backsteinhäuser, hinter denen die Lust und die Liebe der anderen als Schattenspiele zu erahnen waren, ein zehrender Anblick, denn die Lust der anderen scheint immer tiefer als die eigene. Die Flirts in den schummrigen Kneipen, die Fahrradfahrten zur Universität, die Liebesnächte, die müßigen Binnenseen diesiger Sonntagvormittage beim Frühstück im *Sweet Virginia*, Kinoabende auf der Grindelallee und die ausgestorbenen Straßen auf dem Heimweg. Zeit, unendlich Zeit. Zuversicht, Naivität und die Aussicht auf Abenteuer hinter jeder Straßenkreuzung (und was, wenn man statt der erotischen die geistigen gewählt hätte?). Und was jene Zeit so unschuldig machte, war die strikte Trennung zwischen dem, was du zu verantworten hattest und beeinflussen konntest, und dem, was die Götter, Nymphen und Dryaden der Stadt für dich in petto hatten, denen du dich überlassen, denen du dich getrost und ahnungslos und leichtsinnig in die Arme werfen konntest im Bewusstsein deiner unbesiegbaren Jugend.

Und jetzt?

Nichts mehr davon. Nichts! Götterferne. Keine Spur, kein Abglanz, kein Erinnerungsfirnis auf den Fassaden, kein träumerisches Blattgold von Dämmerung auf dem Laub der Kastanien. Nichts. Häuser, Straßen, ein Plan, eine Elektrizitäts- und Wasserversorgung, eine Stadtlogistik, gemischte Wohn- und Gewerbebebauung. Fremde Menschen, sichtlich mehr Ausländer als vor zehn Jahren, keine Jugend, keine Gefühle. Nur die drei Dimensionen der platten Realität. Du suchst und starrst, aber es müsste ja aus dir kommen. Bloß kommt da nichts.

Charly fragte sich verdrossen, wie die Stadt sich in wenigen Jahren so hatte verändern und banalisieren können, dass gar nichts mehr von ihrem früheren Zauber blieb. Vielleicht lag es an den vielen Neubauten, die die Erinnerung durcheinanderbrachten und an ihren fremden Fassaden zerschellen ließen. Was war hier gewesen? Und was stand dort? Und hatte nicht gerade hier jene besondere Atmosphäre geherrscht? Die jetzt mit dem Abriss seiner alten Welt zerstoben war? Und lag es daran, an diesen Augentäuschungen, dass sein Gedächtnis versagte, dass es keine Gefühle mehr ausschüttete?

Den Kinderwagen schiebend, Heike brav Anekdote um Anekdote erzählend, fragte er sich, ob es vielleicht an ihr und dem Kind lag, dass nichts geschah, kein Kribbeln, kein Déjàvu, keine Nostalgie, nichts als das kalte Wissen: Hinter diesem Block verläuft diese Straße, die mündet dann in jene, auf dem Plan sieht das so und so aus, und wenn man dort und dort hinfahren will, ordnet man sich beizeiten auf der rechten Spur ein, weil sich auf der linken die Abbieger stauen. Aber bin ich Taxifahrer? Odysseus, aus dem dank Ortskenntnis und abstraktem Denkvermögen ein Chauffeur durch die Ägäis geworden ist, der den schnellsten Weg zwischen Scylla und Charybdis kennt und weiß, wo es die billigsten Schweinefleisch-Souvlakis gibt: in der Taverna Circe?

So hatte er sich diesen Spaziergang nicht vorgestellt, und wenn er, wozu er immer geneigt war, Gründe für seine Enttäuschung bei anderen suchte und daher seine Frau und Tochter verdächtigte, durch ihre Anwesenheit und Existenz den alten Zauber zu verhindern, so hatte er damit diesmal nur halb unrecht, verwechselte allerdings Ursache und Wirkung.

Denn natürlich verspürt ein verantwortungsvoller und gereifter Familienvater nichts mehr von den Sünden-, Abenteuer- und Erkenntnisverheißungen der Großstadt, ganz einfach

deswegen, weil er sich zu einem analytischen, synthetisieren-
den, die Dinge durchschauenden, auf ihren Nutzwert prüfenden
Mitglied der Gesellschaft verändert hat, dem es um Normalität
und Beherrschbarkeit zu tun ist, um die Regel, nicht um die
Ausnahme, um das Temperaturmittel, nicht um die Extreme.
Nicht Heike und Luisa hinderten ihn, sondern dass er mit ihnen
hier entlangspazierte, als Tourist der eigenen Erinnerung, war
der Beweis dafür, dass der Zauber aus ihm verschwunden war.
Nicht aus der Stadt, die trotz aller Veränderungen jeden Acht-
zehnjährigen ebenso in Bann schlagen würde wie den acht-
zehnjährigen Charly.

Die Fontanelle hatte sich geschlossen.

Aber war auch kein mythischer Funke mehr aus dem frühen,
magischen Eimsbüttel zu schlagen, so hatte Charly jetzt das
Chilehaus als wenn auch gänzlich anders gearteten Inspira-
tionsort. Keine Mythologie mehr, sondern Geschichte, keine
Überraschungen mehr, sondern Ursache und Wirkung, und er
selbst war kein schiffbrüchiger Odysseus mehr, sondern Bar-
kassen-Kapitän mit fester Route durchs Leben.

Die Barkasse war seine Familie. Heike hatte zunächst ein
halbes Jahr Elternzeit genommen, sie wollte ursprünglich sogar
schon nach einem Vierteljahr wieder arbeiten, aber dem stand
Charlys neuer Job entgegen. Aus dem halben Jahr wurde ein
ganzes und dann, einerseits weil Heike es erfüllend fand, mit
Lulu zusammenzusein, und andererseits weil vom Gehalt für
eine Teilzeit am Krankenhaus nach Steuern nichts übrigbliebe,
ein zweites. Und als sie entschlossen war, wieder voll in die
Arbeit einzusteigen, wurde sie zum zweiten Male schwanger.
Große Freude natürlich und große Verpflichtung für Charly,
die Gewinne von S&J und damit seine Jahresgratifikation zu
erhöhen, um seiner Familie Sicherheit, Zukunft, Kaufkraft und
Status zu gewährleisten und zu sichern.

Dieses Zahnradwerk rastet zu passgenau ineinander ein und funktioniert zu einsichtig und logisch, um den Gedanken an ganz andere Arten von Leben (wie Charly gesagt hätte) »darstellbar« zu machen.

Hier könnte man einige Fragen stellen, die aber im Hause Renn kaum thematisiert wurden (jedenfalls nicht zu offenen Konflikten führten), weswegen es müßig ist, sie anstelle der Protagonisten zu stellen. Umso mehr, als eine ganz andere Frage relevanter für die Fortsetzung dieser Geschichte ist: Wie erzählt man von einem Leben, was erzählt man von einem Leben, dessen soziale Fontanellen sich geschlossen haben, das kompartimentiert, temperiert und pragmatisiert ist, das sich um Gleichmaß statt um Aufregung, um die Regel statt um die Ausnahme müht? Oder um bei unserem Bild des irrenden Odysseus in seiner ozeanischen Glücks- und Erregungsverlorenheit an den unergründlichen Willen der Götter zu bleiben: Warum hat Homer aufgehört, von seinem Helden zu erzählen, nachdem der sein Haus in Ordnung gebracht hatte?

Offengestanden und in aller Bescheidenheit gesagt, ist das eine Herausforderung besonderer Art, der man mit besonderen Mitteln begegnen muss. Zum Beispiel könnte man sich an das Drehbuch funktionierender bürgerlicher Familien halten, den sogenannten »Familienplaner«, den mehrspaltigen Terminkalender, und ihn erzählen.

Versuchen wir's:

Datum: Do. 3.12.98

Papa	Mama	Lulu	Max
16 Uhr Ges. Vers.	17 Uhr Gym	15 Uhr bei Gaby	10.15 Uhr U4

Er ist neununddreißig Jahre alt. Er trägt einen dunkelblauen Kammgarnanzug und eine gelbe Seidenkrawatte für die Gesellschafterversammlung, bei der er den Gesellschaftern und dem

Vorstand der Hausbank die Budgetzahlen für '99 präsentiert. Den Vormittag hat er sich freigenommen, um mit Heike Max zur U4 zu bringen. Die entwicklungsneurologischen Meilensteine werden getestet. Das Kind folgt in Rückenlage mit Augen und Kopf um 180 Grad. Es hält seitengleich den Kopf bei Traktion aus Rückenlage und spontaner Rumpfneigung aus dem Sitz zu beiden Seiten.

Sa. 5.12.98
11 Uhr Baumpflege Stormarn; Kitaeinkauf Aldi und Famila
Er ist immer noch neununddreißig Jahre alt. Er trägt Jeans, einen blauen Fleecepullover und Gummistiefel. Er erklärt Herrn Rudolf von der »Baumpflege Stormarn«, welche Tanne gekürzt und welche abgehackt werden soll. Heike hat ihm über die Schwester von Martina Mertens, der Nachbarin, die in der Staatsoper arbeitet, aus dem Fundus ein rotes Nikolauskostüm und einen Bart besorgt. Die Stiefel!, mahnt Charly an. Wenn ich meine Stiefel trage, erkennen sie mich sofort. Max ist nicht debil und wurde unter anderem gegen Tetanus, Diphtherie, Keuchhusten und Kinderlähmung geimpft.

So. 6.12.98
Er ist ca. 1800 Jahre alt. Er steht vor seiner Haustür und trägt einen langen roten Mantel mit weißen Aufschlägen aus falschem Pelz und Stiefel, die aussehen wie russische Kosakenstiefel. Der joggende Nachbar hat ihn trotz Bart und Kapuze mit »Guten Morgen, Charly« gegrüßt. Seine Tochter, die die Tür öffnet, starrt ihn mit großen, ängstlichen Augen an, sein Sohn schläft noch. Anstatt ihn hereinzubitten und ein Gedicht aufzusagen, schreit sie »Mama!« und flüchtet ins Haus. Von drauß vom Walde komm ich her…, deklamiert er im Nieselregen bei elf Grad.

Mo. 7.12.98

9 Uhr Nikolaus Kita

Er ist wiederum 1800 Jahre alt. Er trägt einen langen roten Mantel mit Kapuze und weißen Aufschlägen aus falschem Pelz sowie Kosakenstiefel. Er steht vor der Tür der Eikita »Wurzelkinder«. Die Tür öffnet sich und Claudia, die Erzieherin, schlägt die Hände laut zusammen: Kinder! Kommt mal! Ich glaube es nicht! Der Weihnachtsmann! (Nikolaus, du dumme Pute!, verbessert Charly lautlos hinter seinem Bart.) Von drauß vom Walde komm ich her, intoniert er und beeilt sich dann einzutreten und dem Nieselregen zu entkommen. Später hört er seine Tochter ihrer Freundin Lina zuflüstern: Du, das ist der echte. Der war gestern schon bei uns. Nein, entgegnet Lina, bei uns war der echte, und der sah anders aus. Mit sonem spitzen Hut. Lina ist katholisch.

Di. 8.12.98

13.30 Uhr Rad   17 Uhr Zahnarzt   Eikita Essen

Er ist wieder neununddreißig Jahre alt. Er trägt einen grauen Zweireiher und zum weißen Hemd eine bordeauxrote, gepunktete Krawatte. Er verlässt das Haus, das ekelhaft nach Erbsensuppe stinkt. Heike ist mit dem Mittagessen für die Kita dran. Sie verfluchen es beide manchmal, sich für eine Eikita entschieden zu haben. 14 Uhr. Er fühlt sich wie ein Hundertjähriger. Er trägt eine schwarze Lycrahose mit Sitzpolster und fährt an zweiter Position im Pulk, leicht versetzt. Er verflucht Kumpf, der ihn abgeholt hat und hinter ihm fährt. Sie sind irgendwo zwischen Trittau und Glinde. Es nieselt. Beim obligatorischen Bier auf halber Strecke erzählt Gerhard, der Gynäkologe ist, von einer Patientin. Du, die ist dreißig und hat die perfekte Figur. So'n Arsch, keinerlei Zellulitis. Und voll rasiert, wenn die sich bei mir aufn Stuhl setzt, geht mir fast einer ab. Ein Fötzchen, zum Ablecken! Heute Morgen hab' ichs so eingerichtet, dass ich zweimal an ihren Kitzler gekommen bin. Kuckt sie mich an, sagt aber nichts, was soll sie auch sagen. Jesus, da mal einen reinschieben! Wir müssen, sagt Charly, und sie verlassen die Kneipe, besteigen die Räder und klicken sich in die Pedale. Es ist 17.30 Uhr. Er trägt Jeans und ein Hemd, dessen Achseln er vollschwitzt. Er liegt in Ahrensburg auf dem Behandlungsstuhl seines Zahnarztes und starrt gegen die weiße Decke. Eine Wurzelbehandlung. Ich weiß, Sie sind schmerzempfindlich, sagt Doktor Marggraf. Charly setzt sich ein wenig auf und nimmt den Absauger aus dem Mund. Es ist erniedrigend, im Liegen mit seinem Arzt zu sprechen und zu artikulieren, als habe er eine Hasenscharte. Ganz einfach, sagt er, sobald Sie sich meinem Mund auf mehr als einen halben Meter nähern, will ich eine Spritze. Der Zahnarzt lacht mit herzloser, grausamer Vergnügtheit.

Fr. 11.12.98
20 Uhr Abendessen bei Stefanie und Markus
Er trägt ein Hemd mit Krawatte unter einem Pullover mit V-Ausschnitt und sitzt mit Heike am Esstisch bei Stefanie und Markus, Haus 8a. Es gibt eine Fischterrine, dann Lammkoteletts, zum Nachtisch Crème brûlée (mit einem kleinen Schweißbrenner karamellisiert). Markus ist ein begeisterter Hobbykoch, der sich sehr ausführlich über Komplimente freut. Den Wein hat vorsichts- und höflichkeitshalber Charly mitgebracht. Einen Kallstadter Saumagen von Koehler-Ruprecht und eine Flasche Tignanello von Antinori. Spricht Markus zu lange übers Kochen, kontert Charly mit Wein. Die Frauen unterhalten sich dann über Erziehung.

Sa. 12.12.98

20 Uhr Abendessen Kai und Sanni

Er trägt Jeans und ein kariertes Hemd unter einem Pullover mit rundem Ausschnitt und sitzt mit Heike am Esstisch. Gegenüber sitzen Kai und die hochschwangere Sanni. Heike hat einen Rippenbraten zubereitet und mit Boskoop, Pflaumen, Zimt und Zwieback gefüllt. Dazu gibt es Klöße und Rotkohl und Bier. Sanni ist begeistert und fragt nach dem Rezept. Die Frauen tauschen Kocherfahrungen aus, danach sucht Sanni sich abgelegte Babysachen raus. Charly und Kai sprechen über die Bundesliga. Abschluss der Hinrunde. Bayern muss gegen Leverkusen ran. Um die Rennkinder kümmert sich wie üblich Jule.

So. 13.12.98

ab 18 Uhr Frauenabend

Er trägt einen verkleckerten Pullover und Filzpantoffeln. Er wechselt die Windeln von Max und zieht ihm die Spieluhr auf und knipst die Laterna magica an. Er blättert mit Luisa das großformatige Wimmelbilderbuch durch und lacht zum hundertsten Mal mit ihr über die Oma, die auf der glatten Straße auf den Hintern fällt. Er liest ihr ein Märchen vor (Schneeweißchen und Rosenrot). Als sie schläft, setzt er sich vor den Fernseher (Tatort) und probiert den Single Malt, den Kai mitgebracht hat (Single Malts sind sein neues Steckenpferd). Wie Kai ganz richtig sagte: schmeckt nach verbrannten Autoreifen.

Mo. 14.12.98

19.30 Uhr Kita-Elternabend

Er trägt den Anzug, in dem er vor einer halben Stunde von der Arbeit gekommen ist, den anthrazitfarbenen, dazu das blau gestreifte Hemd und eine dunkelblaue Krawatte. Tagesordnungspunkte: das Essen und die Dachisolierung und Kamyar bzw. Corinna. Kamyar, der Iraner, hat Corinna mit einer Gabel in die Hand gestochen, und sie hat ihm daraufhin eine gescheuert (Affekthandlung wegen des Schmerzes). Kamyars Eltern verlangen in sehr aggressivem Ton ihre fristlose Entlassung, die anderen Eltern würde gerne Kamyar loswerden, der ein verwöhnter kleiner Prinz ist, der keine Regeln kennt (seine Eltern haben eine psychologische Praxis – ausgerechnet!), und dazu ein unausstehlicher, gewalttätiger kleiner Bastard. Kein Kind will etwas mit ihm zu tun haben. Indem man Corinna nicht entlässt, so der geflüsterte Konsens, wird man vielleicht die ganze unangenehme Familie los. Warum haut ihm Ole nicht mal eins in die Fresse, und gut is'?, fragt Charly unter der Hand seine Frau. Schließlich wird Corinna offiziell abgemahnt, und in der Folge verlässt Kamyar tatsächlich zur Erleichterung aller die Kita; seine Eltern haben gesagt, in dieser rassistischen Atmosphäre wollten sie nicht bleiben, und dergleichen habe ja in Deutschland Tradition, womit sie es sich auch bei den letzten Fürsprechern (»das tut den Kindern doch gut, so jemand aus einer anderen Kultur«) verscherzt haben. Versuchen Sie erstmal, bei sich zu Hause einen Anflug von Demokratie hinzukriegen, bevor Sie uns hier Lektionen erteilen. Ich habe die deutsche Staatsbürgerschaft. Na ist ja noch schöner! etc. pp.

Di. 15.12.98
Hannover bis Mi.abend   Tierarzt   Ole zu Besuch
Gegen 11 Uhr sitzt Heike im Wartezimmer des Tierarztes und wartet auf die Wurmkur für Bella. Gegen 16.30 Uhr kotzt Ole auf Luisas blauen Flauschteppich, weil er zu viel Götterspeise gegessen hat (grün auf blau). Zum Glück erfährt Charly davon erst am Abend des 16. nach seiner Rückkehr aus Hannover, wo er einen Großkundenbesuch bei Conti-Tech und Continental absolviert hat.

Do. 17.12.98
16 Uhr Weihnachtsfeier Kita
Er trägt den Kammgarnanzug. Er ist bei Jenfeld geblitzt worden, weil er zu spät dran war. Trotz Versprechen und Bemü-
hungen kommt er erst um halb sechs in die Kita. Die Neger-
küsse und Würstchenspieße sind aufgegessen und die Lieder
sind gesungen. Er verrenkt sich, um auf einem der Zwergen-
stühle Platz zu nehmen. Luisa kommt und setzt sich auf seinen
Schoß. Sein linkes Bein schläft ein. Das rechte Knie, auf das
er letztens beim Fahrradfahren gefallen ist, schmerzt. Max
schläft im Arm von Heike. Während sie aufräumt und fegt,
hält er sie beide im Arm.

Fr. 18.12.98
Weihnachtsfeier S&J
Er trägt den anthrazitfarbenen Anzug. Er sitzt sehr viel entspannter als am Vortag. Er trinkt Prosecco. Er hält die obliga-
torische Jahresendrede. Dank Sys-Team leistet er dergleichen
heute mühelos, launig und vor allem nicht zu lange sprechend.
Seine Beteiligung für dieses Jahr beträgt 45 000 Mark. Damit
sind die zwei Wochen in Lech gesichert.

Sa. 19.12.98
17 Uhr Hänsel und Gretel, Oper
Er trägt den anthrazitfarbenen Anzug, aber keine Krawatte. Sie
sitzen Balkon erste Reihe und hören »Ein Männlein steht im
Walde«. Luisa singt mit, Heike hält ihr die Hand auf den Mund,
Charly sagt: Lass sie doch. Jule kümmert sich um Max. Erika,
Kumpf und ihre drei Mädchen sitzen neben ihnen. Kumpf hat
ein Abo für die Oper, um den Frauen seiner Kunden ab und zu
eine kleine Freude zu machen. Für seine männlichen Kunden
hat er eine VIP-Karte fürs Volksparkstadion. Er hält die Hand

seiner Jüngsten, die rote Wangen hat, als die Hexe erscheint. Ganz ungewohntes Bild von ihm.

Mo. 21.12.98

18 Uhr Weihnachtseinkäufe

Er ist neununddreißig Jahre alt. Er trägt den Zweireiher. Er sichert einen Terminkontrakt mit Okachi über 150 Tonnen CV 60 ab, Lieferung Januar '99. Da Okachi für 16 Cent über dem heutigen Preis anbietet, muss S&J die 48 000 DM Clearing-Differenz sofort bezahlen. Kein Problem. Er nickt ab. Er trägt eine schwarze Weste zum weißen Hemd, die Ärmel sind aufgekrempelt, das Jackett hängt über der Sessellehne. Um sechs wartet Heike unten vor Portal A. Er kommt um zehn nach raus. Sie wollen Weihnachtseinkäufe in der Spitalerstraße und vom Rathausmarkt bis zum Gänsemarkt in den Passagen machen. Sie trinken einen Glühwein an einem Stand. Sie gehen Hand in Hand, bis alle vier Hände voller Einkaufstüten sind.

Di. 22.12.98

Er ist zum dritten Mal 1800 Jahre alt und trägt das Kostüm, das heute Abend zurück in den Fundus der Oper muss. Über seinem Rücken hängt der Kartoffelsack mit den Geschenken für Stefanies Kinder, die diesmal dezidiert der Weihnachtsmann zur Hausnummer 8a bringen soll. Die Kosakenstiefel haben Schuhgröße 45, er hat sich vorne Zeitungspapier hineingestopft, damit sie nicht schlappen. Deswegen hat er sich mit Heike gestritten, denn er hat dafür Seiten aus der aktuellen *Zeit* gerissen, und sie behauptet, sie habe sie noch nicht gelesen. Es ist Dienstag!, sagt er. Darf ich bitte meine Zeitung lesen, wann ich möchte, sagt sie.

Sollen wir es genug sein lassen? Das Experiment beenden? Einverstanden?

Danke!

Aber wovon dann berichten? Das wird schwierig.

Janus Bifrons sind wir, Freund und Helfer, Chronist und Beobachter von Charlys Leben. Wir wachen über den Anfängen und Übergängen und auch über dem Ende. Wir blicken zurück und nach vorn, man kennt uns auch als Janus Sororius, den Gott der Schwellkörper und sexuellen Spiele und des Begehrens. Aber um ehrlich zu sein: Dieses Leben, so unser Eindruck, geht zwar noch voran, aber nicht mehr weiter. Täuschen wir uns nicht, bleibt von nun an nur noch das Anekdotische.

Erzählen wir also, weil sie wirklich eine Ausnahme darstellte und mit einiger Sicherheit die späte letzte ihrer Art war, von der Renn'schen Generationen- und Familienreise im November '98 nach Belgien, nach Langemarck genauer gesagt. Dass es überhaupt dazu kam, hatte mit einem Streich zu tun, den ein mutwilliger Charly ein paar Monate zuvor an einem Sonntagnachmittag seinem Vater gespielt hatte und der ihm im Nachhinein als derart schlechter Scherz erschien, dass er das Gefühl hatte, Wiedergutmachung leisten zu müssen.

Es hatte damit begonnen, dass der Alte am Telefon entrüstet berichtete, er habe sich mit dem Gedanken getragen, einen VW Sharan zu kaufen, dann jedoch feststellen müssen, der sei genau zwei Zentimeter zu hoch, um in die französischen Autoreisezüge zu passen.

Kannst du dir das vorstellen, die achten nicht auf die Höhe ihrer Autos, als ob noch nie jemand seinen VW in einen Autoreisezug hätte stellen müssen! Das ist ein Massenhersteller! Man sollte doch meinen, die müssten Leute haben, die sich um so etwas kümmern! Die sowas wissen. Die sowas miteinberechnen. Die können ihre Autos doch nicht einfach so konstruieren, ohne an die Bedürfnisse der Kunden zu denken. Das grenzt an Unverschämtheit! Ich hab' jetzt an Piëch persönlich geschrieben. Du musst immer oben anfangen. Und zwar so geschrieben, dass er mir antworten wird, antworten muss!

Meinst du nicht, der gute Mann hat anderes zu tun, als persönlich die Beschwerden von fünfzehn Millionen Kunden zu bearbeiten?, hatte Charly entnervt gefragt.

Ich bin nicht fünfzehn Millionen Kunden. Ich werde aus diesem Grund überhaupt nicht Kunde, das ist das Entscheidende. Ich bin ein freier Bürger, der diesem Herrn persönlich schreibt – persönlich!

Ja, und dann war Charly diese absurde Konversation plötzlich wieder in den Sinn gekommen an einem Sonntagnachmittag, er war so entspannt wie gut gelaunt, das Wetter schön, die Kinder beschäftigt und ruhig, und da stach ihn der Hafer, und er griff, Heike gegenüber auf dem Sofa sitzend, zum Telefon und rief den Anrufbeantworter seines Vaters an. Während noch das Freizeichen ertönte, räusperte er sich zweimal, um sich auf den österreichischen oder bayerischen Tonfall einzustimmen, den er gleich anschlagen wollte, und hob grinsend den Finger, um seine Frau auf sich aufmerksam zu machen.

Piëch hier, Volkswagen AG. Grüß Gott, Herr … Renn und entschuldigens bittschön die Störung am Sonntag. Aber ich hab' hier Ihr Schreiben vorliegen, das ich g'lesen hab' und wollt Sie glei aanrufen, denn Sie haben natürlich vollkommen recht. Des ist ein Uunding is des, und drum hab' ich des auch zur Chefsache g'macht und dank Ihnen recht schön, Herr Renn, wenn es auch peinlich ist, dass ein Unternehmen wie die Volkswagen AG auf solchene (hier hielt sich Heike erstmals die Hand vor den Mund, weil sie losprustete) Stümpereien von einem Kunden aufmerksam gemacht werden muss und net von selber drauf kommt. Ich hab' des also, wie ich es studiert hatte, sofort an unsere Entwicklungsabteilung weitergeben, die wo mir sogn, technisch sei es kein Problem, die Modellreihe zwei Zentimeter tieferzulegn (du übertreibst!, quietschte Heike unter Tränen), aber des hilft Ihnen ja nix, weil des geht erst zum neuen Modelljahrgang in Serie. So unbeweglich ist so a Riesentanker halt nun mal. Aber ich will mir, Herr Renn, nicht nachsogn lossn, wir reagierten nicht rasch auf Kundenwünsche. Und deshalb hab' i a Sonderanfertigunk in Auftrag gebn, wo bei dem derzeitigen Modell über die McPherson-Federbeine eine Tieferlegung erfolgt und der Wagen tät nächste Woch' bei einem Händler Ihres Vertrauens bereitstehen, wo, in Hamburg schreibns, dass wohnen. Das ist das Mindeste, was wir tun können, ich danke Ihnen nochmals, und für die Details wendens Eahna bittschön an VW Hamburg, die sind gebrieft. Ja, des war's auch schon, was ich Ihnen hab' sagen wollen, ich hoffe, jetzt samma wieda beinand (und hier ließ sich Heike vom Sessel kippen und rollte auf dem Teppich herum). Einen gesegneten Sonntag noch und Auf Wiederhörn.

Dabei hätte es sein Bewenden haben können, nachdem Heike sich die Lachtränen abgewischt und Charlys groteske Übertreibungen noch einmal hatte hören wollen: ›tieferzumlegn‹, ›solchene‹ und vor allem ›jetzt samma wieda beinand‹. Es sei kein Österreichisch, er könne keinen österreichischen Dialekt nachmachen, erklärte er bescheiden, nur so eine Mischung aus Bayerisch für Preußen und Graf-Bobby-Tonfall. Im Übrigen weiß ich gar nicht, ob der Piëch überhaupt Dialekt redet.

Aber am Abend klingelte das Telefon, und schon bei der kurzen Begrüßung war an dem schneidenden, sarkastischen und gönnerhaften Ton seines Vaters (*dem* Ton meines Vaters) zu hören, dass er es wieder einmal besser gewusst hatte als alle anderen. Charly winkte seine Frau herbei und stellte den Lautsprecher an.

Tja, mein Lieber, gewisse Menschen arbeiten auch sonntags, begann er genüsslich, und Charlys Augen weiteten sich ein wenig. Heike zuckte amüsiert-hilflos die Achseln.

Erinnerst du dich zufällig an meinen Brief an Piëch, von dem ich dir erzählt habe?

Ja, Papa, aber –

Hör zu. Nur als kleine pädagogische Anekdote. Wie gesagt, gewisse Menschen arbeiten auch sonntags.

Ich weiß, Papa, Herr Piëch hat dich angerufen. (Charly will es kurz machen.)

In der Tat. Herr Piëch hat mich heute Nachmittag angerufen. Weil nämlich ein Topmanager sich dadurch auszeichnet, dass er ein Gespür dafür hat, welche Kleinigkeit von all den tausend Dingen, die über seinen Schreibtisch laufen, eine Chefsache ist.

Ja, Papa, und er hat dir gesagt –

Hör mir zu, ich nehme ja nicht an, dass diese zwei Minuten dich von etwas Lebenswichtigem abhalten. Offenbar lässt sich Herr Piëch die kniffligen Fälle, da, wo es um die Kundenbindung von Leuten geht, die selbst Meinungsmacher und Kommunikatoren sind, persönlich vorlegen, und dann zaudert er nicht.

Und a solchener Fall, wienert Charly und hofft, dass damit alles klar ist, bist du.

Nicht in erster Linie ich persönlich, aber die Form und der Ton meines Auftritts. Mag sein, dass bei dem Namen auch was geklingelt hat, ich war ja lange genug in der Branche.

Papa, ich war das!

Aber er hört nicht zu.

Er hat mir gesagt, es sei technisch kein Problem, die Sharans so umzubauen, dass sie in die französischen Züge reinpassen, und dass das für den nächsten Modelljahrgang gemacht wird.

Papa, *ich* habe dich angerufen.

Nein, *ich* habe *dich* angerufen, denn das Beste kommt noch: Sie machen als besondere Form von Kundenservice eine Sonderanfertigung für mich, die sofort bereitsteht. Ich werde also morgen –

Heikes Blick sucht nach Charly. Sie hat die Augen aufgerissen, aber sie grinst nicht mehr.

Herr Renn, sagt Charly jetzt. Ich hab' des also sofort an die Entwicklungsabteilung weitergeben, die mir sagt, das Tieferzumlegn ist kaa Problem. Samma jetzt wieda beinand?

Kurze Pause im Hörer, dann: Was brabbelst du da? (Aber nicht wütend, sondern verunsichert.)

Papa, es war ein Scherz. S-C-H-E-R-Z. Ich habe dir auf den Anrufbeantworter gesprochen. War vielleicht kein besonders guter Gag. Ich habe bei dir angerufen. Nicht Herr Piëch.

Langes Schweigen, dann: Du?

Ja, ich.

Wieder langes Schweigen. Dann, mit einer Stimme, die überhaupt nicht wiederzuerkennen ist, eine Art von Lachen: Ha ha. Aber den österreichischen Dialekt hast du recht schön gelernt.

Also, du gehst morgen nicht zum VW-Händler?, sagt Charly bang und forschend.

Es dauert, bis sein Vater antwortet: Deine Mutter ruft mich zum Abendessen. Ich muss auflegen. Sag Grüße.

Charlys »Du auch an Mama« antwortet bereits ein Freizeichen.

Wortlos sehen Charly und Heike einander an.

Als dann, merkwürdig genug, bei einem Familienessen im Oktober das Thema einer Belgienreise aufkam, gemeinsam, Karl und Bettina Renn mit ihren Kindern und gern auch deren Familien, ich meine, wann sind wir das letzte Mal zusammen verreist? 1974?, nie mehr seit Amsterdam jedenfalls, da sagte Charly aus schlechtem Gewissen zu.

Karl Renn hatte vorgeschlagen, zum hundertsten Geburtstag und achtzigsten Todestag seines Onkels (des Zwillingsbruders seines Vaters) dessen Grab auf dem Soldatenfriedhof Langemarck zu besuchen. Man darf sich fragen, inwieweit die Idee, das Grab eines Mannes zu besuchen, der im Ersten Weltkrieg gefallen und von dem in der Familie noch nie die Rede gewesen war, ursächlich zu tun hatte mit den in diesen Wochen in Hamburg aufkommenden Fragen nach dem Bruder dieses Toten. Ein grüner Abgeordneter hatte die Sache zwar vermutlich nicht selbst entdeckt, bemühte sich aber nach Kräften, einen Skandal daraus zu machen, pünktlich zum sechzigsten Jahrestag der Pogrome, und zwar aus der Frage, ob das Juweliergeschäft Renn arisiert worden bzw. ob es beim Verkauf durch den jüdischen Vorbesitzer an Großvater Renn im Jahre '38 juristisch und moralisch mit rechten Dingen zugegangen war. Franz Renn schwitzte Blut und Wasser, wenn auch nicht aus ethischen, sondern aus geschäftlichen Gründen, und warf die diplomatische und bestens vernetzte Henriette ins Gefecht. Karl Renns Reaktion auf diese Geschehnisse aber war, den gefallenen Zwillingsbruder seines Vaters zu ehren, was für ihn wahrscheinlich (er gab das aber nie zu) eine symbolische Geste der Desolidarisierung darstellte.

Man flog von Hamburg nach Brüssel. Man – das war eine etwas abgespeckte Version der Familie Renn, ohne Kumpf, der Geschäfte vorschob, und ohne Heike, die mit dem kleinen Max nicht reisen wollte, dafür nahm Charly Lulu mit und Erika ihre Mädchen.

Und der Herr Schwiegersohn interessiert sich nicht so für Geschichte?, fragte der Alte.

Der Herr Schwiegersohn möchte in Ruhe seine Sabine ficken, entgegnete seine Tochter, worauf ihre Mutter nur Erika, bitte! zu antworten wusste.

Man kann nicht in die Vergangenheit reisen, Schatz, hatte Kumpf zu ihr gesagt. Wenn man mit dem Kopf voraus durch die Mauer der Dimensionen will, schlägt man sich ihn blutig. Das ist was für deinen Vater, aber nicht für mich.

Sag doch wenigstens ehrlich, warum du lieber hierbleiben willst.

Eri, ich liebe dich, und ich liebe unsere Töchter und unser Heim. Und ich will, dass das unser Heim bleibt. Und deswegen verletze ich dich nicht mit irgendwelchen »Ehrlichkeiten«, auch wenn du unbedingt verletzt werden willst.

Dieser Kumpf! Sympathisch ist er ja niemandem, den wir kennen, uns auch nicht. Aber was wir auch schon gehört haben, nämlich ihn einfach als Trottel zu bezeichnen, das trifft es eben gerade nicht. Ein Mann, in der Schule keine Leuchte, der nicht studiert, sondern eine Lehre gemacht hat, mit siebenundzwanzig die Immobilienklitsche, in der er gelernt, übernommen und zu einem sehr erfolgreichen, in ganz Norddeutschland einschließlich Nord- und Ostseeküste arbeitenden Unternehmen ausgebaut hat, ein Mann, der fünfundvierzig Leute beschäftigt, die auf ihn schwören, der in guten Jahren siebenstellig verdient, der sich und seiner Familie alle materiellen Wünsche erfüllt – der kann alles Mögliche sein, ein Trottel ist er nicht. Es ist vielleicht schmerzhaft, es gesagt zu bekommen, aber all die Dinge und Eigenschaften und Interessen, die Kumpf fehlen und abgehen, die braucht man nicht wirklich in diesem Leben: Sinn und Verständnis für Kunst und Ästhetik, Belesenheit, Musikalität, Rhetorik, Altruismus, Barmherzigkeit, Religion und Glaube und was nicht noch. Weiß der Himmel, ob und wo die Rechnung aufgemacht wird, bei der diese Dinge in die Waagschale fallen: Hier nicht.

Ein erfolgreicher Unternehmer muss weder Goethe noch Wagner kennen und lieben, das macht ihn nicht zu einem schlechteren Menschen; oder noch eine Schraubendrehung weiter: Überhaupt niemand muss sie kennen, und niemand wird dadurch ein schlechterer Mensch. Und hätte Kumpf von ihnen gewusst, er hätte unbarmherzig die Gegenbeispiele all der gebildeten Schöngeister ins Feld geführt, all der die Messe oder den Gottesdienst besuchenden und mit ihren Kindern Hausmusik zelebrierenden Schlächter, die nach dem Mozartquartett am Sonntag am Montagmorgen wieder den Schienenverkehr nach Auschwitz regelten. Nein, Kumpfs Defizite müssen wir anderswo suchen, bestimmt nicht in einem Mangel an Klugheit.

Allerdings verträgt sich Klugheit durchaus mit Beschränktheit, und für einen beschränkten Menschen darf man Kumpf, finden wir, halten. Wobei nicht sicher ist, ob die Schranken, die ihn umgeben, daher rühren, dass er einfach, was ja häufig vorkommt, kein Organ, keine Rezeptoren für bestimmte Dinge hat, also an allem Möglichen, was für unsereinen zur Epiphanie werden kann, einfach blind vorübergeht, oder ob er Sonnenaufgänge und Erkenntnistheorie und Bach-Oratorien und Jan Palach und Kathedralen und (um bei unserem Belgien-Beispiel zu bleiben) die historische Würde und Mahnung eines Soldatenfriedhofs unter Eichen mit Granitplatten über dem Massengrab durchaus wahrnimmt, sich aber aus Kalkül oder Ökonomie oder einer eigentümlichen Art der Angst hütet, sich darauf einzulassen, einer atavistischen Angst, als sei Denken wie in einen Abgrund zu fallen, in dem nur dann ein Netz hängt, wenn es sich um das Nachdenken über ein konkretes materielles Problem handelt. Es muss, so oder so, etwas mit dem Unwillen zu tun haben, dort denken zu müssen, wo es sich nicht rechnet, dort Energie zu investieren, wo nicht ein Problem gelöst werden kann.

Typisch für ihn war, dass er jemanden, den er beim Lesen erwischte, unterbrach, als könne er sie physisch nicht aushalten, diese konzentrierte, intime, unproduktive Stille, oder dass er, wenn jemand vorlas, Blödsinn sagte oder Faxen machte, um das feine Glashaus aus Klang und Lauschen zu sprengen, das ihn auf eine unerklärliche Weise zu provozieren schien.

Vielleicht gehört er einfach zu den Leuten, denen es peinlich wäre, bei ertraglosem Denken erwischt zu werden, so wie es anderen peinlich ist, mit offenem Hosenstall durch die Gegend zu laufen. Intellektuelle Mühe als Quelle der Lächerlichkeit.

Was aber ist nicht lächerlich für ihn? Was ergötzt ihn, macht ihm Freude, bereitet ihm Genuss, weckt seine Leidenschaft in diesem Rahmen angeborener oder selbstgewählter Beschränktheit? Überblicken wir es recht, alles, was er sich durch Klugheit, Hartnäckigkeit, Geschick erwerben kann (Erika, seine Töchter, ein neues Auto, eine Jacht, die Pferde, das Anwesen, ein teurer Wein), und alles, was ihn siegen lässt (beim Anstieg aus dem Pulk zu scheren und im Wiegetritt als Erster auf der Kuppe zu sein, eine Frau zu verführen und in sie zu spritzen, ein Haus zu verkaufen, durch Renovierung eine Mietsteigerung zu bewirken, einen Motor auseinanderzunehmen und wieder zusammenzusetzen). Alles, bei dem ein Verhältnis zwischen Einsatz und Resultat sichtbar und realisierbar ist.

Und hier brechen wir ab. Wir können ihm keine Bosheit, keine Schlechtigkeit nachweisen, aber im Grunde langweilt er uns. Kumpf, über dich würden wir kein Buch schreiben, und manchmal fragt man sich, wie du es in dieses hineingeschafft hast. Anders als kleinere, ärmere, auch unglücklichere Menschen hast du nichts, was ein Gefühl oder eine Leidenschaft hervorrufen könnte. Wir können dich nicht hassen, nicht bedauern, nicht bewundern, nicht einmal verachten. Du bist nicht verrückt genug, um zum Vorbild zu taugen, nicht unglücklich genug, um etwas für eine Tragödie herzugeben, nicht absurd genug, um dich in Sprachbilder zu kleiden. Du bist ein trostloser

Langweiler. Du bist jemand, der uns eigentlich nur zu interessieren und zu berühren vermöchte, würde er eines gewaltsamen Todes sterben.

Ironischerweise ist genau das beinahe geschehen, einige Jahre später, was uns allerdings zwingt, aus dem Zeitrahmen unserer Geschichte hinauszutreten. Es gehört sich zwar eigentlich nicht, zeitlich über die Ränder eines Buches hinauszugreifen und Dinge aus einer hypothetischen Zukunft in die erzählte Zeit hereinzuholen, in der sie keine Rolle spielen, weder erwartet noch erhofft sind und außerhalb jeder Realität und Vorstellbarkeit für die handelnden Personen, aber da wir nicht nur nach rückwärts zu blicken, sondern auch vorauszuschauen in der (nicht immer glücklichen) Lage sind, wissen wir, dass Kumpf offenbar doch eine Leidenschaft besaß, allerdings eine, auf die nie jemand getippt hätte bei ihm: eine dynastische.

Kumpf und eine Dynastie begründen, das klingt wie ein schlechter Scherz, und man fragt sich, wie so jemand auf dergleichen verfallen kann. Allein die Tatsachen sprechen für sich. Wir greifen also vor in den Sommer 2002. Ort der Handlung Timmendorfer Strand. In die Handlung eintretende Person eine gewisse Barbara Pichler, Gastwirts- oder Hoteliersstochter aus Wangen im Allgäu, zu dem Zeitpunkt vierundzwanzig Jahre alt. Hat in München und danach in Hamburg Jura studiert und soeben ihr erstes Staatsexamen mit der Note Sehr gut abgelegt. Skifahrerin im Winter, Surferin im Sommer, will sie offenbar ein paar Tage sportlicher Erholung an der Ostsee einlegen. Dort muss sie Kumpf über den Weg gelaufen sein, der sie vermutlich auf seine Jacht eingeladen, vielleicht sogar einen Törn mit ihr gemacht hat. Das Ergebnis ist jedenfalls: Sie wird seine Geliebte, sie wird schwanger. Als im Januar 2003 klar ist, dass die praktizierende Katholikin einen Sohn erwartet, tut Kumpf, was niemand für möglich gehalten hat: Er reicht die Scheidung ein. Als er Erika diese Absicht einen Tag nach dem Frauenarzt-besuch mit seiner Geliebten mitteilt, kommt es zu einem Eklat, von dem wir nur vom Hörensagen wissen und über dessen genauen Hergang wir nur mutmaßen können. Offenbar verliert Erika vollständig die Kontrolle über sich und greift ihren Mann in der Bulthaupküche an, sodass er vor ihren Attacken mit der Le-Creuset-Bratpfanne, mit der sie blindwütig auf ihn ein-schlägt, rund um die zentrale Kücheninsel mit den Gaggenau-Geräten zurückweicht, bis sie nach dem Santokumesser greift, das er ihr einmal geschenkt hat und das in der Werbung als das »Messer der drei Tugenden« bezeichnet wird. Nach einem Ausfallschritt ritzt sie ihm tatsächlich den Unterarm, dann beendet er mit einer aus Verzweiflung und schierer Todesangst kommenden linken Geraden, die ihr das Nasenbein bricht, den Kampf. Erika verbringt danach (nicht nur wegen der Nase) vier Wochen im Krankenhaus unter Sedativa. Die achtzehnjährige Marie, die im Frühjahr zuvor das Abitur bestanden hat, ist zu diesem Zeitpunkt in Kanada auf einer Sprachenschule, die ein Jahr jüngere Clara beim Skifahren mit einer befreundeten Familie in Wengen. Nur die Jüngste, die fünfzehnjährige Bettina, wird, durch den Lärm herbeigerufen, Zeugin des Streits ihrer Eltern und kommt danach ein ganzes Jahr lang (in dem sie eine Therapie absolviert) bei Onkel Charly und Tante Heike unter. Und Kumpf, noch mitten im Scheidungskrieg, wird Vater eines Sohnes. Zu dem Zeitpunkt hat er sich am anderen Ende von Hamburg, in Blankenese, ein Haus gekauft, heiratet, sobald es geht, die Mutter seines kleinen Georg, die zugunsten ihrer Mutterrolle auf ein Referendariat und das zweite Staatsexa-men verzichtet, und beginnt mit knapp fünfzig ein neues Leben. Die fünfundvierzigjährige Erika fällt in die tiefste Krise ihres Lebens. Aber das ist, wie gesagt, eine andere Geschichte.

Zurück nach Belgien.

Immerhin, noblesse oblige, zahlte der Alte sämtliche Reisekosten für alle, die Flüge, den Mietwagen (eine Caravelle), die beiden Übernachtungen in Brügge und das Honorar des Führers, den er über die Tourismuszentrale bestellt hat, um historische Erklärungen zu geben, eines Herrn Dussert. Die Damen wollten natürlich in Brügge und Gent auch in die Museen und Kirchen, die Kinder vergnügten sich in den restaurierten Schützengräben der dritten Ypern-Offensive und der deutschen Frühjahrsoffensive von 1918.

Gott weiß, das war eine merkwürdige Reise, jedenfalls der Tag rund um Ypern in der nebligen, graugrünen, kleinteiligen Bauernlandschaft. Schürfwunden schwarzer Erde auf den Viehweiden, Baumgerippe, Kreuze überall, aus Holz, aus Schmiedeeisen, aus Stein, weiß getüncht oder von blasslila Flechten benetzt. Leere, stille Dörfer mit hallenden Appellplätzen, Karrenwege, an deren Rändern englische Reisebusse parken, ein weiter, stummer Horizont, begrenzt von diesig verwischten Hügelketten, eine schläfrige Provinz im Lee der Welt, wo die Pflüge der Bauern auch nach achtzig Jahren noch einmal die Woche weiße Knochensplitter und Gebeine freilegen, die auf der tiefbraunen Erde von Weitem aussehen wie pickende Möwen.

Merkwürdig nicht nur das kleine Karo des Landes und die bitter duftende Herbststille, merkwürdig auch unsere kleine Reisegruppe, zusammengehalten nur von der Blutspflicht oder fixen Idee des Alten oder seiner historischen Gestimmtheit, der es immerhin gelungen war, drei Generationen einer Familie auf die Fährte einer vierten zu setzen.

Die Zeit, die, nachdem sie hier vor urdenklicher, unvorstellbarer Frist einmal ihre höchstmögliche Konzentration von Gegenwart erreicht hatte, einen Paroxysmus heulender, donnernder, explodierender, zermalmender, fleischfressender und zerstückelnder und zerfetzender Gegenwart, von kreischender und stinkender Todesangst, heute nur noch tröpfelte, nur noch ein Rinnsal, ein Bewässerungsgraben war, in dem die Brackwasser der Vergangenheit unmerklich in der Zukunft versickerten, diese Zeit beschäftigte jedes Familienmitglied auf seine Weise.

Im Gefolge von Monsieur Dussert stapfte die Familie über die reifbedeckten, schwarzerdigen Feldwege zwischen eingezäunten Viehweiden zu diesem oder jenem dazwischenliegenden Schützengraben oder kleinen umfriedeten Beinhaus. Hügelauf, hügelab, in der Ferne im Dunst die Silhouette Yperns mit dem Menin-Tor. Auf den Kemmelberg, nach Passchendaele, nach Hazebrouck und Poperinge, immer auf den Spuren der Vierten Flandernschlacht vom April '18 oder »Bataille de la Lys«, wie sie Dussert nach dem Grenzfluss nannte, den die Engländer und Franzosen hielten und die Deutschen überschritten. Frontlinie vom 9. April, Frontlinie vom 13. April, Frontlinie vom 16. April. 200 000 Tote binnen vierzehn Tagen auf ca. 80 Quadratkilometern. Das macht pro Quadratkilometer etwa 2500 Tote oder anders gesehen: Ganz gleich, in welche Richtung man einen Tag lang ging, alle zwanzig Schritt lag eine Leiche.

An manchen Stellen waren die grasgesäumten Grabensysteme restauriert und für die Touristen beschildert und mit Leitern und Sandsäcken (allerdings wegen der spielenden Kinder nicht mit Stacheldrahtrollen) ausgerüstet. Charly bedauerte es, keinen älteren Sohn zu haben, man hätte mit Tannenzapfen Handgranatenwerfen spielen können zwischen den Gräben. Luisa und ihre Cousinen spielten Verstecken. Charly winkte seiner Schwester aus einer nachgestellten MG-Stellung zu. Erika saß mit ihrer Mutter auf der Picknickbank in der Mitte und besprach den folgenden Tag in Brügge. Der Alte diskutierte mit dem anglophilen Wallonen, der von den Engeln von Mons erzählte und die Kriegsschuldfrage allein daran festmachte, dass der Kaiser das kleine, heldenhafte und neutrale Belgien überfallen hatte, dessen tapferer König hinter dem Deich in La Panne ausharrte, bis die Amerikaner da waren. Was Karl Renn mit der bestialischen Kolonialpolitik Leopolds konterte und der bellikösen Rachsucht der Franzosen. Irgendwo hier, vielleicht bei der Attacke des Kemmelbergs, beim letzten Versuch, Ypern zu erreichen, der auf der Hügelflanke verblutete, war der Großonkel gefallen, wie es so schön heißt, hoffentlich durch einen sauberen Kopfschuss und nicht die eigenen Gedärme in der Hand haltend, verfangen in der Dornenhecke des Stacheldrahts.

Während der Alte seine Attacken gegen die Windmühlenflügel der Vergangenheit ritt und die Frauen besorgt auf ihre schmutzigen Schuhe blickten und die Kinder sich an der frischen Luft austobten, dachte Charly, der sich noch immer fragte, was er hier eigentlich tat, an die Vorgänge in Hamburg. Das vage Bild von einem sonderbaren, etwas schleimigen, etwas blutigen, definitiv ekelerregenden Band oder Schlauch, der sich durch die Zeiten schlängelte und durch ihrer aller Körper ging, eine Art historisch-genealogische Nabelschnur, an der sie alle hingen und die sie über die geografischen und historischen Distanzen hin miteinander verband, gegen ihren freien Willen, elastisch, aber nicht zerreißbar, es sei denn, man riss sich die eigenen Eingeweide mit heraus.

Der deutsche Soldatenfriedhof von Langemarck ist ein zutiefst düsterer, morbider Ort, vor allem verglichen mit den weiß glänzenden, umfriedeten englischen Soldatenfriedhöfen, die überall, wo eine Kompanie gefallen ist, wie Schlumpfdörfer mitten in der Landschaft stehen, mit ihren Hunderten in Reih und Glied ausgerichteten weißen Stelen, auf denen Name, Rang und Regimentswappen eingraviert sind. Am Ortsrand von Langemarck dagegen hohe, dunkle Bäume, Eichen, die aber drohend aufragen wie die Wächterzypressen auf Böcklins Toteninsel. Sie tauchen die schwere Granitplatte des Massengrabs, unter der die Knochen von mehr als 20 000 Männern lagern, in ewigen Schatten. Weiter hinten, dort wo man hinter dem Maschendrahtzaun ein Maisfeld sieht, liegen aberhundert Steine flach auf der Erde, darüber als zweite Grabplatte die graue Wolkendecke. Nach langem Suchen finden sie den Namen auf dem Fries vor dem Massengrab: Gefreiter Heinrich Renn.

Hinterher wärmten sie sich beim Bier in einer Dorfkneipe von Langemarck auf. Dussert war ausgezahlt und davongefahren, die Familie war unter sich.

Einen Effekt hatte die agrarische, provinzielle, spätherbstliche Modelleisenbahnlandschaft, die unmöglich mit den apokalyptischen Schwarz-Weiß-Fotos der gemarterten, vergewaltigten, geschundenen, profanierten, kokelnden und schwelenden Natur aus der Zeit des Großen Kriegs in eins zu bringen war: Sie machte auch die Menschen ein wenig kleiner vor dem immensen Zeithorizont der flämischen Ebene, und das heißt im Falle der Familie Renn: sowohl gesprächsbereiter als auch friedfertiger.

Opa Schoß, sagte Luisa, und Charly dachte, dass man unmöglich Konflikte austragen konnte und streiten und rechten konnte mit einem alten Mann, dessen Körper die eigene Tochter umarmte und liebte.

Nächstes Jahr, sagte der Alte, möchte ich gerne nach Reval fahren, wo die Familie ursprünglich herkommt.

Die Familie, sagte seine Frau. Meine kommt nicht aus Reval. Nicht, dass mich die baltischen Staaten nicht interessieren würden.

Es heißt übrigens heute Tallinn, stellte Erika nüchtern fest.

Da kam Großvater her?, fragte Charly.

Ja, er war Schulrat dort in Reval in der deutschen Oberschicht. Die beiden Brüder, also Zwillinge, haben sich 1917 nach dem Abitur freiwillig gemeldet. Heinrich ist hier gefallen und mein Vater bei Kriegsende wieder zurück, und kaum dass er zu Hause war, ich glaube 1920, ist die Familie aus der jungen estnischen Republik zurück ins Reich und nach Königsberg gezogen, wo Vater dann ja auch geheiratet hat. Und von dort sind sie, also schon lange vor unserer Geburt, nach Hamburg gekommen.

Was hat es eigentlich mit der Arisierung des Geschäfts auf sich?, fragte Erika. Henriette hat mir erzählt, dass es da gerade Stunk gibt.

Der Alte bestellte sich noch ein Bier und sagte: Das weißt du so gut wie ich. Ein jüdischer Juwelier, der einem Arier 1938 sein Geschäft verkauft hat, hat dafür keinen marktkonformen Preis mehr bekommen. Ich weiß nur, dass er Geld bekommen hat und dass er, glaube ich, noch rausgekommen ist. Juristisch – nach damals geltendem Recht – ist alles völlig korrekt gelaufen, und menschlich hätte es, so wie ich die Sache sehe, durchaus widerlicher laufen können.

Und der jüdische Eigentümer, sagte Charly, hatte natürlich auch ein Interesse daran, überhaupt einen Käufer zu finden, der noch eine halbwegs anständige Transaktion mit ihm macht. Man konnte ja auch anders damals.

So ähnlich sehe ich es auch, sagte der Alte. Trotzdem hat die ganze Sache natürlich ein G'schmäckle, und Franz hätte das schon viel früher, schon vor zehn Jahren, von sich aus thematisieren müssen.

Henriette wird ihn da schon rauspauken, sagte Bettina Renn. Die kennt die richtigen Leute und weiß, wie man mit so jemandem redet.

Du meinst mit diesem GAL-Typen?, fragte Erika.

Kennst du den eigentlich?, fragte Charly seinen Vater.

Nicht persönlich. Ich weiß nur, dass er einer der typischen Sportsfreunde sein muss. KB, Alternative Liste, dann, als die

Öko-Bewegung plötzlich die Chance bot, an die Fleischtöpfe der Parteiensubventionierung zu kommen, ist er grün geworden. Seit letztem Jahr sitzt er in der Bürgerschaft. Natürlich sein ganzes Leben lang keine Stunde ehrlich gearbeitet. Die Sorte Mensch, der seine Großmutter verkauft, um an Macht, Posten und Geld zu kommen.

Oma soll keiner verkaufen!, rief Luisa an ihres Großvaters Brust, und die anderen lachten.

Der Alte zögerte einen Moment, als verkneife er sich in letzter Sekunde einen schlechten Scherz, und sagte dann: Deine Oma verkaufen wir auch nicht.

Wir versaufen nur ihr klein Häuschen, meinte Charly.

Ich denke, fuhr sein Vater fort, dass Henriette dort ansetzen wird, bei der Korrumpierbarkeit eines solchen Menschen, und außerdem irgendeine Goodwill-Aktion für die Öffentlichkeit lanciert.

Was man denn im Juristendeutsch, glaube ich, einen Vergleich nennt, spöttelte Erika.

Und Langemarck?, fragte der Alte. Was hat euch die Zeitreise gebracht?

Seine Frau schüttelte den Kopf und lächelte mit geschlossenen Lippen. Extrem schmutzige Schuhe. Müssen wir putzen, sonst lassen sie uns morgen nicht in die Kirche, um den Genter Altar anzusehen. Nein, tut mir leid, Karl, ich sehe hier nichts, fühle hier nichts. Friedhöfe und Kreuze überall in einer Bauernlandschaft wie in Holstein. Ich kann es mir nicht vorstellen.

Es ist so klein, sagte Charly. Ich meine, die Typen hätten von Graben zu Graben Pingpong spielen können. Und dann vier Jahre für drei, vier, fünf Kilometer Raumgewinn am Arsch der Welt. Und dabei eine Million Tote. Wir haben wirklich – ich meine, wir können von Glück sagen... wir haben einen weiten Weg zurückgelegt. Neunzehn! Mit neunzehn sind sie hier gestorben. So ein Irrsinn ...

Auch schon mit siebzehn.

Charly denkt an Max, er sieht Luisa, die im Arm ihres Großvaters eingeschlummert ist, und sehnt sich nach Hause, ins sichere, friedvolle Haus zu Heike. Er ist ein Vater, und das hat ihm jede bellizistische Krampfader verödet. Ich mag es mir nicht vorstellen, sagt er. Aber schon nicht falsch, dass wir mal hier waren.

Ein ganzer traumatisierter Kontinent. Ein ganzer Kontinent, sagt der Alte, nimmt man es genau, um siebzig, achtzig Jahre zurückgeworfen. Für nichts und wieder nichts.

Ich mag das Bier, sagt Erika. Und das Laufen hier ist schön. (Sie läuft, selbst hier, morgens eine Stunde lang, vor dem Frühstück.)

Ja, sagte Charly, dieses Trappistenbier ist grandios.

Das Beste, was dieser Dussert getan hat, uns dieses Bier ans Herz zu legen, sagt der Alte. Prost. Schön, dass wir zusammen sind. Wieder einmal. Nach so langer Zeit.

Charly spürte den aufsteigenden Nebel der Melancholie, der sich nach dieser sentimentalen Anwandlung seines Vaters über die Familie zu legen begann, und wollte ihn verscheuchen. Familiennostalgie vonseiten des Alten, eine über die Untreue ihres Mannes brütende Erika, seine Mutter, deren Augen gleich feucht würden und die das durch Zärtlichkeiten zu verhindern trachten und es stattdessen verschlimmern würde – all das in der Enge der braunen Kneipe unter diesem saturnischen, bleiernen Himmel und über den Millionen Weltkriegsknochen –, das war zu viel.

Wo hier doch die geballte weibliche Kompetenz sitzt, sagte er in die Runde. Ich bin vor Kurzem Zeuge und Opfer eines Übergriffs geworden und wollte hören, ob es sich dabei um einen Einzelfall oder ein Gesetz handelt.

Die anderen wurden wieder wach und blickten ihn neugierig an.

Wir haben im Keller einen freien Raum, den ich eigentlich für mich nutzen wollte, aber Heike hat ihn requiriert, indem sie ihre Nähmaschine hineingestellt und gesagt hat: Das ist mein Nähzimmer. Und seitdem sehe ich Nähmaschinen mit anderen Augen an, nämlich als Symbol weiblicher Inbesitznahme.

Das ist doch Unsinn, Charly, sagte seine Mutter. Irgendwo muss die Nähmaschine doch stehen.

Bei uns steht sie in deinem alten Zimmer, sagte sein Vater. Nachdem du eine Weile draußen warst und Mama die Hoffnung verlor, dass du noch einmal wiederkommst, hat sie den Raum entmüllt und neu gestrichen und ihre Nähmaschine auf einen Tisch gestellt, und von da an war er off limits für mich.

Und bei dir?, fragte Charly seine Schwester.

Gott, wir haben so viele Zimmer. Irgendwo habe ich natürlich auch eine Nähmaschine stehen.

Ihre Töchter hatten zugehört, und Clara, die mittlere, krähte: Da darf Papa nicht rein!

Maria, die älteste, stolz und glücklich, ihre Mutter einmal bloßstellen zu können, fügte hinzu: Ja, sie hat ein Schild an die Tür gehängt, da steht drauf: ›Für Männer verboten‹.

Eine Weile nach ihrer Rückkehr forschte Charly sogar bei Henriette nach. Die hatte erzählt, wie sie den Angriff auf die Firma abgewehrt hatte.

Also zunächst einmal, um der Initiative den Wind aus den Segeln zu nehmen, haben wir auf einer Pressekonferenz bekanntgegeben, dass Juwelier Renn hundert Stolpersteine finanziert, ihr wisst doch, die Dinger, die an die jüdischen Mitbürger erinnern. Die Verbindung zum Geschäft ist ja dank der goldenen Farbe evident. Das ist sehr gut angekommen.

Ich finde, sagte Kumpf, der auch dabei war, die Zahnarzt-kammer sollte das sponsern. Die Dinger sehen nämlich aus wie Goldkronen.

Und dem Peterle, also diesem GAL-Abgeordneten, ich kenn' den ja noch aus Unizeiten, ich hab' mal in den frühen Siebzigern zwei Semester bei den Soziologen reingehört, im Pferdestall, da hat er schon die Wandzeitungen gepinselt und für die PLO gesammelt und das große Wort geführt, Architektensohn aus Villingen-Schwenningen, also dem Peterle, dem hab' ich drei Vorträge besorgt, die er für die Deutsch-Amerikanische Gesell-schaft halten darf, sehr gut bezahlt und einer davon sogar in Boston inklusive Reisespesen. Wobei das zugegebenermaßen schon ein bisschen zynisch war von mir. Ganz glücklich bin ich nicht darüber.

Wieso?, wollte Charly wissen.

Weil das Peterle natürlich ein notorischer Antisemit ist, schon immer gewesen ist, schon im Studium, Israel der neue NS-Staat im Nahen Osten und die Palästinenser die neuen Juden, na, ihr kennt das ja. Na ja, und die Geldgeber der Deutsch-Amerikanischen Gesellschaft sind alles New Yorker Juden. Aber das Peterle wird's nicht stören. Der fragt nicht, wer es bezahlt, und genauso wie er mit unserer Arisierung persönliche PR machen wollte, wird er auch denen erzählen, was sie hören wollen, wenn es ihm hilft. Die alten KBler sind ja stolz darauf, sich wie die Fische in jedem trüben Gewässer zurechtzufinden.

Sag mal, Henriette, nähst du eigentlich?

Die Frau seines Onkels sah ihn entgeistert an. Ja, aber wieso? Wie kommst du jetzt darauf?

Nur so ein soziologisches Interesse. Und hast du ein Näh-zimmer zu Hause, wo deine Nähmaschine steht?

Ja, habe ich. Obwohl die Maschine da eher symbolisch steht. Ich komm' nicht oft zum Nähen. Es ist eher ein Rückzugsraum. Franz betritt ihn nicht, aus irgendeiner atavistischen Angst heraus, er müsse dort irgendetwas tun, was er nicht kann oder will. Kann ich euch übrigens auch nur zu raten. Selbst die beste Ehe braucht so ein Glacis, wo man seine Ruhe vor dem Partner hat.

Kapitel 1

PRIVATLEBEN

Den ganzen Vormittag schon pfeifst du die Arie »Toreador«
aus *Carmen*, und auf dem inneren Prompter läuft dazu der
verballhornte deutsche Text mit. Heute Abend kommen sie
und bleiben übers Wochenende. Zu sagen, dass du dich darauf
freust, wäre gelogen.

Er ist auf dem Weg zu der schönen Klinkervilla der Eriksens
am Groten Diek, um Luisa abzuholen, die nach dem Kindergarten von Laura mitgenommen worden ist, um mit Annette
zu spielen. Annette, zwei Jahre älter als Lulu, kommt nach den
Ferien in die Schule.

Vor drei Tagen hattest du (was nichts mit diesem Besuch zu
tun hat) einen intensiven und angenehmen Traum, in dem du
mit Laura gevögelt hast. Du meinst jetzt noch, ihre Brustspit-
zen zwischen Daumen und Zeigefinger zu spüren und ihren
Hintern, den sie gegen dich drückt. Unglaublich! Woher hast
du ihren nackten Körper genommen? Denn du hast sie in der
Wirklichkeit nie anders als völlig angezogen erlebt, da ist nie
auch nur eine Spur von Flirt gewesen, es sind einfach Eltern
aus der Kita, sie und Andreas, deshalb duzt man sich natürlich, ich meine, bei vierzehn Kindern kennt man einander, und
letztes Jahr wart ihr zu der gemeinsamen Geburtstagsparty
der Eheleute eingeladen, die ihren Vierzigsten mit einem großen Gartenfest gefeiert haben. Also keine Freundschaft, eine
lockere Bekanntschaft, nichts zu Verschweigendes, wer kann
für seine Träume?

Andererseits: Natürlich bist du scharf auf sie, also scharf auf abstrakte und prinzipielle Art und Weise, scharf auf den Typus, der allerdings, groß, schlank, sportlich, im Grunde der gleiche ist wie der Heikes. Vielleicht ja gerade deshalb. Abstrakt und prinzipiell heißt, dass du nie im Leben etwas bei ihr versuchen würdest und auch nicht glaubst, dass sie jemals derartige Gedanken gehegt hat oder hegen wird, nichts deutet darauf hin, dass die Ehe nicht perfekt wäre – beide Ehen natürlich, aber bitte: Man wird ja mal träumen dürfen, umso mehr, als mir momentan die Geilheit zu den Ohren rauskommt, und das ist etwas, worüber man nicht reden kann, sagen wir: worüber ich nicht reden will, mit wem auch außer mit Heike selbst, sei es, dass sie noch in dieser hormonellen Brutphase ist seit Max' Geburt, wo die Frauen kein Interesse haben, sei es, dass sie sich da unten unwohl und unsicher fühlt wegen des Labienrisses, der ziemlich heftig war, jedenfalls: Sie ist zärtlich, sie ist lieb, sie streichelt auch, aber sie hat keinen Sinn für Sex, seit einem Jahr, also bitte, was bleibt einem treuen Ehemann, außer zu wichsen und tagzuträumen, bis es hoffentlich irgendwann mal wieder anders wird, und Laura eignet sich eben zum unschuldigen Tagträumen. Nimmt ja niemandem was weg.

Keine Reaktion auf das Klingeln an dem in den weißen, geschwungenen Sylter Zaun eingelassenen Messingknopf, also ziehst du das Tor von innen auf und gehst am Haus vorbei an dem Rhododendronmassiv entlang nach hinten in den Garten. Da kannst du sie schon hören. Und sehen, Laura jedenfalls. Jeans, T-Shirt, an den nackten Füßen die grünen Gartenclogs aus Gummi, steht sie da und sprengt, den schwarz-gelb gezackten Gartenschlauch in der Rechten, die Rosensträucher, die im Schatten liegen. Sie sieht dich, lächelt, hebt grüßend die freie Hand. Vom Baumhaus her sind die Mädchen zu hören. Während du auf sie zugehst, passiert Folgendes, das dir im Nachhinein wie eine einzige fließende Bewegung, eine Choreografie von unnachahmlicher Eleganz erscheint: Um eine Hecke herum kommt der Hund der Eriksens, ein Pudel, mit fliegenden Ohren angaloppiert, Laura hat das Schlauchventil geschlossen und den Schlauch auf die Erde fallen lassen, um dir ein paar Meter entgegenzukommen. Der Hund lässt sich auf der gewässerten feuchten Erde neben dem Strauch nieder, um zu kacken, Laura sieht es aus den Augenwinkeln, dreht sich um und kickt ihren Gartenschuh vom Fuß, der einen hohen Bogen beschreibt und neben dem Tier aufkommt, das unverrichteter Dinge flüchtet; um nicht zu hinken, kickt sie auch den anderen Schuh weg und kommt barfuß und einige Zentimeter kleiner und irgendwie jungmädchenhaft wirkend heran, hält dir die Wange zum Kuss hin, dreht sich in derselben Bewegung weiter, zum Baumhaus, ruft »Annette, Luisa!« und vollendet die Pirouette zurück zu dir: Möchtest du noch eine Tasse Kaffee auf der Terrasse? Ich hab' gerade frischen gemacht, und geht dann vor dir her die vier Stufen hinauf, wobei ihre Füße feuchte, schön geformte, in Sekundenschnelle im Trocknen verschwindende Abdrücke auf dem warmen Sandstein hinterlassen.

Da das Telefon im Haus klingelt und sie, sich entschuldigend, hineinläuft, hast du Muße, die vergangenen Sekunden Revue passieren zu lassen. Diese Bewegungen Lauras, scheint dir, die Kopfhaltung, die entspannte, gelassene Selbstverständlichkeit des Auftritts, die leichte Hand, mit der sie ihr Reich regiert, diese perfekt austarierte Mischung aus *casualness* und Klasse, sowas lernt man nicht, sowas hat man. Das erbt man, das liegt im Blut und in den Genen. Und in der Familie. Ja, in der Familie …

Bei der Geburtstagsfeier hast du ihre Eltern kennengelernt. Und paar Geschichten gehört. Ihr Vater Richter irgendwo in Osnabrück oder so, alter Herr in der Studentenverbindung, in der auch Andreas war, man lernt sich kennen, Tanzdame, Einladungen nach Hause usw., Teilnahme an der Hausmusik, er spielt Klavier und sie Violine, nach dem Referendariatsexamen Vieraugengespräch mit dem Vater, Bonitätsprüfung usw. So geht's nämlich auch, dass man die Ehewahl mit ein bisschen Nachdenken darüber trifft, in was für eine Familie du da einheiratest. Was man sich da ans Bein bindet. Wie heißt es: Wenn du wissen willst, wie deine Frau in zwanzig Jahren aussieht, schau dir deine Schwiegermutter an. Wieso hab' ich das eigentlich nie beherzigt? Immer verknallt über beide Ohren und will die Frau und was schert's mich, was die für eine Familie hat. Die Familie will ich ja nicht heiraten. Tust du aber eben doch. Mindestens heiratest du Gene. Aus Schaden wird man klug. Nachdem ich die beschränkten, nach Kohl und Kohleofen stinkenden Kleinbürgereltern Christines mitsamt ihr los war, hätt' ich vielleicht beim nächsten Mal bisschen strategischer vorgehen können. Bei denen hier sieht man's ja, da wachsen einfach schöne Formen hervor und freie Geister. Ein Vorsprung, kannst du gar nicht mehr aufholen oder anderweitig kompensieren. Laura, die jetzt als einundvierzigjährige Mutter ein zweites Studium macht, Kunstgeschichte. Architektin ist sie ja schon. Und wenn ihre Alten zu Besuch kommen, muss sie sich nicht schämen, wenn die den Mund aufmachen, nehme ich an, und kann mit ihnen reden. Wie sie dagesessen haben, Andreas am Klavier, sie mit der Geige: die Blicke! Stumme Abstimmung, Übereinstimmung, gleiche Wellenlänge, Vertrautheit. Und dann ihre Eltern dazu, der Richter am Cello, die Mutter mit der Bratsche. Ach ja. Nicht diese Fremdheit. Nicht diese Abneigung. Nicht solche Antipathie. Ausgerechnet. Und wenn da irgendwas stimmt an dieser Theorie, dann kann es noch heiter werden. Schlägt irgendwann auf Luisa und Max durch. Überspringt ja häufig eine Generation. Jedenfalls hätt' ich mehr Strategie an den

Tag legen sollen. Geht doch auch sonst! Warum diese hirnlose Scheiß-Romantik, bloß weil Liebe?

Er trinkt seinen Kaffee. Laura ist wieder da, sitzt neben ihm, schnuppert in den duftenden Garten. Ist es irgendwie realistisch, sie ins Bett zu kriegen? Aber wie? Müsste mehr über diese Ehe wissen. Wenn du den Turbo einschaltest… Aber Gelegenheit, Gelegenheit! Irgendein Wort wenigstens, irgendwas dezent Zweideutiges als Versuchsballon.

Du hast 'nen grünen Daumen offenbar.

Danke! Gefällt dir der Garten? Gärtnerst du selbst?

Nein, das ist bei uns Heikes Domäne. (Null Punkte, du Trottel!) Andreas mäht Rasen, sonst macht er auch nichts.

Wird andere Qualitäten haben.

Ja (sie lacht), Gott sei Dank! (Scheiße, wieder null Punkte.)

Jedenfalls (letzter Versuch) macht das Gärtnern dir offenbar Spaß, denn es tut deiner Schönheit gut.

(Ein leicht irritierter Blick.) Oh, danke. Ja, ich bin gerne draußen. Und das ist keine Solariumsbräune. Sie streckt einen Arm aus und hebt ein Bein an, von dem nur die Haut von Knöchel und Fuß zu sehen ist. (Gibt sich keine Blöße. Lassen wir's. Wichsen wir eben.)

Jetzt stehen die Mädchen vor ihnen, außer Atem.

Mama, Durst!

Papa, ist Oma schon da?

Nein, die kommen noch früh genug, sagt Charly.

Kriegt ihr Besuch übers Wochenende? Kinder, lauft in die Küche, da steht was zu trinken.

Man hört das Patschen der Füße auf Parkett und Fliesen.

Ja, die Schwiegerfamilie.

Laura zieht amüsiert die Brauen hoch.

Schwiegermutter nebst Schwager mit Frau. Der zweite Schwager zum Glück nicht auch noch.

Kommen die hier aus der Gegend?

Charly seufzt: Aus der Zone.

Du meinst … aus der DDR?

Genau der. Die's angeblich nicht mehr gibt.

Das heißt, Heike kommt … aus der DDR? Das wusste ich ja gar nicht.

Man merkt's ihr auch nicht an.

Das ist ja faszinierend!

Wie man's nimmt.

Du klingst ja nicht so begeistert. Wegen der DDR oder wegen der Familie?

Das, Laura, ist eines, das hab' ich in den letzten Jahren gelernt.

Und was ist es, das dir missfällt?

Charly muss nachdenken, um in diesem Wortgeplänkel jetzt keine Plattitüde abzusondern. Er trinkt die Tasse leer. Kratzt sich die Wange.

Man muss sich das vorstellen.

Die Oststadt leuchtet! Denn der Mensch schreitet geradeaus, weil er ein Ziel hat, er weiß, wohin er geht, er hat sich für eine Richtung entschieden und schreitet in ihr geradeaus. Der Esel geht im Zickzack, döst ein wenig, blöde vor Hitze und zerstreut. Man muss immer sagen, was man sieht, vor allem muss man immer – und das ist weitaus schwieriger – sehen, was man sieht. Das Leiden der Menschen interessiert uns im gleichen Maß wie das Leiden einer elektrischen Glühlampe, die mit zuckenden Anläufen ein herzbewegendes Farbkreischen ausstößt. Wir wollen die großen Menschenmengen besingen, die die Arbeit, das Vergnügen oder der Aufruhr erregt; besingen wollen wir die vielfarbige, vielstimmige Flut der Revolution in den modernen Städten, besingen wollen wir die nächtliche, vibrierende Glut der Arsenale und Werften, die von grellen elektrischen Monden beleuchtet werden; die gefräßigen Bahnhöfe, die rauchende Schlangen verzehren; die Fabriken, die mit ihren sich hochwindenden Rauchfäden an den Wolken hängen; die Brücken, die wie gigantische Athleten Flüsse überspannen, die in der Sonne wie Messer aufblitzen; die abenteuersuchenden Dampfer, die den Horizont wittern, die breitbrüstigen Lokomotiven, die auf den Schienen wie riesige, mit Rohren gesäumte Stahlrosse einherstampfen; und den gleitenden Flug der Flugzeuge, deren Propeller wie eine Fahne im Wind knattert und Beifall zu klatschen scheint wie eine begeisterte Menge. Schluss mit der trostlosen Bauerei des letzten Jahrhunderts, diesem Ausdruck der innerlichen Hohlheit des liberalistischen Zeitalters. Neue Siedlungen müssen gebaut werden nach den neuen Gesichtspunkten wehr-, verkehrs-, wirtschafts- und bevölkerungspolitischer Art! Und diese ergeben sich aus der Neuordnung des Lebensraums in Faktoren wie Geschlossenheit, Zweckmäßigkeit und Planmäßigkeit. Das ist das Erwachen der neuen Stadtbaukunst! Die Flächengliederung ist der Ausgangspunkt. Wir berechnen Richtwerte für Flächengrößen, die je nach Charakter der zu planenden Stadt ausgedehnt oder gekürzt werden. Das entstehende Strukturbild, die Essenz des Werkes, ist das Kristallogramm. In kristallografischer Form stellt es die einzelnen Stadtteile dar, mit der Stadtkrone als Zentrum, den Tangenten und Kreisplätzen. Daraus ergeben sich ganz organisch einige Gesetzmäßigkeiten verkehrstechnischer Art sowie Erwägungen zur Besonnung und Belichtung und schließlich die aus der Natur der verschiedenen Betriebe und Gewerbe sich ergebenden Bindungen bezüglich der richtigen Lage im Stadtplan. Denn Städtebau soll die Voraussetzungen schaffen für die Wiedergewinnung einer auf einheitlicher Weltanschauung und politischer Zielsetzung beruhenden Lebenseinheit des Menschen, die als Grundlage jeder Kultur mit allen uns gebotenen Mitteln erreicht werden muss. Der Mensch, der die erste Gerade zieht, beweist, dass er sich selbst begriffen hat und eintritt in die Ordnung. Die moderne Stadt ist ein neuer Organismus, eine Art Fabrik!

Die Oststadt leuchtet! Durch die in den großen Zwischenräumen zwischen den einzelnen Gebäuden angelegten Parks und Freiflächen kommt sie der Forderung nach einer strahlenden Umgebung nach. Wenn man aus dem Fenster eines Wohnhauses blickt, soll das Auge nur den Himmel oder weitgedehnte Grünflächen sehen. Den strengen Auflagen eines Pflichtprogramms unterworfen, verwenden die Ingenieure Formen hervorbringende und Formen betonende Elemente. Sie schaffen klare und eindrucksvolle plastische Tatsachen. Schon 1963 hat man zwischen Neuem Friedhof und der Zufahrt nach Fritscheshof mit Geländeanpassungen und Tiefbauarbeiten begonnen. Bis 1974 werden errichtet: 4200 WE für 16 000 Einwohner. Fünf Schulen mit 3600 Plätzen. Elf Kindergärten/Krippen mit 2156 Plätzen sowie alle erforderlichen Kultur- und Versorgungseinrichtungen. Generalauftragnehmer: VEB Wohnungsbaukombinat Nbg. In vier Verfertigungsstätten erfolgt die Produktion von Betonfertigteilen für die Block-, Streifen- und Plattenbauweise vom Typ Brandenburg und PN 36. Der erste Wohnblock wurde in der Günter-Harder-Straße bezugsfertig. Wenig später wurde das Wohnungsbauprogramm beschlossen, mit dem die Wohnungslage in der DDR bis 1990 durch den Bau von drei Millionen Wohnungen gelöst werden soll. Daher entsteht auch im Industriegelände ein völlig neues Plattenwerk, das am 7. Oktober 1972 nach einer Bauzeit von 2,5 Jahren in Betrieb genommen werden kann. Es werden Deckenteile und Außenwände für die neue Serie WBS-70 gefertigt. Damit sind die Voraussetzungen geschaffen für die tägliche Montage von 3,5 Wohnungen.

Und eine davon, zwozwohalbe Zimmer, bezieht im August 1972 der neununddreißigjährige Diplom-Staatswissenschaftler und Kriminologe Joachim Köster mit seiner fünfunddreißigjährigen Ehefrau Gerda, geb. Hess, MTA am Bezirkskrankenhaus, und ihren drei Kindern, der zehnjährigen Heike, dem knapp fünfjährigen Rüdiger und dem dreijährigen Ernst, alle zuvor wohnhaft im Vogelviertel hinter der Innenstadt.

Was es ist, was mir missfällt, fragst du?, sagt Charly zu Laura. Dass es so ist, wie ein groteskes, hässliches Zerrspiegelbild anzusehen.

Man muss sich das vorstellen.

Wir sind auf einer Baustelle großgeworden, hat Heike erzählt. Überall Kräne, überall Bagger, der Teich wurde zugeschüttet, genau da, wo dann die Kaufhalle entstand und daneben die Bauarbeitergaststätte, ein flacher weißer Kubus, wo die Arbeiter verköstigt wurden und mittags die Schulspeisung stattfand für die Schüler der polytechnischen Oberschule und der EOS und wo abends Bierausschank war und hinter einer zweiten Eingangstür der *Sumpf*. Die grauen Asphaltbänder, die senffarbene aufgerissene, ausgehobene Erde, die schlanken Lichtgalgen und die blendendweißen Kuben, die in den blauen Himmel der gemeinsamen Zukunft wuchsen. Aufbruch, Leben, wimmelndes, junges, zuversichtliches, unwiderstehliches Leben!

Du kannst dir nicht vorstellen, wie es damals war, sagt Heike bei einem ihrer ersten Besuche dort zu Charly. So viele junge Familien! So viele Kinder! Allein aus unserem Haus gingen wir morgens in einem Pulk aus zehn oder zwölf zur Schule, und so strömten sie von überall her, und da drüben war der Kindergarten. Mutter konnte aus dem Küchenfenster beobachten, wie Ernst den ganzen Weg zurücklegte. Es war die jüngste Stadt der Republik, das Durchschnittsalter lag, glaube ich, bei unter dreißig. Und als ich im Bezirkskrankenhaus anfing, wurden da zweihundertfünfzig Kinder im Monat geboren. Zweihundertfünfzig! So viele werden heute nicht mal mehr in einem ganzen Jahr geboren. Und überall knatterten die S50 durch die Gegend… Überall die Zweitakterschwaden, denen du folgen konntest bis hinter einen Baum oder an ein einsames Geländer, gegen das man sich lehnte, oder bis zu einem See; der verräterische Qualm junger Liebe auf dem Sozius, die Arme um die Brust des Fahrers geschlungen… Es war wie ein immerwährend sprießender, blühender Frühling. Auferstanden aus den schuldbeladenen Ruinen der Vergangenheit, hinauf in die Oststadt, die Zukunft ohne Ausbeutung und Klassen und Krieg, die Zukunft vom Reißbrett der Stadt- und Gesellschaftsingenieure, hinauf in die helle, weite, saubere und klare Moderne.

Charly, der ja nun selbst eine Weile, in Dachau nämlich, in solch einer Neubausiedlung gewohnt hat und als Kind von Hochhäusern und Wolkenkratzern schwärmte, der sich jedes Mal gruselte, wenn sie in München über den Ring fuhren vorüber an den spitzgiebligen Mietskasernen aus den Zwanzigern mit dem gelben Putz, der nur Häuser mochte, die aussahen wie Milchtüten, mit flachen Dächern, der Walmdächer für Erscheinungen aus dem Mittelalter hielt und als Kind Autobahnkreuze zeichnete – Charly kann es trotzdem nicht nachvollziehen. Wenn er an die wenigen Reisen nach Neubrandenburg denkt, hat er die immer gleichen Assoziationen: sozialistisches Plattenbaughetto, Kollektivierung, Blockwarte, Stasi, Mauer, Ersticken. Er kann nicht nachvollziehen, wie jemals jemand in diesem Gefängnisland glücklich gewesen sein soll. Er kann nicht nachvollziehen, warum die paar Tausend Ermordeten und die hunderttausend Gepeinigten und Gebrochenen und die Millionen in Geiselhaft Gehaltenen auf eine so viel leichtere Schulter genommen werden als die Opfer der Nazis. Nur weil es (zum Glück) so viel weniger waren? Nur weil es ausschließlich Einheimische waren? Aber wenn du einer davon warst, ist es dir auch wurscht, ob sie dich in Hohenschönhausen oder in Dachau gefoltert haben. (Kein Gesprächsthema mit Heike und Familie.) Seine ganze Kindheit, seine ganze Jugend über begannen jedes Mal, wenn von der DDR die Rede war, unwillkürlich die klaustrophobischen Ausbruchsfantasien: Wie da raus? Alleine oder mit Familie? Mit dem Paddelboot über die Ostsee? Schwimmen? Woher einen Neoprenanzug? Durch die Elbe? Fangnetze? Per Tunnel? Über Mauer, Todesstreifen, Stacheldraht? Soldaten bestechen? Selber einer werden? Im Kofferraum eines Fluchthelfers? Via Jugoslawien? Via Ungarn? Via Bulgarien? Oh, wie großartig die Geschichte der Ballonflüchtlinge! Und wie erschreckend auch wieder, wenn man bedachte, wie viel Verzweiflung, Überdruss, Risikobereitschaft sich da angestaut haben musste, um all die Planung und Logistik auf sich zu nehmen, um die Tat zu wagen! Ich merke heute, dass ich wirklich ein Kind des Kalten Krieges bin, hast du einmal zu Heike gesagt. Ich habe die DDR immer gehasst, von Ulbricht über Stecher und Sparwasser bis Guillaume. Ich habe das keine Sekunde lang als Deutschland betrachtet.

Die Familie kommt Freitagnachmittag zum Kaffee und fährt Sonntag nach dem (ausgedehnten) Mittagessen wieder zurück. Immerhin nur der eine Bruder, Ernst, mit Frau und Sohn, sowie natürlich die Schwiegermutter.

Und dort der weiße Flachbau neben dem Netto, wo früher, wie gesagt, die Kaufhalle drin war, das ist das Eiscafé Tina, hatte Heike erzählt. Das gab es schon in meiner Kindheit, immer in Privatbesitz. Da standen wir im Sommer an. Im Sommer war hier in der Oststadt immer eine Geräuschkulisse wie im Freibad, ein Stimmenteppich, an dessen Rändern die Fransen der Kieksereien, der Schreie und des Gelächters herausstehen.

Charly wird das Schlafzimmer räumen müssen, er hätte sie alle lieber im Hotel untergebracht (und sogar dafür gezahlt), aber daran ist nicht zu denken. Ernsts Familie bekommt das Elternschlafzimmer, Mutter das Zimmer Luisas, die auf einer Luftmatratze bei ihrem Bruder nächtigen muss, und sie selbst schlafen unten im Nähzimmer auf einer Klappcouch. Und warum nicht Ernst und Bagage auf der Klappcouch im Keller? Ich meine, die müssten sich nicht so umgewöhnen. Aber darüber ist mit Heike nicht zu reden. Blut ist dicker als Wasser. Und das Sparen und Aufeinanderhängen liegt im Ostblut. Charly erinnert sich an die erste Begegnung mit Heikes Mutter in der engen, vollgestopften Spießerwohnung mit der raumfüllenden, die 20 Quadratmeter erdrückenden Schrankwand vom VEB Möbelwerk »Wilhelm Pieck« in Anklam (der Liefertag des langerwarteten Stücks war in die Familienannalen eingegangen; wie Ernst und Rüdiger sie mit aufgebaut hatten und wie sie dann fertig dastand, als der Vater abends von der Arbeit nach Hause kam): die kleine, sehnige, hagere Frau mit dem eisgrauen Cäsarenkopf, wasserblauen Augen, knotigen Händen, in einer schlabbrigen Jogginghose, und an den Satz, den er so schnell nicht vergessen wird, den Schlüsselsatz ihrer stolzen Unbelehrbarkeit: »Wenn Sie bei uns ein Streichholz angezündet hätten, das hätte rot aufgeleuchtet!«

Hättest du die Mutter zuerst kennengelernt, hättest du Heike dann auch geheiratet? Blöd, wie du bist, wahrscheinlich schon, aber Gott weiß, dass ich lieber eine andere Schwiegerfamilie hätte.

Das ist nicht nur einfach eine fremde und feindselig wirkende Frau, das ist ein unbekannter und unwirtlicher Kontinent, umso fremdartiger, als sie dieselbe Sprache zu sprechen scheint und die gleichen, aber zerrspiegelhaft verfremdeten, vertauschten, umgepolten deutschen Erinnerungen hat. Das sind die Russen! Die von den Russen gehirngewaschenen Deutschen. Die falschen Deutschen. Die ärgsten Feinde, die verhasstesten; auf eine Art verhasst, wie man nur Brüder hassen kann, die einen zur Weißglut treiben, wie Kinder zur Weißglut getrieben werden, indem man stur ihre Bewegungen nachmacht und ihre Sätze nachspricht, wodurch sie sich unerträglich verspottet fühlen. Kind des Kalten Kriegs. Da kommst du auch nicht mehr raus. Genauso wenig wie Onkel Horst aus Hegheim, der noch 1990 die Goebbels-Propaganda verinnerlicht hatte, mit der er aufgewachsen war (»Ja ja, du sagst mir das, Charly, dass wir diesen Krieg begonnen hätten. Ich weiß nur, was wir damals im Radio gehört haben: Wir schießen zurück, weil die Polacken uns überfallen haben. Also wem soll ich jetzt glauben? Deinen Büchern oder meiner eigenen Erinnerung?«). Genauso wenig wie Rüdiger, Heikes Bruder, der einmal mit dem bitteren Grinsen dessen, der den Betrug der Welt durchschaut hat, sagte: »Der Kapitalismus war doch auch am Ende 1989. Das ging doch auch nicht mehr weiter. Ihr habt euch doch nur mit der DDR gesundgestoßen.«

Und so wird für dich zeitlebens die zivilisierte Welt an der Elbe aufhören, und dahinter fängt Sibirien an. Und ist es denn so falsch, dieses Misstrauen, diese Abneigung nicht vollständig zu verlieren? Letztes Jahr hattest du so ein Gespräch mit Ernst. Wobei du, wenn du dich daran erinnerst, immer Folgendes mitbedenkst: Er ist zwar vier, fünf Zentimeter kleiner als du, aber fünfzehn Kilo schwerer. Und das ist kein Fett, das sind Muskeln. Er hat gerudert beim SC Neubrandenburg, wie viele Jahre lang, jedenfalls hat er erzählt, dass er auch Pillen geschluckt hat zu Beginn jeder Trainingseinheit. Du hättest also im Nahkampf keine Chance, er könnte dir das Genick brechen, er kennt die Griffe, um deinen Schlagarm zu blockieren und dich entweder mit dem Mehrzweckbajonett der AKM (das nicht nur bestimmungsgemäß als Stichwaffe zu benutzen ist, sondern auch als Säge und Drahtschneider verwendet werden kann und womöglich auch als Korkenzieher, wenn Wodkaflaschen Korken haben) oder mit dem Messerbajonett des Karabiners S abzustechen wie ein Schwein. Während ihr euch unterhaltet, musterst du ihn, das Jungsgesicht getarnt von dem schwarzen Vollbart, die massive Kieferpartie, die die Proportionen des Schädels bestimmt, ein Bollwerk, über dessen Zinnen die kleinen, faltenlosen Äuglein wie Zielfernrohre ihre Feuerrichtung suchen.

Wir hatten ja unsere Marschbefehle für den Ernstfall, erzählt Ernst ernst – oder vielleicht auch nur halbernst –, in vierundzwanzig Stunden bis Göttingen und in achtundvierzig Stunden bis Bonn. Am Rhein wäre der Vorstoß dann beendet gewesen. Und wir hätten das geschafft (was keine Frage und keine Vermutung ist, sondern eine beiläufig ausgesprochene Gewissheit).

Charly denkt nach. Denkt an diese frühen Achtzigerjahre. Hätten wir das Land verteidigen können? Wer hätte es verteidigen wollen? Das ist die Frage. Hättest du dich so einem Typen in den Weg gestellt? Wer hätte es getan? Keine Spur von Zweifel, dass sie auf uns geschossen hätten, mit Freude hätten sie auf uns geschossen. Denk an die Freunde, die zum Bund mussten und sich nicht freikaufen konnten per Attest oder nach Berlin sind. Hätten die ein Bollwerk gebildet? So eine Art Volkssturm? Nein, keine Chance. Wir waren viel zu weich, viel zu schlapp, viel zu zivilisiert, viel zu wenig überzeugt, dass es überhaupt etwas gab, das wert wäre, verteidigt zu werden. Und noch mit dem eigenen Leben! Nein, der gute Ernst, mit dem du dich prächtig verstehst, dein Schwager, er hätte dich auf sein

Bajonett gespießt, ohne dass irgendwo in der Nähe eine Einheit der Bundeswehr aufgetaucht wäre, das zu verhindern. Er blickt seinem Schwager in die Augen:

Das ist vermutlich wahr. Aber gefickt ham wer euch trotzdem. Prost! (Und er hebt seine Bierflasche.)

Ernst hebt die seine, und sie stoßen die Flaschen aneinander. Die beiden Zielfernrohre schwenken ab, bis sie die restliche Familie im Visier haben. Das stimmt. Prost.

Überhaupt: ihre Augen! (Das ist dir bei Heike nie aufgefallen. Heike hat nicht diese Augen!) Was steht in diesen wasserblauen Augen der Gerda Hess, deiner Schwiegermutter, geschrieben? In diesen Brunnen, diesen Zisternen? Was liegt da am Grunde, unterhalb dessen, was du lesen zu können glaubst, unterhalb der Verbohrtheit, der Feindseligkeit, der Enttäuschung, der Härte, der Verbitterung?

Vielleicht ruht ganz unten in der Tiefe, ungeahnt von dir, der ärztliche Bericht über die Todesursache des Günther Hess, verstorben am 28.8.1944 in Ravensbrück an einem Herzschlag, jener Bericht über das Ende ihres Vaters, den sie erst als erwachsene Frau vom Ministerium erhielt.

»Die Leiche war vollkommen bestialisch verstümmelt. Der Kopf und das Gesicht waren durch äußere Gewaltanwendung bis tief auf die Muskulatur und die Knochen viehisch beschädigt. Der Hals, Brust und Bauch wiesen taler- bis faustgroße Löcher auf, aus denen noch teilweise das Blut sickerte, obgleich es bei normalen Leichen gerinnt. Das allergrässlichste Bild aber wies der Rücken des Toten auf. Mehr als die Hälfte – ich bin sehr vorsichtig in meiner Äußerung, es war bestimmt mehr – war eine einzige blutende Masse, aus der die Muskulatur nur so herausquoll und vollkommen zerfetzt war. Die Wirbelsäule war mehrmals gebrochen, wenn nicht stellenweise zerbrochen. Meine Folgerung ist: Die Haupttodesursache kann unmöglich

Herzschlag gewesen sein. Herzschlag war gewiss die sekundäre Todesursache der primären. Die primäre Todesursache war ein ganz gemeiner, langsam vollzogener Mord. Berichte eines zeitgleich mit Günther Hess Inhaftierten bezeugen die fürchterlichen Schreie des Günther Hess, als die Gestapo ihn zu Tode folterte.«

Der Anwalt, SPD-Mitglied, war bereits einmal 1933 verhaftet worden, dann wieder im Rahmen der »Aktion Gewitter« am 22. August 1944. Seine Frau und seine Tochter waren schon vorher nach Schulzenhagen evakuiert worden, auf einen Bauernhof zwischen Kolberg und Köslin. Gerda wurde auf der dortigen einklassigen Dorfschule eingeschult. Im September erhielten sie die Nachricht von Tod und Einäscherung (wg. Seuchengefahr) ihres Mannes und Vaters. Das Leben auf dem Bauernhof in Hinterpommern war idyllisch. Dann erfuhren sie, dass ihre Wohnung in Stettin ausgebombt war, ebenso das Haus von Marthas Familie, deren Bruder an der Front und deren Schwester an einen unbekannten Ort evakuiert war. Martha wurde abkommandiert, Gräben auszuheben, die russische Panzer aufhalten sollten. Im Januar kamen die ersten Flüchtlinge aus Ostpreußen. Die Bauern, bei denen sie einquartiert waren, fuhren täglich zur Bahnstation nach Hohenfelde, die Milchkanne voller heißem Malzkaffee, den Kartoffelkorb voller belegter Brote. An den Flüchtlingszügen hingen meterlange Eiszapfen. Im Februar rollten die ersten Flüchtlingstrecks auf den Hof. Jede Nacht schliefen Fremde auf der Diele. In den Gesprächen der Flüchtlinge wurde immer wieder von den Gräueltaten der Russen gesprochen, über die auf der Flucht gestorbenen Alten und Kinder. Die siebenjährige Gerda hörte zu. Das Wort Vergewaltigung. Anfang März kamen keine Trecks mehr, dafür war in der Ferne Kanonendonner zu hören. Martha packte die Reisetasche. Am 3. März ließ der Bauer anspannen und brachte

Mutter und Tochter zur Bahnstation nach Hohenfelde. Der Ukrainer Willi lenkte die Pferde vom Hof. Auch die Bäuerin packte mit ihren Kindern und ihrer Mutter. Die Kinder zogen zusammen mit den Polen den Leiterwagen aus der Scheune. Der Bahnhof in Hohenfelde war voller Menschen. Am späten Nachmittag fuhr ein Güterzug ein, der nur aus Loren bestand. Ein Schneesturm brach los. Martha hatte außer der Reisetasche einen Sack mit Decken und Kissen mitgenommen, unter denen sie sich schützten. In Henkenhagen, eine Station vor Kolberg, mussten alle die Wagen verlassen. Vor Kolberg stauten sich die Züge. Allein 22 aus Belgard. In der überfüllten Bahnhofshalle versuchten sie zu schlafen. Am Morgen konnte man sehen, wie die Dörfer in der Ebene von Henkenhagen brannten. Im Morgengrauen wurde ein Zug nach Kolberg eingesetzt. Auf dem Bahnhof dort bekamen sie warme Getränke. Dann kam die Nachricht, dass ein letzter Zug aus Kolberg abfuhr. Offene Wagen. Sie kauerten zwischen den anderen. Liegen, Umhergehen war unmöglich. Die Fahrt war endlos. Immer wieder stand der Zug stundenlang. Es schneite. Es fror. In der Nähe von Stettin Tieffliegerangriffe. Gerda presste den Kopf gegen die Wagenwand und wartete auf den Tod. In der Nacht starb im nächsten Waggon ein alter Mann. Seine Angehörigen, die ihn nicht zurücklassen wollten, banden ihn mit Stricken an der Seite des Wagens fest. Am siebten Tag der Flucht erreichten sie Stettin. Langsam fuhr der Zug über die Oderbrücke. Soldaten bewachten die an der Brücke befestigten Sprengladungen. Im Bahnhof Stettin drehten die Soldaten der Leiche, die am Waggon hing, den Rücken zu. Dann heulten die Sirenen. Der Zug nahm Fahrt auf und verließ den Bahnhof. Er fuhr weiter in Richtung Greifswald. Gerda konnte vor Schmerzen ihren rechten Fuß nicht mehr bewegen. In Greifswald war wieder Militär auf dem Bahnsteig. Niemand durfte den Zug verlassen, aber es gab belegte Brote und warme Getränke. In Grevesmühlen endete die Fahrt. Auf dem Bahnsteig standen viele Hitlerjungen in Uniform und mit Handwagen und begleiteten die Flüchtenden in eine Schule, in der Schlaflager aus Stroh vorbereitet waren. Gerdas Schuh wurde aufgeschnitten, auch der Strumpf. Die Zehen waren aufgequollen, weiß und puddingweich. Ein Arzt, zu dem sie gebracht wurde, riet zur sofortigen Amputation. Martha widersetzte sich. Am nächsten Morgen wurde sie mit ihrer Tochter in einem Privathaus untergebracht. Zwei ebenfalls einquartierte Krankenschwestern behandelten den Fuß mit Lebertransalbe und verbanden ihn täglich neu. Anfang Mai konnte Gerda wieder gehen. Täglich zogen flüchtende Soldaten durch den Ort. Dann kamen die Amerikaner. Endlose Militärkolonnen fuhren durch die Straßen an weißen Bettlaken vorüber. Einige Tage darauf wurde am Vielbecker See ein großes Gefangenenlager für deutsche Soldaten eingerichtet. Es war heiß. Es war verboten, den Gefangenen zu essen oder zu trinken zu bringen. Ende Mai brach der Typhus aus. Dann kamen die Engländer. Am 30. Juni die Nachricht: Die Russen kommen! Am Nachmittag tauchten Pferdewagen auf, hochbeladen mit Kriegsbeute, obenauf Spülklosetts aus Keramik. Die Russen marschierten nebenher. Einer schwenkte aus und kam aufs Haus zu. Martha empfing ihn als Einzige an der Tür. Der Russe drückte ihr ein Bündel Wäsche in die Hand und bedeutete ihr, es zu waschen. Am nächsten Abend kam er wieder und holte seine Sachen ab. Dafür ließ er einen Klumpen in Zeitung gewickelter Butter zurück. Andere Russen schenkten russisches Brot, so feucht und klebrig, dass man es trocken essen konnte. Einige Soldaten weinten vor Heimweh. Im Herbst 1945 wurden sie nach Neubrandenburg umquartiert, 1946 bekam Martha ihren Status als ›Verfolgte des Naziregimes‹ bestätigt. Sie wird von der Stadtverwaltung als Sekretärin angestellt. Sie bekommt eine Wohnung zur Verfügung gestellt. Gerda besucht die neue Schule. Martha spricht auf einer Parteiversammlung über ihren ermordeten Mann. Sie ist anerkannt als vollwertiges Mitglied der neuen Gemeinschaft. Gerda ist glücklich in ihrer Schule. Es geht aufwärts. Auferstanden aus Ruinen. Nicht wer Geld hat, ist hier etwas wert, die giftige Geldwirtschaft ist abgeschafft. Das Volk ist an der Macht. Das Volk, das ist sie. Anfang 1953 erfährt Martha, dass ihre Geschwister noch leben, im Sauerland. Sie fährt sie besuchen. Der Empfang ist kühl. Die Geschwister sind betreten. Sie haben eine Entschädigung bekommen für das Familienhaus in Stettin. Sie haben das Geld unter sich aufgeteilt. Auf dem Restitutionsakt haben sie ihre Schwester für tot erklärt. Wir wussten ja nicht, dass ihr noch lebt. Gerda bekommt von ihrem Onkel ein Nylonkleid geschenkt. »Ich hab' mir von dem Geld, das der Onkel mir gab«, hat sie Charly einmal erzählt, »gleich ein Pittico gekauft. Das war doch damals Mode.« »Und warum seid ihr nicht dort geblieben?«, fragt Charly. »Dort? Bei Leuten, die uns für tot erklärt haben, um nicht teilen zu müssen? Nein, hier bei uns konnte jeder, jeder der Grips hatte, lernen und studieren. Geld brauchte man keins. Das waren die Errungenschaften der Republik. Was hätte denn jemand wie ich in den Fünfzigerjahren in der BRD für eine Perspektive gehabt?«

Gerda macht eine Ausbildung zur MTA, eine dreijährige Ausbildung an der Fachschule. An ihre Oma hat Heike kaum noch Erinnerungen. Eine kleine, verkrümmte Frau mit verformten Fingern und Zehen. Polyarthritis. 1967 ist sie gestorben. Ausgezehrt. Alles Leben war in Gerda geflossen. Man sieht es an ihren Augen. »Der unblutig niedergeschlagene Aufstand von '53, das war das Ende meiner Frömmigkeit. Da bin ich in die FDJ eingetreten und dann in die Partei.«

In *die* Partei, denkt Charly.

Sie sind alle im Garten, als der Golf mit dem Kennzeichen NB am Haus vorüberrollt auf der Suche nach einem Parkplatz in der verkehrsberuhigten Straße. Ernst, der in Berlin lebt, seine Frau Beate und ihr Sohn Malte, ein Jahr jünger als Lulu, haben ihre Mutter in Neubrandenburg abgeholt und sind von dort über Neustrelitz und die Autobahn gefahren, bis zum Abzweig der 404. Die Kaffeetafel ist auf der Terrasse gedeckt, Heike hat einen Streuselkuchen gebacken, und es muss mit dem Teufel zugehen, wenn ihre Mutter nicht auch einen mitbringt. So wie Ernst garantiert (»Das ist Einkaufen! Eine Längsstraße und eine Querstraße, wo du alles findest.«) Müritzfisch in der Friedländer Straße gekauft hat, den er heute Abend mit seiner Schwester zubereiten wird. Der ältere Bruder, Rüdiger, der in Neubrandenburg geblieben ist und dort als Entwicklungschef bei Webasto (vormals Sirokko) arbeitet und in der Stadtvertretung sitzt (für welche Partei wohl?), war noch nie hier.

Statt zu grüßen, sagt Ernst am Gartentor: Sachmal, wie viele Autos habt ihr hier eigentlich mittlerweile zu stehen?

Charly spielt das Spiel mit: Noch immer nur zwei. Den Benz und den Nissan. Für mehr reicht's nicht.

Moin.

Moin.

Muddern, kommst du?, ruft Ernst. Händeschütteln. Gute Fahrt gehabt? Nur mit Beate tauschst du Küsschen. Die kommt aus Westberlin.

Wart ihr dies Jahr schon baden?, fragt Heike am Kaffeetisch. Ernst nickt mit vollem Mund.

Wo, in Klein Nemerow? Da waren wir immer baden (dies zu Charly).

Ja, da bauen sie jetzt gerade so 'ne Drei-Sterne-Gastronomie hin.

Weißt du noch, die Spelunke? Rote Brause, Fassbier, Bockwurst und Brot, das war's.

Weißt du, wen ich vorhin auf der Straße gesehen habe, als wir Muddern abgeholt haben? Inge.

Inge Becker?

Genau die.

Das ist die Tochter vom Generalmajor, von dem ich dir erzählt habe. Dem Stasichef von Neubrandenburg. Der hat nach der Wende einen Zeitungskiosk betrieben auf dem Datzeberg. Und, wie sieht sie aus? Die ist so alt wie ich. Die war FDJ-Sekretärin, wir kannten uns vom Sehen.

Der Vater, der Becker, hat Krebs, hab' ich gehört, sagt ihre Mutter.

Charly nimmt Max auf den Schoß und legt Luisa ein Stück Kuchen auf den Teller. Er atmet den lebendigen Duft ein, der vom flaumigen Haar seines Sohnes abstrahlt. Er beobachtet seine Frau. Sie umsorgt Mutter und Bruder. Ernsts Frau erklärt, auf dem Boden sitzend, ihrem furchtsamen Sohn, dass er keine Angst vor Bella haben müsse, und erwehrt sich dabei mit der Schulter ihrer feuchten Schnauze, denn Bellas Allsympathie jedem Geschöpf gegenüber äußert sich durch ihre leckende Zunge.

Was habt ihr da für Kaffee? Schmeckt gut, sagt die Mutter.

Tchibo, sagt Heike.

Oh, der ist mir zu teuer. Wir nehmen immer noch Rondo.

Damals hat ein Pfund Rondo achtfünfundsiebzig gekostet, sagt Ernst.

Und die Schlager-Süßtafel nur 80 Pfennig.

Du, die gibt's übrigens wieder, hab' ich gesehn.

Kannst du dir das vorstellen, Charly: Echte Schokolade hat dagegen vierachtzig gekostet!

Dafür ein Brot nur 98 Pfennig und die kleinen Brötchen fünf.

Zum Glück, sagt seine Mutter. Du hast am Wochenende immer dreißig Stück gekauft für die Familie.

Und, wie lange macht er es noch, der Becker?, fragt Heike.

Angeblich nicht mehr übers Jahr. Bei dem ist der Krebs auch aus der Verbitterung gekommen.

Charly muss daran denken, was Heike und Ernst einmal erzählt hatten, als die Mutter nicht dabei war. Er hat den Mann, Heikes Vater, nicht mehr kennengelernt, obwohl er bei seinem Tod '92 schon mit Heike zusammen war. Dass er das Begrüßungsgeld abgelehnt hatte. »Ich stelle mich nicht an für Almosen.« Und dass ihn der Typ vom Arbeitsamt ganz erstaunt gefragt hatte: »Sie haben das nie abgeholt!?« Wie verbittert er '90 nach seiner Entlassung war. »Kuck dir mal die Leute an, die jetzt hier was schaffen sollen. Das sind genau die, die alle früher schon nichts geschafft haben! Die unfähigsten Opportunisten nehmen sie jetzt, wie diesen Schmitz, der schon als Oberingenieur nichts konnte und jetzt Baudezernent wird.« Meine Frau ist die Tochter eines SED-Mannes, scheiße. Wenn ich das gewusst hätte. Heike hat erzählt, wie er zwischen Ende '89 und der Wiedervereinigung nach Hause kam und sagte, er habe Lust auszuspucken. »Da defilieren sie scharenweise durch mein Büro, alle, die ich seit dreißig Jahren kenne, die Augen niedergeschlagen, und geben mir ihr Parteibuch zurück. Ich könnte kotzen.« Dann zog er sich in seine Garage zurück. »Wir hatten Schiss, ihn da aufgehängt zu finden«, hat Ernst gesagt. »Wie so viele in der Zeit.«

Stattdessen hat er sich totgesoffen.

Heike, wenn sie an ihn denkt: Wie sie geweint hat, als er Mutter verbot, von den Westverwandten 100 Mark zu erbitten, um den Kindern Jeans im Intershop zu kaufen. Wie er anfing zu brüllen, wenn sie einen harten Brotkrusten wegwarfen. Wie es bei Tisch Ohrfeigen setzte (»Auch für dich?« »Für alle«, sagt

Heike). Als sie schon in Rostock studierte und sich für die Kirche interessierte: »Die im Westen bluten uns aus.« »Weißt du«, antwortete sie, »so toll, wie ihr das hier findet, finden das nicht alle.«

Du hast dich für die Kirche interessiert?, fragte Charly.

Damals. Damals war das irgendwie *in*. Die Lesungen, die Konzerte da. Freiheitslüftchen. Wir waren ja ohne Westfernsehen aufgewachsen.

Weißt du noch?, fragt Ernst. Wenn wir alleine zu Hause waren, hat Rüdiger einen Besenstiel mit Antennenkabel umwickelt, um Westfernsehen zu empfangen.

Ja, nur Schnee, aber immerhin Ton.

Den wir leise stellen mussten. Es war immerhin ein Bullenhaus.

Ja, wir waren Bullenkinder, hat Heike dir irgendwann am Anfang gesagt.

Und das heißt?, fragte Charly. Stasi?

Nein, Kripo. Vater war Kommissar bei der Kripo.

Großvater Köster, der Tischler, den Heike so geliebt hatte und der 1985 mit knapp neunundsiebzig Jahren starb, verlor seine Frau und seine Werkstatt beim Viertagebombardement Rostocks in der Nacht vom 26. auf den 27. April 1942. Er selbst war zu der Zeit im Russlandfeldzug, sein neunjähriger Sohn Joachim im KLV-Lager in Heringsdorf, seine siebenjährige Tochter Ulla wurde aus den Trümmern befreit, in denen sie eine Nacht lang neben ihrer toten Mutter gelegen hatte, und kam zu einer Tante, die in Nordhessen lebte. Im Frühjahr 1945 kehrte Joachim auf eigene Faust, auf Güterwagen reisend, mit LKWs mitfahrend, zu Fuß, nach Rostock zurück und kam bei einem Freund seiner Eltern unter, wo er auf seinen Vater wartete. Bei den Trauerfeierlichkeiten im Frühjahr 1942 sahen die Kinder ihren Vater für lange Zeit zum letzten Mal. Köster geriet in sowjetische Kriegsgefangenschaft, die er dank Übererfüllung der Arbeitsnorm (er wurde als gelernter Tischler beim Brücken- und Hausbau eingesetzt) mit zusätzlichen Lebensmittelrationen überlebte. Auch weil er sich 1946 der Antifa anschloss, nachdem er von einer Typhuserkrankung genesen war. Ende 1949 kehrte er als Sozialist nach Rostock zurück und fand Arbeit im VEB Möbelwerk »Wilhelm Pieck« in Anklam. Er war dreiundvierzig Jahre alt. Sein Sohn, der zwei Jahre vor dem Abitur stand, wollte die Schule nicht mehr wechseln und blieb in Rostock bei seinen Pflegeeltern; seine Tochter, mittlerweile vierzehn, lehnte über ihre Tante eine Rückkehr in die SBZ ab.

Bruder und Schwester, die einander sehr nahestanden, hielten brieflich Kontakt, und es gab auch regelmäßige Besuche Ullas, später traf man sich hauptsächlich in Berlin. Joachim Köster war, wie sein Vater, ein großer, kräftiger Mann mit einer starken Physis, ein Sportler und Freund körperlicher Betätigung in der Natur. Ebenso wohl, wie er sich in der Hitlerjugend und bei den Geländespielen im KLV-Lager gefühlt hatte, fühlte er sich bei den entsprechenden Aktivitäten der FDJ. Nach seinem Abitur studierte er zunächst Kriminologie an der VP-Zentralschule für Kriminalistik in Arnsdorf und machte danach seinen Diplom-Staatswissenschaftler an der Deutschen Akademie für Staats- und Rechtswissenschaft »Walter Ulbricht« in Potsdam. (Leiter der Akademie war damals Professor Herbert Kröger, 1913 in Dortmund geboren, der sich seinen Studenten gegenüber für »eine verstärkte Erziehung zum richtigen Denken« einsetzte und zuvor – uups – SS-Oberscharführer gewesen war.) Während seines Studiums in Potsdam lernte er Gerda Hess kennen. Die Heirat mit der Einundzwanzigjährigen fand 1958 statt. 1959 trat Köster seinen Polizeidienst in Neubrandenburg an, 1962 kam das erste Kind, Heike, zur Welt.

Die Möbel, die Charly bei seinem ersten Besuch in Heikes Wohnung so beeindruckt hatten, waren übrigens in derselben Garage entstanden, in der der jüngere Köster sich nach 1990 dann doch nicht aufhängte, Heike bekam sie 1977 zur Jugendweihe geschenkt.

Als er am Abend für Ernst seinen Ardbeg öffnet (den Malt-Liebhaber – und Charly erarbeitet sich das auch gerade – wegen seiner mächtigen 50 ppm so schätzen) und, die Augen auf sein Gegenüber gerichtet, den ersten Schluck eine Weile im Mund behält, da findet er sich mit einem Mal in die vollgestopfte kleine Zwozwohalbe-Zimmer-Wohnung in der Oststadt versetzt, in der seine Frau aufgewachsen ist und in der seine Schwiegermutter noch immer lebt. Es ist weniger die Anmutung der Wohnung, die er sieht und spürt, die billigen Kacheln und dürftigen Armaturen in Küche und Bad, die grellen Tapetenmuster, die sich mit denen der Vorhänge beißen, das schlechte Holz der Möbel, all dieser stehende, hängende, liegende Krims und Krams; nein, es ist dieser entsetzliche Geruch nach gestockter Zeit, nach alten Socken und sozialistisch-kleinbürgerlicher Spießigkeit, dieses völlige Fehlen von Ausblick und Luft und Entwicklung, dieses Steckengebliebensein in den Dreißiger-, Vierziger-, Fünfzigerjahren bei ewig geschlossenen Fenstern. Aber warum riechst du diese Wohnung beim Whiskytrinken?

Ziemlich rauchig, sagt Ernst. Rauchig und torfig. Sehr torfig. Muss man sich dran gewöhnen.

Und plötzlich fällt der Groschen. Torfig. Torffeuer, was du darüber gelesen hast. Es sind die Phenole! Es ist der ausgeprägte Phenolgeruch und -geschmack des Ardbeg aus dem Torfrauch. Und es ist genau dieser Phenolgeruch, der in jener Wohnung aus den Wänden und dem Boden schwitzt und den man zunächst einfach für DDR-Muff hält. Es sind aber die Bodenbelagskleber auf Phenolbasis, die mit Phenolharzen gebundenen Spanplatten, die Teeröle auf Braunkohlebasis in der Fußbodenisolierung. All diese schleichenden, langsam austretenden giftigen Ausdünstungen chemischer Verbindungen, die länger gehalten haben als das System und ihm jetzt langsam hinterherkriechen. Sollst du das Ernst sagen? Der Whisky schmeckt nach eurer alten Wohnung in der Oststadt? Besser nicht.

Es gab etwas, worüber nie geredet wurde in der Familie. Der schwierige, strenge und cholerische Pater familias hat nie ein Wort darüber verloren. Nichts, woran sich Heike erinnern könnte, auch ihre Mutter schwört, es sei nie ein Gesprächsthema gewesen: Als Joachim Köster 1959 seinen Polizeidienst begann, musste er eine Erklärung unterschreiben, die ihm jegliche Westkontakte verbot. Auch die zu seiner Schwester Ulla. Sie hatten einander das letzte Mal 1958 in Berlin gesehen. Da stand er vor dem Abschluss seines Studiums, die zwei Jahre jüngere Schwester hatte sich soeben verlobt – witzigerweise mit einem Tischler. Es gab keine schriftlichen oder mündlichen Kontakte, die den Abbruch der Beziehung besiegelten oder erklärten. Ulla wurde die Nachricht über Dritte überbracht. Köster war ein überzeugter Anhänger des Staates, ein überzeugtes Parteimitglied, er opferte den Kontakt zu seiner Schwester selbstverständlich und ohne zu zögern mit seiner Unterschrift. Und er hielt sich daran. Kein Wort darüber, ob es ihn etwas kostete, ob er es ungerecht oder übertrieben oder auch nur bedauerlich fand. Aber offenbar, man kann das nur aus den späteren Umständen nachvollziehen, nistete sich irgendetwas in ihm ein, ein kleiner Fremdkörper, der sich verkapselte und sechsundzwanzig Jahre brauchte, um sich unter der Haut bis zur Oberfläche vorzuarbeiten.

Als das Krankenhaus den alten Köster im März 1985 mit der Empfehlung nach Hause schickte, sich von seinen Verwandten und Freunden zu verabschieden, und der Oberarzt, ebenfalls schon ein älterer Mann, ihm die Hand auf die Schulter legte und sagte: »Bestellen Sie Ihr Haus, soweit es noch nicht geschehen ist, besuchen Sie nochmal Ihre Freunde, versöhnen Sie sich mit Ihren Feinden«, und er fragte: »Wie lange noch?«, und der Arzt skeptisch den Mund verzog und antwortete: »Für die Johannisnacht gebe ich Ihnen keine Garantie mehr«, und die Nachricht zu Hause angehört war und Schweigen und Tränen ausgelöst hatte, da griff Joachim Köster, vielleicht noch am selben Abend, vielleicht ein, zwei Tage später, jedenfalls in einem unbeobachteten Moment zum Telefon und rief seine Schwester in Lüdenscheid an.

Ulla, ich bin es, Joachim.

Joachim? Vollkommen verblüfft, das Schweigen, das rauschend und klickend andauerte, bis Köster es überbrücken wollte, aber da sagte seine Schwester: Es ist was mit Vater.

Aber nicht, was du denkst. Noch nicht. Aber er hat Leberkrebs. Sie geben ihm noch maximal zwei Monate. Wenn du dich verabschieden willst – ich glaube, er würde sich freuen.

Ja, natürlich …

Das dachte ich mir. Du kommst, so schnell du kannst, rüber. Du oder auch ihr könnt selbstverständlich bei uns unterkommen, wenn du mit deinem Mann oder den Kindern fährst.

Ich sehe rasch zu, wie wir das organisiert kriegen. Die Kinder sollten schon dabei sein, finde ich. Aber du –

Das lass meine Sorge sein.

So in etwa. Ulla besuchte ihre Familie eine Woche lang und nahm Abschied von ihrem Vater und kam sechs Wochen später noch einmal zum Begräbnis. Heike war die ganze Zeit in der Nähe des Großvaters gewesen, hatte ihm zum Schluss, bevor sie ihn wieder ins Krankenhaus bringen mussten, mit dem Morphium geholfen.

Als du das erste Mal hörtest, dass Heikes Vater Polizist war, da hast du halb verblüfft, halb ironisch gefragt: Ja gab es denn im Sozialismus Kriminalität? Ich meine keine politische, sondern richtige, in unserem Sinne?

Daraufhin die Mutter: Ja, wir hatten doch auch die Ausländer zum Beispiel. Die Polen machen doch alles zu Geld.

Der Esstisch ist voll besetzt zum Abendessen: fünf Erwachsene und drei Kinder, und die Gespräche drehen sich um den bevorstehenden Sommerurlaub.

Ich brauche keinen Urlaub. Wovon denn? Ich fahr mal an die See.

Mutter, du kannst es dir doch leisten, mal woanders hinzufahren.

Genau, flieg doch mal nach Mallorca, das ist billiger als Sellin.

Und was soll ich in Mallorca?

Früher hatten wir das Problem nicht.

Wo seid ihr hin im Sommer?

Jedes Jahr zwei Wochen mit den Eltern an die Ostsee, ihr hattet ja nur die vierzehn Tage Urlaub.

Und wir acht Wochen.

Rüdiger und ich, wir haben zugesehen, dass wir drei Wochen lang anständig Geld verdienen. Ab der achten Klasse durfte man in den Ferien arbeiten.

Ja, denn unsere Mutter hat uns knapp gehalten.

Ja, Muddern, jetzt kann ich dir's ja sagen: Ich habe bei dir Geld aus dem Portemonnaie geklaut. Bei dir übrigens auch, Heike.

Jetzt wird mir einiges klar. Aber es sei dir verziehen.

Na ja, wir haben, bis wir fünfzehn oder sechzehn waren –

Sechzehn!

Sechzehn also kein Taschengeld bekommen. Und als dann, mussten wir am Ende der Woche zu Vaddern zum Rapport: Was hast du davon gekauft? Und wenn ihm das missfiel…

Es war Stress.

Du warst doch da schon in Rostock. In der Schulspeisung haben wir Essensmarken eingespart. Hier, Charly, das kostete zweimarkfünfundsiebzig in der Woche plus eine Mark für die Milch. Und wir haben uns die Marke immer in der Schlange weitergegeben, nur einer hat seine eingelöst.

Und was hast du in den Ferien gemacht? Auch gearbeitet?

Wir mussten ja, als ich in Rostock war. FDJ-Studentensommer, »Arbeitseinsatz im Dienst der Republik«. Ich hab' in Berlin Kabelgräben geschaufelt.

Aber ich meine: Das Problem war ja dann irgendwann – wofür sollen wir das Geld ausgeben? Geld hatten wir ja, das war's nicht. Aber in der ganzen Stadt gab es nur eine Bratwurstbude.

Du hattest nie Geld, Ernst!

Anfangs nicht. Da sind wir abends in die Kneipe und haben Bier und ein Bauernfrühstück mit fünf Bestecken bestellt. Aber deine Frau hier, die hat's richtig gemacht und das Geld aufn Kopp gehauen.

Was sollte ich denn tun, nachdem ich im Krankenhaus angestellt war? Sparen? Wofür denn? Für die Zukunft?

Für Schuhe hat sie's ausgegeben. Aber was für Schuhe!

Tut sie immer noch.

Aber das waren keine Igelit-Schuhe!

Was für Dinger? Igitt-Schuhe?

Igelit. So 'ne Mischung Kautschuk-Plaste. Kosteten hundert Mark. Aber die hat sie nicht gekauft.

Hier Ernst, beruhig dich: Kuck, was ich an den Füßen habe – Scholl-Sandalen!

Für 500 Mark im Exquisit hat Heike sich Schuhe gekauft!

Ist das wahr, Kind?

Ja, irgendwas musste man ja tun mit dem Geld. Ihr habt es gehortet, und dann war's irgendwann nichts mehr wert. Das war aber erst im letzten Jahr, als es sowieso absehbar war, dass irgendwas passiert.

Ich frag mich, wo du das her hast. Mit eurem Vater konnte man überhaupt keine Schuhe einkaufen. Schuhgeschäft, das hat ihn nervös gemacht, da hab' ich ihn überlistet. Weil, wenn er mitsollte, das war ja, als solle er gehängt werden. Also hab' ich Schuhe für Rüdiger gekauft, die waren ja beide einsneunzig und hatten Schuhgröße 45, und Vater gezeigt und ausprobieren lassen. Ja ja, solche würden mir auch gefallen, sagt er. Na denne, behalt sie, sag ich ihm und geh ein zweites Paar für Rüdiger kaufen.

Was war denn ›Exquisit‹?, hatte Charly bei einem früheren ähnlichen Gespräch wissen wollen. Das waren die exklusiven Geschäfte. Also Intershop? Nein nein, das war wieder etwas anderes. Für den Normalbedarf gab es den Konsum oder das Zentrum-Warenhaus, aber wenn's was Besseres sein sollte, hattest du für die Lebensmittel das Delikat, da gab es zum Beispiel Schweinefilets statt Koteletts, und für die Kleidung eben das Exquisit.

Und Ernst oder Rüdiger hatte erzählt: Also, da gab es diese Fabrik in Altentreptow, die haben Jeans genäht für die teuren Westmarken, für Levi's und Wrangler und so. Und die zweite Ware, die der Westen nicht abgenommen hat, da hat man die Etiketten abgetrennt und die Jeans für 280 Mark im Exquisit verkauft als »Exportrückläufer«.

Und so viel zum Sozialismus, hatte Charly bemerkt. Schlecht genähte Wranglers für 280 Mark. Und was habt ihr verdient? Wie viel war das dann?

'n halbes Monatsgehalt.

Es ist gerade, dass sie, von manchen Begriffen abgesehen, dieselbe Sprache sprechen, die sie alle so entsetzlich fremd macht, fremder als Chinesen.

Der funktioniert immer noch, sagt die Schwiegermutter auf einen Satz von Ernsts Frau hin.

Wer?

Mein WM 64. Letztens, als ich die Wäsche aufhänge, sagt mir die Nachbarin: Man sieht doch, was so 'n Automat macht, so schön sauber. Und ich sag ihr: Von wegen Automat, sag ich ihr, das ist mein alter WM 64, der wäscht alles keimfrei, wie im Krankenhaus.

Weil er tatsächlich kocht, erklärt Heike lachend. Und zwar die ganze Maschine. Man muss sie abschalten, sonst kocht sie über.

Aber du könntest dir tatsächlich mal 'ne neue kaufen, Muddern.

Wozu? Dass die dann gleich wieder kaputtgeht. Ist doch alles auf Bruch konstruiert heutzutage. Das kam ja alles mit der Einheit.

Im Gegensatz zu euren Trabbis. Das war Wertarbeit auf höchstem technischem Niveau.

Und Charly erinnert sich, während er sich vornimmt, die Ossis, die er nicht mehr erträgt, Sonntagvormittag unter sich zu lassen und sich mit seinen Kindern aus dem eigenen Haus zu exilieren, Familienzusammenhalt hin oder her, an den ersten gemeinsamen Besuch mit Heike in Neubrandenburg, auch so ein heiterer Frühsommertag wie heute, und wie überrascht er von der Schönheit der Endmoränenlandschaft gewesen war und bei der Einfahrt in die Stadt gedacht hatte: All dieses schöne, ferne, versunkene, frühere Deutschland, kaputtgemacht von den Kommunisten, den Russen, den Polen, der Zone, versaut, verschandelt, verwahrlost, verschlampt, entstellt.

Sie waren hangabwärts gefahren, und Heike deutete auf die Plattensiedlung links der Einfallstraße, die sich wie Schimmel über den ganzen Hügel oberhalb des Sees ausdehnte. Lindenberg, die Stasistadt, alles abgesperrt damals, fünftausend Menschen. Am unteren Ende der Siedlung bog sie links ab und fuhr durch ein verwahrlostes Industriegelände bis zum Anleger am See. Das war hier alles das RWN, das Reparaturwerk Neubrandenburg, auch abgesperrt damals (Gab es eigentlich auch irgendwas in dieser Stadt, was frei zugänglich war?). Hier wurden Panzer aus dem gesamten Warschauer Pakt repariert. Zehntausend Menschen haben hier gearbeitet. Nur um dir zu verdeutlichen, was hier mal los war. Zehntausend hier, mehr als fünftausend drüben im Industriegebiet bei der Nagema (Nahrungsgüter Maschinenbau), mehr als fünftausend im Reifenwerk. (Das hat in alle Welt exportiert, hatte Ernst stolz erzählt. Nach der Wende von Conti gekauft und als unliebsame Konkurrenz sofort stillgelegt. Nach der Währungsunion wollte keiner mehr unsere Reifen zu Westpreisen. Er hatte *unsere* Reifen gesagt.) Da hinten im Wald hatten sie eine Übungsstrecke und hier irgendwo am Ufer ein Tauchbecken. Sie waren durch die Gasse zwischen den halb verfallenen backsteingemauerten Werkshallen geschlendert. Dann kamen sie an einem kleinen Einfamilienhaus vorbei, das sich zwischen den Fabrikgebäuden besonders lächerlich ausnahm, das ehemalige Wohnhaus des Werksleiters. Daneben stand ein Bunker aus verwittertem Beton, geformt wie eine stumpfe Pyramide. Sag mal, der Bunker und diese soliden Backsteingebäude – das ist doch alles älter hier als die DDR?, hatte Charly gefragt. Vor dem Krieg, erfuhr er, hatte das Gelände zur Heeresversuchsanstalt Peenemünde gehört. (Und wie passgenau und umstandslos, dachte er, war doch so manches Nazierbe in die DDR übergegangen. Sechzig Jahre lang keine Demokratie, spätestens die zweite Generation wusste nicht mehr, was das überhaupt ist, was erwartest du von den Leuten? Eigentlich wäre es logisch gewesen, folgerichtig, dass sie uns angreifen und in ihre alt-neuen Lager sperren.) Hier auf dem See war die Torpedoversuchsanstalt der Reichsmarine. Weil der Tollensesee so tief ist, sechzig Meter, konnte man die Torpedos in der richtigen Wassertiefe ausprobieren, und weil er so gerade verläuft, Nord-Süd. Da drüben, was du da siehst, das Inselchen, das war die Abschussbasis, da führte auch ein Steg hin, ham alles die Russen gesprengt, und die Maschinen natürlich abgebaut und requiriert. Zwei Kilometer weiter den See runter lag auch ein Schiff als Zielobjekt. Und der griechische Tempel da drüben am andern Ufer auf halber Höhe im Wald? Das ist das Belvedere, das ist noch 'n Stück älter, hat sich der Herzog von Mecklenburg-Strelitz da hinbauen lassen als Sommersitz. Da drunter am Ufer, das ist die Badeanstalt Broda, und rechts, das Grüne, das ist der Kulturpark. Da wurde auf den Moorwiesen der Kriegsschutt abgeladen, und sie haben darüber eine Grünanlage gesetzt. Die Altstadt ist dahinter. Da fahren wir jetzt hin.

Es musste ohne die Cluster der gewaltigen Plattenbausiedlungen auf allen die Stadt rahmenden Hügeln – nie ist Charly der Begriff »Satellitenstadt« so einsichtig geworden, die riesigen, grauweißen Zusammenballungen schienen tatsächlich auf halber Höhe über dem Städtchen zu schweben wie der Todesstern in *Star Wars*, wie Killersatelliten – Ihlenfelder Vorstadt, Lindenberg, Oststadt, Datzeberg –, es musste früher wirklich ein lauschiges und schönes Örtchen gewesen sein, Anfang des Jahrhunderts.

Es war schwer, diese Stadt und diese Heike irgendwie übereinander zu bekommen, als sie Hand in Hand durch die Innenstadt schlenderten, die innerhalb ihrer Stadtmauer mit schönen Backsteintoren wirklich sehr klein war. Selbst hinaus zum Vogelviertel, wo die Familie zur Zeit ihrer Geburt gelebt hatte (sah aus wie die Dachauer Sozialsiedlung für die Aussiedler), dauerte es nur zehn Minuten hin und zurück. Das HKB, das Haus für

Kultur und Bildung, der leere Platz davor, das Theater, das auch für Konzerte, Silvester- und Faschingsbälle genutzt worden war, der ›Kulturfinger‹ – du grübelst die ganze Zeit, woran dich diese Atmosphäre vage erinnert, und dann fällt es dir ein: an das Ende von *Doktor Schiwago*, du warst zu jung, um alles zu kapieren, vielleicht elf, zwölf, aber die Bilder haben sich eingeprägt (und natürlich die entsetzliche Lara-Musik). Ganz am Ende ist Alec Guinness, ein bisher völlig gefühlskalter Apparatschik, auf der Suche nach der mutmaßlichen Tochter von Schiwago und Lara und findet eine rothaarige Pionierin in grauer Uniform irgendwo an einem Staudamm oder Kraftwerk, jedenfalls so eine kommunistische Monumentalbaustelle. Das Mädchen, das weißt du noch, wirkte wie ein Roboter, wie lobotomisiert, ein seelenloser, sozialistischer Zombie, kalt, gefühllos, unfreundlich, unbeteiligt (umso eindrücklicher nach all den Gefühlswallungen des Films) – und das hat sich dir damals als das Inbild des Kommunismus eingeprägt: diese stahläugigen Cyborgs vor ihren zyklopischen Industrieanlagen, entseelt, freudlos, erbarmungslos, diese erkalteten Herzen, diese Neuen Menschen. Nun ist der Marktplatz von Neubrandenburg gewiss keine zyklopische, titanenhafte Kulisse, dennoch schreit auf diesem Platz der toten Seelen alles in dir: Raus hier, heim in den Westen, nach Hause, zurück in die freie, lebendige, alte Welt!

Aber dann standen sie vor einem großen Gebäude, und Heike sagte: Das hier war das Zentrum-Warenhaus, samstagmorgens stand hier immer eine ganze Batterie Kinderwagen vor dem Eingang.

Mit Babys drin?

Ja sicher, während die Eltern einkauften. Da passierte nichts.

Auch Ernst hatte das Bild schon erwähnt, wenn er zu Besuch war: Weißt du noch, die parkenden Kinderwagen vor dem Zentrum-Warenhaus im Sommer?

Und gerade weil der Gehweg so gähnend leer ist vor dem ehemaligen Kaufhaus und nur alte Leute in missfarbener Kleidung über die Trottoirs schlurfen, prägt sich ihm das Bild der geparkten Kinderwagen ein, er stellt sich Sechzigerjahre-Modelle vor mit Speichenrädern und Postkutschenfederung und hohen dunkelblauen Klappverdecken mit Chromrippen – und dieses Bild zwingt dich, ein Wort zu formulieren: Heimat. Das hier war tatsächlich die Heimat von Heike und Ernst und Rüdiger und ihren Eltern. Diese kinderwuselnde, sozialistische Industriestadt, die permanente Großbaustelle oben in der Oststadt, die mit Stacheldrahtverhauen eingezäunten Sperrgebiete, der in der Sonne glitzernde See und diese aufgereihten Kinderwagen mit schreienden Babys vor dem Zentrum-Warenhaus, das war ihre Heimat. Sie hatten eine selbstverständliche, geliebte Heimat.

Über den Anblick dieses trostlosen Platzes projizierst du die Flucht der geparkten Kinderwagen und stellst das Foto Heikes aus jener Zeit davor, um 1980 herum, Abiturzeit (aufgenommen vor dem Eiscafé Tina, hat sie erzählt). Sie steht da, der schwarze Schopf halblang, die spiegelnde Nickelbrille verdeckt die Augen, ein T-Shirt, baumelnde Arme, eine Jeans, die ein Stück zu kurz ist, sodass man die nackten Knöchel sieht, die Füße in roten Clogs, deren Nieten in der Sonne glänzen. Ein dünnes Mädchen, noch nicht wirklich eine Frau.

Und noch ein zweites Heimatbild gibt es, das für Charly zu dem mit den Kinderwagen gehört. Im Sommer wie jetzt, hat sie gesagt, sind wir zum Lernen fürs Vorklinikum mit der S-Bahn an den Strand von Warnemünde gefahren.

Mit der S-Bahn an den Strand... Da entsteht wieder ein ganzes Kaleidoskop nicht recht zusammenpassender Bilder: Metropole und Urlaub, öde Vorstädte und Sommererotik, graue Hochhäuser und sonnenbeschienener Sand ... Auch dort versuchst du sie dir vorzustellen anhand des zweiten Fotos, das in der Wohnung in der Grillparzerstraße an der Pinnwand hing: Ihr Patti-Smith-Foto, wie du es insgeheim nennst, es stammt aus den Rostocker Studienjahren.

Sie hockt im Schneidersitz auf einem Bett, barfuß, Halbprofil, die schwarzen Haare hängen ins Gesicht, runder Rücken, flachbrüstig, das heißt, die Brüste zeichnen sich unter dem T-Shirt nicht ab, stonewashed Ost-Jeans, du hast das Foto im ersten Moment aus der Entfernung für eins der jungen Patti Smith gehalten. Neben ihr auf dem Patchwork-Überwurf ein Buch, darauf die Brille. Vielleicht hat sie deswegen diesen Schlafzimmerblick der Kurzsichtigen. Rechts von ihr lehnt eine Gitarre an der Bettkante. Auch die dünnen, sehnigen Arme lassen an Patti Smith denken. Aber das ist eine zwiespältige Assoziation, denn da du nichts von ihr weißt aus jener Zeit, dir ihr Leben nicht vorstellen kannst, legt sich, ohne dass du es verhindern könntest, auch ein Patti-Smith'sches Lebensgefühl über dein Bild von Heike, und das heißt Exzess. Drogen (die dünnen Arme, da fehlt nur noch die Heroinspritze, obwohl dir natürlich klar ist, welchen Blödsinn du dir da vorstellst), wahlloser Sex, Untreue, Scheißegalfeeling, mit einem Wort: Rock'n'Roll. Rock'n'Roll in Rostock! Die Gitarre, oder besser Klampfe, die am Bett lehnt, gehört nicht ihr, sondern ihrem damaligen Freund, sie hat nicht viel erzählt, nur zwei feste Freunde erwähnt, einen René, Kommilitone im Medizinstudium, und dann diesen Hans-Peter, dem die Gitarre gehört und der ganz offenbar auch das Foto geschossen hat, was dem eine ungute Intimität verleiht. Du weißt nur, dass sie wohl zwei bis drei Jahre mit ihm zusammen war und dass er – was wieder? Theologie studiert hat. Wahrscheinlich so ein DDR-Hippie. Was habt ihr denn da auf der Gitarre gespielt? *House of the Rising Sun* und *Heart of Gold*. Ach du Scheiße, dieses Gejaule, sagst du schärfer als gewollt (und erleichtert, denn verglichen mit Patti

Smith ist das natürlich weit entfernt von jedem Exzess), weil du eifersüchtig bist auf diesen Unbekannten, der diese Zeit mit ihr geteilt und dir damit gestohlen hat. Obwohl. Du, ich stelle keine Fragen, sagt er zu seinem Freund Thommy. Wer viel fragt, bekommt viele dumme Antworten. Sie ist jedenfalls nicht als Jungfrau in die Ehe gegangen. Das hatte ich auch nicht erwartet. Und erzähl ich ihr vielleicht solche Sachen? Vom Vögeln mit Christine oder mit Ines oder weiß der Geier wem? Oder mit Meret! Gott bewahre! Ab und zu erzählt sie mal ein bisschen, aber ich insistiere nicht. Klar werden die da auch gevögelt haben in der Zone, das Verrückte ist bloß, aus irgendeinem Grund sehe ich fickende Sozialisten immer nur in der Missionarsstellung vor mir.

Die drei Kinder haben mit begeistertem Grauen zugesehen, wie Onkel Ernst die beiden in Neubrandenburg gekauften Zander aufgeschnitten und ausgenommen hat, und Charly konstatiert, mit welch entspannter Selbstverständlichkeit er sich zum Herrn der fremden Küche gemacht hat, ein, zwei Fragen an seine Schwester, dann weiß er, wo was ist, schleift das Messer wie ein gelernter Metzger (Bajonett!), pfeift dazu und strahlt eine natürliche Autorität aus, die magnetisch auf Kinder und Hunde wirkt.

Bella schaut zu ihm auf und würde mit ihm gehen, wenn er sie riefe, aber wie all diese Menschen, die problemlos mit großen Hunden können, beachtet er sie gar nicht. Erstaunlicherweise tritt er ihr bei seinen präzisen Gängen durch die Küche aber nicht auf die Pfoten, denn sie weicht instinktiv genau in dem Moment zurück oder zur Seite, bevor er sich bewegt.

Er ist ein guter Koch bodenständiger Küche, heute macht er Zander Mecklenburger Art, es hat sich eingebürgert, dass er einen Abend kocht, wenn die Familie übers Wochenende kommt. Bei einem der letzten Male, Charly weiß nicht mehr wann und wo (es könnte auch in Neubrandenburg gewesen sein), wischte sich Heike nach so einem von ihrem Bruder zubereiteten Abendessen mit dem Handrücken über den Mund und sagte zufrieden (es kam heraus wie ein wohliger Stoßseufzer, und alle lachten): »Das war jetzt *urst* gut!«

Es war das erste Mal, dass du diesen Ausdruck gehört hast, diesen gutturalen Rülpser aus der Kehle der Frau, die in den Mund, aus dem dieser Laut gedrungen ist, deinen Schwanz nimmt (selten, aber doch). Es war ein schockierender Moment. Aber warum? Weil dieser intime Mund sich plötzlich als Endlager giftig strahlenden Ost-Abraums offenbart. Die einzigen Lippen, die deinen Schwanz berühren – und dann formen sie dieses unselige Wort *urst*. Ein DDR-Wort. So müssen sich Männer fühlen, die in der Nachttischschublade ihrer Frau alte Briefe entdecken, die nicht an sie gerichtet sind, oder DDR-Bürger, die erst beim Betrachten ihrer Akten in der Gauck-Behörde erfuhren, dass sie jahrelang von der eigenen Frau bespitzelt wurden. Es ist ein Wort, ein Laut besser, der dich aus ihrem früheren Leben ausschließt. Da wo *urst* war, da ist kein Platz für dich. Und wie viel von diesem Leben ist noch in ihr? Alles, das ist das Problem. Eine Frau, deren erste dreißig Lebensjahre du dir nie wirst vorstellen können. Da sitzt sie, junge Patti Smith, mit diesem Hans-Peter auf ihrer Bude auf der Patchwork-Decke, und er klampft und singt: »I'm searching for a heart of gold!«, beide nackt, und dann legt sie sich auf den Rücken und er sich auf sie drauf und dringt in sie ein, und sie ruckeln und stoßen und stöhnen, und als er sich wieder aufrichtet, faltet sie die Arme hinterm Kopf und sagt: »Das war jetzt *urst* gut!«

Ernst lässt sich von den Kindern beim Kochen helfen. Luisa darf die Filets mit Küchenpapier trocken tupfen, sein Sohn salzt und pfeffert sie. Im Esszimmer reden die Frauen, Charly steht in der offenen Schiebetür, horcht mal hierhin, blickt mal dorthin,

bietet sich an, Kartoffeln zu schälen, die Drillinge, das kann
Luisa noch nicht, bzw. wenn sie es tut, bleiben nur Würfel übrig.
Ernst lässt die Butter aufschäumen und dünstet das Mehl an. Er
nimmt den Topf vom Herd und gibt den Fischfond zu. Während
er mit dem Quirl rührt, beaufsichtigt er, wie die Kinder die Teller
für die Panade mit Mehl und Semmelbröseln füllen. Er schlägt
das Eiweiß für die Panade schaumig, verquirlt dann das Eigelb
mit der Sahne und rührt es in die Soße. Dann Salz, Pfeffer, eine
ausgedrückte Zitrone, eine Handvoll Kapern. Heike deckt den
Tisch. Zum Schluss wandern die panierten Filets in die Pfanne.
Charly holt den Riesling aus dem Kühlschrank und entkorkt
ihn. Ernst hackt rasend schnell – die Kinder stehen großäugig
daneben – die Petersilie, die auf die Kartoffeln kommt. Es duftet.
Heimatlich, sagt Heike und lehnt beim Besteckholen kurz den
Kopf an die breite Schulter ihres Bruders.

Nach dem Begräbnis von Großvater Köster und dem
Abschied Joachims von Ulla dauerte es etwa ein Vierteljahr
bis zur Entlassung von Heikes Vater aus dem Polizeidienst.
(Aber in den Knast musste er nicht? Nein!, wo denkst du hin.
Und arbeitslos wurde er auch nicht? Du konntest gar nicht
arbeitslos werden. Du hast einfach eine andere Arbeit zuge-
teilt bekommen.) Sechsundzwanzig Jahre lang hatte er als
Kommissar gearbeitet. Er wechselte als ›Kaderleiter Ordnung
und Sicherheit‹ zum neuentstandenen VEB Pharma Neubrandenburg, einer Fabrik zur Erzeugung von halbsynthetischem
Penicillin, das Mangelware war und teuer importiert werden
musste, seitdem 1963 die eigene Produktion eingestellt worden
war. Kurz vor der Wende hatten sie's dann geschafft, danach
haben sie den Laden in die Insolvenz gehen lassen, um die lästige Konkurrenz aus dem Weg zu schaffen, sagt Ernst. Womit
er sich widerspricht, denn er erzählt auch, seinem Vater seien
Ende der Achtziger erste Zweifel gekommen, nicht am Sys-

tem, aber an seiner Effizienz: Sie kriegten es einfach nicht hin, saubere Antibiotika herzustellen. Mal gab es dieses Problem, mal jenes. Hygiene. Und nichts konnte gelöst werden. Und der ewige Mangel, obwohl das Geld ja da war.

Ernst, der 1986 die zehnte Klasse beendete, wurde nicht zum Abitur zugelassen und begann seine Lehre. Bei ihrer Mutter lief es ein bisschen schmutziger: Man machte ihr den Vorwurf, beim Klauen in der Kaufhalle gesehen worden zu sein. Das Bezirkskrankenhaus entließ sie, und sie nahm eine Stelle als Sprechstundenhilfe in der Poliklinik in der Altstadt an. Ich habe Blut und Wasser geschwitzt, ich war doch schon im Klinikum, sagt Heike. Aber es ist nichts passiert. Trotz Hans-Peter, sagt Ernst. Damals war Hans-Peter noch nicht auffällig. Erst nachdem ich schon lange mit ihm auseinander war.

Und da habt ihr keinen Hass gekriegt?, fragt Charly ungläubig, der die Wut auf das Schweinesystem (wieder mal) in sich hochsteigen spürt.

Ach, Schwamm drüber, sagt seine Schwiegermutter. Früher war ich fromm, dann war ich in der FDJ und der Partei, heute glaub ich nur noch, was ich im Portemonnaie habe. Aber schaut mal hier, das Foto hab' ich irgendwo rausgekramt.

Luisa drängt sich vor und fragt Ernst: Bist du das?

Er nickt, den Kochlöffel in der Hand, die Schürze umgebunden.

Warst du mal Matrose?

Ich bin zur See gefahren. Rüdiger auch.

Das Foto zeigt zwei junge Männer in Marineuniform, weiß und blau, an der Mütze die flatternden Bänder.

Wann war das, Muddern?

Muss Anfang '89 gewesen sein. Schön seht ihr aus, so schmuck und proper. Heike kichert. Ernst verzieht das Gesicht und geht zurück in die Küche. In fünf Minuten könn' wir essen.

Die sehn aus wie Donald Duck, sagt Luisa.

Lass das den Onkel nicht hören, sagt Charly und gießt den Wein ein.

Ebenso wie sein Bruder hatte Rüdiger kein Abitur machen können oder dürfen und hatte sich, um dennoch einen Studienplatz zu bekommen, auf fünfundzwanzig Jahre zur Marine der NVA verpflichtet. An der Marinehochschule Stralsund studierte er Maschinenoffizier, genauer: Diplom-Ingenieur für Maschinenbau mit der Spezialisierung Dieselmotorentechnik. Ganz zum Ende seines vierjährigen Studiums, kurz nach seiner Ernennung zum Leutnant in der Flotte, fand die Wiedervereinigung statt, und die NVA hörte auf zu existieren. Rüdiger bewarb sich bei der Bundesmarine zur Übernahme als Zeitsoldat und bekam eine Anstellung für die Minimaldauer von zwei Jahren, in denen die in den alten Nazihafen von Peenemünde überführten Einheiten abgewickelt wurden. Der Vertrag wurde nicht verlängert, aber unterdessen hatte die Bundesregierung ein Abkommen mit Indonesien geschlossen, das zahlreiche noch verwendbare Kriegsschiffe der DDR-Marine kaufen wollte, nachdem man sie bei der HDW in Kiel generalüberholt hatte. Die indonesischen Marinesoldaten mussten an diesen Schiffen ausgebildet werden, die alle aus sowjetischer Produktion stammten und deren kyrillische Beschriftungen für die Indonesier nicht zu entziffern waren. Genau für diese Aufgabe wurde Rüdiger 1992 nach Kiel geholt.

Da ist er, glaube ich, aus lauter Verzweiflung zum Rassisten geworden, erzählt Ernst. Sagt er mir: Affen soll man nicht aufs Meer schicken. Es muss schrecklich gewesen sein, umso mehr, als der ganze Deal gestunken hat. Ich meine, wozu brauchte Indonesien diese ganzen Schnellboote und Landungsboote, wenn nicht, um den Aufstand in Osttimor blutig niederzuschlagen?

Jedenfalls lehnte Rüdiger Köster das Angebot ab, die Überführung der Schiffe nach Indonesien zu begleiten.

Wollte eben kein Seemannsgrab.

Wieso Seemannsgrab?

Weil die Dinger reihenweise abgegluckert sind. Die Fidschis haben es fertiggebracht, irgendwo im Kanal oder im Nordatlantik versehentlich die Klappen der Landungsboote zu öffnen, ein paar sind abgesoffen, die anderen konnten die Indonesier nicht navigieren, sodass sie schließlich in den Hafen von Brest geschleppt worden sind. Ich weiß nicht, wie viele und in welchem Zustand dann irgendwann in Indonesien angekommen sind. Jedenfalls hatte es Rüdiger im Gefühl, dass er sich den Seefahrerkünsten der Indonesier besser nicht anvertrauen sollte.

Nach diesem Zeitvertrag in Kiel war er arbeitslos und bekam '94 vom Arbeitsamt eine Managementausbildung für Ingenieure vermittelt, eine Art abgekürztes BWL-Studium, mit dem er schließlich eine Arbeit fand. Bei Webasto in Neubrandenburg ausgerechnet, sagt Ernst, also das frühere Sirokko-Werk, eines der wenigen Neubrandenburger Unternehmen, das nach der Wende nicht kaputtgemacht wurde. Die haben dort auch schon zu unserer Zeit Standheizungen gebaut für die Trabbis und Wartburgs. Tja, und da ist er heute technischer Leiter.

Schweigen ermöglicht bestimmte Erfahrungen, es wächst aber auch aus bestimmten Erfahrungen… Es gibt kein: Ich will schweigen. Wenn wir so reden, dann stehen wir noch vor dem Tor des Schweigens. Wir strecken uns aus, wir bemühen uns – und verfehlen das Schweigen. Die Aktivität, die das Schweigen erreichen will, muss auch schweigen… Auch ist es noch kein Schweigen, wenn ich den Mund halte. Es redet in mir immer noch. Die Worte drängen hinaus. Erst wenn dieses Drängen schweigt, schweigen wir. Ob wir zu solch schweigendem Aushalten unserer selbst bereit sind, ist eine Frage des Vertrauens und des Mutes. Mut zu uns selbst. Mut zur Wehrlosigkeit. Der Mut, dem inneren Drängen schweigend standzuhalten, ist selbst Schweigen. Ich bekomme es nicht mehr zusammen. Es ist auch ein Akt des Vertrauens, wenn wir dem, was uns widerfährt, schweigend begegnen. Wenn unsere Wünsche, unser Verlangen nach Recht ungestillt bleiben und das Fragen in uns kein Ende nimmt – da nicht zu verstummen, sondern gelassen zu schweigen. Ich weiß bis heute nicht, ob ich je richtig kapiert habe, was er meinte. Der volle Hörsaal jedes Mal schon eine halbe Stunde vorher. Hans-Peter. Wann war das? Ich war schon im Klinikum, habe schon in der Fiete-Schulze-Straße gewohnt. Was war das für eine Zeit, verglichen mit heute? Was für ein Mensch war ich, verglichen mit heute? Was hat mir an ihm gefallen? Bestimmt, dass er solch ein Gegenpol zu Vater war. Ein Asi, haben die Brüder über ihn gesagt. Aber ein Asi war er nicht, auch wenn er sich vielem verweigerte. Theologiestudent, der Vater ein hohes Tier in der Kirche, Leiter des Pastoralkollegs. Dieses Weiche, Nachdenkliche, Respektvolle. Ja, das Respektvolle. Der Schalk in den Augen. Das leise Widerständige. Es muss ja immer eine offene Stelle an einem geben, in die die Keime eindringen können. Einen Herd. Eine Empfänglichkeit. Wie bin ich schließlich überhaupt in die Heidrich-Vorlesungen gekommen? Dass ich dort überhaupt hin bin. Nachdem ich mit René Schluss gemacht hatte. Vielleicht auch einfach die Sehnsucht, nicht alleine zu sein, wenn du's nachts aus dem Nebenzimmer lachen und irgendwann stöhnen hörst. Nie obszön, immer heimelig komischerweise. Ein Leib sollt ihr sein. Seine Sturheit und Enge, das ist mir damals nicht aufgefallen, das Drahtseil unter der Samtummantelung, das Prinzipienreiterische. Das – soll ich es so nennen? – das Unmenschliche. Über Politik haben wir nicht viel geredet. Obwohl – wenn ich nachdenke: Vielleicht hatten sie ihn damals schon im Visier, Conny aus der Clique, die sich in der Heidrich-Vorlesung traf, der fragte manchmal abends im *LT-Club* oder im *ST-Club*, solche Fragen, die einem erst nach Jahren verdächtig vorkommen, oder nicht mal Fragen, sondern Sätze, die Zustimmung oder Ablehnung provozieren. »Ich bewundere Hans-Peter für seine moralische Kompromisslosigkeit.« Sowas. Und dann antwortetest du: »Ja, er hat einen Kompass im Kopf.« Und der ist auf Norden geeicht, oder eher auf Westen? Gelächter. Weiß nicht mehr, was ich gesagt habe, aber Conny ist bestimmt ein Spitzel gewesen. Weiß nicht mehr, wie das weiterging, erst das Examen, dann die Rückkehr nach Neubrandenburg. Dann sagt irgendjemand: Hast du gehört, dass Hans-Peter in U-Haft ist? Aber da hat's mich dann auch nicht mehr interessiert. Es war mein Fehler. Irgendwie wollte ich seiner Offenheit, seiner ungeschützten Zärtlichkeit ebenbürtig sein, ihn womöglich in seiner schutzlosen Hingabe übertreffen. Wusste gar nicht, dass du so laut sein kannst, hat Ingrid am Frühstückstisch gesagt, und ich bin vor Scham im Boden versunken. Und es fällt mir nichts Besseres ein, als »ungeschützt« wörtlich zu nehmen und es nur als Geste zu sehen und nicht zu kapieren, was das für ihn heißen musste, als ich ihm das Ding, das er sich schon übergestreift hatte, abziehe und, wie blöd kann man sein, mich ihm so schenke, und – die Logik stimmte schon – was für ein unvergleichlicher Moment, als ich ihn in mir gespürt – sag's nur: als ich seinen Samen in mir gespürt habe, ja toller Moment, und am nächsten Tag, wieder nüchtern, da fängt der Schiss an und die Selbstvorwürfe und steigern sich bis zur Panik, bis zum Tag des Tests und natürlich, ich wusste es ja (hatte es ja gewollt, irgendwie, oder provoziert). Und wie glücklich er war, wie er strahlte, wie zärtlich, er schwebte fast. Wir heiraten. Natürlich heiraten wir. Und mein Studium? Ich kann doch nicht mit einem Kind das Studium beenden. Das geben wir solange zu meiner Mutter. Das geht alles. Alles geht, wenn man es will. Was für eine Freude, was für ein Geschenk! Aber für mich war's kein Geschenk. Wie hab' ich mit meiner Blödheit gehadert. Wir können doch später immer noch, sag ich zu ihm. Man muss die Feste feiern, wie sie fallen, sagt er zu mir. Für ihn war das alles entschieden, und ich frage mich manchmal – hätten wir wirklich, vielleicht hätte er sich dann vom Politisieren abgewandt und wäre nicht – müßig. Dann, als ich das erste Mal was von Wegmachen sagte, da kam ein anderer Hans-Peter zum Vorschein, ein ganz anderer. Moral, Gott, Schöpfung, Sünde, Pflicht, und als ich es dann und ihm hinterher sage, erst hinterher, da dreht er sich um und spuckt aus, auf den Boden, pflatsch, und dann fängt er an zu weinen und stößt mich weg, und dann ist er gegangen und hat sich nie wieder gezeigt, ist mir ausgewichen, so gut das in einer Stadt wie Rostock geht, dabei war's doch auch für mich keine Freude, weiß Gott nicht, und gerade da hätte ich jemanden gebraucht, aber für ihn war ich tot.

Woran denkst du, Mama?

An nichts, mein Schatz. Komm, lass uns beten vor dem Einschlafen. Malte, möchtest du auch beten?

Malte sieht seine Tante hilflos an. Wir beten nicht, sagt er.

Du musst nicht, wenn du nicht möchtest. Wie du willst, Mausebär.

Müde bin ich, geh zur Ruh, betet Luisa ein wenig leiernd und singsangend. Schließe meine Äuglein zu. Vater, lass die Augen dein über meinem Bette sein. Amen.

Gute Nacht, ihr beiden. Schlaft schön.

(Bist du jetzt religiös geworden auf deine alten Tage?, fragt Ernst morgens beim Frühstück süffisant. Wieso? Malte hat mir erzählt, dass du mit ihm beten wolltest. Wollte ich nicht, ich hab's ihm freigestellt. Und ihr betet? Luisa betet. Heike zuckt die Achseln. Es ist ihr lästig, darüber Rede und Antwort stehen zu sollen.)

Es wissen nur wenige davon. Schweigen. Schweigen zum Schutz der Wunde. Mutter nicht. Die Brüder nicht. Charly nicht. Sie müssen es auch nicht wissen. Charly insistiert nie. Er interessiert sich für die Orte und die Freunde und die Familie, aber nicht für die Männer vor ihm. So wie ich mich nicht für die Frauen vor mir interessiere. Erschreckend, wenn du dich erinnerst, ist lediglich, dass man währenddessen immer nur die eine Seite sieht, auf die das Licht fällt. Und wenn man dann die erdabgewandte zu Gesicht bekommt, hält man den Schock kaum aus. Unterschwellig war es immer alles da. Im Nachhinein kann man's rekonstruieren. Selbstgerechtigkeit, Selbstherrlichkeit. Aber währenddessen sieht man nichts. Lektion ist, sich selbst zu misstrauen in seiner Genügsamkeit, nur eine Facette des anderen sehen zu wollen unter Ausblendung aller anderen. Wie gut, dass jetzt Lulu und Mäxchen. Achtgeben, dass keine Affenliebe. Nicht jetzt. Aber wenn sie größer werden.

Als Heike nach unten kommt, sind sie wieder bei Erinnerungen. Die Mutter schwärmt gerade von den Faschingsbällen im HKB, und Charly sieht unwillkürlich Fernsehbilder mit den Parteibonzen vor sich, Ulbricht und Honecker und Co., wie sie hemdsärmlig und mit Krawatte in einer schwitzigen Atmosphäre voller Braun- und Orangetöne ihre Damen beim Schieber vor sich herbugsieren, konzentrierte Blicke über deren Schulter werfen, um den Weg durchs bierselige Gedränge zu finden, der gleiche Blick, mit dem der Alte früher in den Rückspiegel sah, wenn er einhändig rückwärts einparken wollte. Die linke Hand, daran die rechte der Frau hängt, ist hochgereckt auf Kopfhöhe, fast wie der Stromabnehmer beim Autoscooter, und genauso eckig und ruckend wie die Boxautos foxtrotten sie durch ihre sozialistische Partyhölle. Du erinnerst dich an diesen Satz, irgendwo gelesen: »Honecker musste 17 Millionen Menschen unterdrücken, um so leben zu können wie ein westdeutscher Handwerksmeister, der 17 Angestellte hat.«

Wo sind *wir* eigentlich hin?, fragt Ernst in die Runde (aber natürlich eigentlich nur seine Schwester).

Du bist immer in den *Sumpf*, antwortet Heike.

Was war denn um Himmels willen der *Sumpf?*, will Ernsts Frau wissen. Das hört sich ja eklig an.

Da bin ich kaum hin, protestiert Ernst. Die Dissidentendisko. Da war die Gefahr viel zu groß, dass Vaddern dort 'ne Razzia macht, so viel, wie da gedealt wurde. Und das hätte 'n schlechten Eindruck gemacht, wenn er mich da gekrallt hätte.

Als Bullenkind im *Sumpf*, spottet Heike. Ich bin lieber ins *Baltic* oder ins *Kosmos*. Aber da wart ihr noch zu klein. Mir war der *Sumpf* immer zu räudig. Außerdem war der Wein da mit Wasser gestreckt.

Der *Sumpf*, erklärt Ernst seiner Frau, war bei uns in der Oststadt im selben Gebäude wie die Bauarbeitergaststätte untergebracht. Da ist man abends hin. Oder in den Jugendclub oder die Schülergaststätte. Das *Baltic* war mir zu etepetete.

Zu Faschingsbällen bin ich erst in Rostock. Aber da ging es auch ab. In der Mensa. Da waren auch die Professoren mit bei. Bis auf die entsetzliche Oberärztin Lange natürlich, eine Anatomiedozentin.

Wieso, was war mit der?

Eine gefürchtete Testatprüferin und sehr staatstreu. Ich hab' gehört, dass sie bei den Montagsdemos gesagt hat, sie würde sich am liebsten mit einer Kalaschnikow aufs Dach der Anatomie stellen und alle Demonstranten abknallen.

Ist ohnehin merkwürdig, dass es nach '89 nicht mehr Rachefeldzüge gegeben hat, sagt Charly. Dass keiner von euch das Bedürfnis hatte, ein paar von den Schweinen ranzunehmen, vor denen ihr strammstehen musstet.

Aber der ratlose Blick, den sich Heike und Ernst bei diesen Worten zuwerfen, bringt dich wieder einmal dazu, Vergleiche anzustellen. War es denn nach '45 anders? Sind da die überlebenden Sozialdemokraten und Kommunisten losgezogen und haben ihre ehemaligen Peiniger und Verräter in großem Stil angezeigt oder gar umgebracht? Hat sich ein Landser je an einem perversen Vorgesetzten gerächt? Einer, der im Gestapokeller gesessen hat, an seinen Folterern? Nein, als es zu Ende war, war es zu Ende. Keine Sekunde Anarchie in der Übergangszeit, und wenn du je einen aus der älteren Generation der Familie gefragt hast, wer schuld war und auf wen sie böse waren, dann waren es nur immer die anderen, die Nazis, die Sieger, die von draußen, aber nie *wir*. Woher kommt dieses *Wir*? Woher kommt dieser völlig irre Schnitt durch die Gesellschaft, der nicht in Opfer und Täter trennt, sondern in ›wir‹ und ›die anderen‹? Nimm einen wie Ernst, denkt Charly, der nicht studieren durfte, weil sein Vater seine Schwester eingeladen hatte, vom sterbenden Großvater Abschied zu nehmen. Oder nur um den Preis, den sein Bruder willens gewesen war zu zahlen, nämlich sich auf fünfundzwanzig Jahre an die Armee zu verkaufen. Nimm diesen Ernst, der dir die Eier abgeschnitten hätte und deine Eltern und Freunde abgeknallt, wenn sie ihn losgeschickt hätten damals, und schau dir an, was er seither in der Freiheit für einen Weg gemacht hat. Nimm ihn und erklär mir, warum seine ›Wir‹-Gefühle dort sind, wo sie sind.

Na gut, nehmen wir ihn und schauen uns die Sache an: 1986 hatte Ernst die Polytechnische Oberschule beendet und sich für eine Lehre als Binnenfischer beworben, exakt gesagt: eine Ausbildung zum Facharbeiter für Binnenfischerei. Der Plan war, nach der dreijährigen Lehre und vier Jahren bei der

Marine ab 1992 auf die Ingenieursschule zu gehen und dort drei Jahre lang Fischereitechnik zu studieren. Danach standen mehrere Berufsmöglichkeiten in Aussicht, alle in der geliebten mecklenburgischen Landschaft. Wie wir wissen, vereitelten die geschichtlichen Entwicklungen diesen Lebensplan.

Zunächst einmal aber begann alles wie vorgesehen. Sie waren 25 Azubis beim VEB Binnenfischerei Neubrandenburg in Wesenberg. Ernst verbrachte im Schnitt einen Monat in jeder Fischerei und wanderte quasi wie ein Geselle früherer Jahrhunderte von Betrieb zu Betrieb. Im zweiten Lehrjahr war seine Basis Boeck. Er lernte in Zuchtbetrieben, modernen technischen Anlagen und bei siebzigjährigen, wortkargen Fischern, die den Wechsel der Systeme unbeschadet überstanden hatten und wie die Druiden, die zu Äbten geworden waren, den Eingeweihten jahrhundertealte Weisheiten in zeitgemäßer Wortwahl weitergaben. Statt in drei absolvierte er seine Ausbildung in zwei Jahren. Danach kam er zur Flottenschule Parow und ließ sich nach seinem Grundwehrdienst ein halbes Jahr zum Steuermann ausbilden. Er war in dem großen Sperrgebiet Dranske auf Rügen stationiert, diente bei der 6. Flottille und fuhr schließlich als Obersteuermann im Rang eines Maats auf einem mit Raketen bestückten Schnellboot Patrouille durch die Hoheitsgewässer der DDR. Die dreißig Mann Besatzung lebten auf dem Schnellboot (das heißt die Offiziere und Unteroffiziere, die Mannschaften auf schwimmenden Quartieren im Hafen). Dann kam der November '89, und nach der Frühjahrswahl begannen die Abwicklung der NVA und die teilweise Überführung ihrer Einheiten in die Bundeswehr. Alle Soldaten, die schon länger als die fünfzehn Monate gedient hatten, die der Grundwehrdienst im Westen dauerte, wurden sofort entlassen, Ernst zum 30. April 1990, und zurück zu ihrem letzten Arbeitgeber transferiert. So fand sich Ernst beim VEB Binnenfischerei Neubrandenburg wieder, wo man ihm aber bereits am ersten Arbeitstag die Entlassungspapiere in die Hand drückte. (Übrigens auf den Tag dasselbe Datum, an dem sein Vater vom VEB Pharma entlassen wurde, zum einen wegen seiner Parteimitgliedschaft, zum anderen aufgrund seiner IM-Akte, die ihm die Monatsberichte ans MfS eingebracht hatten, die er als Kaderleiter ›Sicherheit‹ verfassen musste. »Wie ist die Stimmung im Betrieb?«) Der Fischereibetrieb machte selbst dicht. Nach all den Berichten über die »starken Belastungen« in den Gewässern wollte niemand mehr ostdeutschen Binnenfisch kaufen. Ernst blieb bis zum Ende der Kündigungsfrist, bis zum 31. Juli 1990, dann meldete er sich arbeitslos.

Und da war ich nicht allein, hat er irgendwann erzählt, binnen eines Jahres haben bei uns alle Betriebe geschlossen, die Pharma, das Reifenwerk, das RWN, die Nagema, natürlich die Stasi (er lacht), dreißigtausend Leute arbeitslos, ich glaube, wir hatten nach der Einheit eine Arbeitslosenquote von 60 Prozent.

Da es keinerlei Chance auf Arbeit oder Ausbildung gab, heuerte Ernst im November 1990 auf einem dänischen Trawler an (schwarz, er blieb währenddessen arbeitslos gemeldet) und fuhr das Wintervierteljahr zur See. In den Winterstürmen auf der Nordsee merkte er rasch, dass dies nicht das Leben war, das er führen wollte (er sagte das gewohnt einsilbig: »Das hab' ich auf die Dauer nicht ausgehalten«). Im März 1991 war er zurück in Neubrandenburg, wo das Arbeitsamt endlich wieder einige Ausbildungen anbot, von denen allerdings nur eine interessant klang: die zum Energieanlagenelektroniker. Bis Mai 1993 absolvierte Ernst seine zweite Lehre, seine erste Anstellung fand er beim neueröffneten Kammertheater Neubrandenburg, wo Freunde und alte Bekannte arbeiteten: als Beleuchtungsmeister. Das Puppentheater der Stadt unter Waschinsky hatte ja schon immer einen großen Ruf gehabt (»Weißt du noch,

Heike, wie wir damals *Picknick im Felde* nach Arrabal gesehen
haben?«), nach der Wende jedoch zerstreuten sich die Thea-
terleute Neubrandenburgs bald in alle Winde. Und so kam es,
dass Ernst 1998 von einem einstigen Mitstreiter das Angebot
bekam, Beleuchtungsmeister am Deutschen Theater in Berlin
zu werden, was er natürlich annahm und wo er jetzt noch
arbeitet. Seine Frau, eine ehemalige Folkwangschülerin und
Tänzerin, die auf Maskenbildnerin umgeschult hat, lernte er
noch am Kammertheater kennen. Es ist ein Abenteuer, wie es
in unserer Zeit nur eine DDR-Biografie bieten kann. Was für
ein Weg! Was für Verwerfungen! Per aspera ad astra. Charly
betet jedes Mal Ernsts Vita in Kurzform herunter, wenn es in
Gesprächen und Diskussionen darum geht, wie *gut* letztlich
alles gegangen ist. Was für Erfolgsgeschichten sie alle geschrieben haben! Rüdiger technischer Leiter von Webasto. Heike Ärztin am Krankenhaus St. Georg. Ernst Beleuchtungsmeister am
renommierten Deutschen Theater in Berlin. Was wollen sie bloß
alle? Worüber beschweren sie sich bloß alle? Woher kommt die
Nostalgie nach dem Scheißstaat, dem sie glücklich entronnen
sind? Na gut, für alle lief es nicht: Der Vater war natürlich
nicht vermittelbar und hat sich totgesoffen, die Mutter, 1990
ebenfalls arbeitslos geworden, hat dann ab 1992 als Kassiererin
bei Aldi arbeiten müssen; die Witwenrente war winzig, weil
nach 1990 Ostpolizisten nicht als Beamte anerkannt wurden,
und die drei Geschwister hatten letztes Jahr zusammengelegt,
um der Mutter die Rente aufzubessern, als sie aufhörte, weil
ihr dieser Aldijob nicht länger zuzumuten war. Aber trotzdem!
Alles in allem! Und was sagen sie: Der Kapitalismus war doch
auch am Ende 1990. Hat sich mit der DDR gesundgestoßen…

Wenn du nichts dagegen hast, mache ich morgen früh mit
den Kindern eine kleine Tour.

Hast du die Nase schon voll?

Offengestanden brauche ich bei so viel DDR-Nostalgie ein bisschen frische Luft und möchte auch gerne mal wieder das Gefühl haben, dass ich der Vater meiner Kinder bin und nicht nur ein Hausgast.

Komm, jetzt wirst du ungerecht. Niemand grenzt dich aus. Dich könnte man auch gar nicht ausgrenzen, selbst wenn man wollte.

Sieh's doch mal so: Ist es dir lieber, ich störe die Harmonie, weil ich explodiere, wenn mir deine Mutter mit ihrer SED-Verherrlichung auf die Eier geht, oder ich räume das Feld, und ihr könnt untereinander noch ein bisschen der süßen verlorenen Heimat nachtrauern?

Wo willst du denn hin?

Keine Ahnung. Kleine Spritztour.

Ich behalte aber Mäxchen als Geisel. Der soll mir mit seinen Koliken nicht aus dem Haus. Fahr von mir aus mit Lulu.

Nichts für ungut. Aber ich schlage drei Kreuze, wenn ich wieder in meinem eigenen Bett schlafen kann.

Aber es war doch schön heute Abend. Und der Fisch –

Der Fisch war exzellent wie immer. Ein echter gedopter DDR-Fisch. Sozusagen eine wahre Kathrin Krabbe von Zander.

Du bist ein Spinner. Sag aber wenigstens nach dem Frühstück Tschüs zu allen, damit sie nicht denken, du hättest was gegen sie. Je nachdem, wann ihr zurückkommt, sind sie dann nämlich schon weg.

Das ist ja der Sinn der Aktion. Wann wollen sie denn los?

Charly, du benimmst dich unmöglich. Irgendwann am frühen Nachmittag.

Also, wenn ich um zehn, halb elf fahre, bin ich um vier wieder zurück. Dann ist der Spuk zu Ende.

Gute Nacht.

(Das Bett ist wirklich zu eng. Müsste mich an ihn kuscheln, um nicht rauszufallen, will ich jetzt aber nicht. Jedes Mal dasselbe, er könnte sich aber auch mal zusammenreißen, es geht doch nicht gegen ihn, was fühlt er sich denn so provoziert, angenehm ist das auch nicht, wenn er kein Hehl daraus macht, dass er meine Mutter nicht mag, was soll ich denn sagen bei seinen Eltern und seiner Schwester und seinem Schwager? Als ob wir die ganze Zeit dagesessen hätten und die Tatsache problematisiert, dass wir in der DDR gelebt haben…)

Unterbrechen wir hier ganz kurz diesen Bewusstseinsstrom, bevor er so richtig zu strömen beginnt. Es ist nämlich – zumindest für uns anteilnehmende Begleiter – ein bisschen unfair, dass der schlafende Charly nichts von dem inneren Monolog seiner Frau mitbekommt und daher auch nicht darauf reagieren kann. Mit einer gewissen Kenntnis seiner Gedanken und Reaktionen ausgestattet, mehr oder minder auf dem Laufenden, was seine Sympathien und Idiosynkrasien angeht, fühlen wir uns aber befähigt, die Rolle seines Anwalts zu übernehmen und Heikes Gedanken vielleicht auch etwas entgegenzusetzen, ihr vielleicht sogar weiterzuhelfen – wenn sie denn auf unsere Einflüsterungen, unsere sozusagen aus der Bettdecke steigende Geisterstimme reagieren will. Auf denn also zum nächtlichen Phantomgespräch zwischen einer stumm Nachsinnenden und dem Pneuma eines Schlafenden – vielleicht ist das ja ohnehin der ideale Ost-West-Dialog.

Was wirft er mir eigentlich vor?

Dir nichts, Heike, dir gar nichts! Im Gegenteil – ihr habt es doch selbst erlebt damals im Krankenhaus St. Georg und danach beim Drink und dann: Wo kommst du her? Neubrandenburg. Wo? Brandenburg? *Neu*-Brandenburg. Aus dem Osten? Ja, aus dem Beitrittsgebiet –, ihr habt es doch praktiziert, das einzige Mittel gegen Entfremdung, Groll, Hass, Misstrauen,

Dünkel, Komplexe, die Überbietungs- und Vernichtungswünsche, die binnen zweier Generationen in einem einzigen Volk entstehen: die gegenseitige Öffnung, Liebe, Zärtlichkeit, das Interesse – nenn es, wie du willst – zweier Individuen. Wenn man nur einzelne Menschen hätte, dann gäbe es kein Problem. Dir wirft er also gar nichts vor, höchstens, aber das ist menschlich verständlich, dass deine Vergangenheit so gar nicht ihm gehört, dass er sie nie wird mit dir teilen können, dieses ›Weißt du noch damals‹, und das wird ihm eben an solch einem Wochenende schmerzlich bewusst.

Aber wenn nicht mir, wem wirft er dann was vor? Der DDR? Herrgott, ich bin doch nicht die DDR! Oder wem? Meinen Brüdern? Meiner Mutter?

Ja, ich fürchte, da kommen wir der Sache näher. Charly mag deine Mutter nicht, weil er ihr Lieblosigkeit dir gegenüber vorwirft, und dich liebt er. Die Härte der Augen in diesem Cäsarenkopf mit dem kurzen grauen Haar wirft er ihr vor und weiß nicht, wo diese Härte ihren Ursprung hat, und erinnert sich nur an Sätze wie ›Bei uns konnte jeder, der Grips hatte, lernen und studieren. Geld brauchte man keins. Das waren die Errungenschaften der Republik. Was hätte ich denn als Frau in den Fünfzigerjahren für eine Perspektive gehabt?‹ Vielleicht denkt er dabei auch an den mangelnden Ehrgeiz seiner eigenen Mutter, die sich für die Kinder entschieden hat und gegen ein sogenanntes eigenes Leben. Oder wenn sie von ihrem Vater spricht: ›Wofür haben wir schließlich gekämpft? Im Westen sitzen die Nazis in der Regierung!‹ Oder wie du, Heike, ihm einmal erzählt hast, wie du als Zwölfjährige quer durch die Stadt geradelt bist, um die Jungs vom Hort einzusammeln, und sagtest: ›Was haben wir die Privilegierten beneidet, die *Mittagskinder*, die eine Oma zu Hause hatten.‹ Oder wenn du ihm gesagt hast: ›Meine Eltern? Die hatten beide keine Geschichte mehr. Darum haben sie auch reinen Herzens an den Aufbau des Sozialismus geglaubt und nicht gesehen, dass die Volksherrschaft nicht klappt.‹ Oder, Heike, damals, als du schwanger warst, der Gedanke, du würdest es bekommen und danach ein Jahr zu Hause bleiben, statt sofort wieder zu studieren, würdest das Kind groß werden sehen – wie dir klar war, dass deine Mutter dir den Vogel zeigen würde, so sehr war es verpönt, nicht sofort wieder, nicht nach sechs Wochen wieder arbeiten zu gehen. Diese Härte, diese Lieblosigkeit, diese Unterordnung des Privaten unters Kollektive, die wirft Charly ihr vor, dafür verabscheut er sie.

Verabscheut? So schlimm? Ich hatte immer das Gefühl, in einer ganz normalen Familie aufgewachsen zu sein. Vater, Mutter, die Brüder, die Verwandten, die Freunde, das ganz normale private Leben, du lieber Gott, ist da denn wirklich Hass? Wir hatten keinen Hass auf den Westen, wir wussten viel zu wenig von ihm. Wir hatten auch keine Obsession gegenüber dem Westen. Natürlich, gegen Ende, als ich studiert habe, da war der Westen das primäre Ziel, da wollten wir alle mal hin, und natürlich frei reden wollte man. Aber es war doch kein tägliches Thema. Man hat die Achseln gezuckt und gesagt: Woanders isses halt besser. Aber man war doch viel zu beschäftigt mit leben und lernen, um da jetzt irgendeine Fixierung auf den Westen zu haben.

Charly – du weißt es ja – nimmt seine Beispiele gern aus dem Sport: Kuck mal, wann gab es je so eine Schmach wie Hamburg ʼ74 – Weltmeister, aber gegen die Zone verloren? Und wann gab es je einen so schönen, so erhebenden, so berauschenden, so symbolträchtigen Moment wie ʼ72 in München die 4 x 100-Meter-Staffel, wie Rosendahl den Angriff dieses Flintenweibs kontert, das schon zweimal Gold geholt hat, wie sie dagegenhält und wie sie den Widerstand dieser Stecher auf den letzten 15 Metern bricht und ihr davonzieht und sie schlägt. Unsterblich. Oder erinner dich '76 an die steroid-gedopten Kleiderschränke von Schwimmerfrauen und ihren sächselnden Trainer: »Die solln schwimm'n un nich sing'n!«, als der deutsche (ja, *deutsche*, die anderen waren Zone) Reporter ihn nach den absonderlich tiefen Stimmen von Ender und Co. fragte. Die erniedrigenden Medaillenspiegel, und keiner hat gesagt Betrug und Doping, ein 17-Millionen-Volk, das den olympischen Sport beherrscht, das geht doch nicht mit rechten Dingen zu. Wir haben uns verarschen lassen und säuerlich lächelnd und schweigend zugesehen, wie sie uns verarschen, und ihnen dann auch noch geholfen und sind dafür angespuckt worden. Die Fressen der Grenzkontrolleure, die Selbsterniedrigungen unserer Politiker, der Kredit von Strauß, um diese Mörder am Tropf zu halten – Lutz Eigendorf! Selbst in den Westen ham sie ihre Killer geschickt! Ich habe sie gehasst. Und die KPD/MLler an der Uni, die sich einem in den Weg gestellt haben und was von der historischen Überlegenheit des Sozialismus und den Friedensinitiativen der DDR erzählt haben, unverschämterweise auch noch am Eingang zum Wiwibunker, statt im Pferdestall oder im Philosophenturm zu bleiben, wo sie hingehörten! Ich habe sie gehasst, und als die Wiedervereinigung kam, da war das ein Sieg und sonst gar nichts.

Ja, aber das alles ist es ja nicht.

Es ist vielmehr so, dass er das Leben bei euch im Licht der deutschen Geschichte des zwanzigsten Jahrhunderts nicht anders sehen kann denn als ein weiteres Beispiel für die Solidarität der normalen Menschen mit ihren Schlächtern.

Schlächtern? Übertreibst du da nicht ein bisschen?

Na gut, sie haben keine Millionen umgebracht, nur ein paar Hundert oder Tausend. Und ein paar weitere Tausend gefoltert und seelisch und existenziell zugrunde gerichtet. Aber solange es einen selbst nicht betrifft. Es war ein menschenverachtendes System, und was mich so aufregt, ist, dass es keinen kratzt und es keiner zugibt!

Was sollen wir denn zugeben, Charly? Dass unsere gesamte Existenz kontaminiert ist vom Zuschauen und Wegschauen oder Mitmachen?

Ja, so in etwa. Es sei denn, man erklärt mir schlüssig, dass es ein prinzipieller Unterschied in der Zerstörung von Leben ist, wie viele und wessen Leben man zerstört. Wenn es nur die eigenen Landsleute sind, ist es nicht so schlimm, oder wie? Du bist explodiert, als Heikes Mutter einmal sagte: »KZs hatten doch die anderen auch alle, aber an den Deutschen bleibt es dann immer hängen.« Und zum Glück war Heike nicht dabei, als du einmal mit deinen Eltern über das Thema gesprochen hast: »Ich habe an dieser Familie (Heikes) verstanden«, hast du gesagt, »warum ich auch ein Nazi gewesen wäre, zumindest bis zum Krieg. Die Volksgemeinschaft und der Aufbau, das hatte schon was, die Bösen, das waren die anderen, die mussten vertrieben werden oder verhaftet oder ausgemerzt, aber wir sind was Besseres. Redet mal mit denen, und ihr kapiert, wie das in eurer Kindheit gelaufen ist und warum ihr damals alle so glücklich wart.«

Und genau zu diesem Thema wirst du dich morgen früh vielleicht wieder mit deiner Schwiegermutter streiten (wobei nicht ganz klar sein wird, ob aus einem momentanen Impuls heraus oder ein wenig kalkuliert, um dir für deinen geplanten Ausflug einen trotzigen Abgang zu verschaffen, oder weil ihr hartes Gesicht dich einfach provoziert, weil du glaubst, sie hat ihre Tochter nicht geliebt, und sie vergleichst mit dem zärtlichen, allverzeihenden, inkonsequenten, allverstehenden Muttertier, das dir zu Hause eine unvergleichlich bequeme und liebevolle Höhle ausgepolstert hat). Es wird dann um den Mauerbau gehen oder irgendetwas anderes – es bleibt sich auch völlig gleich. Sie wird im Brustton der Überzeugung sagen: »Ja, im Westen konnte man doch auch nicht rein und raus, wie man wollte!« Und da nimmst du sie dir vor: »Hallo? Wie bitte? Gerda, Stalin ist tot. ›Im Westen konnte man nicht‹! Und der Holocaust ist auch eine Lüge des internationalen Judentums? Du bist hier sehr willkommen, aber nicht, wenn du aus Dummheit oder Übermut Geschichtsfälschung betreibst. Wir sind seit zehn Jahren wieder ein Staat. Zeit genug, scheint mir, die Propagandalügen aufgearbeitet zu haben.«

Dann wird es schmerzhaft still werden, denn sowohl Heike wie Ernst leiden mit ihrer peinlichen Mutter, und keiner wagt es, sie gegen Charlys Ausbruch in Schutz zu nehmen. »Ihr habt gefoltert, ihr habt Familien auseinandergerissen, ihr habt die Leute an der Mauer abgeknallt, und wenn ihr auch niemanden vergast habt, habt ihr euren Gegnern doch mit verdeckter Röntgenstrahlung den Krebs in den Leib gebrannt. Und der Westen hat euch finanziert, bis es nicht mehr ging. Wir haben die ganze deutsche Scheiße ausgebadet, aber bitteschön nicht, damit mir heute jemand sagt, wir hätten auch Mauern um unser Land errichtet…« So könnte es ablaufen, morgen früh, das wäre ein Showdown nach Charlys Sinn, aber wahrscheinlich ist er doch vernünftig genug, angesichts der zu erwartenden Kollateralschäden davor zurückzuschrecken.

Ja, aber das alles ist es ja immer noch nicht, auch wenn das ganze Gezeter gut tut. Aber was ist es dann?

Es ist vielleicht ein Bild oder eine Art Film. Ein Traum-Film in Charlys Kopf (ungeachtet der euphorischen Tränen vom 9. November 1989). Ihr seid nicht der Teil von mir, den ich wiederbekommen habe – so heißt dieser Film –, ihr seid der Teil von mir, der mir amputiert wurde und fremdgeht und nicht wieder an mir anwächst, nicht an mir! (Lulu und Mäx-

chen werden das Problem nicht mehr haben, Gott sei Dank.)
Eine Goya'sche Szenerie aus Nachtmahren und Alben, und du
taumelst durch eine fratzenhafte, desolate Welt, erst fehlt dir
ein Auge, dann ein Lungenflügel, dann ein Bein, und dort hinkt
eine skelettartige Gestalt, humpelt ein Einbeiniger, rollt ein blu-
tiges Organ durch die Asche, ein Blinder tastet sich vorwärts,
ein Torso kriecht vorüber, ein Blinder und ein Tauber stoßen
hart gegeneinander, und wie abstoßend ich mich in dir spiegele
und wie erbärmlich du mir gleichst, sie können einander nicht
die Hand reichen zur Entschuldigung, keiner hat mehr Hände,
die Hände sind abgetrennt und zum Gruß gereckt ganz ohne
Körper, und überall und andauernd dieses Heulen und Jaulen,
das die ganze düstere Schinderhalde durchhallt, ein Schrecken
irrender, zielloser Einsamkeit, und am schlimmsten ist es, als du
irgendwo in der staubdurchwehten Ferne auf der Rampe dein
fehlendes Bein davonhoppeln siehst, es läuft vor dir davon, es
klopft und hämmert bei jedem Aufschlagen auf den Bahnsteig,
anstatt zu dir zurückzukommen, nach Hause…

Heike, sind das deine Albträume? Nein, du hast keine, du
bist im Halbschlaf wieder zurück in deiner alten Heimat angekommen. Und während du dich nun doch an deinen schlafenden Mann schmiegst (der sich offenbar in der heftigsten REM-
Phase befindet), siehst du es alles wieder, wie es war.

Die Schattenhaftigkeit der ganz frühen, zusammenhanglosen
Bilder aus der Zeit der engen Wohnung im Vogelviertel – ein
Mosaikputz kleiner roter und brauner Steinscherben an der
Treppe zum Kohlenkeller, ein weicher Handgriff (des Dreirads?),
aus dem bröckeliger Schaumstoff gepult werden konnte, ein
Geruch (wonach?) auf dem Balkon zu Fasching, als du eine
Blume warst und Dieter (?) ein Zwerg und Martin ein Marien-
käfer, zwei Worte, in Gelb und Violett getaucht: Sumpfdotter-
blume, Wiesenschaumkraut – wird heller, die Szene weitet sich,

wird strahlend hell und weiß und setzt sich zu logischen Folgen zusammen, als ihr in der nach feuchtem Putz und Lack duftenden Oststadtwohnung angekommen seid. Wie erleuchtete Tunnel oder sonnige Alleen im toten Weltall des Vergangenen siehst du plastisch und genau umrissen in Zeit und Raum die Schulwege, die gemeinsamen mit den Freundinnen, hörst den metallischen Lärm der Baumaschinen, riechst den Duft von nassem, rostendem Metall der Kräne und Bagger, den Dieselgeruch aus den Kipplastern, riechst das Holz, die Sägespäne, den Leim in der Garage des Großvaters. Du erinnerst dich an die Runden in der Oktoberfeuchte auf dem Sportplatz gegenüber dem Bezirkskrankenhaus, den Weg zum Mittagessen in der Schülergaststätte mit dem großen Wandbild der ›Gestalten des Sozialismus‹, gegenüber war das Dienstleistungskombinat mit Schuster und der chemischen Reinigung und im Untergeschoss der Polizeiwache der Judoclub, wo Rüdiger trainierte. Du erinnerst dich an die Blicke durch die Fensterhöhlen der Marienkirche auf die dämmrigen Schutthalden im Innern. An das abendliche Warten im Korridor des Kommissariats auf Vaters Dienstschluss und den lockenden Müllsack an der Tür, der voller T-Shirts mit unerlaubten Aufdrucken steckte, ›T-Rex‹ oder ›Rolling Stones‹, die bei Razzien auf offener Straße den Jugendlichen ausgezogen worden waren. Der Zulassungsbescheid fürs Medizinstudium an der Wilhelm-Pieck-Universität, das praktische Jahr im Bezirkskrankenhaus, wo du als billige Arbeitskraft willkommen warst. Böden wischen und Essen austeilen. Abfalleimer ausleeren, bettlägerige Patienten waschen und ihnen die Nägel schneiden, Becken und Urinflaschen wegkippen. Handschuhe auswaschen, pudern und zum Trocknen aufhängen. Urinkatheter auswaschen und Spritzen und Kanülen waschen und sterilisieren (nein, Charly, es gab keine Einwegartikel). Die Schwestern waren nicht gerade liebenswürdig. Sie ließen es uns büßen, dass wir einmal ihre Vorgesetzten sein würden (ja, Charly, im Grunde waren wir das, was heute die philippinischen Putzfrauen sind). Eine Nette hat mich Blut abnehmen und Blutdruck messen lassen. Einmal pro Woche das Highlight: der Cursus latinus medicinalis in Rostock. Und dann endlich der ersehnte Studienbeginn. Mit der Roten Woche (ja, Charly, die Anwesenheit wurde kontrolliert) und der gemeinsamen Fahrt ins Erntelager zur Apfelernte im Havelland und, kaum zurück, die Einteilung zum Mensadienst und das Tellerwaschen. Erst dann begann das Studium mit den ersten Testaten in Embryologie. Du erinnerst dich an die Anatomie, wie ihr die Fahrräder auf dem Hinterhof abgestellt habt und dann in den Hörsaal oder die Prepsäle seid zum Anatomiekurs. Der Blick von Stach, als eins der Erstsemester nach Handschuhen fragte, um seine Leiche zu sezieren. Ingrid war die Einzige, die Handschuhe hatte, und hat sie im Wohnheim jeden Abend gewaschen und in ihrem Zimmer zum Trocknen aufgehängt, damit sie nicht wegkommen. Die Studentensommer während der Semesterferien und nach der Schaufelei in den Kabelgräben abends die Suche nach einer Kneipe. Stundenlange Wanderungen und Gespräche. Das erste Jahr im Wohnheim mit Ingrid und Andrea aus der Seminargruppe 8 in der Max-Planck-Straße. Wie viele Blöcke waren das, fünf? Mit vier Etagen und zwanzig Zimmern auf jedem Stockwerk. Drei Betten, drei Schreibtische und drei Schränke. Die Küche auf der Etage und unsere Abendessen, da habe ich René kennengelernt im ersten Winter. Unten im Keller die ewig defekten Duschräume, sodass alle, Männlein und Weiblein, gemeinsam duschten. Der Kühlschrank und der Joghurtklau und Andreas detektivisches Winterhalbjahr. Aber sie hat es nie herausgefunden, wer uns die Joghurts geklaut hat. Ebenso wenig wie die Fahrräder. René wohnte damals in der Abbruchbaracke in der Thierfelderstraße, er war auch der Erste von uns, der dann eine Wohnung besetzt hat. Ich hab' das im zweiten Jahr mit Ingrid auch getan. Wir gingen abends durch die Straßen mit den Altbauten und schauten, in welchen Wohnungen kein Licht brannte. Dann klingelten wir bei den Nachbarn und fragten, ob die Wohnung frei sei. Im Friedhofsweg (im Jahr drauf dann in der Fiete-Schulze-Straße) haben wir das Schloss geknackt und sind mit Matratzen und ein paar Obstkisten eingezogen. (Strom und Wasser haben wir angemeldet und bezahlt, Charly, aber da die Wohnungsvergabe über eine andere Agentur erfolgte, die komplett überfordert und desorganisiert war und keinen Überblick über freie Wohnungen hatte, die ja nur von Ehepaaren beantragt werden durften, ging das immer gut. Nur für die Platten war die Vergabe organisiert, aber da wollten wir nicht hin – kannte ich ja nun auch zur Genüge.) Im Wohnheim blieben wir als Karteileichen angemeldet, was den anderen den Vorteil eines Einzelzimmers verschaffte und uns die Rückkehr ermöglichte, wenn wir verpfiffen und rausgeschmissen wurden. Das muss auch das Jahr mit dem Riesenskandal gewesen sein, stell dir vor, da war jemand in die Stasizentrale eingebrochen, und zwar nicht irgendjemand, sondern Medizinstudenten, deshalb haben wir auch davon gehört, so eine absolute Wahnsinnsaktion, und zwar dort, wo sie die Papiere und Schlüssel der beschlagnahmten Westfahrzeuge aufbewahrten. Keine Ahnung, wie die herausgefunden haben, wo das war. Sie sind tatsächlich reingekommen, aber hinterher erwischt worden, und bei der Gerichtsverhandlung hatten sie auch noch die Stirn zu sagen: Ja, wer ist denn jetzt hier alles des Diebstahls angeklagt? *Ihnen* gehören die Autos doch wohl auch nicht? Es war Robin Hood, drei Jahre haben sie, glaube ich, bekommen, kannte sie aber nicht persönlich. Wer uns in der Fiete-Schulze-Straße denunziert hat, hab' ich nie herausgefunden, schließlich waren die Nachbarn ganz zufrieden mit den netten Medizinstudentinnen, die im

Gegensatz zu den Asis auch den Flur geputzt und sich mit Alkohol zurückgehalten haben. Die Wohnung da bleibt natürlich verbunden mit Hans-Peter und den Heidrich-Vorlesungen und dem bitteren Ende. Ich erinnere mich an die Anatomie an der Ecke Patriotischer Weg/Gertrudenstraße. Ich erinnere mich an die Mikrobiologie in der Schillingallee, an die Klinik in der Doberaner Straße. Und Mehnert ist noch ganz deutlich da, Professor Walter Mehnert, medizinische Physik. Niemand hat etwas verstanden, aber es hat immer geknallt und gepufft, und der Typ war herrlich schräg. Nach seiner letzten Vorlesung haben wir ihm alle eine Rose geschenkt, und zweihundert Studenten haben ›Gaudeamus igitur‹ gesungen. Gänsehaut, heute noch. Ich war sein allerletzter Prüfling. »Was für Fragen soll ich Ihnen denn stellen, Fräulein Köster?« Und so bekam ich eine Eins, ohne die geringste Ahnung von Physik zu haben. An den *ST-Club* erinnere ich mich ungern. Im *ST-Club* gab es die Szene mit Hans-Peter (die Spucke auf den Plastefliesen). Was wirfst du uns vor, Charly? Dass wir das System nicht gehasst, nicht bekämpft haben? Wie soll man das erklären? Das ist so, als solle man mit dem Unterhemd zugleich auch die Haut abstreifen. Das System? Es waren doch wir selbst! Noch in der Wendezeit hatte doch keiner das Gefühl: Der Staat verschwindet. Es muss sich etwas ändern, klar, aber doch nicht alles verschwinden, als hätte es nie existiert. Als Kohl im Frühjahr ’90 in Neubrandenburg war, ist er mit Eiern beworfen worden. Hans-Peter wollte was machen. Und ist im Knast gelandet. Und dann von seinem Vater wieder rausgepaukt worden. Rebellion der Eliten, das ist immer mit Vorsicht zu genießen. Wir haben den Staat und die Regierenden belächelt in Rostock. Wir haben die Presseschau im Deutschlandfunk gehört. Die Pflichtveranstaltungen habe ich mitgemacht, nein, eine Rebellin war ich sicher nicht, dafür hat man zu lange um den Studienplatz gezittert. Aber geredet mit denen, bei denen's klar war, dass was nicht stimmte mit ihnen, weil sie eigentlich zu blöd waren und trotzdem studieren durften, das haben wir nicht. Ich wollte halt Ärztin werden. Dass man auch mit denen nicht reden sollte, die lange bei der Armee waren, daran habe ich mich nicht gehalten, ich kannte doch Rüdiger, der hat sich nicht für ein Vierteljahrhundert verpflichtet, um Leute zu bespitzeln, sondern um Ingenieur werden zu können, obwohl Vater bei der Polizei entlassen war und er nicht auf die Universität durfte. Ich als Einzige, und dann soll ich das aufs Spiel setzen? Ich erinnere mich, wie ich nach dem Examen die erste Anstellung am Bezirkskrankenhaus hatte und wieder zu Hause lebte, das war ein Rückfall in Kinderzeiten, das konnte nicht lange gutgehen, und richtig schlimm wurde es, als Vater und Ernst beide arbeitslos wurden und Ernst auch wieder nach Hause kam, aber vor allem Vater, der nicht mehr vor die Tür wollte und nur noch gehadert und getrunken hat. Dann kam zum Glück das DAAD-Stipendium für Leeds, drei Monate, ich mit meinen drei Brocken Schulenglisch, Leeds hättest du sehen sollen, Charly, wenn du dich auslässt über die verkommenen, verschandelten Städte bei uns, Leeds sah auch nicht anders aus, aber auch dort gab es diese Gastfreundschaft, dieses auf der Stube Beisammenhocken und Quatschen, und die Freunde und die Nachbarn und die Freunde der Nachbarn, eng und gemütlich und laut und offenes Haus, so wie das bei uns auch lange gewesen war. Und in Leeds dann die Begegnung mit Messerschmidt, der dort ein Freisemester hatte, und sein Tipp, mich nach Hamburg zu bewerben, und den Rest kennst du ja.

Ich habe dir vieles erzählt und manches nicht, ich habe dir vieles gezeigt und manches nicht. Manches gibt es auch nicht mehr, nur unsere Wohnung noch, aber sie ist nicht mehr dieselbe, wenn du sie heute siehst, machst du dir keinen Begriff mehr von dem Leben, LEBEN in Großbuchstaben, das dort einmal herrschte, obwohl sie klein ist und eng und das größte Zimmer so gut wie nie benutzt wurde, nur am Wochenende, wenn Gäste kamen, dann wurde gekurbelt. Du kennst ihn doch, den Tisch im Wohnzimmer mit dem lackierten Holz und der Kurbel. Runterkurbeln zum Couchtisch, hochkurbeln zum Esstisch, fürs Sonntagmahl, und nach dem Abräumen wieder runterkurbeln für die Schnäpse. Im zweitgrößten schliefen die Eltern, nur in den zwo halben, da spielte sich alles ab, die Bettcouch, die Rüdiger und Ernst sich teilten, wurde hochgeklappt, und dann aß die Familie da, das Wohnzimmer ist nur für besondere Gelegenheiten, hat Vater gesagt (und die gab es nach der Wende nicht mehr, da verwaiste das Zimmer, nur meine Mutter kam noch rein, die Pflanzen gießen, wie auf dem Friedhof). Und mein Zimmer kennst du ja, wo jetzt die ganzen Gummibäume und Hängepflanzen drin sind, immer noch das alte rot-weiße Jugendzimmer mit den Schleiflackmöbeln aus Anklam, aber die Möbel meines Großvaters, die hab' ich mitgenommen, das war das Erste an mir, was dich schockiert und misstrauisch gemacht hat, und dann, als ich dir erzählte: Wenn du dich bei uns nicht verändern wolltest, konntest du von der Lehre bis zur Rente an einer Stelle bleiben. Klar gab es Unzufriedenheit, nur Unsicherheit, die gab es nicht. Aber ich wollte mich ja verändern. Die meisten von uns wollten sich ja verändern, und verändert haben wir uns alle. Und du, du veränderst dich jedes Mal, wenn wir die ehemalige Grenze überschreiten und nach Neubrandenburg fahren und wenn die Neubrandenburger hierherkommen. Dann wirst du ein anderer.

Die erste Empfindung, die am Sonntagmorgen Charlys erwachendes Bewusstsein aufschließt, ist ein Glücksgefühl, das vielleicht von der Sonnenhelligkeit hinter den Rollläden beeinflusst ist, und während er aus der Unterwasserwelt des Schlafs nach oben taucht, diesem Licht entgegen, fällt ihm ein, warum es ihn erwartet: Er wird einen freien Tag erleben, wird mit Lulu im Auto davonfahren, die in seinem Haus herrschende Zonen-Tristesse hinter sich lassen, er wird sich und sein Fleisch und Blut mittels dieses Sonntagsausbruchs befreien, und wenn sie dann am Nachmittag zurückkommen, ist alles vorüber wie ein schlechter Traum.

Diese Aussicht als erste Kreidezeichnung auf der vom Schlaf blankgewischten Schiefertafel seiner Wahrnehmung versetzt ihn in derart gute Laune, auch gegenüber allen Hausgästen, die ihm vor dem Badezimmer und später am Frühstückstisch begegnen, dass angesichts von so viel Harmonie und Herzlichkeit gar nicht mehr klar ist, warum er so dringend aus dem Haus will und die restlichen paar Stunden, die der Besuch bleibt, nicht auch noch aussitzen oder gar gestalten könnte.

Es ist ein sonniger Sonntag, keine Wolke am noch blassblauen Himmel, aber ein Hauch von Wind, als du noch im Schlafanzug auf der Terrasse stehst, ein Lüftchen, wärmer als die Morgenluft, schmeichelnd, als streife jemand ein Seidentuch um deine Schultern.

Wäre es lediglich darum gegangen, aus dem Haus zu kommen, hättest du dich auch Kumpf zu einer scharfen Radtour anschließen können oder auf den Golfplatz gehen, zwei Stunden auf der *driving range* Bälle schlagen, dann noch am *putting green* Einlochen üben (was notwendig ist, um Kais Naturtalent etwas entgegenzusetzen) und schließlich in der Bar einen Aperitif nehmen, aber hier geht es um anderes: um eine Flucht in die Freiheit. Und um die symbolische Aussage, dass du diese Flucht in die Freiheit jederzeit antreten kannst und antrittst, wann immer es dir beliebt, im Gegensatz zu ihnen. Es geht auch um Rettung, um die Rettung deiner Besitzansprüche auf deine

Kinder. Denn auch Lulu und Max sind Kinder der Freiheit, die du diesem Neubrandenburger Oststadterbe entreißen musst, das gefährlich in ihren Genen lauert. Und für diese Flucht in die Freiheit braucht es, wo wir gerade bei der Symbolik sind, natürlich ein Auto, nicht etwa ein Fahrrad und auch kein Golfwägelchen.

Du willst aus dem Haus?, fragt seine Schwiegermutter, als sie sieht, dass er sich mit einer Tasse Kaffee begnügt hat.

Ja, ich habe Luisa schon ewig einen Sonntagsausflug mit Papa versprochen. Schon ewig heißt in diesem Fall heute Morgen beim Aufwachen, und versprochen heißt, dass er ihr die Idee zunächst einmal nahegelegt und den derart geweckten Wunsch dann auch sofort zu realisieren in Aussicht gestellt hat.

Lulu, hast du Lust, einen Ausflug mit Papa zu machen?

Wohin?

Irgendwohin mit dem Auto. An einen See. Wir gehen Tretboot fahren und Enten füttern und hinterher ein großes Eis essen. Was sagst du dazu?

Kommen Mama und Oma und Onkel Ernst auch mit?

Nein, und Mäxchen bleibt auch zu Hause. Nur du und ich. Dann können Mama und Oma beim Mittagessenmachen noch ein bisschen über alte Zeiten reden.

Gehen wir auch baden?

Wir können ja Badesachen mitnehmen. Also, hast du Lust?

Das Jaa, wohlig schnurrend und sich räkelnd, und dann strahlt sie wie die Sonne hinter dem Rollladen, glücklich, noch nicht gleich aufstehen zu müssen, glücklich, weil das Aufstehen eine Verheißung birgt.

Glückliche Zeit, auch für Charly, glückliche Jahre, in denen zwischen Manipulation und Vertrauen, zwischen Natur und Steuerung, zwischen Glaube und Wissen, zwischen Ehrlichkeit und Flunkerei, zwischen Paradies und Erbsünde noch nicht unterschieden wird und auch nicht unterschieden zu werden braucht.

Wann kommt ihr denn zurück?, fragt Heike, während sie Luisas Rucksack packt.

Ach, spätestens um drei, halb vier sind wir wieder da. Wir fahren nach Eutin, dachte ich, essen ein Eis im Schlosscafé und kommen dann gemütlich wieder zurück.

Alles ist schön bei der Abfahrt, alles ist perfekt. Charly hat die Fenster und das Schiebedach des Mercedes geöffnet, die Sonnenbrille aufgesetzt, in die Windgeräusche mischt sich die brummige Stimme eines Kindersängers: »Hörst du die Regenwürmer husten –«, und hinten auf dem Kindersitz hustet Lulu laut und eifrig zweimal, und Charly stimmt ein: Ähä – ähä!

Er genießt die Freuden der Selbstgerechtigkeit, und die sind süß und zahlreich. Vielleicht aus Instinkt, vielleicht auch, um dir selbst und der anonymen Welt etwas vorzuspielen, hast du auf eure Garderobe geachtet: Du trägst eine blaue Leinenhose (das dazugehörige weiße Jackett liegt auf der Gepäckraumabdeckung, um nicht zu knittern) und ein mit feinen Linien blaukariertes, weißes Hemd von Van Laack sowie die Tods und hast darauf geachtet, dass Luisa das rotgepunktete Sommerkleid mit den Puffärmeln anzieht, in dem sie die ganze Welt zum »Wie süß«-Sagen und Ihr-über-den-Kopf-Streichen bringt. Ihr rotgoldenes Haar leuchtet in der Helligkeit des verheißungsvollen Morgens. Vater und Tochter, sofort zu erkennen am guten Aussehen, an der sorglos-heiteren Miene, am auf dieselbe Weise stolz getragenen Kopf – na, ist gut.

Es ist ein Genuss, durch diese säuberliche, wohlbestellte, freie norddeutsche Landschaft zu fahren, auch wenn es vorerst bis hinter Lübeck und Scharbeutz nur auf der Autobahn entlanggeht, von der die Aussicht eher monoton ist. Grüne Wiesen, gelbe Rapsfelder, ockerbrauner Weizen, niveablauer Himmel, die Kumuluswolken wie Zuckerwatte, akkurate Verkehrsschilder, frisch gestrichene Häuser, ausgerichtete Satellitenschüsseln, überall Wohlstand und offene Grenzen zu ebenso freundlichen und freiheitsliebenden Nachbarn.

Du fährst ein wenig schneller als sonst und konsequent auf der linken Spur, befriedigenderweise reagiert das fahrende Fußvolk in vorauseilendem Gehorsam auf Mercedesstern und einmalige Betätigung der Lichthupe. Du hast nur vier Finger der linken Hand auf dem unteren Lenkradkranz liegen, der Arm liegt entspannt auf dem Schenkel, und als die CD zu Ende ist, spielst du mit Luisa Nummernschilderraten, so wie du es früher als Kind mit deinem Vater gespielt hast. Bei den dreistelligen aus dem Osten musst du allerdings selbst oft passen. In ihrem Alter hast du dich auf solchen Fahrten für die Mähdrescher und die ferrariroten Dornier-Traktoren begeistert, welche Impressionen links und rechts der Straße faszinieren ein viereinhalbjähriges Mädchen?

Du kannst ihr einen Balken zeigen, der reglos im Auge des Himmels steht, ein Heißluftballon, tropfengroß und eine göttliche Ruhe ausstrahlend. Sie ruft Aah!, und eben, als du auf ein Reh gedeutet hast, das vor der grünen Wand eines Waldes auf einer Wiese grast, rief sie: Woo? und dann: Au ja! und beteuerte: Ich hab's noch gesehen! Du liebst sie.

Als ihr von der Autobahn abfahrt, sagst du ihr, dass es jetzt nur noch zehn Kilometer sind. Ein paar Minuten, und ihr seid am Ziel. Noch ist es Vormittag. Luisa kramt in ihrer Tasche nach der Trinkflasche und den Keksen.

Gegen elf treffen sie in Eutin ein. Die Autofahrt in dem zum Glück frisch gewaschenen, schwarz glänzenden E-Klasse-Kombi ist genau das Richtige gewesen. Verstehe die Amis. Route 66. Nach Eutin. Sie parken auf dem großen Platz vor dem Schloss, er nimmt die Badetasche über die Schulter, sie bekommt ihren kleinen Rucksack auf den Rücken. Ihre bloßen Beine sind schon mit ein wenig sommerlichem Goldschimmer überzogen, ihre Füße stecken in weißen Sandalen mit großen Strasssteinen auf dem Lederkreuz. Die winzigen Zehennägel hat sie sich von Mama lackieren lassen. Ihre Hand in der seinen ist warm und ein wenig schmierig von dem Prinzenrolle-Keks, den sie abgedeckt hat, um die Schokolade zu lecken. Sie schlendern Hand in Hand über den Kies des Parkplatzes zur Promenade und kommen schnell an ein befestigtes Uferstück, wo ein alter Mann Enten und Schwäne mit seinem Futter angelockt hat. Sie stellen sich in einigem Abstand zu dem Mann hin, der ihnen zunickt, und Charly zieht die Bäckertüte mit den alten Brötchenresten aus der Badetasche.

Luisa steht zwischen seinen Beinen. Wie groß ihr die Schwäne vorkommen müssen, vor allem, wenn sie die Flügel ausbreiten. Ihre ersten Würfe sind zu kurz. Nach einigem Zögern klettert eine Ente an Land und schnappt sich das Stück. Hier, am mit Holzbohlen abgestützten Ufer, riecht das Wasser ein wenig moorig und brackig, aus Luisas Haar duftet es nach frischem Weißbrot und gemähtem Gras, dazu etwas Babyseife und ein Hauch pflanzlich-animalischer Lebendigkeit, vielleicht etwas wie der Atem aus den Nüstern einer Kuh. Ob sie auch, wie ich damals an der Friedrichshafener Promenade, für Gerechtigkeit sorgen will? Nicht alles für die riesigen Schwäne, lieber gezielt für jede einzelne der sympathischen, schnatternden Enten mit den Knopfaugen und viel Barmherzigkeit für die armen Verwandten im Trauerflor, die Blässhühner, die immer zu spät kommen und sich nichts trauen und jede Konfrontation scheuen und ganz von Gnade zu leben scheinen – so bist du nicht!

Es gibt diese Momente im Zusammensein von Eltern mit ihren kleinen Kindern, in denen sich für die Älteren schlagartig die Gesetze des Zeitverlaufs aufheben, das heißt die Relation zwischen der Vergangenheit und dem Jetzt, der Gegenwart. Die Zukunft ist ja ein Tempus, das es nicht gibt und nie gegeben haben wird, sie ist gefrorene Antimaterie, die vom Eisbrecher der Gegenwart Stück für Stück zerkleinert und in Lebensstoff verwandelt wird. Die Vergangenheit dagegen, wiewohl normalerweise ähnlich irreal wie die Zukunft, gab es doch einmal – unsere Narben erinnern uns. Aber wie sie sich als Gegenwart anfühlte, wissen wir nicht mehr, weil der sich Erinnernde ein anderer ist als der Erinnerte und man nur jetzt fühlen kann – wir erinnern uns, dass einmal etwas war und dass wir dabei einmal etwas gefühlt haben, wir wissen auch noch, ob es intensiv war, aber wir fühlen es nur mehr so, als hielten wir einen Finger mit abgestorbenen Nerven in heißes Wasser.

Das ist die Membran, und dass sie permeabel sein kann, das erfahren wir nur selten und vielleicht wirklich ausschließlich an der Hand unserer Kinder. Denn in einem Moment wie diesem, in der Hocke, und nur mehr so groß wie Luisa (und wie bedrohlich groß jetzt der zischende Schwan mit dem gebogenen, vorgestreckten Kobrahals ist!), mit dem Brackwasserduft und den Sonnenreflexen auf dem grün-schwarzen Wasser, mit den spitzigen, harten Brotwürfelchen in der Handmulde, mit den Mönchskutten der Blässhühner und dem smaragdgrünen Stirngeschmeide der Stockenten, mit den vorüberwehenden Sommergeräuschen und -gerüchen, wird das Häutchen plötzlich durchlässig, all das Elend deiner reflektierten Abstrahierungskompetenz gleitet hindurch und von der anderen Seite kehrt die Empfindung zurück, wird durchblutet, und jetzt erinnerst du dich nicht mehr parallel zu dem, was gerade geschieht und was das Kind erlebt, du erlebst es auch, zwar nicht zum ersten Mal, aber wieder als Gegenwart mit allen deinen Fasern; du und Lulu niedrig über dem Wasser, auf Augenhöhe mit den Vögeln, ihren Bewegungen, Farben und Geräuschen, ihr beide als ihre Ernährer, Freude und Spannung und Aufmerksamkeit der Atemzeit, wiedergewonnenes Jetzt, die Ewigkeit in der Glasmurmel des Augenblicks.

Dieses kleine Wunder der Vergegenwärtigung an der Hand seiner Tochter geht weiter, als die Tüte leer ist (aufgeblasen und plattgeschlagen), Abschied von den Vögeln genommen (»Tschüs Schwäne, tschüs ihr lieben Enten, tschüs Blässhühner!«) und sie über den Damm zur Badeanstalt schlendern, von woher die Geräusche und Düfte (Grundrauschen, Schreie, Kieksen, Aufplatschen, Sonnenöl, Bratwürstchen, Ketchup) des Sommers wehen, als sie in der hölzernen, feuchten Umkleidekabine sitzen, dann ihre Sachen einschließen und den Tretbootverleih entdecken. Es sind luxuriösere Tretboote als in seiner Kindheit, ganz aus Plastik, hinter dem Sitz eine Leiter zu einer Rutsche, von der man direkt ins Wasser rutschen kann. Luisa hat die Schulterrüschen ihres Kleids gegen orangerote Schwimmflügel getauscht und hockt wie der Ausguck eines Viermasters auf der Rutsche, während ihr Vater hinaus auf den schwarzgrünen See strampelt. Dann rutschen sie beide, Luisa kreischend, Charly Hurra rufend, und im Wasser muss er den »Haifisch« spielen, seine Tochter antauchen, aus dem Wasser heben und kitzelnd fressen. Das Wasser ist herrlich frisch, ohne kalt zu sein, Luisa ist unermüdlich (nur manchmal vergisst sie, mit dem Reden aufzuhören, wenn ihr Kopf unter Wasser gerät), und auch ihr Vater schwimmt, taucht, rutscht und planscht durch den Augenblick (nur einmal, ganz kurz, als er das kleine, dünne Lebewesen im Arm hält, fasst ihn kalt die Angst darüber an, wie fragil dieses Glück ist, dann streift er sie mit einem tiefen Tauchgang von sich ab). Nach einer Stunde auf dem Tretboot und im Wasser, als Luisa anfängt zu zittern und ausgekühlt ist, gehen sie an Land, stellen sich in die Schlange vor der Imbissbude, in der die Sonne sie trocknet und aufwärmt, bestellen Bratwurst und

Pommes rot-weiß und setzen sich dann an einen der weißen Plastiktische am Rand des Spielplatzes. Nach dem Essen probiert Lulu die Rutschbahn, die Schaukel, die Wippe und das Drehkarussell aus, und Charly aalt sich im rhythmisch wie kleine Wellen anbrandenden ewigen Sommerlärm des Freibades. Dann will Luisa noch einmal baden, und als sie schließlich angezogen, geföhnt und gekämmt die Badeanstalt verlassen, ist es schon nach zwei, und sie bummeln zum Schloss hinüber, um zum krönenden Abschluss das Eis zu essen, auf das Charly (er will Pfirsich Melba) sich ebenso freut wie seine Tochter.

Manchmal schenken solche perfekten Tage ihrerseits noch eine Überraschung, etwas, das Charly nicht hat vorsehen oder vorbereiten können, aber das für ein kleines Mädchen die Krönung des Ausflugs bedeutet.

Papi!, ruft sie, als die Wiese vor dem Schloss in Sicht kommt, eine Hochzeit!

Charly hebt den Blick und sieht die weiß-schwarze, cremefarbene und bunte Hochzeitsgesellschaft, die sich auf der grünen Wiese zum Foto gruppiert, und der Bann der gleichäugigen, altersbefreiten Gegenwartsunion mit seiner Tochter bricht. Gewiss, sie möchte jetzt dort hinlaufen und etwas so Feen- und Prinzessinnenhaftes wie eine leibhaftige Braut aus der Nähe sehen, die ja für kleine Mädchen, ganz gleich wie modern erzogen, ein Mysterium darstellen, aber ihm wäre es schlicht peinlich, sich jetzt in geringer Entfernung zu diesen wildfremden Menschen auf die Wiese zu stellen, sie anzugaffen, in ihr privates Fest einzudringen und womöglich noch seine Tochter davon abzuhalten, wie ein Hündchen zwischen ihren Beinen herumzulaufen oder gar mit ihren kleinen Schmutzhändchen die Schleppe zu berühren.

Er will, während er die Gruppe beobachtet, schon sagen: Wir können sie doch auch von hier aus anschauen, da bemerkt sein Blick – nein, es ist nicht sein Blick, der scannt nur die Gesellschaft ab, die sich in drei Reihen vor der Backsteinmauer postiert, vorne die Kinder, Brautjungfern, Reisstreuer, dirigiert von der Fotografin, die mit dem Rücken zu ihm gestikuliert –, da bemerkt also – aber bemerken ist auch nicht das richtige Wort, denn es ist nicht sein Sensorium, zu dem der kurze, blonde Schopf der Fotografin spricht, es ist vielmehr so, dass dieses Blond sich plötzlich direkt in sein Herz fräst wie die Schweiß-brennerflamme eines Tresorknackers, der den Stahl eines Safes durchschneidet, und er WEISS, ohne zugleich irgendetwas sehen oder bemerken zu müssen. Das kann er gleich noch nachholen, muss es aber gar nicht. Auf Epiphanien darf man sich auch ohne die Bestätigung durch den audiovisuellen Apparat verlassen.

Also doch nicht nur für Lulu der unverhoffte Höhepunkt des Tages!

Gibt's das, Charly, ein innerliches Grinsen? Und wenn ja, welches Organ grimassiert da vor böser Freude?

Du blickst kurz an dir herab. Als hättest du's geahnt! Als hättest du's kommen sehen! Nur schade, dass jetzt nicht auch Mäxchen …

Anstatt also den Satz zu sagen, der dir auf der Zunge lag, hebst du deine Tochter vorsichtig über die Rosenhecke, die den Rasen begrenzt, und sagst den Satz, der sie glücklich macht: Na komm, schauen wir uns diese Hochzeitsgesellschaft mal aus der Nähe an.

Sie überqueren die Wiese, Luisa hat wieder die Hand ihres Vaters in ihrer, es ist doch sehr aufregend, so mitten in ein Märchen hineinzuspazieren.

Die Fotografin dirigiert noch immer. Sie trägt eine dieser militärisch anmutenden olivgrünen Westen, nur stecken statt Handgranaten und Patronen Filme und Objektive in den unzähligen Aufsetztaschen und Schlaufen.

Ein Stück abseits steht ein großer, schlaksiger Mann, ein Stativ über der Schulter, der Assistent offenbar, im Näherkommen sich als wesentlich älter entpuppend als aufgrund seines dünnen Körpers angenommen.

Der Bräutigam Typus Rechtsassessor. Knapp dreißig, schütteres Haar, beginnendes Embonpoint, wahrscheinlich Juniorpartner in der Kanzlei seines Vaters. Die Braut – na ja. In so einem Brautkleid mit Schleier und Myrtenkranz sieht aus der Distanz jeder Bauerntrampel erstmal verführerisch aus. Aber für ein Mädel von Anfang, Mitte zwanzig scheint sie nicht sehr auf ihre Figur geachtet zu haben. Älterer Mann neben ihr, vermutlich der Brautvater. Blazer, graue Hose, Nelke im Knopfloch. Damen mit Tellerhüten und viel bunter Konfektionskleidung.

Der Brautvater winkt die Fotografin zu sich, beugt sich zu ihrem Ohr, flüstert, gestikuliert. Sie nickt und läuft wieder zurück. Jetzt scheint sie zufrieden mit der Anordnung. Der Mehrfachauslöser klingt wie ein Schnellfeuergewehr mit Schalldämpfer. Die Gruppe vor der Mauer löst sich auf, jetzt will jeder Einzelfotos, Pärchenfotos, Familien- und Generationenfotos. Die alten Herren rufen, nein, kommandieren die Fotografin zu sich. Hierhin, dahin. Ihr Assistent scheint nicht schnell genug zu kapieren, was getan werden muss. Sie dreht sich zu ihm, die Hände in die Hüften gestemmt: Wird's bald?!, ruft sie entnervt. Die wohlbekannte Stimme.

Papa, darf ich ein bisschen näher ran?

Nun warte erstmal, bis die mit ihren Fotos fertig sind, sonst schmuggelst du dich womöglich auf eins mit drauf ...

Aber die Hochzeitsgäste nehmen keine Notiz von ihnen. Die Fotografin dreht ihm immer noch den Rücken zu. Sie hat ihre Figur gehalten. Kann sich die enge Jeans immer noch leisten. Charly steht entspannt da und hält die Hand seiner Tochter.

Dann entsteht eine kurze Pause beim Fotografieren, denn eine Gruppe kann sich offenbar nicht entscheiden, in welcher Konstellation sie aufgenommen werden will. Die Fotografin zieht eine Trinkflasche aus einer der bauchigen Taschen ihrer Militärweste, nimmt einen Schluck und wischt sich mit dem Handrücken den Schweiß von der Stirn. Dann mit der Handfläche (abgekaute Nägel, noch immer) den ausrasierten Nacken. Unter der Weste trägt sie ein zitronengelbes T-Shirt, an den Füßen Nikes. Kein Gramm zugenommen. Jetzt dreht sie sich, nach weiteren Aufträgen oder Befehlen Ausschau haltend, um und erstarrt mitten in der Bewegung.

Ihre Augen weiten sich, dann kneift sie sie zusammen und blinzelt.

Lauf, sagt Charly zu Luisa und gibt ihr einen zärtlichen Klaps auf den Po. Schau dir die Braut aus der Nähe an. Die Kleine läuft davon. Anmutig, konstatiert Charly befriedigt.

Die Augen der Fotografin folgen kurz dem Kind, dann blickt sie zurück auf Charly, und ein ungläubiges Lächeln breitet sich auf ihrem Gesicht aus.

Ich glaub es nicht!, ruft sie und kommt auf ihn zu, läuft fast. Er geht ihr einen symbolischen Schritt entgegen. Er lächelt auch. Behält die Sonnenbrille auf.

Sie breitet die Arme aus. Kann das wirklich sein? Charly? Mensch, was für ein Zufall!

Jetzt umarmt sie ihn und drückt den blonden Schopf gegen seine Brust. Der Duft ihres Haars. Jetzt tritt sie einen Schritt zurück, die Hände um seine Unterarme, um ihn anzusehen. Er sieht sie auch an. Trotz der knabenhaften Figur kann sie ihre fast vierzig nicht verleugnen. Es hat sogar etwas Erschreckendes, ihr Gesicht. Ihre Züge haben sich nicht ins Liebliche entspannt, sondern ins fast Männliche verhärtet, haben etwas Verhärmtes, Hageres. Von Weitem könnte man sie, schmal gebaut und flachbrüstig, wie sie ist, für einen nicht mehr ganz jungen homosexuellen Mann halten.

Großartig siehst du aus!, sagt sie.

Danke, du aber auch! (*Und das ist eine Lü-hü-ge!*, singsangt es in ihm, das ist dasselbe Organ, das vorhin das innerliche Grinsen zustandebrachte.)

Na ja, komm, bei mir hilft auch kein Make-up mehr! (Das du gerade deswegen etwas intensiver benutzen solltest, lästert das Organ.) Aber du hast dich ja gar nicht verändert. Höchstens dass du noch besser aussiehst, reifer oder so in dir ruhend, ich weiß nicht (sie kichert verlegen). Ist das deine Tochter da?

Charly nickt. Einen Sohn habe ich auch noch. Aber der ist nicht mit.

Voll süßes Mädchen! Aber dass du wieder geheiratet hast, hab' ich mal gehört. Man hat schließlich seine Spione. Du, wie lang ist es her, dass wir uns nicht gesehen haben? Ich find das ja so toll, das tut mir gerade sowas von gut...

Du, zehn Jahre in diesem Herbst, würde ich sagen...

Wahnsinn! Aber (Blick von unten nach oben) man sieht dir an, dass du deinen Weg gemacht hast. So 'n bisschen was hört man ja immer.

Kann mich nicht beklagen. Und du? Musst am Sonntag arbeiten?

Na ja, das ist zwar nervig ohne Ende, aber so Hochzeiten zahlen ganz gut. Und unsereins muss sehen, wo er bleibt. Weißt du, freier Fotograf, das ist ziemlich schwierig geworden.

Charly deutet mit dem Kopf in Richtung des schlaksigen Mannes: Aber für 'nen Assistenten reicht's noch...

Das wär schön. Nein, Eddie ist mein Partner. Also mein Lebenspartner. Er ist eigentlich Stylist. Aber bei solchen Aufträgen hilft er mir auch mal aus, Sachen schleppen und so.

Stylist, interessant.

Komm, lüg nicht, ich kenn dich. Aber sag mal bei dir: Zwei Kinder, und deine Frau …?

Ist Ärztin. Internistin. Aber keine Hamburgerin. Niemand aus der alten Clique.

Das hätte ich auch gewusst! Da wär ich auch eifersüchtig gewesen! Und was machst du jetzt beruflich? Ich hab' nur gehört, dass du große Karriere gemacht hast. Ich wusste ja immer, dass die Autobranche nichts für dich ist. Ganz so blöd war ich damals nämlich auch nicht.

Sagt dir Sieveking & Jessen was? Hamburgs ältester Kautschukimporteur. Kontore im Chilehaus. Richtige hanseatische Pfeffersäcke. Ja, den Laden leite ich. Also bin da Geschäftsführer …

Ach, Charly … Sie hebt die Arme und lässt sie sinken. Zehn Jahre. Ein halbes Leben … Dann, sich umdrehend: Jaa, ich komm ja gleich! Grauenhaft. Die meinen auch, für die paar Kröten bist du jetzt ihr Sklave. Deine Tochter will auch mal Braut werden, wie's aussieht.

Ja, ich hab' ihr erzählt, wie schön Heiraten ist. (Lachen, sie lacht mit. Zähne noch immer weiß, aber in das harte Männergesicht könnt ich mich nicht mehr verlieben.)

Wie heißt sie?

Luisa. Und mein Sohn Maximilian.

Und wie alt sind die beiden?

Vier. Und der Kleine ist anderthalb. Hast du auch welche? (Rhetorische Frage, spottet das Organ.)

Nee. Weiß auch nicht. Hat sich irgendwie nicht ergeben. Ich wollte lange keine, dann war nicht der richtige Mann da. Jetzt ist es zu spät. (Strafe muss sein, belehrt das Organ.) Aber sag mal, was für ein Zufall! Was macht ihr denn hier?

Kleiner Sonntagsausflug. Wenn der Vater mit der Tochter. Bei dem schönen Wetter. Ich bin ja ziemlich eingebunden, und deshalb nutze ich jede Gelegenheit, was mit den Kiddies zu machen. Aber jetzt ist Lulu ziemlich fix und alle. Ich hab' ihr noch ein Eis versprochen, aber gleich im Auto schläft sie mir garantiert ein.

Wo wohnst du denn jetzt?

Hab' ein Haus gebaut. Draußen in Beimoorsee. Spießig, aber für die Kinder natürlich ein Paradies. Mit Garten und allem.

In Beimoorsee? An unserem alten Badesee? (Wo du sie das erste Mal nackt gesehen hast und deine Erektion verbergen musstest, erinnert das Organ.) Ist ja heiß!

Und du?

Schanze. Immer noch. Ist schön billig.

Wohnt ihr zusammen? (Wieder die Kinnbewegung dort rüber.)

Mal ja, mal nein. Momentan gerade ja. Er ist auch geschieden. Gebranntes Kind.

Wie wir alle …

Jemand ruft, nein, brüllt schon fast.

Verdammte Scheißbande! Ich würd ja was drum geben, jetzt mit euch ein Eis zu essen, aber du siehst ja, wie das hier läuft. Das dauert noch mindestens 'ne Stunde. Meinst du, du bist dann noch da? Komme gleich!

Fürchte eher nicht. Wie gesagt, nach dem Eis wird Lulu müde sein …

Lulu – schön hört sich das an aus deinem Mund. Sag mal, wollen wir nicht mal telefonieren? Uns mal treffen, Kaffee trinken, quatschen? Über alte Zeiten? Warte mal, ich muss hier irgendwo eine Karte haben, in einer dieser Taschen …

Sie findet sie, sie ist etwas zerknittert, reicht sie Charly. Der steckt sie ein, ohne einen Blick darauf zu werfen.

Rufst du mich mal an? Versprochen?

Versprochen. (*Und ge-bro-ho-chen!*, echot das Organ singsangend.)

Komm, lass dich nochmal drücken.

Und sie läuft davon, der Brautvater hebt bereits ungeduldig die Arme. Dabei läuft sie an Luisa vorbei, die sich offenbar sattgesehen hat an der Braut.

Die ist soo schön!, ruft sie ihrem Vater zu.

Jaa, sagt Charly.

Als sie neben ihm steht, dreht sie sich nochmal um und deutet auf die Fotografin, die jetzt vor einem Arrangement älterer Damen und Herren steht.

Wer war das? Kennst du die?

Wen? Die Fotografin? Ja, eine alte Bekannte. Zufall, dass die heute hier arbeitet. Ewigkeiten nicht gesehen.

Luisa ergreift die Hand ihres Vaters und sieht an ihm hoch.

Papa, hast du die lieb?

Charly entzieht ihr seine Hand und sagt: Was? Wie kommst du denn auf so einen Blödsinn?

Verschüchtert schweigt das Mädchen.

Komm, jetzt gehen wir Eis essen, wie versprochen, sagt Charly. Was möchtest du für eins?

Schoko, sagt Luisa.

Als sie im Schlosshof auf den Holzstühlen des Cafés sitzen und Eis essen, schwärmt Luisa wieder von der Braut. Dann gähnt sie. Charly genießt das Melba, das sie hier mit frischen Pfirsichen machen, nicht mit Früchten aus der Dose.

Du kannst ja im Auto ein bisschen schlafen, auf der Rückfahrt.

Aber dann nickt sie schon beim Zahlen ein, und Charly trägt sie zum Parkplatz und bugsiert sie auf den Kindersitz auf der Rückbank, ohne dass sie noch einmal aufwacht.

Das tut sie erst, als sie vor dem heimischen Haus anhalten. Der Golf mit dem Neubrandenburger Kennzeichen ist verschwunden, Garten und Haus ruhen in sonntäglichem Nachmittagsfrieden. Heike kommt ihnen aus dem Garten zur Pforte entgegen. Sie steckt barfuß in grünen Gartenclogs.

Und, war's schön?, fragt sie ihre Tochter.

Ganz toll! Wir haben eine Hochzeit gesehen und eine echte Braut ganz in Weiß und Enten gefüttert und sind auf so einem Boot von so 'ner Rutsche ins Wasser gerutscht und Papa war der Haifisch!

Und du, fandest du es anstrengend oder auch schön?

Ein bisschen anstrengend, aber wunderschön, sagt Charly.

Kapitel 3

UMFELD

Weil die Anlage von Bernhard Langer geplant und recht neu war, kam Kai der Gedanke, Charly zu seiner Berlin-Reise am 27. Oktober einzuladen und den Termin, den er hatte, mit einer Partie Golf im Club *Stolper Heide* zu verbinden. Charly war sofort dabei und schlug vor, am Samstagabend nach dem Spiel der alten Freundin Ines einen Besuch abzustatten, die er seit ihrem Umzug nach Potsdam nicht mehr gesehen hatte.

Es ist ein 18-Loch-Meisterschaftsplatz von 5974 Metern Länge, hatte Kai geschwärmt. Ein Par-72-Kurs. Viel Wasser, viele Bunker und angeblich Greens wie Parkettböden.

Und was hast du in Berlin zu tun?, wollte Charly wissen.

Ja, das ist noch die Frage, erwiderte Kai. Ich könnte uns zwei Zimmer im Hotel *Zur krummen Linde* reservieren, das ist direkt beim Golfplatz. Am Freitag habe ich ein Abendessen, da müsstest du dich anderweitig vergnügen. Und dann am Samstag machen wir einen Flight. Ist das letzte Wochenende vor der Winterpause.

Kai war Charlys liebster Flight-Partner. Sie hatten das Spiel gemeinsam gelernt und spielten, so oft es ging, miteinander im heimischen Club in Beimoorsee. In den letzten Jahren hatten sie auch gemeinsame Reisen zu schönen Golfplätzen in Bayern und Österreich unternommen, verbunden mit Wellnessaufenthalten in guten und teuren Hotels.

Kai war ein Naturtalent, nicht nur beim Golf, sondern in allen Bewegungsspielen. Obwohl er seit seiner Jugend im

Handballverein keinen Leistungssport mehr trieb, beherrschte er alles, was er versuchte, sehr schnell besser als andere. Er besaß eine natürliche Körperkoordination, dazu Ausdauer und die Fähigkeit zu ruhiger Konzentration. Er war rasch ein besserer Tennisspieler gewesen als Charly, und als sie anfingen, Rad zu fahren, schnell auch der bessere Radfahrer geworden (was sich vor allem bei den Kurvenradien der Abfahrten zeigte). Das gab aber nie Anlass zu Neid, es musste einfach konstatiert werden als eine Art Naturgesetz, was Charly umso leichter fiel, als Kai nicht der Typ war, von seinen sportlichen Talenten viel herzumachen.

Mit dem Golfen verhielt es sich genauso. Charly war mittlerweile bei einer Stammvorgabe von 21,1 angekommen, Kais Handicap lag bei 17,4. In einem Zählspiel war es für Charly an normalen Tagen ein Ding der Unmöglichkeit gewesen zu gewinnen, das heißt, mehr als die vier Schläge Spielvorgabe besser zu sein, die ihm auf den meisten Plätzen gewährt wurde. Und selbst nach Stableford gewann Charly nur höchst selten. Dennoch spielte er, dem Kai meist die Wahl überließ, lieber Zählspiele und fühlte sich jedes Mal als moralischer Sieger, wenn er nur zwei oder drei Schläge mehr auf der Karte stehen hatte als sein Freund.

Es war in dieser gottgegebenen Logik allerdings seit anderthalb Jahren eine Veränderung eingetreten.

Das erste Kind von Kai und Sanni, das im Februar 1999 geboren wurde, ein Sohn, der Tobias heißen sollte, kam tot auf die Welt. In den darauffolgenden Wochen und Monaten veränderte sich viel. Zum Beispiel wurde, was niemand erwartet hätte, Heike zur besten Freundin Sannis. Beide Eltern wandten sich wieder sehr stark ihren Familien zu, eine fast instinktive Flucht in die Blutsbindung in einer Lebenslage, in der es keinen Trost gibt und geben kann. Aber neben den Familien waren

Charly und Heike die nächsten und wichtigsten Ansprechpartner.

Das tiefe Tal völliger Verzweiflung schien durchschritten, als Sanni im August desselben Jahres erneut schwanger wurde, aber die Monate bis zur problemlosen Entbindung von einem gesunden Jungen im Mai dieses Jahres waren eine Zeit permanenter Furcht und Unruhe, strukturiert von ständigen medizinischen Kontrollen, eine Art existenzielles Luftanhalten, eine Angststarre, als könne jede Bewegung, jede Freude, jede normale Geste das Schicksal wieder auf den Plan rufen.

Natürlich blieb der Schatten des toten Sohnes präsent, auch nach der Geburt des zweiten. Und erst jetzt wurde offen darüber gesprochen, und es gab kaum eine Gelegenheit, bei der Sanni nicht sogar wildfremden Menschen gegenüber erwähnte, ihr erstes Kind sei tot geboren worden.

Charly ahnte mehr, als er es verstand, dass man nach solchen Erfahrungen nie wieder ganz derselbe ist wie zuvor. Natürlich waren Glück und Dankbarkeit jetzt unermesslich, und die Liebe und Fürsorge des Paars für den Säugling kannten keine Grenzen, aber darunter und dahinter hatte sich bei Kai etwas verändert. Und manchmal dachte Charly an die Zeit vor sechs, sieben Jahren, als er seinem Freund den Tod gewünscht hatte, um von ihm befreit zu sein. Nun war Kai etwas widerfahren, das, von außen betrachtet, schlimmer gewesen sein musste als der Tod, ja was den eigenen Tod ziemlich relativierte.

Auf seine nüchterne Art hatte Kai das schlicht so ausgedrückt: »Die Prioritäten ändern sich.« Und sie änderten sich dahingehend, dass von nun an die Familie das unumstritten Wichtigste in Kais Leben wurde. Beruflich bedeutete das nicht geradezu ein Nachlassen des Ehrgeizes, denn seine Familie abzusichern, jetzt und in Zukunft, war eher noch wichtiger geworden, aber irgendetwas Brennendes, das Kai bislang nach vorn getrieben hatte, war verloschen. Anders gesagt: Was half ihm ein Treibsatz, der nur ihn allein in die Umlaufbahn katapultierte? Mit Anfang vierzig hatte ihn das Wir eingeholt und eingefangen.

Zum Beispiel war ihm auch bewusst, dass diese innere Um- oder Einkehr auf die Dauer mit seiner Position bei McKinsey nur schwer zu vereinbaren sein würde. Und wovon Charly damals nicht einmal zu träumen gewagt hätte, das kam jetzt, ohne dass er es noch benötigt hätte, von selbst: Kai sagte seinem Freund, er beneide ihn um seinen Job bei Sieveking & Jessen, der Charly nach den ersten Jahren voller intensiver Neuorganisation und Umstrukturierung heute nur noch selten länger als die in seinem Vertrag stehenden vierzig Wochenstunden in Anspruch nahm. Bei McKinsey waren es sechzig und siebzig, dazu kamen die Reisen, und seit einigen Monaten streckte Kai die Fühler nach Alternativen aus, die ihm geregeltere Arbeitszeiten und mehr Zeit für Frau und Sohn gestatten würden.

Golftechnisch gesprochen hatten all diese Entwicklungen den Effekt, dass Charly nach Stableford nun regelmäßig einen Flight gewann, etwa jedes dritte oder vierte Mal, und bereits das eine oder andere Mal im Zählspiel nach 18 Löchern Gleichstand erreicht hatte. Richtig gewonnen hatte er nur einmal, sogar deutlich, aber nur weil Kai mit hartnäckiger Bronchitis spielte. Es verhielt sich auch keineswegs so, dass Kai nun etwa Spiele freiwillig herschenkte oder schlechter spielte als zuvor, da machte sich Charly keine Illusionen. Stand er auf dem Platz, wollte Kai immer möglichst perfekt spielen im Rahmen seiner Fähigkeiten, und gelang ihm das auch nur ansatzweise, hatte Charly keine Chance. Das Einzige, was sich verändert hatte, nicht wirklich zu greifen oder zu benennen, war, dass Kai ein letztes Quäntchen Irgendwas nicht mehr besaß oder nicht mehr nutzte, diese Kombination aus Willenskraft, Konzentration und dem Gefühl für die Wichtigkeit dessen, was man gerade tut – diese instinktive Selbsthypnose, es komme darauf an, es komme jetzt alles darauf an, die normalerweise bewirkt, dass der begabtere Sportler gegen den weniger begabten gewinnt. Aber Kai kam es im tiefsten Innern eben nicht mehr darauf an. Nicht mehr jedes Mal, nicht mehr automatisch.

Ebenfalls golftechnisch gesehen stand dieses Spiel für Charly unter den besten Vorzeichen. Das ganze Wochenende war ein Geschenk in jedem Sinne. Die Aussicht auf ein Wiedersehen mit Ines lockte. Sie waren in Kais Wagen unterwegs, Kai hatte das Hotel reserviert und bezahlte es, ebenso die Greenfee, sodass Charly sich bequem zurücklehnen konnte und sich um nichts zu kümmern hatte. Das Ganze war eine unverhoffte Tapetentür hinaus aus dem Alltag, und das hob die Laune. Das Wetter am Rande Berlins war schön, es war ein strahlender Herbsttag mit golden glühenden Kastanien und Platanen entlang der gepflasterten Dorfstraße von Alt-Stolpe, an der die frisch renovierte und auf Golf-Touristen eingestellte *Krumme Linde* lag, deren DDR-Muff und -Unfreundlichkeit durch eine Kernsanierung und ein Besitzerehepaar aus dem Westen fast gänzlich aus den Mauern vertrieben war.

Während Kai zu seinem Termin in die Stadt fuhr, schlenderte Charly durchs Dorf, an der kleinen Kirche vorbei, den Blick auf die Kastanien gerichtet, die zu Dutzenden auf den Pflastersteinen lagen und im bronzenen Licht der Abenddämmerung glänzten. Was man damit und mit einer Handvoll Streichhölzer für eine Menagerie basteln könnte, dachte er, bog ab und kam zu einem Pferdehof mit riesigen Koppeln, auf denen gegen den diesigen Horizont die Pferde sich nur als dunkle Stecknadelköpfe bewegten. Darüber lag ein leises Rauschen von der Autobahn. Die Dorfstraße endete hier, und er schirmte die Augen mit einer Hand und blickte hinauf. Die Luft war noch fast warm, er hätte sich den samtigen violetten Himmel überwerfen wollen wie einen Hausmantel und mit einem lockeren Knoten schürzen.

Er aß an einem Einzeltisch zu Abend, ging früh auf sein Zimmer, sah, auf dem Bett liegend, mit beiläufigem Interesse fern und blätterte vor dem Einschlafen noch in einem Buch über deutsche Rieslinge, das er mitgenommen hatte. Mit einem Wort: Er war entspannt, gut gelaunt, sorglos, wohlig träge, dennoch ganz bei sich und des Zufriedenheitsreservats behaglich bewusst.

Am nächsten Morgen frühstückten Kai und er gemeinsam, fuhren den knappen Kilometer hinüber in die moderne Siedlung, an deren Ende der Golfplatz lag, und standen um halb zehn am ersten Abschlag.

Es ist angenehm leer, und über der Heidelandschaft des Platzes liegt noch ein Silberschimmer von vergehendem Morgentau. Es war eine klare, kalte Nacht, aber die Sonne steigt gerade über den Wald im Osten, aus dem zwei Sendemasten in die Höhe wachsen, ein kürzerer, gedrungener, der eben über die Wipfel hinausreicht, und ein krandünner, der aussieht, als messe er an die dreihundert Meter. Der Tag verspricht schön zu werden, von einer gedämpften, wie durch einen Filter von Melancholie gebrühten Schönheit, so wie hier im Osten über allem, selbst über den Jahreszeiten, eine gewisse Melancholie liegt, die aus der Schichtung von romantisch-freiwuchernder Landschaft und Kolchosenelend kommt, aus der Diskrepanz zwischen Individualität und Kollektivierung, zwischen einer Taugenichts-Natur aus dem frühen neunzehnten Jahrhundert und dem Baracken- und Zwanghaften, Verkommenen, engärmlich Verhockten und Verduckten, das die baulich sichtbare Hinterlassenschaft des sozialistischen Staates in ihr bildet.

Vielleicht wird es einer der letzten schönen Tage sein, bevor hier alles in Niflheim'scher Kälte, Nässe und Düsternis versinkt.

Wie willst du spielen?, fragt Kai.

Brutto heute, antwortet Charly in seinem vom gestrigen Tag und Abend herübergeretteten Wohlgefühl.

Schön. Der Verlierer zahlt das Bier an Loch 19.

Kai trägt eine karierte Schiebermütze, einen hellblauen Kaschmirpullover und dazu senffarbene Knickerbocker und zweifarbige Golfschuhe. Diese Extravaganz wäre vor zwei Jahren vollkommen unvorstellbar gewesen und ist es außerhalb des Golfplatzes auch heute noch. Wenn es je einen unauffällig gekleideten Menschen gegeben hat, dann Kai. Anzug bei der Arbeit, Jeans, Polohemd und Nikes abends, zu Hause und im Garten. Es muss eine Konsequenz (eine der wenigen sichtbaren) jener Lebenserschütterung sein, dass er es plötzlich wagt, auf dem Golfplatz, wenn auch nur dort, diesem exhibitionistischen Drang nachzugehen. »Es ist eine Hommage an Payne Stewart«, war seine einzige Erklärung, und das sagt natürlich überhaupt nichts, außer dass der verstorbene Golfer vom selben Jahrgang war wie Kai. »Es sind im Übrigen keine Knickerbocker, sondern Plus Fours«, korrigiert er noch.

Kai ist ein extrem angenehmer Mitspieler. Plaudernd unterwegs, still und konzentriert auf den Grüns, ehrgeizig nur in Bezug auf sein eigenes Spiel, von ausgeglichenem, freundlichem Temperament und einem unbestechlichen Sinn für Fairness ist er das krasse Gegenteil zum Beispiel Kumpfs. Charly erinnert sich mit Grausen an die einzige Partie, die er je mit seinem Schwager gespielt hat, einen Dreierflight mit einem von Kumpfs Kunden. Der schert sich nicht um Kleidung und Golfetikette, drangsaliert den Flight vor ihm, ein miserabler Spieler mit einem Schlag wie der Tritt eines Maulesels, zwanzig, dreißig Meter weiter als Charlys Drives, und als er auf dem Grün gestümpert und einen Dreifachbogey produziert hatte, kratzte er den Ball mit dem Schläger aus dem Loch und sagte laut:

»Wärn da Haare drumrum, hätt ich ihn reingemacht.« Dann doch tausendmal lieber Payne Stewart in Plus Fours.

Charly fragt nach dem gestrigen Abend und Kais Gespräch mit einem Mitglied des Wissenschaftlichen Beirats beim Wirtschaftsministerium. Als Kai diese Einladung erwähnte, hatte sich wieder einmal kurz, nach langer, langer Zeit, ein Abgrund unter Charlys Füßen geöffnet, und er spürte schon das Höllenfeuer vergangener Tage, verfing sich aber glücklich in all den seither aufgespannten Sicherheitsnetzen. Es ging bei dem Abendessen um die Frage, ob Kai Mitglied werden könne. Der Haken daran war, dass bislang ausschließlich Professoren ernannt worden waren.

Wir waren in einem Lokal namens Borchardt, sehr groß und nobel und aufgeräumt, und alle bemühen sich, einen auf Wiener Kaffeehaus zu machen, aber irgendwas fehlt.

Und was?

Ich weiß auch nicht. Die Patina vielleicht. Es wirkt so, als hätten sie alles in einem modernen Studio nachgestellt. Aber das Essen war ausgezeichnet.

Und was ist letztlich rausgekommen?

Im Prinzip nichts, was nicht schon vorher klar war. Es müssen alles Professoren sein, und ich bin keiner.

Und keine Ausnahmen?

Keine Ausnahmen. (Und da hebt sich, auch wenn er sich ein kleinwenig dafür schämt, Charlys morgendliche Hochstimmung noch einmal um ein paar Grad.)

Aber worum geht's ihnen eigentlich?

Ja, das versuche ich mir immer noch klarzumachen. Jedenfalls nicht um Praxis, sonst dürften sie diese Professorenregel nicht so ehern einhalten. Die Satzung sagt: »Beratung in allen Fragen der Wirtschaftspolitik in voller Unabhängigkeit.« Also Gutachten, die veröffentlicht werden.

Und der Minister liest sie interessiert, und alle sind salviert?

Ach, im Grunde bräuchte doch ohnehin nicht der Wirtschaftsminister, sondern der Finanzminister die Beratung. In dieser Regierung mehr denn je.

Ich weiß sowieso nicht, ob es eine gute Idee ist, sich geschäftlich mit Regierungen einzulassen.

Na ja, in diesem Beirat saßen mal Leute drin wie Karl Schiller. Verlockend wär das schon gewesen. Ach, ich weiß nicht, was ich will. Vielleicht sind es auch nur diese Berlin-Eindrücke, die mich nervös machen. Weißt du, in dieser Stadt wird dir deutlich, wo die Dinge bei uns hinsteuern. Das Viertel da im Zentrum, wo das Borchardt liegt, da bauen sie, und alles strahlt und glänzt. Aber einen Kilometer weiter nur Baracken, Spielhöllen, Rudis Resterampen, Nagelstudios, Plattenbauten und Türkenghettos. Wenn es stimmt, dass diese Stadt ein Zukunftslabor ist, dann wird es hier zappenduster. In zehn Jahren ist die Schere in diesem Land vollends aufgegangen. Und dann stehst du entweder auf der einen oder auf der anderen Seite.

Und das sagt er so ernst, dass Charly kurz eine Vision hat, wie die Erde sich vor seinen Füßen spaltet und er das unwillkürliche Bedürfnis empfindet, einen Hüpfer nach der richtigen Seite zu tun.

Deshalb will es gut überlegt sein, wo du arbeitest, fährt Kai fort. McKinsey ist zwar ein Schleudersitz. Aber wer weiß, ob sie in zehn Jahren Professoren hier noch verbeamten werden.

Um die Familie versorgen zu können, wird's immer reichen, sagt Charly.

Einen Job wie du müsste man haben.

Ist ja nun nicht so, als ob du keine Optionen hättest.

Ja, aber solche Sachen wollen wohlüberlegt sein. Wie bist du damals nochmal zu Sieveking gekommen?

Letztlich über Beziehungen. Hamburger Namedropping.

Ja, in Hamburg gibt es wenigstens Namen, die man fallen lassen kann. Anders als hier. Diese Stadt zieht mich runter. Hier gibt's keine Wertschöpfung. Die Regierung baut sich ihre Potemkinschen Dörfer aus Glas und Marmor und drumherum breitet sich das Subproletariat aus. Wo's keine Wertschöpfung gibt, gibt's nämlich auch keinen Einzelhandel mehr, und ohne Einzelhandel gehen die Städte kaputt.

Kai bemerkt selbst, dass die Trübsal, die er bläst, übertrieben ist, und reißt das Steuer herum: Ich wette mit dir, in ganz Berlin gibt's kein Hutgeschäft!

Wozu brauchst du ein Hutgeschäft?, fragt Charly und kann sich einen Blick auf Kais Schiebermütze nicht verkneifen.

Ein Hutgeschäft ist der Lackmustest für eine funktionierende Gesellschaft. Natürlich braucht das kein Mensch. Aber geh mal in eine westdeutsche Innenstadt mit einer ausgeglichenen Sozialstruktur. Dort wirst du überall ein Hutgeschäft finden, meistens einen hundert Jahre alten Familienbetrieb. Und Städte, wo sowas überleben kann, sind Städte, die lebenswert sind. Ich sage nur: Hut Falkenhagen, Große Johannisstraße! Oder Eisenberg in der Steinstraße! Küntzel!

Vielleicht wär das ja was für dich: Mach ein Hutgeschäft auf.

Aber nicht in Berlin.

Wir haben noch ein bisschen Zeit, durch die Stadt zu fahren, wenn wir auf dem Weg zu Ines sind. Vielleicht findest du ja eins, das zum Verkauf steht.

Apropos: Bleibt es bei halb sieben?

Ja. Sie meinte: »Sagt am Tor beim Doorman einfach eure Namen.«

Am Tor! Beim Doorman!

Genau. Und ich: »Pässe müssen wir aber nicht vorzeigen?«

So 'ne Art Gated Community, oder was? Hast du nicht erzählt, das sei dort früher Sperrgebiet gewesen? Waren die

Vollidioten fünfzig Jahre lang eingemauert, und kaum sind sie frei, mauern sie sich selbst wieder ein.

Ines' Mann kommt aus dem Westen. Vielleicht ist das für die jetzt ja der letzte Schick, ihre eigene Mauer zu bauen.

Wie lange hast du sie eigentlich nicht gesehen?

Du, genauso lange wie du. Das letzte Mal beim Skat, bevor sie Jobst durchgebrannt ist, wie lange ist das jetzt her? Fünf Jahre? Sechs? So ungefähr.

Und seitdem nichts mehr von ihr gehört?

Doch natürlich, wir telefonieren regelmäßig.

Du bist eine treue Seele, Charly.

Genau das hat Thommy auch mal gesagt. Der übrigens auch nicht mehr in Frankreich lebt. Ist zurückgekommen. Der hat mir mal gesagt: Alle vier Jahre mache ich Tabula rasa in meinem Adressbuch. Und die Leute, mit denen ich mir nichts mehr zu sagen habe, fliegen raus. Er meint, das sei wie Frühjahrsputz, wie's Durchlüften.

Kannst du ja von Glück sagen, dass du noch drinstehst.

Ja, aber bei mir ist das anders. Ich breche nicht gern mit Menschen. Ich sehe auch eigentlich nie eine Notwendigkeit. Klar, es geht mal rauf, mal runter, es gibt tote Phasen, aber dann ist es doch auch immer wieder schön, sich wiederzusehen, was voneinander zu hören. Sicher werden die Fäden dünner, wenn man sich lange nicht sieht, aber wozu sie dann noch mutwillig kappen? Und gerade Ines. Da ist so viel… so viele gemeinsame Erinnerungen, so viel geteilte Zeit, das kann man doch nicht auf den Müllhaufen befördern. Nein, ich bin nicht so ein Tabula-rasa-Typ.

Ab dem fünfzehnten Loch wird Kai einsilbig und schließlich ganz stumm, wie Charly zufrieden feststellt. Sie stehen nämlich gleichauf, was an sich schon ausreichen würde, um Charly in gute Laune zu versetzen, heißt es doch, er liegt, das Handicap

eingerechnet, vier Schläge vor Kai und kann nach dieser Zähl-
weise kaum noch verlieren, es sei denn, er verhaut die letzten
Löcher total. Aber wenn nicht! Aber wenn nicht, mein Lieber, dann besteht die Chance auf Gleichstand oder, oder. Aber
darüber denken wir jetzt nicht nach, sonst fängt der Putter an
zu zittern. Aber er hat es jetzt auch gemerkt. Und es gefällt ihm
nicht. Es gefällt ihm ganz und gar nicht, dem guten Kai, sonst
würde er jetzt nicht so lange warten vor dem Abschlag und so
viele Übungsschwünge machen und so viele Selbstvorwürfe
murmeln. Also ist es doch so: Genauso wie du davon ausgehst,
normalerweise zu verlieren, geht er davon aus, normalerweise
zu gewinnen. Aber heute vielleicht mal nicht, mein Freund.

Merkwürdig, wie lange es her ist, dass du an ihm gelitten
hast, und heute sagt er dir, er beneidet dich und will weg von
McKinsey.

Charly ist etwas enttäuscht, wie wenig ihn jetzt dieses Ein-
geständnis berührt, das damals mit einem Schlag alle seine Leiden beendet hätte. Aber stimmt das? In Wahrheit hätte er einem
solchen Satz aus Kais Mund damals so wenig geglaubt, wie er
ihn heute benötigt. In Wahrheit kann er sich an den Menschen,
der so sehr mit seinem Freund und Konkurrenten gehadert
haben muss, nur noch vage erinnern. Vager jedenfalls, als er
sich an etwas erinnern könnte, das in ihm ist seit damals und
sich mit ihm entwickelt hätte. Die Zeit heilt nämlich deswegen
nicht alle Wunden, weil die meisten dieser Wunden verschwinden, statt ausheilen zu müssen. Vielleicht wäre es korrekter zu
sagen: Die Zeit häutet den Menschen regelmäßig, und viele
Wunden bleiben am Wegesrand auf den schrumpelnden alten
Pellen zurück. Den heutigen Charly quält kein Minderwertig-
keitskomplex gegenüber Kai, und von dem früheren Charly mit
Komplex, dem Kai hätte sagen können, was er wollte, ohne
irgendetwas zu verbessern an seinem Befinden, ist nichts mehr

übrig, nicht einmal mehr so viel, um späte Genugtuung zu empfinden. Denn das kommt ja noch hinzu: Damals hätte Charly
einen solchen Satz, überhaupt jeden Satz Kais wie Hohn empfunden, weil die Schmerzen, die ihn quälten, eben die seinen
waren und völlig unabhängig von Kai oder irgendeiner anderen
Person auf seiner damaligen Seelenhaut brannten. Balsam von
außen hilft nichts bei diesen Verletzungen; solange die Zeit
einen nicht gehäutet hat, schwären sie weiter, und nach der
Häutung ist der schmerzende Teil abgestreift und fremd.

Seit damals hat Charly seinen Freund nur noch einmal
beneidet, und beneidet ist auch kaum das rechte Wort. Es war in
den Wochen, nachdem bei Sanni eine erneute Schwangerschaft
festgestellt worden war. Nach der Totgeburt und der Schock-
starre, in die man fällt, wenn der Blitz so dicht neben einem
einschlägt, hatte die Mischung aus Erleichterung und Angst
überwogen, der dann hilflose Versuche folgten, das Schicksal in
den Schraubstock einer Logik zu klemmen, um es zu erklären,
indem man es rundfeilt. Das sind selten rühmliche Anblicke
des eigenen Charakters, wenn man die Steine der innerlichen
Denkverbote einmal hochhebt und auf das Gewürm schaut, das
sich darunter kräuselt. »Das ist die Quittung«, hatte da etwa
gestanden (für die Erniedrigung, durch die ich deinetwegen
gehen musste, oder für den Erfolg, den du lange genug hattest),
oder »Das hast du jetzt von deinen Fähigkeiten«. Als aber ein
Happy End sich andeutete (jedenfalls für den Außenstehenden
musste das anmuten wie ein Happy End), war da plötzlich ein
schales Gefühl angesichts des eigenen, rundlaufenden, nie mehr
in den roten Emotionsbereich geratenden Lebens gegenüber
diesem trotz einiger Verluste siegreich bezwungenen Mount
Everest an Dramatik, Schicksal und Spannung, tiefsten Tiefen
und höchsten Höhen. Wer aus der Todeszone eines solchen
Lebensmassivs zurückkehrt, denkt man dann wohl, der hat

eine solch konzentrierte Dosis Intensität abbekommen, wie sie sich ein seelischer Flachlandtiroler nicht einmal erträumen kann. Es ist der Neid des sich (in diesem Moment) als lau Empfindenden auf den Gebeutelten (immer aber erst, nachdem der so Gebeutelte es überlebt – und gesund überlebt – hat). Dieser merkwürdige Neid auch auf schmerzhafte Erfahrungen der anderen erklärt sich wahrscheinlich aus unserer existenziellen Langeweile und Ungeduld, aus unserer Fähigkeit zum periodischen Überdruss mit dem Status quo und dem daraus folgenden (Irr-)Glauben, alles sei besser als das, was gerade ist, der hinter den meisten großen und kleinen Veränderungen auf diesem Planeten steckt: dem Aufkommen von Revolutionen und Diktatoren und Kochrezepten, dem Länger- bzw. Kürzerwerden von Röcken und Kleidern, der Entdeckung eines Kontinents wie dem Betrug an seinem Ehepartner und der Scheidung und Wiederverheiratung.

Im Moment aber geht es nicht um existenziellen Überdruss, sondern um Konkreteres: Denn nach dem siebzehnten Loch herrscht noch immer Gleichstand.

Beide liegen bei siebenundachtzig Schlägen. Gut für Charlys Verhältnisse. Sehr gut sogar. Durchschnittlich für Kai. Sehr durchschnittlich.

Wenn Charly auf der 18 einen Schlag holt, hat er tatsächlich gewonnen.

Er hat die Ehre.

Die 18. Bahn ist, vom gelben Herren-Abschlag an gerechnet, 384 Meter lang. Sie hat in etwa die Form einer langgestreckten Pfefferschote oder ähnelt entfernt – schämen wir uns ein wenig, Charly, über unsere Assoziation angesichts der Zeichnung auf dem Schildchen – dem stilisierten Graffito eines männlichen Glieds, dessen Eichel das Grün wäre, wogegen die beiden kurz hinter dem Abschlag links und rechts des Fairways liegenden

Teiche auf solchen Schmierereien den Hoden entsprechen. In etwa dort, wo der erste Schlag landet, wird das Fairway enger und ist von zwei Bunkern eingefasst, eine Art Schnürung, für die es nun zum Glück keinerlei Entsprechung auf diesen obszönen Sprayereien gibt.

Charly zieht den Driver aus der Tasche, legt den Ball aufs Tee und wirft einen Blick voraus. Die Sonne steht rechts über dem Wald, klar umrissen und reglos wie eine goldene Montgolfiere vor dem monochromen Hellblau des wolkenlosen Himmels. Die Herbstluft schmeckt frisch wie Gletschereisbonbons, und die leichte Brise, die die Schilfhalme am Ufer der Teiche wiegt, bringt ein Rauschen von der nahen Autobahn herüber auf die Golfplatzidylle, das einen daran erinnert, immer noch in dieser Welt zu sein. Aber gerade das macht Charly wieder glücklich, und nun gilt es, dieses Glücksgefühl in entspannte Konzentration des Schwungs und des Abschlags zu überführen und den Ball ans angepeilte Ziel zu wünschen.

Im Moment als der Schläger den Ball trifft, erkennt Charly am Geräusch, dass der Schlag geglückt ist. Er blickt der Flugparabel des weißen, kurz in der Sonne aufglühenden Kügelchens hinterher, das nach gut 200 Metern landet, ein wenig links von dem Bunker rechter Hand, auf dem Fairway. Charly tritt zur Seite.

Kais Drive ist rund zwanzig Meter länger und eine Idee nach links gezogen. Der Ball springt auf dem Fairway auf, beschreibt einen Bogen durchs Rough, das ihn bremst, und rollt in den linken Bunker.

Scheiße, murmelt Kai gepresst.

Charly verbietet sich jeden Gedanken, während sie, stumm ihre Taschen hinter sich herziehend, über den Rasen gehen.

Vor seinem Ball stehend, blickt Charly zum Grün hinüber. Ein wenig voraus rechts am Ende des Bunkers der 150-Meter-

Marker. Das Grün ist gut geschützt von drei tiefen Topfbunkern. Aber heute scheint Charly Glück zu haben. Die Fahne steht links, ganz am Anfang des Grüns. Das gibt ihm die Möglichkeit anzugreifen, die er sich bei seinen Fähigkeiten und seinem Handicap abschminken könnte, wäre das Loch im hinteren Teil des Grüns platziert. Es ist trotz allem ein riskanter Schlag, den er unter anderen Umständen nicht wagen würde. Er wählt ein Eisen vier, postiert sich genau im rechten Winkel zum Loch, bringt mit zwei, drei kleinen Schrittchen die Füße in die richtige Haltung zum Ball, zielt auf die Fahne, schwingt und schlägt ab. Kai hält die flache Hand vor die Stirn, um die Flugbahn zu verfolgen.

Der Ball landet auf dem Fairway und rollt weiter, anscheinend bis aufs Grün. Wie sich kurz darauf erweist, ist er tatsächlich dort, etwa acht Meter von der Fahne entfernt.

Charly atmet leise und tief aus. Die rechte Hand ist feucht.

Schöner Schlag, sagt Kai, bereits auf dem Weg zu dem flachen Fairway-Bunker, an dessen Rand sein Ball liegt.

Charly bleibt in respektvollem Abstand stehen, um Kai nicht zu stören. Der redet mit sich selbst, den Blick aufs Grün gerichtet. Den kann man mit langem Besteck rausschlagen. Mehrere Blicke gehen zwischen Ball und Grün hin und her. Dann wählt er den Utility. Er ist jetzt unter Druck. Wenn er gewinnen oder zumindest ausgleichen will, muss er aus dem Bunker heraus das Grün angreifen. Offenbar hat er genau das vor.

Hinter ihnen ist kein Flight in Sicht. Sie können sich Zeit lassen.

Charlys Augen fixieren Kais Ball. Aus Anstand verbietet er sich, auf einen Fehlschlag zu hoffen, aber in ihm wünschen sich alle Zellen unisono genau das.

Kai trifft den Ball gut, dennoch sieht Charly sofort, dass es nicht gut gegangen ist. Er nimmt zu viel Sand mit, und die

Schlagfläche schließt sich. Dadurch fliegt der Ball, dessen Kurve sie jetzt beide verfolgen, nicht geradeaus aufs Grün, sondern fällt leicht links davon herunter und landet direkt daneben geradewegs in dem tiefen Topfbunker mit der Kante.

Unterwegs, sie gehen nebeneinander, schüttelt Kai stumm den Kopf.

Trotzdem ein 1a-Schlag, sagt Charly anerkennend.

Vom Regen in die Traufe, bemerkt Kai nur. Dann steigt er in die sandige Kuhle hinunter. Von dort unten spielt man nicht auf die Fahne, da ist man froh, wenn man den Ball rausbekommt. Kai nimmt mit dem Sandwedge Maß, lockert die Schultern, blickt zweimal abwechselnd nach oben und nach unten und schlägt. Er trifft perfekt in den Sand unter dem Ball, der, wie von einer Fontäne getragen, in aufstiebender Wolke nach oben steigt, einen schönen Glockenbogen beschreibt und auf dem Grün landet, rund fünf Meter von der Fahne. Ein perfekter Schlag, wie Charly ihn nie hinbekommen würde. Das kann ich nicht, denkt er, das kann nur er, und dann unter Druck. Und ein Wölkchen schiebt sich vor Charlys ganz persönliche Sonne.

Als Kai aus dem Sandloch geklettert ist und die Schuhe ausgeschüttelt hat, fängt Charly seinen Blick und hebt, den Mund zu einer anerkennenden Schnute verziehend, den Daumen. Kai murmelt etwas Unverständliches, aber dann zieht er seine Payne-Stewart-Kappe ab, grinst und wischt sich ein paar Schweißperlen von der Stirn.

Kai liegt auf Drei, Charly auf Zwei, Charly puttet zuerst.

Er geht in die Knie, versucht auch noch die kleinste Unebenheit auf dem Weg zum Loch zu entdecken, die Spur eines Gefälles, eventuelle Grasbüschel. Dann atmet er, den Bauch blähend und einziehend, ein und aus und puttet in der Sekunde nach dem Ausatmen.

Du siehst es gleich, es ist kein guter Putt, vom Tempo her okay, aber nach rechts verzogen, der Ball rollt vorbei und kommt gut sechzig Zentimeter hinter dem Loch zur Ruhe. Charly geht, das leere Loch keines Blickes würdigend, zum Ball, markiert ihn und hebt ihn auf. Dann tritt er ein paar Schritte zur Seite und hat jetzt Kais Bahn genau vor Augen.

Aus den Augenwinkeln sieht er Kais Bewegung, sieht die Knickerbocker und weiß beim trockenen *tock,* es ist ein perfekter Putt, weiß es die ganzen zweieinhalb Sekunden lang, und das Herz rutscht ihm in die Hose: Der geht rein.

Der geht rein, und plötzlich ist da das tote Kind und du fragst dich: Gönn ich's ihm? Wünsch ich's ihm? Und dann, fünfzehn Zentimeter vor dem Loch, wird der kerzengerade, schnurgerade rollende, der wie motorisiert vorwärtsstrebende Ball minimal abgelenkt, sodass er nicht direkt das Loch trifft, sondern die linke Lochkante – noch ist alles möglich, noch kann er ebenso gut rein –, und er lippt aus! Er macht, auf der Kante wie auf Schienen rollend, eine Vierteldrehung um das Loch, verlässt es, rollt aus und kommt zwanzig Zentimeter weiter zum Stehen.

Charly, der die Luft angehalten hat, atmet langsam und tief aus.

Tick zu kräftig, kommentiert Kai.

Aber Charly, wenn er tatsächlich gewinnen will, muss jetzt einlochen. Wenn du den verhaust, endet ihr doch gleichauf, und das wäre nach den zwei Bunkerschlägen Kais eine schlimmere Enttäuschung als sonst fünf Schläge Rückstand.

Und plötzlich ist die ganze Heiterkeit und Leichtigkeit des Tages geschluckt wie von einem schwarzen Loch. Der Schweiß läuft dir von der Stirn, und du musst dir die Hände an den Hosenbeinen abtrocknen. Komm schon, sechzig Zentimeter! Ja, eben, sechzig Zentimeter. Die Angst sinkt von der Kehle hinab in den Magen und in den Darm. Ein echter Angstputt. Mitten in seine Versuche, die Konzentration aufzubauen wie ein Kartenhaus, pustet irgendein Pneuma aus seinem seelischen Souterrain: Pff, wird ja doch nichts ...

Charly kniet sich hin, geht auf alle viere, späht wie über Kimme und Korn über den Marker auf das Loch. Kai steht schräg hinter ihm, um nicht störend in seinem Blickfeld aufzutauchen. Tausendmal hast du solche Putts reingemacht. Komm! Diesmal auch!

Er hebt den Marker aus dem Rasen, legt den Ball hin, positioniert sich, atmet ein paarmal tief durch, dann langsam. Merkt, wie der Herzschlag sich normalisiert. Schlägt. Und locht ein.

Kai schlendert herüber, den rechten Arm ausgestreckt. Der Herbsttag strahlt wieder. Sie schütteln einander die Hand.

Weißbier oder Pils?, fragt Kai.

Eine Stadt, die man nicht kennt, das ist wie eine Fremdsprache, die man nicht versteht. Man ist gezwungen, sich an Lautstärke und Intonation und Gestik zu halten, woraus sich die komischsten und unangenehmsten Fehlschlüsse ergeben können, umso mehr, als dem in der Luft hängenden Verständnisapparat in solchen Fällen Stützen aus dem Fundus der jeweils gängigen Vorurteile zuwachsen.

Denn auch eine Stadt kann man lesen – oder eben nicht. Bewegen sich Charly und Kai durch Hamburg, ganz gleich ob zu Fuß, mit dem Rad, öffentlichen Verkehrsmitteln oder dem Auto, dann sehen sie sozusagen durch die sie umgebenden Mauern und sonstigen Sichthindernisse hindurch. Sie sehen, egal wo sie sich befinden, die gesamte Stadt, ihre Form, ihre Struktur, sie kennen sie in all ihren räumlichen sowie in den zeitlichen Dimensionen, ja sogar in einer weiteren, die man die mythische Dimension nennen könnte und die darin besteht, dass die Namen bestimmter Viertel, Straßen und Gebäude Emotionen, Stimmungen und kollektive Erinnerungen heraufbeschwören. Mit diesem Röntgenblick erträgt man auch eine Industriebrache, weil man weiß, dass hinter dieser Fassade von Brandmauern eine Straße verläuft, in der es einen legendären Plattenladen gab oder eine sagenumwobene Kneipe oder das Geburts- oder Sterbehaus eines Hamburger Halbwelt- oder Bohemehelden liegt, findet man eine Zeile trister Mietskasernen aus nieselregennassem Backstein anheimelnd, weil man an einem Oktoberabend im milchigen Schein der Laternen einmal, ein Mädchen im Arm, an einer ganz ähnlichen entlanggeschlendert ist, um dann in ihr dort gelegenes Zimmer hinaufzusteigen, dessen honiggelbes Licht in die Straße hinab leuchtete. In Bahrenfeld auf der Autobahn riecht und fühlt man den Hafen und die Elbe, ebenso in der S-Bahn zwischen Altona und Flottbek, auch wenn man beide nicht mit Augen sehen kann, aber man weiß, dort hinter den Bäumen klärt sich die Enge und Anonymität zu Weite und Verheißung. Man weiß, wo und wie die hässlichen Viertel in die schönen übergehen und wo die Stadt ins sie umgebende Land hinüberfließt mit seinem immensen nordischen Horizont und dem weiten Himmel, auf dem eine Wolkenarmada vorüberkreuzt, und genießt die Passage.

Man ist – besser gesagt, Kai und Charly sind gewiefte Linguisten und Semiotiker ihrer Heimatstadt, ihrer urbanen Muttersprache, aber sie sind städtisch – und wer wäre das schon – nicht polyglott, deshalb fällt ihr Urteil über Berlin vernichtend aus.

Man darf sich sogar fragen, ob Kais Entscheidung, nicht die Stadtautobahn zu nehmen, sondern durch Reinickendorf und den Wedding, über Mitte, Kreuzberg, Schöneberg, Steglitz und Zehlendorf zu fahren (alles völlig abstrakte Begriffe für die beiden), nicht eher dazu dienen soll, ein a priori gefälltes

Vorurteil zu bekräftigen, als sich den versteckten Reizen der neuen Hauptstadt zu öffnen.

Und die Eindrücke links und rechts der Straße ergeben, wenn man sie nicht lesen, wenn man nicht durch die Fassaden hindurchblicken kann, ein disparates Bild. Aufeinanderfolge von Wald und Siedlungsreihen am Straßenrand. Schweizer Chalets, spitzgieblige Lebkuchenhäuser mit Jägerzaun und Gartenzwergen, rosaschimmernde toskanische Villen mit Zierbrunnen, alles nebeneinander aufgereiht am Rand der verkehrsdurchtosten Ausfallstraße wie die Sonderangebote im Regal bei Woolworth. Doppelstockbusse. Fragmente städtischer Bebauung, es wächst zwei, drei Stockwerke hoch und geht nicht weiter, steigert sich zu nichts Urbanem, hört einfach auf. Plötzlich ist wieder alles grün, eine kilometerlange Schrebergartenkolonie mit schornsteinübertürmten Gartengrills und Fahnenmasten. Den Horizont dahinter durchkreuzt eine gelbe Hochbahn auf rostigem Viadukt, davor Käfige voller ausgesetzter Hunde. Plötzlich türmt sich ein grauweißes Hochhausgebirge wie eine Gewitterfront auf, fällt wieder in sich zusammen und löst sich auf in neuerlichen Wäldern, Wiesen, Kleingartenanlagen. Dann städtischeres Ambiente, immer wieder unterbrochen von wilden Rissen und Brachen. Eine Einkaufsstraße mit ein-, zweistöckigen Baracken, Werkhöfen, Spielotheken, Wechselbüros, Handyshops, in den Eckhäusern düstere Kneipen, deren offene Münder jedem Zahnarzt den Schweiß auf die Stirn treiben würden. Jetzt überall türkische Aufschriften an den Fassaden, dicke Frauen in bodenlangen braunen Kleidern und Kopftüchern, Kinder, sehr viele Kinder, in zweiter Reihe geparkte Fünfer-BMWs, davor breitbeinige junge Männer mit muskelbepackten Oberarmen und schwarzglänzendem, wie lackiertem Haar. Linker Hand kippt eine zu beiden Seiten bis an den Horizont durchgängig bebaute Straße schnurgerade in die Perspektive hinab. Kein Baum, kein Strauch, nur graue Fassaden. Ein ›Prospekt‹, denkt Charly, wie aus einem Schwarz-Weiß-Film über sibirische Industriestädte der Nachkriegszeit. Autobahnzubringer, Straßenbahnen, dornig zugewucherte Brachen mit beschmierten Brandmauern. Disteln im Asphalt. Brücken über Kanäle, die Ufer mit Plastiktüten übersät, mit Eisenstützen befestigt. Brüchige, bröckelige Oberflächen, grau und bunt die großflächigen Tags und Graffiti. Kräne, Bauzäune, wieder Kräne, wieder Schrebergärten, Gründerzeitbauten wie Findlinge in der Ebene, rostige Brückenskelette, feuchte, tropfende Tunnels und Brückenunterführungen. Ein Blick in eine platanengesäumte Allee, pastellfarbene Fassaden, wieder wird es grüner, villenartiger, aber eine vierspurige Art Autobahn zerschneidet die märkische Kiefernidylle. Doppelstockbusse, Taxis, Fahrräder. Nirgendwo etwas Erhabenes, nichts Auffälliges. Nichts Vertikales, nichts Grandioses, kein Überblick, keine Durchbrüche zu einer Panoramaaussicht, keine kühn sich schwingenden Bögen (wie die Köhlbrandbrücke!), keine Reliefs, eine Ebene, eine endlose städtische, halbstädtische Ebene, durch die ein Wirbelsturm gebraust war, der alles vom Zentrum weggeschleudert hatte, und alles war liegengeblieben, wo es hingefallen war, willkürlich, übereinander, durcheinander, Steine, Blech, Haut und Fleisch, Bäume – es war wie der Sturm am Anfang des *Zauberers von Oz*. Und ähnlich verwirrt wie die kleine Dorothy und ihr Hund Toto, die von diesem Sturm ins Unbekannte geschleudert worden sind, fühlen sich die beiden Hamburger jetzt hier im östlichen Quadranten von Munchkin Country.

C: Es sieht schäbig aus. Verglichen mit Hamburg. Schäbig und runtergekommen.

K: Scheint aber keinen zu stören. Haben sich offenbar alle eingerichtet.

C: Ja, lassen sich alle irgendwie gehen. Siehst du die Klamotten?

K: Wo solls denn herkommen? Ist doch immer 'ne subventionierte Stadt gewesen und wird immer eine sein. Musste nie einer für sich selbst aufkommen.

C: Ja, sieht nicht so aus, als würden die hier arbeiten.

K: Was auch. Gibt ja nichts zu arbeiten hier. Andererseits ist Samstag heute.

C: Komische Stadt. Andauernd irgendwelche Wälder.

K: Und die Hälfte der Bevölkerung scheint in diesen Schrebergärten zu hausen.

C: Warum schließen sie die Brachen nicht?

K: Kein Geld wahrscheinlich.

C: Kriegen doch unsers hinten reingeschoben.

K: Auf der gleichen Fläche leben in Tokio 15 Millionen.

C: Hast du uns jetzt hier nach Istanbul kutschiert? Kein deutsches Schild! Lass bloß die Fenster oben.

K: Da drüben seh ich 'nen Chinesen. Sehr kosmopolitisch.

C: Was ist das fürn Fluss hier? Die Spree?

K: Landwehrkanal, glaube ich.

C: Den kenn ich. Geschichte Unterprima. Da haben sie Rosa Luxemburg reingeschmissen.

K: Sieht so aus, als würde da einiges drin treiben.

C: Wo ist denn jetzt eigentlich das Zentrum? Müsste doch hier irgendwo sein? Oder sind wir schon durch?

K: Keine Ahnung, sieht überall gleich aus.

C: Das müsste doch hier jetzt das Zentrum sein! Wir sind doch schon 'ne halbe Stunde unterwegs!

K: Ich weiß noch nicht mal, ob das hier Osten oder Westen ist.

C: Ich glaub, da wo die Häuser aufgehübscht sind, ist Osten.

K: Dann ist das hier definitiv Westen!

C: Jetzt wird's schon wieder grün. Also müssen wir schon über das Zentrum hinaus sein.

K: Gott, ist das hässlich!

C: Ich glaub, wenn du von Stütze lebst oder achtzehn bist, ist das hier 'ne ganz praktische Stadt.

K: Ja, wahrscheinlich sind wir einfach zu alt.

So fremdeln sie, bis der letzte Wald durchquert, die Glienicker Brücke überfahren ist und die letzten einander widersprechenden und ausschließenden Stadtbilder kommentiert sind, die grauen, quer in die Sichtachsen platzierten Plattenbauten hier und die vergoldeten Zäune der königlichen Gärten dort.

Das schmiedeeiserne Gitter vor der Front der weißen Villen sieht auf den ersten Blick so aus wie all die anderen, die hier die Parks und Grünanlagen einzäunen. Erst auf den zweiten entdeckt man auf einigen Pfosten dezent in Schwarz gehaltene Videokameras. Kai fährt einmal um den Block, immer an dem Zaun entlang, der das gesamte Karree umgibt (Hat was von Elbchaussee, flüstert er mit unwillkürlich gedämpfter Stimme angesichts der leuchtenden Bäder-Architektur), und wieder zurück bis zu dem automatischen Tor und dem Wachhäuschen und dem Besucherparkplatz. Er lässt das Fenster herunter und sagt seinen Namen in das Mikrofon der Gegensprechanlage, woraufhin das Tor aufgleitet und ein livrierter Mann in dem Häuschen grüßend die Hand hebt. Als sie aussteigen, kommt er ihnen entgegen, und man sieht, dass unter der grauen Uniform oder Livree ein muskelbepackter Körper steckt. Dem Aussehen nach ein Jugoslawe.

Sie sind bei Familie Edschmid angemeldet, sagt er. Das ist die Nummer vier.

Wissen wir, sagt Kai.

Bitte da entlang. Es ist das vierte Haus.

Der schmiedeeiserne Zaun teilt den sehr breiten Gehweg in eine äußere öffentliche und eine innere, private Hälfte, an deren innerem Rand die Grundstücke beginnen, die ihrerseits mit Zäunen oder Mäuerchen oder Hecken umfriedet sind, allerdings niedrigeren. Jede der Villen besitzt offenbar auch ihr privates, videoüberwachtes Ausfahrtstor in dem Wachzaun, von wo aus ein jeder direkt auf die Straße gelangt. Die gegenüberliegende Straßenseite ist eine grüne bzw. jetzt im Oktober grün-golden-rote Wand aus Bäumen und Sträuchern. Ein Park, öffentlich zugänglich, jedenfalls nicht sichtbar eingezäunt.

Das Gebäude mit der Hausnummer vier ist beeindruckender, als Charly oder Kai sich das vorgestellt haben.

Die weißschimmernde, dreiflüglige Villa wächst leuchtend und alabastern im abendlich-grünen Rahmen hundertjähriger Laubbäume empor, prangt wie eine Perle auf samtigem Chlorophyllkissen, oszilliert wie ein perlmuttener Nachtfalter vor dem Fenster der Stadtnacht, und über ihrem Mittelteil erhebt sich, an italienische Campaniles erinnernd, ein Turm, dessen drei zur Straße hinausgehende Rundbogenfenster einen Blick über den Park bis zum See und noch weiter gewähren müssen.

Hinter dem von zwei ionischen Säulen unterteilten großen Panoramafenster in der Mitte und den hohen Sprossenfenstern links und rechts davon wird die Helligkeit zu lockerem, luftigem Eischnee geschlagen und dann im Backofen der Scheiben zu einem goldenen Omelette, einem duftigen Soufflé, einem bepuderten preußischen Kaiserschmarrn, ja zu wahren Nockerln von Licht gebacken, deren Verlockung kein Passant widersteht.

Es ist ein herrschaftlicher Anblick, umso mehr, als sie im Vorüberfahren gesehen haben, dass diese hier keineswegs die größte der Villen ist. Es gibt viel pompösere, wobei ›pompös‹ für dieses streng proportioniert wirkende Gebäude mit den spielerisch angedeuteten Zinnen am Rand des fast flachen Daches kaum der richtige Ausdruck ist. Vielmehr verhält es sich so, dass Charly wie Kai in diesem Moment, jeder für sich, kurz bedauert, keine Krawatte zu tragen.

Sie haben die Pforte noch nicht erreicht, da tritt Ines aus der Tür. Sie sind gemeldet worden.

Sie hat sich nicht verändert, ist nur etwas kräftiger geworden, das kann das weit geschnittene Kleid nicht kaschieren, nicht vor mir, denkt Charly, aber als sie sich umarmen, spürt er doch eine Veränderung. Früher, das weiß er noch oder wieder, hat ihr Körper immer geantwortet, gar nicht unbedingt im Sinne einer sexuellen Aufforderung oder Bereitschaft, sondern sozusagen natürlich oder kreatürlich: die Reaktion eines warmen, lebendigen Lebewesens auf die Berührung eines anderen. Jetzt dagegen spürt er zwar den Kuss auf die Wange und riecht ihren Duft und fühlt ihre Arme, aber ihr Körper ist wie tot oder wie taub und die einzige Botschaft, die er aussendet, lautet: Was immer früher gewesen sein mag, es ist vorbei, vergessen, begraben. Hier steht ein neuer, ein anderer, ein fremder Mensch vor dir. Ein ausgewechselter. Es ist auch weniger ihr Körper, der diese Signale aussendet, als vielmehr die Rüstung, der Panzer, der ihn umgibt. Und die Signale haben etwas Vorwurfsvolles, als sei allein Charlys körperliche Nähe eine übergriffige Herabsetzung und Verunglimpfung ihrer Autonomie.

Zugleich sagt sie: Ich freue mich sooo (und das »sooo« ist ein langgehaltener Klarinettenton), euch endlich einmal wiederzusehen. Kommt rein in die gute Stube. Volker arbeitet noch. Hier herrscht Chaos, entschuldigt, meine Mutter ist gestern abgereist, sie war vier Wochen hier, ist mir ein bisschen zur Hand gegangen. Hallo Kai! Mensch, Charly, wie lange haben wir uns jetzt nicht gesehen!?

Sie steigen eine breite Treppe hinauf. Charly kann gar nicht so schnell antworten, wie sie weiterspricht. Erstmal trinken wir was, bevor ich euch das Haus zeige. Nein, erstmal zeig ich euch meine beiden Kurzen. Ich weiß gar nicht, wo mir der Kopf steht.

Kommt mit in die Küche, die sitzen gerade beim Abendessen. Was wollt ihr denn? Wein? Prosecco? Was Härteres?

Für mich bitte ein Bier, sagt Kai. Alkoholfrei.

Charly sieht ihn von der Seite an. Das ist Kais Art, sich dieser Eindrücke zu erwehren, seine Eigenheit zu behaupten, was hier zugegebenermaßen schwerfällt. Denn die hohe Halle, in der sie stehen, strahlt eine zunächst nicht recht fassbare Mischung aus kühler Modernität und warmer Gediegenheit aus. Sowas geht eigentlich nur mit Holz, denkt Charly, aber hier ist gar nicht so viel Holz verbaut. Zwar haben die beiden, von Ines geleitet, kaum Gelegenheit, sich alles näher anzusehen, aber wir können sie ja eben vorausgehen lassen und einen Moment innehalten.

Auf den Punkt gebracht ist dieser Raum, wie übrigens das ganze Haus, der Versuch einer Art *coincidentia oppositorum* zwischen europäischer Moderne und altarabischer oder besser gesagt altpersischer Klassik. Das verbindende Moment der Begegnung ist die Abstraktion. Den Ornamenten und Arabesken auf den Paravents, den dunklen Zedernholzschränken und Anrichten und Teppichen entspricht die abstrakte Ornamentik der westlichen Ölbilder in Drippingtechnik und der großen, monochromen Gemälde, bei denen die unterschiedliche Dicke des Farbauftrags Licht- und Schattenreflexe schafft.

Bevor sie die Küche betreten, denkt Charly zweierlei, nämlich zum einen: Hier könnte Kumpf mal lernen, wie man Kohle in geschmackvolle Inneneinrichtung verwandelt, und zum andern: Hier hat sich ein Innenarchitekt eine goldene Nase verdient. Aber mit dieser letzten Beobachtung täuscht er sich, denn Auswahl und Anordnung der Einrichtung haben Edschmid und Ines tatsächlich ganz alleine besorgt.

Die wertvollsten Stücke fallen allerdings weder Charly noch Kai auf. Es sind drei persische Miniaturen aus Täbris und Samarkand, von denen eine ein Polospiel darstellt, eine ein Gedicht Dschamis illustriert und die dritte ein Stillleben mit Blumen und Vögeln zeigt. Hinter den Rahmen führt ein feiner Draht die Wand entlang.

In der sehr großen, silbernschimmernden Küche sitzen an einem Esstisch, der an die zentrale Arbeitskonsole anschließt, zwei dunkelblonde Jungs, deren dicke Haarschöpfe im Nacken und an den Schläfen akkurat rasiert sind – oder besser: sie lümmeln, den linken Ellbogen aufgestützt, in der rechten Hand wie einen Faustkeil den Plastiklöffel, vor sich einen halbvollen Teller mit Nudeln und Tomatensoße, ein Gutteil seines ehemaligen Inhalts klebt auf ihren Lätzen. Beim Eintreten ihrer Mutter setzen sie sich ruckartig aufrecht hin.

Die dritte Person am Tisch ist ein rothaariges, sommersprossiges Mädchen in einer weißen Bluse (gesprenkelt mit einigen Spritzern Tomatensoße) und einem blauen Faltenrock. Aus einem in diesem Raum höchst anachronistisch anmutenden kleinen Kofferradio mit ausgezogener Antenne lärmt ein Programm, und dieses Kofferradio erkennt Charly auf Anhieb wieder: Es hat schon vor fünfundzwanzig Jahren in Ines' Mädchenzimmer gestanden.

Guten Appetit, meine Mäuse!, ruft Ines. Und zu Charly und Kai gewandt: Das sind meine Jungs. Hier links Clemens, der wird bald sechs, und der Leander ist gerade vier geworden. Sagt Charly und Kai Hallo, das sind zwei gute alte Freunde von Mami. Und das hier ist Jennifer, unser Au-pair dieses Halbjahr. Jenny, after dinner, will you please have them take a shower and see them to bed. They can play half an hour with their devices, or if they prefer, you read something to them. And then Mummy will come and say the prayer and kiss them goodnight. Wir sind drüben im Salon. Ach ja, bring uns bitte zwei Gläser von dem offenen Weißwein im Kühlschrank und schau nach, ob wir alkoholfreies Bier haben. Und zu Kai gewandt: Müssten wir aber. Kommt, gehn wir rüber und begrüßen uns richtig, bevor ich euch alles zeige. Sag mal, Charly (bereits wieder draußen), du hast meine Jungs noch gar nie gesehen?

Und du meine Kinder nicht, antwortet er und denkt, wie seltsam es doch ist, dass diese gleichaltrigen Kinder alter Freunde nie miteinander gespielt haben.

Jenny kommt aus Aberdeen und ist wirklich ein Glücksfall. Sie spricht übrigens sehr gut Deutsch, aber mit den Jungs soll sie ruhig Englisch reden, und mir tut's auch ganz gut, damit ich nicht einroste.

Thanks Ma'am, sagt Kai, als das Au-pair-Mädchen ihm sein alkoholfreies Bier in den Salon bringt.

Charly amüsiert sich. Wo sollen sie anfangen?

Sie ist auch nicht so ein Zuckerpüppchen, sagt Ines, als die junge Britin wieder draußen ist. Wenn ich sie mal für etwas brauche, das nichts mit den Zwergen zu tun hat, dann macht sie das auch. Und ohne Diskussion.

Beeindruckende Bude, die du hier aufgetan hast, beginnt Charly.

Ach, ihr habt ja noch gar nichts gesehen. Aber glaub mir, das war Arbeit, bis das hier so aussah. Und die Arbeit hört auch nie auf. Ich bin eigentlich seit fünf Jahren in permanenter Überforderung.

Habt ihr denn niemand, der dir zur Hand geht?, fragt Kai.

Doch natürlich. Jemanden fürs Haus und einen Gärtner. Aber die wohnen nicht hier. Immer präsentes Personal im Haus – das wäre nicht mehr ich, verstehst du? Das hätte ja was von einem alten Roman, Großbürgertum und so. Buddenbrooks. Ich meine, Charly, du kennst mich, ich komme mir ohnehin vor wie Cinderella...

Ja, ist ein gewisser Schritt, den du da getan hast.

Und die Möbel?, fragt Kai. Die sehen so orientalisch aus.

Volker hat lange Jahre im Irak und in Iran gelebt. Und er ist ein fanatischer Sammler. Und Kenner. Also Kenner dieser Kulturen. Für mich war das ja alles Neuland. Er spricht auch fließend Arabisch und Persisch. Und ich hab' mich in diese Kulturen verliebt auf unseren Reisen in die Gegend.

Aber nicht in den Irak?, fragt Charly.

Nein, das dann doch nicht. Aber wir waren in Iran, in Samarkand und so. Und in Syrien. Aber jetzt erzählt mal von zu Hause!

Charly fragt sich, was sie von zu Hause hören will und was nicht, da ertönt ein Läuten. Ines springt auf.

Entschuldigt eben. Das ist das Tor.

Das Tor, sagt Kai, nachdem Ines das Zimmer, oder sollte man sagen, den Saal verlassen hat.

Ich muss sie erst noch wiedererkennen, meint Charly, als Ines wieder eintritt. Aber es ist eine andere Ines als eben noch: bleich, hält sich am Türrahmen fest, halb offener Mund, als würge sie an einem Satz, dabei missmutig gerunzelte Brauen – sie sieht aus, als frage sie sich, ob sie zusammenbrechen oder explodieren soll.

Jobst, sagt sie nur.

Jobst?, fragt Charly. Unser Jobst? Ist er hier, oder was?

Sie nickt.

Und, kommt er?, fragt Kai.

Bist du verrückt?, fährt Ines ihn an.

Kai und Charly sehen ihre Freundin sprachlos an. Dann fragt Charly: Wieso, was ist denn?

Wann habt ihr Jobst das letzte Mal gesehen?

Weiß nicht. Vor einem Jahr? Nein, ist länger her. Vor zwei Jahren vielleicht.

Nicht mehr jedenfalls, seit er vom Horner Kreisel weggezogen ist, ergänzt Kai.

Ines hat sich gesetzt, die Farbe ist in ihr Gesicht zurückgekehrt.

Charly, Kai, ihr müsst mir einen Freundschaftsdienst erweisen. Ihr wisst ja nicht – das grenzt ja an Stalking! Jobst taucht
hier auf – letztes Jahr schon – unangemeldet – halb verwahrlost – will mit mir sprechen, wir müssen reden, sagt er, aber da
gibt es seit Jahren nichts mehr zu reden. Charly, er macht mir
Angst, nein, nicht was du denkst, aber er kommt hierher, ich
meine, ich habe seit sieben Jahren ein anderes Leben, ein neues
Leben, das muss doch mal in seinen Kopf rein. Was glaubt er
denn? Was soll ich denn meinen Kindern sagen? Mama, wer
ist der besoffene Landstreicher? Ja, sorry, aber so isses. Und
soll ich dann sagen: Das war mal Mamas Ehemann? Ich hab's
ihm tausendmal gesagt, ich hab' auch versucht, ihm zu helfen.
Charly, bitte, tut mir einen Gefallen. Redet ihr mit ihm. Sagt
ihm irgendwas. Nein, sagt ihm die Wahrheit. Ich will ihn hier
nicht sehen! Ich will ihn hier nicht haben! Ich will nicht, dass
er mein Leben hier stört. Und ich will nicht, dass er meine
Söhne traumatisiert. Schickt ihn weg, bitte, freundlich, aber
bestimmt. Vielleicht kapiert er es ja, wenn ihr es ihm sagt.
Warte –

Sie steht auf, geht zu einem Sekretär, öffnet eine Schublade,
zieht etwas heraus und kommt zurück, hält Kai einen Hundertmarkschein hin.

Hier. Mehr hab' ich in bar nicht im Hause. Gebt ihm das
für die Rückfahrt, aber – bitte! ...

Und jetzt kommen ihr die Tränen, und sie dreht den Kopf
zur Seite zum Zeichen, dass sie nicht mehr sprechen kann. Sagt
dann aber doch noch: Er steht vorne vor dem Tor. Der Pförtner
hat Bescheid gesagt ...

Charly und Kai blicken einander an, wortlos, stehen auf und
verlassen das Haus durch die Haupteingangstür der Beletage

an der Seite. Auf dem Weg zu dem Parkplatz, wo sie vor einer halben Stunde angekommen sind, schweigen sie noch immer. Dann sehen sie die Gestalt hinter dem hohen Gittertor. Kai geht zu dem Pförtnerhäuschen. Der Livrierte tritt heraus.

Machen Sie mal das Tor auf, damit der Mann rein kann, sagt Kai und wendet sich um, ohne auf Antwort zu warten.

Jobst ist im Halbdunkel nicht gut zu erkennen.

Mensch, Alter! Was machst du denn hier?, ruft Charly betont aufgeräumt, als das Tor zur Seite gleitet.

Charly, bist du das? Und Kai? Was für eine Überraschung! Die alte Skatrunde!

Er tritt herein. Vollbärtig, im sommerlichen Anzug. Er stinkt. Nach Pfefferminz, nach Alkohol, Schweiß und fettigem Haar. Das Innehalten in der Bewegung, wo eigentlich die Umarmung hätte kommen müssen.

Mensch, ewig nicht gesehen!, sagt Jobst.

Was machst du denn hier?

Ich bin gerade in Berlin. Da wollte ich Ines mal wieder besuchen. Wir sehn uns ja ab und zu. War ja schließlich mal meine Frau.

Er lächelt. Die Zähne sind nicht schön. Und er riecht aus dem Mund.

Und ihr?

Das Gleiche. Nur dass sie nie meine Frau war. Aber Ines …

Charly weiß nicht weiter. Kai springt ein.

Sorry, Jobst. Ines schickt uns vor, weil sie dich nicht sehen will.

Das ist zu brutal, denkt Charly. Andererseits vielleicht das einzig Richtige.

Ach so, sagt Jobst. Aber ich wollte nur mal mit ihr plaudern. Ich will hier ja nicht einziehen! Er lacht. Vielleicht – vielleicht könnt ihr ja 'n gutes Wort für mich einlegen.

Charly, ermutigt von Kais Direktheit, sagt: Jobst, sieh es ein. Sie will dich nicht sehen. Wegen ihrer Kinder. Und überhaupt. Ich meine, wie lange seid ihr jetzt geschieden?

Aber wir haben immer mal wieder Kontakt gehabt, verteidigt sich Jobst.

Wie bist du hier überhaupt hergekommen?

Du, mit dem Bus diesmal. Hab' ich noch nie gemacht. Ist ganz angenehm.

Ist denn alles in Ordnung bei dir?, fragt Charly schon halb verzweifelt.

Ja klar. Ich komm klar. Keine Sorge.

Mensch, wie lange haben wir uns nicht gesehen?

Lange, sagt Jobst.

Wir müssen uns mal wieder verabreden, sagt Charly. Und zusehen, dass du wieder auf die Beine kommst. Ich ruf dich an, wenn wir wieder zu Hause sind.

Mein Telefon ist defekt, sagt Jobst. Ich rufe an. Eure Nummer hat sich doch nicht geändert, oder? Immer noch da draußen in Beimoorsee?

Charly schüttelt den Kopf.

Sag mal, kommst du wirklich klar? Wo wohnst du denn jetzt?

Keine Sorge, alles im Griff, sagt Jobst und lächelt. Ich wohne citynah. So raus aufs Land wie ihr ist nicht so meins. Aber wo ich schon mal hier bin, ich verstehe das ja, mit den Kindern und so. Aber vielleicht will sie mal eben kurz rauskommen. Könnt ihr sie nicht eben fragen? 'n gutes Wort für mich einlegen? Ich muss so zwei, drei Dinge mit ihr besprechen. Unter vier Augen, ihr versteht schon. Nichts Wichtiges, aber …

Er spricht nicht weiter, weil ihm nichts Konkretes und Glaubwürdiges einfällt, worüber er unter vier Augen mit seiner Exfrau zu sprechen haben könnte.

Vergiss es, Jobst, sagt Kai. Ehrlich. Vergiss es. Du hast doch ein eigenes Leben. Lass die Vergangenheit ruhen. Mach 'n Strich drunter.

Klar, ein eigenes Leben, sagt Jobst.

Was machst du überhaupt?, fragt Charly.

Du, Jobs. Alle möglichen Jobs. Mal hier, mal da. Aber ich hab' was Interessantes in Aussicht. Das entscheidet sich demnächst. Sieht ganz gut aus.

Ist doch super, sagt Kai.

Wir müssen dann mal wieder rein, sagt Charly, der anfängt zu frösteln. Was machst du jetzt? Hast du 'n Hotel? 'ne Unterkunft?

Sicher, sicher. Macht euch darüber keine Sorgen.

Kai zieht Ines' Hundertmarkschein aus der Jackentasche und legt einen zweiten aus seinem Portemonnaie dazu.

In einem auch für die eigenen Ohren schrecklich falsch klingenden Versuch, den herzlich-rauen Ton der frühen Jahre wiederzubeleben oder zu imitieren, sagt er: Hier, nimm mal und gönn dir heute Nacht ein gutes Hotel und nimm ein Vollbad. Du stinkst nämlich wie 'n Bock.

Jobst lacht und schiebt eine abwehrende Hand vor: Du, lieb von euch. Aber brauch ich nicht.

Komm, jetzt mach keine Zicken. Natürlich kannst du's gebrauchen.

Na, ich will nicht so tun, als wär ich Krösus, sagt Jobst und dreht die abwehrende zu einer offenen Hand. Danke euch. Ihr seid echte Kumpels. Danke.

Aber nicht versaufen, sagt Charly. Geh in ein gutes Hotel und nimm morgen früh den Zug nach Hause. Und dann telefonieren wir uns mal zusammen. Das kommt schon alles wieder ins Lot.

Aber lass Ines, fügt Kai hinzu. Die macht das wirklich fertig.

Ja, sagt Jobst, und plötzlich hat sich sein Gesichtsausdruck verändert. Fast könnte man ihn, wäre das in diesem Fall nicht eine Absurdität, listig nennen. Aber irgendwann muss ich doch nochmal mit ihr reden.

Ruf sie an, schlägt Charly vor. Du, Jobst, nichts für ungut, aber wir müssen wieder rein. Ich fang an, mir hier den Arsch abzufrieren in Hemdsärmeln. Und du solltest auch sehen, dass du ins Hotel kommst. Sollen wir dir ein Taxi rufen lassen?

Jobst schüttelt den Kopf. Er hat immer noch diesen naiv-verschlagenen Blick.

Nein, braucht ihr nicht. Ich hab's nicht weit.

Jobst, mach's gut, sagt Kai, geht einen Schritt auf Jobst zu, hält, wie Charly bemerkt, den Atem an und umarmt ihn.

Charly tut es ihm gleich.

Macht's besser, sagt Jobst. Wir bleiben in Kontakt.

Kai wirft einen Blick über die Schulter auf den Doorman. Der versteht, und das Tor gleitet einen Meter weit auf. Langsam tritt Jobst hinaus. Charly und Kai warten ab, bis er sich ein Stück weit die Straße hinunter entfernt hat und zu einem Schatten wird. Dann gehen sie zur Edschmid'schen Villa zurück.

Scheiße, sagt Charly.

Ja, aber Jobst fällt immer wieder auf die Füße. Dickfellig, wie er ist, kommt der über alles hinweg.

Aber wir sollten uns wirklich mal wieder bei ihm melden.

Klar, sagt Kai. Gefällt mir auch nicht, dass Ines uns hier ihre Drecksarbeit tun lässt.

Charly antwortet mit einem Geräusch, einem grunzenden Ausatmen.

Was machen wir jetzt?, fragt Kai. Fahrn wir auch oder bleiben wir?

Spinnst du? Wir bleiben! Das Abendessen haben wir uns redlich verdient, das ist ja das Mindeste, womit sie sich bei uns bedanken kann.

Auf dem restlichen Weg zurück in die Villa, den sie schweigend zurücklegen, streiten sich zwei Fronten auf Charlys seelischer Wetterkarte um die Vorherrschaft: ein Hochdruckgebiet, das den schönen Abend weiter genießen will, und eine Tiefdruckzone, die aus dem Zwischenfall eben partout eine Okklusion mit Sorgen und Vorwürfen und Selbstvorwürfen zu machen trachtet, wobei er selbst allerdings der durchaus parteiische Wettergott ist, der entscheiden muss, in welche Richtung der Wind weht. Im Grunde will er sich dieses Wochenende nicht kaputtmachen lassen von *bad vibrations,* es hat so schön angefangen, und schlechte Laune würde noch im Nachhinein den süßen Nachgeschmack des Sieges beim Golfen bitter werden lassen. Eigentlich wünscht er sich nichts mehr, als zurück in den entspannten Antizyklon zu geraten, der die letzten beiden Tage so sonnig beschienen hat.

Zum Glück hilft Ines dabei mit wie zu ihren besten Jugendzeiten, als sensible Seelenfreundin, aufmerksame Gastgeberin und geschickte Kuppelmutter. Denn auch Ines hat selbstverständlich ein Interesse daran, das Auftauchen ihres Exmannes nicht als dunkle Gewitterwolke über dem Besuch der beiden alten Freunde schweben zu lassen, und sie beherrscht die Technik des Wolkenimpfens, ja sie ist sozusagen ihr eigenes Hagelflugzeug, und das Silberjodid, das sie versprüht, ist ihre unnachahmliche Art und Weise, leise sprechend – (wie seinerzeit in ihrem Zimmer, damit Bruder und Eltern nicht aufgeschreckt wurden), mit vorgestülpten Lippen, so als versuche sie, sich auf Französisch auszudrücken, und zögere ein wenig, die rechten Worte in der korrekten Aussprache über die Schwelle zu bugsieren –, leise sprechend und liebevoll also einen Abwesenden mieszumachen, indem sie ihn subtilst aus der intimen »Wir-Atmosphäre« hinausschiebt und -drängt, die sie schon immer um die Anwesenden ihrer Wahl zu schaffen vermochte.

Dieses »Gehört zu uns – Gehört nicht zu uns« praktiziert sie mittels einer Beschwörung der gemeinsamen alten Zeiten (die gar nicht so alt sein müssen, letzte Woche reicht zur Not auch), den Kreis im Dämmerlicht der Erinnerung sukzessive ausleuchtend, bis der Fokus auf denjenigen fällt, der ja eigentlich schon damals gewisse Mängel und Schwächen hatte (im Gegensatz zu »uns«), über die man eine Weile hinwegsehen konnte, die sich aber leider seither immer deutlicher herauskristallisiert haben, was ja vielleicht gar nicht alle im inneren Zirkel wissen (weshalb man es ihnen mitteilen muss) oder woran sie sich gerade nicht erinnern (weshalb man ihrem Gedächtnis auf die Sprünge hilft), und der bei Lichte betrachtet sich doch eigentlich selbst aus »unserem« Kreis hinausbewegt und ausgeschlossen hat. Und schließlich offenbart sie in aller Zurückhaltung, was »wir« im Grunde, wenn wir ehrlich sind, doch schon immer wussten.

Was im Falle Jobsts heißt: So ein bisschen ist er uns doch immer auf die Nerven gegangen, so ein kleinwenig haben wir ihn doch immer mit durchgeschleppt, denn wirklich das Wasser reichen konnte er »euch« doch nie, und – gewiss! – liebenswert war er ja und verlässlich und treu und anständig, aber was ist davon geblieben, das kann ich euch erzählen, und aus eurer Freundschaft hat er sich doch auch Schritt für Schritt entfernt, und Hand aufs Herz: Wie oft habt ihr innerlich aufgestöhnt, wenn er dann aufgetaucht ist, in den letzten Jahren? Aber das alles ist es ja nicht. Es ist doch vor allem eine Art von bösem, von rücksichtslosem Egoismus, der droht, mir und meinen Kindern hier das Leben zur Hölle zu machen, ich meine, ihr habt doch längst die Konsequenz gezogen und seht ihn nicht mehr, und vielleicht hat euer Auftreten heute Abend ja erreicht, was ich nicht erreichen kann, da ich doch einmal mit ihm zusammen war. Ja, Jugendsünden werden bestraft, aber doch bitte nicht lebenslang!

Und so weiter in etwa mit dieser leisen, tastenden, stocken-
den Stimme und dem französisierend gespitzten Mündchen,
wofür Charly sehr dankbar ist, da es ihn daran erinnert, wie
sehr Jobst ihm in den letzten Jahren auf die Nerven gefallen war
mit seiner aufdringlichen Zuvorkommenheit, seiner begriffs-
stutzigen Pointentöterei und seiner ärgerlichen Erfolglosigkeit.
So wie damals bei der Begegnung auf dem Friedhof anlässlich
von Yvonnes Begräbnis. Die Anekdote muss er ihnen erzählen.
Sie lachen herzlich darüber.

Aber jetzt, sagt Ines, zeige ich euch das Haus. Und danach
gibt's Abendessen. Bis dahin ist Volker sicher auch da.

Wo ist er denn?

Im Nebengebäude. Das ihr auch noch sehen werdet. Mitsamt der sowjetischen KGB-Sauna, die da drin war und die wir
ein wenig hergerichtet haben. Es dient eigentlich als Gäste-
haus, aber im Erdgeschoss hat Volker sein Büro. Also, dieses
Haupthaus ist eine sogenannte Turmvilla, wie sie unter der
Regierungszeit von Friedrich Wilhelm IV. häufig in Potsdam
gebaut wurden im italienischen Landhausstil. Palladio, wisst
ihr. Und unsere hier ist so schön, weil sie nach Plänen von Per-
sius von einem Persius-Schüler erbaut wurde. Wobei wir von
Glück sagen können: Als das Haus entstand, ging die Mode
eigentlich schon Richtung Gründerzeit und Neobarock, diese
Scheußlichkeiten habt ihr ja vielleicht auf der Herfahrt gesehen.
Schade, dass es schon dunkel ist, vom Turm aus hat man eine
wunderbare Aussicht. Aber wenn ihr Lust habt, das Berliner
Lichtermeer zu sehen…

Das »Berliner Lichtermeer«? Charly stellt fest, dass sich
tatsächlich so einiges in Ines' Leben verändert hat, angefangen
bei den Begriffen, die sie benutzt. Er kennt sie lange und ganz
anders, aber er muss zugeben, dass sie sich die Rolle der »Dame,
die ein Haus führt« angeeignet hat und perfekt spielt. Doch ihr

»spielt« vorzuwerfen, ist im Grunde ungerecht. Da das Leben, wie irgendein kluger Geist bemerkt hat, eine Generalprobe ist, der keine Aufführung folgt, muss man natürlich alles spielen und improvisieren, und hinterher ist es dann das Leben gewesen. Alte Bekannte und Freunde, die Rollenwechsel oder ein neues Engagement nicht akzeptieren wollen oder verlangen, die alte Rolle müsse auch noch in der neuen durchscheinen, können da lästig sein, weil sie einen darauf aufmerksam machen, dass das, was unser Leben ist, nicht schon immer unser Leben war und dass es davor schon ganz andere Engagements an ganz anderen Bühnen oder sogar Schmieren gegeben hat.

Aber das »Lichtermeer« ist nur die Ouvertüre gewesen. Jetzt schildert Ines die Liebe ihres Mannes zur altpersischen Kultur und erklärt, das Besondere, das wirklich Besondere an diesem Haus seien die beiden rückwärtigen Flügel, die Volker sofort als *Iwan* wahrgenommen und dann zu einem solchen umgearbeitet habe (das Ganze natürlich als gläubiger Christ und Mitglied der lutherischen Friedenskirchengemeinde).

Iwan?, sagt Kai. Ich denke, der Iwan saß hier vorher und hat gesaunt?

Ines lacht pflichtschuldig und dankbar zugleich für das Stichwort.

Der Iwan stammt aus altpersischer Zeit und ist als architektonische Form fast dreitausend Jahre alt. Kommt, ich zeig's euch. Es ist eine Halle, die an der Vorderseite offen ist und zum Garten hinausgeht. Ursprünglich hat man diesen Iwan – ich nenne ihn eigentlich immer unseren Patio, obwohl es kein richtiger Innenhof ist – als schattigen Aufenthaltsraum für den Sommer genutzt. Deshalb war er nach Norden ausgerichtet. Bei uns natürlich nach Süden. Das hing wohl mit dem Holzmangel dort im Lande zusammen. Im Gegensatz zu den Griechen konnten sich die Perser keine Peristyle oder Lauben aus Holz bauen.

Beeindruckt von der Halle, die im orientalischen Stil gestaltet ist, mit Rundbögen und zum Garten hin sich zwischen zwei Säulen öffnet, alles mit Kachelmosaiken versehen, sagt Charly: Ines, wir wollen dir nochmal verzeihen, dass du hier kein Peristyl, sondern nur einen Iwan hast.

Sie deutet hinaus auf den kunstvoll erleuchteten Garten, in dessen Mitte ein Brunnen mit Wasserbecken zu sehen ist. Er bildet den Kreuzungspunkt zweier gemauerter Wassergräben, die die Fläche in vier Viertel teilen. Zu beiden Seiten der Wasserläufe stehen in Terrakottatöpfen Orangenbäumchen abwechselnd mit anderen Pflanzen, die Charly nicht kennt.

Und der Garten, sagt Ines, ist ein Tschahar Bagh, davon soll euch Volker – ach, da kommt er ja!

Von dem Haus am hinteren Ende des Grundstücks nähert sich eiligen Schrittes ein hochgewachsener Mann. Schatz!, ruft er herüber, entschuldige, dass es so lange gedauert hat. Oh, deine Freunde sind schon da!

Dann steht er vor ihnen und sagt, zu Ines gewandt: Möchtest du uns vorstellen? Angenehm, Edschmid, freut mich! (Aha, das wird kein Duzfestival!) Der Mann, in blauem Anzug, mit kleinkariertem Hemd und Krawatte, graublondem Haar, Messerschnitt, Goldrandbrille, einem Siegelring an der einen und einem Trauring an der anderen Hand, ist vielleicht sechzig, wirkt aber sehr elastisch und körperlich fit.

Ines hat mir schon viel von Ihnen erzählt, ich freue mich, Sie kennenzulernen. Entschuldigen Sie, dass ich so spät dazustoße, und ich fürchte, Ines, ich muss auch nachher nochmal rüber, zu einer Telefonkonferenz. Ich sehe, meine Frau hat Ihnen unser Kleinod hier gezeigt, es ist natürlich eine Grille von mir, in diesem Klima eine Art altpersischer Lounge zu errichten, im Übrigen mehr ein Hayat Khalvat als ein Iwan, aber die Gäste aus der Region, die wir dann und wann hierhaben, fühlen sich alle wie zu Hause. Oder besser als zu Hause, weil's das bei ihnen kaum mehr gibt oder es nicht zugänglich ist. Das einzig wirklich Besondere sind die Girih-Kacheln, aus denen das Mosaik zusammengefügt ist. Ich langweile Sie doch hoffentlich nicht damit, man muss mich immer bremsen, wenn ich davon anfange, also räuspern Sie sich einfach auffällig, wenn's zu viel wird. Sie sind seit dem Mittelalter, so seit dem dreizehnten Jahrhundert bekannt, ich habe sie in Isfahan zum ersten Mal bewusst erlebt und mir erklären lassen. Es ist eine besondere Legetechnik aus fünf Formen, schauen Sie: das Zehneck, das Fünfeck, das Sechseck, der Rhombus, und das hier nennt man Fliege. Man kann sie beliebig aneinanderlegen, und es ergeben sich Sterne, Bogen- und Blumenmuster, aber das Erstaunliche ist die fast hundertprozentige Selbstähnlichkeit, wie bei Fraktalen, bei Quasikristallen. Sie kennen doch Mandelbrot? Das Großartige ist: Diese Baumeister müssen große Mathematiker gewesen sein. Kürzlich hat man entdeckt, dass diese Girih-Kacheln die Erkenntnisse der Penrose-Parkettierung um fünfhundert Jahre vorwegnehmen.

Und vor allem sind diese Ornamente einfach schön!, sagt Ines, vielleicht eingedenk der Warnung ihres Mannes, ihn nicht davongaloppieren zu lassen wie Lawrence von Arabien in die Wüste. Sie deutet auf die Kuppeldecke des Iwan und ihr Mosaik und sagt: Das hat sowas von Ewigkeit.

Und bei diesem Wort schweigen die drei Männer wie Ritter beim Anblick des Grals.

Charly ist ihr dankbar, das Ganze wieder auf das Niveau von *Schöner Wohnen* runtergeholt zu haben, dafür ist offenbar Kais Interesse erwacht, dem Worte wie »Mandelbrot«, »Fraktale« und »Penrose-Parkettierung« womöglich etwas sagen.

Da hast du recht, lacht Edschmid. Vor allem ist es schön. Die islamische Kunst hat einen unübertroffenen Sinn für Schönheit.

Aus dem altpersischen Wort für Garten, Paradaidha, stammt unser Begriff ›Paradies‹. Das sagt doch alles. Ines, wir müssen übrigens die Orangenbäumchen reinholen, es wird kühl.

Ja, ich wollte nur Charly und Kai den Garten noch einmal so zeigen, wie er im Sommer ist. Kommt ihr mit raus?

Ich sage währenddessen rasch Clemens und Leander Gute Nacht, wir sehen uns dann im Esszimmer.

Ach übrigens: Jobst war wieder am Tor …

Und?

Ich hab' ihn weggeschickt, was soll ich denn tun? Charly und Kai waren so lieb, es ihm zu erklären.

Der arme Kerl, sagt Edschmid kopfschüttelnd zu den beiden. Wir haben ihm letztes Jahr, als er einen finanziellen Engpass hatte, natürlich unter die Arme gegriffen, aber so etwas scheint immer ein Fehler zu sein. Die Leute ziehen die falschen Schlüsse daraus. Bis gleich.

Und im Weggehen hört man ihn draußen in der Halle laut rufen: Jungs! Papa kommt euch Gute Nacht sagen!

Ines tritt mit Charly und Kai in den Garten hinaus.

Seit ihrer Ankunft ist es merklich kühler geworden. Der Himmel ist wolkenlos, und die ersten Sterne tauchen auf. Sie gehen bis zu dem Brunnen im Zentrum des gepflasterten Karrees, von wo aus leise murmelnd die vier Wasserläufe abfließen. Die Orangen schimmern blass im dämmrigen Licht.

Wollt ihr einen Blick in die sowjetische Sauna werfen?, fragt Ines und deutet auf das Haus am anderen Ende des Gartens.

Mit Genugtuung und Wohlwollen zugleich sieht Charly am Rand eines der vier Karrees des persischen Paradiesgartens eine Tischtennisplatte stehen. Drei Schläger liegen noch darauf.

Als Ines seinen Blick sieht, sagt sie: Volker ist den Jungs ein wunderbarer Vater, trotz all der Arbeit.

Leider ist Ines keine wunderbare Köchin, wie Charly später am Esstisch feststellt. Es gibt gefüllte Paprika, der Reis und die Füllung, die beide zu lange auf dem Herd gewartet haben, sind zu trocken. Edschmid zieht beim Blick auf den Teller einmal kurz die Brauen hoch, aber das kann natürlich auch andere Gründe haben. Ines entschuldigt sich damit, dass sie den ganzen Tag so viel um die Ohren hatte.

Kai bleibt bei seinem alkoholfreien Bier, aber Charly kommt in den Genuss von Edschmids Weinkeller, und sie fachsimpeln ein wenig. Als Ines berichtet, dass auch Charly zwei Kinder im Vorschulalter habe, kommt das Gespräch auf Kindergärten und den evangelischen, den Edschmids gesponsert haben.

Nicht wir als Privatleute. Der Humboldt-Club, erläutert Ines.

Was das sei, der Humboldt-Club, will Kai wissen.

Es gab hier in der Aufklärungszeit einen ›Verein zur Beförderung des Gewerbefleißes in Preußen von 1821‹, erklärt Edschmid, der sehr viel Gutes getan hat. So geht zum Beispiel die Gründung der TU auf seine Initiative zurück. So etwas wollten wir wiederbeleben, um der Stadt ein wenig aufzuhelfen, die ja völlig am Boden lag nach der Wiedervereinigung. Von der Lokalpolitik war und ist da aus verschiedenen Gründen wenig zu erwarten.

Hier im Viertel gab es keinen Kindergarten, wohin man seine Kinder guten Gewissens hätte schicken können, sagt Ines. Aber wir haben auch noch eine zweite Kita gründen helfen. Am anderen Ende der Stadt. Auch da gibt es ähnlichen Bedarf, wenn auch aus anderen Gründen.

Wissen Sie, wirft Edschmid ein, sechzig Jahre lang, zwei Diktaturen hindurch, die die Gottesebenbildlichkeit des Menschen mit Füßen getreten und versucht haben, das Christentum auszumerzen, die letzte, länger dauernde, muss man leider sagen, mit Erfolg – das hat Verheerungen in den Seelen hinterlassen, eine Art tiefinnere seelische Verwahrlosung. Und wenn man dem abhelfen will, muss man ein Gegengewicht schaffen zum familiären Umfeld, möglichst früh.

Und Kitas, ergänzt Ines, die müssen in der Nähe des eigenen Heims sein. Du kannst Vier-, Fünfjährige nicht durch die halbe Stadt kutschieren, deshalb war es vernünftig, hier im Viertel eine zu eröffnen und eine auf der anderen Seite. Unsere beiden kommen mit dem Rad zu unserer, ohne jemals aus der Tempo-dreißig-Zone raus zu müssen.

Kai lässt sich noch einmal das Prinzip der Girih-Kacheln erklären.

Wie gesagt, meint Edschmid, die Wissenschaft hat erkannt, dass die Penrose-Parkette, also unendliche, selbstähnliche Muster, die sich nie wiederholen und aus nur zwei Grundformen bestehen, den islamischen Künstlern offenbar schon vor fünf-hundert Jahren bekannt waren. Man hatte geglaubt, dort wäre nur mit Lineal und Zirkel gearbeitet worden, aber dafür sind die Strukturen zu komplex, und vor allem fehlen die Abwei-chungen, die man eigentlich hätte erwarten müssen.

Und dieser Humboldt-Club? Was für Aktivitäten verfolgen Sie da noch so?, fragt Charly unwillkürlich neugierig, dabei über sich selbst verärgert, dass sie Ines' Ehemann hier befragen wie zwei Schüler einen Erwachsenen.

Ines springt ein: Er engagiert sich zum Beispiel auch für den Wiederaufbau der Garnisonkirche. (Das sagt Charly nun überhaupt nichts, und offenbar hat Edschmid seinen leeren Blick gesehen.)

Im Grunde ist es der Zweck dieses Vereins, überall dort bürgerschaftliches Engagement zu zeigen, wo der Staat oder die Stadt nicht handeln können oder wollen. Es ist einfach so, dass private Initiative immer häufiger einspringen muss, wo die Kommunen und die öffentliche Hand aus strukturellen, persönlichen oder ideologischen Gründen versagen. Sozusagen (er lächelt) erste Bürgerpflicht.

Sie sehen es also auch so, sagt Kai, dass die quasi formierte und durchlässige Gesellschaft, die wir, sagen wir, Mitte der Siebziger hatten, am Auseinanderbrechen ist.

Nun, ich sehe, dass es seit vielleicht zehn Jahren zentrifugale Tendenzen gibt, ausgehend von den Jahren der Reagan-Administration.

Und dass wir gesellschaftlich eigentlich auf dem Weg zurück ins neunzehnte Jahrhundert sind.

Nein, ich glaube, wir haben es mit einer modernen Entwicklung zu tun. Es ist eine Wirtschafts- und Finanzpolitik des Zeitkaufs, die darin besteht, die sozialpolitischen Ansprüche der Bürger durch Vorgriff auf später zu erwirtschaftende Ressourcen zu befriedigen.

Sie meinen mittels inflationärer Geldpolitik und wachsender Staatsverschuldung, sagt Charly.

Genau, in einer Art von privatisiertem Keynesianismus, also einer durch die Politik geförderten Verschuldung der privaten Haushalte.

Im Ergebnis, widerspricht Kai, läuft es aber doch auf eine Vergesellschaftung der staatlichen Unfähigkeit hinaus, auf ein Abwälzen der Verantwortung auf den einzelnen Bürger.

Aber es ist doch auch ein persönliches Anliegen, den Ort, an dem man lebt, zu verschönern, sagt Edschmid. Und wenn es dann noch dem Gemeinwesen dient, können doch alle zufrieden sein. Was nun die Garnisonkirche betrifft, so kommt noch eines hinzu, ein ethisches Element sozusagen: Der Wiederaufbau ist neben allem anderen nämlich auch eine heroische Geste, indem er zeigen wird, dass der Sprengwahn der Kommunisten, dass die Tabula-rasa-Mentalität einer materialistischen Geschichtsauffassung historisch eben nicht das letzte Wort hat.

Aber lassen Sie sich, fährt er fort, einmal von Ines von den Konzerten erzählen und den anderen kulturellen Events, die sie bei uns in der Gemeinde organisiert. Das nämlich alles im Alltag zu stemmen, den Anspruch, den wir haben, Tag für Tag mit Leben zu erfüllen, das fällt dann doch immer auf die Familien zurück. Er lächelt seiner Frau zu. Dann schiebt er den Stuhl zurück und steht auf.

Aber es gibt noch Nachtisch!, sagt Ines.

Danke dir, Schatz, aber für mich nicht. Dann wendet er sich Charly und Kai zu: Entschuldigen Sie mich jetzt bitte. Ich lasse Sie in der Obhut meiner Frau. Sie haben sich ja bestimmt noch viel zu erzählen. Hat mich sehr gefreut. Ich hoffe, wir sehen uns bald einmal wieder.

Er umquert mit ausgestreckter Hand den Tisch. Um Gottes willen, bleiben Sie sitzen! Einen schönen Abend noch. Dann küsst er die Stirn seiner Frau und sagt: Warte nicht auf mich. Es kann später werden.

Was hat er denn noch zu tun?, fragt Charly, nachdem Edschmid verschwunden ist.

Telefonkonferenz mit USA, glaube ich. Westküste. Da ist es jetzt Vormittag.

Charly nickt. Und du organisierst Kirchenkonzerte?, fragt er dann.

Ach, das ist halb so schlimm, sagt Ines im vertrauten Ton ihrer jahrzehntealten Freundschaft, der Charly in seiner Überzeugung bestärkt, das Schatzkästlein gewachsener Nähe nie zu früh auszurangieren. Irgendwo unter dem Staub der Zeit findet sich immer wieder ein kleiner (Halb-)Edelstein, dessen Erinnerungsschimmer das Herz erwärmt. Das war nur das Kammerorchester Alstertal, da spielen alte Schulfreunde von mir mit, Conny zum Beispiel, die war in meiner Klasse, an die müsstest du dich noch erinnern. Mit denen ist der Kontakt nie abgerissen, und die waren dankbar, in der Friedenskirche aufzutreten, und in der Gemeinde war man auch sehr froh. Und hinterher hatten wir noch einige hier bei uns, die Kammermusik gespielt haben für die Gäste. Ich hatte richtig Gänsehaut…

Und was machst du sonst so?

Das Haus hier zu führen wird ja schon Arbeit genug sein, sagt Kai, sich umblickend. (Und vielleicht denkt er dabei an seine Sanni, die kein ausgeprägtes Talent hat, ein Haus zu führen. Schon gar nicht eines wie dieses hier. Kai ist also auch nicht unbeeindruckt geblieben.)

Ach, wisst ihr, im Grunde gehe ich ja völlig in meiner Mutterrolle auf, sagt Ines leise und mit nachdenklich gespitztem Mund. Aber ich will natürlich auch mein eigenes Geld verdienen.

Sieht nicht so aus, als sei das dringend notwendig, sagt Charly.

Ach, Charly, sei nicht so ein alter Macho. Darum geht es doch gar nicht. Aber ich habe etwas gefunden, das mich wirklich erfüllt und das ich, glaube ich, auch sehr gut mache. Und ein wenig Geld bringt es obendrein.

Und was ist das?

Fotografie.

Fotografie? Wie weiland Christine?

Ach woher, ich klicke nicht so rum, egal was mir gerade vor die Linse kommt. Ich habe mich auf Oldtimerfotografie spezialisiert.

Das ist allerdings eine Überraschung, und sowohl Charly als auch Kai können gar nicht anders, als bei dem Wort Oldtimer elektrisiert zu reagieren. Auf ihre Bitte hin erklärt Ines sich naturgemäß bereit, ein paar Abzüge zu holen, und erklärt ihnen anhand der Bilder, dass Volker einen BMW 507 besitzt (den sie sofort sehen wollen, aber er steht anderswo), mit dem sie Oldtimerrallyes fahren.

Charly kann es sich nicht verkneifen, sein Wissen anzubringen: Albrecht Graf von Goertz und so weiter, aber es ist auch wirklich zu faszinierend! Und ob sie schon beim Concours d'Elegance in der Villa d'Este gewesen seien, wirft er ihr einen weiteren Brocken isolierter Expertise vor die Füße. Und mit einem Mal hat Ines noch eine ganz neue, zusätzliche Wertigkeit bekommen. Wir sind ja so, dass wir gerne mit bestimmten Eigenschaften, Vorzügen oder Besitztümern unserer Freunde renommieren, als würde die Kenntnis davon oder die Nähe dazu auch uns und unser Leben reicher oder interessanter machen. Allerdings muss man mit dieser Art indirekter Prahlerei vorsichtig sein, denn alles lässt sich nicht verwenden, vor allem nicht jedermann gegenüber. ›Meine Freundin lebt in einer Persius-Villa‹ – damit könnten die wenigsten Leute, die Charly kennt, etwas anfangen. Mit ›Meine Freundin hat Girih-Kacheln in ihrem Iwan‹ überhaupt keiner. Aber ›Der Mann meiner Freundin hat einen BMW 507‹ – das macht Charly reicher, den Abend doppelt lohnend und die Freundschaft und Nähe zu Ines so wertvoll.

Nein, Volker fährt Rallyes hier in Deutschland, und da bin ich auf den Geschmack gekommen, am liebsten mache ich, wie ihr seht, monochrome Fotos. Das hat sowas Edles. Jetzt im August waren wir auf der Brandenburg-Classic. Die Leute, die man da kennenlernt: Das war nur nett. (Und da es nicht das erste Mal an diesem Abend ist, dass Ines von ›netten Leuten‹ spricht – sie hat auch über einige ihrer Nachbarn gesagt ›die sind nur nett!‹ –, wechseln Charly und Kai einen Blick, und in der Folge wird ›nette Leute‹ bei ihnen zu einem geflügelten Wort und einem Synonym für Millionäre. »Die SPD will den ›netten Leuten‹ an den Kragen«, sagt Charly dann etwa im Gespräch oder antwortet, wenn Kai höflichkeitshalber nach dem Ergehen seiner Schwester fragt: »Netten Leuten geht's immer gut.«)

Aber es ist ganz sicher das erste Mal an diesem Abend, dass beide Gäste guten Gewissens eingestehen könnten, Ines zu beneiden. Du lieber Gott: ein BMW 507!

Und ausgehend von den Rallyes, hat sie mit dem Fotografieren begonnen (spezialisiert auf Detailaufnahmen: Lampen, Außenspiegel, Speichenräder, Armaturenbretter etc.) und verkauft Abzüge an die Eigentümer wie an spezialisierte Zeitschriften.

Der Teufel scheißt auch immer auf den größten Haufen, meint Kai, als sie kurz draußen ist.

Charly lehnt sich, das Weinglas in der Hand, wohlig seufzend im Sessel zurück: Genießen wir's, dass wir heute Abend auch mal draufsitzen.

Auf der sehr späten Rückfahrt nach Stolpe reden sie nicht mehr viel.

Hat sie's ja richtig zu was gebracht, unsere Ines, sagt Charly. Mmhh.

Und nach einer Weile Kai: Ist kein Dummkopf, ihr Mann.

Vielleicht 'n bisschen förmlich, sagt Charly gähnend.

Der ist zwanzig Jahre älter als wir. Der hat schon alles hinter sich, was wir noch vor uns haben.

Und wiederum nach einer Weile: Ich wusste gar nicht, dass Ines so christlich ist.

War sie auch früher nie.

Am Sonntagmorgen packen sie, frühstücken in der *Krummen Linde,* verstauen Reise- und Golftaschen im Laderaum und sind noch keine zehn Minuten unterwegs, Kai am Steuer, als Charlys Handy klingelt. Der verdreht die Augen. Keine Störungen jetzt. Sie wollen beide nach Hause zu ihren Familien.

Ja?, sagt Charly.

Nein, wir sind schon in Zarrentin an der Grenze. Wieso fragst du?

Angesichts dieser Lüge wirft Kai einen Seitenblick auf seinen Freund.

Was?, sagt Charly laut. Dann: Nein!

Dann fällt seine Hand mit dem Telefon darin auf seinen Schoß und er sagt: Das blöde Arschloch! Das blöde Arschloch!

Dann sinkt sein Kopf auf die Brust, als sei eine Feder im Nacken gesprungen, und er starrt vor sich hin.

Kai sieht sich das einige Sekunden lang an, dann sagt er: Kleenex sind im Handschuhfach.

*

Mitte Dezember 1991 erlitt Herr Heinrich Rathjen, Getränkegroßhändler, im 66. Lebensjahr seinen ersten Herzinfarkt, was weitreichende Konsequenzen hatte. Denn zum einen musste sein Sohn Jobst seinen geplanten Urlaub absagen, um sich um seinen Vater, seine Mutter und die Geschäfte zu kümmern, und zum andern lernte seine Frau Ines, die deswegen alleine auf zwei Wochen zum Skifahren nach Obertauern fuhr, dort beim Silvesterdiner im Hotel *Alpina* den Doktor Edschmid kennen.

Dieser Doktor Volker Edschmid, einundfünfzigjährig zu diesem Zeitpunkt, verbrachte die Weihnachtsferien mit seinen drei Söhnen (23, 21 und 17). Der jüngste, ein Jahr vor dem Abitur, lebte noch bei Edschmids geschiedener Frau im ehemaligen Familienhaus in Konstanz, der älteste studierte Maschinenbau in München und der mittlere hatte soeben sein USA-Jahr hinter sich gebracht. Die gemeinsamen Weihnachtsferien mit dem Vater waren seit der Scheidung Tradition, und die jungen Männer genossen sie auch deswegen, weil ihr Vater sich, wie so viele geschiedene Väter, anders als zur Zeit des gemeinsamen Hausstandes nicht lumpen ließ.

Edschmid hatte jahrelang im Nahen Osten (Saudi-Arabien, Iran, zuletzt Irak) verantwortliche Positionen für große Ölgesellschaften innegehabt, bis kurz vor dem Ausbruch des Kuwait-Krieges war er für die Aktivitäten von Shell in dieser Region verantwortlich gewesen, seither arbeitete er als eine Art Generalbevollmächtigter (»so ein Berthold Beitz, nur ohne Judenrettung«, kommentierte Kai an jenem Abend im Oktober 2000, als er ihn kennengelernt hatte, hinter vorgehaltener Hand gegenüber Charly) für eine Berliner Familienstiftung, das heißt, er war für das Investieren des milliardenschweren Vermögens zuständig (Touristik – Kauf einer Hotelkette; Immobilien – Beteiligungen an Flughafenbauten und Offshoreplattformen; Kultur – Unterstützung diverser europäischer Museen bei ihren Sammlungen altpersischer und islamischer Kunst).

Als er beim Silvesterdiner sah, dass Ines alleine saß, bat er sie an seinen Tisch, wo sie sich sehr angenehm unterhielten, sodass Edschmid sie für den folgenden Tag zum Skifahren einlud. Die drei Söhne gingen auf der Piste ihre eigenen, altersgemäß halsbrecherischen Wege, aber es stellte sich heraus, dass Edschmid und Ines etwa gleich gut fuhren (nämlich sehr gut und eher ästhetisch anzusehen mit schmaler Skiführung als schnell). Beim Abschied am Tag darauf (Ines plagte das schlechte Gewissen) tauschte man Karten und versprach, in Verbindung zu bleiben.

Ines erwähnte bei ihrer Heimkehr diese Begegnung nur kurz, sie habe »netten Familienanschluss« gefunden, sagte sie.

Der alte Rathjen hatte bis nach Weihnachten auf der Intensivstation gelegen, er hatte vier Bypässe gelegt bekommen und erholte sich nur sehr langsam, obwohl er bis zu dem Tag des Gefäßverschlusses ein hyperaktiver Mann gewesen war, der noch an seinem letzten Geburtstag mit seinem Body-Mass-Index geprahlt hatte. Seine Frau verbrachte, nachdem er auf eine normale Station verlegt worden war, den größten Teil des Tages im Krankenhaus, wo sie niemandem wirklich eine Hilfe war. Zu tief saß der Schock, den Mann, mit dem sie seit vierzig Jahren lebte und der in dieser Zeit alle Entscheidungen für sie gefällt hatte, so hilflos und gealtert zu sehen.

Ebenfalls überfordert fühlte sich Jobst. Er war zwar seit geraumer Zeit Gesellschafter (die Anteile an der GmbH hatte ihm sein Vater bezahlt) und auch zweiter Geschäftsführer, er kannte das Geschäft und alle Mitarbeiter, seit sein Vater ihn seinerzeit angelernt hatte (und er hatte alle Bereiche durchlaufen, hatte ausgefahren, Bierkästen geschleppt, Buchhaltung gemacht und Kundengespräche geführt), aber obwohl er alles kannte und alle ihn kannten, hatte es nie eine Situation gegeben, in der er tatsächlich für irgendetwas verantwortlich gewesen wäre. Er war in dem Maße Geschäftsführer, wie ein Pilot Pilot ist, dessen Fluglehrer ihn nie im Cockpit alleine lässt.

Vielleicht lag es an seinem Vater, der mehr ein Macher als ein Lehrer war. Natürlich hatte er seinem Sohn schon früh alles beibringen wollen, was für das Leben wichtig ist. So wollte er Jobst zeigen, wie man einen Platten repariert, etwas, das, wie er erklärte, jeder Junge beherrschen muss. Er ließ Jobst einen Eimer Wasser und Flicken holen und ging daran, die Kette vom Hinterrad zu lösen und das Rad abzuschrauben. Dabei fehlte immer wieder etwas, ein passender Schlüssel hier, ein Schraubenzieher da. All diese Dinge schickte er den Knaben holen, aber die Arbeit machte er alleine, und irgendwann im Lauf der Reparatur überwältigten ihn wohl die Freude und die Genugtuung darüber, es selbst so gut zu können. Der Sohn stand daneben, zusehends gelangweilt (»Wozu muss ich es lernen, wenn er es kann?«), versah lediglich Handlangerdienste und nickte zu den wiederholten »Siehst du's?«, »Verstanden?«, »Weißt du jetzt, wie es geht?«.

Eine Folge dieser Erfahrung war, dass Jobst als Erwachsener seine Räder in die Werkstatt brachte, wenn keine Luft mehr im Reifen war, aber entscheidender ist, dass der Alte seinen Sohn auf ähnliche Art und Weise als Nachfolger aufzubauen suchte. Im Grunde seines Herzens aber wollte er sich nichts, wozu er noch selbst imstande war, wegnehmen lassen.

In der Woche vor Weihnachten beging Jobst dann aus seiner Unsicherheit heraus einen eigentlich harmlosen, aber folgenschweren Fehler, indem er sich nämlich an den Schreibtisch seines Vaters setzte – aus dem Gedankengang heraus (nun ja, Jobst und Gedankengang, aber dennoch), die wichtigen Vorgänge und Dokumente und aktuellen Briefe und Aufträge dort vorzufinden und womöglich auch gleich die gelassene Souveränität zur Bewältigung der anstehenden Aufgaben –, wobei immer noch die Hauptfrage war, ob er während der krankheitsbedingten Abwesenheit seines Vaters überhaupt irgendetwas tun, die Hand sozusagen ins laufende Getriebe der Firma halten sollte, ob das überhaupt nötig und ratsam war, schließlich standen keine Richtungsentscheidungen an. Aber die Sekretärin bekam die Aktion in den falschen Hals und plauderte sie in der Mittagspause weiter (»Was denkt sich der Jobst? Sein Vater ist doch nicht unter der Erde!«). Die Folge war ein gewisses Misstrauen, das Jobst entgegenschlug, als der Vater tatsächlich unter der Erde war, und das sich wie üblich in solchen kleinen, ganz von der Dynamik ihres Chefs lebenden Firmen in einem abwartenden Nachlassen der Arbeitsintensität um einige Prozent äußerte – halb in der Hoffnung, dafür zusammengestaucht zu werden (»Wenn er ein Chef ist, macht er uns zur Sau!«).

Was nun Jobst betrifft und den Begriff ›Chef‹ – wo soll man da anfangen, ohne ungerecht zu werden?

Man könnte dieses Chefsein Jobsts als eine formale Existenz bezeichnen, als Mimikry der Gesten und Tonlagen, in denen sich

eine Selbstverständlichkeit, eine Art dynastisches Prinzip aus-
drückte, dem – so dachte er vielleicht – durch sorgfältiges Repe-
tieren und Anwenden der Formen Genüge getan wäre. Es fehlte
Jobst, um es deutlich zu sagen, an einem tieferen Verständnis des
Unterschieds zwischen »dass es läuft« und »wie es läuft«. Dabei
brachte er zwei für einen guten Kaufmann im Grunde nützliche
Eigenschaften mit, nämlich sein grundehrliches Naturell sowie
sein bedächtiges und unaufgeregtes Wesen (bedächtig allerdings
im Sinne von »ruhig um das Problem herumschreiten«, nicht es
zu durchdringen). Dessen Belastbarkeit wurde nun allerdings
auf eine harte Probe gestellt – eigentlich die erste seines Lebens.
Wobei wir hier von der Zeit nach dem Tod seines Vaters reden,
an den ja im Dezember und Januar niemand ernstlich glaubte,
trotz der erstaunlichen Schwächung des lebensvollen Mannes.

Am 3. Januar abends war Ines wieder da und fuhr sofort
mit ihrem Mann ins Krankenhaus. »Ich hoffe, du hattest es
schön, erzählst du nachher vorm Schlafengehen noch davon?«,
sagte Jobst so liebevoll, wie er sie zuvor gedrängt hatte, nicht
auf das Skifahren zu verzichten (»Es reicht doch, wenn ich
hierbleiben muss. Erhol du dich wenigstens. Du kannst hier
momentan sowieso nichts tun«). Es ließen sich hier im Hinblick
auf das Folgende einige unschöne Überlegungen anstellen darüber, inwieweit das vollkommene (blinde) Vertrauen Jobsts, sein
permanentes Gewährenlassen und Eingehen auf Ines' Wünsche,
Ideen und Vorlieben, wirklich hilfreich war, um den gewünsch-
ten Effekt zu erzielen, nämlich eine harmonische, lebenslange
Ehe, oder ihm eher entgegenarbeitete. Festhalten können wir zu
diesem Zeitpunkt nur, dass Ines sich ihrem Mann geistig schon
immer überlegen gefühlt hatte (zu Recht, wie man hinzusetzen
muss), woraus, je nach Charakterbildung sich die Tendenz entwickeln kann, sich mehr zuzugestehen als dem Partner, ja sich
geradezu *alles* zuzugestehen.

Die Genesung des alten Rathjen machte langsame, sehr langsame Fortschritte, Ende Januar fing er sich Keime ein, bekam eine Infektion und musste mit Antibiotika behandelt werden. Und dann geschah, womit niemand gerechnet hatte: der fatale Anruf morgens um fünf (glücklicherweise aus Rücksicht nicht bei seiner Frau, sondern bei seinem Sohn), die Nachtschwester habe ihn bei einem Routinegang mit Herzstillstand vorgefunden, die sofort erfolgten Wiederbelebungsmaßnahmen hätten leider keinen Erfolg gehabt, und nach zweieinhalbstündigem Kampf um sein Leben sei soeben der Exitus des Herrn Heinrich Rathjen festgestellt worden.

Jobst weinte sehr viel in den folgenden Tagen, ja er erlitt unkontrollierte Heulkrämpfe und musste zeitweise unter Beruhigungsmittel gesetzt werden. Noch schlimmer lag der Fall bei seiner Mutter, die es alleine in dem großen Familienhaus nicht aushielt und auf eigenen Wunsch für zwei Wochen eine Klinik aufsuchte. Mit einem Wort: Weder Jobst noch seine Mutter waren zu etwas zu gebrauchen, und es fiel Ines zu, quasi ganz alleine das Begräbnis und die Trauerfeier zu organisieren. Sie leistete das auf ihre bewährte patente Weise, bewahrte in jedem Augenblick die rechte Mischung aus Trauer und Effizienz, und es ist nicht übertrieben zu sagen, dass Jobst eine große Stütze an ihr hatte, ja dass er sehr dankbar war, sich an ihre starke Schulter lehnen zu können, bevor er das Erbe seines Vaters würde antreten müssen.

Wie schwer dieses Erbe wog, wurde bei der Trauerfeier auf dem Waldfriedhof Volksdorf deutlich. Alles war voller Kränze und Blumengebinde, die Belegschaft der Firma kondolierte vollzählig, aber auch sehr viele Kunden, Lieferanten, Mitarbeiter von Brauereien und der Firma Hans Prang, mehrere Vereine, darunter ein Chor, über den Jobst nicht einmal gewusst hatte, dass sein Vater Mitglied in ihm gewesen war. Wäre es nicht etwas früh zu Ende gegangen, hätte man als Außenstehender angesichts der Feier (selbst der Pastor wusste, an wen er erinnerte) von einem erfüllten, ja vollendeten Leben sprechen können.

Ines, die auch nach ihrer Heirat mit Jobst ihren Mädchennamen Krosigk weitertrug und unter diesem Namen auch für die Haus- und Gartenredaktion einer Frauenzeitschrift arbeitete, war im April entsprechend froh über die Abwechslung, als sie den Auftrag bekam, für ein paar Tage nach Berlin zu reisen, um über Potsdamer Parks und Gärten zu berichten. Bei dieser Gelegenheit beabsichtigte sie auch Dr. Edschmid zu treffen. Dass sie Jobst davon erzählte, deutet darauf hin, dass sie zu diesem Zeitpunkt keine heimlichen Absichten damit verband, und dass sie es so formulierte: »Ich treffe dort vielleicht auch die nette Familie aus dem Skiurlaub«, was ja nicht ganz der Wahrheit entsprach, da Edschmid im Wesentlichen alleine lebte, mag man ihrem Sinn für ein wenig Geheimnistuerei in Privatdingen zuschreiben und ihrer Art, nicht allen Menschen zu jeder Zeit ein vollständiges Bild ihres Lebens zu geben, sprich, sich Optionen offenzuhalten, ohne tatsächlich mit ihnen zu planen.

Es ist dennoch höchst wahrscheinlich, dass Ines in diesen Apriltagen, in denen sie sich vom Trauerstress erholen wollte, die Geliebte Edschmids wurde, wenn nicht da, dann spätestens im Mai in Hamburg oder an der Ostsee. Aber gehen wir einmal davon aus, dass es bereits im April passierte.

Als er hörte, weswegen sie nach Berlin reiste, lud er sie zu einem Treffen nach Potsdam ein, wo er ihr ›etwas Interessantes‹ zeigen wolle. Ines war weder die Nauener Vorstadt ein Begriff, noch hatte sie je vom ›Militärstädtchen Nr. 7‹ gehört oder von der verbotenen Zone. Edschmid zog sie am Neuen Garten hinter ein Gebüsch, wo eine hohe Mauer verlief, an der eine Leiter lehnte, und forderte sie auf hinaufzuklettern. »Hätten wir das noch vor zwei oder drei Jahren getan«, sagte er, »dann wären wir, abgesehen davon, dass wir gar nicht bis hierher gekommen wären, erschossen worden. Das sind die Sowjets.« Und dieses letzte Wort sprach er aus wie der frühere Bundeskanzler Adenauer: »Das sind die Soffjetz!« Ines fand das charmant, aber was er im Folgenden erzählte, ließ ihr den Mann in völlig neuem Licht erscheinen. Er erzählte von der eingemauerten, verbotenen KGB-Siedlung in dem alten Villenviertel, dessen Bewohner seinerzeit binnen zwei Stunden ihre Häuser hatten verlassen müssen, und dass all diese Villen nun zum Verkauf stünden, da die Russen (»die Soffjetz«) endgültig abziehen würden, aber sozusagen zum Blindverkauf, denn besichtigen könne man sie noch nicht. Bei diesen Worten reichte er Ines einen Feldstecher und deutete in eine Richtung. »Und diese da habe ich mir ausgesucht. Sehen Sie, die weiße mit dem Turm. Schön, nicht? Von außen jedenfalls. Die Villa Kleist. Nicht nach dem Dichter benannt, sondern nach einem hohen preußischen Beamten aus der weitläufigen Familie, der das Haus 1882 hat bauen lassen. Es hat den Russen als Offizierskasino gedient, es besteht also Hoffnung, dass sie es nicht gänzlich verwüstet haben. Dahinter, von hier nicht sichtbar, am anderen Ende des Grundstücks, ein Gebäude, das die Offizierssauna beherbergt. Da mag es anders aussehen. Und im Turm saß offenbar bis vor Kurzem die Dechiffrierungsabteilung des KGB. Ich habe die Pläne gesehen. Was mich am meisten reizt, ist der angedeutete Patio. Wie in einer persischen Villa. Da lässt sich was draus machen. Und die Architektur, sehen Sie, ist sehr schön. Kein wilhelminischer Gründerzeitpomp, sondern reinster Klassizismus. Was meinen Sie? Soll ich das Risiko eingehen? Sie wollen zwei Millionen dafür, der Preis ist in Ordnung, die spannende Frage ist aber: Werd' ich danach zwei weitere in die Sanierung stecken müssen oder fünf? Wozu würden Sie mir raten, Ines? Risiko und Hoffnung oder Vernunft und Verzicht?«

»Risiko«, antwortete Ines da wohl mit leicht zitternder Stimme.

Risiko und Hoffnung. Mit einem Mal kam ihr dieser soignierte und weltgewandte Fünfziger auch noch verwegen vor, wie ein Freibeuter, der mit dem Gedanken spielt, eine schwerbewaffnete Galeone zu kapern.

Na ja, und beim Kaffee in seiner Wohnung in Wilmersdorf oder nach dem Abendessen passierte es dann wohl.

Es gibt unter Museumsbesuchern einen Menschenschlag, der sich bei der Besichtigung von Skulpturen nicht damit begnügen kann zu schauen. Er muss, obwohl es verboten ist, anfassen. Es juckt diese Leute geradezu in den Fingern, das Material zu berühren und sofern möglich die Formen nachzufahren, als genüge bei ihnen die Abstraktionsfähigkeit des Blickes nicht. Sie müssen, was sie sehen und womöglich schön oder interessant finden, auch anfassen, um einen nicht nur intellektuellen, sondern sinnlichen Eindruck davon zu erhalten, der das Geschaute erst real werden lässt für sie. Analog verhielt es sich mit Ines' Beziehungen zu Menschen, die sie interessierten. Erst wenn der Tast-, der Geschmacks-, der Geruchssinn ihr bestätigten – oder konterkarierten –, was sie mit Auge und Ohr wahrgenommen hatte, wurde sie ihrer Eindrücke wirklich sicher. In diesem Fall ist klar, worauf das hinauslaufen musste, obwohl Ines alles andere als mannstoll war. Sie hatte Jobst, seit sie mit ihm zusammen war, nur zweimal betrogen, ohne weitere Folgen für sie oder die Ehe. Dies hier war anders, das spürte sie spätestens auf der Heimreise.

Jedenfalls entwickelte sich eine zunächst sporadische, dann regelmäßige, aber von Ines und in Hamburg noch geheim gehaltene Beziehung. Man kann über die Korrelation dieses beginnenden Verhältnisses zu Jobsts sich langsam abzeichnenden Problemen spekulieren, und Charly zum Beispiel sagte jedermann, der es hören wollte, dass Ines seiner Ansicht nach kaltlächelnd das sinkende Schiff verlassen habe, kaum dass ein komfortables Rettungsboot für sie längsseits ging.

Aber so einfach ist es vielleicht doch nicht. Man plant dergleichen nicht. Anderes zu behaupten hieße die Perfidie bzw. die Rationalität der Menschen gehörig überschätzen. Auch widersprechen die Daten, also die Reihenfolge der Ereignisse einer solchen Sichtweise. Dann die Tatsache, dass Ines Jobst in den Monaten nach dem Tod seines Vaters eine wirkliche Stütze war und bei allen widerstreitenden Gefühlen durchaus gewillt schien, zumindest das Trauerjahr an seiner Seite zu verbringen. Es hatte sie durchzuckt nach jener ersten Liebesnacht (wenn es denn eine war, eine Nacht), dass sie sich vorstellen konnte, mit diesem Edschmid Kinder zu haben. Kinder waren in der Ehe mit Jobst bislang nie ein Thema gewesen. Vielleicht war der reifende und irgendwann gereifte Entschluss, sich von ihm zu trennen, auch einfach die erste autonome, erwachsene Entscheidung, die Ines in Liebesdingen traf. Vieles vorher hatte sich immer einfach ergeben, man kannte einander seit Teenagertagen, die anderen heirateten auch, es lag in der Luft, es schien ein emanzipatorischer Schritt der Abnabelung zu sein, der überdies den eigenen Neigungen entgegenkam, anstatt sie einer Prüfung zu unterziehen, es war ein Abenteuer, ein Schritt ins Leben, ein Statusgewinn. Eine Selbstüberlistung gewissermaßen. Dies hier war anders. Jobst ahnte nichts und erfuhr es als Letzter, mehr als ein Jahr später.

Wobei nicht verhehlt werden sollte, dass eine solche erste autonome, erwachsene Entscheidung leichter fällt, wenn der andere ein reifer Mann und vermutlich Millionär ist, die Aussicht besteht, das neue Leben in einer Potsdamer Villa zu führen, und der zukünftige Partner, der schon drei erwachsene Kinder großgezogen hat, sich wahrscheinlich vornimmt, in einem zweiten Leben alle Versäumnisse des ersten Mals gutzumachen und den künftigen Kindern und der Gattin ein viel präsenterer, liebevollerer und großzügigerer Vater und Mann zu sein, als ihm das beim ersten Versuch gelingen wollte.

Während diese Dinge ihren Lauf nahmen, im Frühjahr und Frühsommer '92, musste Jobst in seine Rolle als alleiniger Geschäftsführer des väterlichen Betriebs hineinwachsen. Solch eine seit Jahrzehnten eingefahrene Firma läuft wie ein schweres Schiff erst einmal weiter geradeaus, wenn die Maschinen ausgefallen sind. Dennoch war es Jobst selbst, der rasch das Gefühl hatte, etwas müsse geschehen, er müsse irgendein Zeichen setzen, eine Entscheidung treffen, Veränderungen herbeiführen, und sei es nur, weil dies seinem Bild vom Chef entsprach.

Er fing dann auch probeweise an, zunächst darüber zu sprechen, in Zitaten und Binsenweisheiten: »Wenn alles beim Alten bleiben soll, muss sich alles verändern« oder »Wenn wir nicht wachsen, dann geht es uns irgendwann an den Kragen«. Das war insofern Unsinn, als der Betrieb seit mehr als zehn Jahren nicht nennenswert gewachsen war, sondern seinen Umsatz nur leicht und regelmäßig erhöht, seine Belegschaftsstärke nicht verändert hatte und dank des Vertrauensverhältnisses des Inhabers zu Kunden und Lieferanten grundsolide vor sich hin dümpelte. Bei Jobsts Vorhaben half ihm ein Berater oder Freund, den er kannte. Es ist nicht klar, ob Jobst selbst eine Bilanz lesen und einen Budgetplan erstellen konnte, im Prinzip ja, denn diese Dinge musste er während seiner Bürokaufmannslehre (vom Vater vermittelt, aber nicht abgeschlossen) gelernt haben. Formal zumindest konnte er es (vielleicht so wie Fahrradreifen reparieren), und es reichte auch (gleich, ob Jobst den Budgetplan erstellt hatte oder sein ›Berater‹), um die

Hausbank zu überzeugen, Kredite zu den üblichen Sicherheiten zu gewähren. Als Jobst davon erzählte, expandieren zu wollen, und zwar, da die Firma seit Jahren im Raum südöstlich von Hamburg ausgeliefert hatte, nun auch mit einer Filiale jenseits der alten Grenze nach Zarrentin, da fragte Charly oder Kai wohl einmal beim Skat: »Brauchst du Rat? Brauchst du Hilfe?« »Nein, nein, ich hab' das im Griff.«

Und was antwortest du ihm da? Glaub ich nicht, dass du alles im Griff hast? Ich meine, er hat einen Volkswirt und einen Betriebswirt zum Freund und bittet sie nicht darum, so eine Investition mit ihm zu besprechen! Von der wir ihm natürlich abgeraten hätten! Und lässt sich stattdessen mit so einem Heinz ein!

Aber wahrscheinlich widersprach so ein Ratsuchen Jobsts formalem Verständnis vom Chefsein. Ein Chef gibt Rat, er muss keinen suchen, er gibt sich keine Blöße. Und ein Chef behelligt auch seine Frau und seine Familie nicht mit dergleichen. Seine Mutter hatte nie mitarbeiten müssen (was sich jetzt in ihrer Rente bitter niederschlug). Ein Chef und Paterfamilias bietet seiner Familie etwas. Dafür schuftet er. So war das ja auch immer gewesen. Und Jobst war nicht geizig. Er dachte nicht daran, seinen und Ines' Lebensstandard in dieser schwierigen Übergangsphase ein wenig herunterzuschrauben. Das hätte nicht seinem Selbstbild entsprochen.

Im Herbst 1992 fing er an, in Zarrentin ein Lager zu bauen, und verbrachte den Großteil seiner Zeit dort. Im Februar 1993 eröffnete er die Filiale. Anders als man meinen könnte, hielt Ines sich da noch zurück, ihrem Mann von der Beziehung zu Edschmid zu erzählen, obwohl sie sich mit dem einig war. In ihrem Bemühen, Jobst zu schonen, den passenden Zeitpunkt zu finden, sich erst ganz sicher zu sein, in ihrer verständlichen Furcht vor dem Schritt und dem Schnitt, also aus Beweggründen, die sowohl selbsterhaltend als auch altruistisch waren, wählte sie schließlich den schlechtestmöglichen Moment.

Im Herbst 1993 konvergierten die Sturmzellen, die sich sukzessive über Jobsts Kopf zusammengebraut hatten: die Vernachlässigung des Hamburger Hauptgeschäfts, der entstehende Schlendrian in der Belegschaft, die unerwartete Mühe, im Osten einen Kundenstamm aufzubauen, die Lagerkosten, das ersatzlose Wegbrechen eines Großkunden – die Zahlungsziele wurden länger, die Verzugszinsen wurden höher. Jobst wurde zu seinem Kundenberater gebeten: »Ja, Herr Rathjen, Sie haben ja von Ihrem Vater her sehr viel Kredit bei uns, in jeglicher Hinsicht. Und deswegen haben wir uns das jetzt auch eine ganze Weile mit angesehen. Aber nun hat die Geschäftsführung gesagt, die rote Linie ist überschritten.«

»Aber Sie haben doch meinen Businessplan abgesegnet. Dass es in der Anfangsphase zu Verzögerungen kommt ...«

Es ist müßig und unangenehm, solch ein Gespräch zwischen Kunde und Bank nachzuzeichnen, das im Grunde kein Gespräch ist, weil alles bereits entschieden ist. Am 31. Oktober, als klar war, dass die Firma ihre Verbindlichkeiten nicht erfüllen konnte, stellte Jobst nach einem Gespräch mit seinem obskuren Ratgeberfreund (»Ja, das sieht bitter aus«) Konkursantrag.

Er hatte bis zuletzt (»Ein Chef stellt sich vor die Seinen und verunsichert sie nicht«) weder der Belegschaft noch Ines ein Sterbenswort gesagt, und als er seiner Frau am Abendbrottisch die schlechte Nachricht mitteilen wollte, kam sie ihm mit der ihren zuvor und erklärte ihm, sie werde die Scheidung einreichen, ihre Beziehung habe sich in den letzten Jahren immer mehr von einer Liebe zu einer Freundschaft entwickelt etc. pp. – es war genauso ein Nicht-Gespräch wie das mit dem Kundenberater. Auch hier war im Stillen längst die rote Linie markiert, die Reißleine gezogen worden, und was immer Jobst fragte, sagte, antwortete, spielte keine Rolle – er sagte denn auch nicht viel.

Ob die Nachricht vom Konkurs Ines ins Wanken brachte oder drei Kreuze schlagen ließ – man weiß es nicht. Jedenfalls zog sie in der ersten Novemberwoche aus, im März wurde die Scheidung in beiderseitigem Einvernehmen (so fein blieb der gute Jobst!) rechtsgültig, schon im Mai 1994 heiratete Ines in Potsdam (und nahm diesmal den Namen ihres Mannes an), schon im November wurde sie per Kaiserschnitt von einem gesunden Knaben entbunden. Soweit dazu.

Wie erlebte Jobst diesen doppelten Schlag? Wir kennen ihn als bedächtig, als langsam und – als dumm? Nein, das ist er nicht wirklich, auch ist der Begriff zu vage. Vielleicht lässt es sich so sagen: Ähnlich wie es Kurzsichtigkeit gibt, also die Unfähigkeit, das scharf zu sehen, was sich in größerer Entfernung, in weiterem Umkreis befindet; so wie es Kurzatmigkeit gibt, also die Unfähigkeit, Körper und Seele durch tiefe und ruhige Atemzüge aus dem Bauch von den Zumutungen des Augenblicks zu befreien, gibt es vielleicht auch Kurzdenkigkeit.

Kein schönes Wort, zugegeben, aber womöglich hilfreich in unserem Fall. Kurzdenkigkeit wäre dann ein Mangel an rationalem Überblick, vor allem im zeitlichen Sinne, nach vorn. Also ein Ausgeliefertsein an den Moment mangels der Fähigkeit oder Fantasie, über diesen Moment hinauszublicken resp. zu denken. Mit solcher Unfähigkeit zum zeitenverknüpfenden Scharf-Sehen geht eine gewisse Dumpfheit in der Wahrnehmung der Schreckensbreite und -tiefe einher, die da über einen hereinbricht.

Und so, der unerwarteten, unrelativierbaren Gegenwart ausgeliefert, aber zugleich nicht begabt zum hell lodernden Entsetzen angesichts des manifesten Weltzusammenbruchs, muss Jobst diese zwei aufeinanderfolgenden Knüppelschläge des Schicksals erlebt haben.

Unwillkürlich erinnert uns diese re-signative Haltung, also im Wortsinne dieses Die-Feldzeichen-sinken-lassen und Kapitulieren, an eine Kuh, die am Strick aus dem Viehtransporter gezogen und zum Schlachthof geführt wird. Die Instinkte schreien Alarm, aber Körper und Bewusstsein fügen sich.

Wer Jobst in jenen Wochen erlebte, hätte ihn schütteln wollen und ihm zurufen: Füge dich nicht! Freilich, was hätte er tun sollen gegen ein Konkursverfahren und eine Frau, die ihn verlassen hatte? Er hat ja tapfer dagegengehalten und weitergemacht, solange es eben ging und er die Kraft dazu hatte.

Denn es kam natürlich ziemlich dicke. Vor allem wegen des Hauses. Jobsts Vater hatte das Familienhaus als Sicherheit der Bank verschrieben, und das war bei der Zwangsversteigerung besonders schmerzlich für die Mutter, die ihr Sohn, da sie sich an einem Büfett festhielt, mit sanfter Gewalt erst ins Krankenhaus und dann in eine Zweizimmerwohnung überführen musste. Auch sein Auto verlor er, was allenfalls zu verschmerzen war. Ironischerweise der einzige Privatbesitz, der tatsächlich privat war und blieb: das Segelboot, mit dem nun rein gar nichts mehr anzufangen war, außer es (mit Verlust) zu verkaufen.

Und wie ein Freizeitkapitän, der in eine Seeschlacht geraten ist und dem eine verirrte Kanonenkugel die Jolle seines Lebens unterm Hintern weggeschossen hat, paddelte Jobst in seinem Betrieb hinter dem Konkursverwalter her, ungläubig die Splitter und Planken seiner Existenz betrachtend und, kurzdenkig, wie er war, rein gar keine Hilfe beim Versuch, Ordnung in die Angelegenheiten des abzuwickelnden Getränkegroßhandels zu bringen.

Zwar haftete Jobst persönlich nur mit seiner Stammeinlage, aber als Geschäftsführer war er nicht sozialversicherungspflichtig, und anders als die Mitarbeiter, die zunächst drei Monate Konkursausfallgeld bekamen, hatte Jobst keinen Anspruch auf Arbeitslosengeld.

Parallel zu der Betreuung seiner Mutter und den permanenten Versuchen, Ines zu erreichen, um Erklärungen von ihr zu bekommen oder sie umzustimmen, musste er sich sofort eine neue Arbeit suchen. Hier kam ihm ein letztes Mal – sozusagen von jenseits des Grabes – sein Vater zu Hilfe bzw. dessen Beziehungen oder die guten Erinnerungen, die er in der Branche hinterlassen hatte. Am 1. Mai 1994 (dem Monat, in dem Ines Edschmid heiratete) wurde er Filialleiter bei einem Konkurrenzunternehmen, mit dessen Inhaber sein Vater befreundet gewesen war. Er erhielt 4000 DM Gehalt und hatte sieben Kassiererinnen (umschichtig) und zwei Auslieferungsfahrer unter sich. Allerdings musste er, wenn einer von ihnen ausfiel, auch selbst fahren und Bier- und Wasserkästen schleppen, stapeln und laden, was er gar nicht mehr gewohnt war. Im August zog er die Konsequenz aus seiner Lage, indem er die große Altbauwohnung verließ, in der er mit Ines gelebt hatte, und eine Dreizimmerwohnung in Hamm mietete, die für den Alleinstehenden und Alleinlebenden groß genug war.

Und die Freunde, wie reagierten die auf die Implosion von Jobsts bisheriger Existenz?

Da waren die ausschließlichen Paar-Freundschaften, die meist doch so aussehen, dass einer aus dem Pärchen der Freund ist und der andere hingenommen wird. Da nun Ines als soziale Teppichknüpferin par excellence hier immer die treibende Kraft gewesen war, verlor Jobst mit ihrem Fortgang den Anschluss an mehrere Paare, denen er nicht mehr in die Planung passte. Hinzu kommt, und das gilt für alle, für die wirklichen Freunde wie auch für diejenigen, die eigentlich nur Bekannte sind: Solch ein Schicksalsschlag, der wie ein Blitz in direkter Nähe niedergeht, sei es in Form von Krankheit, Trennung oder beruflichem Absturz, macht scheu. So etwas wird als Störung des Status quo und der Gewohnheit wahrgenommen, was es ja auch ist. Kaum jemandem gelingt es, so etwas unterschwellig nicht als eine Schuld aufzufassen, jedenfalls als einen Makel im ruhigen Gleichgewicht der Dinge, und allemal trägt der Betroffene eine Art Mal auf der Stirn, das uns andere doppelt unangenehm berührt – und sich in Form von Mitleid äußert (und Mitleid ist ein käufliches Gefühl, jeder, der es empfindet, erwartet Lohn und Kompensation dafür), aber auch in Form von Neid, denn unter der Hand beneiden wir all diejenigen, die einmal so richtig aus der Bahn (der Langeweile) geworfen werden, und sind zugleich überzeugt, dass wir es in diesem Falle besser machen würden als sie.

Dieses Mal ist es, was uns scheu werden lässt (und den Betroffenen selbst natürlich auch, umso mehr, wenn er sich wie Jobst als Kurzdenkiger ohnehin mühen muss, die Situation wahrzunehmen und zu überblicken, und zu allem Überfluss kein Rhetoriker ist, der noch aus dem eigenen Leiden eine unterhaltsame Anekdote zu schütteln – oder zu rühren – versteht), sodass wir unwillkürlich auf Abstand gehen. Tun wir das aber nicht, sondern erkundigen uns, trösten, bieten an, mit Rat und Tat zu helfen, dann wird der Druck noch größer, denn wir erwarten, dass der Betroffene unseren Ratschlägen folgt und sich von unserem Trost trösten lässt, und nehmen es ihm nachgerade übel, wenn er ›sich einfach nicht helfen lässt‹.

Denn das glauben alle Freunde eines so Gezeichneten: dass er (ihnen gegenüber) die verdammte Pflicht und Schuldigkeit habe, irgendwann wieder normal zu werden und sich einzugliedern. Dass er sich nach einer gewissen Zeit selbst kuriert haben müsse, und zwar hauptsächlich deswegen, damit uns endlich der Anblick der schwärenden Wunde erspart bleibt, die (und da wir dies wissen, werden wir mit der Zeit immer unduldsamer) um ein weniges an Zufall immer auch die unsere hätte sein können.

Auch alte Freunde wie Charly zeigten diese Scheu angesichts des Mals und eine gewisse Ungeduld in ihren Fragen (»Und, wie läuft's?«, »Was macht der neue Job?«, »Kommst du klar?«, »Alles in Ordnung?«), die sich nur zu gerne mit Jobsts *stiff-upper-lip*-Fassade zufriedengab (»Du, geht schon wieder recht gut«, »Der neue Job ist okay«, »Habe alles im Griff«, »Es geht wieder aufwärts«), mit der Konsequenz, dass die Frequenz ihrer Treffen sukzessive und halb unbewusst länger wurde und das Freundschaftsband sich lockerte.

Die ungestellte Frage hinter all dem ist natürlich, wie ernst und fatal das alles tatsächlich war, der Konkurs und die Scheidung. Und wie ernst so etwas ist, hängt nicht nur von Charakter und Temperament dessen ab, der diese Situation durchlebt, sondern auch von seinem Umfeld. Und da ist es zweitrangig, ob Jobst selbst oder ob jeder einzelne seiner Freunde der Überzeugung war, dass irgendwann alles wieder im Lot wäre. Denn nur wenn sie alle gemeinsam ihn davon überzeugt hätten oder – was noch unwahrscheinlicher war – er sie, hätten sie alle und er auch an eine Wiederherstellung der guten Ordnung geglaubt. Man glaubt nämlich etwas, wovon man überzeugt ist, nicht wirklich, wenn es nicht auch viele andere glauben. Was den Erfolg oder Misserfolg eines menschlichen Lebens zu einem Schwarmphänomen macht.

Am meisten halfen Jobst Menschen, die eigentlich gar nicht seine Freunde waren: Berufskollegen, entfernte Bekannte, Zufallsbegegnungen, Leute, die weit entfernt standen von der alten Clique und dem Freundeskreis der letzten zehn, fünfzehn Jahre. Denen öffnete er sich auch. Und das tat ihm nicht gut, denn es waren alles Männer, und das Sichöffnen und Trostspenden geschah unweigerlich mithilfe von Alkohol.

Jobst war kein Trinker gewesen, war auch jetzt noch keiner, dem eigenen Dafürhalten nach. Natürlich hatte man immer Bier getrunken, bei Partys und an gemeinsamen Abenden auch eins zu viel. Später dann mit dem eigenen Gehalt auch Wein zum Essen und danach. Es hatte ja auch im elterlichen Haus, solange er sich erinnerte, den Barwagen gegeben, mit Wodka, Martini, Gordon's Gin, Chantré und Johnnie Walker. Und als Charly und Kai Pure Malt entdeckten, zog er natürlich nach. Die Depression und die mit ihr einhergehende Mühe, Entscheidungen zu treffen, sich aufzuraffen, zur Arbeit und zum Einkaufen zu gehen, die Mutter zu besuchen, machten nur zunächst die Grenzen zwischen den Alkohol- und den Nicht-Alkohol-Zeiten des Tages flexibler und verschoben sie nach vorn, und ungelogen hilft so ein Glas Cognac oder Whisky ja auch, die Nerven zu beruhigen und dem Mühlrad im Kopf in die Speichen zu greifen. Richtig exzessiv soff er wirklich nur, wenn er sich bei seinen fremden Freunden ausweinte, Handelsvertretern, anderen Filialleitern, Brauereiangestellten, die alle von Hause aus einen exzessiven Alkoholkonsum zu pflegen schienen.

Im Kreis von Jobsts eigentlichen Freunden, wo seit jeher viel Wert auf Contenance und Lässigkeit gelegt wurde (mit dem heulenden Elend behelligte man nur die Frauen hinter verschlossenen Türen), kam das nicht gut an, all diese einem stärkeren Trinken geschuldeten kleinen Pannen und Schwächen (Verspätungen und nicht eingehaltene Termine, Brüten und plötzliche Albernheit, schwerzüngiges Beharren auf einer Meinung etc.). Was ebenfalls nicht zu seiner seelischen Gesundung beitrug, war der fortgesetzt gesuchte Kontakt zu Ines, die anfangs auch selber glaubte (und hoffte, um ihre Anflüge von schlechtem Gewissen zu betäuben), der Wechsel zu einer Freundschaft, zumindest Telefon- oder Brieffreundschaft, sei eine tatsächlich lebbare Option. Das war er natürlich nicht, und rasch merkte auch Ines, dass Jobst auf seine schwerblütige Art immer noch glaubte, sie zurückgewinnen zu können, und mit seiner Kurzdenkigkeit zwei Jahre brauchte, bis er den Punkt erreicht hatte und in allen Konsequenzen übersehen konnte, an dem sie ihn verlassen hatte.

Je näher er diesem Punkt kam, desto trauriger und antriebsloser wurde er und desto häufiger kam er abends von der Arbeit in seine Wohnung am Horner Weg in Hamm, goss sich einen Gin Tonic ein, trank mehrere Flaschen Bier, statt sich ein Abendessen zu bereiten, und brütete dann über der Frage, wie das alles wieder rückgängig zu machen sei.

All das musste Konsequenzen haben. Die Konkursabwicklung (mit der Jobst nichts mehr zu tun hatte) hatte bis zum Dezember 1995 gedauert, im Sommer 1996 – er arbeitete etwas über zwei Jahre als Filialleiter (und war kürzlich abgemahnt worden, als er als Fahrer ausgeholfen hatte, in eine Alkoholkontrolle geraten war und den Führerschein für drei Monate verlor) – begann das, was wir als den steileren Teil seiner Abstiegsrampe bezeichnen können.

Seine kleine Filiale leitete Jobst auch nicht anders, als er zuvor den Großhandel seines Vaters geführt hatte, das heißt nicht eben straff und nicht gerade mit natürlicher oder auch nur angemaßter Autorität. Was aber zuvor die Gewohnheit und der Schatten des eigentlichen Eigentümers verhindert hatten, dem stellte sich in der neuen Konstellation kein sichtbares Hindernis mehr entgegen. Vor Gericht stellte sich das später so dar: Die Kassiererin Frau Riechel (achtundvierzig Jahre, ledig) und der neunzehnjährige Handlanger Gerd Steenken, der sich um die Leergutannahme kümmerte, hatten ein Verhältnis miteinander, sowohl ein sexuelles als auch ein kriminelles, wobei nicht recht klar war, welches der beiden zuerst da gewesen war und zum andern geführt hatte. Die Initiative zu beidem schien jedenfalls, zu diesem Schluss kam das Gericht in seiner Urteilsbegründung, von Frau Riechel ausgegangen zu sein. Von dem sexuellen Verhältnis wissen wir nichts, als dass es offenbar auch am Arbeitsplatz (in der Lagerhalle) praktiziert wurde, das kriminelle war simpel genug. Steenken musste jedem, der Leergut anlieferte, einen Bon ausstellen, der dann an der Kasse von Frau Riechel abgerechnet wurde. Über Monate hinweg aber hatte der junge Mann Blankobons ausgestellt, denen keine Annahme entsprach, die aber in der Kasse als ausgezahlt verbucht wurden. Den Erlös, der sich für die Firma auf einen Schaden von 20 000 DM belief, hatten die Angeklagten sich geteilt.

Jobst hatte als Filialleiter die Kassen- und Inventurverantwortung. Er machte aber keine tägliche Inventur. Dass er morgens nicht als Erster kam und abends nicht als Letzter ging (zumindest in seinem zweiten Jahr), scheint dem Schlendrian der Angestellten Vorschub geleistet zu haben. Frau Riechel führte das sogar zu ihrer Verteidigung oder moralischen Entlastung an: »Er war ja nie da«, sagte sie über ihren Chef, als hätte er sie durch regelmäßige Präsenz vor der Versuchung zum Betrug bewahren können. Und vielleicht steckte darin ja sogar ein Körnchen Wahrheit. Das Unternehmen kündigte Jobst zum 31.8.1996 und bot ihm, um eine Kündigungsschutzklage vor dem Arbeitsgericht zu vermeiden, ein Bruttomonatsgehalt Abfindung an, was Jobst akzeptierte.

Ab September erhielt Jobst Arbeitslosengeld (im Oktober wurde übrigens, worüber sie ihn per Karte informierte, Ines' zweites Kind geboren), und das bedeutete einen tiefen Einschnitt, denn die Dreizimmerwohnung, das Auto und der Alkohol waren davon kaum mehr zu bezahlen.

Der Sozialarbeiter, mit dem Jobst später zu tun hatte, sagte einmal rückblickend: »Die anstrengendste und gefährlichste Phase ist die, wenn man noch die Fassade aufrechterhält, weil man sich noch nicht auf die neue Situation eingestellt hat. Solchen Menschen ist schwer zu helfen, weil sie andere nicht an sich ranlassen. Sie geben Pauschalantworten und spielen das Spiel ›Ich hab' keine Probleme‹ immer weiter.«

Trotz zunehmender Antriebsschwäche ging Jobst noch diszipliniert zu den Vorstellungsgesprächen, die das Arbeitsamt ihm (immer seltener und für immer niedrigere Tätigkeiten) vermittelte. Aber er fand keine Anstellung mehr. Er war – ohnehin nie ein Rhetoriker und Verkäufer in eigener Sache – zu aufgekratzt bei diesen Gelegenheiten, zu beflissen, auch immer zu förmlich angezogen; wer einen Kraftfahrer sucht, will keinen Mann im dreiteiligen schwarzen Anzug sehen. Erfahrene Gegenüber wurden auch misstrauisch angesichts des von ihm abstrahlenden intensiven Dufts nach Seife und Rasierwasser. Mit einem Wort: Man sah ihm an, dass er die Jobs unbedingt brauchte, und genau deshalb bekam er sie nicht.

Im Sommer 1997 lief das Arbeitslosengeld aus, und Jobst beantragte Arbeitslosenhilfe, die ihm für zunächst ein Jahr bewilligt wurde. Er erhielt anfangs 1050 DM pro Monat, was ihn zwang, sofort sein Auto zu verkaufen und die Wohnung zu kündigen, für die er 650 Mark Miete bezahlte. Dennoch blieb er zwei Monate Miete schuldig (abzüglich der Kaution), bevor er eine neue Wohnung gefunden hatte. Die Rückstände bezahlte zur Hälfte seine Mutter, zur anderen Hälfte Ines (das vorletzte Mal, dass sie ihm Geld gab, er fuhr ja etwa zwei- bis dreimal pro Jahr nach Potsdam, um mit ihr zu sprechen, und zuletzt wusste sie sich, da sie ihn nicht mehr hereinlassen wollte, nur zu helfen, indem sie ihm einen 500-Mark-Schein zusteckte).

Er fand eine Einzimmerwohnung in einem der Hochhäuser von Kirchdorf-Süd mit Blick auf die Autobahnraststätte und beantragte Wohngeld, um die 350 Mark Miete bezahlen zu können.

Das Jahr 1998 war eine Schwelle, die, einmal (zwangsweise) überschritten, kein Zurück mehr möglich machte. Irgendwann Anfang des Jahres sah er Charly und die Skatrunde zum letzten Mal, und es war allen peinlich zu sehen, wie sehr er sich ihnen entfremdet hatte, unrasiert, aber mit Krawatte, aggressiv gestimmt, weil er zu viel getrunken hatte, dann in Tränen ausbrechend, mit gerötetem Gesicht und vor allem von einer körperlichen Aufdringlichkeit, die seine Freunde regelrecht anwiderte. Es war, als sei ihm der Sinn für die räumliche Distanz zwischen Menschen völlig abhandengekommen, als habe er den sozusagen sozialen Teil des Gleichgewichtssinns verloren, der je nach Art des Kontakts (von der Begrüßung unter zwei Fremden bis hin zum Geschlechtsverkehr) die entsprechenden Körperabstände und Berührungsfrequenzen und -qualitäten regelt. Er stand bei der Begrüßung zu dicht, als wolle er die anderen auf den Mund küssen, er legte sich ihnen auf die Schulter, wenn er einem etwas zuraunen wollte, er hatte andauernd seine Hände auf ihrer Kleidung und pustete ihnen seinen Atem aus Fusel und Pfefferminzkaugummi in die Nase, außerdem roch er aus dem Mund.

Er war für seine Freunde endgültig eine Zumutung geworden, was er selbst durchaus ebenso sah. Bis nach Kirchdorf-Süd kamen sie auch nicht, und er nicht mehr in die bürgerlichen Viertel.

Vor der vollkommenen Verwahrlosung bewahrte Jobst seine Mutter, obwohl die nach dem Tod ihres Mannes nie wieder richtig gesund geworden war. Sie wusch seine Wäsche, kam ab und zu in seine Wohnung, um aufzuräumen und sauberzumachen, und steckte ihm hier und da Geld zu. Gegen Ende des Jahres verschlechterte sich ihr Gesundheitszustand zusehends, im März 1999 ließ der behandelnde Arzt sie ins Klinikum Barmbek einweisen, Anfang April starb sie dort, zweiundsiebzigjährig, an Nierenversagen.

»Jeder hat seine Schmerzgrenze«, hat der Sozialarbeiter, den Jobst später einige Male sah, gesagt. »Jeder hat seine Schmerzgrenze, hinter der er abkippt. Wenn meinen Kindern heute etwas passieren würde, ich wollte nicht garantieren, dass ich nicht auch irgendwann hier stünde« (nämlich in der Hamburger Stadtmission).

Und Jobsts Schmerzgrenze wurde jetzt mit dem Tod seiner Mutter überschritten. Er kippte ab.

Er begann älter auszusehen als die zweiundvierzig Jahre, die er zählte. Der Bart, nicht mehr regelmäßig rasiert, wurde grau. Der Alkoholkonsum, auch wenn Jobst zu jung war, um ihn organisch zu spüren, zeigte sich an seinem aufgedunsenen und geröteten Gesicht. Dass er nicht mehr regelmäßig zum Zahnarzt ging, war an den Verfärbungen und Belägen auf seinen Zähnen abzulesen. Das und zu lange unbehandelte Karies verursachten den Mundgeruch. Seine Haare, zu selten gewaschen, wurden fettig und begannen zu riechen. Finger- und Fußnägel wurden nicht mehr regelmäßig geschnitten und gesäubert, seine Kleidung (jetzt öfter aus der Kleiderkammer stammend) zu selten gewaschen und gereinigt.

Da Jobst sich der Veränderungen bewusst war und sich ihrer und seiner selbst schämte, suchte er sich ganz automatisch auf Bänken in Kirchdorf-Süd oder bei der Leergutannahme von Aldi seine neuen Milieus. Seinesgleichen, das heißt Männer an der Grenze zum Pennertum. Da musste man sich nicht schämen, da fühlte man sich verstanden und respektiert. Unter diesen Männern fand er, der schon lange keinen Gin Tonic mehr trank, sondern billige Brände und Korn, auch sein neues Getränk, offensichtlich ein Import aus Säuferkreisen im Osten. Ein Obdachloser aus Mecklenburg, den die Folgen der Wende zugrunde gerichtet hatten, führte es ein: Pepi, ein Pfefferminzschnaps, sehr billig und mit dem vermeintlichen Vorteil, den Atem frisch erscheinen zu lassen.

Ja, aber wie fühlte er sich? Was ging in ihm vor? Was dachte er? Weinte er viel? War er stoisch? Abgestumpft? Verzweifelt? Vielleicht ein schöner, ergreifender innerer Monolog aus seiner Perspektive?

Es kommt in jedem Leben der Moment, wo die Tatsachen für sich sprechen, wie es so schön heißt, und dem mit Psychologie beikommen zu wollen etwas Obszönes hat. Angesichts der schieren Wucht der Fakten bekommt jede psychologische Schilderung und Herleitung etwas Weichliches, etwas Apologetisches, etwas vom Versuch der Anbiederung, Moderierung und Klugschnackerei, da wo es nichts mehr zu moderieren und klugzuschnacken gibt, sondern nur noch zu konstatieren. Die Empfindungen, Gefühle und Gedanken sind natürlich noch da, sie hören nie auf, bis zuletzt, aber behaupten zu wollen, sie seien noch hörbar im Donner der Tatsachen, wäre Schönfärberei. Wie er sich fühlte? Er fühlte sich wie der Schatten eines Schiffbrüchigen, der auf einem Nachen von der einsamen Insel davontreibt, auf der er alleine stehen bleibt, und der noch lange, noch bis zum Horizont beobachtet, wie er sich von dem Menschen entfernt, der er ein Leben lang gewesen ist.

Jener schon erwähnte Sozialarbeiter sagte auch: »Die Strukturen sind unbarmherzig. Und sie machen es eigentlich unmöglich, dass jemand, der einmal abgesackt ist, je wieder in geordnete Bahnen zurückfindet. Das System fordert alle offenen Rechnungen gnadenlos ein. Was auch der Grund für manche ist, vom Radar zu verschwinden und unter die Brücken oder in die Wälder zu gehen. Hast du keine bürgerliche Identität mehr, tauchst du unter dem Radar durch. Hast du noch eine oder bekommst du sie zurück, spürt es dich unweigerlich auf.«

Jobst war nicht vom Radar verschwunden. Noch bekam er Arbeitslosenhilfe und hatte einen festen Wohnsitz. Irgendwann war er in der U-Bahn beim Schwarzfahren erwischt worden, hatte sich aber nicht um die Zahlungsforderungen gekümmert. Im Sommer 1999 wurde die Rechnung präsentiert: Vollstreckungstitel, Urteil, sechzig Tagessätze, aufgrund von mangelnder Zahlungswillig- und -fähigkeit abzusitzen im Gefängnis. Es ging summa summarum um 3500 Mark.

Jobst, dem vor dem Gefängnis graute, wandte sich in seiner Verzweiflung an Ines. Die versprach, das Geld zu überweisen. Jobst machte ihr klar, dass bei einer Überweisung das Geld anderweitig verschwinden würde. Es musste bar an eine Kasse bezahlt werden, um der Inhaftierung zu entgehen. Er wollte es holen kommen. Ines wollte nicht, dass er kam. Schließlich einigten sie sich darauf, ihm das Geld von ihrem Mann bringen zu lassen, der geschäftlich in Hamburg zu tun hatte. Der gab seinem Chauffeur die Summe in einem Umschlag und ließ ihn hinaus nach Kirchdorf-Süd fahren und sie Jobst überreichen. Er war Ines, die ihn nicht vergessen hatte, unendlich dankbar.

Ines sagte noch in späteren Jahren, wenn die Rede einmal auf Jobst kam: »Vor dem Gefängnis habe ich ihn ja bewahren können, aber dann konnte ich ihm doch nicht mehr helfen. Es ist bitter zu lernen, dass es Menschen gibt, die für alle Hilfe nicht mehr erreichbar sind.«

Eine der letzten Tätigkeiten, die er ausübte, schon im Jahr 2000 und hauptsächlich, um sich ein wenig Geld für Pepi und Schnaps zu verdienen, war ihm von einem Kumpel im Eros-Center an der Reeperbahn vermittelt worden. Er musste die Handtücher rauslegen, die Betten frisch beziehen, den Dreck auf den Korridoren wegfegen oder den Mädchen zwischen den Schichten Brötchen holen. Meist wurde er dafür gar nicht mit Geld, sondern gleich mit Alkohol entlohnt. Wenn er morgens nach Hause ging, war er ironischerweise wieder ganz nah an den Orten, der Astra- und der Holsten-Brauerei, zu denen er, junger Mitgeschäftsführer in weißem Hemd und Krawatte, fünfzehn Jahre zuvor mit seinem Vater gefahren war, um diesen Großlieferanten als Juniorchef vorgestellt zu werden. So lebte er dahin.

Ob der Entschluss, im Oktober nach Berlin zu fahren, noch ein rationaler war oder eine Alkoholfantasie, was er sich davon versprach, was er erhoffte, kann man nicht wissen. »Sie sehen«, »mit ihr reden«, »mich bei ihr bedanken«, »den Kontakt nicht abreißen lassen«. Was immer es war, es kam aus einer totalen Verkennung der Lage und aus völlig irrigen Vorstellungen über Ines. Er hatte auch nur eine einfache Fahrt mit dem Bus gebucht. Man fand das Ticket in seinem Jackett. Auffällig war, dass er Sommerkleidung trug, trotz der kühlen Temperaturen. Ein leichtes schwarzes Leinensakko, ungefüttert, und passende Hose, dazu ein weißes Hemd ohne Unterhemd und eine schwarze Krawatte. Obwohl der Anzug fleckig, schmutzig, zerknittert war, die Hose speckig und offensichtlich seit Jahren nicht mehr gereinigt, fiel auf, dass es sich um teure Konfektionsware handelte; in der Jacke steckte noch das Etikett des Herrenausstatters Braun. Irgendwie hatten diese Kleidungsstücke als letzte Reste seiner ehemaligen Garderobe überlebt, und Jobst hatte offenbar Ines so gepflegt wie möglich gegenübertreten wollen.

Versucht man, seine letzten Stunden zu rekonstruieren, so muss er mit dem Geld von Ines und Kai zu einem Kiosk gegangen sein und sich dort zwei Flaschen Schnaps gekauft haben, Nordhäuser Korn, die man beide leer in der Nähe der Leiche auf einer Parkbank gefunden hat. In der Sakkotasche – ein Portemonnaie oder Papiere fand man nicht bei ihm – steckten ein 100-Mark-Schein sowie 80 Mark und zwei Pfennige in Scheinen und Münzen, was ausgehend vom zweiten 100-Mark-Schein genau der Differenz zum Kaufpreis der beiden Flaschen entsprach.

Man fand die Leiche hinter einer Hecke abseits der Straße, nur zwei Meter entfernt von der Bank, auf der die Flaschen standen. Wahrscheinlich hat er sich, voll alkoholisiert und von Müdigkeit übermannt, nicht auf der Bank halten können und sich hinter der Hecke ins Gras gelegt. Vielleicht hatte er nach der kurzen Begegnung mit Charly und Kai auf der Bank gegenüber dem Edschmid'schen Hause ihren Abschied abwarten wollen, in der Hoffnung, Ines doch noch zu sehen, wenn sie die Freunde bis zur Pforte begleitete.

In der Nacht von Samstag, 28. Oktober, auf Sonntag, 29. Oktober, gab es den ersten signifikanten Nachtfrost des Jahres, etwa minus vier Grad in Bodennähe. Das ist nicht viel, aber es reicht.

Der Todeszeitpunkt durch Atemstillstand aufgrund von Unterkühlung des in tiefem Alkoholrausch Schlafenden wurde auf zwischen 4 und 5 Uhr morgens geschätzt. Dank der Umstellung von Sommer- auf Winterzeit hatte er eine Stunde länger, um zu sterben.

Gegen zehn fand ihn ein Jogger, der die Polizei alarmierte. Aufgeschreckt von den Blaulichtern, kam Ines nachsehen und erlitt kurzzeitig einen Nervenzusammenbruch.

Jobsts Ende, das bestätigen einem alle Ärzte, die man fragt, gilt als eine der schmerzlosesten Todesarten überhaupt.

Kapitel 2

ARBEIT

Mytten wir ym leben synd mit dem todt vmbfangen.
Jener Tag begann mit drei Bildern, die diesen alten Satz mit
Gewalt ins Bewusstsein schoben, dessen Wahrheit wir theoretisch anerkennen und den wir doch nie wahrhaben wollen, bis
sie uns anfasst: Mitten im Leben sind wir vom Tode umfangen.

Künstler früherer Zeiten haben versucht, ihn unseren Sinnen aufzudrängen mit ihren Bildern eines jungen Mädchens,
dessen Handgelenke der Knochenmann von hinten im Tanz
schon umgriffen hat, der ihm schon seinen Verwesungsgestank
in den Nacken atmet, während es noch glaubt, ein Verehrer
habe den anderen abgelöst, und mit selig halbgeschlossenen
Augen träumt, der festliche Reigen gehe weiter und weiter.

Mytten wir ym leben synd mit dem todt vmbfangen, heißt es,
und weiter: Wo soln wir den flihen hyn da wir mugen bleiben?
Ja, wohin sollen wir wohl fliehen?

Das erste dieser drei morgendlichen Bilder war ein lebendes.
Karlmann Renn erblickte es, bevor er das Haus verließ, um zur
Arbeit zu fliehen:

Seine Tochter Luisa lag lang ausgestreckt auf dem Wohnzim-
merteppich neben der ebenso ausgestreckt daliegenden Hündin
Bella und hatte ihre Arme um deren Hals geschlungen und
presste ihren Kopf gegen deren Schulter, sodass ihr Gesicht
im gelben Fell des Retrievers versteckt war und man nur am
Zucken ihrer Schultern erahnen konnte, dass sie weinte. Anders
als sonst in den letzten sechs Jahren stand der Hund nicht

im Flur, um ihn zu verabschieden. Wie gestern schon war er zu schwach, um aufzustehen. Die Schnauze lag flach auf dem Teppich, und nur der feuchte Blick erhob sich zu Charly, der nicht anders konnte, als eine Entschuldigung in ihm zu lesen. Das letzte Schwanzglied zuckte ein wenig in einem kraftlosen Versuch, mit dem Schwanz zu wedeln. Die Geschwulst durchbrach bereits die Haut.

Ein lebendes Bild, aber fast ein Stillleben.

Heute Abend, sagte Heike.

Charly nickte. Frag Bielefeldt, ob er zu uns nach Hause kommen kann.

Luisa schrie erstickt auf, das Gesicht noch immer im Fell des Tiers.

Im Grunde war dies nicht ein Bild des vom Tode umfangenen Lebens, sondern das Gegenteil: ein Bild des Lebens, das den Todgeweihten umfasst und festzuhalten versucht. Luisa wollte die Seele Bellas festhalten und verteidigen, aber was sie in ihren Armen hielt, war nur der Leib. Als ahnte sie, keinen Zugriff zu haben auf das, was sie schützen wollte, machte sie Anstalten, den Hund mit ihrem Körper möglichst vollständig zu bedecken, damit der Angriff auf sein Leben, den sie sich nur von außen kommend vorstellen konnte, an ihrer eigenen, lebendigen, unsterblichen Haut abprallen würde.

Vielleicht aber dachte sie gar nicht so, vielleicht war es nur kindliche Vogel-Strauß-Politik, ihren Kopf in das warme, noch immer (nach Hund) duftende Fell zu drücken. Da spürte sie den Herzschlag als Vibration, die sich in ihren Körper fortpflanzte, da fühlte sie doch das Leben, es war doch da, und es war schlicht nicht zu begreifen, warum der Hund heute Abend, in zwölf Stunden, tot sein sollte. Vielleicht verstand sie nicht, was das heißen sollte: tot sein. Wer versteht es schon? Vielleicht verstand sie nicht, warum der Hund nicht aufstehen wollte oder konnte, schließlich war er doch immer aufgestanden. Vielleicht, da man normalerweise nur weiß, was es bedeutet, dass jemand lebt und dass jemand tot ist, wehrte sie sich nach Kräften gegen das Begreifenmüssen des Dritten, das dazwischenliegt: des Sterbens. Vielleicht hatte sie ganz recht damit, sich dieses Sterben als einen Raub vorzustellen. Jemand kommt, bricht ein in dein Haus, verwüstet das Sanktuarium, greift sich das Allerheiligste und brennt damit durch. Und hinterlässt die kleine, heilige Kuppel deiner Existenz als geschändete Ruine.

Wie verteilten sich wohl Angst und Hoffnung in Lulus kleinem Kinderkörper? Charly fürchtete, dass die Hoffnung weitaus mehr Raum einnahm, dass Hoffnung und Glaube das einzige Pfund waren, mit dem seine Tochter jetzt wucherte. Wuchern würde bis zuletzt, bis der letzte Faden Hoffnung durchtrennt wäre.

Es soll nicht sein! Diesen Anklageruf donnerte sie unhörbar dem Schicksal entgegen. Im Stande der Unschuld denkt man noch: Es kann nicht sein! Aber darüber war Luisa mit ihren sechs Jahren hinaus. Sie dachte schon: Es soll nicht sein!

Und heute Abend würde die Kraft, die dieses Stoßgebet, diesen Befehl, diese ethische Grundforderung aussandte, an den Klippen der Realität zerschellen.

Eine ungeheure Wut packte Charly, während er ins Auto stieg. Lass deine dreckigen Schweinereien an einem Erwachsenen aus, der sie erträgt und dich anspucken kann, aber nicht an einem Kind!, schrie er lautlos. Was für ein beschissener, mieser, kleiner Betrug, das Leben! Und das Erschütterndste war, so genau, so brottrocken exakt von der vollkommenen Vergeblichkeit dieser Hoffnung zu wissen, die Luisa durch den heutigen Tag tragen würde.

Charly versuchte, das Bild von der rückwärtigen Seite seiner Augen zu wischen. Aber es verschmierte und verschlierte nur.

Heike würde ihr helfen, das war ein Trost. Jajaja, ein unvermeidlicher Prozess auf dem Weg zum Erwachsenwerden, jajaja, man überlebt jeden Tod außer dem eigenen, aber gutheißen kann man das alles nicht, bejahen und abnicken kann man das nicht, diesen Vergewaltigergriff der stinkenden Knochenhände in unsere kindlichen, bloßen Seelen.

Und auch das Bild Bellas wollte er nicht sehen, dieses Bild von Demut und Ergebenheit und Scham. Ich meine, wer müsste sich hier denn schämen, du doch nicht!

Es gibt ein Gedicht, das Charlys Gemütszustand auf der Fahrt nach Hamburg illustriert; er kannte es nicht, obwohl er es unseres Wissens einmal im Englischunterricht durchgenommen haben muss. Da heißt es, wenn auch nicht auf einen Hund bezogen und auf die merkwürdige Art der Tiere, sich dem Tode zu fügen: »Do not go gentle into that good night. Rage, rage against the dying of the light.« Es ist ein Sohn, der seinen Vater schütteln will: Du sollst nicht so demütig in diese verfluchte Nacht gehen. Rase! Rase und wüte gegen das Sterben des Lichts. Rase und wüte gegen diese Zumutung, diese Ungerechtigkeit, dass dir, dass uns die Augen brechen.

Aber davon konnte nicht die Rede sein bei Bella. Wie diskret so ein Hund sich in sein Schicksal schickt! Sagten ihm seine Instinkte und die Reaktionen und Gerüche seiner Menschen, dass es mit ihm zu Ende ging? Oder dass Schweres bevorstand? Oder vielmehr, dass Erlösung und Ruhe bevorstanden? Tiere ziehen sich ja zurück, wenn es mit ihnen ans Sterben geht. Tun sie das, weil sie das Sterben alleine besser ertragen? Weil etwas ihnen sagt, dass sie nicht mehr zum Kreis der Lebenden gehören und sich aus ihm entfernen müssen, vielleicht sogar weil sie andernfalls mit Gewalt aus ihm entfernt würden? Gibt es nicht Tierarten, die aggressiv auf das Sterben ihres Rudelgenossen reagieren? Vielleicht verschwinden sie ja, um sich die ultimative

420

Erniedrigung zu ersparen. Womit sie uns wieder einmal einen Schritt in der Würde voraus wären. Wie mag das sein, es so ohne Revolte und Hoffnung hinzunehmen, das Ende? Aber doch nicht ohne Angst? Nicht ohne Widerwillen?

Ach, sie beschämen uns, die Tiere. Der Blick seines Hundes beschämte Charly, auch deshalb kratzte er wie wild auf dem in die Rückseite seiner Augen eingebrannten Bild herum.

Aber so ein hilfloser Zustand von Wut und Ohnmacht, zwischen Auflehnung und Hinnehmen kann nicht lange aufrechterhalten werden. Das zwischen den Polen oszillierende Bewusstsein verlangt nach einem Ausweg zu einer Seite, entweder eine emphatische Bejahung oder eine strikte Verneinung des Unerträglichen. Und nur aufgrund dieses seelischen Bedürfnisses konnte Charly die beiden anderen Bilder jenes Morgens überhaupt wahrnehmen, konnten sie ihn festhalten, denn sie boten eine Lösung.

Bei diesen Bildern handelte es sich um zwei Fotografien. Sie hingen nebeneinander im Schaufenster der Galerie im Erdgeschoss des Chilehauses, an der Charly auf seinem Weg vom Parkplatz zum Büro vorüberkam. Schon in einiger Entfernung wurde seine Neugierde geweckt, denn er erkannte, dass es sich um Rennsportfotos handelte, genauer gesagt um Szenen aus der Formel 1 und noch genauer gesagt (das erkannte er an den Formen und Farben der Boliden) um Bilder aus der heroischen Epoche der Rennserie.

Als Charly am Schaufenster vorbeikam (die Galerie war um diese Uhrzeit noch geschlossen), las er den Titel der Ausstellung: *Jochen Rindt*. Sie umfasste Bilder des legendären Formel-1-Fotografen Rainer W. Schlegelmilch, und da es um den Mainzer Österreicher ging, zeigte sie Fotos ab der Mitte der Sechzigerjahre, kulminierend in der Saison 1970, der fatalen Krönungsmesse Rindts.

Zu Jochen Rindt hatte Charly nie ein besonderes Verhältnis gehabt, wohl aber zu der Saison 1970, der ersten, die er bewusst in Fernsehübertragungen und Berichten in *Auto, Motor und Sport* oder *Sport Auto* mitverfolgt hatte. Eine dreigeteilte Saison, er erinnerte sich noch sehr gut; zunächst die Phase von Rindts Zweikampf mit Jack Brabham, dem Veteranen im dritten Frühling, dann die frühsommerliche Dominanz, die mit dem tödlichen Trainingsunfall in Monza endete, schließlich die nicht ganz geglückte Aufholjagd von Jacky Ickx im letzten Saisonviertel.

Der Schock jenes Fotos von dem Unfall in der Parabolica: die beiden leblosen, verdrehten Beine in der feuersicheren weißen Hose, die aus dem Monocoque herausragten und im Staub lagen, dort, wo der Vorderwagen mitsamt Rädern abgerissen war. Davor hatten Charly die regelmäßigen Toten im Rennsport nicht gestört, das selbstverständliche Risiko, auf der Piste sterben zu können, gehörte offenbar damals für Zuschauer wie für Rennfahrer zur Faszination der Formel 1.

Jene heroische, sprich lebensgefährliche Zeit, als die Serie eine Art russisches Roulette war, zugleich bezeichnenderweise auch die Zeit der großen Fahrerpersönlichkeiten, hatte nach Charlys Ansicht mit dem Fanal Niki Laudas 1976 und der darauf folgenden Schließung des Nürburgrings geendet, der archetypischen Rennstrecke. Auch danach starben noch Fahrer, aber Charlys Faszination für den Motorsport erlahmte mit den Jahren und wich einem rein statistischen, leidenschaftslosen Interesse. (Natürlich wusste er, dass Schumacher gerade drauf und dran war, seinen zweiten Titel für Ferrari zu gewinnen, aber er hätte heute nicht mehr den Fernseher eingeschaltet, um ein Formel-1-Rennen zu sehen.)

Geschichten über jene heroische Epoche aber hatte er immer gern gelesen. Und so waren es jetzt nicht Fotos von Boliden oder künstlerisch verwischten Rennszenen, vor denen er stehen blieb, sondern Porträts. Das heißt, er war eigentlich schon vorübergegangen, da hielt er plötzlich inne, drehte sich um, ging einige Schritte zurück zum Schaufenster und blieb vor zwei Abzügen stehen. Der eine war ein Schnappschuss von Rindt und Colin Chapman in der Box vor grauer Betonwand, der andere zeigte Rindts finnische Frau Nina, ebenfalls in einer Box sitzend. Beide Fotos waren 1970 während des Trainings in Monza entstanden, wenige Stunden oder gar Minuten vor dem tödlichen Unfall.

Die Empfindung, die Charly auf dem Absatz hatte kehrtmachen lassen, war eine ihn unvermittelt anfallende zehrende Melancholie, als hätte er zwischen den Passanten eine Jugendliebe mit ergrautem Haar entdeckt.

Rindt und Chapman in der Lotus-Box in Monza, von der Mittagssonne beschienen. Rindt, halblanges Haar, gebrochene Nase, auf einem Klappstuhl, in seiner weißen Rennkombi, die Jacke offen, darunter ein ebenfalls weißer Rollkragenpullover. Schwarze Schuhe, in der rechten, auf dem Knie ruhenden Hand eine Zigarette, der Blick geht nach unten. Chapman hockt daneben auf dem Boden, der schmale Schnurrbart, die breiten Koteletten. Er trägt ein karamellfarbenes Polohemd, beige Hose, braune Kniestrümpfe, braune Slipper, ein blau-weiß kariertes Halstuch. Er blickt aus der Box heraus, scheint zu reden und zieht sich dabei mit der linken Hand den rechten Strumpf hoch (auf den Rindts gesenkter Blick zu gehen scheint). Ein Moment der Entspannung und der Sommerwärme (man muss sich den Lärm und den Benzin- und Öl- und Reifengeruch dazudenken), neben Rindt steht eine Fantaflasche, neben Chapman zwei Pappbecher mit Coca-Cola-Aufdruck.

Charly musterte das Foto mit gerunzelten Brauen, und als er beim Anblick der platten Nase an den jungen Belmondo denken musste, wie er in *Außer Atem* erschossen wird, kamen die Assoziationen plötzlich in Kaskaden, als sei ein Wehr geöffnet worden.

Der Rebell und der Gentleman: John Lennon und George Martin. Die heroische Epoche der Musik. Die toten Siebenundzwanzigjährigen und die Toten des Jahres 1970. Die Nähe zum *Summer of Love* (und da war er schon halb auf dem anderen Foto). Live fast, die young! Aber warum machte ihn das so melancholisch? Vielleicht wegen der unerwarteten, von Rindts Popstarkopf ausgehenden Verknüpfung dieser so erschreckend freien und kreativen Jahre der Popmusik und ihrer Drogentoten mit dem Rausch und der Todesnähe der Formel 1 in derselben Zeit. Der Zeit, als der Kronos der Revolution gierig seine schönsten Kinder fraß. Vabanque-Zeiten der Musik und des Rennsports, Gitarrenriffs mit 450 PS und früher, junger, strahlender, stilvoller Tod.

Befremdet, neidisch, ungläubig und melancholisch blickte Charly zurück auf diese jungen Menschen, die ihr Leben wegschenkten, die ihre Kerze von beiden Seiten abbrannten, die so intensiv zu leben schienen, weil sie dem Leben so wenig Wert beimaßen. Oder maßen sie ihm im Gegenteil ungleich mehr Wert bei als die Leute heutzutage, als er, und scherten sich gerade deswegen nicht um seine Erhaltung um jeden Preis und verminderte Fortführung bis zum bitteren Ende?

Unruhig wandte sich Charly dem anderen Foto zu, das ihn schon die ganze Zeit magnetisch und magisch aus den Augenwinkeln heraus gelockt hatte, sodass er die Konfrontation absichtlich hinauszögerte.

Die Bildunterschrift erklärte: »Nina Rindt stoppt die Rundenzeiten und erwartet die Vorbeifahrt ihres Mannes. In diesem Moment ahnt sie noch nicht, dass wenige Sekunden zuvor in der Parabolica der tödliche Unfall stattgefunden hat.«

Nina Rindt hockt am Rand der offenen Lotus-Box auf einem Metallrohrstuhl, einem Hochstuhl, auf dessen Armlehnen sie die Unterarme stützt und auf dessen umlaufendem Stabilisierungsrohr ihre nackten Füße stehen. Die Sonne fällt schräg auf sie. Auf ihrem Schoß liegt eine Kladde, mit der linken Hand umfasst sie den Chronometer, um die Rundenzeiten zu stoppen. Die rechte Hand, in der ein Stift zwischen Zeige- und Mittelfinger geklemmt ist, schwebt über dem Stoppknopf der Uhr, bereit zuzudrücken, sobald ihr Mann im Dröhnen und Röhren des beschleunigenden Motors auf der Geraden auftaucht und die Ziellinie überfährt (damals kam es nicht auf Hundertstelsekunden an).

Das Foto ist beinahe frontal von vorn aufgenommen, und da sie parallel zur Strecke sitzt, ist ihr Kopf nach rechts gedreht, zur Piste hin und leicht gegen die rechte Schulter geneigt. Den Fotografen, der ihr gegenübersteht, sieht sie nicht an. Der breitkrempige weiße Sonnenhut, den sie trägt, wirft einen Schatten über Stirn, Augen und ihre linke Schläfe. Darum ist auch ihr Blick nicht zu erkennen, und dieser verschattete Blick erweckt zusammen mit dem schräggelegten Kopf, den geschlossenen vollen Lippen und dem Schatten unter dem linken Wangenknochen den Anschein von Melancholie. Vielleicht war sie einfach nur ein wenig gelangweilt oder aber konzentriert, oder ihr war zu heiß, oder es war schlicht ein fatalistisches Sich-Schicken in die unvermeidliche Routine eines Grand-Prix-Wochenendes.

Charly starrte das Foto an, schockiert und überwältigt zugleich. Diese Frauengestalt war für ihn kein bestimmtes Individuum (was wusste er schon von der historischen Nina Rindt, und was kümmerte sie ihn?), was er sah, war das Symbol einer bewussten und beiläufigen Absage an die Konventionen bürgerlichen Lebens und Zusammenlebens.

In perspektivischer Verkürzung zeigt das Foto hinter Nina Rindt die nächsten offenen Boxen; in der benachbarten, der zweiten Lotus-Box, sitzt, ebenso wartend, ebenfalls mit einem weißen Schlapphut gegen die Sonne geschützt, die Frau Graham Hills, viel älter und unscheinbarer (eine Mutter, kein Mädchen). Auf dem Asphalt hocken Mechaniker vor den geparkten Boliden, und von oben, von der Balustrade oberhalb der Boxen, hängen die Köpfe sich gierig herabbeugender Zuschauer ins Bild.

Was war es also? Gewiss, Nina Rindt war eine außergewöhnlich schöne Frau gewesen damals, fast ja noch ein junges Mädchen, erst Anfang zwanzig. Sie war schlank, zartgliedrig, makellos, eine Aura nordischer Unnahbarkeit umgab sie. Ihre Hände waren schmal, die Finger lang und die Fingernägel – das war genau zu erkennen – sorgfältig maniküft. Den Hut trug sie nicht nur wegen der Sonne, auch andere Bilder zeigen sie häufig mit Kopfbedeckungen: Ballonmützen à la Twiggy und anderen Kappen im Stil der späten Sechziger. Auf diesem Foto trägt sie eine kurze, metallene Halskette mit einem seitlich versetzten Stein, eine beige oder eierschalenfarbene Strickbluse, deren tiefer Ausschnitt von gekreuzt gebundenen Schnüren bedeckt ist, deren lose Enden bis auf den Schoß hängen, und eine weiß-braun gemusterte Hose. Das weiße Muster auf dem braunen Untergrund wirkt auf den ersten, flüchtigen Blick wie ein Rautenornament, bei genauerem Hinsehen erkennt man eine Art stilisierter Drachenköpfe. Alles in allem könnte es das Bild einer sehr gepflegten höheren Tochter sein. Aber irgendwo ist ein Fehler in diesem Bild.

Charly betrachtet es ein weiteres Mal, da entdeckt er ihn. Diese höhere Tochter trägt keine Schuhe. Sie sitzt da barfuß zwischen öligem Asphalt, Gummiabrieb, Schmutz und zerbrochenem Glas und Plastik, inmitten all dieser Leute, und es kümmert sie nicht.

Das tat man nicht, das war auffällig, provozierend, peinlich, verstörend. Das hätte Charly nie getan, das hätte Heike nie getan, das hätte kein Renn getan, das hätte kein Geschäftsführer von Sieveking & Jessen getan, das hätte kein Ehemann und Vater getan. Das hätte niemand getan, dem die Zukunft und sein Ruf und die Gesellschaft irgendetwas bedeuteten. Das hätte niemand getan, dem seine Identität, sein Lebensbau irgendetwas bedeutete. Das konnte nur jemand tun, dem die Zukunft egal war.

Sie war das ewig Andere und Unvernünftige, dessen man sich ein Leben lang erfolgreich erwehrt und das dennoch nie aufhört, dich mit spöttisch-vorwurfsvollem, melancholisch-bedauerndem Blick durchs Leben zu begleiten: das nie gewagte Risiko, der Stachel im Fleisch, der nie eingeschlagene Weg, die gescheute Verheißung, die Grimasse, die das Leben der Vernunft schneidet, das Maß deiner Mutlosigkeit, das Mahnmal deiner Mediokrität.

In Charlys Kopf versammelten sich gefährliche und gefährdete Paare von damals um Nina und Jochen Rindt: Joni Mitchell und Graham Nash, Anita Pallenberg und Brian Jones, Marianne Faithfull und Jagger, Pattie Boyd und Harrison (bzw. Clapton), Jane Birkin und Gainsbourg, lauter Amours fous, lauter irrsinnige, freie, tragische, mit dem Feuer spielende, auf die Fatalität zusteuernde Lieben (soweit man als Normalsterblicher davon unterrichtet war). Ihrer aller ahnungslose Gesichter. Der Knochenmann hatte sie von hinten im Tanz umfasst, und sie bemerkten es noch nicht. Nina Rindt auf ihrem Stahlrohrstuhl, wie sie auf das Vorüberrasen des golden-roten Lotus 72 mit ihrem Mann darin wartete, der nie kommen würde. Jochen Rindt, der gierig den Zigarettenrauch inhalierte, aber nicht irgendwann im Bett an Krebs sterben würde, sondern in diesem Augenblick bei lebendigem Leib zerrissen wurde. Mitten im

Leben vom Tode umfangen – das erfüllte ihn mit dieser bestürzten Melancholie, die er sich immer noch nicht erklären konnte.

Aber kommt diese Melancholie, fragte er sich weiter, denn aus der eigenen Angst vor frühem Tod oder nicht vielmehr aus der neidvoll-bitteren Erkenntnis, dass sie genau im rechten Moment gestorben waren, jung, unschuldig, schön, im höchsten Augenblick? Hatten all diese Menschen damals in diesen paar mythischen Jahren nicht gerade deshalb das Leben bis zur Neige ausgekostet, weil sie den Tod nicht scheuten und vermieden und sich nicht gegen ihn verbarrikadierten? Hatten sie die Lärmschutzwände gegen den Tod, unsere Konventionen, nicht ganz bewusst eingerissen, um seinen Sound zu spüren? Lebten und liebten sie nicht in diesen Augenblicken außerhalb der drei ehernen Gesetze des Erhalts? Erhalte dein Leben, erhalte dein Geschlecht, erhalte deinen Besitz? In den Dimensionen, die sie betraten, nur noch durch eine feine Membran vom Tod getrennt, da galten diese Gesetze nicht mehr, und es herrschte die Utopie des verschenkten Lebens, der androgynen Freiheit und des vollendeten Kommunismus.

Und dann riss, um den notwendigen Druckausgleich herzustellen, die Membran und der Tod kam gesenkten Kopfes, Hörner voraus, und hielt reiche Ernte und weidete sich am Einfallsreichtum seiner Mittel. Er stieß ihnen Nadeln in die Haut und flutete sie mit Wahnsinn, er penetrierte ihr Fleisch mit stählernen Leitplanken. Er stopfte ihr Erbrochenes in ihre Kehlen und verbrannte sie im Feuer brennenden Benzins, er drückte sie im Swimmingpool unter Wasser, schnitt ihnen die Beine ab, riss ihnen die Luftröhre aus. Sie sahen es kommen und taten nichts dagegen, ließen nicht ab vom Leben, bis es von ihnen abließ.

Sie führten ein *recibiendo*-Leben, ein Begriff aus dem Stierkampf, der eine, und zwar die nobelste und zugleich gefährlichste Form bezeichnet, den Stier am Ende des Kampfes zu töten. Die meisten Stierkämpfer springen vor, um ihren Degen zwischen den Schulterblättern des erschöpft stillstehenden Tieres zu versenken. *Recibiendo* dagegen bedeutet, selbst stillzustehen, um erst im Moment der Vorwärtsbewegung des Stiers, im Augenblick seines tödlichen Angriffs mit ihm verschmelzend zuzustechen.

Recibiendo heißt empfangend, es heißt, den Tod zu empfangen wie eine Befruchtung.

Und genauso, *recibiendo*, hatten diese Todesekstatiker und Todesverächter im Rennsport und in der Musik jener heroischen Dekade gelebt: befruchtet von der Akzeptanz ihrer Sterblichkeit.

Zumindest, muss man hinzusetzen, in den Augen eines verwirrten Nachgeborenen.

All diese Bilder, die beiden der Ausstellung genauso wie die innere Bilderwelle, die sich dahinter aufgetürmt hatte und auf ihn niedergestürzt war, richteten sich – so viel war Charly klar – gegen sein Leben, waren ein Vorwurf, dem er in seiner momentanen Melancholie sofort stattgab.

Es war ihm auch durchaus eine Verbindung bewusst zwischen der vorweggenommenen Trauer um den Hund und seiner Wut darüber, dass seine Tochter so früh mit dem Tod konfrontiert wurde, und diesen Bildern vom todüberschatteten, intensiven Leben im Rennsport. Was er nicht erkennen konnte, war, warum ihn die Schlegelmilch-Abzüge in eine solche morgendliche Identitätskrise stürzten. Und das lag daran, dass man den Boden, auf dem man steht, sich schlecht selbst unter den Füßen wegziehen kann, um ihn sich vors Gesicht zu halten und genau in Augenschein zu nehmen.

Dieser Boden jedoch war die unbewusste Entscheidung, die er hatte treffen müssen und die er getroffen hatte darüber, wie er sich angesichts der morgendlichen Zumutungen verhalten sollte. Konfrontiert mit dem Tod, gibt es nur ein klares Nein oder ein klares Ja, gibt es nur Abwenden, Ablehnung und Verdrängung oder aber eine hysterische Art der Bejahung, die darin besteht, sich dem Unvermeidlichen an die Brust zu werfen, so etwas wie ein Selbstmord aus Liebe zum Leben.

Wie gesagt, entscheiden muss man sich in solchen Momenten, verhalten muss man sich, und hätte Charly beispielsweise, statt die Jochen-Rindt-Ausstellung zu entdecken, auf dem Parkplatz den alten Jessen getroffen, diesen Durchhaltechampion und gegerbten Lebenskapitän, dann wäre das flackernde Bewusstsein bestimmt auf die Seite der Todesverneinung gesprungen, des Stoizismus, der Pragmatik und der Selbstbehauptung.

Statt Jessen war er Nina Rindt über den Weg gelaufen und dem *recibiendo*-Leben, und dieser Absage an alle Lebens- und Überlebenskonventionen hatten seine Widerstandskräfte nichts entgegenzusetzen.

Darum plädierte er bei diesem inneren Gerichtstag sofort auf schuldig.

Hohes Gericht, ich bekenne mich schuldig der Selbsterhaltung um jeden Preis. Ich habe mit dem Rauchen aufgehört und trinke nur in Maßen und vögele ausschließlich mit Kondom, ich treibe regelmäßig Sport, der mich fit hält für die Arbeitswelt, ich jogge und gehe zur Vorsorgeuntersuchung, ich bleibe gesund und schlank und fit, damit ich immer älter werde, und, du lieber Gott, wir werden tatsächlich immer älter, wie die Stockfische konservieren wir uns zu sehnigen, gesunden, braungebrannten, aktiven Alten, und wozu? Ja, wozu? Wem ist geholfen mit all diesen vernünftigen Greisen, die sich dann irgendwann ihr angespartes, ungelebtes Leben auszahlen lassen wollen? Was hat die Welt von dieser Halde, dieser die Airports der Tourismuszentren überschwemmenden Zombiearmee gut abgehangener, reparierter, restaurierter, mit teuren Ersatzteilen vollgestopfter Leiber, die nun alle nochmal tun wollen, wozu sie vierzig Jahre lang keinen Mumm hatten? Sind sie ein Zugewinn, und wäre es nur für sich selbst, diese von Bypässen und künstlichen Hüftgelenken und Viagra, Silikon und Botox zusammengehaltenen Untoten?

Schrottpapiere habt ihr gekauft, verarschen habt ihr euch lassen, denn den Wahnsinn und die Hoffnung und die glatte, unversehrte, stolze, egoistische Haut, die habt ihr doch nicht mehr. Was helfen die modernste Sicherheitstechnik und die Lebensversicherungspolicen, was helfen die Sicherheitsgurte und Airbags und die Implantate und die Krankenhaustechnologie und der Einzelzimmerzuschlag samt Chefarztbehandlung? Oder der Immobilienbesitz und die Kunstgegenstände aus dem Iran und die teuren Fahrräder und Motorräder und Rasenmäher und Fernsehgeräte, wenn der Schmelz weg ist, die Schönheit und Ruchlosigkeit der Jugend? Es hat sowas Erbärmliches, Hässliches, Hyänenhaftes, diese Gier nach Überleben und Überdauern, dieses lebenslange Ausweichen, das sich für klug hält statt für feige! Was kriegst du ausgezahlt auf deine Schrottpapiere? Zwanzig zusätzliche Jahre. Die schlechtesten. Und zum Schluss vergessen wir den eigenen Namen, werden gefüttert, scheißen wieder in die Hosen und werden im Rollstuhl der erbgierigen Familie vorgeführt: Alles Gute zum Fünfundachtzigsten, Opa, wie frisch du aussiehst. Nein, weg damit, was war das nochmal für ein Film, in dem die Alten zu Tiefkühlkost verarbeitet wurden? Richtig so! Du, Nina, mit deinen ewigen zweiundzwanzig Jahren, du fickst und trinkst und lachst und du weißt, morgen ist alles vorüber, also muss dieser Tag, muss dieser Abend, muss diese Nacht alles enthalten und entfalten, muss sprühen und leuchten wie ein Feuerwerk. Morgen ist ein Untag, morgen wird nie kommen. Der Sonnenaufgang ist das Letzte, was du siehst. Ihr trinkt den Wein des Heute wirklich heute. Wir haben ihn auf Flaschen ziehen lassen, und wenn wir ihn als Alte dann endlich eingießen, wenn wir uns ihn endlich »gönnen«, dann schmeckt er fad und metallisch und zum Ausspucken.

Wie haben wir uns so betrügen können, zu glauben, alles komme erst noch, doppelt schön und entspannt für den, der vorzusorgen und zu warten versteht? Die Schönheit der Haut wartet nicht. Nichts kommt mehr, nie mehr dieses Rasen, nur noch die Mumienexistenz einer alten Gesellschaft, eines erstarrten Systems, eines greisen Erdteils.

Ihr dagegen, ihr hörtet die Uhr immer ticken, ihr habt euch nicht die Ohren zugehalten, ihr habt den Tod umarmt, ihr habt ihn empfangen, ihr habt ihn gefickt und euch von ihm ficken lassen, als das Ficken noch Spaß machte. Ihr habt nicht gespart. Ihr habt nicht miterleben müssen, wie die Träume klein und schäbig wurden und die Kröten, die du schlucken musst, so groß, dass du keine Luft mehr bekommst, ihr habt euch nie mit der zweiten Wahl zufriedengegeben, ihr habt nicht die Bitterkeit von Niederlagen und Grenzen und Mauern erlebt, ihr habt nicht hilflos mitansehen müssen, wie Hoffnung auf etwas so Erbärmliches wie einen zuteilungsreifen Bausparvertrag oder eine Computertomografie zusammenschrumpft und darauf, den nächsten Geburtstag, den nächsten Herbst, das nächste Jahr zu erleben. Ihr habt die Party als Erste verlassen. Als sie noch glühte. Ihr habt euch den Anblick der Schnapsleichen und den Gestank nach Kotze erspart, der in den weißen Stunden im Abfluss sich sammelt, den Abschaum der Tage.

Und so rollte die Suada weiter durch Charlys Kopf, auch nachdem er sich von den Fotos losgerissen hatte und bereits den Innenhof des Chilehauses durchquerte auf dem Weg zum Wappenportal mit der Kondorfeder.

Dann trat er in den kühlen Vorraum und zögerte kurz: Aufzug oder Treppenhaus? An normalen Tagen nahm er, ohne nachzudenken, den Fahrstuhl hinauf in die sechste Etage. Zu Fuß ging er nur an den Tagen, die leuchteten, an denen er blendend gelaunt war und der Aufstieg sich wie in Levitation erledigte und man glauben konnte, eine purpurne Schleppe hinter den eigenen Schritten über die Stufen schleifen zu hören. Oder aber an schwarzen Tagen, wenn er etwas abbüßen oder sich selbst bestrafen oder etwas abschütteln wollte. So also auch heute.

Doch dann geschah etwas Seltsames: Die Mauern und Stufen des Treppenhauses, die den Geruch und den Schritt ihrer Bewohner kannten, nahmen Fühlung auf mit dem Geruch und dem (schweren, sozusagen seufzenden) Schritt dieses Bewohners. Das Chilehaus nahm die Herausforderung der Nina Rindt an. Die akkurat gemauerten und gebrannten Ziegel wandten sich gegen das nekrophile Blumenkind. Aus den Planken und Spanten des steinernen Klippers wuchs ein alter Fahrensmann und Obermaat hervor, der Geist des Hauses gewissermaßen, und sprang dem Leichtmatrosen bei, der sich beim Landgang in der Spelunke *Zur Todessehnsucht* hatte schanghaien lassen. Den musste er raushauen, das war Ehrensache, mit einer mächtigen, erzürnten Standpauke: »Du verdarrichter Schietkerl! See, Weib und Feuer sind drei Ungeheuer! Ik dei di giks keehouln! Ich sterbe. Du stirbst. Er stirbt. Viel schlimmer ist, wenn ein volles Fass verdirbt! Aber auch wir wollen erst ausgetrunken sein! Frisch ersoffen also und nicht gejammert, aber natürlich auch nicht zu übereilt! Wer sich nicht tapfer noch an die letzte Handuhle klammert, der ist im Leben nie um die Horn gesailt. Ein Schuft, wer mehr stirbt, als er sterben muss!«

Mit jeder Stufe, auf die Charly seine Füße setzte, jeder Berührung des massiven Handlaufs, jedem Blick auf die liebevoll verzierten Kacheln, jedem sanften Leuchten eines messingnen

Türknaufs und jedem goldenen Aufschimmern einer meisterhaft getischlerten eichenen Türrahmung erfüllte das Chilehaus ihn mit seinen Widerstandskräften.

Gegen den sinnlichen Schmollmund der Rennfahrersgattin setzte es seine spröde und rissige *stiff upper lip*. Gegen Phrasen wie *Better to go off in a blast of light than to fade away* setzte es die würdige Patina seiner Geschichtlichkeit: *Old soldiers never die*. Gegen die sterbenssüchtige Erotik setzte es die Gediegenheit seiner im Feuer der Zeit gebrannten Ziegel. Gegen das *recibiendo* des Todes setzte es seinen messerscharfen Bug, der die Eisschollen der Enttäuschungen und Rückschläge zermalmte und Kurs hielt. Gegen Ninas lebenshungrige Coolness setzte es den konservativ-skeptischen Geist der Hanse. Gegen den Kult der Jugend setzte es die Würde der Runzeln. Gegen die sommerliche Illusion freier Liebe setzte es die Vertrauenswürdigkeit von Handschlagverträgen unter Ehrenmännern. Gegen den Kommunismus der Selbstverschenkung setzte es die abgeklärte Schönheit einer ausgeglichenen Bilanz. Gegen die Anbetung des Endes setzte es das Ethos der Dauer. Gegen die Freiheit der Gesinnung setzte es die Pflicht zur Verantwortung. Und gegen die Ästhetik des Hedonismus setzte es die Ethik der Fürsorge.

Der Kapitän geht als Letzter von Bord, raunte die Maatsstimme, er hüpft nicht ins Wasser aus Angst vor dem Sturm. Ja, es ist eine Bürde, aber es ist feige, sich davor zu drücken. Bekümmert bist du? Um ein Recht darauf zu haben, bekümmert zu sein, musst du dich zuerst kümmern, um besorgt sein zu dürfen, musst du erst einmal Sorge getragen haben.

Und diese Sätze, die Charly in einem Ethikratgeber keines Blickes gewürdigt hätte, hier, von der raunend-rauen, aus den Wänden tönenden Seemannsstimme in sein Ohr geflüstert, ließen sie ihn strammstehen.

So kam er denn schließlich oben im sechsten Stock vor der Tür zu den Kontoren des Handelshauses Sieveking & Jessen an: einmal kielgeholt und außer Atem, ein begossener Pudel, der sich durchschüttelte, ermannt und aus dem morbiden Zauber- und Trauerbann gerissen, der ihn den ganzen Morgen umsponnen gehalten hatte.

Der Arbeitstag begann um 9 Uhr mit der sogenannten Kleinen Lage, der wöchentlichen Besprechung der Gesellschafter, Charlys und der beiden Abteilungsleiter der Bereiche Kautschukhandel (zu den monatlichen Großen Lagen kamen die Abteilungsleiter Logistik und Anwendungstechnik dazu). Normalerweise fanden diese Kleinen Lagen montagvormittags statt, aber da der alte Jessen, der unter allen Umständen dabei zu sein hatte, erst Montagabend aus dem Wochenende gekommen war, war die Besprechung auf den Dienstag verlegt worden. Sie fand wie üblich im Konferenzraum statt, dessen Fenster nach Norden und also zum Innenhof gingen. Protokoll führte Frau Schlögl aus dem Backoffice Kautschukhandel, eine Dreißigjährige, die Charly (als Verantwortlicher fürs Personalwesen) erst kürzlich eingestellt hatte. Sie war geschieden und musste wieder arbeiten, wofür Charly immer Verständnis hatte.

Der alte Jessen saß am Kopfende des Konferenztisches, sein Neffe zu seiner Rechten, mit dem Rücken zum Fenster, und Charly links von ihm, weswegen er in die Helligkeit blinzeln musste, wenn er mit Sven-Erik redete, und dessen Gesichtszüge im Gegenlicht nur vage erkennen konnte. Das sind so die Spielchen. Die beiden Abteilungsleiter saßen einander ebenfalls gegenüber.

Wollte man die Szenerie mit einer Vogelschau auf einer Falknerei vergleichen – und sie hatte in der Tat einiges davon: die Tiere noch angebunden, aber erregt und ungeduldig darauf wartend, sich aufzuschwingen und ihre Kunststücke zu zeigen –, dann hätte John Jessen die Gestalt eines Uhus gehabt, würdig, reglos, aufrecht dasitzend, nur die Augen in Bewegung, und niemand hätte sich gewundert, wenn er, als Fräulein Eckstein mit dem Kaffee hereinkam, ohne seine sonstige Haltung zu verändern, den Kopf um 180 Grad gedreht hätte, um zu sagen: »Vielen Dank, Frau Ecks-tein, bitte die nächsten dreißig Minuten keine Anrufe durchzus-tellen.«

Ebenso gut allerdings wäre er als alter Bart- oder Lämmergeier durchgegangen, dessen vermeintliche Gemütsruhe Lügen gestraft wird von den Blutspuren an seinem langen, scharfen Schnabel, den er noch kurz zuvor hemmungslos und zielstrebig in ein herumliegendes Aas geschlagen hat.

Sein Neffe wäre dann der ungeduldig nach Hühnern spähende Bussard oder Habicht gewesen, gesträubten Nackengefieders wartend, dass ihn der Arm seines Falkners emporwirft. Aber das einzig Hühnerähnliche im Raum oder besser gesagt das einzige potenzielle Opfer dieses mittelgroßen Raubvogels war Frau Schlögl, und die war als Vogel eher von der Art, wie man sie in Volieren oder Palastgärten hält. Ohnehin passte der Vergleich hier nicht, da im Tierreich die Weibchen meistens das unscheinbarere Äußere haben, und passte doppelt nicht, denn wenn es um die Balz ging, war Sven-Erik kein Habicht mehr, sondern – zumindest sah Charly ihn so – ein kollernder Auerhahn.

Wenn es nach Charly ging, passten auch die beiden Abteilungsleiter nicht auf eine Falknerei. Für ihn glichen sie zwei krähenden Hähnen auf einem Misthaufen, die in diesem Leben auf keiner Flugschau reüssieren würden. Es waren Händler, und wenn es Charly zuvor nicht klar gewesen war, dass er mit dem Typus des geborenen Feilschers nichts anfangen konnte, dann wusste er es, seit er bei Sieveking & Jessen arbeitete.

Nicht dass er sich mit den Handelsabteilungen und ihren Leitern nicht verstanden hätte, er konnte bei Bedarf ihren Ton annehmen, man tauschte freundliche Banalitäten aus, genoss oder durchlitt ab und an ein Spiel des HSV in der firmeneigenen VIP-Lounge des Stadions und arbeitete ansonsten effizient zusammen, aber weder Bendix noch Möllendorpf konnten Charly mit ihrem Gekrähe und ihren flinken Knopfäuglein im ruckartig und stolz und flott hin- und hergeworfenen Köpfchen beeindrucken. Man musste vermutlich selbst zur Gattung des *Gallus domesticus* gehören, um die leicht zynische Leidenschaft fürs Kaufen und Verkaufen nachvollziehen zu können, aber Charly konnte nie anders, als die Begrenztheit und Endlichkeit dieses Tuns schmerzlich zu empfinden – mit einem Wort, er sah die stolzen Hähne immer schon als die sich langsam am Spieß drehenden und Fett ausschwitzenden Brathendl, als die sie unweigerlich enden würden. Was seine höhere Richtigkeit hatte: Mochte man bei einem Adler an ein Nachleben glauben, so war der langsam rotierende Grillspieß das einzig angemessene Jenseits für die Kautschukhändler.

Charly wartete, bis die Reihe an ihn kam, dann sagte er, was ihm schon seit Längerem auf den Nägeln brannte:

Meine Herren, ich hatte das ja schon einmal auf die Tagesordnung gebracht, ich tue es heute wieder: Die Firma ist massiv long. Ich habe mir den Stand der Futures angesehen. Wir sind derzeit 26 000 Tonnen long. Das entspricht ziemlich genau einem Drittel unseres Jahresumsatzes. Es gibt, oder es gab einmal, wenn ich mir das so ansehe, eine eherne Regel, die besagte, maximal fünf Prozent des Umsatzes in Leerkäufe zu stecken. Noch einmal: Wir sind bei dreißig. Ich halte das für ein unkalkulierbares Risiko.

Die Hähne schlugen kampfbereit mit den Flügeln.

Der alte Jessen erteilte Bendix das Wort.

Diese Regel ist derart was von hinter dem Mond, Herr Renn.
Wissen Sie, wie die Kautschukpreise sich seit dem Eintritt Chinas in die WHO entwickelt haben?

Ich habe die Zahlen hier. Anfang Januar stand das Kilo bei 76 Cent, Ende August bei einem Dollar null-zwei.

Tendenz steigend, sagte Bendix.

Tendenz steigend in diesem Jahr, zugegeben. Ich habe hier allerdings auch eine Zweijahres- und eine Fünfjahreschart, und da sehen die Kurven anders aus.

Unsere gesamte Konkurrenz geht seit Monaten long, Herr Renn. Wir realisieren damit auf dem Futures-Markt 15 bis 20 Prozent mehr Gewinn als auf dem Realmarkt.

Wir können uns doch nicht einfach abhängen lassen, warf Möllendorpf ein.

Ich weiß, sagte Charly. Ich habe mir die derzeitige Situation bis zu den Erfüllungsdaten ausgerechnet. Wenn die Entwicklung bis Februar, März so weitergeht wie in den letzten sieben Monaten, dann haben wir tatsächlich eine Gewinnsteigerung von 11,5 Prozent.

Na, dann sind wir uns doch einig!, krähten die Hähne.

Wenn sie das aber nicht tut, haben wir mit 30 Prozent long ein Problem. Ein massives Problem.

Der Uhu wandte gemächlich den Kopf, der Habicht bohrte seine Krallen absprungbereit in den Fehdehandschuh.

Was schlagen Sie vor, Herr Renn?

Das Long bis Jahresende sukzessive auf maximal 15 Prozent des Umsatzes zu senken. Im Falle, dass alles so weiterläuft wie derzeit, würde das zwar eine Gewinnminderung bedeuten, aber eine, die mich als Budgetverantwortlichen dieses Hauses sehr viel ruhiger schlafen ließe als alle zu gierigen Vabanque-Spiele.

Gier ist kein schönes Wort, Herr Renn, sagte der Altgesellschafter. Das ist ein Kampfbegriff der Sozialdemokraten.

Um die Schnäbel der Hähne spielte ein Schmunzeln, soweit Hähne in der Lage sind zu schmunzeln.

Ist das vernünftig, was Herr Renn vorschlägt, oder ist das zu vorsichtig gedacht?, fragte der alte Jessen jetzt und hob den Arm, als die beiden Abteilungsleiter (die ja am Handel prozentual beteiligt waren) lospicken wollten. Sven-Erik?

Dass die Rallye nicht jahrelang so weitergehen kann, da gebe ich Herrn Renn recht. Aber sollten wir nicht gerade deswegen momentan alles in die Scheune fahren, was wir können?

Unser Long reicht zu 60 Prozent ins nächste Jahr, sagte Charly. Da ist der Weg zur Scheune weit. (Gewitter kommen schnell, dachte er, schneller, als manches Fuhrwerk die Scheune erreichen kann.)

Herr Renn, fragte der Uhu, können Sie uns sagen, wie viel mehr unser Long heute wert ist, als was wir dafür bezahlen müssen?

Hier ist die entsprechende Chart mit den Kurven.

Drei Kurven?, fragte der junge Jessen.

Kontinuierliche, stagnierende und fallende Kautschukpreise. Im ersten Fall machen wir bis Jahresende zusätzliche 1,6 Millionen, im zweiten 800.000, im dritten verlieren wir anderthalb Millionen. Das heißt, wenn die Preise auf Stand Juni fallen würden.

Danke. Führen wir uns das alle zu Gemüte und schlafen einmal darüber, bevor wir das Thema wieder auf den Tisch bringen. Herr Möllendorpf, sind alle anderen Händler ebenso weit long auf dem Terminmarkt?

So weit und noch weiter.

Ich danke Ihnen, meine Herren. Sven-Erik, wann ist unser Mittagessen?

Mister Ratnasari wird um zwölf erwartet, und den Tisch hab' ich für halb eins reserviert.

Das war auch für Charly ein Termin im Kalender, ein Mittagessen mit einem indonesischen Händler, wie üblich im Stammlokal des alten Jessen, in *Cölln's Austernstuben*. Zuvor hatte Charly noch ein Treffen mit dem Geschäftsführer der Bankfiliale. Als er wieder in seinem Büro saß, klopfte es, und Frau Schlögl steckte den Kopf zur Tür herein.

Herr Renn, darf ich Sie wohl eine Minute stören?

Immer gerne, kommen Sie rein, aber lassen Sie die Tür offen, sonst reden die Leute über uns. Was gibt's denn?

Es ist wegen des Protokolls, das ich machen muss…

Ja?

Ganz offen gestanden sind da ein paar Begriffe gefallen, die ich… nicht so recht…

Charly schmunzelte. Er hatte ihre Personalakte auf dem Tisch gehabt. Sie hatte länger nicht gearbeitet und nie in einer Branche mit Termingeschäften.

Schießen Sie los.

Also dieses ›das Long‹… Ehrlich gesagt habe ich das noch nie gehört.

Ganz kurz erklärt, Frau Schlögl: Wir kaufen einen Teil unseres Kautschuks real, das heißt, existierende Ballen werden in Thailand in ein Schiff geladen, über den Ozean geschippert, im Hamburger Hafen ausgeladen, in unserem Lager gestapelt und von dort aus an unsere Kunden geliefert. Wir arbeiten aber auch auf dem Terminmarkt. Einer unserer Kunden, sagen wir Continental, will soundso viele Tonnen für nächsten Februar. Wir wissen aber, dass der Rohstoff bis dahin teurer sein wird als heute. Also kaufen wir heute auf dem Terminmarkt zu einem Preis x von heute, verkaufen heute an Conti für einen Preis x plus s und liefern dann im Februar. Heute, wo wir den Vertrag machen, muss das Zeug gar nicht existieren. In Ordnung?

Frau Schlögl, gegenüber von Charly an der Besucheraus-
buchtung seines Schreibtisches sitzend, nickte. Es war noch
kein ganz überzeugendes Nicken.

Dann gibt es aber auch noch sogenannte Leerkäufe und
Leerverkäufe, fuhr Charly fort. Das heißt, wir kaufen oder
verkaufen, weil wir für einen Zeitpunkt x auf steigende oder
fallende Preise setzen. Kurz gesagt verdienen wir damit ein Gutteil unseres Geldes, ohne dass irgendwo ein einziges Kilo Ware
bewegt wird. Solche Börsentransaktionen nennt man Futures.
Klar? (Nicken.) Leerverkäufe tätigen, also von Optionen, ohne
schon Ware gekauft zu haben, heißt short gehen, in die sogenannte Short-Position. Andersherum, und das ist unsere derzeitige Situation, kann man, wenn man auf mittel- und langfristig
steigende Preise setzt, auch long gehen, das heißt Leerkäufe
tätigen in der Hoffnung, beim Verkauf zum Zeitpunkt x einen
ordentlichen Gewinn draufschlagen zu können. Das wäre dann
die Long-Position. Und worüber wir vorhin gesprochen haben,
ist, dass dieses Long momentan ziemlich umfangreich ist.

Frau Schlögl lächelte dankbar, dabei die Tischkante fixie-
rend, um ihren Blick und ihre Konzentration auf einen Punkt
zu fokussieren, von dem die gehörten Informationen wie durch
einen Trichter in ihr Bewusstsein würden dringen können.

Charly hatte alle Muße, sie zu mustern und leidenschafts-
los festzustellen, dass sie genau seinem Beuteschema entsprach:
dunkles, langes Haar, lange Finger mit gepflegten Nägeln, glatte
Haut, geschmackvoll geschminkte Augen. Mit der Erfahrung
aus ein paar Ehejahren, dem jenseits der Dreißig schwindenden
jungmädchenhaften Schamgefühl und mit diesen Fingern müsste
sie eigentlich ziemlich gut blasen können bzw. sich nicht zieren,
es einmal auszuprobieren, wenn jemand sie darum bäte. Nun gut.

Ich würde Ihnen aber doch, auch wenn Sie das bei Ihrer
normalen Arbeit nicht unbedingt jeden Tag brauchen, den

guten Rat geben, sich ein wenig schlauzumachen, ein bisschen einzulesen. Man weiß nie, wozu es gut sein kann. Sie arbeiten jetzt nun mal in einer Firma, in der der Terminhandel zum täglich Brot gehört.

Werd ich mir merken, werd ich beherzigen, meine ich, sagte die junge Frau im Aufstehen. Ganz herzlichen Dank, Herr Renn.

Und er sah, wie sie beim Hinausgehen die Türklinke, oder besser, den golden leuchtenden Türknauf aus Messing mit ihren langen Fingern beinahe zärtlich umfasste. Charly schnalzte leise mit der Zunge und vergaß sie.

Der Altgesellschafter und sein Neffe holten Mister Ratnasari vom *Europäischen Hof* ab, Charly ging die kurze Strecke hinüber zu *Cölln's Austernstuben* zu Fuß, es war ein warmer, sonniger Spätsommertag. Sie trafen im Korridor des Restaurants aufeinander und wurden in die Senatoren-Lounge geführt, die Jessen immer für geschäftliche Mittagessen reservierte und wo für vier gedeckt war.

Es ist immer wieder erstaunlich zu beobachten, wie solche international tätigen Geschäftsleute, die gezwungen sind, sich auf Englisch zu unterhalten, was sie alle nicht wirklich gut beherrschen (und die Jessens, Charly sowie der indonesische Kautschukhändler machten da keine Ausnahme), sich miteinander verständigen und ins Einverständnis setzen. Die Sprache kann's nicht sein. Das Englisch Mister Ratnasaris war immer nur brocken- und wortweise verständlich, dazwischen herrschte vollkommene phonetische Verwirrung. ›Commitment‹ war herauszuhören oder ›reliability‹ (rilajabilidi) und zu Anfang jedes Satzes ›I think‹ (Eidinka), auch einige ›Germanys‹ (Djerrma-nie), aber alles in allem hörte es sich an, als klebte die Zunge des Indonesiers an seinem Gaumen und er müsse jedes Wort mittels einer schmatzenden und knallenden Anstrengung aus seiner Mundhöhle lösen. Alle t, d, l und n blieben dabei auf der Strecke und jedes th wurde zu einem d, das sich fälschlicherweise anhörte wie verächtlich ausgespuckt.

Der alte Jessen erklärte die Örtlichkeiten mit »We are here in the heart of the city, in the Fipp-Lohnsch. They are very committed to us here, so it's all you can eat.« Der Indonesier beherrschte die Weltsprache selbst viel zu schlecht, um sich zu fragen, was damit gemeint war. Nur einmal zog er die Brauen fragend hoch, das war, als Jessen ihm mit den Worten zuprostete: »You're heartly welcome in Hamburg!«

Aber das ist ja das Erstaunliche an der Sache: Er glaubte zwar nicht, sich verhört zu haben, aber er maß den Sätzen einfach keine große Bedeutung bei (wie seine deutschen Gegenüber auch). Lediglich Schweigen wäre unhöflich und beunruhigend gewesen. Aneinander vorbeizureden, einander misszuverstehen oder gar nicht war nicht schlimm, wäre nur schlimm gewesen, hätte man einander mit Worten von sich selbst oder etwas anderem überzeugen müssen. Aber das war nicht nötig, und jedes Gespräch, in dem man darauf verzichtet, ist an und für sich schon ein angenehmes Gespräch. Die prinzipielle Übereinstimmung stand nicht in Rede, die war von anderen beglaubigt worden, von Referenzen und vom Hörensagen in der jeweils eigenen Sprache. Sieveking & Jessen wusste, dass Ratnasaris Firma verlässlich lieferte, desgleichen wusste der Moslem Ratnasari, der ohnehin Sympathien für Deutschland hegte, dass Sieveking & Jessen ein renommierter Partner war. Von alleine wäre man nie zueinandergekommen, im direkten Gespräch auf Englisch hätte keiner dem anderen etwas glaubhaft machen können. Aber die Worte sind zweitrangig. Sobald man ungefähr verstanden hat, worum es gerade geht, behilft man sich mit Gesten und Mimik und bestätigt sich seine Übereinstimmung mit dem Verweis auf ähnliche Erfahrungen und Vorlieben. Und was ohnehin alle beherrschten, das war Zahlen zu lesen (wozu es nach dem Hauptgang kam) und mithilfe der Finger einander deutlich zu machen, was einer vom anderen erwartete.

Charly war die ganze Zeit über etwas unkonzentriert, denn er hatte – er saß dem Indonesier gegenüber – bei einem zufälligen Blick unter den Tisch, während die Getränke serviert wurden, bemerkt, dass Ratnasari seine schwarzen Schuhe abgestreift hatte und in schwarzen Nylonsocken dasaß – die linke Socke jedoch hatte ein Loch, durch das, wie ein Schildkrötenkopf aus dem Panzer, ein gelber Zeh hervorsah, von dem Charly in angeekelter Faszination den Blick nur mit äußerster Willensanstrengung losreißen konnte. Aber immer wieder senkten sich seine Augen wie unter hypnotischem Zwang unter die Tischkante und studierten angelegentlich und versunken diesen gelblichen Egel (Muränenkopf? Keimende Kartoffel? Engerling?), der sich wie in Zeitlupe am Eingang seiner feuchtschwarzen Höhle räkelte. Und während die anderen über die Zahlen sprachen, fragte er sich, ob seine Entdeckung nicht etwas zu bedeuten habe, ob sich nicht etwa hier unter dem Tisch der heimliche Haken an der ganzen Sache befand, der verborgene Beweis, dass mit Ratnasari irgendetwas nicht stimmte. Nur mit Mühe konnte er sich zurückhalten, seinen beiden Gesellschaftern die Augen zu öffnen: Vorsicht, der Kerl ist ein Windei. Er hat ein Loch im Strumpf.

Immerhin war Charly dankbar, dass er nicht wie die Jessens Austern als Vorspeise bestellt hatte (der jüngere wählte die überbackenen, die Spezialität des Hauses, der ältere die irischen Donegals), auch keine Schildkrötensuppe, sondern nur einen Salat. Immer wieder ertappte er sich dabei, unter den Tisch zu starren und die Bewegungen des Zehs als die Gesten zu interpretieren, mit denen der Asiate seine unverständliche englische Suada begleitete und punktierte, und das hatte etwas Hypnotisierendes.

Schließlich hörte er von weither die Stimme des alten Jessen und begriff erst nach einer Schrecksekunde, dass sie sich an ihn richtete.

Sie spielen doch auch Golf, Herr Renn. Schön! Mister Ratnasari, I just said to Mister Renn, that we are all the three of us fanatic golf players.

So! Are you too? Der Indonesier neigte den Kopf höflich in Richtung Charlys.

Ja, sagte Jessen. Ich habe bei meinem letzten Besuch in Bangkok den *Legacy* gespielt. I like to play the *Legacy* in Bangkok! (Ein wenig zu laut, wie immer, wenn man nicht sicher ist, verstanden zu werden, und unwillkürlich glaubt, erhöhte Lautstärke sei dabei hilfreich.)

Eidinka you have to come and play Indonesia. Best in da world. I always play da *Nirwana Bali*. Greg Norman done dis. You know the great Greg Norman?

Charly und der junge Jessen nickten. Greg Norman, naturally!

What your handicap, Mister Jessen (Dschessen)?, fragte Ratnasari.

Der Altgesellschafter winkte ab. Thirty-one.

Mine is fifteen, lächelte Sven-Erik.

And yours, Mr. Renn?

Eidinka also fifteen, sagte Charly (das Eidinka war ihm einfach rausgerutscht, aber niemand nahm Anstoß daran).

And what is your preferred course?

Beimoorsee, sagte Charly.

Der Indonesier und die beiden Gesellschafter sahen ihn fragend an.

Designed by Bernhard Langer, sagte Charly so beiläufig wie möglich. A tricky one.

You must come play *Nirwana Bali* when you go to Indonesia. Also beautiful resort. To take family. Or – und damit wandte er sich wieder an alle – or *Rimba Irian*. Ben Crenshaw design. In da middle of rainforest...

Ach, was mir gerade einfällt, sagte Sven-Erik zu seinem Onkel, wir haben wieder eine Einladung zu einer Vernissage bekommen. Ikonen.

Also ich war letztens bei der Matisse-Ausstellung. Na, ich finde, Herr Renn, jetzt sind Sie mal wieder dran. Möchten Sie uns bei dieser Ikonen-Ausstellung vertreten?

Meine Frau wird sich freuen. Gern.

Na, dann hätten wir das doch auch geregelt. Oder wolltest du da jetzt hin, Sven-Erik?

Der drehte die Augen zum Himmel. Nein, nein, kein Bedarf. Danke.

Das Essen dauerte bis 14 Uhr. Der alte Jessen trank Weißwein zu seinen Austern und roten zum Hauptgericht. Sein Neffe bevorzugte Bier, und der Indonesier und Charly blieben beim Mineralwasser (»Du weißt, dass ich nichts gegen einen guten Tropfen habe, aber keiner der Jessens wird mich je während der Arbeitszeit einen einzigen Schluck Alkohol trinken sehen, außer bei der Weihnachtsfeier«, hatte Charly einmal zu Heike gesagt). Danach verabschiedeten sich John Jessen und sein Gast.

Ich komme heute nicht mehr rein, sagte er, während die anderen sich die Hände schüttelten.

Geht ihr golfen?, fragte Sven-Erik ein wenig neidisch.

Ja, da lassen sich die Dinge dann doch am besten festklopfen.

So kam es, dass Charly und der jüngere Gesellschafter gemeinsam zum Chilehaus zurückkehrten.

Was halten Sie von diesem Ratnasari?, fragte Jessen.

Charly zuckte die Achseln. Ich bin kein Physiognomiker. Schon gar nicht bei einem Asiaten. Er hatte ein Loch im Strumpf, aber ich nehme nicht an, dass das auf finanzielle Probleme schließen lässt. Er liefert verlässlich. Über die Qualität wissen Sie besser Bescheid.

Die ist ganz okay. Wir überlegen, ob wir stärker mit ihm zusammenarbeiten wollen. Er ist billiger als die Thailänder.

Charly ließ den Satz unkommentiert. Sie überquerten den Rödingsmarkt und setzten die Füße auf das körperlose, filigrane Licht- und Schattengeflecht, das die Sonne unter die Spanten der Hochbahnbrücke wob.

Und, wo waren Sie im Sommer?

Italien, wie meistens, sagte Charly. Die Kinder lieben es.

Apropos Kinder. Wir waren dieses Jahr in Florida. Disney World. Dem entgehn Sie ja nicht, wenn Sie dort sind. Aber die Kiddies waren ganz wild darauf. Kann ich Ihnen nur empfehlen, wenn Sie mal in den USA Urlaub machen wollen. Besuchen Sie Disney World. Danach haben Sie bei Ihren Kindern was gut. Ist zwar unverschämt teuer, aber eine echte Show.

Vor dem Chilehaus sagte Charly: Ich komm gleich nach. Er deutete auf die Galerie mit der Schlegelmilch-Ausstellung. Ich wollte hier eben noch kurz reinschauen.

Sind Sie Formel-1-Fan?

War ich mal als Kind. Scheinen aber schöne Fotos zu sein.

Na, dann bis nachher.

Bis nachher, sagte Charly.

Er betrat die Galerie, in der die Dame hinterm Tresen nur einmal kurz aufblickte, aber nichts sagte. Er war der einzige Besucher und schlenderte von Bild zu Bild. Viele der Aufnahmen stammten aus der Saison 1970. Ganz vergessen, wie atemberaubend modern, ja futuristisch der todbringende Lotus 72 damals aussah im Vergleich zu den zigarrenförmigen Gitterrohrkonstruktionen der Konkurrenten. In Rot und Gold mit der Nummer zehn. Der Kopf Rindts mit dem Mundschutz aus

Stoff in die nächste Kurve geneigt. Die extreme Keilform des Wagens, flacher als ein Tortenheber.

Und wieder musste er an all die Toten jener Jahre denken: Piers Courage verbrannt, François Cevert geköpft, Jo Siffert verbrannt, Ronnie Peterson auf der Intensivstation an einer Embolie in den zertrümmerten Beinen gestorben, Patrick Depailler mit eingedrücktem Schädel. Gilles Villeneuve: Genickbruch.

Du bist schon ein perverser Sadist, sagte Charly zum Tod, der hinter einem staubigen Gummibaum hockte und döste. Was für eine lustvolle Auswahl möglichst brutaler Sterbensarten.

Es war die Zeit, erwiderte der Tod gähnend. Sind alle im Krieg oder kurz danach geboren. Die Rennfahrer genauso wie die Musiker. Offenbar haben sie den Gefechtslärm und die Bomben und die Leichen in den Genen gehabt oder mit der Muttermilch aufgesogen und fanden meine Nähe normal und alltäglich. So ein Krieg stumpft ab. Das Leben an sich hatte einfach keinen großen Wert. Es war für alle normal, dass junge Menschen sterben. Wenn nicht aus diesem Grund, dann aus jenem. Ich fand das eine sympathische Zeit.

Charly sah sich noch einige der Rennszenen an, auf dem Rückweg zur Tür. Der March Stewarts, der rote Ferrari von Jacky Ickx, der altmodisch aussehende blaue Brabham mit dem gelben Längsstreifen. Drei Überlebende.

Da war die Melancholie wieder, aber der Anblick der einst mit heißen Wangen bestaunten Rennwagen bewies Charly, dass es sich nur um Nostalgie handelte. Erinnerungen an die unschuldige Kindheit und ihre Magie. Und auch die war tot.

Um zwanzig vor drei saß Charly wieder an seinem Schreibtisch.

Eine Minute später stand er auf, um zur Toilette zu gehen, und nahm, um abzukürzen, den Weg durch den Tradingroom.

Als er auf dem Rückweg war, steckte Herr Beumel von der Logistik seinen Kopf durch die Tür des großen Raums.

Habt ihr schon gehört, im Radio sagen sie gerade, dass in New York ein Flugzeug ins World Trade Center gekracht sein soll.

Ein Sportflugzeug?, fragte Charly.

Beumel zuckte die Achseln. Weiß nich'. War nur 'ne kurze Meldung. Ham nur Flugzeug gesagt.

Bendix drehte sich auf seinem Sessel um und sagte mit vollem Mund, ein angebissenes Sandwich, das aus einer Papiertüte ragte, auf die Tischplatte legend: Wer in der Einflugschneise so hohe Häuser baut, muss damit rechnen, dass mal eins hängen bleibt.

Die Milchglastür des Backoffice öffnete sich, und Frau Schlögl erschien: Im Radio sagen sie gerade, dass ein Flugzeug ins World Trade Center geflogen ist.

Sag mal, wer hört hier eigentlich alles Radio während der Arbeitszeit?, fragte Bendix feixend und blickte hintereinander seine Nachbarn an, um sie zum Mitgrinsen zu animieren.

Was für ein Flugzeug?, fragte Charly.

Eine Verkehrsmaschine, glaube ich, antwortete Frau Schlögl. Keine Ahnung.

Es folgte ein Augenblick des Schweigens, das von dem in der Mitte des Raumes stehenden Charly auszugehen schien und auch wieder zu ihm zurückflutete, als schluckte seine Gestalt, die in diesem Raum ein Fremdkörper war, jeden Schall.

Die anderen sahen ihn an.

Hoiho! Hoiho! Wacht auf! Wacht auf!
Lichte! Lichte!
Helle Brände!

Das ist ein Anschlag, sagte Charly.

Die Menschen im Tradingroom starrten ihn an. Es war zehn vor drei.

Vor dem Himmelsblau und den Fassaden der Speicherstadt pfeilten Möwen durch den vom Fenster gerahmten Bildausschnitt. Ihr Schreien war durch die geschlossenen Scheiben zu hören.

Schwarz wird die Sonne, die Erde sinkt ins Meer.
Vom Himmel schwinden die heiteren Sterne.
Glutwirbel umwühlen den allnährenden Weltbaum.
Die heiße Lohe bedeckt den Himmel.

Charly blinzelte zweimal, dann deutete er mit dem Finger auf Bendix, räusperte sich und sagte: Die Position wird glattgestellt, bis wir wieder bei null sind.

Bendix öffnete den Mund. Die anderen sahen ihn an.

Schalten Sie den Fernseher ein, sagte Charly.

Gellend heult Garm in der Gnipahöhle.
Es reißt die Fessel, es rennt der Wolf.

Was meinen Sie mit glattgestellt?, fragte Möllendorpf.

Ich meine es, wie ich es sage, antwortete Charly und trat an die zu einem Achteck gestellten Tische des Tradingrooms, an den Platz von Mertens, auf dessen zweitem Computerbildschirm er den Reuters-Ticker suchte und mit dem Firmen-Passwort freischaltete.

Wir fangen sofort an, unser Long zu hedgen. Herr Bendix, was ist der Durchschnittspreis unserer Käufe und wie staffeln die Kontrakte sich in der Zeit?

Im Fernsehen ist nichts zu sehen, rief Lemmer von seinem Arbeitsplatz herüber. Ich habe einmal durchgezappt.

Der junge Jessen betrat den Raum, spürte die Spannung und versuchte sich ein Bild der Situation zu machen, ohne dabei in die Rolle dessen zu geraten, der alle anderen fragen muss. Die Kraftlinien im Raum gingen von Charly aus und liefen in erster Linie zu Bendix, der vor seinem Bildschirm stand.

Ich hab' gehört, in New York hat es einen Unfall gegeben, sagte er.

Das war kein Unfall, das war ein Anschlag, sagte Charly.

Im Schnitt stehen unsere Käufe bei eins-null-zwei das Kilo, 30 Prozent bis Ende September, weitere 50 bis Jahresende, 20 gehen ins nächste Jahr rein, die letzten im Februar.

Danke, Herr Bendix.

Was ist los hier? Was haben Sie vor, Herr Renn?, fragte Jessen und trat in den Kreis der Kraftflüsse hinein, die er damit kurzfristig unterbrach.

Charly stand über den Reuters-Ticker gebeugt und richtete sich auf.

Hojotoho! Hojotoho!
Heiaha! Heiaha!

Die Positionen glattstellen, bis wir wieder bei null sind. Und zwar jetzt und sofort.

Die Blicke der Händler gingen wie bei einem Tennisspiel zwischen Charly und Jessen hin und her.

Ist das nicht ein bisschen – ich meine voreilig? Wir wissen doch noch gar nicht, was da los ist. Irgendein Unfall –

Und ich sage Ihnen, es ist ein Anschlag.

Unfall, Anschlag, sagte Jessen. Machen wir uns doch nicht lächerlich, indem wir da reagieren wie die aufgescheuchten Hühner, bevor wir wissen, was wirklich passiert ist. Es wird schon irgendeine vernünftige Erklärung geben, und dann stehen wir da mit unserem übereilten Aktionismus...

Wir sind 26 000 Tonnen long, Herr Jessen, und während wir hier reden, bricht vielleicht der Markt zusammen.

Jessen trat von einem Fuß auf den anderen. Seine Finger rieben nervös gegen die Handflächen und er wippte auf den Fußballen. Dann fuhr er sich zweimal mit der Zunge über die Lippen und sagte zu niemand Bestimmtem: Hat hier jemand mal 'n Wasser für mich?

Einer der Händler stand auf, ging zum Kühlschrank, zog eine Plastikflasche mit Mineralwasser heraus und kam um das Tradingdesk herum, um sie dem Gesellschafter zu reichen. Der schraubte sie auf und nahm einen Schluck. Dann sagte er:

Lassen Sie uns meinetwegen fünf- oder zehntausend verkaufen. Vielleicht stellt sich das ja alles als völlig harmlos heraus. Let's split the difference. Halbieren wir das Long von mir aus. Sie wollen doch nicht unsere ganzen schönen Gewinne weggeben, Herr Renn.

Und seine Augen wanderten, um Unterstützung heischend, durch den Raum zu den Händlern, die alle Verkaufsprovisionen bekamen.

Charly warf einen hastigen Blick auf seine Armbanduhr. Das ruhige quadratische Gehäuse der Nomos blickte zurück. Die Zeiger standen auf 14.55 Uhr.

Sie erkennen den Zeitdruck nicht, dachte Charly verzweifelt und verständnislos. Bin ich der Einzige hier, der spürt, was auf dem Spiel steht?

Herr Jessen, sagte er, wenn Sie recht haben, ist alles in Ordnung und wir verlieren nur einen Gewinn. Wenn ich recht habe und das hier ein Anschlag ist, sind die möglichen Verluste ungleich größer als die nicht realisierten Gewinne. Wenn der Markt einbricht, dann ist hier bei uns ultimo, wenn wir verkaufen müssen. Dann sind wir zahlungsunfähig. Dann gab es Sieveking & Jessen mal.

Aber ..., begann der Juniorgesellschafter, und auf seiner Stirn erschienen, im Licht der Neonröhren an der Decke gut zu erkennen, mehrere kleine, glänzende Schweißperlen.

Im Übrigen, sagte Charly, haben wir keine Zeit, das auszudiskutieren. Alles, was unsere Liquidität betrifft, ist meine Domäne. Im Sturm gibt der Kapitän die Anweisungen. Wenn ich sage reffen, dann wird gerefft.

Es folgte eine Sekunde des Schweigens, die sich ausbreitete und dehnte wie ein Riss quer durch den Boden des Tradingrooms, der einen Abgrund offenbarte. Bodenlos.

Hier, ich habe CNN auf dem Reuters-Ticker! Hört mal her!

You are looking at obviously a very disturbing live shot there. That is the World Trade Center, and we have unconfirmed reports this morning that a plane has crashed in one of the ...

Alle Mann raus, die hier nichts zu tun haben, sagte Charly. Herr Bendix, Herr Möllendorpf, 26 000 Tonnen hedgen. Zu eins-null-zwei.

In Ordnung, sagte Jessen, und der Riss im Boden wuchs wieder zu. Lemmer oder wer auch immer, zappen Sie nochmal durch. Irgendein Sender muss doch Bilder davon zeigen. Frau Schlögl, gehen Sie solange ans Radio.

Was ist eigentlich mit Woods, unserem New Yorker Agenten?, fragte Hähnel, einer der Händler. Hockt der da nicht irgendwo?

Du Scheiße!, rief Jessen. Den versuche ich zu erreichen. Vielleicht weiß er ja was.

Und er lief aus dem Raum, dicht gefolgt von seinem Alibi, und Charly blickte ihnen hinterher.

Hoiho! Hoiho! Wacht auf! Wacht auf!
Lichte! Lichte!
Helle Brände!

Der Geräuschpegel im Saal schwoll an. Es hatte etwas von einer hochdrehenden Turbine, aber auch von einem aufgestörten Wespennest, es war eine Art kontrollierte Panik, wie wenn sich ein Gerücht durch eine Menge verbreitet und sie erbeben lässt und aufsprengt. Zugleich klang es wie ein dissonantes, einem komplexen Rhythmus folgendes Stück aleatorischer elektronischer Musik: die einander übertönenden, sich ineinander verschlingenden Stimmen der Männer, die, auf Deutsch, auf Englisch, ihre Formeln riefen, zögerten, nachfragten, zugleich das klickernde, klackernde Ballett der Finger auf den ausgeleiert und stumpf klingenden Computertastaturen, dazwischen das leise Summen und Brummen der Entlüfter und das metallische Knarzen der hochdrehenden Festplatten, untermalt von den schmatzend, ächzend hin und her rollenden Plastikrädern der Sessel auf dem Gummiboden; ein beständiges Crescendo und Decrescendo, dessen Obertöne und Schaumkrönchen die punktierten Flüche, Anfeuerungen und Lautexplosionen bildeten, die Ja! Was? Scheiße! Great! No!

Ja. Hallo. Sieveking & Jessen. Ja, wir wollen Kontrakte verkaufen. Qualität RSS 3. So viel Interesse Sie haben. 40 Tonnen? (Hand auf den Hörer.) Sie haben Nachfragen nach Kaufkontrakten zu eins-null-vier. Soll ich?

Raus damit!, rief Charly.

Ja, hören Sie: 40 Tonnen RSS 3 zu eins-null-vier. In Ordnung.

Hast du auch Nachfrage nach TSR? Wie viel? 200 Tonnen? Wunderbar. Zu eins-null-zwei? (Daumen hoch.) Verkaufen wir.

He, ich habe eben 1000 Tonnen nach Singapur verkauft. Zu eins-null-sechs.

An die Sicom?

Ja, da aasen sie noch.

Nimmt der noch mehr?

Im Moment hat er nichts mehr.

Hast du nach TSR gefragt?

Moment. You still there? What about TSR 20? What? One-o-one? How many, wait a second. Der nimmt 1000 Tonnen TSR 20 für eins-null-eins.

Machen wir, rief Charly ihm zu. Er stand vor dem Computer mit dem Reuters-Ticker, eine Hand auf das heiße Plastik des Geräts gelehnt, und versuchte, den Überblick zu behalten. Sein Jackett hatte er über einen der Drehstühle gehängt. Er spürte die Feuchtigkeit unter den Achseln.

Er blickte aus dem Fenster hinaus auf den makellos blauen Himmel über dem Hafen. Möwen über den Kontorgiebeln. Tauben auf dem ochsenblutroten Backsteinsims. Normaler Nachmittagsverkehr auf der Ost-West-Straße. Funkelnde Fenster, die die Sonnenstrahlen spiegelten. Durch die feine blaue Himmelsgaze hindurch hörte er eine Stimme:

Herr Renn, dürfen wir ausnahmsweise hier drin rauchen? Sag mal, kann uns vielleicht mal jemand Kaffee machen? Okachi kauft RSS 1 zu eins-null-drei!

Er sah auf die Uhr. Drei gerade vorbei.

Woher hast du's gewusst, Charly? Oder geahnt? Oder gespürt? Du hast auch nicht mehr schwarze Fantasie als irgendein anderer, und hellsehen kannst du auch nicht. Aber bei den Worten Flugzeug ins World Trade Center, da konntest du nur an Verhängnis denken, nur an Katastrophe, keinen Moment an Zufall und ›Wird so schlimm nicht sein‹. Es war der Tag des Verhängnisses, der Tag des wütenden Todes, seit heute Morgen begegnest du ihm, alles riecht nach ihm, über alles, über den ganzen Tag hat er sein feines, schwarzes Netz geworfen. Und in dieser Stimmung konntest du in jedem unvorhergesehenen Ereignis zwangsläufig nichts anderes sehen als die Erfüllung, die Besiegelung dieser latenten Drohung und Lebensbedrohung. Das Schlimmste zu erwarten, das ist die Voraussetzung, danach geht's nur darum, eins und eins zusammenzuzählen. Es rastet ein, und die Denkmaschine tut das Ihre ... Was kein Grund für Stolz ist, aber etwas Beruhigendes hat.

Wir haben ein Bild!, rief Lüthen. Hier. RTL. Kurze Pause, dann: Du Scheiße!

Alle sprangen auf und drängten sich vor den Fernseher. Charly blickte auf die Uhr. Zehn nach drei. Dank des Reuters-Tickers hab' ich rund drei Minuten Vorsprung auf das deutsche Fernsehen. Er sah die Augen sich weiten, Handflächen sich über geöffnete Münder legen. Er sah diese acht Männer in Hemdsärmeln, die reglos und stumm dastanden, sodass die Stimme des Moderators zu hören war:

»... getroffen. Eine Explosion gerade eben erst vor wenigen Minuten. Man konnte das Flugzeug noch sehen auf einem Bild, das uns eben gerade erreicht hat, als dieses Flugzeug in den Turm hineinraste. Das erste Flugzeug hat offensichtlich den nördlichen Turm vor ungefähr zwanzig Minuten getroffen. Wer hinter diesen Anschlägen steckt, ist völlig unklar ...«

Alle Wesen müssen die Weltstatt räumen.
Schwarz wird die Sonne, die Erde sinkt ins Meer.

Charly stellte sich auch vor den Fernseher und sah wie einen Vogel, der schwarz durchs Bild wischt, den Schemen eines Flugzeugs, es verschwand hinter dem rauchenden Turm, dann links der Feuerball, eine brennende Blüte, die sich im Zeitraffer nach oben und unten entfaltet, Kronblätter, Kelchblätter. Eine lodernde, sich selbst zerfressende, im Rauch sich auflösende, aufsteigende und niederfallende Todesblüte, die sich im Verblühen in einen feuerspeienden Rachen verwandelt.

Vom Himmel schwinden die heiteren Sterne.
Glutwirbel umwühlen den allnährenden Weltbaum.
Die heiße Lohe beleckt den Himmel.

»… ähh, wir können im Moment nichts über die Hintergründe dieses Anschlags sagen …«

Charly starrte auf die Bilder, und eine Gänsehaut überlief ihn. Wann immer etwas Großes, statuarisch und unverletzlich Erscheinendes verletzt, niedergerungen, gepeinigt, getötet wird, ein großer Mensch von einer Horde zwergenhafter Angreifer, ein mächtiges Tier, das vor einer Übermacht blutgieriger kleiner in die Knie bricht, hier ein gigantisches Gebäude voller Menschen, das in Brand geschossen wurde und in Flammen stand, tritt ein merkwürdiger Gulliver-Liliput-Effekt in Kraft, eine aus Mitleid und Ekel und Empörung und Zerstörungslüsternheit gemischte und gespeiste Erstarrung. Zugleich vermochte man Fernsehbilder nie für real, nie für wirklich zu halten, nie spürte man am eigenen Leib, dass da etwas jetzt und in diesem Leben geschah, und es bedurfte des gemeinsamen Erlebens, diese hier als echt zu empfinden.

Charly stand zwischen den anderen, und bevor irgendein rationales Denken und Einordnen und Beurteilen greifen konnte, war er, wie sie alle hier um ihn herum, nur gebannt von der grässlichen Schönheit solch einer brodelnden Skulptur der Vernichtung.

Hoiho! Hoiho! Wacht auf! Wacht auf!
Lichte! Lichte!
Helle Brände!
Jagdbeute bringen wir heim!
Hoiho! Hoiho!

Jessen betrat redend den Raum: Ich kann Woods nicht erreichen. Geht nicht ran. An keine Leitung. Was ist – holy shit!

Und auch er hielt sich die Hand vor den Mund.

Aus den Augenwinkeln sah Charly Frau Schlögl vor dem Reuters-Ticker und –

»... mit Sicherheit mehrere Hundert Menschen ums Leben gekommen sind. Das World Trade Center steht jetzt in beiden Türmen ...«

Er eilte zu ihr und rief zugleich: Schluss jetzt! Zurück an die Terminals! Die Preise gehen runter, wenn andere das auch sehen. Frau Schlögl, wo stehen wir?

11 000 Tonnen sind weg.

Zu wie viel?

Im Schnitt eins-null-drei-sieben. Fast eins-null-vier.

Wir haben noch 15 000 Tonnen!, rief Charly. Vorwärts, Männer!

Und einer nach dem anderen machten die Männer Bewegungen, als klebten ihre Füße per Klettverschluss am Boden fest und sie müssten sich mittels einer Reißbewegung befreien, dann setzten sie sich wieder auf ihre Sessel, deren Teleskopfederungen unter ihrem Gewicht schmatzend einsanken.

Und mach einer den Fernseher leise!, sagte Charly, drückte dann aber selbst auf die Taste, nachdem er im Sprechen den Reuters-Ticker verlassen hatte und einmal um das Achteck herumgegangen war.

Die Tür zum Backoffice wurde aufgestoßen. Kaffee!, rief eine Frauenstimme, zugleich breitete der Duft sich im Raum aus, dann mischte sich das leise Klirren der vom Tablett auf die Tische gestellten Tassen in das Geklapper der Computertastaturen, das nur kurz innehielt, während Zucker und Milch in die Tassen gefüllt und diese mit leisem Schlürfen geleert wurden.

Charly sog den Kaffeeduft ein und hatte den Eindruck, allein davon gekräftigt zu werden. Jessen stand neben ihm, das Mobiltelefon am Ohr, aber er telefonierte nicht. Dann ging er wieder hinaus, ohne seine Tasse angerührt zu haben.

Der Bildschirm zeigte eine Großaufnahme der silbrig gemaserten Fassade mit einer Konzentration von Schwärze in der Mitte. Gezackte Wundränder, aus denen Rauch quoll wie schwarzes, öliges Blut. Wie von Schrapnellsplittern aufgerissenes Fleisch. Wie zerfetzte Haut.

Das Grauen klopfte an den Türrahmen des Bewusstseins und verlangte Einlass. Es schien einen Moment lang verlockend zu sein, sich ihm auszuliefern, hinabzuspringen, so wie die puppenhaften, knochenlos wirkenden Gestalten, denen ein Teleobjektiv bei ihrem Fall die verwischte Silberwand hinab folgte. Die Männer arbeiteten wieder. Nur Odysseus darf sich den Sirenen und ihrem betörenden Todesgesang aussetzen. Die Mannschaft muss rudern, rudern, was das Zeug hält. Nur Odysseus darf sich dem Wahnsinn aussetzen, denn seine Intelligenz hat vorgesorgt. Die Taue halten.

Herr Renn, Worldcom bietet für TSR 20 nur noch 99 Cent. Wie viel nehmen sie?, fragte Charly.

200 Tonnen.

Hedgen Sie, Herr Mertens. Alle mal herhören! Ihr müsst, solange es noch geht, über dem Dollar bleiben. Alles was über einem Dollar liegt, wird verkauft. Wo sind wir, Frau Schlögl?

17 000. Schnitt eins-null-zwei-sechs.

Also immer noch auf der schwarzen Seite. Sie machen das gut. Weiter so.

Sie lächelte ihn dankbar an.

Mit halbem Ohr hörte er die ersten Scherze. Etwas Neues begann. Die Aufhebung des Rauchverbots hatte die Stimmung verändert. Offene Hemdknöpfe, gelockerte Krawatten. Odysseus und seine Gefährten. Corpsgeist. Gemeinschaftsgefühl. Dem Schlimmsten entronnen. Scylla hinter sich gelassen, Charybdis mit Mut und Konzentration angesteuert.

Charly ging die Fenster öffnen, legte hier und da im Vorbeigehen die Hand auf eine verspannte Schulter.

Wenn Sie zu weit aufmachen, Herr Renn, kommt die Feuerwehr. Das raucht hier mehr als in den Türmen da, sagte Bendix lachend.

Gräßlich heult Garm in der Gnipahöhle.
Es reißt die Fessel, es rennt der Wolf.

Mit jeder Minute, die verrann und in der einige Millionen weiterer Menschen auf der Erde den Fernseher einschalteten und den gebannten Blick auf die rauchenden Türme richteten, in der die Informations- und Meinungsströme rund um die Welt schossen, sich verzweigten, zu Spekulationen, Ängsten, Entscheidungen und Handlungen führten, wurde es schwerer, die Kaufkontrakte abzudecken.

Frau Schlögl, die am Computer saß und die Situation minütlich bilanzierte, fragte Charly in einer Minute, in der überhaupt nichts geschah und im Hintergrund die Stimmen der Händler lauter und dringlicher wurden und in einzelnen Flüchen und Verwünschungen explodierten: Was kann uns eigentlich im schlimmsten Fall passieren?

Wenn es uns nicht gelingt, die Position glattgestellt zu kriegen, und die Preise in den freien Fall übergehen (sehen Sie da, wir sind überall schon am Rand des Dollars), dann hieße das, am Fälligkeitstag die Ware tatsächlich kaufen zu müssen. Auf gut Deutsch stehen dann ein paar Tausend Tonnen Kautschuk vor der Tür, für die wir einen Dollar eins oder zwei bezahlen müssen und die wir womöglich nur für die Hälfte verkaufen könnten. Was bedeutet, dass wir ein Liquiditätsproblem hätten, das kaum zu lösen wäre.

Aber so weit ist es ja noch nicht, sagte Jessen, der hinter ihnen aufgetaucht war. Wie geht es denn?

Gerade sehr zäh, sagte Charly.

Von Woods ist nichts zu hören. Ich habe jetzt nochmal nachgesehen, wo der eigentlich genau sitzt. Cortlandt Street. Das ist mitten in der Scheiße. Ich hoffe nur, dass es ihm gut geht …

Zu Hause auch nicht zu erreichen?, fragte Charly.

Glauben Sie mal nicht, dass in New York gerade irgendwer zu erreichen ist. Mein Gott (sein Blick war auf den Fernseher gerichtet)! Die springen da raus! Die springen da aus 300 Metern raus. Mir wird schlecht.

Charly überlegte fieberhaft, wie er seine Männer noch einmal motivieren sollte, wo auf der Erde noch jemand Kautschuk für mehr als einen Dollar kaufen würde.

Hello! Yes? Sorry! Das war Hähnel. Er hatte fast geschrien, jetzt wedelte er mit der Hand, um Stille um sich zu schaffen, und legte seine halb gerauchte Zigarette in den Aschenbecher neben eine zweite, qualmende, ebenfalls halb gerauchte, die er vergessen hatte. What do you say? One-o-two?? Er machte wilde Zeichen mit der Hand, legte sie dann auf den Hörer und rief: China! Hainan Rubber kauft für eins-null-zwei! How much? Okay, signed! Und er tippte hastig auf seine Tastatur ein. 800 Tonnen zu eins-null-zwei!

Charly hob beide Daumen.

Die Kollegen stürzten auf ihn ein wie wütende Wespen. Welche Qualität wollten die? Nehmen die noch mehr? Ist da noch was drin?

Tja, was wissen die, was wir nicht wissen?, fragte Charly mit einem Blick aus dem Fenster.

Ich kann machen, was ich will, ich krieg nichts mehr für 'nen Dollar weg!, rief Möllendorpf wütend und warf den Hörer auf den Schreibtisch.

Charly prüfte die von Frau Schlögl aktualisierten Zahlenkolonnen. Ihr könnt für 99, im schlimmsten Fall 98, möglichst nicht drunter. Go!

Wie viel haben wir noch?, fragte Jessen.

5000 Tonnen.

Wie spät ist es?

Kurz nach halb.

Charlys Schläfen begannen zu schmerzen. Vom Dauergeräusch der redenden, rufenden, tippenden Händler. Vom Zigarettenrauch. Vom Starren auf Bildschirme. Von der konzentrierten Anspannung. Er hatte schon länger keinen Blick mehr auf den Fernseher auf der anderen Seite des Achtecks geworfen, er starrte nur auf die Zahlen der noch nicht ausgeglichenen Kaufkontrakte, die so quälend langsam niedriger wurden, dass man mit den Fingern hätte mitzählen können. Seine Erregung und Unruhe übertrug sich auf die neben ihm sitzende Schlögl, deren Fingerkuppen feuchte Abdrücke auf den schmutzig-weißen Tasten der Klaviatur hinterließen, während ihre roten Fingernägel bei jedem Anschlag ein stumpfes Klicken produzierten – ein leises, aber so enervierendes Geräusch, dass Charly an sich halten musste, ihr nicht mit der flachen Hand auf die Hände zu schlagen, wie man eine Mücke an die Wand klatscht.

Sie hatte die Jacke ihres Hosenanzugs ausgezogen und über die Sessellehne gehängt, und Charly sah die feuchten Kreise in den Achselhöhlen auf ihrer weißen Bluse und darunter die Träger des BHs. Er roch ihren Schweiß- und Parfümgeruch.

Wir schaffen das, sagte sie.

Er nickte.

Scheiße!, hörten sie Jessen rufen. Scheiße! Seht euch das an!
Das gibt es nicht!

Hoitoho! Hoitoho!
Glutwirbel umwühlen den allnährenden Weltbaum.
Die heiße Lohe bedeckt den Himmel.
Gellend heult Garm. Es reißt die Fessel, es rennt der Wolf.

Die Männer waren aufgesprungen und standen um den Fernseher. Nur aufgerissene Augen. Leichte Wiegebewegungen
der Oberkörper. Der aus Scham und Verlegenheit kommende
Impuls, den Ort des Unglücks zu verlassen, den man mit seinen fremden, unbeteiligten Blicken schändet, und zugleich und
dagegen der Impuls der Neugierde, des Sichweidens am Grau-
sigen, das einem nicht selbst widerfährt.

Nur Charly, die Schlögl und Bendix saßen noch. Bendix
telefonierte und verkaufte ungerührt weiter (darum ist er der
Abteilungsleiter). Ninety-eight, okay, how much? 300 tons?
Signed. Hello, Sieveking and Jessen speaking, Hamburg. Wir
wollen Kontrakte verkaufen. Qualität RSS 1. Ja, so viel Sie nehmen können. 97 Cent? Ist in Ordnung. 100 Tonnen. Okay.
Haben Sie auch Nachfrage nach TSR 20? Ganz egal. Fünfzig?
Klar machen wir das. Aber... ja gut. Bye. Hello, Sieveking and
Jessen, Hamburg speaking. We would like to... Sag mal, bin
ich eigentlich der Einzige, der hier noch arbeitet? No, sorry. Yes.
96? Ja, in Gottes Namen, yes, I have... thanks, bye. Scheiße.

Seine Stimme war immer lauter geworden, um sich gegen
das Hintergrundgeräusch der Herren vor dem Fernseher durchzusetzen. Charly ging um den Tisch herum und stellte sich
zwischen Jessen und Möllendorpf. Er sah gerade noch, wie
das völlig schwarze obere Drittel des linken Turms an seinem
unteren Rand (dort, wo es ins Silberne überging) plötzlich über-

zukochen schien, nur dass da kein Wasserdampf über den Rand schwappte, sondern grauer Rauch, der sich absurderweise in rasendem Brodeln nach unten bewegte statt nach oben, und in seinem Zentrum – das Nichts hinterließ – hinter dem Rauch war der blaue Himmel schon zu erahnen. Ungerührt daneben rauchte der rechte Turm weiter wie ein Fabrikschlot.

Seht ihr das? Ich glaub's nicht. Das Ding ist zusammengebrochen! Es ist eingestürzt! Wahnsinn! Du Scheiße. Du Elend. Hast du das gesehn? Das ist ja wie der Dings, der Overkill bei Raumschiff Orion, als sie die Supernova… (das war Möllendorpf, der ein paar Jahre älter war als Charly und alle anderen).

Sie standen da, und wieder blickte Charly aus dem Fenster auf den wolkenlosen, blauen, möwendurchpfeilten Himmel über der gezackten Silhouette der Speicherstadt und empfand ein ungeheures Gefühl der Geborgenheit, hier in Deutschland, in Hamburg, im niedrigen, siebenstöckigen Chilehaus, das kein Flugzeug treffen konnte, und zugleich ein Gefühl von Irrealität. Er konnte nicht wirklich an die Wirklichkeit dessen glauben, was er da im Fernsehen sah. Nicht wirklich, dass dies tatsächlich geschah, jetzt in dieser Sekunde, irgendwo auf der Erde. Es war ein Schauspiel, grausig und eindrucksvoll, aber es tat nicht weh, und dass es etwas war, das irgendjemandem wehtat, das bewiesen nicht die Bilder, das zeigte nur der Reuters-Ticker an, auf dem die Kautschukpreise minütlich um einen Cent fielen. Das war eine beweisbare, nachvollziehbare Reaktion des weltumspannenden, lebenden, ökonomischen Organismus auf ein tatsächliches Ereignis: die Kurve auf dem Reuters-Ticker, das EKG der Welt.

Bendix holte ihn wieder ins Hier und Jetzt. Er war stöhnend aufgestanden und stapfte zum Fernseher, als wolle er einen Störenfried zur Ordnung rufen, der ihn vom Arbeiten abhielt. Er starrte eine Weile auf den Bildschirm, bis der Einsturz des Turms das erste Mal wiederholt wurde. Dann blies er die Backen auf und polterte los: Das gibt's überhaupt nicht!, rief er mit empörter, heiserer Stimme. Was spielen die uns da für 'n Scheiß vor? Das ist doch Hollywood! Das ist 'n totaler Fake! Kein Haus stürzt so ein, so gerade nach unten, außer bei 'ner kontrollierten Sprengung! Das ist 'n Fake, sage ich euch!

Mensch, Bendix, du siehst es doch! Da passiert's doch gerade!

Scheiße seh ich! Habt ihr mal Bilder von dem Angriff auf Hamburg gesehen? '44? Da siehst du, was aus 'nem Haus wird, auf das 'ne Bombe gefallen ist! Nie und nimmer stürzt das so fahrstuhlmäßig ein!

Die anderen schüttelten den Kopf.

Charly klatschte in die Hände, auch um sich selbst aufzuwecken: Kinder! Konzentration! Letzte Runde! Wir müssen noch 3000 loswerden! Grenzmarke sind 97 Cent. Los, noch eine letzte Anstrengung!

Schwerfällig, als kämen sie vom Rugby und hätten Veilchen um die Augen, Muskelkater, Blutergüsse und schmerzende Glieder, schoben sich die Männer wieder zu ihren Terminals, ließen sich in die aufseufzenden Sessel fallen und griffen zum Telefonhörer.

Als gegen halb fünf auch der zweite Turm versank, waren sie so weit.

Frau Schlögl tippte mit spitzen Weberknechtsfingern und hob dann beide Hände zugleich in einer abschließenden Geste, die ans Abstreichen eines Dirigenten nach dem Schlussakkord erinnerte.

Mittlerweile befand sich der Kautschukpreis in freiem Fall.

Charly atmete aus, stand auf, trat hinter Bendix, legte ihm eine Hand auf die Schulter, beugte den Oberkörper, sich auf sie stützend, über ihn und zog sich eine Zigarette aus seiner

Schachtel (die erste in zweieinhalb Jahren). Bendix schnippte sein Zippo auf und gab ihm Feuer. Charly inhalierte tief und blies den Rauch über den Scheitel des Abteilungsleiters.

Wir haben's geschafft. Es ist kein Risiko mehr in den Büchern. Meine Damen und Herrn: Danke für Ihre Arbeit.

Spontaner (dünner) Applaus folgte, den vermutlich die Schlögl vorgegeben hatte. Die Männer applaudierten sich auch ein wenig selbst und fluchten dabei genüsslich, erleichtert und vulgär. Jessen klatschte ebenfalls ein paarmal in die Hände.

Wie sieht es also aus?, fragte er, grau im Gesicht, das er zu einem Lächeln zu verziehen versuchte. Es fiel ihm schwer, als trüge er eine Lehmmaske.

Charly war schon wieder obenauf.

Lass mich sehen, sagte er. Wir waren heute Morgen long im Wert von 24 Millionen und 48 000 Dollar. Wir haben die ersten 12 000 Tonnen im Schnitt für eins-null-vier verkauft, dann nach dem Beginn der TV-Übertragung bis zum Einsturz 8000 Tonnen für durchschnittlich einen Dollar und sind die letzten 4000 für circa 97 Cent losgeworden. Frau Schlögl, wo steht der Kurs jetzt um – warten Sie – siebzehn Uhr? Bei 86, Tendenz fallend. Was sagt die Bilanz, Frau Schlögl?

Wir haben gehedgt (und sie sprach das neue Wort sehr geläufig und beiläufig aus) für 23 Millionen 978 000 Dollar.

Das heißt, wir haben 70 000 Dollar verloren, sagte Charly. Ich denke, damit können wir leben.

Wie viel, wenn wir erst beim jetzigen Kurs angefangen hätten?, fragte Möllendorpf.

Herr Möllendorpf hat's gern gruslig, sagte Charly grinsend. Über den Daumen wären wir dann bei einem Verlust von etwa sieben Millionen. Der aber noch steigen kann. Warten wir ab, wie sich die Kurse entwickeln in den nächsten Tagen. (Sie stürzten bis auf 62 Cent das Kilo ab.)

Um es in einem kurzen, prägnanten Satz zu formulieren, sagte Jessen, Herr Renn hat uns hier heute den Arsch gerettet.

(Dasselbe sagte er wortwörtlich auch am nächsten Tag bei der Nachbesprechung zu seinem Onkel, worauf der trocken erwiderte: Dafür haben wir ihn ja auch für gutes Geld geholt.) Mittlerweile stand die gesamte Belegschaft von Sieveking & Jessen im Tradingroom, eine Gruppe vor dem Fernseher, eine andere am offenen Fenster und auf der schmalen umlaufenden Terrasse (die Raucher), andere hockten auf den Tischen zwischen den Computerterminals, Tassen und Gläsern. Alle redeten, überall standen plötzlich Bierflaschen, auch die Frauen tranken das Bier aus der Flasche; es war wie ein improvisiertes Picknick, eine Stimmung wie auf dem Rückweg eines Schulausflugs, wie in den Rettungsbooten nach einem Schiffsuntergang im sommerlichen Mittelmeer, den alle Passagiere überlebt haben, die jetzt den lange im Innern gehaltenen Schock in den konzentrischen zarten Wellen einer sich immer weiter ausbreitenden Konversation freilassen.

Arbeiten könn' wir jetzt vergessen, sagte Jessen, verließ den Raum und kam kurz darauf mit einer Flasche Whisky aus seinem Büro zurück. Er goss zwei Gläser ein und reichte eines davon Charly. Dann schlenderten beide Männer wortlos zum Fernseher. Die anderen traten beiseite.

Surtur fährt von Süden mit flammendem Schwert.
Von seiner Klinge scheint die Sonne der Götter.
Steinberge stürzen, Riesinnen straucheln,
Zur Hel fahren Helden, der Himmel klafft.

Können Sie's glauben? Verstehen Sie, was Sie da sehen?

Charly schüttelte den Kopf. Bendix hält es für Fake. Der Gedanke hat was Beruhigendes.

Was hat Sie so sicher gemacht, dass wir hedgen müssen?, fragte Jessen und sah ihn von der Seite an wie ein Totem.

Charly zuckte die Achseln.

Na ja, Prost, sagte Jessen. Hau weg die Scheiße.

(Diese Lockerung der Sitten in solchen Nach-Katastrophen-Momenten! Hemdsärmel! Bier aus der Flasche! Kraftausdrücke! Zoten! Diese körperliche Annäherung. Diese Veteranenseligkeit.)

Nun kommt der dunkle Drachen geflogen
– und nieder senkt er sich!
Denn der Götter Ende dämmert nun auf.
So – werf ich den Brand
in Walhalls prangende Burg

Hoiho! Hoiho!
Wacht auf! Wacht auf!
Lichte! Lichte!
Helle Brände!
Jagdbeute bringen wir heim.
Hoiho! Hoiho!

Man hörte Gelächter. Man sah die Mitarbeiter beieinanderstehen und trinken. Heute Abend würde mancher, der nicht damit gerechnet hatte, nicht bei sich und nicht allein ins Bett gehen. So ist das.

Frau Schlögl stand alleine da.

Charly hob sein Glas und prostete ihr zu. Dann redete er mit Jessen weiter. Über die Aufgaben der folgenden Tage und Wochen.

Um kurz vor sechs breitete sich auf der fidelen Kommandobrücke des Backsteinklippers, der die Auswirkungen des fernen

Sturms leidlich überstanden hatte, die Stimmung, das Gefühl, die Meinung aus, dass man an einem solchen Abend nicht einfach so auseinandergehen könne und dürfe. Alle verspürten das Bedürfnis, das Band, das sich im Laufe des Nachmittags (wie ephemer auch immer) um die Belegschaft geschnürt hatte, nicht einfach so zu kappen, sondern noch ein kleinwenig länger ein gemeinsamer Körper mit einem gemeinsamen Ziel zu sein.

Es war Bendix, der die Mitarbeiter noch auf ein Bier einlud, in seine nahe gelegene Stammkneipe. Das war für ihn, den Hobby-Gitarristen und Folkfan, das *Knust,* wo er einmal vor Jahren Kevin Coyne gehört hatte, damals eines seiner Idole. Die meisten waren sofort mit dabei. Charly saß derweil mit Jessen in seinem Büro, die beiden warfen einen letzten Blick auf die Kurse. Kautschuk stand mittlerweile bei 74 Cent. Die Wall Street hatte überhaupt nicht geöffnet. Man hoffte den Crash zu mindern, indem man der Politik einige Tage zum vorbeugenden, symbolischen Handeln und Reden gab.

Runde sieben Milliönchen wären da weggewesen, sagte Jessen. Hätten wir das aufgefangen?

Charly zuckte die Achseln. Worum ich mich heute allerdings nicht gekümmert habe, das sind Ihre persönlichen Portfolios.

Jessen umfasste seine Schläfen mit Daumen und Mittelfinger der rechten Hand, und der kleine Brillant in seinem Trauring funkelte traurig.

Jesus … Daran habe ich überhaupt nicht gedacht …

Sie haben wenig Spekulatives da drin. Da heißt's jetzt aussitzen.

Reden wir morgen drüber. Ich will nach Hause.

Es klopfte an der Tür. Bendix blickte herein.

Tschuldigen Sie, die Herren. Die Belegschaft kippt sich jetzt noch gemeinsam einen hinter die Binde. Sind Sie dabei?

Jessen schüttelte den Kopf.

Charly hob abwehrend die Hand. Danke, aber ich hab' noch 'nen Termin heute Abend.

Jessen sah ihn fragend und mit leicht schräggelegtem Kopf an.

Privat, sagte Charly mit einem unwillkürlichen Seufzer.

Als die schwere Eingangstür des Kontors hinter dir langsam ins Schloss fiel, da hat dich die Aussicht auf das Unabwendbare, das dir jetzt bevorstand – nicht umfangen und auch nicht verwandelt, sondern in ein freudloses Präsens versetzt, in eine riesige, fenster- und türenlose Halle, eine Krypta unentrinnbarer Gegenwart, die von hier bis zu dem in Dunkelheit liegenden anderen Ende dieses gedehnten Jetztraums reichte. Was dich am anderen Ende erwartete, konntest du dir ausrechnen, auch wenn das überhaupt keine Erleichterung bedeutete: Ende des Tages, Tür zur Nacht, Vergessen, nächste Tür in einen neuen Tag. Aber davor musste diese Halle durchschritten werden, es sei denn, du wärst einfach stehen geblieben und hättest mit allem aufgehört. Das kann man nicht, das wusstest du. Aber je freudloser dich diese Krypta der unausweichlichen Gegenwart machte, desto wacher machte sie auch den Blick, desto empfindlicher den Geruchssinn, desto sensibler deine Hände, desto feiner dein Gehör. All das, was unser permanentes Hineinstreben in die Zukunft uns sonst von unserer Sinnengenauigkeit wegnimmt, kehrte in diesen Augenblicken überschaubaren Zeitraums in sie zurück. Und Charly musste jede langsam tropfende Sekunde präzise in ihrem Länger- und Schwererwerden, ihrem Sichablösen, ihrem Fall, ihrem zersplitternden Aufprall wahrnehmen.

Fühlt sich ein zum Tode Verurteilter so am Morgen vor dem Gang zum Schafott oder elektrischen Stuhl, während er ein besonders reichhaltiges Frühstück bekommt (an dem natürlich dieses oder jenes Lieblingsdetail schmerzlich fehlt) und ein sauberes weißes Hemd anziehen darf? Die Tatsache, dass Charly nicht zum Tode verurteilt war, machte nichts besser, beschwerte ihn eher noch mit dem Schuldgefühl dessen, der davonkommt, ohne zu wissen warum.

Durch ein offenes Fenster des Treppenhauses hörtest du den spitzen, grellen und schmerzlichen Schrei eines Vogels – vielleicht eines der kleinen Turmfalken, die hier in der Altstadt in den Kirchtürmen nisten –, und das Geräusch floss wie ein Kontrastmittel durch die Kapillaren der Welt, die mit einem Mal sichtbar wurden als ein wucherndes, immenses Myzel, ein Hyphengeflecht aus Angst, Schmerz und Tod.

Wie deutlich du den Messingknopf des Aufzugs unter der Fingerkuppe gespürt hast in seiner kühlen Glätte. Wie heftig du das Vibrieren des hinabgleitenden Fahrstuhls und die winzigen Erschütterungen empfandest. Wie schulhausartig düster und stickig (aber welches Schulhaus war so gewesen?) dir jetzt die Eingangshalle des Chilehauses vorkam und wie modrig sie roch. Wie einsam und verlassen heute Abend die blassblaue, wolkenlose Himmelsglocke die Speicherstadt wirken ließ. Wie gleichgültig dir jetzt die Rennsportfotos im Schaufenster der Galerie waren und wie müßig dir all die morgendlichen Gefühle und Gedanken vorkamen. Wie niedrig der Mercedes war und wie tief du dich bücken musstest, um einzusteigen, und wie lächerlich all diese dir ins Auge springenden Verarbeitungsdetails waren: die Form des Türgriffs und die Einbuchtung dahinter, der ergonomisch mit Schaumstoff umkleidete Wulst um das Zündschloss, der sargähnlich tiefe Tunnel für die Beine.

Nichts ging schneller und nichts ging langsamer, als es der Sechziger-Schlag von Charlys innerem Metronom vorgab. Nichts Außergewöhnliches lenkte ab oder verhalf zu Bildern oder Assoziationen. Kein Weg hinaus. Jeder Meter, jeder Kilometer musste durchfahren, an jeder roten Ampel musste angehalten werden. Keine Fassade, keine Querstraße, kein Ausblick, kein Durchblick sprach zu ihm. Die Welt schwieg. Um ihr etwas entgegenzustellen, schaltete er das Radio ein. Der NDR berichtete von den Anschlägen. Charly erfuhr einiges Neue. Ein auf der grünen Wiese abgestürztes weiteres Passagierflugzeug, ein ins Pentagon gestürztes Flugzeug. Eine Teilevakuierung New Yorks. Schätzungen über mehrere Tausend Tote.

Einen kurzen Moment lang spendeten diese Schreckensmeldungen dir Trost. Dann, hinter dem Horner Kreisel, hast du dich wieder einmal über den barbarischen Unsinn aufgeregt, dass sie die wunderbaren, kilometerlangen Fliederhecken links auf der Böschung abgeholzt haben, um eine Schallschutzwand dort hinzustellen. Dann hast du an das *Knust* gedacht, wo sie jetzt alle plaudernd und lachend beisammenhockten. Aber wahrscheinlich sind sie ganz froh, dass du nicht mit dabei bist. Du bist der Chef. Dann fiel dir ein, dass du ganz vergessen hattest, dich von der Schlögl zu verabschieden.

Du hieltest dich strikt an die Geschwindigkeitsbegrenzungen, achtzig, sechzig, hundert. Weiß Gott kein Grund, schneller anzukommen, als ich muss.

Durch dein besenreines Bewusstsein paradierten wie Wohnungssuchende Schlagwörter, die das Vakuum auffüllen und dir eine Haltung vorgeben wollten. »Nimm es nicht so tragisch, es ist nur ein Tier«, »Gemessen an all den Katastrophen wie der heutigen…«, »Morgen sieht alles schon wieder anders aus«, »Auch die Trauer währt nicht ewig«.

Darunter mischten sich ungebetene Gäste wie diese: »Ist es vernünftig, Tiere zu halten, von denen man weiß, dass sie nach ein paar Jahren sterben?«, »Warum kannst du deine Kinder nicht besser vor dem Schrecklichen schützen?«, »Bin gespannt, was du ihnen vom Scheiß-lieben-Gott vorsäuseln wirst vor dem Kadaver«.

Dann wieder: »Es ist nur ein Tier, nicht dein Vater.« (Stirnrunzeln, zuckende Mundwinkel.) Dann versiegte der Besucherstrom, erst bei der Ausfahrt Stapelfeld tauchte ein Nachzügler auf: »Tu deine Pflicht.«

Was war das jetzt? Ein letzter Rest Chilehaus-Geist, den du unter den Füßen mitgeschleppt hast? Aber mit der Rolle des alten Hauptmanns, der seine Truppen zurück ins sichere Fort geleitet (John Ford, *She wore a yellow ribbon*, 1949), konntest du dich anfreunden.

Und so warst du denn halbwegs mit dir im Reinen und bereit für das Kommende, als das Ausfahrtschild Beimoorsee auftauchte. Noch vier Kilometer bis nach Hause. Rechts hinaus in großem Bogen, einordnen an der Ampel, über die Brücke und an der BP-Tankstelle rechts in den Ort. Die lange, platanengesäumte Allee an den geklinkerten Einfamilienhäusern vorüber, die fast das gesamte Dorf von Süd nach Nord durchquerte. Tempo-dreißig-Zone, durch die du Sekunde für Sekunde rolltest, links das Gemeindehaus und die evangelische Kirche, über die Kreuzung, wo es links zum Teich und zur ehemaligen Mühle geht (und von dort in Richtung Kais Haus) und rechts zum Golfplatz, dessen Endmoränenwellen sich jenseits der Lübecker Autobahn erhoben und bis in die Stormarn'sche Schweiz ausrollten. Den Hohlweg hinab, unter der Hochbahn-Unterführung hindurch (rechter Hand geht es zur Kläranlage), an den Wohnhäusern der Klinikärzte und am Hochhaus der Klinik selbst vorüber, dann durch die kleine Einkaufsstraße am Bahnhof und schließlich längs des Bahndamms in die Siedlung.

Er stellte den Wagen unter dem Carport ab und blickte zum Himmel hinauf. Träge wie Palmwedel in der Südsee bewegten sich die Wipfel der beiden Birken in der linden Abendluft des Spätsommertages. Dazwischen viel Leere bis hinauf in den Äther, und diese Leere, diese verdünnte Luft und die größer werdenden Abstände zwischen den Dingen, das waren die ersten Anzeichen von Herbst. Der dichte Sommerbrodem, der erhöhte Druck der warmen Jahreszeit, der Natur und Menschen dampfiger und schwitziger macht und näher und dichter aneinander drängt, war entwichen, und alles rückte ausatmend und langsam wieder voneinander ab. Die Bäume stellten einen größeren Abstand her, der Himmel entfernte sich, und zwischen den leise fächelnden, hohen Kronen der Birken tat sich ein blauer, glatter Abgrund auf, in den der Sommer gesogen würde und auf Nimmerwiedersehn verschwände.

Woher hatte ihn der Gedanke an die Pflicht angeweht? Denn irgendwo von außen musste er ja gekommen sein. Von einem Sittengesetz in deiner Brust weißt du nichts, und der bestirnte Himmel über dir lässt dich im Allgemeinen eher aufs Sofa, in die Arme deiner Frau und vor den Fernseher flüchten.

Stattdessen also *Der Teufelshauptmann* mit John Wayne. Haltungen aus dem Fundus des Existenztheaters: Dialoge aus Filmen, Zeilen aus Büchern, erinnerte Lebensanekdoten. Wir werfen sie uns über und hoffen, dass wir darin bestehen, wenn wir raus auf die Bühne gestoßen werden. Das Bemerkenswerte daran ist nicht die Zweit- oder Drittverwertung, die jeden Gedanken eigener Urheberschaft an so einer Haltung absurd werden lässt, sondern die Tatsache, dass uns die abgetragenen Lumpen manchmal erstaunlich gut kleiden, ja dass wir in einer unerwarteten Sternstunde den Klischeefetzen, den wir ergriffen haben, wirklich auszufüllen vermögen, auch wenn wir ihn dann später, sobald er seine Schuldigkeit getan hat, ähnlich ernüchtert in den Staub werfen wie Gary Cooper seinen Sheriffstern in *High Noon*.

Luisa öffnete die Tür, bevor du klingeln konntest, Mäxchen stand hinter ihr.

Papa, es geht ihr besser!

Ein Blick auf Heike, die schüttelte diskret den Kopf.

Lasst ihn erstmal ankommen, sagte sie. Und: Wie war dein Tag?

Charly blies die Backen auf, während er aus den Schuhen schlüpfte und die Aktentasche abstellte, zog dann die Hausschuhe an und hängte das Jackett an die Garderobe. Max verlangte in den Arm genommen zu werden, und Charly ließ den Blick kurz über die dicht beieinander stehende Familie schweifen wie ein Schäfer, der Wölfe gesichtet hat, über seine Herde.

Hast du das gehört mit dem Anschlag in New York?, fragte Heike.

Charly nickte. Hat uns den ganzen Nachmittag auf Trab gehalten.

Jetzt spekulieren sie, wer's war, sagte Heike. Das riecht nach Krieg.

Irgendeinen Krieg werden die Amerikaner schon anfangen.

Und warum auf Trab gehalten?

(Papa! … Papa! … Papa!, versuchte sich Luisa währenddessen ins Gespräch zu mischen.)

Wir hatten irrsinnig viele Leerkäufe gemacht, die wir loswerden mussten. War 'n bisschen stressig. Aber wir sind mit einem blauen Auge davongekommen.

Hast du die Bilder gesehen?

Von den einstürzenden Türmen? Ja, Wahnsinn. Wie viele Tote ham sie jetzt?

Ein paar Tausend…

Eigentlich erstaunlich wenig, wenn man bedenkt…

Immerhin haben wir in Hamburg keine so hohen Häuser. Man guckt plötzlich anders in den Himmel.

Papa! Luisa in ihrer insistierendsten Stimmlage (Fingernägel auf einer Schiefertafel). Bella ist heute Mittag aufgestanden und alleine an den Napf gegangen!

Jetzt lasst uns erstmal reingehen, sagte Heike.

Ich glaube, ich möchte einen Whisky, sagte Charly.

Dort, wo der Korridor breiter wurde, hinter der Treppe und vor der Tür zum Wohnzimmer, stand Bellas Körbchen. Die ganze Familie fand sich jetzt im Halbkreis davor ein und blickte auf den seitlich daliegenden Hund, dessen Geschwür deutlich sichtbar durch die Haut brach.

Charlys Blick: der des schlechten Gewissens, mit dem der Scharfrichter sein ahnungsloses Opfer mustert.

Luisas Blick: der kindlicher Wundergläubigkeit, welcher eine erste, tiefe Enttäuschung bevorsteht.

Mäxchens Blick: der undeutlicher Bangigkeit angesichts kaum fassbarer Bedrohungen seiner kleinen Lebenskugel.

Heikes Blick: der Schutzmantelblick der Mutter, die immer alle Aspekte zusammensehen und gegeneinander abwägen muss.

Wie blickte der Hund zurück? Das kann man nicht interpretieren. Der Blick eines geliebten Hundes erscheint seinen Menschen immer seelenvoll, aber in Wahrheit ist er unergründlich (und deshalb vielleicht auch einfach nur leer?).

Der Hund dagegen sah in diesen Blicken trauriger Empathie offenbar eine Aufforderung, der nachzukommen ihm Befehl war. Denn jetzt zuckte sein Schwanz schwächlich, und er versuchte sich aufzurichten.

Man sah, wie schwer es dem großen Tier fiel, auf die Beine zu kommen, aber alle starrten reglos und gebannt und vielleicht doch hoffnungsvoll und sahen zu. Bellas Blick und die Blicke, die sie trafen, schienen die Seilwinden zu sein, an denen alle hingen, um die Aufwärtsbewegung zu bewältigen, aber dann, der Hund hatte sich zunächst auf zwei wacklige, bebende Hinterbeine gehoben und stellte jetzt die Vorderbeine auf – dann geschah es: Die Hinterbeine gaben nach, verloren ganz plötzlich ihre Spannung, und der Hund, offenbar selbst völlig verdutzt, kippte zur Seite, fiel der Länge nach auf die Flanke, dann ein zweites Aufschlagen: das des Kopfes, und dann ein herzzerreißendes, hohes, angesichts der Größe des Tiers merkwürdig unpassendes, fast schrilles, peinsames Aufjaulen und Fiepen.

Dieser Laut, das war allen vier Menschen sofort klar, ohne dass es irgendeine Frage oder Erklärung erforderte, war ein Schmerzensschrei. Und so, gelähmt vor Entsetzen, starrten sie stumm ein paar Sekunden lang über den Hund in die Luft, wo die Winde ihrer Blicke gerissen war und die Hängebrücke ins Leere baumelte.

Luisa brach in Tränen aus und warf sich auf den Hund. Max tat es ihr gleich. Heike sagte tonlos: Vorsicht, Vorsicht. Und dann: Ich rufe jetzt Bielefeldt an. Das artet in Tierquälerei aus.

Charly stand alleine und dachte: So.

Dann sagte er zu seiner Frau: Frag ihn, ob er in einer Stunde da sein kann.

Was hast du vor?

Die Stunde nutzen.

Heike sah ihn an und nickte.

Charly beugte sich zu den Kindern und dem Hund hinab.

Keine Tränen jetzt, ihr beiden. Wenn ihr weint, denkt Bella, ihr seid traurig, und versucht euch zu trösten. Und das strengt sie zu sehr an und macht ihr Schmerzen. Hört zu. Wir bauen uns jetzt auf dem Sofa eine Kuschelhöhle für uns alle zusammen. Ich trage Bella hin, und ihr holt alles, was ihr an Kissen und Decken habt, und dann machen wir es uns gemütlich und erzählen uns Geschichten.

Was für Geschichten?, fragte Luisa.

Alle Geschichten von uns und Bella, die uns einfallen. Und wir erzählen sie auch Bella.

Und dann?, fragte Luisa.

Dann ist dann. Dein Bruder ist schon unterwegs.

Max stapfte bereits die Treppe hinauf. Seine Schwester folgte ihm zögerlich.

Als Heike mit einem Tablett und gefüllten Gläsern ins Wohnzimmer trat, sah das Sofa aus wie eine idyllische Version des Floßes der Medusa: Auf dem großen Eckkissen, das keine Lehne hatte, lag Bella auf ihrer Hundedecke, eine weitere (aus dem Bett von Max) war über ihren Rücken gebreitet. Max lag neben ihr unter seiner Bettdecke, sein Kopf neben dem des Hundes. Auf der anderen Seite des Tiers lag Luisa neben ihrem Vater, die Beine auf dessen Schoß, mit der freien Hand kraulte sie den Nacken des Tiers. Bunte Kissen aus allen Ecken und Zimmern des Hauses waren unter den Köpfen oder im Nacken von Mensch und Tier drapiert.

Was ist denn das für eine Karawanserei?, fragte Heike.

Mama, komm auch!, rief Luisa.

Und wo ist Platz für mich? Wartet, und sie stellte das Tablett auf den Zeitschriftenstapel, der auf dem niedrigen Tisch lag, und reichte Charly seinen Whisky. Ich sehe mal, was wir zu knabbern haben. Frolics für Lulu und Max und Chips für Bella.

Schließlich hatte auch Heike auf dem Floß Platz genommen. Die Stehlampe musste nicht eingeschaltet werden. Von draußen kam durch die Terrassentür noch genügend Abendlicht herein, sanftes, violettes Licht der untergehenden Sonne, von den Bäumen des alten Parks hinter der Siedlung zu feinstem Seidenglanz gesiebt.

Und dann stach es in See, das Floß, hinaus auf den Ozean, der Nacht entgegen, ganz wie – so hoffte Charly und erklärte er es seinen Kindern – einst die kalfaterte Lokomotive Emma von Lummerland zu ihrer Reise nach China aufgebrochen war. Alle geborgen und sicher in ihrer versiegelten Nussschale, ein geschlossener Ring rund um den Hund, dessen schwarze Lippen sich jetzt den kleinen Fingern von Max näherten, um das

Frolic, das sie hielten, mit der sanftesten aller Bewegungen entgegenzunehmen.

Aber wenn Bella sich gut fühlen soll, sagte die verständige Luisa, dann muss auch der Fernseher laufen wie sonst, sonst fragt sie sich, warum es hier so still ist.

Charly nickte ihr zu – ganz genau, Stille, pietätvolle Stille musste auf jeden Fall vermieden werden, und Heike griff nach der Fernbedienung und schaltete den Fernseher an, und man sah sofort wieder die beiden rauchenden Silbertürme vor dem blauen Himmel. Sie stellte den Ton leise, sodass die Kommentare nur ein undeutliches Hintergrundrauschen zu den Erzählungen bildeten, die jetzt beginnen sollten, sozusagen die Dünung des Meeres, über die das Renn'sche Floß dahinsegelte.

Seeleute mit eurer teuren Fracht auf dem Weg zu jener Insel, die keiner kennt, hebt denn also an zu singen! Singt und erzählt, denn wer redet, ist nicht tot. Halte sie beisammen und auf Kurs, Charly, und lass sie nicht versinken ins Denken und Verzweifeln. Keine Tränen dürfen fließen in der nächsten Stunde auf diesem Floß. Blähe also das Segel mit deiner Stimme und erzähle in Engels-, in Menschen- und Hundezungen!

Kurz vor deiner Geburt, Lulu, Mamas Bauch war schon ganz dick und an dich, Mäxchen, war noch gar nicht zu denken, kommt ein Stückchen näher, Heike, gib mir mal die Chips und erstickt Bella nicht unter der Decke, kurz vor deiner Geburt also, Lulu, da fuhr ich nach Hohenfelde hinüber in die Hahnheide, um Bella abzuholen, und was glaubt ihr, was das für ein Schock war, ich hatte ja nur die Mutter gesehen, einen schönen, hochbeinigen Retriever, da kommt dieses pummelige Wollknäuel, so groß, nicht größer, und ich sehe nur vier riesige Pfoten unter der Wolle, aber keine Beine, wo sind die Beine, frage ich, sie sah aus wie ein Wischmopp mit Rollen unten dran, und so kam sie angerollt, angepurzelt, keine Angst, sagt der Züchter, die Beine kommen noch, die kommen ganz schnell, ja und dann hab' ich sie in ihrem Körbchen in die Transportbox gestellt, aber sie hat so erbarmungswürdig gefiept, dass ich nach drei Kilometern anhielt und sie da rausholte und streichelte und auf den Beifahrersitz setzte, und sie hat aus dem Fenster geschaut und vor lauter Freude ein riesiges Pipi auf das Polster gemacht... (Max jubelte, alle Geschichten mit Pipi und Kaka begeisterten ihn.)

Ich weiß noch, führte Heike den Reigen weiter, da warst du aber schon größer, Bella, in der Hundepubertät, wie du mir einmal den Sonntagsbraten vom Tisch weggeklaut hast, ich hatte Entenbrust gebraten, die stand schon fertig da, und ich gehe an die Treppe, euch rufen, und sehe, als ich zurückkomme, die leere Platte und keine Bella. Ich folge den Fetttröpfchen bis ins Wohnzimmer, und tief unter dem Sofa, da hatte das schlechte Gewissen dich hingetrieben, ich krieche also drunter und sehe, wie dir die Entenbrust aus dem Maul hängt, und greife mir das Ende und ziehe dran, und du hast am anderen Ende gezogen und richtig die Hinterbeine in den Boden gestemmt – ich war so fuchtig!

Ja, sagte Charly, an dem Abend gab es Nudeln.

Ich mag Nudeln sowieso lieber, sagte Luisa. Erzählt auch nochmal, wie ich ihr als kleines Kind den Finger ins Nasenloch gesteckt habe.

Iih, und dann hattest du Popel dran!, rief Max und streichelte den kleinen goldenen Hügel von Bellas Kopf.

Sie hatte ja eine Engelsgeduld mit Luisa, fuhr Heike fort. Wie oft du sie als Kopfkissen benutzt hast, hier auf dem Teppich. Und sie hat ganz stillgehalten. Und du, Max, du hast sie am Schwanz gezogen, und sie hat sich's gefallen lassen.

Aber einmal, als du ganz klein warst, Mäxchen, das sehe ich noch vor mir, da hast du auch hier auf dem Teppich gelegen, und Bella hatte es sich auf deinen Beinen bequem gemacht, und du bist nicht mehr unter ihr rausgekommen und hast nach Mama geschrien.

Ich habe oft geträumt, dass Bella mich frisst, erinnerte sich Luisa. Weil sie doch so groß war.

Angsthase!, rief ihr Bruder.

Einmal hat sie auch wirklich nach mir geschnappt!

Aber nur mit den Lippen. Und auch nur, weil du aus ihrem Napf gegessen hast.

Iih, Lulu hat Hundefutter gegessen!

Ich hab' doch nur so getan, Blödmann.

Jedenfalls war sie für euch beide der erste Freund und Spielkamerad. Ich weiß noch, wie Mama euch Nestchen gebaut hat hier im Wohnzimmer auf dem Boden und wie sich dann, Max, da warst du knapp ein Jahr alt, Bella, die auch mit im Nest saß, auf den Rücken geworfen hat, alle Füße in der Luft, ihren Kopf an deiner Brust gerieben hat und dir dann das Ohr und die Wange und die Nase und alles ableckte.

Probleme mit dem Immunsystem habt ihr jedenfalls nie gehabt, so viel, wie Bella euch abgeschleckt hat.

Selbst im Kinderwagen. Da wart ihr ja direkt auf Augenhöhe. Wenn wir im Wald spazieren waren, hat sie immer mal wieder den Kopf reingesteckt, um zu kontrollieren, ob ihr noch da wart, und einmal über euch drübergeleckt.

Und deine Stöckchen hast du auf der Decke des Kinderwagens deponiert, wenn du sie nicht mehr tragen wolltest.

Als du noch nicht da warst und ich das einzige Kind war, da hat Bella doch immer im Garten auf mich aufgepasst, oder? Ihr habt doch immer erzählt, Mama, dass du schnell einkaufen gefahren bist und Bella gesagt hast, sie soll bei mir sitzenbleiben, und als du wiederkamst, saß sie auch noch da.

Ja, da hatte ich keine Angst, dass irgendeiner dich klaut, so wie Bella bellen konnte, bellen kann, meine ich.

481

Hat sie das bei mir auch?, fragte Max.

Da war ich doch schon da und konnte auf dich aufpassen, belehrte ihn seine Schwester.

Aber ich weiß noch, sagte Charly, wie sie dich einmal angespannt haben vor den Bollerwagen, wie ein Pony.

Daran erinnern sich beide Kinder, an das Geschirr, das Mama gebastelt hat, und an die Bambusrohre, die als Deichseln fungierten, und daran, wie sie Hü! gerufen haben und Bella durch die verkehrsberuhigte Straße trabte, aber auch daran, wie sie plötzlich eine Katze entdeckte und losschoss und ihre Rolle als braves Zugtier vergaß im Rausch der Instinkte. Und wie dann die Schnüre rissen und der Bambus splitterte und der Bollerwagen kippte, und das große Geschrei und Mäxchens blutender, aufgeschürfter Ellbogen.

Kapitän Charly saß am Achtersteven seines Floßes und hielt den Wortwind in den Segeln, und die Passagiere lagen an Deck, und die Schnauze des Hundes ruhte flach auf dem Sofa, und vielleicht war er verwundert oder angenehm berührt von den nahen, vertrauten Gerüchen und den streichelnden warmen Händen auf seinem Fell, sein ganzes Rudel so dicht um ihn, und nichts wurde verlangt und alles war geregelt. Einer der vielen Momente reiner Gegenwart, aus denen sein Leben bestand.

In den dunklen Kirschen seiner Augen glitzerte das Spiegelbild seiner Welt, darum herum ordneten sich in feinsten, gegen den Uhrzeigersinn gedrehten Verwirbelungen die blonden Härchen, und die aus den Augenbrauen wachsenden Schnurrhaare, drei über jedem Auge, länger und runder geschwungen als die an der Schnauze, zeichneten die Fellmaserung harmonisch nach. Sanft und kaum merklich blähten sich die Nüstern der schwarzen, mittig durch eine vertikale Kerbe geteilten Nase, die sich unter den Fingern anfühlte wie rauer Radiergummi und unter der beide Oberlippen ein wenig melancholisch und schlecht

rasiert herabhingen und an den Seiten in die lockere Lefzenhaut
übergingen, die in drei Falten oder Lappen auf der Decke ruhte.

Wirklich golden und flauschig wie Fellhandschuhe, ganz
flach zwischen den Schläfen und dem Nacken herabhängend,
die Ohren, die jetzt von keinem unerwarteten Geräusch in
Zuckungen versetzt wurden. Charly streichelte mit dem Hand-
ballen die kleine Stirndelle zwischen den beiden runden Schä-
delhälften, und Bella schloss genüsslich die Augen, und mit der
stillsten aller Bewegungen, dem nächsten Lidschlag, öffneten
sie sich wieder ins neue Jetzt. Sahen die vertrauten Gesichter
und Hände und deren Bewegungen, ein wenig weiter weg die
unverständlichen Bewegungen auf dem Fernsehschirm, die rauchenden Silberschemen und ihr Aufschäumen, Niedersinken
und Wiederauferstehen, die winzigen, fliegengleichen, fallenden,
sich drehenden Körper, die ernsten, fremden Gesichter unifor-
mierter und zivil gekleideter Männer.

Was immer heute geschieht und in den letzten Jahren geschehen ist, dachte Charly, Bella hatte im Zentrum der Dinge geruht,
ein Pol beständiger Gegenwart, ein Kiesel im Fluss der Zeit
scheinbar, eine immer gleichbleibende, immer gleich naiv blei-
bende, kindliche und unschuldige, entwicklungslose Präsenz,
während um sie herum alles floss, wuchs, älter wurde, klüger
und reifer und sorgenvoller, während das Treibgut alltäglicher
Katastrophen, Glücksmomente und Ängste und Erfahrungen
sich an den Ufern der Erinnerung aufhäufte und das Gedächtnis
der anderen beschwerte. Dagegen das Tier in seiner scheinbar
ewigen, weil täglich erneuerten Tabula-rasa-Gegenwart und
doch in Wahrheit ebenso dem Werk der Zeit unterworfen wie
sie alle, ja letztlich viel schneller seine kürzere Parabel durchs
Leben ziehend als sie.

Aber keine Tränen! Keinen Spalt wollen wir dem kalten Tod
die Tür öffnen, stattdessen versiegeln wir sie mit dem Balsam

und der Labsal der Lieder unserer Erinnerungen, beschwören gemeinsame Bilder, genießen die kalfaterte Sicherheit des Floßes, das die Brise des Erzählens voranbewegt. Barmherzigkeit der Illusion und Verleugnung noch ein wenig länger, die weiche Schutzdecke der Zärtlichkeit und nachsichtigen Lüge über sie alle gebreitet, sodass das Ticken der Uhr dort draußen noch eine Weile ungehört blieb.

Und wenn die Worte versiegen, bleibt immer noch der Blick, der versucht, sich in die dunklen Kirschen, in die schwarzen Beeren deiner Augen zu senken und dir begreiflich zu machen, was hierbleiben muss, wenn du gehst, was wir nicht über die Grenze hinüberschmuggeln können, denn immer wird es am Zoll zurückgewiesen. Begreife die schlichte Sprache meines Blicks. Es gibt keinen Zauber des Wortes in mir oder außer mir.

Dann ertönte die Klingel an der Haustür.

Es war ein Vierfachgong: Ding-deng-dang-dong, und als würde auf einem Klavier das Haltepedal gedrückt, klangen die Obertöne nach, der höchste schwang noch im tiefsten, abschließenden mit, und dieser nachklingende Ton injizierte das Eiswasser in die Blutbahn.

Hattest du es denn vergessen? Hattet ihr es alle in dieser einen Stunde tatsächlich vergessen? Vier Körper, die aufschreckten, vier Köpfe, die sich in Richtung Flur drehten. Nein, fünf. Denn auch Bella hob den Kopf, und die Ansätze der Ohren zogen sich ein Stückchen über Schädelhöhe hinauf. Ein Moment der Erstarrung oder besser des freien Falls. Die Augen der Kinder füllten sich mit Tränen.

Charly sah seinen Sohn streng an. Nicht weinen jetzt. Sonst sorgt sich Bella. Ihr bleibt bei ihr.

Und im Aufstehen, das ihm schwerfiel wie einem alten Mann, sah er, wie die Kinder sich erneut über das Tier beugten, und hörte, wie Max mit leiernder Stimme im Rhythmus des Streichelns eine Art Litanei ins Ohr des Hundes flüsterte: Ei kleines Hundi. Ei du Feine. Ei kleines Hundi. Ei du Feine.

Charly ging langsam zur Tür und öffnete sie. Da stand er, aber er hatte nichts von einem Sensenmann oder Scharfrichter. Im Gegenteil: Die Erscheinung Dr. Bielefeldts strahlte etwas unerwartet Trostreiches aus. Ein wenig wehmütig und mitfühlend lächelnd reichte der Tierarzt Charly die Hand.

Einen guten Abend muss ich wohl nicht wünschen, Herr Renn. Mir fallen diese Versehgänge fast so schwer wie den Angehörigen meiner Patienten.

Charly bat ihn herein und blickte auf den ominösen abgestoßenen Arztkoffer aus braunem Leder, den er in der Linken trug.

Versehgänge, hatte er gesagt, und wirklich erinnerte der Mann mit dem grauen Haar und dem gestutzten Vollbart und der leichten Bräune von den Kanaren an einen Pfarrer. Er kannte ihn nur im weißen Arztkittel und in der Praxis, in der er mit seiner Frau, einer dritten Tierärztin und vier Assistentinnen arbeitete. Da gerierte er sich immer ein wenig wie der Hahn im Korb und kokettierte damit, für gewisse Dinge (wie das Ausdrücken der Analdrüsen) zu ungeschickt zu sein, bei denen er die Damen vorschob (einmal hatte er an die Decke des Behandlungsraums gedeutet: »Sehen Sie den Fleck da oben? Bis dahin ist das gespritzt, als ich das mal gemacht habe!«). In Wirklichkeit war er ein genauer Diagnostiker und gab nie ein Tier vorschnell auf. Ja, er erinnerte Charly in diesem Moment an einen guten Pfarrer. Einen Pfarrer, wie es sie kaum mehr gibt, der die Menschen, die er bestatten soll, seit Jahren kennt und ihre Kinder getauft und konfirmiert und verheiratet hat.

Seit sechs Jahren kannten sie ihn und seine Frau und die Praxis, er hatte Bellas Ohren untersucht und sie kastriert und ihr Flohmittel und Wurmkuren verabreicht, er hatte sie zur Waage getragen und gewogen, er hatte sie geimpft und ihr in den Rachen geblickt und ihre Zähne kontrolliert, in ihre Augen geleuchtet und sie gestreichelt und mit ihr geredet, und irgendwann hatte er den Tumor entdeckt und mit hängenden Mundwinkeln seine Prognose gegeben.

Und natürlich kannte er auch Luisa und Max von klein auf, die er jetzt, ins Wohnzimmer tretend, auf dem Sofa sah, wo sie sich schützend um den Hund drängten, der nicht mehr aufgestanden war, ja sich nicht einmal gerührt hatte.

Die Kinder waren einen Moment lang wie gelähmt. Sollten sie aufstehen und weglaufen oder den Hund mit ihrem Körper gegen den Eindringling verteidigen? Mit schreckgeweiteten, auf den Tierarzt gerichteten Augen psalmodierte Max: Ei kleines Hundi. Ei du Feine, und streichelte dabei den Rücken des Tiers.

Bielefeldt blieb in der Mitte des Wohnzimmers neben Charly stehen und sagte zu den Kindern: Bleibt nur alle da, wo ihr seid. Bleibt schön bei Bella. Ich sehe, ihr habt es euch mit ihr gemütlich gemacht. Das ist gut, und so soll's auch bleiben.

Er stellte den Koffer ostentativ auf dem Boden ab und setzte sich zu den Kindern aufs Sofa. Gab auch den Eltern einen Wink, wieder Platz zu nehmen.

Hallo Luisa, hallo Max. Ganz toll kümmert ihr euch um die Bella. Schön hat sie es. Und das ist ja auch das Wichtigste. Dass sie keine Angst haben braucht. Dass sie nicht alleine ist.

Er nickte Heike dankbar zu, die ihm ein Weinglas reichte, ließ sich eingießen und trank einen Schluck, wobei er seinerseits den Hund hinterm Ohr kraulte. Luisa hatte auf dem Sofa ein wenig Platz für ihn gemacht.

Ich habe gehört, Sie fangen wieder an zu arbeiten?, fragte er Heike.

Ja, zum ersten November in einer Gemeinschaftspraxis in Volksdorf. Halbe Stelle. Es wurde höchste Zeit, und die beiden hier sind vormittags ja untergebracht.

Gratuliere. Und dann zu den Kindern gewandt: Da wird Mama das Taschengeld erhöhen können. So, und jetzt will ich euch einmal erklären, was wir hier gleich tun. Und dass es keine Schmerzen macht und nichts Böses ist, sondern etwas Gutes.

Er sah den Kindern nacheinander in die Augen. Charly griff nach Heikes Hand.

Es tut Bella nicht weh. Sie bekommt zwei Spritzen, und nach der ersten schläft sie einfach ein, ganz ruhig. Er erneuerte seinen Blick. Ihr denkt jetzt bestimmt: Aber ist das denn nötig? Da liegt sie so friedlich und ruhig, die Bella. Sie kann doch bestimmt auch wieder gesund werden. Hier, feiner Hund, hörst du mir auch zu?, fragte er, als das Tier den Kopf ein wenig in seine Richtung wandte.

Aber das würde nicht so bleiben, fuhr er fort. Die Krankheit kann man nicht heilen, aber was wir Gott sei Dank tun können und dürfen bei unseren Tier-Freunden, das ist, ihnen Leid und Schmerzen zu ersparen, die wir ihnen nicht zumuten wollen. Und ihr wollt doch auch nicht, dass Bella leiden muss und nicht versteht warum und nicht weiß, ob das wieder aufhört?

Die Kinder schüttelten stumm den Kopf.

Bielefeldt wandte sich zu Charly, trank einen weiteren Schluck Wein und seufzte.

Irgendwo ist es ein Wunder. Mit Katzen genauso. Da liegt sie, schön wie am ersten Tag. Nicht gealtert, nicht hässlich und schrumpelig geworden. Riecht noch gut. Das haben sie uns voraus. Dass Alter oder Krankheit nicht ihre Schönheit zerstören. Und noch was: ihre Würde. Mein Gott, diese stoische Würde, die würde ich mir auch einmal für mich wünschen. Könnten wir alle was von lernen. Man wird als Tierarzt irgendwann zwangsläufig zum Misanthropen. Du fragst dich, was ich da rede, hm, Bella? So, jetzt schaue ich dich gleich nochmal an. Nein nein, ihr könnt alle sitzenbleiben, ich klettere nur ein bisschen herum.

Ja, sagte er, nachdem er das durchgebrochene Geschwür in Augenschein genommen hatte, es wird auch höchste Zeit.

So, ihr beiden seid jetzt gefragt, wandte er sich im Aufstehen an die Kinder. Ihr haltet sie lieb, dann nimmt sie euren Geruch und eure Gesichter mit in den Schlaf.

Charly war auch wieder aufgestanden und begleitete ihn unnötigerweise die drei Meter bis zum Arztkoffer, aus dem er jetzt die Schlafmittelpackungen, seine steril verpackten Spritzen mit dem Plastikbecher für die Nadeln sowie ein Gummiband als Venenkompresse zog.

Das hier, sagte er, ist das Narkosemittel, Narcoren, ein 1,5-prozentiges Barbiturat. Das wird intravenös injiziert, und nach etwa einer Minute fällt das Tier ganz sanft in eine tiefe Narkose. Direkt danach folgt dann das hier – er rümpfte die Nase –, ja ja, hat 'nen makabren Namen, Euthadorm, ein 40-prozentiges Pentobarbital. Davon bekommt sie dann eine Überdosis in die Vene, das führt zu sofortigem Atemstillstand und Herzstillstand. Den ich natürlich kontrollieren werde. Noch Fragen dazu?

Charly hielt sich kaum auf den Beinen, die so schwach waren, dass er fürchtete einzuknicken und in Tränen aufgelöst zu Boden zu sinken. Gott, welch ein Reservoir an Tränen er in sich spürte, kurz vorm Überlaufen, und zugleich waren diese wackligen Beine auch die Säulen, auf denen die Erde ruhte, und wenn sie jetzt nachgaben, würde die ganze Existenz in sich zusammenstürzen in einem einzigen schrillen Aufschrei hilfloser Auflehnung gegen die absurde Ungerechtigkeit, die uns allen widerfährt. Stattdessen sagte er: Eine

Minute also, in der sie noch sieht und hört und fühlt und uns wahrnimmt?

Weniger und weniger, aber ja.

Und so ließ Charly sich auf dem Sofa nieder, legte eine Hand unter die weichen, entspannten Lefzen des Tiers, streichelte mit dem Daumen die warme, lebendige, wildlederartige Haut und begann zu sprechen. Zu sich selbst, zu seiner Familie, zu Bella.

Ob es alles so aus deinem Mund kam, was wir hören? Wer weiß. Vielleicht hörtest einiges nur du, vielleicht hören einiges nur wir, vielleicht denken wir es auch nur, wir, die wir helfen beim Rudern und Hinübergeleiten.

Ei kleines Hundi, flüsterte der Sohn, als Bielefeldt sich auf die hintere Kante des Sofas setzte und sanft nach Bellas Bein griff. Ei kleines Hundi.

Nun rudern wir dich hinüber. Nun rudern wir dich heim. Zurück zum Ursprung, zum Urgrund, zum Urhund, zur Urmutter der Hunde, die dich heimruft. Unverdüstert, umarmt, umfangen reisen wir heim, niemals allein, gleiten ins Unendliche, streicheln dein Seidenfell, bleiben beieinander auf dieser Reise (und jetzt war das Bein mit dem Gummi umwickelt und das Stahlröhrchen glitt in die Vene und das Narkosemittel floss in die Blutbahn des Tiers). Befreit bald von Leid und Last, befreit von Lug und Trug und Wut, hin zum blühenden, blumengesäumten heimischen Ufer, kurz nur noch die Überfahrt, das Übersetzen, die Heimreise. Kein Schreien, kein Leiden erreichen dich mehr (Ei kleines Hundi). Wir raunen dir zu: Spüre unser Streicheln ein weiteres Mal, atme unseren Duft ein und wir deinen, tauche tief und leicht und frei hinauf, und im Nu ruhst du (und die Minute war vorüber und jede Anspannung war aus Bellas erschlafftem Körper gewichen, tief, tief, tief schlief sie, während der Tierarzt die zweite Spritze ansetzte und Max Ei kleines Hundi hauchte). Und nun, meine Geliebten, ist unser Hund daheim, und für uns heißt es zurückrudern durch die Nebelbank. Gleiten wir zurück, ohne zu weinen und zu schreien (der Atem hatte aufgehört), umarmen, umfassen wir einander, scheiden wir vom Ufer des unerreichbaren Eilands, reisen wir miteinander heim (der Herzschlag hatte aufgehört und die Pupillen weiteten sich langsam, bis die Augen ganz schwarz waren, undurchdringlich und leer). Ruhe sanft, unvergesslicher guter Hund.

Bielefeldt stand mit einem Seufzer auf, hängte sich das Stethoskop um den Hals, ging um das Sofa herum, kniete sich nieder (die Kinder wichen zur Seite) und hielt die Bruststücke auf das Brustfell des Tiers. Dann setzte er sich auf, sah aus dem Fenster, strich Max durchs Haar und sagte: Sie ist ganz friedlich eingeschlafen.

Charly, der den Blick des Tierarztes wahrgenommen, wenn auch vielleicht anders interpretiert hatte, als dieser ihn meinte, stand auf und öffnete die Terrassentür weit.

Und nun durfte geweint werden.

Bielefeldt räumte seine Instrumente ein. Charly trat zu ihm.

Sie möchten sie begraben, hatten Sie gesagt?

Charly nickte.

Passen Sie auf. Nach ein bis zwei Stunden setzt die Todesstarre ein, bis dahin müssen Sie die Läufe unter dem Körper gefaltet haben.

Charly nickte. Dann deutete er mit dem Kinn auf die Packung des Schlafmittels: Verdammt wirksam.

Ja, sagte der Tierarzt. Ich weiß von vielen Kollegen, die sich bei der Pensionierung so eine Flasche Narcoren aufheben.

Wozu?

Bielefeldt musterte ihn mit einem müden Lächeln.

Für alle Fälle. Wenn es denn mal keinen anderen Ausweg mehr gibt, setzen sie sich hin und trinken sie einfach aus. Wirkt schmerzfrei und todsicher.

Sie meinen –

Ich meine, es ist eine bedenkenswerte Alternative. Man muss sich nur überwinden, die Flasche anzusetzen, denke ich mir. Wäre da nicht die Angst vor dem Land, von dessen Grenzen noch kein Reisender zurückgekehrt ist. Schlafen, Träumen und so weiter, Sie kennen das ja.

Charly machte eine Bewegung.

Na, lassen Sie mal, ich finde den Weg raus, sagte der Arzt. Gehn Sie zu Ihrer Familie.

Danke nochmal, sagte Charly mit trockenem Mund.

Da nich für. Würde ich mir auch jedes Mal lieber ersparen.

Charly stieg in den Keller hinab und holte die Transportbox, ließ sie dann im Flur stehen, bis sich die Kinder von dem toten Tier verabschiedet hatten, was jetzt relativ schnell ging, da eine gewisse Scheu Platz gegriffen hatte.

Wie groß, wie schwer, wie schlaff, wie fremd lag der Kadaver jetzt da. Heike trieb die Kinder zum Abendessen in die Küche. Sie schob die Verbindungstür zum Esszimmer hinter sich zu, kam dann aber noch einmal heraus, um den Fernseher auszuschalten. Beide blickten sie auf die stummen Bilder. Man sah einen vom Ascheregen oder Geröllstaub weißgrauen Feuerwehrmann mit grauem Gesicht und rotgeränderten, blutunterlaufenen Augen, der, ein Bein auf einen Hydranten gestellt, sich auf das eigene Knie stützte und Auskunft gab. Dann sah man einen Polizisten durchs Bild laufen, der ein Kind auf den Armen trug. Dann sah man zwei Frauen, die interviewt wurden und die Hände beschwörend links und rechts vom Kopf hielten wie antike Klageweiber. Dann sah man eine Autoschlange vor der rauchenden Skyline Manhattans. Offenbar ging nichts mehr voran, denn die Fahrer waren ausgestiegen, blickten hinüber zur Insel und redeten miteinander. Einer hielt die Hand vor den Mund. Einer hatte die Hände gefaltet und schien zu beten. Einer saß, den Kopf zwischen den Händen verborgen, auf dem Bordstein. Dann wurden wieder die Flugzeuge gezeigt, die Explosionen, schließlich die Einstürze. Dann schaltete Heike ab.

Wir können ja später nochmal einschalten, wenn uns danach ist.

Charly nickte.

Was für ein Tag. Sie nahm ihn in den Arm.

Er deutete nach draußen. Ich mach jetzt alles fertig.

Sie nickte. Ich kümmere mich um die Kinder.

Er brachte die Transportkiste ins Wohnzimmer, hob den Körper des Tiers vom Sofa, legte ihn vor der Kiste auf den Teppich, holte die Hundedecke, breitete sie zur Hälfte in die Kiste, bog die Läufe unter den Leib, schob dann den nur noch lauwarmen Leichnam hinein und deckte ihn mit dem offenen Ende der Decke zu. Dann verstopfte er die Öffnung von innen mit dem Kissen aus dem Körbchen und schloss die Gittertür. Er dachte: Jetzt hast du sie nicht noch einmal angesehen, aber das lag daran, dass niemand mehr da war, den man noch hätte ansehen können.

Er ging mit der schweren Box durch die Terrassentür hinaus in den Garten, stellte sie neben der japanischen Kirsche ab und ging hinüber zum Geräteschuppen, aus dem er den Spaten, die Schaufel und ein Paar Gartenhandschuhe holte. Er zog die Handschuhe über, stach mit dem Spaten einen Quadratmeter Grassoden zwischen dem Kirschbaum und der Eibe ab und begann zu graben.

Es war noch hell und die Erde für Spaten leicht, und Charly kam gut voran, stieß weder auf große Steine noch auf starke Wurzeln. Die dünnen durchtrennte er mit der scharfen Kante des Eisens, was eine merkwürdige Befriedigung verschaffte. Es tat gut jetzt, eine körperliche Arbeit zu verrichten. Er hörte auf das Zischen, mit dem der Spaten in die Erde fuhr, und roch den aufgerissenen Boden. Um ihn herum schalteten die Geräusche der Siedlung auf den Nachtmodus. Das Poltern der Autos auf dem schadhaften Asphalt der alten Allee war immer seltener zu hören, die Schreie der Kinder versiegten, die letzten Amseln und Drosseln antworteten einander mit letzten, immer kürzeren Melodien und Trillern. In den Nachbarshäusern schimmerten gemütliche gelbe Lichter auf, der Spätsommerabend atmete leise seufzend aus.

Er war erstaunt, bei der Arbeit nicht an Bella zu denken, deren Kadaver neben ihm in der Transportbox lag, nicht an ihr Aussehen, ihren Geruch oder irgendwelche Erlebnisse mit ihr, sondern an ganz andere Zeiten und einen ganz anderen Hund.

Als ihr aus Amsterdam zurückkamt, eine scheinbar wieder heile Familie, endlich wieder zu Hause in Hamburg, da brachte der Alte irgendwann einen Hund mit, einen Settermischling, Strolch, er dachte vielleicht, zu einer glücklichen Familie gehört ein Hund. Natürlich war's meistens Mama, die sich um ihn kümmern musste und mit ihm spazieren ging. Im Grunde war Strolch kein Familienhund, du hast auch nie gefragt, woher er kam, er war noch nicht ganz ausgewachsen, aber auch kein Welpe mehr. Ein Jäger und Streuner vor dem Herrn, der spurlos verschwand, wenn er eine Fährte aufgenommen hatte, und der auch einmal ein junges Reh riss. Ein Individualist, freiheitsliebend und nie glücklich und ausgefüllt, wenn er drinnen im Körbchen liegen musste. Wie oft wart ihr losgeschickt worden, ihn im Wald zu suchen, wenn er mal wieder ausgerissen war. Und wie sorglos und gleichgültig du das damals gesehen hast. Wo ist Strolch? Wird schon wiederkommen. Manchmal kam er erst nach zwei Tagen. Nass, verfilzt, manchmal verletzt. Nie Mitleid, vielleicht eine distanzierte Anerkennung, sehr viel Gleichgültigkeit. In dem Jahr, als du Abi machtest, da hast du dich, als er wieder einmal verschwunden war, geweigert mitzusuchen. Hattest anderes vor. Andere Prioritäten. Verabredungen, Verliebtheiten, Mädchengeschichten, Partys, Badeausflüge. Was auch immer. Vielleicht warst du ein ganzes Wochenende weg. Jedenfalls hast du dann irgendwann erfahren, dass dein Vater und deine Schwester ihn irgendwo am Straßenrand gefunden hatten. Überfahren und tot und bereits madig. Als du nach Hause kamst, war schon alles vorbei und kein Strolch mehr da. Alles erledigt. Aber hat dich das damals berührt? Traurig gemacht? An irgendwas gehindert? Keine Spur. Vielleicht hast du eine halbe Minute innegehalten, aber deine eigenen Angelegenheiten waren alle so ungleich bedeutsamer damals. Strolch, ein Rebell und Opfer der Freiheit. Das krasse Gegenteil zur armen, braven Bella.

Aber was lernen wir daraus? Dass die gesunde, schützende Hornhaut der jugendlichen Egozentrik offenbar von Jahr zu Jahr mehr abgerubbelt und abgerieben wird und du immer empfindlicher und sentimentaler und furchtsamer und angreifbarer wirst von Jahr zu Jahr. Vor allem, seit Kinder da sind, seitdem gibt es keine Knautschzone mehr, und wenn dann so ein Tier stirbt, fühlst du dich, als würdest du bei lebendigem Leib gehäutet.

Heike kam in den Garten und hielt Charlys Mobiltelefon in der ausgestreckten Hand. Es ist Jessen, sagte sie, während sie ihm das Gerät reichte. Charly zog die Handschuhe aus. Welcher?

Der Junge.

Ja?

Abend, Herr Renn. Entschuldigen Sie die Störung. Ich wollte Ihnen nur sagen, dass unser Mann in New York sich vorhin doch noch bei mir gemeldet hat. Dachte, das würde Sie auch interessieren.

Und, wie geht's ihm?

Ziemlich durch den Wind. Ist ihm aber nichts passiert. Nur war das ganze Telefonsystem ja stundenlang zusammengebrochen und kein Durchkommen. Er hat das natürlich mitbekommen, von seinem Fenster aus. Ist ja nur ein paar Blocks entfernt. Er hat 'nen ziemlichen Schock. Sagt, es geht alles drunter und drüber bei denen. An geregelte Arbeit erstmal nicht zu denken. Aber immerhin, es ist ihm nichts passiert. Ich war vielleicht erleichtert...

Na Gott sei Dank, sagte Charly.

Ja, das war's dann eigentlich auch schon, was ich sagen wollte.

Nein, ist ja gut, dass Sie mich angerufen haben. Danke.

Ja. Himmel, was für ein Tag. Na, dann wünsche ich Ihnen noch einen schönen Abend.

Ebenso.

Wir sehen uns dann ja wohl morgen früh...

Da gehe ich von aus.

Schönen Abend nochmal, Herr Renn.

Ihnen auch.

Charly steckte das Telefon in die Hosentasche und grub weiter. Dann stieg er ins Loch. Es reichte ihm bis zur Hüfte. Das musste genügen. Er kletterte hinaus, ergriff die Transportbox und senkte sie in die Grube. Es blieb noch ein guter halber Meter Luft. Er nickte.

Dann nahm er die Schaufel, schlug sie in den Erdhaufen und leerte sie ins Grab, wo die Klumpen schmerzhaft laut auf die Plastikbox prasselten.

Kurz darauf erschien Heike mit den Kindern im Garten. Alle barfuß, und Luisa und Max trugen bereits ihren Schlafanzug. Max, halb eingeschlafen, hing im Arm seiner Mutter. Luisa hatte Blumen in der Hand, selbstgepflückte Gänseblümchen, roten Klee und Löwenzahn, sowie zwei halb verblühte Rosen, die Heike ihr geschnitten hatte.

Sie stellten sich neben Charly und blickten in das Erdloch, in dem noch das Dach der Transportbox zu sehen war.

Sagst du noch etwas für die Kinder?, fragte Heike.

Ein Gebet, oder was?

Sie zuckte die Achseln, aber Luisa hatte bereits die Hände gefaltet. Zwischen den Fingern standen die Blumen hervor.

Lieber Gott, brachte Charly hervor, heiße unsere Bella in deinem Paradies für Hunde willkommen. Lass sie spielen und rennen und glücklich sein beim großen Hund. Amen.

Bei der großen Hundemama, sagte Luisa und warf ihre Blumen in das Loch.

Und nun kannst du ein Schäufelchen Erde drüberwerfen, sagte Heike. Das macht man so.

Charly musste an die blonde Hauptpastorin denken, wie hatte sie noch geheißen? Deren rhetorisches Geschick bei Trauerfeiern könnte ich jetzt brauchen. Die hätte ich einladen sollen heute Abend. Hätte Henriette bestimmt gedeichselt. Bella bedurfte der göttlichen Gnade. Und ich sage euch, sie ist ihrer teilhaftig geworden. Bloß wozu so ein unschuldiger Hund, der niemals einen bösen Gedanken gedacht hat, deiner verschissenen Gnade bedarf, das kannst du mir auch nicht sagen. Aber dass sie ihrer teilhaftig geworden ist, darauf kannst du einen lassen.

Charly nahm die Schaufel von seiner Tochter entgegen, die neben ihm stehengeblieben war, während Heike den schlafenden Max zurück ins Haus trug.

Luisa blickte in das Loch, das sich Schaufel um Schaufel füllte.

Ist doch ein schöner Platz hier bei dem Kirschbaum, findest du nicht?, fragte Charly.

Seine Tochter nickte, den Blick nach unten gerichtet.

Und wo ist sie jetzt?

Bella?, fragte er. Nicht da drin. So viel steht fest. Nicht das jedenfalls, was wir ihre Seele nennen.

Aber wo dann? Und sie legte den Kopf in den Nacken und sah aufmerksam in den Nachthimmel.

Charly tat es ihr gleich. Aber der Gedanke, dass diese nackte und bloße Seele, ungeschützt von ihrem schönen Körper, irgendwo da oben in der eisigen Schwärze ihre Bahnen zog in vollkommener Einsamkeit wie ein Satellit, hatte nichts Tröstliches.

Es ist so ungerecht, sagte Luisa.

Ja, es ist wahnsinnig ungerecht. Aber gerade weil es so ungerecht ist, dass man schreien möchte, gerade weil das so ist, muss es irgendwo einen Ort geben, an dem Gerechtigkeit herrscht. An dem alles ausgeglichen wird. Alles andere wäre – er zögerte und warf ärgerlich eine Schaufel Erde ins Grab – alles andere wäre nicht logisch.

Dann fragte er: Verstehst du das?

Das Mädchen schüttelte den Kopf.

Ich auch nicht, sagte Charly. Und jetzt lauf rein, ich mach das hier noch fertig.

Nachdem Luisa fort war, trat er die Erde fest und setzte die Grassoden wieder provisorisch obenauf. Dann brachte er Spaten, Schaufel und Handschuhe in den Schuppen zurück, schloss ihn mit dem Vorhängeschloss ab und ging ins Haus, sich die Hände waschen.

Dann setzte er sich wieder ins Wohnzimmer und trank ein Glas Wein, aber er merkte, wie ihm die Augen zufielen, stand auf und ging die Treppe hinauf.

In der Küche war Heike zu hören. Sie räumte die Spülmaschine aus und hatte das Radio eingeschaltet, einen Sender mit Jazzmusik, die angenehm zu hören war. Zwischendurch nippte sie an ihrem Wein. Das Glas stand auf der Anrichte.

Dann hörte sie durch die angelehnte Tür einen gellenden Schrei: Mamaa!

Luisa. Das war kein normales Schreien, auch kein Schmerzensschrei, es war ein Entsetzensschrei. Heikes Herzschlag stockte kurz. Nicht noch was! Das karierte Küchentuch in der Hand, trat sie hinaus in den Flur.

Auf dem oberen Treppenabsatz stand Luisa, im Schlafanzug, zitternd, mit aufgerissenen Augen und hielt sich am Handlauf fest.

Mama! Papa liegt da wie Bella! Ich glaube, er ist auch tot! Er bewegt sich gar nicht mehr!

Er schläft bestimmt nur, sagte Heike, ging dann aber doch raschen Schrittes die Treppe hinauf, wo ihre Tochter ihre Hüfte umklammerte. Heike spürte ihr Herz schlagen.

Wovor hatte sie Angst? Vielleicht macht ein Tag, an dem mehrere Katastrophen geschehen sind, empfänglich für die Furcht, nun sei die Welt endgültig aus den Angeln gerissen und ein Unglück müsse jetzt auf das andere folgen.

Sie nahm das zitternde Kind an der Hand und zog es (so eilig hatte sie es jetzt doch) hinter sich her zum Schlafzimmer. Sie stieß die Tür ganz auf, blinzelte in den dämmrigen Raum und horchte, hörte aber nur ihren eigenen Herzschlag.

Dann beugte sie sich über das Bett. Charly lag angezogen auf dem Rücken. Sie neigte sich zu ihm hinunter, stieß sich dann mit den Armen vom Bett ab, das ein wenig nachgab, drehte sich zu Luisa um und sagte lächelnd:

Nein, Papa schläft nur. Du kannst ja horchen, wie er atmet.

Angstvoll näherte sich das Kind dem Bett, kniete sich darauf, beugte sich über seinen Vater und hielt das Ohr über Nase und Mund Charlys.

Luisa war sich nicht sicher, ob sie etwas hörte. Aber der Gesichtsausdruck ihrer Mutter beruhigte sie. Und natürlich hatte Heike recht. Natürlich hat deine Frau, Charly, die Situation ganz richtig erfasst, wie immer.

Denn erschöpft von den Anforderungen, die das Leben heute an ihn gestellt hat, ist Karlmann Renn, kaum hat er sich aufs Ehebett gelegt, in tiefen und hoffentlich erholsamen Schlaf gesunken.

DANK UND ANMERKUNGEN

Ich danke dem Deutschen Literaturfonds und der Kulturverwaltung des Berliner Senats für die finanzielle Unterstützung der Arbeit an diesem Roman.

Ganz besonders danke ich für ihre Hilfe bei der Arbeit am vierten Kapitel Thomas Schmidt und Birgit Schönfeld.

Für die Möglichkeit, das Chilehaus zu besichtigen, danke ich der Firma Union Investment Real Estate und für die Einsicht ins Schlegelmilch-Archiv Herrn Boris Schlegelmilch.

Für die Beschreibung bestimmter historischer Vorgänge im vierten Kapitel habe ich mich bei folgenden im Netz gefundenen Quellen bedient: Marianne Pletzer: »Als Kind im Bombenkrieg und Flucht aus Pommern«, auf der Website von Jürgen Ruszkowski sowie Beschreibungen über die Ermordung des Widerstandskämpfers Oskar Behrendt.

INHALT

Kapitel 1 – Privatleben   9

Kapitel 2 – Arbeit   86

Kapitel 3 – Umfeld   174

Kapitel 1 – Privatleben   259

Kapitel 3 – Umfeld   340

Kapitel 2 – Arbeit   417

Dank und Anmerkungen   501

Verlagsgruppe Random House FSC® N001967
Das für dieses Buch verwendete FSC®-zertifizierte Papier *EOS*
liefert Salzer, St. Pölten.

2. Auflage 2014
Copyright © 2014 by Deutsche Verlags-Anstalt, München,
in der Verlagsgruppe Random House GmbH
Alle Rechte vorbehalten
Gestaltung und Satz: DVA/Brigitte Müller
Gesetzt aus der Sabon
Druck und Bindung: GGP Media GmbH, Pößneck
Printed in Germany
ISBN 978-3-421-04355-9

www.dva.de

MICHAEL KLEEBERG
KARLMANN
Roman
480 Seiten, gebunden
ISBN 978-3-421-05459-3
Auch als E-Book erhältlich

Juli 1985. Karlmann »Charly« Renn hat am Vormittag geheiratet und sitzt am Nachmittag vor dem Fernseher. Dort erlebt er mit, wie ein deutscher Tennisspieler auf dem berühmtesten Center Court der Welt beweist, dass man das Unmögliche schaffen kann, wenn man nur will. Auch Karlmann ist heute ein Sieger: Er hat seine Traumfrau geheiratet. Dies ist Charlys Tag – oder er hätte es sein können, wäre da nicht das unerwartete Geschenk seines Vaters, das seine hochfliegenden Träume korrigieren wird.

Michael Kleeberg durchleuchtet Familie und Freunde, das Lieben und Arbeiten seines Helden mit so unerbittlicher Präzision, dass die Banalität des Alltäglichen seine verborgene Faszinationskraft enthüllt. Ein Roman über die Zeit und was sie mit dem Menschen macht.

»*Karlmann* ist ein einzigartiges Buch, ein grandioser Roman.«
Frankfurter Allgemeine Zeitung

»Michael Kleeberg kann Romanszenen ausfalten, die ohne Zweifel zum Besten der deutschen Gegenwartsliteratur gehören. Er konzentriert den Roman auf fünf Szenen, jede ein Meisterstück erzählerischer und sprachlicher Hochauflösung.«
Die Zeit

MICHAEL KLEEBERG
DAS AMERIKANISCHE HOSPITAL
Roman
240 Seiten, gebunden
ISBN 978-3-421-04390-0
Auch als E-Book erhältlich

Paris, im Winter 1991. Hélène steht in der Empfangshalle des amerikanischen Hospitals, als vor ihr ein Mann zusammenbricht. Sein Blick brennt sich in ihre Augen. Das ist die erste Begegnung zwischen der dreißigjährigen Pariserin und David Cote, einem amerikanischen Soldaten. Die beiden vom Schicksal Gebeutelten freunden sich an und stützen einander auf ihrer schmerzhaften Suche nach Wahrheit über sich selbst.
Michael Kleeberg versteht es auf eindringliche Weise Zeitgeschichtliches und Privates, die seelischen Qualen des Krieges und die körperlichen des Kinderwunschs mit der dichten Atmosphäre von Paris zu verweben. Ein meisterhaft komponierter Roman voll erschütternder und unvergesslicher Szenen.

»Michael Kleeberg kann einfach viel zu gut erzählen; und er tut das mit einer Prägnanz der Sprachbilder, mit einer Sicherheit des Tonfalls, mal ironisch, dann ohne Scheu vor Pathos.«
Frankfurter Allgemeine Sonntagszeitung

»Diese Verdichtung von Menschenkunde und Zeitgeschichte ist ein Glücksfall.« *Der Tagesspiegel*

JOHANNES BIRGFELD; ERHARD SCHÜTZ (HRSG.)
MICHAEL KLEEBERG – EINE WERKSBEGEHUNG
Ca. 350 Seiten, gebunden
ISBN 978-3-421-04648-2
Auch als E-Book erhältlich

Michael Kleeberg gehört zu den beeindruckendsten deutschsprachigen Schriftstellern unserer Zeit: Sein Werk verbindet radikal grandiose Erzähllust mit größtem Formbewusstsein, präzises Beschreiben mit größter Sensibilität, historische Tiefe mit sprachlichem Innovationswillen. Kleeberg geht immer ins Risiko: Seine Romane *Ein Garten im Norden*, *Das amerikanische Hospital* und der *Karlmann*-Zyklus spiegeln unsere Gegenwart und Vergangenheit, sezieren sie – erzählerisch virtuos und mutig.

Dieses Buch will dem Leser das literarische Universum des Michael Kleeberg eröffnen und behandelt Themen wie Kleebergs Erinnerungsorte, die Wissenschaftsrezeption in seinem Werk, Kleeberg und Proust, Generationen- und Geschlechterkonflikte, Raumerfahrungen und Krieg in Kleebergs Texten, den »roman total«.

Mit Beiträgen von Hugo Aust, Johannes Birgfeld, Michael Braun, Stephen Brockmann, Marion Dufresne, Caroline Frank, Wolfgang Frühwald, Lidwine Portes, Erhard Schütz und Harald Tausch.

Ein spannender Vielklang zur Poetik Michael Kleebergs – und zugleich eine grundlegende Reflexion über die literarische Gegenwart zu Beginn des 21. Jahrhunderts.

1963- 4 Friedrichstr.   Erd kampft Abschn.
66   3

1968-72 3 Hannover
          11

1961-68 7 Dachau   ...
         9   Bayern
1972 11 H..
1975 16 Amst..

Geräusche von Suburbia   13.10.11

- Hämmern
- Lautsprecher / sag- Hall..
- Rasenmäher
- Kantenschneider
- Motorsägen   bösartig kreisch..
- Bohrmaschine   hysterisch sin..
- Schleifmaschine
- Automotoren   schnelle Hochl.. Groll..
- Häcksler   Bremsen
- Flex
- Häcksler
- Ventilator
- Turbine ...
- Kompressor
- Preßlufthammer   ohrenbläulich
- Schneefräse

- Ein Kriegsszene damit

heulen, brüllen, toren, dröhnen,
krachen, pumpern, donnern, röhren, blöcken

15⁰⁰ (4)

14³⁰-14⁴⁵
bei Golay

Schulheft Erika

10 000   1500 Druck
                          1800 Schrift
[GSK- Ausdruck]